문학과 과학 Ⅰ

자연·문명·전쟁

지은이

황종연(黃鍾淵, Hwang Jong-Yon) 동국대학교 교수

이수형(李守炯, Yi Soo-Hyung) 서울대학교 연구교수

서희원(徐熹源, Suh Hee-Won) 동국대학교 문화학술원 연구원

이철호(李喆昊, Lee Chul-Ho) 동국대학교 교양교육원 교수

송민호(宋敏昊, Song Min-Ho) 서울대학교 강사

차승기(車承棋, Cha Seung-Ki) 성공회대학교 동아시아연구소 HK교수

정종현(鄭鍾賢, Jeong Jong-Hyun) 성균관대학교 동아시아학술원 HK연구교수

신지영(申知英, Shin Ji-Young) 쓰다주쿠대학교·무사시대학교 강사

송명진(宋明珍, Song Myung-Jin) 서강대학교 대우교수

한민주(韓敏珠, Han Min-Ju) 홍익대학교 강사

권보드래(權보드래, Kwon Boduerae) 고려대학교 교수

김성근(金成根, Kim Sung-Keen) 전남대학교 기초교육원 교수

구인모(具仁謨, Ku In-Mo) 연세대학교 언어정보연구원 HK교수

이면우(李勉雨, Lee Myon-U) 춘천교육대학교 교수

조형래(趙亨來, Cho Hyung-Rae) 명지대학교 강사

문학과 과학 Ⅰ 자연·문명·전쟁

초판 인쇄 2013년 2월 20일 **초판 발행** 2013년 2월 28일
엮은이 황종연 **펴낸이** 박성모 **펴낸곳** 소명출판
출판등록 제13-522호 **주소** 서울시 서초구 서초동 1621-18 란빌딩 1층
전화 02-585-7840 **팩스** 02-585-7848 **전자우편** somyong@korea.com **홈페이지** www.somyong.co.kr

값 38,000원

ISBN 978-89-5626-819-4 93810

ⓒ 황종연 외, 2013

문학과 과학 Ⅰ
자연·문명·전쟁

Literature and Science in Korea Ⅰ
Nature, Civilization, and War

황종연 엮음

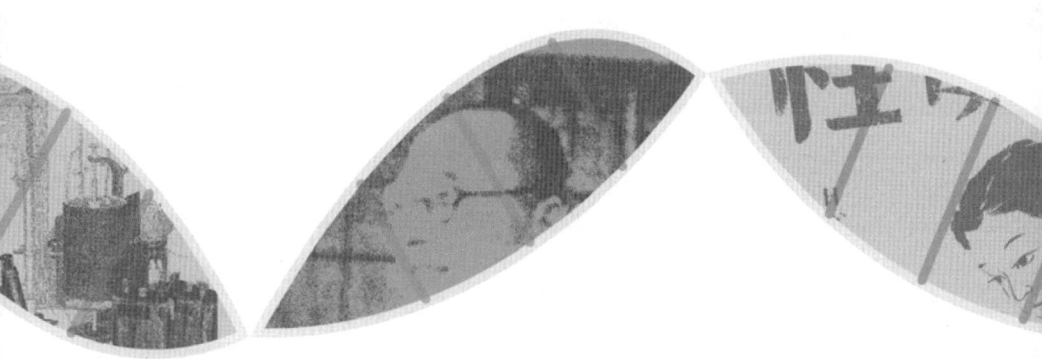

소명출판

무지개의 인문학

무지개는 신화상으로 특별한 의미를 부여받은 자연 현상 가운데 하나이다. 그리스 신화에서 무지개의 의인화인 여신 이리스는 하늘과 땅 사이에 걸리는 무지개의 형상에 걸맞게 신의 전령 역할을 한다. 호메로스의 『일리어드』 중에는 이리스가 바람의 속도로 날아 제우스의 메시지를 트로이인에게 전한다는 문장이 나온다. 유대교-기독교 신화에서 무지개는 지상의 생명에 대한 신의 자비와 관계가 있다. 노아가 대홍수로부터 동물들을 구한 이후 그의 눈앞에 나타난 무지개는 지상에 또 다시 홍수를 내려보내 만물을 파괴하지 않겠다는 신의 약속을 상징한다. 인도 신화에 나오는 무지개는 천상의 궁사가 쓰는 활이다. 힌두교의 우레와 전쟁의 신 인드라는 무지개로 빛의 화살을 쏘아 악마─뱀을 죽인다. 무지개는 물론 신화의 소재만은 아니었다. 과학적 관찰과 설명의 대상이기도 했다. 아리스토텔레스는 구름에 햇빛이 굴절됨으로써 무지개가 생긴다고 추정했고 10세기 페르시아의 물리학자 이븐 알하이삼 역시 빛의 굴절이라는 관점에서 무지개의 원리를 설명하려

3

했다. 무지개로부터 신화를 박탈하는 이론은 근대 과학의 발전과 함께 완성을 보기 시작했다. 그 결정적 계기는 물론 뉴턴의 광학이다. 무지개의 가장 불가해하고 스펙터클한 양상인 그 색에 대해 뉴턴은 지금도 대체로 정설로 통하는 이론을 내놓았다. 1660년대 후반 일련의 실험을 통해 그는 백색광이 프리즘을 통과하여 굴절되면 색들로 분산된다는 것, 무지개의 색은 일정한 굴절 각도들에서 백색광이 띠는 총 일곱 가지 색의 집합이라는 것을 보여주었다. 무지개를 이해하는 방식에서 시와 과학의 간극은 이어놓기 어렵게 벌어졌다.

키츠는 과학의 발달이 초래한 인간관과 세계관의 변화에 대해 어느 낭만파 시인 못지않게 민감하고 비판적이었다. 1817년 12월 셰익스피어 작품 공연평 중에 그는 "이 차갑고 기력 빼앗는 시대에는 (…중략…) 그대의 건강에 주의하라. (…중략…) 로맨스는 책 속에만 살고 있다. 요정은 집안의 노변(爐邊)에서 쫓겨났고 무지개는 그 신비를 빼앗겼다"고 썼다. 순전한 물리적 사실로 축소된 무지개라는 비유는 같은 해 같은 달, 화가이자 비평가인 벤저민 헤이든이 키츠를 워즈워드에게 소개하려고 그의 런던 스튜디오에서 열었던 연회에 관한 일화에도 출현한다. 찰스 램과 그 밖의 런던 문사들이 다수 참석한 그 연회에서 헤이든은 예수 그리스도가 신자 뉴턴과 불신자 볼테르의 모습이 보이는 가운데 예루살렘에 들어가는 신작 그림을 내보였다. 마침 술에 취한 램은 뉴턴이 "삼각형의 삼변처럼 명확하지 않으면 무엇 하나 믿지 않는 친구"라며 뉴턴을 그려 넣었으니 잘못이라고 헤이든을 꾸짖었다. 그런 다음 "무지개를 프리즘의 색들로 환원함으로써 무지개의 모든 시를 파괴했다"고 키츠와 의견을 같이했다. 좌중은 "뉴턴의 건강과 수학의 혼란을 위해" 축배를 들었다. 그 회합으로부터 약 팔 개월 후 키츠는 라미아라는 그리스 신화의 여성 인물 — 로버트 버튼의 『우울의 해부』에 의하면 철학자 아폴로니우스가 정체를 폭로하는 바람에 마력을 잃고 모습을 감춘 뱀―여인 — 의 이야기를 소재로 삼아 지은 시에서 다시 무지개를 들어 과학으로 인해 해체의 위기에 처한 신비에 대해 훗날 자주 반추되는 언명을 했다.

> 차가운 철학이 단지 건드리기만 해도
> 모든 매력이 사라지지 않는가?
> 하늘에 일찍이 장려한 무지개가 있어
> 우리는 그녀의 씨줄과 피륙을 알았건만
> 그녀는 허접한 물건의 지루한 목록 속에 들어갔네.
> 철학은 천사의 날개를 잘라내리라
> 법(法)과 선(線)으로 모든 신비를 정복하리라
> 유령 있던 공기와 정령 있던 땅속을 비워내리라
> 예전에 마음 연약한 라미아를 녹여 그림자로 만들 듯이
> 무지개의 실을 풀어버리리라.

그러나 M. H. 에이브럼즈가 그의 고전적인 낭만주의 연구서 『거울과 램프』에서 알려주고 있듯이, 키츠 식의 우려가 뉴튼의 "차가운 철학"에 대해 영국의 문인들이 보여준 반응의 전부는 아니었다. 18세기 시인과 비평가 중에는 자연학적 지식이 사물들에 대한 신화적 이해의 구조에서 벗어나 사물들의 "새로운 미덕과 미질"을 발견하게 해준다고 생

5

각한 사람이 적지 않았다. 과학적 관찰과 실험이 시인의 진리 추구에 유익하다고 믿은 사람도 있었다. 존 에이킨이라는 문인은 진리를 기초로 하지 않는다면 어느 것도 진짜로 아름다울 수 없다는 원칙에 따라 현대 시인들이 고대 시인들의 케케묵은 우화를 사용한다고 비난했으며 그 케케묵은 우화 대신 정확하고 과학적인 자연학을 추천했다. 그랬으니 만큼 뉴튼의 발견들은 시에 해악을 끼치기는커녕 오히려 새롭다는 이점과 과학적 보증을 겸비한 시적 재료의 원천으로 간주될 법 했다. 장편 자연시의 명작『사계』의 저자 제임스 톰슨은 요즘에는 무지한 시골 총각만이 무지개를 빛나는 마법이라고 보며 뉴튼 덕분에 현명해진 눈은 그것을 다채로운 빛의 꼬인 실을 풀어내는 "소나기 같은 프리즘"이라고 본다고 썼다. 그는 「아이작 뉴튼 경을 추모하며」라는 시에서는 무지개의 신비가 지성에 굴복하게 되었기에 무지개는 더욱 시적이라고까지 했다. 그는 뉴튼의 색 스펙트럼 발견을 이렇게 칭송했다.

> 소란스러운 개울가의 속삭이는 숲속에서 꿈을 꾸던
> 시인이 여태까지 뭔가를 그토록 올바르게 상상한 적이 있었던가?
> 또는 천국이 강림하리라며 환희하던 예언자가 그러했던가?
> 지금도 지는 해와 가는 구름은 선언하나니
> 그대의 사랑스러운 고지(高地) 그리니치에서 보면
> 굴절의 법칙이 얼마나 정확한 것인가를, 얼마나 멋있는 것인가를.

뉴튼의 무지개가 영국의 하늘에만 뜨는 것이 아님은 물론이다. 19세기 후반 조선이 제국주의 세계 질서에 편입된 이후 서양의 과학과 기술은 조선인에게 생존과 번영에 불가결한 수단으로 여겨지기 시작했고 그에 따라 그것들을 도입하기 위한 시도가 대한제국시대 자강정책의 중심에 놓이게 되었다. 조선에 대한 일본의 지배가 강화되는 가운데 과학기술 습득을 위한 교육이 중시되고 일본 유학을 통해 서양식으로 수학한 세대가 성장함에 따라 서양과학은 급기야 재래의 유학을 대체하고 인간과 세계를 이해하는 가장 유력한 방식이 되었다. 서양과학을 기반으로 하는 새로운 학문과 기술의 추구는 '신문명' 건설이라는 이름으로 제창된 조선 사회와 문화 혁신 작업의 주요 내용이었다. 오늘날 한국사에서 말하는 '근대문화'의 형성은 조금 과장해도 된다면 서양과학의 자장(磁場) 안에서 일어난 일이라고 해도 좋을 정도다. 근대문학만 해도 그렇다. 근대문학 형성에서 자연과학과 그것을 모델로 하는 인간과학 및 사회과학이 발휘한 역할은 국민국가 이데올로기나 출판 자본주의가 담당한 역할보다 결코 덜하지 않다. 근대문학을 실현시킨 새로운 문학 관념과 문학 방법이 과학을 기준으로 하는 지식의 새로운 편제하에서, 자연과 인간에 관한 과학적 이론들에 대한 참조를 통해 정립되었다는 증거는 적지 않다. 한국 근대문학의 창시자는 키츠 같은 신화의 수호자들로부터가 아니라 톰슨 같은 과학의 찬미자들로부터 나왔다. 이광수는 지적 형성의 중요한 시기를 진화론의 영향 아래서 보냈고 생물학, 물리학, 심리학, 사회학의 용어들을 가지고 신문학과 신사상의 총아로 등장했다. 그런가 하면 김동인은 자연이 아니라 인공을 최고의 덕목으로 여기는 관점에서 예술가와 과학자를 동일한 부류의 창조적 인간이라고 생각했다.

근대 한국에 있어서 문학과 과학의 관계는 이 책의 중심적인 관심거리다. 제1부에 실린 논문들은 주로 이광수의 텍스트를 자료로 삼아 한국 근대문학사의 중요한 순간에 과학 이론과 문학 실천이 접속된 양상을 고찰한다. 황종연의 논문은 이광수가 1910년대에 이룩한 지적, 문학적 혁신이 자연과 인간에 대한 이해에 있어서의 과학주의적 전회(轉回)의 성격을 적지 않게 가지고 있었음을 보여주고자 한다. 이 논문은 특히 다윈과 헤켈의 진화론이 이광수에게 미친 영향에 주목하면서 탈마법화된 세계의 표상이라는 측면에서 이광수 소설의 독해를 도모하고 문학이 과학에 대해 양가적으로 관계하는 최초의 순간을 적시한다. 이수형은 문학비평의 용어와 함께 과학의 용어를 택함으로써 가능한 이광수 소설의 새로운 읽기를 적극적으로 시도한다. 그의 논문은 1910년대에 부상한 정 또는 감정에 대한 담론이 심리학적, 신경학적 지식에 의존한 정황을 파악한 바탕 위에서 초기 이광수 소설에 서술된 강렬한 감정 체험의 신경병적 증상을 포착하고 젠더화된, 도덕화된 감정 이해 방식을 점검한다. 서희원의 논문은 진보사관을 기반으로 하는 정치적 기획이라는 구도 속에서 이광수의 과학 숭상의 특징을 묘사한다. 그러면서 이광수가 과학이라는 이름으로 추구한 지식과 규율의 중심에 경제학이 자리잡고 있음을 부각시킨다. 이철호가 주목한 이광수는 베르그송적, 제임스적 시간심리학의 생도로서의 이광수이다. 그는 한국문학에서 '의식의 흐름'은 1930년대 모더니즘 소설과 함께 출현한 기법이라는 통설에 맞서서 그것이 『무정』중 형식의 자아 각성 장면에서 시작하여 에피파니적 의식의 문학적 묘사들을 따라 성장했으며 이상에 이르러 일종의 패러디적 비틀림을 보았다고 주장한다.

제2부는 과학이 문학과 학문의 영역에서 어떻게 작용했던가를 문학

비평과 역사연구의 예를 활용하여 해명한다. 여기에서 과학의 전범은 마르크스주의이다. 송민호는 1920년대 전반 박영희의 "과학적" 비평의 지적 원천들 — 자연주의와 이상주의의 절충을 시도한 오이켄의 신칸트주의에서 일본 마르크스주의의 원조 중 하나인 사카이 도시히코의 역사유물론에 이르는 원천들 — 을 확인하면서 그의 과학주의가 내포한 해결하기 어려운 딜레마를 조명한다. 그것은 존재와 가능, 현실과 이상, 과학과 정치의 모순된 결합에서 비롯되는 마르크스주의 이론 특유의 딜레마이다. 차승기는 리얼리티의 추구라는 목적 때문에 "과학성의 실현"이 문학의 과제가 된다는 전제에서 출발하여 마르크스주의와 모더니즘이 과학적 인식이라는 점에서 어떻게 상통했는가를 설명한다. 또한 그는 1930년대 후반 갈수록 공고화되는 파시즘 체제하에서 과학이 인식을 향한 충동을 상실하고 기술공학적 이성으로 한정된 경위를 서술한다. 그의 논문은 식민지시대를 거치는 동안 과학이 해방의 수단에서 압제의 수단으로 전화되었다는 과학사의 서사를 함축하고 있다. 단군론으로부터 논의를 시작한 정종현은 그것을 식민지시대 조선학의 본질, 즉 보편의 관념에 근거한 조선 인식의 한 예시로 읽으면서 조선학의 맥락에서 과학이란 조선인의 역사적 경험을 보편화하는 담론 체계의 다른 이름이었음을 밝혀준다. 조선학을 유형화하는 종래의 방식에 이의를 제기하고 있는 그의 논문은 한국사연구에서의 실증주의적 방법과 마르크스주의적 방법을 대립시키는 통설에 대해서도 재고하도록 요청하고 있다.

　제3부의 논문은 과학의 문화사라고 부를 만한 영역에 진입한다. 문학 텍스트의 범위를 넘어서는 넓은 영역의 역사 자료 분석을 통해 한

국인의 과학기술 경험의 몇몇 사례를 분석한다. 여기서 과학기술 경험은 피압박민족의 콤플렉스, 일제 전시체제하의 여성동원, 원폭(原爆)에 대한 남북한의 반응 등과 같은 한국인(및 북한인)의 집합적 경험과 불가분의 관계로 얽혀 있다. 신지영은 조선인 일반이 처음으로 과학문명을 경험한 시기에 과학문명이 소문과 풍설의 형식으로 알려졌던 정황에 주목하고 그러한 형식에 과학문명 수용과 전유의 특별한 방식이 잠재되어 있다는 가설을 제시한다. 구체적으로 말하면, 과학기술이 조선인 일반에 대해 이익인 동시에 침해였던 사정에서 비롯된 그 특별한 방식은 그녀의 논문에서 "적극적 수동성"과 "욕망하는 거부"로 정리되며, 아울러 과학적 진리에 관여하는 "대중들의 에너지"의 한 역사적 표현으로 간주된다. 송명진은 1920년대 중반에 H. G. 웰스의 『타임머신』 번역을 잡지 연재 형식으로 공간하려던 시도가 단명으로 끝난 사건을 단서로 한국에서 과학소설이 발달하지 못한 이유에 관해 추론한다. 그의 논의는 과학적 상상력이 의미와 가치를 추구하는, 사회적으로 형성된 특정한 종류의 실천과 결부되어 있다는 사실, 즉 천성의 문제가 아니라 문화의 문제라는 사실을 상기시킨다. 한민주는 과학과 문화, 기술과 규율의 관계에 대해 젠더를 매개로 사유하도록 유도한다. 그녀는 이른바 총후여성의 생산을 목표한 담론들 속에서 과학적 지식, 기술, 태도가 인유되는 양상을 검토하는 가운데 전시 "과학 동원"의 중심에 대용품개발사업이 있었음을 확인하고 총후여성의 생산 자체가 대용품공학의 일종이었다는 해석을 내놓는다. 권보드래의 논문은 근대 과학의 양가적이고 아이러니한 결과에 관한 대표적인 상징의 하나인 원자탄이 미국의 일본과의 전쟁에서 엄청난 위력을 입증한 이후 남북한에서 불러일으킨 꿈과 악몽, 비전과 환상을 추적한다. 소설 분석과 역사 서술의 층위를 넘나들며 만들어진 이 핵과 핵무기의 짧은 문화사는 과학적, 기술적 합리성에 대한 위험한 숭배가 한국문화의 한 구석에 확고하게 자리 잡고 있음을 알려준다.

제4부는 한국에서 과학 담론이 탄생한 과정에 대한 이해를 진전시킨다는 목표 아래 엮어졌다. 한국의 과학개념사와 관련하여 획기적인 논고임에 틀림없을 김성근의 논문은 메이지시대 일본에서 사이언스의 역어로 출현한 어휘인 과학이 개화기 조선에 전래되고 이해된 경위를 밝혀준다. 과거(科擧) 공부를 의미하는 한어(漢語)로서의 과학과 어의상으로 구별되는 일본어로서의 과학은 유길준의 『서유견문』에 최초의 용례가 보이며 이후 1900년대 후반 조선인 일본유학생들의 문필 활동을 통해 한국어에 정착되었다고 한다. 일본유학생들이 한국의 근대적 과학 언어 또는 과학 문화의 발생에 중요한 역할을 했다는 것은 이면우의 논문을 통해 확인되는 사실이기도 하다. 이 논문은 다섯 종의 일본유학생 학회지에 발표된 총 백십 편의 자연과학 관련 논설을 검토하고 관심이 집중된 과학 영역, 논설 일반의 형식적 특징, 일본어 과학 교과서와의 관련 등에 대해 논급한다. 조형래는 1900년대 후반에 간행된 교육용 잡지와 학회지에서 과학 교과가 다루어진 방식을 분석하면서 과학이라는 용어가 뜻하는 바의 하나인 분과학문이라는 관념이 뉴튼적 과학의 구성 개념들과 함께 도입되기 시작했음을 입증한다. 그리고 분과학문체제와 만국박람회의 유비관계를 상정하면서 조선에서의 과학 담론의 발흥과 조선의 국민국가체제로의 편입이 동시적임을 이해하도록 자극한다.

조형래는 그의 논문 결미에서 한국 근대문학을 규정한 문학 개념의 도입은 서양과학 수용이라는 역사 속에서 일어난 사건임을 강조하고 있다. 문학이 과학의 번안이 불과하지 않았다는 제한을 덧붙이기로 한다면 과학에 의존하여 존립한 문학이라는 가설은 한국 근대문학의 역사적 판도 내에서는 유효하리라 생각된다. 이 책에 실린 논문들은 서양과학이 한국 근대문학을 성립시킨 지적 토대의 중요한 일부였으며, 과학적 인식이나 방법의 모색이 식민지시대 문학 중의 새로운 노선 혹은 근대주의적인 노선을 형성했고, 과학의 제반 분과에서 유래한 각종 지식이 인간 표상, 서사 기법, 장르 형성 등과 같은 문학의 주요 국면에 영향을 미쳤으며, 과학기술 경험이 주요 작품 소재가 되었음을 말해주고 있다. 이 논문들이 시사하는 바에 따르면 한국 근대문학에 대한 인식을 정확하게 하고 새롭게 하는 맥락으로서 과학은 좀 더 자주 참조되고, 좀 더 깊이 연구될 필요가 있다. 근대 한국에서 과학이 수용되고 경험되고 탐구된 역사는 근대문학의 작품, 형식, 장르, 역사에 관한 보다 많은 발견을 촉진할 뿐만 아니라 문학사를 사상사, 학술사, 문화사 등과의 접경을 따라 좀 더 확대된 판도 속에서 생각하도록 도와준다. 그렇게 과학과의 관련하에 넓은 판도 속에 놓임으로써 한국 근대문학을 성립시키고 전개시킨 충동들 — 예컨대 합리성 — 이 더욱 명확하게 기술되고, 더욱 풍부하게 해석되고, 더욱 근본적으로 비판될 가망이 생긴다.

그러나 한국 근대문학의 새로운 연구를 위한 모색은 이 책이 달성하고자 하는 목표의 전부는 아니다. 이 책에 실린 논문 중 다수는 과학을 지적 원천으로 삼고 있거나 과학기술 경험을 재현한 문학 텍스트와 관련하여 과학이 그 고유의 영역을 넘어 작용하는 양상을 예시한다. 이것은 과학에 대해 의미 있게 말하는 한 방식이다. 의미와 가치의 생산 및 재생산을 목표로 하는 실천과 제도의 영역, 대범하게 말해서 문화의 영역에 과학을 정치(定置)시켜 말하는 방식이다. 과학사는 과학의 천재들에 의한 추리와 발견의 연대기로부터 진작에 벗어났다. 과학을 그 외부―국가 권력, 산업 자본, 전쟁 기술, 종교적 신념 등과 연관시켜 이해하는 것은 과학 이론들의 흥망을 증명과 논박의 모험에 한정된 범위 내에서 이야기하는 것 못지않게 일반화된 과학사의 방법이다. 한국 근대과학사연구의 경우에도 사회사의 방법이 활용됨으로써 이룩된 진전은 적지 않다. 하지만 주류는 역시 과학 제도의 범위 내에 대상을 한정한 연구이다. 한국의 문화가 과학의 실천에 어떤 조건이 되었는가, 과학과 그 결과가 한국사회에서 어떻게 이해되었는가, 과학 지식이 한국인의 지적, 상상적, 도덕적 삶에 어떤 영향을 미쳤는가 하는 문제는 여전히 해명을 기다리고 있다. 엮은이는 이 책이 문학 속의 과학에 중점을 두고 있음에도 한국과학의 문화사에 기여하는 바가 있으리라 생각한다.

이 책의 내용 설계는 문과학문과 이과학문 사이에 다리 놓기 작업이 활발한 작금의 추세와 관련이 없지 않다. 현대 학문은 뉴튼의 무지개와 키츠의 무지개를 별개의 사물인 것처럼 만드는 관행을 극복하는 방향으로 진화하고 있음이 확실하다. 오늘날 인문학이 무지개를 다룬다면 무지개에 관한 과학적 설명과 시적 상상을 어떻게 연결시킬까, 그 각각의 세계 이해 방식을 어떻게 통합시킬까를 고민할 것이다. 과학과 시의 대립을 해소할 변증법적 광학은 엮은이의 시력이 미치지 못하는 영역이다. 그러나 엮은이가 속한 한국 근대문학 연구집단에는 혜안의 학자들이 있어서 이 책의 출간이 가능했다. 이 책은 엮은이가 2011년 한국연구재단 기초학문분야 연구과제의 책임자로서 동료들과 함께 수행한 연구 결과의 일부이며 이 책에 실린 논문의 다수는 그 과제 수행의 일환으로 동국대학교 문화학술원에서 주최한 학술회의(2012.2.3 ~4)를 통해 처음 발표되었다. 논문 필자 모두에게, 특히 학술회의 발표와 무관하게 논문 전재(轉載)를 허락해준 김성근, 이면우 두 분에게 감사하며 '한국 근대문학과 과학의 관련양상' 연구단의 멤버들, 서희원, 이수형, 이철호, 정종현, 차승기, 허병식, 한민주 선생에게 위로의 마음을 전한다. 아울러 수지가 맞을 턱이 없는 책자임에도 흔쾌히 출판 부탁을 들어준 소명출판 박성모 사장님에게 사의를 표한다.

2013년 2월

황종연

차례

이 책을 펴내며 : 무지개의 인문학   003

제1부 문학과 과학의 접점 ─────────────

제1장_ **황종연** : 신 없는 자연   019
　　　　초기 이광수 문학에서의 과학

제2장_ **이수형** : 1910년대 이광수 문학과 감정의 현상학   058

제3장_ **서희원** : '조선의 미래' 혹은 문명과 과학의 서사   091
　　　　이광수 초기 논설과 소설을 중심으로

제4장_ **이철호** : 한국 근대소설과 '의식의 흐름'   127
　　　　베르그송, 제임스, 아인슈타인을 중심으로

제2부 과학이라는 이상, 보편이라는 우상 ─────────

제5장_ **송민호** : 카프 초기 문예론의 전개와 과학적 이상주의의 영향   163
　　　　회월 박영희의 사상적 전회 과정과 그 의미

제6장_ **차승기** : 사실, 방법, 질서   195
　　　　근대문학에서 과학적 인식의 전회

제7장_ **정종현** : 단군, 조선학 그리고 과학   231
　　　　식민지 지식인의 보편을 향한 열망의 기호들

제3부 과학적 상상력과 문명의 스캔들 ─────────

제8장_ **신지영** : 외부에서 온 과학, 내부에서 솟아난 '소문과 반응'들 273
'적극적 수동성'과 '욕망을 동반한 거부'로 형성된 '과학적인 것'

제9장_ **송명진** : 1920년대 과학소설 수용 양상 연구 326
영주생(影洲生)의『80만 년 후의 사회』를 중심으로

제10장_ **한민주** : 과학전의 시대, 총후여성과 인조의 상상력 348

제11장_ **권보드래** : 과학의 영도(零度), 원자탄과 전쟁 384
『원형의 전설』과『시대의 탄생』을 중심으로

제4부 근대 과학의 원초적 장면 ─────────

제12장_ **김성근** : '科學'이라는 일본어 어휘의 조선 전래 423

제13장_ **이면우** : 초기 일본 유학생들의 학회활동을 통한 과학문화의 기여 458
1895~1910

제14장_ **조형래** : 학회지의 사이언스 485
사이언스를 중심으로 한 개화기 근대 학문체계의 정초에 관하여

제1부

—

문학과 과학의 접점

황종연 : 신 없는 자연 | 이수형 : 1910년대 이광수 문학과 감정의 현상학 | 서희원 : '조선의 미래' 혹은 문명과 과학의 서사 | 이철호 : 한국 근대소설과 '의식의 흐름'

신 없는 자연

초기 이광수 문학에서의 과학

황종연

1. 유교에서 과학으로

이광수는 와세다대학 철학과 1학년생이던 1916년, 일본유학생으로서의 자신의 견문을 기록하여 9월 하순부터 한 달여 동안 『매일신보』에 발표했다. 「동경잡신」이라고 제목이 붙여진 그 글은 교육의 의의에 대한 새삼스러운 강조로부터 시작한다. 당시 일본의 교육제도의 발달을 소개한 첫 절에서 이광수는 교육이야말로 국가의 부강함의 근원이라는 주장을 펴고 있다. 그가 그렇게 지대한 의의를 부여한 교육의 실상은 조금 구체적으로 말하면 근대 대학을 정점으로 하는 학교 교육이며, 서양 학문 교과의 이수를 골자로 하는 교육이다. 이광수 자신을 비롯하여 일본의 각급 정규학교에서 수학하고 있는 조선인들은 그들의 전공이 무엇이든지간에 서양인, 일본인과 마찬가지로 '최고문명인'이 되려고 노력하는 중이다. 그리고 그들이 장차 학업을 마치고 조선으로 돌아가 벌일 사업 중 첫째는 '문명보급'이다. 이광수가 보기에 조선인 엘리트의 바람직한 미래는 독립운동가가 아니라 서양학자이며 정치 지도자가 아니라 문명의 교사이다. 그래서일까, 이광수는 「동경잡신」의 한 절을 후쿠자와 유키치[福澤諭吉] 추모에 바쳤다. 이광수에게 후쿠자와는 위인 중 위인이었던 모양으로 당시 도쿄 시외의 조코지라는 절을 찾아가 후쿠자와 묘소에 참배하는 동안 "흉중에는 무한한 경모와 감개가 交臻했다"고 이광수는 적고 있다. 후쿠자와의 업적 중 이광수가 특히 기리고 있는 것은 일본의 서양문명 수용을 선도한 업적이다. 서양문명에 대해 일본인 대다수가 무지하던 시절에 그것을 '완전히 이해한' 후쿠자와의 능력, 많은 역경에도 굴하지 않고 게이오기주쿠 설립을 비롯한 문명 보급 사업에 헌신한 후쿠자와의 열성을 이광수는 칭송하고 있다. 이광수에게 메이지 일본이 신문명국의 한 모델이었던 것처럼 후쿠자와는 '신문명인의 표본'이었다.[1]

후쿠자와가 일본사회에 서양문명을 보급하는 데에 지대한 공로가 있다는 이광수의 발언은 물론 후쿠자와에 관한 정평의 하나이다. 후쿠자와 스스로도 "나는 이 일본에 양학(洋學)을 성행하게 하여 어떻게든 서양식의 문명국으로 만들고 싶다는 뜨거운 마음이었다. 그 취지는 게

---

1 이광수, 「동경잡신」, 『이광수전집』 17, 삼중당, 1963, 475~481 · 501~505면 참조. 후쿠자와 유키치는 유길준 등 19세기 말의 개화파 인사만이 아니라 20세기 초의 지식 청년에게도 권위가 있었던 듯하다. 『소년』 1909년 1월호는 세계의 위인을 소개하는 '신시대 청년의 신호흡'란 제1회로 후쿠자와를 다루면서 그가 1900년에 발표하여 큰 반향을 일으켰던 「수신요령(修身要領)」을 게재했다.

이오기주쿠를 서양문명의 안내자로 삼아 마치 동도(東道)의 주인이 되어 서양식을 독점판매하는 특별 에이전트라고도 함직한 역할을" 했다고 말한 바 있다.[2] 후쿠자와는 그의 형성기에 한학에서 양학으로 전환한 사람답게 유교 윤리의 강설을 경원하고 서양 과학의 전파에 주력했다. 그는 지식을 도덕보다 우위에 두어 『훈몽궁리도해(訓蒙窮理圖解)』라는 책의 서문에서는 "사람에게 지식 없으면 스스로 인의도덕(仁義道德)의 감정(鑒定)도 하지 못한다. 지식 없음의 끝은 부끄러움을 모르는 데에 이른다. 두려워할 일 아닌가"라고 쓰고 있다. 그는 서양 근대문명의 기초를 이룬 과학 지식 중에서 특히 물리학 지식을 중시하고 있었다. 방금 언급한 『훈몽궁리도해』만해도 일종의 초급물리이다.[3] 그가 교육자로서 펼친 사업의 요체는 어쩌면 일본 학문의 중심을 윤리에서 물리로 이동시키는 작업이었다고 해도 좋을지 모른다. 그는 게이오기주쿠를 설립한 이유를 설명하며 이렇게 말하고 있다. "동양의 유교주의와 서양의 문명주의를 비교해보니 동양에 없는 것이 유형의 것으로는 수리학, 무형의 것으로는 독립심, 이 두 가지이다."[4] 여기서 독립심은 개인이든 국가든 자력으로 존립하려는 의지를 말하는 것으로, 수리학은 수학 내지는 수학적 자연학을 가리키는 것으로 보인다. 수학적 자연학이라고 하면 자연이라는 책은 수학의 언어로 씌어져 있다는 갈릴레오의 유명한 말이 떠오른다. 수학적 자연학은 수학적 수단으로 자

---

2 후쿠자와 유키치, 허호 역, 『후쿠자와 유키치 자서전』, 이산, 2006, 239면. 일본어 원문(福澤諭吉, 『新訂 福翁自伝』, 富田正文 校訂, 岩波書店, 1991, 206면)을 참조하여 번역문 수정.
3 『훈몽궁리도해』와 후쿠자와의 물리학 중시에 관해서는 鹿野政直, 『福澤諭吉』, 清水書院, 1967, 66~67 · 103~104면 참조.
4 후쿠자와 유키치, 앞의 책, 239~240면; 福澤諭吉, 앞의 책, 206면.

연의 근원적 성질을 설명하려는 시도가 철저화한 형태이자 서양과학에 있어서 전근대와 근대의 분수령을 만든 자연학의 혁신적 형태이다. 근대 서양에서 자연을 수학적으로 기술한 최고의 과학 걸작은 물론 뉴턴의 물리학 저작이다.

유교에서 과학으로, 윤리에서 물리로 — 이것은 1910년대 이광수가 문명의 이름으로 희구한 조선 문화의 변혁을 얼마간 설명해주는 공식이기도 하다. 와세다대 재학 중의 이광수는, 알다시피, 신랄한 유교비판가였다. '생활의 혁명'을 위한 신사상을 촉구한다는 취지에서 그가 1918년에 발표한 미완의 장편논설 「신생활론」은 유교의 권위를 손상시키는 논평을 다수 포함하고 있다. 그는 인의(仁義)의 교의는 그것을 산출한 고대 중국의 상황에만 적합다고 주장함으로써 조선의 유교란 조선인의 자기소외에 불과함을 시사했으며 이어서 '숭고(崇古)'에서 '점잔'에 이르는, 조선 문화에서 관찰되는 유교의 영향을 생활의 요구에 역행하는 악습이라고 단죄했다. 그가 유교를 배격한 이유 중에는 과학에 대한 신임도 포함된다. 그가 보기에 유교는 경전과 시문 교육만을 장려했고 그래서 과학의 발달을 저해했지만 "현대의 문명은 과학의 문명, 현대 교육의 진수는 과학, 따라서 현대 생활의 기초는 과학, 그중에도 자연과학"이었다.[5] 사실, 이광수의 이력에서 와세다대 재학 시기는 그가 자연과학의 세례를 깊이 받기 시작한 시기이기도 하다. 당시에 그는 철학적으로 추리해보면 가능한 학문은 '자연계의 과학적 탐구'밖에 없다는 생각에서 단지 종교만이 아니라 자기 전공인 철학까지 비웃

---

5 이광수, 「신생활론」, 『이광수전집』 17, 삼중당, 1963, 541면.

었고 생물학과 천문학을 비롯한 자연과학 수업에 열중했다. 그가 진화론의 문구를 염불하듯 외우는 버릇이 생긴 것도 이 무렵의 일이다.[6] 그의 장편소설『무정』을 읽은 사람이면 누구나 형식 일행이 삼랑진 수재를 목격한 이후 그들의 책임을 자각하는 가운데 동포에게 "과학을 주어야"겠다고 다짐하는 대목을 기억한다. 20세기 초엽의 일본유학생 사이에 보이는 과학 숭상 풍조는 어쩌면 이광수를 통해 최고의 표현을 얻었다고 해도 좋을지 모른다. 1910년대의 이광수는, 당시 그의 과학 소양이 어떤 수준이었든지 간에, 과학이 조선인에게 열어주는 진보의 가능성에 크게 매혹되어 있었고 과학에 근거한 새로운 사상과 문화의 수립에 깊이 관여하고 있었다. 앞으로 보게 되겠지만 그가 이룩한 지적, 문학적 혁신은 많은 부분에서 과학적 합리성을 추구한 결과였다. 보통 계몽적이라고 불리는 그의 초기 사상은 과학, 오직 그것만을 사물의 본성에 대한 지식을 얻는 참된 방식으로 간주한다는 의미에서 과학주의의 성격마저 농후하게 지니고 있었다.

2. 지사와 신사의 변증법

이광수의 장편소설『개척자』는 과학 ― 그리고 그것에 연관된 생활

---

6   이광수, 「그의 자서전」, 『이광수전집』 9, 삼중당, 1963, 432면.

방식 — 이 조선인 대다수에게 극히 괴상하고 경이롭게 여겨지는 상황을 배경으로 과학자의 이야기를 들려준다. 화학자 김성재가 '경성 다동'의 본가에 차린 실험실은 문화적으로 외딴 공간 같다. 그가 '팔각종(八角鐘)' 시계를 가까이에 두고 규칙적인 생활을 하고 있는 반면 그의 주변에는 '종로(鍾路)의 인경(人磬) 소리'로 시간을 알던 사람들의 생활과 사상이 그대로 남아 있고, 그가 발명을 자신의 사명으로 여겨 생계조차 돌보지 않고 실험에 진력하고 있는 반면 그의 이웃에는 사욕을 채우고 특권을 누리기에 급급한 양반 풍속의 말류가 그대로 남아 있다. 그가 살고 있는 과학자 내지 발명가의 삶의 원천은 사실상 조선사회의 외부에 있다. 그의 가장 중요한 학력은 도쿄 소재 어느 고등공업학교 졸업이며 그가 실험에 쓰고 있는 기구와 재료는 모두 일본산이다. 그는 마치 한국 근대과학의 일본적 기원을 일깨우는 듯하다. 한국근대과학기술의 선구자들이 일본 유학생 중에서 배출되었다는 것은 이미 확인된 역사적 사실이다. 대한제국정부에서 일본에 유학시킨 한국인 다수는 이공계에서 학업을 쌓고 돌아와 정부의 과학기술진흥사업에 참여했다. 도쿄제대 공학부를 졸업하여 촉망을 받았던 상호는 정부의 공업행정 분야에 중용되었고 도쿄공업학교 등에서 수학한 인물들이 관립농상공학교의 교관 직책을 맡았다.[7] 『개척자』의 배경이 되는 시대는 대한제국의 패망 이후이다. 하지만 정신적으로나 물질적으로나 일본에 의존하고 있는 과학 활동은 조선인에게 새로운 생활을 가져다줄 영웅적인 행위로 인식되고 있다. 과학자의 영웅화는 일본의 조

7 김근배, 『한국 근대 과학기술인력의 출현』, 문학과지성사, 2005, 46~47 · 75~77면.

선 통치라는 상황을 고려하면 많든 적든 정치적이다. 그것은 식민지라는 조건과 타협하는 민족운동의 새로운 정통화를 암시한다.

그런 점에서 『개척자』의 부(副)인물 중 하나인 전경은 주목을 요한다. 성재가 아버지의 장례를 치르는 장면에서 처음 등장하는 전경은 성재와 그의 친구와의 대화를 통해 삼십대 초반의 나이임에도 범상치 않은 생을 살아왔음이 밝혀진다. 전경은 일진회에서 세운 광무학교에서 수학한 다음 북간도로 가서 교사 생활과 민단 활동에 종사했다가 조선인들의 파벌 싸움에 휘말려 고초를 겪었으며 해삼위에 가서 다시 뭔가에 투신했지만 성공을 보지 못하고 극도의 곤궁에 시달리며 가까스로 연명했다. 게다가 조선으로 돌아온 후에는 "○○ 음모사건의 연루자"로 체포되어 1년간 옥고를 치렀고 그 바람에 심신에 심각한 손상을 입었다. 현재 그는 성재의 주선으로 어느 소학교의 한문 교사를 하고 있다. 전경의 이력에 대해 성재는 대단히 생략적으로 말하고 있지만 그것이 정치운동가의 이력임은 추측하기 어렵지 않다. 그의 유랑이 '북간도, 서간도, 해삼위'만이 아니라 '상해 등지'까지 이르렀고 그의 행로가 조선인의 테러리즘을 연상시키는 '육혈포변(六穴砲變)' 같은 사건에 영향을 받고 있었다고 하니 그는 어쩌면 독립운동에 관여하고 있었는지 모른다. 그는 "자기의 이상대로 세상을 개조하려"는 집념으로 모험과 분투의 삶을 살아왔다. 하지만 성재에게 그는 존경의 대상이라기보다 연민의 대상이다. 성재가 보기에 세상의 추이는 그를 공상가로 만들었기 때문이다. "전군이야말로 참 늙은 개화군(開化軍)이지요"라고 성재는 평한다. 전경이 서술상 현재 귀신을 보고 귀신에 들릴 정도로 미친 사람이라는 것은 상당히 상징적이다. 『개척자』의 저자는 조선사회가 그간 엄청나게 달라져 조선의 정치적 독립을 위한 정념은 이제 한낱 광기에 불과하다고 말하고 있는 듯하다.[8]

『개척자』에는 개화의 방식에 있어서 전경과 대립적인 인물이 또한 존재한다. 이일우라는 인물이다. 정규 교육을 제대로 받지 못하고 망명자처럼 이방을 표류했던 전경과 달리 이일우는 동경의 어느 대학의 법과에 재학했고 귀국한 이후에는 변호사로 성공하여 경성의 상류사회 속에 안착했다. 그는 그와 같은 시기에 동경에 유학한 성재와 마찬가지로 신식 학문 이수를 통해 형성되기 시작한, 조선사회의 고등 지식인-기술인 계층에 속한다. 이일우가 그의 시대의 대세를 반영하는, 남성 엘리트의 유형으로서 전경을 대체하는 인물임은 분명하다. 전경이 '지사(志士)'라고 호명되고 있는 반면, 그는 '신사(紳士)'로 분류되고 있는 터이다. 『청춘』의 한 논설에 의하면 영어 젠틀먼의 번역어인 신사는 1910년대 조선 남성에게는 "가장 서슬 푸르고 듯기 죠코 榮光잇는 稱號"였다.[9] 신사는 일반적으로 사회의 각 부문에서 지도자 역할을 하는 학덕을 겸비한 남성을 뜻했다. 『개척자』의 서술자는 성재의 일본 유학 동기 중 '중등 정도의 학교의 교장', '은행의 지배인이나 취체역' 등을 하고 있는 인사들을 이일우와 함께 '훌륭한 신사'로 거론하고 있다. 하지만 소비를 통한 자아조형이 항간의 풍습이 되기 시작한 당시에 신사는 양복을 비롯한 일정 세트의 물품 소비를 통해 이미지화되는 남성이기도 했다. 이일우가 소유한 신사의 위표(威表) 중에는 조선식 가옥 내부의 서양식 응접실이 포함된다. 그러나 성재의 눈에 비친 이

---

8 이광수, 「개척자」, 『이광수전집』 1, 삼중당, 1963, 357~358면.
9 두공(頭公), 「신사연구」, 『청춘』 3, 1914.12, 65면.

일우는 사사로운 이욕 추구밖에는 관심이 없는 법률가일 뿐이다. 이일우는 정념이 아니라 법리가, 운수가 아니라 제도가 지배하는 시대에 적응했지만 민족 엘리트에게 요구되는 양심과 사명은 결하고 있다. 그래서 그의 신사풍은 조선인의 형편에 맞지 않는 사치로 보인다. 법률 문제로 그의 집에 들른 성재는 그의 비열한 성격을 상기하며 '조선집에 양식 탁자, 의자'가 우습다고 생각한다.

『개척자』에 그려진 과학은 전경이 예시하는 바와 같은 광기, 이일우가 보여주는 바와 같은 이욕과 구별되는 것처럼 보인다. '화학자' 성재는 동경의 공업학교를 졸업한 이래 자기 집에 실험실을 차려놓고 정치의 소란으로부터 멀찌감치 떨어진 수리와 공식의 세계에 살고 있다. 그런가 하면 발명가로 성공하겠다는 포부를 가지고 전문학교 교수직조차 거절하고 연구에 전념하던 나머지 가계를 염려해야 하는 처지가되었다. 위험한 대륙의 여기저기를 떠돌아다니는 전경과 집안의 실험실에서 규칙적으로 일과를 수행하는 성재, '세비로'를 입고 '인력거'를타는 이일우와 양목(洋木) 의복에 미투리 신고 다니는" 성재, 이 대조는매우 뚜렷하다. 어떻게 보면 성재는 이성적이고 사심 없는 과학자-발명가 같다. 하지만 그것이 그의 정체는 아니다. 그가 가산을 탕진하며실험에 몰두하고 병에 걸려 의식이 혼미한 중에도 성공에 집착하는 대목에서는 지사의 광기가 내비친다. 또한 그가 그와 그의 가족을 경제적으로 지원해주고 있는 친구 변에게 여동생 성순이 시집을 가도록 종용하는 대목에서는 신사의 욕심이 느껴진다. 성재가 구현하고 있는 과학자는 단순히 과학을 자기 직업으로 삼고 있는 사람에 그치지 않는다. 과학자는 개화 조선이 1910년대까지 산출한 남성 엘리트 유형들의 변증법적 지양 — 즉 지사와 신사의 종합이다. 과학자는 합법적인 방식으로 사회의 개조를 도모하는 지사이자 민족의 이익에 대한 공헌을 통해 위표를 획득하는 신사이다. 그런 의미에서 과학자의 출현은 조선 민족의 갱생에 대한 약속처럼 보인다.

아아, 누누(累累)한 사해! 사대문(四大門), 종로, 북악, 및 남산 어느 것이 사해가 아니랴. 백 년 묵은 사해, 이백 년 묵은 사해, 간혹 천 년 묵은 사해, 온통 사해다. 지금 이 달빛에 가로(街路)로 다니는 것도 사해, 혹 실내에 앉았는 것, 누웠는 것, 떠드는 것, 어느 것이 사해가 아니랴? 소리면 귀추(鬼啾), 빛이면 귀화(鬼火), 무엇이 조약(躁躍)한다면 망량(魍魎)의 조약, 그러나 서울에는 생명이 있다.

이 생명은 묵은 사해와 새로운 공기와 광선으로 생장할 것이다. 묵은 사해는 사해, 그 물건으로는 무용하다 하더라도, 그것을 생명적으로 분해한 화학적 원소는 넉넉히 신생명의 영양 될 수가 있다. 될 수가 있을 뿐더러 그것은 영양으로 하지 아니하면 아니 된다. 그리고 공기와 광선은 무한하다. (…중략…) 서울의 생명은 생장하지 아니치 못할 운명을 가졌다.[10]

『개척자』의 서술자는 서울의 사람과 풍물이 온통 죽은 생명의 잔해라고 말한다. 1910년대 조선에 퍼진 망국민의 감성을 이만큼 통렬하게 전하는 구절은 흔치 않다. 하지만 이 서울사해(死骸)론은 절망의 표백으로 끝나지는 않는다. 인용문에서 보다시피 서술자는 물질원소론

---

10 이광수, 앞의 책, 394면.

의 상식을 동원하여 시체로부터 생명이 생장하는 법칙을, 망국의 조선이 부활하는 이치를 이야기한다. '화학'이라는 단어는 당연히 예사롭지 않다. 성재의 전공 분야이기도 한 화학은 조선의 소생에 대한 신념의 예술과도 같다. 화학적 관점에서 조선을 보면 사해의 상태에 머물지 않고 생명의 상태로 전화(轉化)하고 있다는 징조가 시야에 들어온다. 그 징조 중의 하나가 바로 성재와 같은 과학자의 존재이다. 서술자는 성재의 거듭되는 실험에서 새로운 생명의 탄생을 직관하도록 요구한다. "만일 제군이 총명할진대 성재의 시험관이 끓어나는 소리 중에서 새 생명의 심장의 고동을 들어야 하고, 주정등의 화염 중에서 새 생명의 섬광(閃光)을 보아야 한다."[11] 성재의 실험이 조선의 신생을 예고한다는 주장은 미심쩍은 데가 있다. 그의 실험을 가능하게 하는 조건인 제도로서의 과학이 일본 식민주의의 이익에 따르도록 되어 있는 상황에서 그의 실험이 조선에 대하여 어떤 공헌이 될지는 의문이다.[12] 그의 실험이 나타내는 조선의 신생하는 인상이란 실은 조선의 식민지적 예속의 심화에 대한 착시일지 모른다. 지사와 신사의 종합이 조선사회의 지적, 정치적 리더십에 있어서의 진보를 나타낸다고 보아야 할지 여부는 불확실하다. 그것은 일본의 조선 병합 이후 조선인 엘리

---

11 위의 책, 395면.

12 사회로부터 고립된 채로 칠 년째 실험을 계속하고 있는 성재의 이야기는 미래의 성공에 대한 일말의 암시도 없이, 오히려 그의 연구를 실패하게 만들지 모를 경제적 곤란이 강조된 가운데 끝난다. 이것은 조선인의 과학이 조선인의 민족적 이익과 결합하는 그 나름의 제도를 가지고 있지 못한 상황에 대한 직관을 담은 이야기 구성처럼 보인다. 근대과학을 발전시킨 결정적 요인 중 하나가 과학의 연구, 교육, 이용 사이에 긴밀한 연계를 성립시킨 제도라는 것은 과학사의 상식이다. 이광수에게 과학 문명의 한 모범이었을 메이지시대 일본에서도 서양 근대과학의 이식은 전문직업적 과학자층을 중심으로, 그리고 부국강병을 목표로 하는 과학 제도가 수립된 덕분에 성공적이었다. 廣重 徹, 『科學の社會史 上 : 戰爭と科學』, 岩波現代文庫, 2002, 특히 45~103면 참조.

트 집단이 식민주의와 타협하면서 조선사회의 자본주의화를 추구한 사태의 한 반영이기 때문이다. 그러나『개척자』에서 과학과 과학자에 대한 회의는 가능하지 않았다. 무엇보다도 저자 이광수에게는 과학의 힘이 너무나도 위대했기 때문이다.

3. 과학하는 아이, 훔쳐보는 청년

조선이 일본 및 서양에 문호를 개방한 이후 서양과학의 힘은 조선인에게 빠르게 인지되었다. 서양이 비서양에 대하여 보유한 지배력의 근원이 과학이라는 것, 조선의 부와 힘의 증대에 과학 연구와 교육이 필수적이라는 것은 갈수록 명백했다. 과학의 정신적, 물질적 결과를 접하기에 유리한 위치에 있었던 조선인 일본유학생들에게 과학은 바로 문명이었다. 1910년대의 이광수는 뉴튼의 물리학과 다윈의 생물학을 증기기관 발명 등의 기술적 진보와 함께 당대 문명의 근원으로 간주하는 학설에 친숙했다.[13] 이광수를 비롯해서 그들 자신을 조선 문화 혁신의 주도자로 인식하고 있었던 유학생들은 그들이 공유하는 지식의 중심에 과학을 위치시켰고 과학 지식의 대중화를 통한 계몽 청년 세대의 육성에 깊은 관심을 가지고 있었다. 1910년대 청년 담론의 중심 기

---

[13] 이광수, 「문학의 가치」,『이광수전집』1, 삼중당, 1963, 506면.

관의 하나인 『청춘』을 일별하더라도 이것은 분명하다. 1914년의 창간호부터 네 차례에 걸쳐 연재된 일종의 천체물리학 개요인 「세계의 창조」를 시작으로 다양한 주제를 통해 과학의 경이를 느끼게 하는 글이 매호 게재되었으며 갈릴레이나 제임스 와트 같은 인물이 과거에 나폴레옹이나 표트르대제가 점유하던 위인전의 자리를 점유했다. 청년이라고 자칭한 1910년대의 지식 엘리트들은 과학과 문명에 대한 지식을 가지고 있기 때문에 그들의 부형과는 별종의 인간이며 아울러 미래의 조선을 지도할 자격을 갖추었다고 믿었다. 조선 청년은 "今日今時에 天土으로서 폼土에 강림한 新種族으로 자처하여야 한다"는 이광수의 악명 높은 선언은 그의 세대가 고등교육 기관에서 과학을 학습한 최초의 세대라는 의식이 작용한 결과였는지도 모른다.[14] 이광수가 상상한 신종족은 과학으로부터 인식과 행동의 힘을 얻는 인간이었다.

네눈이 밝고나 엑스빗갓다   [엑스빗] X光線

하늘을 께뚤코 땅을들추어

온가지 眞理를 캐고말란다

  네가 「새 아이」로구나

네손이 슬겁고 힘도크도다   [불길] 火焰

불길도 만지고 돌도줌을너   [누리] 丗

새롭은 누리를 지려는구나

---

14 이광수, 「자녀중심론」, 『청춘』 15, 1918. 5.

네가 「새 아이」로구나

네맘이 맑고나 銳敏도하다
하늘과 땅새에 微妙한것이
거울에 더밝게 비최는고나
　네가 「새 아이」로구나

네人格 놉고나 정성과사랑
네손발 가는대 和平이잇고
無心한 微物도 다밋는고나
　네가 「새 아이」로구나[15]

　『청춘』 3호의 권두에 실린 이 「새 아이」라는 시는 이광수가 이상화
한 청년의 자질이 무엇이었던가를 알려준다. 그 자질로서 제1련은 투
시력 있는 시력, 제2련은 슬기로운 기술, 제3련은 명민한 마음, 제4련은
고상한 인격을 각각 말하고 있다. 새 아이 또는 이상적인 청년은 투시
하는 시력으로 우주의 숨겨진 진리를 캐어내고 슬기로운 기술로 새로
운 세계를 창조하며 명민한 마음으로 자연의 묘리를 명확히 이해하고
고상한 인격으로 인간과 사물을 지배한다. 청년은 과학, 기술, 철학, 정
치 모두에 능하다. 그러나 조금 자세히 보면 그 네 가지 능력 또는 미덕
중에서 과학이 으뜸이다. 과학이 가장 먼저 언급되었기 때문만이 아니

---

15 외배, 「새 아이」, 『청춘』 3, 1914. 12.

라 나머지 셋이 과학으로부터 파생되는 미덕이기 때문이기도 하다. 과학의 축적을 바탕으로 인공의 세계가 가능하고, 자연 법칙의 해명이 가능하고, 평화로운 통치가 가능하다. 그러므로 좀 더 줄여 말하면 이광수의 청년은 과학의 힘으로 자연을 정복하고 인간을 통치하는 사람이다. 그는 과학주의에 의해 발명된 만능(萬能) 군주의 한 전형이다.

　「새 아이」의 네 연 중 나에게 가장 흥미로운 것은 엑스빗이라는 비유가 나오는 제1련이다.[16] 엑스빗이란 이광수가 달아놓은 어휘주석에 밝혀져 있듯이 엑스레이를 말한다. 「새 아이」가 발표된 1914년의 시점에서 보면 엑스레이는 그렇게 오래된 과학사의 전설은 아니다. 뢴트겐이 엑스레이를 발견한 것은 1895년의 일이다. 그 소식이 전해진 직후 일본에서는 도쿄대 물리학 교수 야마카와 겐지로(山川健次郎)가 엑스레이 실험에 나서 같은 해에 성공을 거두었다. 눈이 밝기가 엑스레이 같다는 이광수의 비유는 근대과학사에 반복해서 나타나는 과학과 시각(vision)의 밀접한 관계를 상기시킨다. 서양에 있어서 과학의 진보는 광학 기구의 개발을 통한 시야의 확대와 평행을 이룬다. 비근한 예가 갈릴레이의 망원경 제작이다. 갈릴레이가 네덜란드에서 수입된 망원경을 개량해서 30배 배율의 망원경을 만들지 못했더라면 코페르니쿠스적 우주의 이론적 확립은 불가능했을 것이다. 근대 일본에서도 투시의 범위를 확대할 기구 개발은 과학 실험의 중요한 부분이었다. 앞에 언급한 일본 물리학의 선구 야마카와는 엑스레이 실험만이 아니

16　엑스빗이라는 소재는 나의 맥락과 다른 맥락에서 검토된 전례가 있다. 권보드래, 「현미경과 엑스레이 : 1910년대 인간학의 變轉」, 『한국 현대문학연구』 18, 2005; 이경훈, 「청춘의 기계, 문학의 테크놀로지」, 『대합실의 추억』, 문학동네, 2007.

라 천리안(千里眼) 실험으로도 유명했다.[17] 시각중심주의(ocularcentrism), 즉 인식에 있어서 시각을 다른 감각보다 우위에 두는 경향은 과학의 발전을 가져온 중요한 문화적 조건 가운데 하나임에 틀림없다. 「새 아이」에 암시된 인식론에서도 시각의 특권화는 뚜렷하다. 제1련에서 진리의 인식이 불가시적인 것의 가시적인 것으로의 변환으로 간주되고 있는 데에 이어 제3련에서는 자연에 대한 인식이 마음의 '거울'에 자연이 비치는 현상으로 이해되고 있다.

시각중심주의는 윤리상의 보편자들이 '마음의 눈'에 보이도록 되어 있다고 생각한 플라톤 이래 서양문화의 역사를 관통하고 있는 인식론적 패러다임이다.[18] 서양문화에 있어서의 근대는 원근법으로 대표되는 시각의 합리화와 함께 시각의 헤게모니에 대한 철학적 인준을 낳았다. 데카르트는 진리라는 명백하고 확실한 관념은 '확고한 정신적 응시'에서 나온다고 보았고, 로크는 객관적 지식은 시각의 작용으로 얻어진다고 믿었다. 이 시각중심적 인식론은 근대의 인간이 세계에 관여하는 근대의 인간 특유의 방식을 압축하고 있다. 하이데거에 의하면 '근대의 근본적인 사건은 세계를 상(像)으로서 정복한 것', 즉 삼라만상을 총괄하는 우주에서 주체의 눈앞에 놓이는 객체로 세계를 변환시킨 것이다.[19] 근대의 인간중심적 주체-세계로부터 독립하여 세계를 지배하는 주체는 바로 그렇게 세계를 이미지, 표상, 경관으로 축소시킴으

---

17 渡辺正雄, 『日本人と近代科學』, 岩波文庫, 1976, 23~28면.

18 시각중심주의에 관해서는 Martin Jay, *Downcast Eyes : The Denigration of Vision in Twentieth-Century French Thought,* Berkeley : University of California Press, 1993, 21~82면 참조.

19 Heidegger, "The Age of the World Picture", *The Question Concerning Technology and Other Essays,* New York : Harper & Row, 1977, 134면.

로써 성립한다. 근대적 주체는 그의 의지 덕분에 세계가 비로소 질서를 가진다고, 그의 용도 덕분에 세계가 비로소 의미를 가진다고 생각한다. 「새 아이」는 진리에 관한 시각중심적 패러다임을 제시하는 한편으로 이 오만한 근대적 주체의 나르시시즘적 환상이라고 불릴 만한 관념을 피력한다. 과학하는 청년은 자연에서 결국 그의 지식과 기술에 굴복하여 그의 창조에 이용되는 물질밖에 보지 못하며(제2련), 세계의 만물이 유순하게 그의 통치에 복속되어 평화를 이루고 있는 상태를 상상한다(제4련). 그는 그를 둘러싼 일체의 자연적, 인위적 세계 속에서 자기현존(self-presence)의 증표를 발견할 뿐이다.

이렇게 이광수가 찬미한 청년의 본질을 살펴다보면 제1련의 시각중심적 비유는 다시 주의를 끈다. 여기서 보는 행위는 엑스레이의 사출(射出)에, '꿰뚫코' '들추(는)' 동작에 견주어지고 있다. 즉, 철저하게 남성적인 행위로 상정되고 있다. 청년이 사물을 투시하는 방식은 남성이 여성에게 침투하는 방식과 동일하다. 이러한 까닭에 『무정』의 초반, 형식이 선형을 처음 만나는 장면에 나오는 다음과 같은 구절은 범상치 않게 보인다.

"천만의 말씀이올시다" 하고 형식은 잠깐 고개를 들어 부인을 보는 듯 선형을 보았다. 선형은 한 걸음쯤 그의 모친 뒤에 피하여 한편 귀와 몸의 반편이 그 모친에게 가렸다. 고개를 숙였으매 눈은 보이지 아니하나 난 대로 내버린 검은 눈썹이 하얗고 널찍한 이마에 뚜렷이 춘산을 그리고, 기름도 아니 바른 까만 머리는 언제나 빗었는가 흐트러진 두어 오리가 불그레한 복숭아꽃 같은 두 뺨을 가리어 바람이 부는 대로 하느적하느적 꼭 다문 입술을 때리고, 깃 좁은 가는 모시 적삼으로 혈색 좋은 고운 살이 몽롱하게 비치며 무릎 위에 걸어놓은 두 손은 옥으로 깎은 듯 불빛에 대면 투명할 듯하다.[20]

　형식의 눈은 상당히 예리하다. 그는 '잠깐 고개를 들어' 그나마도 김 장로 부인에게 시야의 방해를 받으며 보고 있음에도 미세한 세목까지 훑고 있다. 하얗고 널찍한 이마 아래 그린 듯이 자리를 잡은 짙은 눈썹, 얼굴 아래로 흘려내려 하늘거리는 머리카락 두어 올, 복숭아꽃 같은 두 뺨과 단정하게 다물어진 입술, 모시 적삼 속으로 몽롱하게 비치는 '혈색 좋은 고운 살', 모양이 우아하고 색조가 밝은 두 손 — 형식은 선형의 신체상에 나타난 미인의 화소(畵素)들을 잇달아 주시한다. 그가 김 장로 부인을 보는 척하며 그 너머에 있는 선형의 용모를 보는 행위는 다분히 은밀하다. 특히 그의 눈이 선형이 입고 있는 모시 적삼을 뚫고 들어가 선형의 살에 미치는 순간에 그는 확실하게 훔쳐보기를 행하고 있다. 위에 인용한 구절 다음에는 형식이 선형의 모습을 관찰하는 사이 '청년 남녀' 사이에 자연히 일어나는 흥분과 같은 종류의 흥분을 느꼈다는 서술이 나온다. 청년의 응시는 「새 아이」에서는 과학적이고, 『무정』에서는 성애적이다. 이것은 전혀 기이한 사태가 아니다. 정신분석이 가르쳐주었듯이, 지식애호 충동과 리비도적 충동은 근본적으로 상통하기 때문이다.[21] 어느 계기에는 탐조(探照)적이고 다른 어느 계기에는 절시(竊視)적인 청년의 눈은 오히려 가부장제 문화의 수사학에서 진리의 추구와 여성 정복이 밀접하게 연관되어 있음을 상기시킨다. 과학 정신

20　이광수, 『무정』, 문학과지성사, 2005, 18~19면.
21　피터 브룩스, 이봉지·한애경 역, 『육체와 예술』, 문학과지성사, 2000, 34~42면 참조.

과 남성 욕망은 별개가 아니다. 흥미롭게도 이광수는 청년을 위한 과학 교육을 촉구하는 동시에 '욕망의 교육'을 장려하고 있었다.[22]

4. 기독교를 대체하는 진화론

1910년대에 젊은 조선인 엘리트들이 과학에 주목한 이유 중에는 조선의 산업 진흥에 대한 특별한 관심이 있었다. 총독부 통치 하에 조선 사회에 광범위하게 확산된 식산흥업론을 배경에 두고 그들은 산업의 기초로서의 과학을 강조하곤 했다. 송진우는 현대의 산업문명을 성립시킨 과학의 응용에 주의를 촉구했으며, 현상윤은 조선에서 산업혁명을 실현하려면 과학교육이 필수적임을 역설했다.[23] 이광수는 산업 진흥을 조선의 긴급한 과제로 여겼고 산업 인력 육성을 위한 교육 혁신을 촉구했다. 하지만 과학의 산업적 효용은 그가 과학을 중시한 주요 이유는 아니었다. 그는 물질생활의 측면보다 정신생활의 측면에서 과학이 중요하다고 생각했다. 과학의 진정한 의의는 '과학과 인생과의 관계'에 있다고 보았고 '과학정신'에 기초한 인생관을 가지도록 권고했다.[24] 그에게 과학은 인간과 세계를 전체적으로 이해하고 인간 생활

---

22 이광수, 「교육가 제씨에게」, 『이광수전집』 17, 삼중당, 1963, 79면.
23 송진우, 「사상개혁론」, 『학지광』 5, 1915.5, 8면; 현상윤, 「강력주의와 조선청년」, 『학지광』 6, 1915.7, 47면.
24 「八字說을 기초로 한 조선인의 인생관」, 『이광수전집』 17, 167면.

을 합리적으로 영위하는 현대적 방식을 의미했다. 과학은 현대의 종교라고 한다면 그것은 그의 과학관의 핵심을 찌른 표현일지 모른다. 인간 문화에서 과거에 종교가 차지하던 위치를 현재는 과학이 차지한다고 그는 보고 있었다. 그의 「신생활론」에는 "동양 구문화를 대표한 유교사상과 서양 구문화를 대표한 耶蘇敎사상과 서양 급 일본의 신문화를 대표한 과학사상"이라는 문구가 나온다.[25] 유교, 기독교, 과학 삼자의 각축으로 인한 혼란은 그가 20세기 초엽에 관찰한 조선사상의 현실이었다. 한국문학사에서 일반적으로 계몽이라고 부르는 그의 이데올로기적 실천은 유교 및 기독교를 두고 과학의 견지에서 가한 공격이었다 해도 잘못이 아니다.

과학의 여러 분야 중에서 이광수가 특히 계몽의 역할을 인정한 분야가 있었다면 그것은 생물학이다. 문명의 교사를 자임하고 있는 『무정』의 형식이 해외유학을 가서 전공하려는 학문이 바로 생물학이라는 사실이 말해주듯이, 이광수에게 생물학은 과학 중의 과학이었다. 그는 와세다대 재학시절에 "다아윈의 진화론이 마땅히 성경을 대신할 것이라고 생각"했고,[26] 같은 시기에 집필한 「동경잡신」에서 그가 현대문명의 이해에 필수적이라고 판단한 일본인의 저작을 추천하는 중에 자연과학 분야에서는 유일하게 생물학자 오카 아사지로[丘淺次郎]의 『진화론강화』를 들었다.[27] 알다시피 진화론은 자연에 있어서 인간의 지위에

25 「신생활론」, 위의 책, 544면.
26 「그의 자서전」, 『이광수전집』 9, 432면.
27 「동경잡신」, 『이광수전집』 17, 513면. 다원주의가 이광수에게 미친 영향에 관해서는 윤홍노, 「개화기 진화론과 문학사상」, 『동양학』 16, 1986; 波田野節子, 「李光洙の民族主義思想と進化論」, 『朝鮮學報』 136, 1990 참조.

관한 생각을 일변(一變)시켰고 기독교를 비롯한 전통적인 인간 및 세계 이해 방식에 중대한 도전이 되었다. 오카는『진화론강화』의 마지막 장에서 진화론적 생물학이 철학, 윤리, 교육, 사회, 종교 등 제반 학과에 어떤 변화를 요구하고 있는가를 다루면서 아울러 그것이 문명세계의 사상 방면에 얼마나 널리 영향을 미치고 있는가를 지적했다.[28] 이광수는 진화론의 관념을 현대사상의 원천이라고 믿었다. 생물 일반에 '생존경쟁'을 출현시키는 '생하려는 욕망' — '개체의 보존발전 급 종족의 보존발전' 욕망 — 으로부터 금일 세계 제문명국의 실지로 행하는 윤리, 정치, 교육의 근본사상"이 발생하고 있다고 보았다.[29] '생하려는 욕망'을 인간 본성으로 전제하는 새로운 윤리적, 철학적 사고는 이광수 스스로 행하고자 했던 바이기도 하다. 그는 조선인 개인 및 종족의 보존과 발전이라는 요구를 기준으로 조선인의 사상개혁 또는 풍속개혁을 구상했고 그 결과가 「자녀중심론」과 같은 일련의 계몽조 논설이었다.

이광수 개인의 사상 편력에서 보면 진화론은 그의 사상을 기독교의 구속으로부터 벗어나게 해준 요인이었다. 와세다대 유학시절 그의 사상적 방황을 회고하는 자리에서 그는 이렇게 쓰고 있다.

우리는 우리의 이성으로 이 우주의 본체를 알아낼 수는 없다. 오직 과학을 통해서 우리 오관에 들어오는 현상 세계를 알아볼 수 있을 뿐이다. 그러므로 우리에게 허하여진 것으로 오직 자연계의 과학적 탐구뿐이다. 이렇게 생각하게 되었다.

---

28 丘淺次郎,『新補 進化論講話』, 東京開成館, 1925, 717~756면.
29 「교육가 제씨에게」,『이광수전집』17, 73면.

이렇게 생각하고 나는 다만 종교를 비웃을 뿐 아니라 철학까지도 비웃었다. 그래서 나는 생물학 강의를 듣고 천문학 강의를 듣고 실험심리학을 열심으로 공부하고 그리고는 사회학과 정치, 경제에 도리어 흥미를 느꼈다.

나는 다아윈의 진화론이 마땅히 성경을 대신할 것이라고 생각하고 헤에겔의 『알 수 없는 우주』라는 책을 읽을 때에는 비로소 진리에 접한 것처럼 기뻐하였다.

'Struggle for life(살려는 싸움).'

'Survival of the best(잘난 자는 산다).'

이러한 진화론의 문귀를 염불 모양으로 외우고 술이나 취하면 목청껏 외쳤다.

이렇게 되매 내 도덕관념은 근거로부터 흔들렸다. 착하신 하나님이 계셔서 세계를 다스린다는 믿음 위에 선 도덕은 여지없이 무너지고 말았다.[30]

이광수가 진리의 서(書)처럼 언급한 "헤에겔의 『알 수 없는 우주』"란 에른스트 헤켈(Ernst Haeckel, 1834~1919)의 『우주의 수수께끼』(*Die Welträtsel* 독일어원본, 1895~1899; 영역본 *The Riddle of the Universe*, 1902; 일역본 『宇宙之謎』, 1917)를 말한다.[31] 19세기 후반에 유럽과 미국에 진화론을 대중화시킨 베스트셀러 개론서(『자연창조사(*Natürliche Schöpfungsgeschichte*)』, 1868)의 저자로, 개체발생은 종족발생을 반복한다는 명제로 유명한 헤켈은 그의 학문적 생애의 후반에 진화 개념을 조직 원리로 하는 과학과 철학과 종

---

30 「그의 자서전」, 『이광수전집』 9, 432면.
31 헤켈이 이광수에게 미친 영향에 대해서는 와다 토모미가 처음 논의했고 최근 이재선이 다시 논의했다. 와다 토모미, 「이광수 소설의 '생명' 의식 연구」, 서울대 박사논문, 2007, 7~8 · 56~58 · 68~69면; 이재선, 『이광수 문학의 지적 편력』, 서강대 출판부, 2010, 328~335면 참조.

교의 종합에 관심을 기울였고 그 결과의 하나로 문제의 책을 내놓았다. 이 전체론적이고 진화론적인 우주론에서 헤켈이 강하게 펼친 주장의 하나는 기독교와 유대교의 신 관념은 과학적인 자연 이해와 양립하기 불가능하다는 것이다. 그에 의하면, 전능한 천지창조자는 천문학, 지질학, 물리학, 화학의 영역, 즉 비유기체적 자연의 전(全) 영역을 통해 유효한 관념이 아니며, 생물학의 영역, 즉 유기체적 자연의 전 영역을 통해서도 역시 유효하지 않은 관념이다. 그 사려 깊은 세계의 건축가이자 주재자라는 신인동형론(神人同形論)적 관념은 자연의 영원한 철칙으로 대체되었다. 인간 세계의 경우에도 인격적인 신의 부재라는 사정은 같다. 국민들의 역사 속에서 도덕적 질서를 찾아보기가 불가능하듯이 개인들의 운명 속에서 현명한 섭리를 알아내기가 불가능하다. 인간의 역사는 자연의 역사와 마찬가지로 생존 투쟁의 법칙에 지배되고 있다. 지구상 무수히 많은 인민들의 운명에 부단히 관여하는 '사랑하는 아버지에 대한 믿음'은 절대적으로 불가능하다고 헤켈은 선언하고 있다.[32] 이광수가 『우주의 수수께끼』를 읽고 자신의 기독교적 도덕관념이 여지없이 무너졌다고 느낀 것은 그럴 법한 일이다.

주지하다시피, 기독교는 『무정』에 그려진 신문화의 주요 요소 중 하나이다. 형식을 선형의 영어교사로 초빙하고 선형과 약혼까지 시키는 경성 갑부 김광현은 장로라는 직함이 말해주듯이 개신교 교회의 중진이다. 그의 아버지가 한때 평양 감사를 지냈고, 그의 아내가 과거에 '평양 춘향'이라는 말을 듣던 기생이었다는 사실이 말해주듯이 평양과 각

---

32 Ernst Haeckel, *The Riddle of the Universe*, trans. Joseph McCabe, New York : Harper and Brothers Publishers, 1902, 272면.

별한 관계가 있는 그는 역사적으로 보면 바로 그 도시를 일종의 메카로 삼아 번창한 종교인 개신교가 경성에서도 막강한 세력을 구축했음을 예시하는 듯하다. 그의 한옥 내의 서양식 서재에 예수의 화상을 비롯한 종교화가 수점 걸려 있는 장면이나 그의 발의로 목사의 집례(執禮) 하에 형식과 선형이 약혼하는 장면을 보면 그는 적어도 겉으로는 독실한 기독교인처럼 보인다. 『무정』의 서술자는 김장로의 기독교식 생활을 조선 상류계급의 서양 모방 풍조와 연관시킨다. 서술자에 따르면 그는 '서양 그중에서도 미국'을 존경하고 있으며 일찍이 워싱턴 주재 공사로 근무한 이래 모든 방면에서 서양식을 추구하고 있다. '20여 년' 동안 열심히 서양인의 생활을 본받은 그는 "조선에 있어서는 가장 진보한 문명 인사"로 교회와 세간에 정평이 있다. 그러나 그의 학식은 의문스럽다. 서술자는 서양인 선교사들의 주장을 빌려 "김장로가 서양 문명의 내용이 무엇인지" 모른다고, "과학을 모르고, 철학과 예술과 경제와 산업을" 모른다고 말하고 있다. 김장로는 다만 '조선식 예수교의 신앙'을 알고 있을 뿐이다. 『무정』에는 조선식 예수교에 관한 자세한 정보가 들어 있지 않지만 그것이 천박한 종류의 서양 모방에서 생겨난, 문명과 양립하기 어려운 풍속을 뜻하고 있음을 명백하다. 그렇다면 『무정』이 조선인 동포에게 과학을 주겠다는 포부를 안고 해외로 유학을 떠나는 청년들의 이야기인 것은 암시적이다. 그들의 이야기는 조선 사상의 중심이 기독교에서 과학으로 이동하기 시작했음을 알리고 있는 듯하다.

　『무정』에 대한 종래의 독해는 그 작품에 표현된 근대 의식을 둘러싸고 많은 진전을 보였지만 그 근대 의식이 어느 정도 기독교 신앙과의 결별을 포함하는가에 대해서는 주의가 부족하지 않았나 한다. 어떻게 보면 『무정』은 기독교의 우세를 반영하는 방식으로, 그러나 기독교적 해석을 용납하지 않는 방식으로 조선인의 세계를 그리고 있는 소설이다. 작중에서 특별히 기독교적 세계관을 상기시키는 사건을 들자면 그것은 형식의 유명한 자아 각성 장면에 나오는 천지창조이다. 그러나 그것은 형식이 일종의 에피파니(epiphany, 聖顯)를 경험한 순간 그의 마음속에 돌연히 출현한 환각에 지나지 않는다. 그 환각에 관한 묘사는 공전하는 지구, 에테르 분자, 몸속의 세포 같은 과학 용어로 점철되어 몽환적 성격이 일층 두드러진다. 특히 에테르가 헤켈의 이론에서 기독교의 천지창조설의 근거를 무너뜨리는 물리학적 가설의 중요한 일부임을 고려하면, 그 의사(擬似)과학적 묘사는 오히려 기독교적 세계관을 암묵적으로 반박하고 있다고 보는 편이 옳다.[33] 형식의 이야기 속에서, 나아가서는 그를 포함한 조선인 전체의 이야기 속에서 신의 섭리가 작동하고 있다는 증거는 보이지 않는다. 『무정』의 메인 플롯을 이루는 조선 신문명 건설자의 탄생은 신의 은총으로 서술되고 있지 않다. 영채의 사연을 보면 『무정』은 가부장적 방식으로 세계를 통치하는

[33] 이 형식의 자아각성 장면을 헤켈의 이론과 관련하여 해석하려 시도한 와다 토모미는 그 장면에 나오는 '에테르의 물결'과 '목숨 없는 흙덩이'라는 문구를 형식 자신의 모습에 대한 비유라고 간주했다. 그러면서 그것이 헤켈이 말하는 '에테르(ether)'와 '매스(mass)'에 각각 대응된다는 판단하에 형식이 보여주는 자기 '생명' 각성은 그 양자의 '상호작용의 시작', 즉 헤켈이 말하는 진화의 시작과 유사하다는 주장을 폈다. 형식이 영채를 포기한 이후 '진화'를 시작했다는 해석이다(와다 토모미, 앞의 책, 55~56면). 그러나 이것은 헤켈 이론의 기계적 대입이라는 혐의를 면하기 어렵다. 그 문제의 장면에서 '에테르의 물결'은 형식이라는 생명이 종전에 가지고 있던 원초적인, 미생장의 모양을 지칭하고 있음이 분명하나, '목숨 없는 흙덩어리'는 과학의 용어로 질량을 뜻하는 매스가 아니라 창세기에 나오는 아담의 재료로서의 흙을 의미한다고 생각된다. 게다가 헤켈적 의미에서 그 물질의 두 기능, 그 불가량물(不可量物)과 가량물의 상호작용을 지시하는 문구는 소설 본문에 보이지 않으며 오히려 흙을 반죽하고 숨을 불어넣는 '하느님'의 행위가 언급되고 있다. 그 장면에서 헤켈의 용어는 형식의 생명과 그 진화에 관한 설명보다는 기독교 창세설에 대한 암호화된 의문이라는 측면에서 이해하는 편이 타당하다고 생각된다.

신이라는 관념에 대해 오히려 대립적이라고 해야 옳다. 영채의 기구하고 비참한 역정은 '사랑하는 아버지'의 보호에 대한 기독교적 믿음이란 미망에 지나지 않음을 우회적으로 말해주는 듯하다. 영채가 가리키는 인간 현실은 개인이 도덕적으로 아무리 고상해도 소용이 없는 상황, 옛날 한때 행세하던 사람도 급변하는 시세에 따라 가차 없이 몰락하는 상황, 세상 어디에서나 우승열패의 싸움이 벌어지고 있는 상황이다. 거기에 관철되고 있는 것은 인간을 귀애하는 초자연적 신성의 계획이 아니라 진화론으로 정식화된 냉혹한 자연적 과정이다.

5. 기계적 우주와 자유로운 주체

다윈의 진화론이 과연 어떤 종류의 자연관인가는 논란 많은 사안이다. 현대의 다윈 해석자 중에는 그의 자연 선택 이론이 뉴튼적 혁명 노선을 따라 자연의 기계론적 이해를 완수했다고 보는 사람이 있는가 하면, 낭만적 전통을 승계하여 자연적 세계의 재마법화(再魔法化) 가능성을 열어놓았다고 보는 사람이 있다.[34] 그럼에도 분명한 것은 그의 이

---

34 예컨대, 인지과학자 대니얼 데닛은 자연선택을 어떤 의도도 설계도 목적도 없는 '무심성적 알고리듬(mindless algorithm)'으로 파악함으로써 다윈 사상 속의 기계론을 유례없이 정치하게 부각시키고 있다. Daniel C. Dennet, *Darwin's Dangerous Idea : Evolution and the Meanings of Life*, New York : Simon and Schuster, 1995, 50면. 반면에 문학비평가 조지 레바인은 세속적 마법화를 가능케 하는 자연의 경이에 대한 이해라는 측면에서 다윈의 이론을 해석하고 있다. George Levine, *Darwin Loves You : Natural Selection and the Re-enchantment*

론이 신 없는 자연이라는 관념을 철저화했다는 점이다. 다윈과 동시대의 빅토리아조(朝) 영국인들은 그가 개념화한 자연의 흉포한 본질에 접하고 종종 음울한 심사를 금치 못했다. 예컨대 앨프리드 테니슨은 그의 걸작 「인 메모리엄(In Memorium)」의 시행 중에서 자연이 단지 냉혹한 물리적 과정일 뿐이라면 인간에게 어떤 사태가 벌어지는가를 이렇게 말한다. "진정 신은 사랑이라고 / 사랑은 천지창조의 최종 법칙이라고 믿었던 / 이빨과 발톱이 피로 물든 자연이 / 골짜기에서 인간의 신념에 어긋나는 비명을 질렀음에도 그렇게 믿었던 // 사랑했던, 무수히 재난을 당했던 / 진리를 위해, 정의를 위해 싸웠던 / 인간이 바람에 날려 사막의 흙 위를 맴돌려는가 / 아니면 강철 더미 속에 밀봉되려는가."[35] 이광수의 『무정』에도 이빨과 발톱이 피로 물든 자연(Nature red in tooth and claw)의 이미지는 존재한다. 고아의 몸으로 온갖 박대와 위협을 견딘 영채가 정절을 지킨 보람도 없이 흉한들에게 겁탈을 당하고 마침내 자살을 결심하는 사정 속에, 혹은 평양에서 권세를 자랑하던 관리가 청일전쟁과 함께 세상이 돌변하자 시세를 잃고 급기야 칠성문 밖에서 소일하는 처지가 되어버린 사정 속에 그것은 존재한다. 이광수는 형식으로 하여금 영채를 불쌍히 여기게 했고 칠성문 밖 노인에 대하여 '설움'을 느끼게 했다. 그러나 테니슨처럼 신 없는 자연이 인간에게 단지 비극적일 뿐이라고 보지는 않았다. 이광수는 오히려 그것을 '무정'하지만 불가항력적인 생존 조건으로 수락하고 그것이 강제하는 생존 경쟁을 문명이라는 이름으로 미화하는 경향이 있었다.

of the World, Princeton : Princeton University Press, 2006, 특히 202~251면 참조.
35 Alfred Lord Tennyson, *Selected Poems,* New York : Penguin, 2003, 165~166면.

초기 이광수는 신과 자연의 싸움 또는 기독교와 다윈주의의 갈등을 진지하게 다루지는 않았다. 하지만 그가 기독교 사상과 다윈 이론을 대립시키는 발상에 익숙했다는 것은 명백하다. 그의 진화론 이해를 크게 좌우했다고 생각되는 『우주의 수수께끼』의 저자 헤켈은 실은 다윈 이론을 대중화하는 데에 공헌한 동시에 다윈 이론의 반기독교적 주지(主旨)를 부각시킨 책임이 있다.[36] 헤켈은 기독교적 형이상학이 이성과 과학에 대한 최대의 적이라는 주장을 서슴지 않았다. 인간은 지상의 모든 생명, 나아가 전(全) 우주의 중심이자 목표로 당초에 정해져 있다는 생각을 비롯한, 인간, 신, 우주에 대한 기독교적 관념을 그는 '친(親)인류주의(anthropism)'라고 부르면서 모든 과학적 경험에 배치되는 도그마로 간주했다. 그에 따르면 기독교는 특히 신이라는 초월적 설계자의 관념을 통해 우주 전체의 기계론적 성질에 대한 정확한 이해를 저해해왔다. 비유기체 과학 분야에서는 뉴튼의 연구를 기반으로 신의 관념에 의존하지 않는 설명 방식이 확립되었으나 유기체 과학 분야에서는 그렇지 않았다. 헤켈이 '유기체 세계의 뉴튼'이라고 칭송한 다윈은 바로 유기체 세계에서 관찰되는 다양한 질서의 연원을 목적론적이고 초자연적인 세력들이 아니라 기계론적이고 자연적인 원인들에서 찾으려는 노력을 결정적으로 진전시킨 인물이다. 그는 다윈의 이론이 동식물의 생활과 구조 내에서 순수하게 기계론적인 법칙에 따라 일어나는 정연한 과정을 입증했을 뿐만 아니라 장구한 세월에 걸친 유기체의 진화 전체를 완전하게 통제하고 있는 강력한 자연적 세력을 보여

---

36 Richard G. Olson, *Science and Religion : From Copernicus to Darwin*, Baltimore : The Johns Hopkins University Press, 2004, 196~197면.

주었다고 여겼다. 다윈 이론은 헤켈이 현대 과학의 최대 과제라고 생각한 '우주의 일원론'을 정립하려면 반드시 보유해야 했던 유기체 세계에 대한 설명 모델이었던 셈이다.[37]

이광수가 헤켈의 다윈 해석의 범위를 넘어 헤켈에게 동의했는지는 불확실하다. 그가 헤켈의 일원론적, 자연주의적, 기계론적 우주론을 지지했다는 증거는 없다. 그러나 자연과 인간에 대한 그의 묘사 중에는 그것에 상응하는 세계의 이미지가 없지 않다. 그 예의 하나가 『개척자』에 나오는, 앞에서 인용한 적이 있는, 서울 묘사이다. 서울을 둘러싸고 있는 '남산과 북악'의 경관에 대한 지시로부터 시작되는 그 묘사는 그 상징적인 장소를 그곳에서 대대로 살아온 사람들의 경험이나 역사와 연관시키기보다 그곳에서 일정한 순환의 리듬을 따라 존속되고 있는 자연적 생명과 연관시킨다. 특히 '원시동물'을 비롯한 생물학적, 진화론적 비유들을 사용하여 서울이 그 자체에 내재하는 원인에 따라 생장과 소멸을 거듭하는 유기체라는 인식을 전달한다. 서울의 역사는 신, 정신, 도덕 등과 무관한, 자연주의적, 기계론적 설명이 가능한 자연적 과정이 된다. 이러한 맥락에서 성재의 신상에 관한 『개척자』의 서술 중에서 '팔각종(八角鐘)'이 때때로 유난스럽게 출현한다는 사실은 지나치기 어렵다. 성재가 동경 유학에서 돌아오며 실험실에 두려고 가져온 그 시계는 성재가 영위하고 있는 일상생활의 규칙성과 관련되어 있지만 좀 더 넓게는 과학과 발명에 대한 성재의 투신을 정당화하는 자연 질서와 관련되어 있다. 주지하다시피 시계는 18세기

---

37 Ernst Haeckel, 앞의 책, 10~11・254~274면.

유럽의 기계론적 철학자들에게 자연 세계에 대한 탁월한 비유였다. 데카르트와 보일을 비롯한 철학자들은 시계의 비유를 들어 자연 세계의 구조와 운동에 대해 말하기를 좋아했다.[38] 성재의 이야기를 따라가면 기계론적 철학은 인간 생명의 보호와 육성을 위한 지혜처럼 보이기도 한다. 성재가 갑자기 병으로 눕게 되자 그를 진찰한 백의사는 급성 폐렴이라는 진단을 내리고 투약 조치를 취해 그의 건강을 회복시킨다. 백의사의 비방이 물리학과 천문학에 이어 해부학, 생리학, 약학에서도 새로운 패러다임을 만든 기계론적 철학의 소산임은 말할 것도 없다. '육신 기계(machina carnis)'라는 관념이 성립되지 않았더라면 서양 근대의학의 발전은 가능하지 않았다.[39]

서양사의 맥락에서 보면 자연주의적이고 기계론적인 세계관은 계몽의 기획 속에서 성장했다. 그것은 자연에 대한 지식을 종교의 속박으로부터 해방시키고 자연에 대한 통제의 꿈을 실현시키려는 시도를 대표한다. 자연주의적, 기계론적 과학은 자연으로부터 신인동형론적 이미지들을 추방하고 모든 자연 현상을 일정한 법칙에 따르는 물질의 특성과 운동으로 설명한다. 결과적으로 세계로부터 신성한 것과 신비한 것이 사라진다. 베버가 말한 의미에서 세계의 탈마법화(disenchantment)가 이루어진 것이다.[40] 흥미롭게도 『개척자』에는 세계로부터 마법을

---

38 Steven Shapin, *The Scientific Revolution,* Chicago : The University of Chicago Press, 1996, 32~37면.
39 Roy Porter, *Flesh in the Age of Reason : The Modern Foundations of Body and Soul,* New York : Norton, 2003, 51면.
40 Weber, "Science as a Vocation", *From Max Weber : Essays in Sociology,* trans. and ed. H. H. Girth and C. Wright Mills, New York : Oxford University Press, 1946, 139면; Charles Taylor, *Sources of the Self : The Making of the Modern Identity,* Cambridge, Mass : Harvard University Press, 1989, 148~149면 참조.

축출하는 역할을 하는 삽화가 있다. 이야기는 이렇다. 성재의 아버지 김 참서의 장례를 앞두고 성재의 친구들이 모여 앉은 성재의 실험실에서 괴상한 일이 일어난다. 사후의 생명에 관한 대화가 이어지던 중에 갑자기 전경이 실내에 김 참서가 보인다고 이상한 소리를 하기 시작한다. 그러더니 자신이 김 참서라고 말하며 미치광이의 행태를 보이다가 밖으로 뛰쳐나가 어디론가 사라진다. 김 참서의 장례 이후의 어느 날 김 참서의 죽음에 책임이 있는 모리배 함 사과의 집에 전경이 '괴물'의 몰골로 나타나 함 사과에게 위협을 가한다. 자신이 죽은 김 참서라고 주장하며 함 사과를 데리고 '염라대왕'에게 같이 가겠다고 우긴다. 함 사과는 전경이 그의 집 근방을 돌며 저주하는 소리를 들은 밤이면 공포에 떨고 악몽에 시달리다 결국은 무당을 불러 방책을 구하기에 이른다.[41] 이 전경의 괴담은 소설의 메인 플롯과 무관하지만 무시해도 좋은 삽화는 아니다. 그것은 조선인의 문화 속에 존재하는 전(前)과학적 믿음을 환기하는 동시에 기각하는 역할을 하는 것으로 보이기 때문이다. 전경의 행위상으로 보이는 빙의(憑依)는 생명의 본질은 육체가 아니라 영혼이라는, 그리고 영혼은 육체를 바꿔가며 생을 계속한다는 관념과 관련되어 있다. 그 관념은 '염라대왕'이라는 단어가 지시하는 불교는 물론, 그 밖의 종교에서 생명과 영혼에 관한 교리의 일부를 이루고 있다. 그러나 작중의 세계에서 그것은 어떤 마력도 가지지 못한다. 성재는 그것을 단지 광기, 더군다나 그의 가족 내의 '유전'으로 설명되는 질병으로 취급한다.[42]

---

41 이광수, 「개척자」, 앞의 책, 351~366, 414면.
42 위의 글, 356면.

재래의 종교 문화에서 신, 영혼, 마귀 등은 세계의 신성하고 유의미한 질서를 계시한다. 인간은 그 질서 속에 정해진 자신의 위치를 발견하고 그 위치에 합당하게 행위함으로써 자신의 삶을 의미 있게 만든다. 종교적인 삶의 시나리오를 모체로 하는 사고와 행위는 『개척자』의 작중인물들에게서 종종 보인다. 기독교, 유교, 불교, 무교 등에서 유래한 도덕과 풍속이 잡다하게 뒤섞여 그들의 생활의 일부를 이루고 있다. 그러나 그들이 살아가는 세계는 종교적인 해석을 축출하는 방향으로 진화하고 있는 중이다. 세계는 기계처럼 규칙적으로 작동하는 사물들의 총화로, 지적으로 그리고 기술적으로 통제가 가능한 물질의 영역으로, 인간의 욕망 충족에 유용한 각종 자원들의 집괴(集塊)로 나타나기 시작했다. 그렇게 기계화되고 물질화된 세계는 인간은 무엇인가, 인간은 어떻게 살아야 하는가를 가르쳐주지 않는다. 자기의 정체를 알고자 한다면, 윤리적으로 옳은 삶을 살고자 한다면 개인은 이제 계시나 법열을 구하는 대신에 그 자신의 이성에 따라야 한다. 그런 점에서 『개척자』의 성순은 그 소설에 그려진 세계의 진화에 그럴싸하게 어울리는 인물이다. 그녀는 어머니와 오빠가 가족의 이익을 목적으로 그녀에게 요구하는 결혼을 거부함으로써 전통적인 윤리 규범에 대항하는 자각한 여성의 풍모를 보이지만 가족에 대한 그녀의 반역은 그녀 자신의 이성에 정당성의 근거를 가지고 있다. 그녀는 사회의 도덕적 관습을 묵종하며 여자 역할 하기를 거부하고 시집이란 무엇인가, 아내란 무엇인가, 여자란 무엇인가를 묻는다. 그녀는 자기의 정체와 자기 인생의 의미를 그녀의 이성이 명하는 바에 따라 그녀 스스로 규정하려고 한다.

『개척자』에는 성순이 기독교도임을 알려주는 구절이 있다. 특히, 서울의 새 생명에 관한, 내가 앞에서 논평한 대목에 바로 이어지는 구절은 크리스마스 예배를 보러 교회에 가는 성순의 모습을 보여준다. 성순은 교회로 가는 도중에 연인 민을 만나 대화를 나누고 그녀의 자유를 전투적인 방식으로, 즉 '부모의 권력'과 '인습의 권력'에 대항하는 방식으로 실현하겠다고 결심한다. 소설 독자는 자유인 성순의 탄생을 예수의 탄생에 견주어 보도록 요구된다. 그러나 성순의 자아 감각은 엄밀한 의미에서 전혀 기독교적이지 않다. 그녀의 언행에는 신의 의지를 마음에 두고 있다는 증거가 보이지 않으며 신의 의지와의 관계하에서 그녀 자신을 규정하고 있다는 증거는 더더욱 보이지 않는다. 그녀는 자신이 가려고 하는 사랑을 위한 순교의 길이 과연 신의 목적에 부합되는가를 묻지 않는다. '우리의 힘이 즉 운명'이라는 민의 생각 — 인간의 자기창조적 능력에 대한 휴머니즘적 믿음에 그녀는 주저 없이 동조한다.[43] 그녀는 초월적 권위에 의지하는 대신에 그녀의 관찰과 생각을 준거로 하여 그녀의 자아를 명확히 하려고 한다. 청교도의 일기가 신의 의지에 자신의 삶을 일치시키고자 하는 개인의 자기감시 장치라면 그녀의 일기는 자

---

43 민의 운명론 거부는 조선적 형태의 기독교 신앙에 대한 유보를 함축한다고 보아도 무리는 아니다. 1910년대의 이광수는 조선 기독교에 숙명론을 고조시키고 있다는 비판을 가했다 (「숙명론적 인생관에서 자력론적 인생관에」,『학지광』17, 1918.8 참조). '우리의 힘이 즉 운명'이라는 민의 발언은 우승열패 공식의 철학적 해석 또는 강력주의(强力主義)라고 불리던 일본식 니체(Nietzsche) 추종과 연관되어 있지만, 좀 더 넓게 보면 근대과학이 성립시킨, 창조하고 변형하는 인간의 힘에 대한 믿음을 반영한다. 스타로뱅스키는 근대과학이 18세기 유럽사상에 미친 영향의 하나로 '프로메테우스적 주의주의(un volontarisme prométhéen)'를 지목한 바 있다. 인간이 자연적인 인과(因果) 과정을 파악하고 그 과정에 개입하는 방법을 터득함으로써 인간 자유의 근본 토대를 실현하자 인간적 목적에 따라 자연을 정복하고 역사를 통제하려는 의지의 팽창이 일어났다는 말이다(Jean Starobinski, *L'invention de la liberté 1700-1789 suivi de Les emblèmes de la Raison*, Paris : Gallimard, 2006, 184~186면). 『개척자』의 경우, 빈곤한 연구 조건 하에서 기약 없는 발명 사업에 몰두하고 있는 성재, 자기의 도덕적 자유를 증명하기 위한 수단으로 자살을 택하는 성순, 이 의지의 인간들의 비범한 행위는 주의주의(主意主義)의 치기 많은 또는 광기 어린 형태로 간주될 만하다.

기정의와 자기창조의 권능을 믿고 있는 개인의 자기확인 기술이다. 자아에 대한 그녀의 욕망은 종교보다 과학, 신심보다 추리, 도덕보다 힘이 우세한 실존적 상황을 조건으로 한다. 그런 점에서 사랑과 결혼 문제를 둘러싼 이견에도 불구하고 성재와 성순을 별종의 인물처럼 보는 것은 잘못이다. 성재가 그의 화학 실험을 통해서 만물이 신성성 또는 영성을 잃고, 조작의 대상이 되어버린 상황을 지시한다면, 성순은 바로 그러한 상황이 개인에게 고무하는 자기소유 의지를 나타낸다. 철학적으로 보면 성순은 탈마법화된 세계에 대하여 상관적으로 존재하는 주체성, 즉 '자기정의적 주체성(self-defining subjectivity)'을 표현하고 있다.[44]

6. 과학과 문학: 결론을 대신하여

1910년대 이광수는 당시 조선의 청년 엘리트에게 서양 근대과학이 가한 충격이 얼마나 심대했던가를 명확하게 예증한다. 일본 유학 시절 한때 자연과학만을 학문이라고 여길 정도로 자연과학을 경배했던 그는 과학의 보급이 조선민족의 갱생에 핵심적이라고 믿었고 과학지식을 기반으로 조선 사회와 문화의 변혁을 추구했다. 그의 초기작 『개척자』는 왕년의 독립운동이 종언을 고한 것처럼 보이는 식민지 상황을

---

44 이 근대적 형태의 객체성(객관성)과 주체성(주관성)의 상관관계에 관해서는 Charles Taylor, *Hegel*, Cambridge : Cambridge University Press, 1975, 3~11면 참조.

배경으로, 일본 공업학교 출신의 헌신적인 화학자를 조선이 소생하고 있는 증거로 추켜세운다. 그가 생각한 조선 청년의 이상적 형상은 과학의 힘으로 자연을 정복하고 세계를 통치하는 사람이었다. 과학적 탐구와 욕망의 교육은 불가분의 관계로 얽혀 있었다. 그가 과학의 분과 중에서 가장 중요하게 여긴 생물학은 바로 생에 대한 욕망의 관점에서 인간 세계의 이치를 이해하도록 그를 고무했다. 다윈의 이론이 『성경』을 대신하리라고 믿은 적이 있는 그는 기독교에서 진화론으로의 이동을 그의 초기 소설의 명작 속에서 실제로 수행했다. 『무정』은 기독교가 우세한 조선인의 세계를 기독교적 해석을 용납하지 않는 방식으로 그리고 있다. 다윈주의적, 기계론적 철학자 헤켈의 영향을 받은 그 소설은 세계가 신의 섭리가 아니라 진화의 법칙에 따르고 있음을 보여준다. 신적, 초월적, 초자연적 세력이 사라진, 기계적, 자연적 원인에 따라 작동하는 세계의 이미지는 『개척자』에서도 약여하다. 여기에 나오는 서울에 관한 묘사는 그 도시를 사람의 애환과 권력의 흥망이 얽힌 역사적 장소가 아니라 자체 내의 원인에 따라 생멸의 순환을 보이며 진화의 행로를 가는 유기체로 만든다. 요컨대 탈마법화는 초기 이광수가 그린 세계의 두드러진 특징이다. 『개척자』는 성순이라는 인물 속에 그렇게 성스러움과 신비로움이 축출된 세계에 대응되는 이성적이고 자주적인 주체성의 형상을 보여주고 있기도 하다.

그러나 이것이 초기 이광수 문학을 두고 과학과 관련하여 가능한 이야기의 전부는 아니다. 그는 유럽사상사에서 보통 급진적 계몽(radical Enlightenment)이라고 불리는 사고 양식에 근접한 것이 사실이지만 그의 소설이 단지 자연주의적, 기계론적, 과학적 합리성에 대한 찬가인 것은 아니다. 예컨대 『개척자』의 다음 구절을 보자. 성순이 자살할 목적으로 성재의 실험실에서 몰래 유산병(硫酸瓶)을 들고 나와 어느 소나무 숲에 당도한 장면이다.

송림은 암흑 속에 잠겼다. 나무 끝이 바람을 맞아 우수수 우는 소리는 마치 하늘 위에서 나는 소리와 같았고, 송지 냄새가 황토 냄새를 합하여 성순의 코를 찔렀다. 이 속에 오기만 하였다. 벌써 죽음의 나라에 들어온 것 같았다.

여기는 이미 성순을 책망하는 자도 없고 조롱하는 자도 없고 죽는다고 하여도 붙드는 자도 없을 것이며 죽었다고 슬퍼할 자도 없을 것이다. 자연은 사람인 성순이라고 더 사랑할 리 없다. 저 소나무들이나 바위나 돌이나 다름없이 성순도 자연의 가슴에 난 털 한 개에 불과하다. 성순의 목숨이 끊어진다 하더라도 자연에게는 저 소나무 가지 하나가 꺾어지는 것과 다름이 없을 것이다. (…중략…)

모두 침묵하고 냉랭한 속에 자기의 조그마한 생명이 홀로 미미한 소리를 내고 따뜻한 기운을 띠었으며 만물이 자기를 협박하며 자기네와 같이 침묵하게 냉랭하게 되기를 요구하는 것 같았다. 큰 바람이 지나가는지 마른 송엽 떨어지는 소리가 우수수 들리며 성순이가 기대인 소나무의 몸뚱이가 큰 배 모양으로 흔들흔들 움직인다. 성순도 그 소나무를 따라 움직인다.[45]

성순이 교회에 나가곤 했지만 그녀의 이성이 실은 기독교 신앙과 양립하기 어렵다는 것을 암시하는 대목이다. 죽음을 목전에 두고 성순은

---

45 이광수, 「개척자」, 앞의 책, 454~455면.

자신의 영혼에 대해 신이 어떤 심판이 내릴지 두려워하기는커녕 자연 속에 놓인 자신의 생명이 하찮기 그지없다는 생각에 몰두한다. 성순을 에워싼 자연은 '죽음의 나라'다. 그 속에서 성순은 어떤 유정한 반응도 얻지 못하고, 서로 동등한 사물들 중 하나에 불과하며, '침묵하고 냉랭한 속'으로 사라질 위협을 당하고 있다. 이 '침묵하(는) 냉랭한' 자연은 탈마법화된 세계와 동일하다. 성순의 자살 단행은 분명히 합리적이다. 그것은 성순이 사회의 도덕적 관습에 대항하여 윤리상으로 자주적인 그녀의 자아를 발명하는 행위이다. 그녀의 자살 수단이 성재의 실험용 약품인 유산이라는 사실의 함축적 의미에 주목하면, 그것은 성재의 실험과 등가를 이루는, 인간과 세계의 변형을 위한 과학적 시도이기도 하다.[46] 그러나 '죽음의 나라'에 들어선 성순의 마음속에서 사회의 혁신을 위해 자기를 희생하는 한 개인의 자기긍지를 찾기는 어렵다. 자신이 '침묵하고 냉랭한 속'으로 사라질지 모른다는 성순의 인식은 오히려 그녀의 삶에 다가온 비참한 종결에 대한 직관처럼 보인다. 그것은 탈마법화된 세계의 인간에 대해 말하는 가운데 베버가 그 인간의 죽음의 특성으로 지목한 '무의미성'에 대한 각성과 동일하다.[47] 성순은 그녀의 생명의 하찮음을 참혹하게 일깨우는 자연과 마주하는 순간 이성적인 사고를 견지하지 못한다. 그녀는 자기도 모르게 눈물을 흘리는 가운데 연인 민의 얼굴을 떠올리고 "육체가 죽으면 온전한 사랑만이 뛰어나서 (그의) 품속에 들어"가 존속하리라는 기대를 금하지 못한다.

---

46 성재의 실험과 성순의 자살 사이의 관계에 대해서는 이경훈이 고찰한 바 있다. 이경훈, 「실험실의 야만인」, 앞의 책, 137~144면 참조.
47 Max Weber, 앞의 책, 140면.

육체의 소멸을 넘어선 사랑의 존속을 믿는 것은 과학적 합리성에 거슬러 세계를 다시 마법화하는 것이다. 『개척자』는 기계적인 자연의 이미지를 연상시키는 팔각종 시계에 대한 서술로 시작하지만 인정이 통하는 마법에 대한 미련을 담은 제문(祭文)으로 끝난다. 민은 성순을 잃은 비통한 심정을 격앙된 어조로 토로한 끝에 사랑의 불멸성에 대한 믿음을 내비친다. "사람이 죽을까. 죽으러 / 생명이 났을까. 생명은 / 죽는다 하여도 사랑은 / 사는 것이 아닐까 오히려!"[48] 『개척자』의 인물들은 근대 과학이 발견한 자연 ─ 기계처럼 가차 없이 작동하는, 인간의 소망과 관심에 대해 냉담한 자연을 앞에 두고 궁극적으로 태연하지 못하다. 어떤 영적, 도덕적 의미도 없는 자연 법칙이 인간 생존의 영역에서도 관철되고 있는 사정에 당혹과 공포를 감추지 못한다. 사랑의 불멸성을 말하고 있는 민의 제문은 자연주의적으로, 기계론적으로 환원되지 않는, 그리고 인간 생활을 하찮음과 무의미함으로부터 구제할지 모를 인간의 마음에 대한 믿음의 표시이다. 초기 이광수는 인간 사회 속에서 생존경쟁이라는 자연 현상을 관찰한 한편, 인간 생활을 동물의 생활과 구별되게 하는 마음의 기능에 주목했다. 그 마음의 기능은 그가 중요하게 사용한 어휘로 말하면 '정'이다. 정의 요구가 충족된 세계는 추측컨대 인간이 마치 자신의 집처럼 느끼는 세계이고, 인간의 의도와 목적이 응답을 얻는 세계이며, 개인들이 갈등과 적대를 넘어 공동체적 일체성을 달성한 세계이다. 이광수는 한국에서 근대적 문학론의 효시를 이룬 글에서 문학이란 '정의 만족'을 목적으로 한다고 주

---

48 이광수, 「개척자」, 앞의 책, 470면.

장했다. 문학은 뉴튼적, 다윈적 세계를 배경으로 인간 생존을 묘사하는 동시에 그 세계에 대해 소원한 인간의 마음을 기록한다. 초기 이광수의 작품을 기점으로 한국문학은 과학에 대하여 충정과 반심을 함께 가지기 시작했다.*

---

* 이 논문은 2012년 『상허학보』 36집에 게재된 논문의 수정본임.

1910년대 이광수 문학과 감정의 현상학

이수형

1. 감정과 계몽

이광수의 『무정』이 한국 근대문학 사상 기념비적 작품으로서 다층적 의미 구조를 지니고 있다는 평가는,[1] 곧 『무정』이 다양한 해석을 견딜 만큼 많은 균열을 내포한 작품이라는 의미로 이해하는 것도 가능하다. 그러한 균열의 주요한 원천 중 하나로 "그의 문학론 및 초기 단편에 나타난 '정'의 강조와 논설과 『무정』 등에서 보이는 계몽주의적 성격의 관계"를 꼽을 수 있거니와,[2] 이로부터 개인적 자아와 사회적 자아가 상충하는 『무정』을 계몽주의라는 단일한 코드로 이해할 수 있는가, 또는

---

1 김윤식, 『이광수와 그의 시대』 2, 한길사, 1986, 528~532면.
2 손정수, 「1910년대 이광수의 문학론과 작품의 관련양상」, 『개념사로서의 한국 근대비평사』, 역락, 2002, 12면.

유사한 맥락에서 주인공 이형식을 계몽적 영웅으로 볼 수 있는가, 그리고 흔히 개인성을 중시한 것으로 평가되는 김동인, 염상섭 등의 후속 세대 문학과 이광수 문학의 관계를 어떻게 설정할 수 있는가 등의 질문이 도출된다.

『무정』 및 이형식과 계몽주의의 관계에 대한 질문은 일찍이 김동인에 의해 던져진 바 있다. 「춘원연구」에서 그는 "삼랑진 수해 만난 사람들에게 대한 민족애로써 4인의 감정을 융화시킨 점은 용하다"라고 인정하면서도 이러한 계몽적 메시지를 전달하는 것과 이형식의 성격 간의 불일치를 여러 차례 지적하고 있다. 그에 따르면 이형식은 계몽적 영웅에 미치지 못해 "무슨 일이든 자기의 뜻대로 행하지를 못하고 바람에 기울거리는 갈대와 마찬가지로" "아직 줏대를 못 잡은 사람"이며 "자기 딴에는 자기는 선각자려니 하고 있"지만 "어떤 때는 어린애나 일반으로 좌우하는 성격의 주인"이라는 면에서 심지어 "가련한 희극 배우"에 가깝다고 조롱 받고 있기도 하다.[3]

이러한 불일치가 비교적 분명하게 드러나고 있음에도 불구하고 『무정』의 계몽성이 인정되어 왔던 데에는 이 작품이 성장소설로 읽힌다는 점도 크게 작용했을 것이다. 미숙할지언정 주인공이 지속적으로 변화를 지향하고 또 어느 정도 그 성과를 얻고 있다는 것은 스토리상의 사건 전개에 의해 뒷받침되는 일종의 사실이며, 따라서 『무정』을 "이형식이 저 자신이 그동안 이 과도기적 혼란 속에 있었음을 자각하고 진정한 의미에서 '어른'으로 성장하기 위한 길을 떠나는 과정"이자 나

3 　김동인, 「춘원연구」, 『김동인전집』 16, 조선일보사, 1988, 50~60면.

아가 "근대적 주체의 내면을 발견하고 그것을 궁극에는 개인을 넘어선 민족과 사회의 상상 속에서 위치 짓고 맥락화하는 과정"으로 독해하는 것 자체를 부정하기란 불가능하다.[4]

『무정』의 이형식이 보다 성숙한 존재인 동시에 민족의 계몽가로 성장하는 과정에서 드러나는 이러한 균열을 단지 봉합하는 수준에 그치지 않고 세심하게 살피며 이를 통해 문학사적 맥락을 이끌어내는 작업은 계속 진행 중이다. 이와 관련하여 이형식을 "합리적 계몽주의자라고 하기보다는 오히려 낭만주의적 감성이 다분한 인물"로 설정하고 이러한 낭만성이 20세기 초의 진화론이나 이광수가 2차 일본 유학에서 받아들인 생철학과 조응하는 양상을 통해 『무정』을 해석한 연구,[5] 이광수의 초기 단편을 중심으로 "열정적인 주정주의가 감정적 내면화를 거친 뒤 마련한 인격적 도야"에 이르는 과정을 검토한 연구,[6] '개인'과 '인류'를 키워드로 『무정』을 비롯한 1910년대 이광수 소설에서 드러나는 사적인 것과 공적인 것의 균열을 점검한 연구 등을 참고할 수 있다.[7]

이와 같은 기존의 연구 성과를 참고하여 본고는 이광수의 1910년대 문학에서 주요한 역할을 수행하는 감정의 문제를 중심으로 그것이 부각된 맥락과 초기 단편소설에서 『무정』으로 이어지는 과정 중에 보이

---

4 김영찬, 「식민지 근대와 내면과 표상 : 이광수의 『무정』을 중심으로」, 『상허학보』 16, 상허학회, 2006, 16면.

5 이철호, 「『무정』과 낭만적 자아」, 『한국문학연구』 23, 동국대 한국문학연구소, 2000; 이철호, 「생명으로서의 문학 : 『무정』의 '생명론'과 낭만적 자아의 문제」, 『비교문학』 41, 한국비교문학회, 2007.

6 신수정, 「감정교육과 근대 남성의 탄생 : 이광수의 초기 단편소설을 중심으로」, 『여성문학연구』 15, 한국여성문학학회, 2006. 초기 단편에 드러나는 감정교육의 과정은 『무정』에도 적용될 수 있는 것으로 보인다.

7 손유경, 「1910년대 이광수 소설의 개인과 인류」, 『현대소설연구』 46, 한국현대소설학회, 2011.

는 변화 양상, 그리고 1920년대 문학에 미친 영향 관계 등을 살펴보고
자 한다.

2. 예민한 감수성과 신경병

　1918년 4월 최남선은 자신이 발행하던 잡지 『청춘』의 서문격인 「아
관(我觀)」을 병우(病友) 이광수에게 바치고 있다. 서문의 후기에 따르면
폐에 결핵이 나타나 아타미[熱海]에서 전지하던 이광수가 3월 초 잠시
경성에 머물다 곧 일본으로 돌아갔거니와, 최남선은 그의 병을 걱정하
면서 속히 쾌차하기를 빌고 있다. 그런데 이 서문은 "춘원의 건강이 무
엇에 상하였나"라는 자문에 대한 답변을 통해 최남선이 병을 의미화하
는 방식의 일단을 드러내고 있어 흥미롭다. 그에 의하면 폐결핵은 시
인이자 정열가인 이광수가 "남의 느끼지 못하는 바에 느끼"고 "남의 깨
치지 못하는 것에 깨치"며 그리하여 "남의 원통해하고 슬퍼하고 근심
하고 울지 아니하는 바에 혼자 원통해하고 슬퍼하고 근심하고 우는
것"이 원인이 되어 발병한 것이다.[8]
　폐결핵이 결핵균에 의한 감염으로 발병한다는 사실을 모를 리 없건
만 최남선의 태도는 '영혼의 질병'이라는 낭만적 은유를 충실히 반영하

8　최남선, 「아관」, 『청춘』 13, 1918, 7면.

고 있다. 수전 손택에 따르면, "영혼의 마비를 가져오는 동시에 한층 높은 수준의 감정을 충만케 해주는 질병"으로서의 결핵은 "심리적으로 좀 더 자각적이고 좀 더 복잡해진다는 것"의 은유로 쓰여 왔다.[9] 요컨 대, 최남선은 이광수의 감수성이 남달리 예민한 탓에, "남모르는 근심 과 남 아니하는 걱정에 그가 이제 남이 깨닫지 못하는 병"에 걸렸다고 진단하고 있다.

이 짧은 서문에서 주목을 끄는 내용은 이뿐만이 아니다. 이 글은 4월 이라는 발행 시기에 맞춰 신춘이 오고 있음을 알리는 말로 시작된다. 그런데 저자가 의도하고 있는 것은 단지 계절의 변화만이 아니라 보다 심각한 의미에서 세계의 변화이며, 또한 이러한 허두를 통해 사람들이 그 변화에 무감각함을 지적하고자 한다.

이다지 격심한 변화도 그 과정에 있어서는 잠적(潛的), 점적(漸的), 천류 적(泉流的)으로 구렁이 담 넘듯 하므로 신경 지둔(遲鈍)한 사람에게는 감촉 됨이 극히 미약하도다 (…중략…) 에라 놓아라 하는 동안에도 이 변화가 행 하며 교제법이라 하여 일 없는 사람 찾고 처세술이라 하여 마음에 없는 웃 음 치는 동안에도 이 변화가 여일히 행하건마는 이를 살피는 이가 얼마며 깨치는 이가 얼마며 이리해서는 못쓰겠다고 발분하는 이가 과연 얼마뇨 (…중략…) 천하의 걱정이 무심한 것보다 더 큰 것 없나니 무심한 이가 능히 만유를 환멸케 하며 일체를 공허케 하는도다.[10]

---

9 수전 손택, 이재원 역, 『은유로서의 질병』, 이후, 2002, 44면.
10 최남선, 앞의 글, 4~5면.

그 '격심한 변화'가 무엇인지 구체적으로 드러나지는 않지만, 담배 먹고 잡담하며 정신을 놓고 있는 중에, 교제니 처세니 하며 약삭빠르게 실리를 좇고 있는 중에 놓친 변화라면 그것은 공적인 차원에 속하는 것으로 짐작할 수 있다. 곧, 최남선은 계절의 변화로부터 계몽적인 담론으로 나아가고 있다. 그리하여 그는 "돈 없는 것은 걱정이지만 큰 걱정이 아니니 유심하면 모일 것이오 지체 없는 것도 걱정이지만 큰 걱정 아니니 유심하면 얻을 것이라 이것저것이 총(總)히 유심만 하면 되겠건마는 천하에 유심인(有心人)이 적도다"라고 탄식한다.

이렇게 중차대한 세상의 변화를 아는 이가 적은 이유는 무엇인가? 변화를 감촉하지 못하고 무감각한 것은 신경의 지둔 때문인바, 이는 인간의 의식(마음)에 대한 근대적 담론으로 심리학(지정의론)과 함께 유입된 신경학적 지식이 반영된 결과이다. 이에 의하면 감각에서 인식, 감정, 의사에 이르기까지 인간의 의식 활동 전반은 뇌와 신경계의 작용에 의한 것이며,[11] 따라서 무감각은 신경세포의 네트워크가 원활하게 활동하지 못한 데서 비롯한다. 벼락이 귀를 때리기 전까지는 듣지를 못하고 바늘이 정수리를 찌르기 전에는 뜨끔한 줄을 감각하지 못하는 지둔한 신경의 소유자들은 중요한 세상의 변화 역시 깨닫지 못하는 반면, 이광수를 비롯한 예민한 신경의 소유자들은 남들이 알아채지 못한 것을 감각하고 그 때문에 병에 걸리기까지 했으며 "환자 자신의 신경으로 하여금 과도히 예민하게" 하는 것처럼[12] 그 병은 신경을 더욱

---

11 한흥교, 「심리학의 정요(精要)」, 『대한학회월보』 4, 1908, 27면. 최남선의 위의 글을 '무신경 →무감각→무심'의 과정으로 요약할 수 있다면, 이는 곧 마음이 신경계로 수렴된다는 명제를 뒷받침하는 한 사례이다. 이에 대해서는 이수형, 「근대문학 성립기의 마음과 신경」, 『한국 근대문학 연구』 24, 한국근대문학회, 2011 참조.

예민하게 만든다.

　예민하거나 둔감한 신경, (무)감각 등의 개념을 민중 계몽과 연결시킨 담론이 최남선에 의해서 처음 시도된 것은 아니다. 가령, 이광수와 동세대로 그보다 앞서 『학지광』 편집에 참여했던 최승구는 「정감적 생활의 요구」에서 계몽적 사명감을 피력하기 위해 신경이라는 용어를 도입하고 있음을 볼 수 있다. 편지 형식의 이 글에서 최승구는 "자아를 살리러 시대의 도어를 개방하러 가는 여행"에 동참하라는 동료의 요청에 대해 자신은 예술 방면으로 이를 실천하여 민중들이 '감정적 생활'을 하도록 하겠다고 선언한다. "오관(五官)은 다 가졌겠소. 허나 작용은 조금도 하지 못하"는 "신경에 고장이 생긴 사람"은 느끼거나 감각하지 못하는바, 이는 "고통이며 기한(飢寒)이 박두한 것을 도무지 모르고, 멀뚱멀뚱 비실비실 할 뿐"인 무기력 상태로 이어질 것이다. 따라서 민중 계몽은 무엇보다 "이 사람들이 신경이 완전히 운전하여 작용하는 날" 완성될 수 있다.[13]

　최승구의 위의 글을 비롯해 이광수의 「금일 아한(我韓) 청년과 정육(情育)」 등에서 보이는 정(情), 감정적(정감적) 생활에 대한 강조는 1910년대에 새롭게 부각된 담론이거니와,[14] 이는 '감수성의 세기'로 불릴 만한 18세기 유럽의 문화 경향과 여러모로 조응한다. 이 시기 영국에서는 프랜시스 허치슨, 데이비드 흄, 아담 스미스 같은 모럴리스트와 철학자들이 인간 본성의 핵심 요소로 이성적 능력보다 정념과 감정을 강조했

12　최남선, 앞의 글, 6면.
13　최승구, 「정감적 생활의 요구 : 나의 갱생」, 『학지광』 3, 1914, 17~18면.
14　권보드래, 『한국 근대소설의 기원』, 소명출판, 2000, 34~38면.

으며, 교회 역시 청교도의 감정적 엄격함이나 홉스의 유물론적 이성주의에 대한 반동으로 동정, 자비심, 공감, 박애주의 등의 감정을 도덕적 덕목으로 설교하고 있었고, 이에 영향을 받은 18세기 후반의 산문, 시, 극에는 감정적이고 다정다감한 인물이 넘쳐 났다. 이러한 문화는 또한 '신경의 문화(nervous culture)'이기도 했는데, 인간 본성에 대한 새로운 이론들이 신경계를 중심으로 형성되었으며, 이처럼 몸 전체를 거쳐 감각 정보를 전달하고 조정하는 중추신경계의 역할에 대한 인식은 감수성을 신경계의 고유한 속성으로 받아들여졌기 때문이다.[15]

감수성과 신경에 대한 강조가 결합된 이러한 문화는 잘 교육받고 문명화된 사람일수록 더 정련된 신경 기관과 감각 능력을 소유한다는 통념을 널리 전파시켰는데, 최승구와 최남선의 글에서 드러나는 논리는 이러한 통념을 문명화를 위한 민중 계몽 담론과 연결시켰던 것으로 볼 수 있다.[16] 그러나 동시에, 정련되고 예민한 신경의 소유자일수록 그 신경이 쇠약해지기도 쉽다.[17] 이를 증명이라도 하듯, 이광수는 은유적(그러나 아주 강한) 차원에서 극도로 예민해진 신경 때문에 발병한 폐결핵을 앓고 있으며, 최승구와 그의 동료들 역시 통상 신경성으로 진단되기 쉬운 병, 예컨대 "불소화(不消化), 난배설(難排泄), 신경쇠약, 사지마비, 피로, 정충증(怔忡症, 공연히 가슴이 울렁거리며 불안한 증세), 소양

---

15 M. S. Micale, *Hysterical Men : The Hidden History of Male Nervous Illness*, Harvard Univ. Press, 2008, 22~24면.
16 이러한 통념은 20세기 초 미국인 선교사가 우월한 입장에서 중국인의 국민성을 분석한 「중국인의 성격」의 한 장을 '무신경(absence of nerves)'에 할애해 서양인이라면 참기 힘든 고통이나 불편에 대해 중국인들은 무감각하다고 비판하는 대목에서 전형적으로 드러난다. L. H. 리우, 민정기 역, 『언어횡단적 실천』, 소명출판, 2005, 102~110면.
17 M. S. Micale, 앞의 책, 26면.

증(搔痒症, 피부가 가려운 증세)" 등을 앓고 있다.

오랫동안 히스테리라는 이름으로 불렸으며 19세기 후반에는 신경 쇠약이라는 새로운 병명으로 진단되기도 했던 이러한 신경의 병은 단 일하게 정의되기 어렵거니와,[18] 마비, 발작, 기침, 두통, 언어 장애(목소 리 상실), 식이장애, 만성피로, 불면증, 두근거림(심계항진), 메스꺼움, 우 울, 무감각(anesthesia), 감각과민(hyperesthesia), 돌연하고 격렬한 감정 표 출 등 광범위한 증상으로 나타난다.[19] 1910년대 이광수 소설의 주인공 들이 위의 장황한 증상 중 일부를 나타내고 있다면, 이는 그들이 심각 한 정신질환(mental illness)을 앓고 있어서가 아니라 남보다 예민한 감수 성, 그리고 그 근거로 알려진 예민한 신경을 소유하기 있었기 때문일 것이다.[20] 그리고 병들기 쉬운 예민한 신경을 지니고 있다는 것은, 어 떤 의미에서는 자부심의 근거이기도 했다.

---

18 "이러한 심신의 병적 현상은 모두 다 과도의 피로에 기인되는 것인데, 이러한 병적 현상을 고치기에는 육체의 영양 같은 것으로는 도저히 피로의 무거운 짐에 깔리어 있는 뇌와 신경 의 쇠약을 보충할 수가 없었습니다. 말하자면 피로는 신경쇠약의 병적 현상을 환기하는데, 이 현상은 곧 말할 것 없이 일시의 정신병이 되며, 히스테리 즉 Hysteria의 현상이 됩니다. 이 것이 계속하면 정신병이 됩니다"라는 설명에서 당시의 통념을 짐작할 수 있다. 김억, 「근대 문예」, 『개벽』, 1921.9, 110면.

19 E. Showalter, *Hystories : Hysterical Epidemics and Modern Culture*, Columbia Univ. Press, 1997, chap.2. 19세기 프랑스의 한 비평가에 따르면, 막연한 욕망을 품고 있거나 이유 없 이 울고 싶은 소녀의 근심, 지루해 하며 몽상을 즐기는 30대 여성의 권태, 머뭇거리면서도 새로운 일에 몸을 던지는 40대 여성의 갈망 등이 모두 히스테리로 진단된 탓에 당시 어디 에나 히스테리가 넘쳤다고 한다. 위의 책, 82면. 히스테리의 역사는 발작이나 전신마비 같 은 현란한 증상을 보이는 대(大)히스테리(grande hystérie)에서 일상적이고 미묘한 증상 을 나타내는 소(小)히스테리(petite hystérie)로의 이동을 보여준다. 위의 책, 38면.

20 심인성 증상들로 묶인 신경증(neurosis)과 실제로 기질적(organic) 질환을 지칭하는 신경질 환(neurological illness)은 구별되어야 하지만, 신경증이라는 말이 신체 중 신경에 속하는 부 분이 병에 걸렸음을 의미하므로 가령 광기나 정신질환이라는 말보다는 훨씬 거부감이 덜했 다고 한다. E. 쇼터, 최보문 역, 『정신의학의 역사』, 바다출판사, 2009, 193~195면. 참고로 사 전적 정의에 의하면, 신경병(nervous illness)이라는 명칭은 신경증과 신경질환을 포괄한다.

3. 광포한 감정의 유로(流露)

이광수는 「금일 아한 청년과 정육」에서 "사회 제재의 노예가 되어 신성한 독립적 도덕으로 행동을 자율치 못"해 번민하고 고통 받고 있는 상황을 타개하기 위해 정육에 힘쓸 것을 강조하고 있다.[21] 이는 "능히 자동자진(自動自進)으로 자유자재(自由自在)"하는 것이 가능한 자율적 자아를 형성하기 위한 근거로서 외부로부터 주어진 규범(법칙)인 지식과 도덕이 아니라 자기 자신으로부터 비롯한 감정이 제시된 것으로 이해할 수 있다.

정육에 의한 감수성의 형성 과정은 이광수의 초기 소설 중 하나인 「김경」에서 그 연원을 찾을 수 있다. 여기서 주인공 김경은 번민이나 고통, 죽음을 절감해 망연자실한 상태에 빠지기도 하고 히스테릭한 울음을 터뜨리기도 한다. 또한, 불면증과 몽상에 시달리기도 한다. 이러한 신경병적 증상을 보이는 이유는 무엇인가?

가끔 무슨 묵상에 망연히 자실(自失)하기도 하며, 혹 야반에 집을 떠나 교외에 소요도 하여 보며, 밤이 새도록 서안에 젖어 붓도 들어 글도 지어 보고, 혹 히스테리적으로 울기도 하여 보니, 어느덧 동배간에는 소년 철인이라고 작호가 생기고, 동창 중 부유한 이는 김경의 수척하여 감을 근심하니, 그의 다년 신고(辛苦)하던 불면증도 당시의 소득이요, 병중에 또 병 되는

---

21 이광수, 「금일 아한 청년과 정육」, 『이광수전집』 1, 삼중당, 1971, 526면.

잡념도 그때부터 얻은 바러라. (···중략···) 내적 고민이란 맛을 보게 되고 그의 일기에는 '번민'이니, '고통'이니, '사(死)'니 하는 글자가 자주 나오게 되었더라. 그 후부터 김경은 가끔 술을 마시고 이성(異性)의 애(愛)를 구하니 '바이론이즘'이요, 그러다가도 정(正)과 의(義)의 용사되기를 갈구하니 '톨스토이즘'이라. 이 두 정반대되는 주의가 주야로 다투는 중에 홍군은 방관냉소하면서 고리키, 모파상 같은 이를 불어 넣으니 소년 김경의 영(靈)에 폭풍광란에 뇌우까지 더하여 거의 광(狂)할 뻔하였더라.[22]

이광수 자신도 정육을 위해 제도권 교육 바깥의 문학 독서에 열중했거니와,[23] 김경의 행보는 이러한 작가의 체험을 많은 부분 반영하고 있다. 문학을 통해 처음으로 정신상의 영향을 얻게 되었다고 밝히는 김경이 앓고 있는 병적 내면은 거의 전적으로 독서에 의해 형성된 것이다. 그는 기노시타 나오에[木下尙江]의 문학을 통해 "주의(主義)의 고상한 감미와 분투의 욕망과 연애의 순미"를 배우고 나아가 톨스토이와 바이런, 고리키, 모파상 등의 작품을 차례로 접한다. 그런데 김경의 병적 상태를 낳은 원인은 '톨스토이즘'이나 '바이론이즘'과 같은 내용의 차원에 있다기보다는 소설을 읽고 스스로 "소설 중 인물이 되다시피" 하려는 민감한 감수성에 있다.[24]

소설을 읽고 김경이 (자전적 기록에 의하면 이광수 자신도) 거의 미칠 뻔

---

22 이광수, 「김경」, 『이광수전집』 1, 569~570면.
23 구장률, 「근대지식의 수용과 문학의 위치 : 1900년대 후반 일본유학생들의 문학관을 중심으로」, 『대동문화연구』 67, 성균관대 대동문화연구원, 2009, 352면.
24 소설을 읽는 것이 히스테리를 조장하는 한 사례에 대해서는 미셸 푸코, 이규현 역, 『광기의 역사』, 나남, 2003, 581~584면 참조.

했다는 진술은 아마도 사실에 가까울 것으로 보이는데, 마치 천사와 악마가 양립하고 있는 것처럼 정반대되는 성격을 동시에 동일시하는 것은 내면의 분열을 불러올 것이 자명하기 때문이다.[25] 김경은 톨스토이와 바이런의 이미지 사이에서 수시로 변하는 자신의 감정을 조정하거나 제어하기보다 그 자체에 충실하려 한다. 이러한 양상은 김동인에 의해서도 지적된 바 있다.

> 감수성이 많고 공명성이 많은 춘원은 일시 감격된 감정은 모두 그대로 삼켜 버렸다. 재래의 것과 모순이 되는지 안 되는지를 고찰치도 않고……. 그런지라, 파쇼를 찬미하는 한편으로는 톨스토이를 찬미하며, 제국주의를 강조하는 한편으로는, 또한 침략주의를 배격하는 데도 결코 주저하지 않는다. 그러고도 이 모순된 이면을 모두 정당시하고, 결코 부자연타 보지 않는다. 이것은 한편으로는 그의 성격이 대단히 단순하다는 것을 나타내는 것이오. 또 한편으로는 공명성이 강하다는 것을 나타내는 것으로서, 그의 단점인 동시에 또한 그의 장점에 다름없다. 많은 모순을 보이는 이 단점은 또 한편으로는, 객관적으로 새로운 사상에 대하여는 늘 선봉을 선다는 선도자로서의 그의 일면을 보여 준다.[26]

작품과 작가를 동일시하는 경향이 있는 「춘원연구」에서 김동인은 일시적인 감정 변화에 충실한 "동하기 쉬우니만치, 또한 감격키고 쉬운" 이광수의 성격을 감수성과 공명성(共鳴性)이 풍부한 때문으로 돌리

---

25 신수정, 앞의 글, 238면.
26 김동인, 앞의 글, 66면.

고 있다. 감정들 간의 모순이나 충돌을 제어하지 않는다는 점은 한계지만, 이로부터 새로운 담론, 예컨대 1910년대 정육론의 선도적 주창자가 될 수 있었다는 김동인의 분석은 설득력이 있다. 이러한 정육의 과정을 거친 주인공들은 자신의 감정을 숨김없이 표출하기 시작한다.

상해에서 서사가 시작되는 「어린 벗에게」 역시 육체적 병과 내면의 병적 상태를 함께 제시하고 있는 작품이다. 물과 땅이 설어 생긴 소화불량증이 한감(寒感)으로 이어지고 권태와 침울, 두통과 오한 등을 앓는 '나'의 상태는 정신을 잃고 신열에 들떠 섬어(譫語)를 할 정도로까지 악화된다. "이러한 때에 여러 가지 공상과 잡념이 많이 생기는 것이라 지금 내 머리에는 과거 일, 미래 일, 있던 일, 없던 일, 기쁘던 일, 섧던 일이 연락도 없고 질서도 없이 짤막짤막 조각조각 쓸어 나"온다. 우연한 조우를 계기로 '나'는 동경 유학 시절 김일련과의 관계에서 일어난 사건을 고백하기에 이른다. 자신의 자유의사와 전혀 무관하게 결정된 조혼이긴 하나 이미 처가 있는 몸인 '나'는 동경에서 만난 김일련에 대한 사랑의 감정을 제어하지 못한다.

나는 이윽고 사진을 보다가 마침내 정화(情火)를 이기지 못하여 그 사진에 내 얼굴을 맞추고 그 동무의 어깨 위에 놓은 손에 내 손을 힘껏 대었나이다. 나는 광인같이 그 사진을 품에 품기도 하고, 물끄러미 쳐다보기도 하고, 뺨에 대고 키스도 하였나이다.

나는 격노하였나이다. '흑'하고 소리를 치고 벌떡 일어나며 그 편지를 조각조각 가루가 되도록 찢었나이다. 그러고도 부족하여 그것에 침을 뱉고 그것을 발로 지르밟았나이다. 그러고 방향 없이 벌판으로 방황하며 그 회욕(悔辱) 받은 수치와 이에 대한 분노를 참지 못하여 혼자 주먹을 부르쥐고 이를 갈고 발을 구르며 '흑', '흑' 소리를 연발하였나이다. 당장 그를 칼로 푹 찔러 죽이고도 싶고 내 목숨을 끊어버리고도 싶으고…….[27]

'나'는 격렬한 욕정을 참지 못하고 미친 듯이 사진 속의 그녀를 애무하다가 마침내 사랑을 고백하는 편지를 보내지만 거절당한다. 이로 인한 수치와 분노를 견디지 못한 '나'는 "술도 먹고 학교를 쉬기도 하고 밤에 잠을 못 이루어 불면증도 얻고(이 불면증은 그 후 4년이나 지속된다), 유울(幽鬱)하여지고 세상에 맘이 붙지 아니하여 성공이라든가 사업의 희망도 없"는 우울 상태에서 빠져나오지 못한다.

철도 자살시도로까지 이어진 우울은 '동족의 교화'에 헌신하기로 결심한 후에야 겨우 진정되고 '나'는 가까스로 정상에 가까운 생활로 복귀한다. 그런데 그로부터 몇 년 후 상해에서 김일련을 우연히 만난 '나'는 함께 탄 배가 침몰하는 천신만고를 겪은 끝에 결국 다시 결혼을 꿈꾸면서 그녀와 깊은 산중으로 들어가려 한다. 간음 혹은 중혼의 혐의를 무릅쓰고 결혼하려는 상황에서 '나'는 "법률·도덕과 인생의 의지와 어느 것이 원시적이며 어느 것이 더욱 권위가 있는가" "현대인은 너무 도덕과 법률에 영성(靈性)이 마비하여 영의 권위를 인정 못하나니 이는 생명 있는 인생으로서 생명 없는 기계가 되어 버림과 다름이 없"는 것 아닌가와 같은 진지한 질문을 던진다. 이러한 문제 제기는 「어린 벗에

---

27 이광수, 「어린 벗에게」, 『이광수전집』 8, 삼중당, 1971, 76, 78면.

게」를 "사회 제재의 노예가 되어" "번민하고 고통함"을 비판하고 자율적이자 개성적인 주체가 되기 위해 정육에 힘쓸 것을 권하는 「금일 아한 청년과 정육」의 소설 버전처럼 보이게 한다. 그러나 이러한 계몽적 메시지 이전에, 앞으로의 일이 어떻게 될지 예상하지 않은 채 인적이 닿지 않은 산속으로 치닫는 「어린 벗에게」의 결말은 사랑(정욕)이라는 감정의 격렬함을 극대화하고 있다.[28]

이런 점에서 결혼이라는 현실적 사회 제도와는 무관한 사랑, 곧 동성애를 소재로 한 「윤광호」는 현실 문제에 대한 계몽적 담론보다 감정 자체에 충실하려는 경향을 보다 분명히 드러낸다. 동경 K대학 경제과 2년급생으로 특대장까지 받은 전도유망한 청년 광호는 별다른 이유 없이 불현듯 자신의 "심중에는 무슨 결함" 곧 "보충하기 어려울 듯한 크고 깊은 공동(空洞)"이 있음을 느끼고, 이 때문에 "형언할 수 없는 비애와 적막"을 절감한다. 그간 선배로서 조언했던 준원이 "너도 개성이 눈뜨기 시작하였구나"하며 웃고 말았던 것처럼, 고아와 다름없는 현실의 악조건을 헤쳐 나가겠다는 삶의 유일한 목표를 좇기에 여념이 없던 광호는 이제 비로소 자신의 내면을 돌아볼 수 있게 되었지만 그것의 대가는 준원이 예상했던 것을 훨씬 뛰어넘는다.

그는 극히 쾌활하고 다변한 사람이더니 근래에는 점점 침울하게 되며 될

---

28 「어린 벗에게」의 설정은 작가 이광수가 상해를 거쳐 시베리아를 여행한 전기적 체험을 반영하고 있다. 이러한 시베리아 체험에 대해 김윤식은 '히스테리아 시베리아카(hysteria siberiaca)'라는 개념을 빌려 원시적 공간을 배경으로 한, 광증에 가까운 이광수의 격렬한 감정을 분석하고 있는데(김윤식, 앞의 책, 435~441면), 이와 유사한 양상을 「어린 벗에게」의 결말에서도 찾아볼 수 있다.

수 있는 대로 타인과의 교제와 담화를 염피(厭避)하고 자리에 누워도 1, 2
시간이 넘도록 잠을 이루지 못한다. 그는 근래에 외국어 공부도 좀 태만하
여지고 흔히 정신없이 우두커니 앉았다. (…중략…) 혹자는 광호가 특대생
이 되어 교만하게 된 것이라 하고 광호를 사랑하는 혹자는 그가 과도한 공
부에 신경이 쇠약한 것이라고 한다.[29]

마침내 광호 역시 「김경」과 「어린 벗에게」의 주인공처럼 우울과 불
면 등의 신경병 증상에 시달리고, 미소년과 미소녀에 대한 정욕을 못
이겨 그들을 애무하는 환상 속에 살며 "몽중의 생활이요 환영 중의 생
활"에서 헤어나지 못한 나머지 정상적인 일상생활이 불가능하기에 이
른다. P에 대한 사랑에 번민하다 혈서를 보내나 거부당한 광호는 "광
인 모양으로 P의 이름을 부르며" 발광하다 결국 스스로를 찔러 자살한
다. 자신의 내면으로 눈을 돌린 광호가 정육론에서 기대되었던 '제의
무의 원동력'이자 '각 활동의 근거지'로서의 개성이 아니라 끝내 자살
로 이끈 병적 감정과 만났던 것처럼, "반성력이 자유로 활동하여 분명
히 자기를 관조"하던 「방황」의 주인공 역시 죽음을 꿈꾸는 병적 상태
를 접하게 된다.

금시에 '사(死)'를 만나더라도 무서워하기는커녕, '왜 이제야 오시오'하고
반갑게 손을 잡고 싶으다. 이러한 생각을 한 것은 오늘이 처음이 아니다.
'에그 적막해라' '에그 춥기도 추워라' '에그 괴로워라' 할 때마다 나는 늘 이

---

29 이광수, 「윤광호」, 『이광수전집』 8, 97면.

러한 생각을 하였다. 그리고 현해탄과 모르히네, 철도선로를 생각하였다. 그러나 오직 타성으로 — 생명의 타성으로 하루 이틀 독서도 하고 상학도 하고 글도 짓고 담화도 하였다. 그러나 혼자 외딴 데 있어 반성력이 자유로 활동하여 분명히 자기를 관조할 때에는 늘 이 생각이 일어난다.[30]

감기에 걸려 유학생 기숙사에 홀로 누워 있는 '나'의 상황이 비애와 적막을 절실히 느끼게 할 수는 있지만, 그렇다고 해서 느닷없이 "현해 탄과 모르히네, 철도선로", 곧 자살을 떠올리는 극단적인 우울 상태를 쉽게 납득하기는 어렵다. '나'가 앓고 병이 "육체적인 병이자 형이상학 적인 병"이라고 할 때,[31] 전자의 병의 존재감은 대단히 희박한 반면 후 자의 병의 의미는 전면에 부각된다. 다시 말해, '나'의 병은 언어(의미)의 타자인 육체를 의미화한 산물이며,[32] 따라서 어떤 메시지를 전달하고 있다.[33] 결론부터 말하자면, 그 병이 전달하는 근본적인 메시지는 '나 는 남다른, 비범한 감수성을 소유하고 있다'로 요약할 수 있을 것이다.

누구나 체험할 수 있는 일상적인 적막과 고독으로부터 자살을 결심 할 정도의 극단적 절망 상태로까지, 별다른 이유 없이 급격하게 감정상 의 도약(혹은 추락)을 수행하는 '나'의 내적 갈등은 세상으로부터 받고 있 는 사랑이 자신을 더 적막하게 한다는 데 초점이 맞춰져 있다. 그러나 보잘것없는 자신을 전도유망하다고 칭송하고 격려하는 것이 '나'를 더

---

30 이광수, 「방황」, 『이광수전집』 8, 92면.
31 서경석, 「초기 춘원 소설의 '병(病)' 모티프와 그 성격」, 『외국문학』 45, 열음사, 1995, 200면.
32 피터 브룩스, 이봉지·한애경 역, 『육체와 예술』, 문학과지성사, 2000, 60~63면.
33 "질병은 정신 상태를 극화하는 언어, 신체를 통해 말을 하는 의지"이며(수전 손택, 앞의 책, 69면), 특히 "히스테리의 전환 증상은 몸을 상징화하는 특별한 형식"이다. E. Showalter, 앞 의 책, 44면.

욱 더 적막하게 한다는 일견 겸손한 듯한 고백의 이면에는 그처럼 유망
하여 세상으로부터 칭송받고 있는 '나'가 단숨에 세상을 버리고 죽음마
저 꿈꾸고 있다는 사실에 대한 과시와 그에 대한 인정의 요구가 숨어
있다. 만약 이광수 소설의 주인공들을 히스테리로 진단할 수 있다면,
그것은 제어할 수 없는 격렬한 감정의 폭발에서 비롯된 불면이나 우울,
분노, 죽음 충동 따위의 개별 증상 이전에, 그런 증상들을 포함한 자신
의 감정 상태 전반을 무대 위에 노출시키고 과시하고자 하는 욕망 때문
일 것이다.[34] "그대가 만일 평생 내 머리를 짚어 주고 내 손을 잡아 준다
면 나는 즐겨 일생을 병으로 지내리이다"라는 솔직한 고백은[35] 그들의
병(육체의 병이든 신경병이든)이 자신이 사랑받고 인정받을 만한 남다른
존재라는 메시지를 전달하기 위한 기호이자 패션임을 십분 드러낸다.

4. '노보세(のぼせ)'와 '마지메(まじめ)'

상해에서 블라디보스토크로 향하는 배 위에서 "소위 시대의 풍파에
끼어 남과 같이 번민이란 것도 하여 보고, 실패한 맛도 보아 보고, 당치
못한 신경쇠약이니 불면증이니 하는 정신적 피로로써 나는 병도 앓아
보고, 혹 근심도 하고, 울기도" 했다고[36] 자신의 심경을 고백하던 이광

---

34 크리스티나 폰 브라운, 엄양선·윤명숙 역, 『히스테리』, 여이연, 2003, 31~34면.
35 이광수, 「어린 벗에게」, 『이광수전집』 8, 67면.

수가 자신의 소설에서 광포한 감정에 사로잡힌 주인공만을 그렸던 것은 아니다. 사실 '감수성의 세기'로 불린 18세기의 유럽 문화에서 이성보다 더 핵심적인 인간 본성으로서 감정이 강조되었던 이유가 동정, 자비심, 공감 등의 원천이라는 도덕적 평가에 힘입은 바 크다는 점을 고려한다면, 감정 자체가 이미 어느 정도 여과된 것이 아닐 수 없다. 초기 이광수 소설에서 이러한 측면을 잘 반영하고 있는 대표적인 주인공이 「소년의 비애」의 문호이다.

작가에 의해 감정적인 성격의 소유자로 미적 · 정적 문학을 애호한다고 소개되고 있는 문호는 동시에 "천성이 여자를 사랑하는 마음이 있는지 부친보다도 모친께, 숙부보다도 숙모께, 형제보다도 자매께, 특별한 애정을 가진다"는 점에서 여성적 성격의 소유자이기도 하다. 이러한 성격은 문호의 종형제인 문해와의 비교에서 보다 두드러진다.

그는 감정적이요, 다혈질인 재조 있는 소년으로 학교 성적도 매양 1, 2호를 다투었다. (…중략…) 문호의 종제 문해도 문호와 막형막제한 쾌활한 소년이라. (…중략…) 그러나 문해는 그 모친의 성격을 받아 문호보다 좀 냉정하고 이지적이다. 문호는 문해를 사랑하건만 문해는 문호의 감정적인 것을 싫어하였다. 그러므로 문호가 종매들 속에 섞여 노는 것을 항상 조소하고 자매들이 문호에게 취하는 것을 말은 못하면서도 항상 불만히 여겼다. 그러므로 문해는 종매계에 일종의 존경은 받으나 친애는 받지 못하였다. 문해는 자매들이 자기를 외경함으로 자기의 '젊지 아니하다'는 자랑을

---

36 이광수, 「해삼위(海參威)로서」, 『이광수전집』 9, 삼중당, 1971, 138~139면.

삼고 문호에 비하여 인격이 일층 위인 것을 자처하였다.[37]

　열여덟 동갑인 문호와 문해는 재능이나 외모에는 큰 차이가 없지만 성격상으로는 상반된다. 문호가 감정적이고 다혈질인 데 비해 문해는 냉정하고 이지적이며, "문호가 미적, 정(情)적 문학을 애(愛)함에 반하여, 문해는 지적, 선(善)적 문학을 애한다." 한편, 문호의 종매 중 지수와 난수도 비슷한 관계를 형성하고 있어, 지수는 "말이 적고 지혜롭고 침착"한 반면, "난수는 훨씬 지수보다 감수성이 예민하다." 이지적 성격과 감정적 성격의 차이가 남성과 여성이라는 성차를 횡단해 드러나고 있음에도 불구하고 문호가 "생물학적으로 볼 때 여전히 남성이라고 할 수 있지만 젠더적으로 볼 때 여성에 가깝다"고 평가하는 것이 타당하다면,[38] 이는 이미 인간 본성의 핵심적이고 보편적인 요소로 받아들여졌던 감정이 여성적 자질로 젠더화되고 그 결과 감정적인 남성은 여성화되어 남자답지 못하거나 심지어 동성애 성향이 있는 것으로 진단되었기 때문이다.[39]

　「소년의 비애」에서 젠더화된 감정의 문제가 본격적으로 다루어지는 것은 아니다. 이 작품의 주요 갈등인 난수의 교육과 결혼에 대해 이지적인 문해는 그 불합리함을 알지만 현실을 인정하고 타협하려 하는 데 반해 감정적인 문호는 불합리함을 어떻게든 해소하려고 동분서주

---

37 이광수, 「소년의 비애」, 『이광수전집』 8, 58~59면.

38 신수정, 앞의 글, 240면.

39 E. Showalter, 앞의 책, 64면. 유동적이고 변덕스럽고 불안정한 감정 상태는 전통적으로 부인 과학 소관의 여성적 자질로 받아들여졌으나 신경학의 등장에 의해 남녀 공통의 증상으로 이해되었다. 그러나 19세기 들어 이러한 성격을 나약한 여성의 신경계와 연결시키는 담론에 의해 감정은 재차 젠더화된다.

한다. 문해와 다른 문호의 도덕적 실천력이 난수의 불행을 더 많이 공감하고 동정한 덕분으로, 즉 감정적인 성격 덕분으로 설정된다는 사실에는 의심의 여지가 없지만,[40] 그의 노력은 실패로 끝난다. 이러한 실패 뒤 3년이 지나 문호와 문해가 모두 아버지가 된 상황을 제시하는 것으로 결말을 맺고 있는 이 작품은, 「소년의 비애」라는 제목 그대로 "소년들의 열정은 결국 시간의 힘 앞에서 변모, 좌절될 수밖에 없"음을 보여주고 있어[41] 남성 / 여성의 구분을 소년 / 성인의 구분으로 치환하고 있다.

일종의 성장담이라는 점에서 「소년의 비애」는 이광수의 대표작 『무정』의 한 측면을 연상시킨다. 그리고 「소년의 비애」의 문호-문해 관계를 『무정』의 이형식-신우선 관계로 확장시켜 살펴볼 때, 『무정』은 신우선으로부터 '매우 유망'하나 '아직 유치'하여 "형식은 어린애로다"라는 평판을 듣는 이형식의 성장담인 동시에 이형식과 신우선 간에 모종의 영향관계와 이로 인한 변화가 형성되어 가는 이야기라는 점이 보다 구체적으로 드러날 것이다.

"한 사태에 대해 논리적으로 사고하고 행동하지를 못한다. 회의심이 없기 때문에 어떤 사건이든 그것은 항상 연민 · 동정 · 초조 · 부끄러움 등의 애매모호한 감정적 어휘로 채색"된다는 평이 적시하듯,[42] 형식이 감정적 성격의 소유자임은 비교적 분명하다. 자살을 예고한 영채를 쫓아 평양을 찾은 형식이 은사의 무덤 앞에서 영채의 죽음을 떠올리면서 비탄에 잠기기보다 엉뚱하게도 '한량없는 기쁨'을 느낄 수 있

---

40 이는 이광수가 정육론을 통해 지(知)나 의(意)에 비해 정(情)의 가치를 강조한 핵심적인 이유 중 하나이기도 하다.

41 신수정, 앞의 글, 251~252면.

42 김윤식 · 김현, 『한국문학사』, 민음사, 1991, 123면.

었던 것은 그가 자신의 체험과 그에 따른 감정에 충실한 삶을 사는 존재이기 때문이다.[43] 물론 이 기쁨은 경성행 기차 안에서 곧바로 영채를 위해 눈물 한 방울 흘리지 않은 "내가 무정하구나, 내가 사람이 아니로구나"라는 회한으로 급변하지만, 이 역시 형식이 허위와 위선의 인간이 아니라 순간순간 자신의 감정에 충실한 인간임을 증명한다.

이러한 성격은 타인과의 관계 속에서 갈등을 야기하고 그로 인해 형식을 정신적 · 심리적 불안 상태에 빠뜨린다. "신경도 쇠약되고 몸도 약하게 되었"을 만큼 학생들 교육에 열과 성을 다했고 "그중에도 이희경 같은 몇 사람에게 대하여서는 남자가 여자에게 대하여 가지는 듯한 굉장히 뜨거운 사랑"을 품었던 형식은 평양행이 오해받아 학생들에게 모욕을 당하자 "4년간 교정이 이에 다 끊어졌소. 나는 가오"라는 말을 던지고 바로 절연을 선언하지만 집으로 돌아와서는 곧 자신의 감정을 제어하지 못하는 혼란 상태에 빠진다. "형식의 정신은 극히 혼란하다. 경성학교에 사직표를 제출할 것은 생각하나, 그 밖에는 어찌하여야 좋을는지 생각이 없다. 형식의 머리는 마치 물 끓는 모양으로 부걱부걱 끓는다." 그 상태가 다른 단편소설에서 드러나는 만큼 심각한 것으로 진단되지는 않는다 해도, 순간순간 변화하는 감정에 지나칠 만큼 충실한 형식 역시 "말할 수 없는 슬픔이 천근만근의 무게로 머리를 내려" 눌러 마치 '열병 환자'와 같은 정신적 혼란을 경험하고 있다.

이에 비해 우선의 성격은 어떠한가? "쾌활하기로 동류 간에 유명한" 우선은 "시인의 아량이 있고 신사의 풍채가 있고 정성이 있고 의리가 있"

---

43 이철호, 「생명으로서의 문학」, 133면.

어 한마디로 "백에 하나도 쉽지 아니한 호남자"인바, 형식은 "지나 소설에 뛰어나오는 풍류 남자"로, 하숙집 노파는 "시원한(쾌활한) 남자"로, 영채(월향)는 "옛날 시에 있는 듯한 남자"로 그를 평한다. 요컨대, 우선은 남성적인 성격의 소유자이다. "세상의 문명과 행복을 증진하는 데" 관심이 없지 않고 "아무쪼록 세상에 유익한 일을 하려고는" 하나 "형식과 같이 열렬하게 세상을 위하여 일생을 버리려는 열성이 없"다는 점에서 우선은 근대적 개인이 갖추어야 할 요건인 정련된 감정교육의 세례를 받지 못한 자로 평가되기도 하지만,[44] '재주와 쾌활한 기상'을 지닌 건강한 신경의 소유자 우선에게는 오히려 매사에 엄숙하다 못해 번민이 많은 형식이 "아직 유치하지 (…중략…) 때를 못 벗어서"라거나 혹은 "그게 무엇이람. 계집애도 아니요"라는 평판을 벗어나지 못하는 경우가 많다.

형식과 우선의 성격이 「소년의 비애」의 문호와 문해의 경우처럼 도식적이고 전형적인 대립 구도를 이룬다고까지 볼 수는 없다 하더라도 그 차이는 비교적 분명하다. 우선에 비해 정련되었지만 그만큼 예민하고 또한 쉽게 피로해지기 쉬운 신경을 지닌 형식은 미성숙(소년)하거나 여성적이다. 이러한 형식은 특히 정신적 혼란 상태에 처해 우선의 존재를 의식함으로써 점차 그를 모델로 삼는 과정을 보여준다.

형식은 이러한 때에는 머릿속이 착란하여 어찌할 줄을 모른다. 그는 욱하고 무엇을 작정할 때에는 전후도 돌아보지 아니하고 작정하건마는, 또어떤 때에는 이럴까저럴까 하여 어떻게 결단할 줄을 모른다. 길을 가다가

---

44 이 때문에 "우선은 한문의 교육을 받은 자요, 형식은 영문이나 독문의 교육을 받은 자"로 묘사되기도 한다.

도 갈까말까 갈까말까 하고 수십 번이나 주저하는 수가 있다. 이것은 마음 약한 사람의 특징이다. 그가 얼른 결단하는 것도 약한 까닭이요, 얼른 결단 하지 못하는 것도 약한 까닭이다. 지금 형식은 이럴까저럴까 어떻게 대답 하여야 좋을 줄을 모른다. 누가 곁에서 자기를 대신하여 대답해 주는 이가 있었으면 좋겠다 한다. 형식은 고개를 들어 건넌방을 건너다보았다. 형식 은 우선이가 이러한 경우에 과단 있게 결단할 줄을 앎이다. 우선도 웃으면 서 형식을 건너다본다.[45]

지금까지 중요하게 조명되지는 못했지만, "누가 곁에서 자기를 대신 하여 대답해 주는 이가 있었으면 좋겠다"는 고백이 암시하듯, 형식이 중요한 선택을 하는 시점에서 우선이, 거의 대신 대답하는 것에 방불 하게, 적지 않은 역할을 수행한다는 점에 주목할 수 있다. '마음 약한 사람', 곧 섬세한 동시에 부서지기 쉬운(fragile) 신경의 소유자인 형식이 예민하고 변하기 쉬운 감정을 제어하지 못해 '머릿속이 착란하여' 판단 을 그르치거나 주저할 위기를 맞을 때마다 우선이 개입하는 장면은 여 러 번 등장하지만, 그중 가장 결정적인 것은 선형과의 결혼을 결심하 는 사건일 것이다.

학생들의 오해 때문에 "정신은 극히 혼란"해지고 "머리는 마치 물 끓 는 모양으로 부걱부걱 끓"던 형식은 돌연 다시 영채를 찾아야겠다는 생각에 "몹시 괴로운 듯이 숨이 차"고, 때마침 방문한 우선에게 차비를 변통하지만, 막 출발하려던 그 앞에 선형과의 결혼 중매를 위해 목사

---

45 이광수, 『무정』, 동아출판사, 1995, 236~237면.

가 찾아온다. 선형에 대한 기쁨과 영채에 대한 부끄러움의 감정이 팽팽하게 맞서는 긴장 속에서 어찌할 줄 모르던 형식은 과단성 있는 우선의 눈짓 신호를 의식해 겨우 김장로를 찾아가기로 한다. 그러나 형식이 힘들게 결정하고도 평양행을 완전히 포기하지 못해 다시 머뭇거리자 우선은 "이제부터는 좀 굳센 사람이 되게. 그게 무엇이람. 계집애도 아니요"라고 핀잔하는 동시에 격려한다. 맞선 자리에서 결혼 의사를 묻는 김장로의 질문에도 형식은 "우선이가 말하던 대로 하리라"면서 승낙을 표한다. 영채와의 스캔들 때문에 선형과의 약혼이 위기에 처하자 "만일 선형이가 자기를 버린다 하면 자기는 칼로 선형과 자기를 죽일 것이라"고 극도로 흥분하고 번민하면서도 실제로는 어쩔 줄 모르던 형식은 "우선의 '사내답게' 하던 말을 생각하고 기운을 내어" 선형의 참뜻을 확인함으로써 위기를 넘긴다.[46] 이로 볼 때, 자신의 예민한 감정에 충실하고 그 때문에 순간순간 급변하는 감정들의 충돌에 번민하는 형식이 선형과 맺어질 수 있었던 데에는 우선의 역할이, 더 정확하게 말하면 '사내답게, 기운 있게'로 요약될 수 있는 우선의 성격을 거울삼은 것이 지대한 공헌을 했음을 알 수 있다. 그리고 결말에 이를 즈음, 미국 유학을 위해 부산행 기차에 오른 형식은 삼랑진 수해 현장에 닿기 전 마지막 선택의 기로에 선다.

---

[46] 사내답게 기운 내라는 우선의 충고에 힘입어 고민 끝에 자기를 사랑하느냐는 질문을 던진 형식에 대해 선형은 "이러한 말을 부끄럼 없이 하는 형식은 암만해도 단정한 남자는 아닌 것 같다. 그것이 기생집에 가서 기생과 하던 본이 아닐까"라고 불쾌해 하지만 동시에 "전신이 찌르르 떨리는 듯이 기쁘기까지" 하다. 이 순간 형식은 '단정한 남자'는 아닐지 모르나 남자다운 남자임에는 틀림없다.

형식은 부글부글 끓는 머리를 가지고 영채의 차실에서 나왔다. 우선이가 지켜 섰다가 형식의 어깨를 툭 치며,

"영채 씨가 울데그려."

형식은 우선의 손을 잡으며,

"아, 이 일을 어찌하면 좋은가. (…중략…) 미국 가기를 중지할 테여……. 그것이 옳은 일이지……. 응, 그리할라네" 하면서 우선의 손을 놓고 차실로 들어가려 한다. 우선은 손을 잡아 형식을 끌어당기며,

"자네 미쳤단 말인가. 이리 좀 오게."

형식은 멀거니 섰다.

"자네 지금 정신이 혼란되었네. 미국 가기를 중지한다는 것이 무슨 소리여?"

"아니 저편은 나를 위해서 목숨까지 버리려고 하는데 나는 이게 무슨 일인가. 나는 선형 씨한테 이 뜻을 말하고 약혼을 파하겠네……. 그것이 옳은 일이지." (…중략…)

"지금 자네가 좀 노보세[上氣]했네. 참 자네는 어린내일세. 세상이 무엇인지를 모르네그려. 행여 꿈에라도 그런 생각 내지 말고 어서 미국이나 가게."[47]

부산행 기차에서 영채와 조우한 형식은 자신의 죄악이 "칼날같이 날카롭게" "가슴을 쑤"시는 것을 느끼면서 옆에 선형이 있는 것도 잊고 "이빨을 악물고 흑흑" 흐느낌으로써 다시 한 번, 마지막으로 감정의 혼란을 못 이겨 괴로워한다. 이 장면에 대해 김동인은 "지금껏 알고 있던 형식의 성격으로는 이때에 임하여 미국이고 아내고 돈이고 모두 내던

---

47 이광수, 『무정』, 343~344면.

지고 변소에 가는 체하고 몰래 기차에서 뛰쳐 내려서 도망쳐야 할 것이다. 그리고 도망친 뒤에는 또 도망친 일을 후회하여야 할 것이다"라고 조소한다.[48] 그 어조를 떠나 이는 상당히 일리 있는 지적인데, 왜냐하면 실제로 형식이 이와 비슷한 반응을 보이기 때문이다.

예의 그'부글부글 끓는 머리' 증세로 괴로워하던 형식은 급기야 미국행을 중단하겠다고 결심한다(김동인의 지적대로 아마도 그는 곧 격렬한 후회로 또 한 번 괴로워할 것이다). 자신의 감정에 충실한 형식이라면 선형의 존재도 잊게 할 정도의 격렬한 죄책감 앞에서 마침내 미국행을 중단하겠다는 것이 단지 말에 그치지만은 않을 가능성이 충분하다. 자살을 결심하고 평양행 기차에 올랐던 영채가 구원자 병욱을 만난 것은 잘 알려져 있지만, 부산행 기차 안에서 자기 혼자서는 해결할 수 없는 곤경에 처한 형식 역시 우선이라는 구원자가 개입하지 않았다면 극단적인 선택을 할 수밖에 없었을 것이다. 미친 상태로 비칠 만큼 극도의 심리적 혼란, 곧 '노보세'를 보이던 형식은 우선의 도움으로 가까스로 위기를 넘긴다.[49]

이처럼『무정』의 중요한 선택에서 우선의 남성적 성격이 형식의 지나친 감정적 흥분 상태(노보세)에 적지 않은 영향을 미치며, 나아가 형식은 그 남성적 성격을 욕망하고 동일시하려는 경향을 드러내기도 한다.[50] 이와 같은 형식의 변화는 '어린내'에서 성인으로의 성장과 동시에 진행되고 있는바, 그의 성장은 "피차에 공부나 잘하고 장래에 서로 형제

---

48 김동인, 앞의 글, 58면.
49 '노보세(のぼせ)'는 단지 얼굴이 상기되는 신체 현상보다는 심각한 일종의 신경병적 증상으로 이해할 수 있다.
50 이러한 양상은『무정』의 서두에서 선형과의 첫 만남을 앞둔 형식이 "이때껏 그(우선)의 너무 방탕함을 허물하더니 오늘은 도리어 그 파탈하고 쾌활함이 부러운 듯하다"는 서술에 의해 암시되기도 한다.

삼아 지내"라는 우선의 조언에 힘입어 "생활의 표준도 서지 못하고 민족
의 이상도 서지 못한, 세상에 인도하는 자도 없이 내어 던짐이 된 오라비
와 누이"라는 상상적 관계로부터 새롭게 출발하겠다는 결심으로 귀결
된다. 그 관계는 영채는 물론 선형과 병욱을 포괄하며 나아가 "네나 내
나 다 어린애이므로 멀리멀리 문명한 나라로 배우러 간다"는 상상에 의
해 익명의 사람들, 궁극적으로는 민족으로까지 확장될 것이다.[51]

　이로써 『무정』은 결말에 이른 듯하지만, 형식의 감정적 성격이라는
주제에 대해서는 아직 서술이 끝나지 않았다. 요컨대, 형식의 지나친
감정적 흥분 상태에 대한 우선의 개입이 중요한 것은 사실이지만, 그
것이 감정의 배제나 억압으로 이어지는 것은 아니라는 것이다. 『무
정』의 마지막 사건인 삼랑진 수해 현장에서 형식과 우선의 관계가 이
제까지와는 달리 역전될 수 있었던 것은 바로 형식의 자질로서의 감정
때문이다. 지금까지 형식의 모델로 작용하던 우선은 자선 음악회를 개
최한 네 남녀가 민족을 위한 포부를 밝히는 장면에 좀처럼 없던 눈물
을 흘리며 감동해 마지않는다.[52]

　　"언제인가 자네가 날더러 인생은 장난이 아니라고, 나는 인생을 희롱으
　　로 본다고 그랬지? 마지메(진지)하게 생각지를 않는다고?"

　　"글쎄, 그런 일이 있던가."

51　『무정』 전반부에 등장한 '누구나 다 같은 사람'이라는 형식의 깨달음이 민족을 상상하는 계
　　기로 해석된 바 있는데(김현주, 『이광수와 문화의 기획』, 태학사, 2005, 125~128면), 이 장면
　　에서는 누구나 어린애, 부모 없는 형제자매라는 인식이 민족을 상상하는 계기로 작용하고
　　있다. 이를 일종의 가족로망스로 해석하는 것도 가능하다.
52　김동인은 "민족애로써 4인의 감정을 융화시킨 점은 용하다"라고 했지만, 사실 이 장면에서
　　감정의 계발을 수행하는 사람은 우선을 포함해 총 5인이다.

"과연 그게 옳은 말일세. 나는 지금까지 인생을 장난으로 보아 왔네. 내가 술을 많이 먹는 것이라든지…… 또 되는 대로 노는 것이 확실히 인생을 장난으로 여기던 증거지. 나는 도리어 자네가 너무 마지메한 것을 속이 좁다고 비웃어 왔지마는 요컨대, 내가 잘못 생각했던 것이어! (…중략…) 나도 오늘 이때, 이 땅 사람이 되었네. 힘껏, 정성껏 붓대를 둘러서 조곰이라도 사회에 공헌함이 있으려 하네. 이제 한 시간이 못하여 자네와 작별을 하면 아마 사오 년 되어야 만나게 되겠네그려. 멀리 간 뒤에라도 내가 이전 신우선이가 아닌 줄로 알고 있게. 나는 자네와 떠나기 전에 이 말을 하게 된 것을 큰 기쁨으로 아네."[53]

『무정』 연재 당시 제출되었던 "우리 동포의 생활 상태를 보고 미미하나마 자비를 띤 눈으로 우리 세상의 비참역사를 거울하라. 그리하면 아무리 냉혈·냉정한 사람일지라도 한번 무연의 탄식을 아니 발할 수 없으리라"라는 평에서도 적시되듯,[54] "원래 호활한 우선이가 그처럼 눈물이 흐르도록 감동"할 수 있었던 것은 인간 본성으로서의 감정(냉혈, 냉정과 대비되는 자비, 탄식, 눈물, 감동)이 계발되었기 때문이다. 물론, 이때의 감정은 동포를 향한다는 점에서 공적 영역에 속하는 것이지만, 마음속에서 기뻐하고 슬퍼하고 황홀해하고 후회하는 등 형식이 사적으로 겪었던 온갖 감정과 불가분의 관계에 있다.

이와 같은 형식의 감정적 성격을 대표하는 것이 바로 '마지메[眞面目]' 곧 진심(진지)이다. "우선과 같이 세상을 장난으로 알지는 못"고 "어

---

53 이광수, 『무정』, 375~376면.
54 김기전, 「『무정』122회를 독(讀)하다가 上」, 『매일신보』, 1917.6.15.

디까지든지 인생을 엄숙하게 보려" 했으며 "열렬하게 세상을 위하여 일생을 버리려는 열성"이 잠재되어 있지만 실제로는 격렬한 감정의 흥분과 정신의 혼란 상태(노보세)로 표출되기도 했던 형식의 마지메는 이제까지 '시원한 남자' 우선에게는 속 좁고 유치하고 때 벗지 못하고 심지어 사내답지 못하고 계집애 같은 성격으로 받아들여져 왔다. 그런데 위의 장면에 이르러 우선은 "도리어 자네가 너무 마지메한 것을 속이 좁다고 비웃어 왔지마는 요컨대, 내가 잘못 생각했던 것"라는 반성과 함께 자기보다 승하기는커녕 평등하다고도 여기지 않던 형식에게 고개를 숙인다. 그것은 지나식 교육을 받은 풍류 남자 우선이 영문식 감정교육의 가치를 인정하는 것이기도 하다.[55]

5. 천재적 감정과 대중적 감정

『무정』은 단지 형식의 성장담일 뿐 아니라 감정에 잠재된 가능성의 최대치를 구현하는 이야기이기도 하다. 이 점은 1915년에 발표된 「김경」을 제외하면 모두 『무정』이 연재될 1917년을 전후해 집필·발표되

---

55 "세 사람은 각각 딴세상 사람이다. 우선과 형식은, 혹 같은 세상 사람이 될는지도 모르되 노파는 결코 형식과 한세상 사람이 될 수가 없다. 한방 안에, 같은 시간에 각각 딴세상에 속한 세 사람이 모여앉았다"라는 서술에 따르면(이광수, 『무정』, 261면), 형식과 전혀 다른 삶을 살던 우선은 감정교육을 통해 다시 태어난다. 『무정』에서 감정이 공적인 영역으로 확장되고 있는 것과 마찬가지로 유럽에서도 18세기 중엽부터 감정이 노예무역이나 자본주의에 대한 비판의 근거가 됨으로써 공적 영역으로 승격되었다. M. S. Micale, 앞의 책, 25면.

었던 「소년의 비애」, 「어린 벗에게」, 「방황」, 「윤광호」 등의 단편소설과 비교할 때, 보다 분명하게 드러난다. 단편에 등장하는 주인공들은 대체로 격렬한 감정을 제어하지 못해 히스테리로 진단될 법한 과도한 정신적 혼란을 경험하는바 이는 『무정』의 형식 역시 동일하지만, 그 감정이 억압되거나 발산되지 않고 가치의 원천으로 존속하는 경우는 『무정』이 거의 유일하다.

『무정』에서 가장 병적인 심리 상태를 경험하는 인물은 아마도 선형일 것이다. 형식과 영채의 만남을 상상하면서 질투에 사로잡혀 울기 시작한 그녀는 지금까지 경험하지 못한 격렬한 감정에 휩싸여 "내장이 온통 빠지직 타는 듯하고 코로는 시커먼 불길이 활활 나오는 듯"한 극도의 흥분 상태에서 마귀들로 둘러싸인 지옥으로 떨어지는 환각을 일으키기까지 한다.[56] 그러나 선형의 히스테리는 "사랑이라든지 질투라든지 실망, 낙담, 슬픔, 궤휼, 간사, 흉악, 음란, 행복, 기쁨, 성공" 등의 감정 형성으로 나아가기 위한 백신이라는 맥락에서 일단 봉합된다. 삼랑진 수해 장면은 다섯 남녀가 "마침내 모두 울었다"라고 끝을 맺거니와, 삼랑진에 닿기 전 기차 안에서 영채에 대한 질투로 울기를 배워 흘린 선형의 눈물과 삼랑진에서 영채의 손을 잡고 "형님 잘못했습니다" 하며 흘린 눈물은 서로 다른 것이 아니다. 선형의 첫 번째 눈물은 두 번째 눈물을 위해 반드시 예비되어야 했던 것이다.

---

[56] "자기의 몸이 마치 성경을 배울 때에 상상하던 컴컴한 지옥 속으로 둥둥 떠 들어가는 것 같은 환각을 동반한 선형의 히스테리는 물론 기독교와 밀접한 관련이 있다. 따라서 선형의 히스테리는 제어할 수 없는 감정의 폭발과 함께 "시기나 질투는 큰 죄악이라, 자기와 같은 예수도 잘 믿고 교육도 잘 받은 얌전한 아가씨의 가질 것은 아니라"는 감정의 억압이 복합적으로 작용한 결과이다. 이와 관련해서는 신수정, 「한국 근대여성소설에 나타나는 기독교적 경험의 히스테리적 변용 양상」, 『어문연구』 131, 한국어문교육연구회, 2006 참조.

그러나 1924년 발표된 「재생」을 통해 "감정 혹은 감수성이 강해 잘 못된 유혹에 쉽게 넘어가는 여성 혹은 민중(대중)을 어떻게 통제하느 냐"라는 문제를 제기하면서부터 이광수는 감정을 위험 요소로 간주하 기 시작했으며,[57] 또한 김동인, 염상섭 등 후속 세대의 문학에서 새롭 게 구현되는 과도하게 예민한 감정과 감수성 역시 그 자체로 '도덕적 악성병'으로 진단해 버린다. 이는 19세기로 접어들면서 의학의 도덕화 를 통해 신경병이 성격적 결함이나 의지박약 등으로 재규정되었던 유 럽의 상황과 그 궤를 같이한다.[58] 이러한 경향은 민족주의 및 성(性) 보 수주의와 강하게 연루되어 신경병이 개인적인 문제를 넘어 국민성을 병들게 하는 일종의 전염병으로 적대시되었으며, 또한 남성에 비해 감 정과 정념을 극복할 이성과 의지력이 부족한 여성의 병으로 젠더화되 기도 했다.[59]

「민족개조론」이 대변하듯 이제 감정은 예술적 천재의 몫이 아니라 군중심리에 놀아나는 대중들의 몫이 된다.[60] 이후 이광수 문학은, 말 하자면 '노보세'의 위험을 전적으로 억압하거나 배제하는 경향을 보인 다. 문사로 이름 높던 주인공 안빈이 과거 자신의 문학을 "정신의 배탈 이 나게 하고 도덕의 신경쇠약이 되게 하는 것"으로 비판하면서 활동

---

57 김현주, 앞의 책, 295면.
58 M. S. Micale, 앞의 책, 60면.
59 E. Showalter, 앞의 책, 64면; M. S. Micale, 앞의 책, 81~84면.
60 「재생」과 같은 해에 발표된 이광수의 「혈서」는 이러한 경향에서 유일하게 예외적인 작품이 다. 15년 전 동경에 유학하던 젊은 시절을 배경으로 한 이 작품에서 "심히 감정적이요, 폐병 질이라 할 만하게 맑은 여자"인 M(마쓰다)에게 사랑을 고백 받은 '나'는 "나는 사랑보다도 더 큰 일에 몸을 바친 사람이다"라는 말을 후렴처럼 외면서 이를 거절하지만 마음속으로는 꿈 에서도 그녀를 그린다. "신경은 과민해져서 그대로 내어 버려두면 히스테리가 되거나 죽을 것만 같"던 그녀는 마침내 각혈을 하며 죽고, '나'는 대륙에서 유리표박하는 신세가 되어서 도 한시도 그녀를 잊지 못한다.

을 접고 의사가 되어 인술을 펼치는 「사랑」은 그 대표적인 사례일 것이다. 그러나 안타깝게도, 소설 속의 한 장면의 말을 빌리면 「사랑」에는 '성인의 마음'과 '동물의 심리'만 있을 뿐 정작 감정을 지닌 인간의 마음은 부재한다.[61] 이를 통해 감정과 절연된 내면이 문학을 벗어나 종교적 영역에서 화석화되고 있음을 보게 된다.*

---

61 이수형, 「이광수 문학에 나타난 감정과 마음의 관계」, 『한국문학이론과 비평』 54, 한국문학이론과 비평학회, 2012, 332면.
* 이 논문은 2012년 『상허학보』 36집에 게재된 논문을 재수록한 것임.

'조선의 미래' 혹은 문명과 과학의 서사

이광수 초기 논설과 소설을 중심으로

서희원

1. 조선의 현재와 미래의 그림

1915년 제2차 일본유학을 떠난 이광수는 그해 9월 와세다대학 고등예과에 편입학한다. 이광수는 신익희, 진학문 등과 함께 조선학회를 설립하고, 이듬해인 1916년 1월 29일 제1차 모임에서 농촌문제에 대한 글을 발표한다. 제2차 일본유학 시기 이광수의 행적과 학문적 편력에 대해 세심한 조사를 한 하타노 세츠코는 이를 1916년 3월 4일 발행된 『학지광』 8호에 실린 「용동 : 농촌문제연구에 관한 실례」란 글로 추측한다.[1] 「용동」은 이광수가 교사로 재직했던 오산학교 교주 남강 이승훈

---

[1] 이광수의 제2차 유학시절에 대해서는 하타노 세츠코, 최주한 역, 「이광수의 제2차 유학시절 : 『무정』 다시 읽기(상)」, 『일본 유학생 작가 연구』, 소명출판, 2011을 참조할 것. 이 책의 본문(83면)에는 조선학회 제1회 모임의 날짜가 "1916년 1월 19일"로 표기되어 있지만, 책의 각

을 모델로, 그의 농촌 계몽 운동을 기술하고 있는 글이다.[2] 「용동」에 등장하는 '이참봉'은 우연한 기회에 평양에서 어떤 명사의 연설을 듣게 되고, 이에 감화되어 마을사람들을 설득해 동회(洞會)를 조직한다. "야만"을 탈피하고 "문명인의 생활"을 실천해야 경제적 번영과 신분적 존대를 받을 수 있다는 이참봉의 말에 동의한 마을사람들은 학교를 세우고, 마을과 생활 습관을 개량하고, 가족에 대한 의식을 개조하여 십 년 만에 상당한 "부력의 증가"와 "정신적 진보"를 성취한다.[3] 이러한 "진보"가 이참봉의 기획에서 비롯되었고, 그의 솔선수범에서 힘을 얻은 것으로 진술하고 있는 것으로 보아 이광수가 문명화의 기획에서 다른 무엇보다 중요하게 여긴 것은 이참봉과 같은 선지자적 인물의 역할인 것으로 생각된다. 이러한 사정은 마을사람들을 감화시킨 이참봉의 연설을 "예언"이라고 지칭하며, '용동'의 계발에서 "조선의 현재와 미래의 그림을 본듯하엿다"라고 솔직하게 토로하는 것으로도 짐작이 가능하다.

민족이나 공동체의 현재를 정확하게 진단하고 이에 대한 미래의 청사진을 제시하며 이를 실천에 옮기는 선지자적 지도자에 대한 존경과 요망은 이광수가 작성한 많은 글에서 찾을 수 있는 공통점 중 하나이며, 그가 고대한 '청년'의 모델이기도 하다. 또한 이는 그의 소설에 등장하는 인물을 그 서사의 주인공으로 만들어주는 가장 중요한 덕성이

주와 『학지광』 8호에 게재된 「용동 : 농촌문제연구에 대한 실례」의 집필 날짜(1916.1.24)를 통해 기술하고 있는 내용을 참조하자면 1916년 1월 29일이 맞다.

[2] 『학지광』 8호의 목차에는 「용동」의 필자가 '흰옷'으로, 본문에는 '제석산인'으로 표기되어 있다. 이 글을 비롯하여 『학지광』 8호에는 이광수의 「어린 벗에게」, 「살아라」, 「크리스마스 밤」 등이 수록되어 있다. 이 글의 필자를 확인하고, 그 대략의 내용을 살핀 연구로는 김영민, 「이광수 초기 문학의 변모 과정」(『현대문학의 연구』 34, 한국문학연구학회, 2008)이 있다.

[3] 이광수, 「부록2-1 이광수 발굴자료 : 「용동」(1916)」, 권보드래, 『한국 근대소설의 기원』, 소명출판, 2012, 414·421면.

기도 하다. 일본유학생의 견문과 소회를 적고 있는 1916년의 글 「동경 잡신」에서 이광수는 한 절을 일본 개화의 선구자로 칭송받는 후쿠자와 유키치[福澤諭吉]에 대한 추모에 바치며, 그의 업적을 이렇게 쓴 바 있다. "그는 교육이 新國의 기초사업을 자각하고, 一邊 慶應義塾을 확장하여 정치, 경제, 법률, 문학 등을 敎하며, 一邊 사회에 신지식을 보급키 위하여 『시사신보』라는 대신문을 창시하고 연설을 盛히 하며 몸소 구습을 革去하고 신문명인의 표본이 되다. (…중략…) 말하자면 그는 사, 오십년 전에 立하여 旣히 금일에 발전하고 보급하여 가는 제반 문제를 예견하였다. 환언하면, 그는 금일 及 금일 이후의 일본의 만반 사상문제, 제도를 포함한 萌芽이었으며, 사실상 금일 일본문화의 대부분의 근원은 위대한 그의 흉중에서 발한 것이다."[4] 이광수는 일본의 현재를 정확하게 진단하고 신문명의 보급을 통한 발전된 미래를 '예견'했던 후쿠자와의 업적을 칭송하며, 이러한 교지(敎旨)를 마음 깊이 담고 행동에 옮길 것을 그의 묘소 앞에서 다짐한다.

후쿠자와의 묘지를 참배하며 했던 다짐을 실천하고자 하는 마음이 강해서였을까, 『매일신보』에 「동경잡신」의 연재를 완료한 직후 이광수는 「농촌계발」이란 "소설 비슷"한 논설에 '향양리(向陽里)'란 가상의 농촌을 개량하는 김일(金一)이라는 영웅적 선지자를 등장시킨다. 김일은 '용동'에서 이승훈이 그리고 일본에서 후쿠자와가 그랬던 것처럼, 청년을 고취하여 집단을 조직하고, 근면과 검약을 실천하는 방식으로 향양리를 개량시켜 나간다. 김일은 서양의 발전상을 그린 그림과 환등

---

4 이광수, 「동경잡신(1916)」, 『이광수전집』 17, 삼중당, 1962, 503면.

으로 문명에 대한 욕구를 환기하고, 신문의 윤독을 통해 세계 각국의 사정을 이해시키는 방식으로 동회의 결속을 강화한다. 그는 학교를 설립하고, 의학과 같은 과학적 지식을 강조하며, 가족 제도의 개혁을 실천한다. 이광수는 향양리의 계발을 진두지휘하는 김일을 "법관의 냉정"과 "종교가의 열정"을 함께 가진 "예언자"요, "선지자"로 지칭한다. "향양리"에서 "新村"으로, 다시 "金村"으로 이름이 바뀐 이 마을은 십 년 후에는 김일의 "예정"대로 발전하고, 이십 년 후에는 "이상"에 맞게 건설될 것이라 말해진다. "장래의 김촌"이라고 제목이 붙여진 「농촌계발」의 마지막 장은 김일과 같은 "선지자"가 지닌 역사적, 사상적, 공동체적 의미와 "조선 십삼도"의 청사진이 될 김촌의 구체적인 발전상을 예고하는 것에 할애된다. 이광수는 어떤 공동체에 문명을 보급하기 위해서는 "신사상을 고취"할 "선지자" 혹은 "교조(敎祖)"의 존재가 선행되어야 한다고 말하며, "一國 一村을 勿論하고 신흥하든가 중흥함에는 반드시 이러한 선지자가 필요한 것이요, 일국이나 일촌의 번영과 행복은 실로 이러한 선지자의 墓上에 건설되는 것"이라고 언급한다. 그리고 이어서 이광수는 정치적 독립에 대해서는 논하지 않는 가운데 "김촌은 교육이나 토목이나 병원이나 기타 자치제도로 독립한 모양으로 산업이나 경제로도 독립할 것"이라고 예견하며, 교육시설, 문화시설, 복지시설, 교통의 설비가 완비된 도시의 모습을 구체적으로 그려낸다. 또한 '金村人'은 예술과 윤리, 종교와 학문의 측면에서도 완미한 정신을 가진 근면하고 쾌활한 국민의 풍모를 지니게 될 것이라고 이광수는 덧붙인다.[5]

단적으로 말하자면, 이광수는 자신이 '용동'의 발전에서 적시하고 예견했던 "조선의 현재와 미래의 그림"을 「농촌계발」을 통해 독자에게 제시하고 있는 것이다. 이러한 관점에서 보자면 「농촌계발」을 연재하는 중간에 『매일신보』에 함께 게재하기 시작한 『무정』의 주된 서사도 "조선의 현재와 미래의 그림"이라는 문장의 의미에서 그리 크게 벗어나지 않는 것으로 읽을 여지가 많다.[6] 이형식과 박영채의 과거가 알려주는 조선의 미개한 상황, 이형식의 시선을 통해 제시되는 지식인들의 타락과 국민들의 나태, 문명화되지 못한 경성과 평양의 구태 등은 조선에 보다 철저하게 문명과 신사상이 보급되어야 할 당위로 작용한다. 또한 소설의 말미에 미국과 일본으로 유학을 떠나는 이형식 일행이 목도하는 삼랑진의 참상은 개인의 영달보다는 "조선 사람에게 무엇보다 먼저 과학을", "지식을 주어야" 하는 것이 조선인 엘리트의 시급한 책무임을 강조하는 장면이다.[7] 이광수는 「농촌계발」에서 그랬던 것처럼 『무정』의 마지막 연재분을 이형식 일행이 유학에서 돌아오는 미래의 조선 사회 모습과 그 시간 동안 주요 등장인물들에게 있었던 사정을 요약적으로 제시하는 것에 쓰고 있다. 이 글의 후반부에서 좀더 자세하게 다루겠지만 『무정』의 화자는 "형식 일행이 부산서 배를 탄 뒤로 조선 전체가 많이 변한 것이다"(472면)라고 말하며 이를 통해 변화된 조선의 미래를 낙관적으로 전망하고 있다. 이 환상적 결말의 인과를 소설에서 찾는 것은 어렵지만, 적어도 이광수의 판단에는 이형식 일행이

---

5 이광수, 「농촌계발(1916~1917)」, 앞의 책, 134~137면.
6 문명의 이상을 내면화한 '청년'의 탄생과 그 변화 양상에 주목하며, 「용동」과 「농촌계발」, 『무정』의 연관성을 고찰한 선행 연구로는 김효진·김영민의 「계몽 운동 주체의 변화와 '청년'의 구상 : 이광수의 「용동」·「농촌계발」·『무정』을 중심으로」(『사이』 7호, 2009)가 있다.
7 이광수, 『무정』, 문학과지성사, 2005, 461면. 앞으로 이 책에서의 인용은 인용 면수만을 표기함.

『무정』의 서사에서, 그리고 소설의 무대가 되고 있는 조선에서 선지자와 같은 역할을 했다는 것만은 짐작할 수 있다.

물론 이광수가 후쿠자와에게서 문명을 보급하고 미래를 예견한 선지자의 모델을 발견했던 것처럼 그가 그려낸 '조선의 미래'는 서양과 어깨를 나란히 하는 문명의 부국이 된 메이지 일본에 기초하고 있음에 틀림없다. 이러한 사정을 충분히 감안한다고 하여도 조선의 현재를 비판하고 분석하는 것과 아직 오지 않은, 말 그대로 '미래(未來)'의 변화를 예견하는 것은 본질적으로 다른 일이다. 독자들에게도 이광수가 제시하는 '조선의 미래'가 일종의 기대처럼 희구될 수 있지만 분명한 인과적 사실로 이해되거나 객관적으로 수용되기란 쉬운 일이 아니었을 것이다. 게다가 식민지에 불과한 조선에 더 현실적인 미래의 모델은 제국주의 일본이 아니라 메이지 유신 이후 식민화되어 경제적, 육체적, 정신적으로 퇴보했다고 지칭되는 "북해도에 '아이누'"나 서양의 침탈 속에 붕괴해가는 중국이었을 지도 모른다.[8] 이광수를 비롯한 일본유학생들이 그들의 논설을 통해 역설했던 문명론의 요지 중 하나는 민족적 퇴락의 무력감이나 공포를 탈각하고 조선이 가져올 찬란한 미래에 대한 확신을 인민들에게 불어 넣는 것이었으며, 그것을 실현하기 위한 교육제도의 개혁과 경제의 부흥이었다. 현상윤이 "무용적(武勇的) 정신"의 부활, "과학보급" 즉 "자연과학의 교육", "산업혁명"의 실행을 통한 "강력

---

8 『무정』에도 적혀 있는 것처럼 이형식은 신우선과 자신의 사상을 "개인 중심의 지나식 교육"과 "사회 중심의 희랍식 교육"으로 구분하고 있으며, 그는 삼랑진의 수해로 생활의 근거와 열망을 상실한 조선의 농민에게서 북해도의 아이누를 자연스럽게 연상하며 문명보급의 책무를 깨닫는다. 이러한 구분과 연상은 중요하다. 이는 1917년의 이광수가 참고할 수 있었던 역사적 사실이며, 식민지 조선에서 재현될 가능성이 높은 멀지 않은 미래이기도 하기 때문이다. 위의 책, 180·461면.

주의"를 주장한 것도,[9] 최승구가 식민지적 무력감이나 인습, 과거의 전제에서 탈피하는 자아의 "혁명"을 강력하게 설파한 것도,[10] 이광수가 가난과 절망을 팔자소관으로 여기는 "숙명론적 인생관"에서 "力의 自信"을 자각하고 실천하는 "자력론적 인생관"을 피력한 것도,[11] 조선의 미래에 신념을 불어넣고 이를 선취하고자 하는 노력의 일환이었다.

이광수 자신이 용동에서 보았던 "조선의 현재와 미래의 그림"을 조선의 청년들에게 다시금 보여주고자 하는 열망을 이 시기 이광수의 창작을 추동했던 요인의 중심에 놓고 볼 때 주목할 것은 그가 사상적 전파의 방법으로 삼았던 문학, 특히 소설이다. 이광수의 표준적 설명에 따르자면 "소설이라 함은 인생의 一方面을 正하게, 情하게 묘사하여 독자의 眼前에 작자의 想像內에 在한 세계를 여실하게, 歷歷하게 開展하여 독자로 하여금 其 世界內에 在하여 實見하는 듯하는 感을 起케 하는 자를 謂함이"다.[12] 독자에게 작가의 상상 속에 있는 세계를 세밀하고 실감나게 보여주는 것은 소설이란 글쓰기의 특징이다. 여기에 소설은 이해와 흥미 면에서도 다른 문학 장르보다 우월하다는 것이 이광수의 판단이다. 이는 「농촌계발」에서 논설을 "소설 비슷하게" 쓰기로 했다고 하며 그것이 독자들이 "알아보기도 쉽고, 흥미도 있기" 때문이라고 언급한 것에서도 충분히 짐작할 수 있다.[13] 이광수가 칸트가 제안한 지식의 삼분법을 활용하여, 객관적 학문의 세계(眞—知—學問[科學])와

---

9 현상윤, 「강력주의와 조선청년」, 『학지광』 6호, 1915, 46~47면.
10 최승구, 「너를 혁명하라」, 『학지광』 5호, 1915, 12면.
11 이광수, 「숙명론적 인생관에서 자력론적 인생관에(1918)」, 『이광수전집』 17, 삼중당, 1962, 63면.
12 이광수, 「문학이란 何오(1916)」, 『이광수전집』 1, 삼중당, 1962, 513면.
13 이광수, 「농촌계발(1916~1917)」, 위의 책, 86면.

주관적인 도덕적 판단(善-意-道德[宗敎]) 사이에서 잠재적인 조정자로 기능하는 심미적 판단(美-情-文學[藝術])에 문학의 특권적 지위를 위치시켰다는 것은 주지의 사실이다.[14] 이광수가 「용동」이나 「농촌계발」, 『무정』에서 공을 들여 기술하고 있는 조선의 미래와 이를 수사하고 있는 "예언", "선지자", "교조(敎祖)", "역사", "과학"과 같은 어휘가 알려주고 있는 것처럼 아직 도래하지 않는 시간을 이광수의 신념에 선명하게 영사해주는 사유의 기반은 과학을 핵심으로 하는 합리적 예측과 '진보'와 같은 역사철학이었다. 여기에 이광수는 조선에 짧은 시간동안 놀라울 정도의 세력을 확산한 기독교에서 추출한 어휘를 전략적으로 사용하며 공동체의 결속과 신념을 독려하였다. 이 글은 이광수의 초기 논설과 『무정』을 해석하는 가운데 그 문학적 창작 행위의 핵심이 자신의 사유 내에 있던 조선의 미래에 대한 청사진을 독자들에게 전달하는 것에 있었다는 사실과 '조선의 미래'를 상상할 수 있었던 사유의 틀이 다른 무엇보다도 과학적 세계 이해에 의거하고 있었음을 살펴보고자 한다. 더불어 그가 창안한 인물과 서사가 과학적 예측에 따른 성장과 진행을 보여주고 있음도 말할 것이다.

---

14 '지·정·의'로 대표되는 이광수의 사유와 문학관에 대해서는 황종연, 「문학이라는 역어 : 「문학이란 하오」 혹은 한국 근대문학론의 성립에 관한 고찰」(문학사와비평연구회, 『한국문학과 계몽담론』, 새미, 1999), 김동식, 「1910년대 이광수의 문학론과 한국 근대문학의 비(非)민족주의적 기원들」(『비평문학』 45호, 2012)을 참조할 것.

2. 미래의 세 천사: 종교, 과학, 문학

이광수는 1924년 『조선문단』의 창간호 「권두사」에 세계의 쟁투와 고난에서 벗어날 "천국"을 지상에 건설하는 것이 인간의 참된 의무라고 말하며, 자신의 사상과 문학에 대한 의지를 다음과 같이 표명한다. "우리는 참된 종교와 참된 과학으로 더불어 참된 예술이 사람의 동물성을 변하여 사랑의 '사람'으로 화하는 세 천사인 것을 믿는다. 그들은 이제야 하늘 한 편이 열리며 가벼운 발과 눈물 머금은 눈으로 피 흐르는 땅 위에 내려 왔다. 이제부터 예술은 배부르고 한가한 계급의 소일거리도 아니요, 청년 남녀의 하염없는 공상의 양식도 아니요, 이상하고 신기한 것을 좋아하는 자들의 장난감도 아니다. 이제부터 예술은 몸에 눈보다도 더 흰 제복을 입고 손에 하늘에 오르는 향로를 들고 그리고도 사람의 아들과 딸들의 싸늘한 영혼에 하늘의 불을 붙이는 엄숙하고도 정다운 여신이라 한다."[15] 이 글이 『조선문단』의 「권두사」라는 것을 참고하면 이광수가 말하는 "예술"을 문학으로 한정해서 읽어도 큰 무리는 없을 것이다. 이광수는 여기서 종교, 과학, 문학을 하늘에서 지상으로 강림한 "천사"라고 말한다. 이광수가 어휘를 빌려왔을 것으로 보이는 기독교의 통설에 따르자면, 천사는 신의 뜻을 지상의 인간에게 전하는 동시에 인간의 사정을 신에게 전달하는 사자(使者)이다. 천사(angel)라는 영어 단어의 어원인 안겔로스(angelos)는 그리스어로

---

15 이광수, 「권두사」, 『조선문단』, 1924.10, 1면.

"전령", "예언자"라는 뜻을 가지고 있다. 이광수가 말하는 "천국"은 고난과 상쟁이 사라진 사랑의 세계이다. 이 "천국"은, 이광수가 다른 글에서 "하나님의 뜻"에서 찾기보다는 자기의 각성과 의지와 노력으로 건설되는 것이라고 말한 것에 따르자면,[16] 기독교에서 말하는 '종말'[17] 이라기보다는 헤겔이 말한 "인간의 정신이 하나의 자연, 또는 자기에게 적합한 세계"[18]를 완성하는 세계사의 종언으로 이해하는 편이 정당할 것이다. 중요한 것은 이광수가 시간의 끝, 인류의 최종적 미래를 예언하는 세 천사로 참된 종교와 과학, 그리고 문학(예술)을 들고 있다는 사실이며, 이들이 인도하는 길을 따라 갈 것을 조선의 민중들에게 설파하고 있다는 사실이다.

종교는 예언의 언어로, 과학은 예측의 언어로 아직 도래하지 않은 시간에 대해 이야기하는 특권적 직능을 수행했다는 사실에 의문을 표하지 않는다면, 설명이 좀 더 첨부되어야 할 것은 문학이다. 폴 리쾨르는 시간과 이야기의 관련을 논하는 글에서, 과거는 기억을 통해 간직되고, 기억은 사건들이 정신에 새긴 어떠한 흔적, 즉 과거의 이미지를 갖는 것이라고 말하며 미래도 이러한 인식의 방식과 그다지 다르지 않다고 설명한다. 미래는 "아직 존재하지 않는 사건에 선행한다는 의미에서, 이미 존재하고 있는 어떤 이미지로 구성된다. 그러나 그 이미지

---

16 이광수, 「숙명론적 인생관에서 자력론적 인생관에(1918)」, 위의 책, 64면.
17 기독교에서 말하는 종말에 대해서는 약간의 설명이 필요하다. "종말론적(apocalyptic)이라는 단어는 보통 파멸적 사건을 의미하지만 성서에서 사용하는 용어는 드러냄(unveiling)을 의미하는 그리스어에서 파생된다. 즉 종말(apocalypse)은 시간의 종말에 하늘에 쓰여진 신비를 드러내는 계시고, 선택받은 자들(the Elect)에게 종말은 파국이 아니라 구원을 의미한다. 종말 신학(eschatology)은 최후의 일과 세계의 종말에 대한 교의다." 존 그레이, 추선영 역, 『추악한 동맹 : 종교적 신념이 빚어 낸 현대 정치의 비극』, 이후, 2011, 14면.
18 프리드리히 헤겔, 임석진 역, 『역사 속의 이성』, 지식산업사, 1992, 336~337면.

는 지나간 일들이 남긴 흔적이 아니라, 우리가 그렇게 미리 예상하고, 지각하고, 예고하고, 예측하고, 공표하는 미래의 일들에 대한 어떤 '기호'이며 '원인'이다."[19] 과거와 미래의 이미지를 발견하고, 만들고, 전달하고, 인간의 경험 속으로 그것을 내밀하게 삼투시키는 데 있어 가장 의미 있는 것은 말할 필요 없이 역사나 소설 같은 서술적 방식의 진술이다. 종교와 과학이 아직 오지 않은 시간을 예고하고 지각하게 만드는 '기호'와 '원인'을 제공한다면, 문학은 이것들을 담론과 이야기로 만들어 사람들에게 전달하는 본체와 같다. 이러한 판단 때문인지, 이광수는 미래의 세 천사 중에서 유독 문학(예술)에만 '여신'이라는 육체를 부여하고 있다.

흥미로운 것은 이광수가 일반의 상식에 따르자면 서로 대립적인 인식론에 기반하고 있는 종교와 과학을 같은 범주에 놓고 있다는 사실이다. 유년시절에는 동학의 테두리에서, 유학 후에는 기독교에 대한 감화와 영향을, 그리고 1930년대 이후에는 법화경의 신자로 살았다고 고백하는 이광수는 사실 종교에 그리 호의적인 사람은 아니었다. 그는 "조선민족의 근본 신앙"을 유교에서 영향을 많이 받은 "숙명론적 잡신교"라고 보았으며, 이에 근거한 "팔자와 운수"가 국가의 경영이나 발전을 심각하게 저해하는 해악이라고 지칭한다. 이를 근절하기 위해 이광수가 강조한 것은 단순한 "과학적 지식을 학생의 두뇌에 주입하는" 과학교육이 아닌 "과학의 眞意義, 즉 과학과 인생과의 관계를 분명히" 알려주는 "과학적 정신"에 기초한 인생관의 확립이다.[20] 기독교 역시 과학

---

19 폴 리쾨르, 김한식·이경래 역, 『시간과 이야기 1 : 줄거리와 역사 이야기』, 문학과지성사, 1999, 41면.

에 근거한 그의 비판에서 그리 자유롭지 못했다. 이광수는 와세다대학 유학 시절에 경험한 가장 큰 사상적 변화를 기독교에 대한 신앙의 상실이라고 고백한 바 있다. 그는 종교나 철학적 이성을 통해서는 "우주의 본체"를 알아낼 수 없다고 하며, "오직 과학을 통해서 우리 오관에 들어오는 현상 세계를 볼 수 있"다고 쓴다. 이후 이광수는 종교와 철학보다는 "생물학", "천문학", "실험심리학", "사회학과 정치, 경제"에 흥미를 갖고 공부하게 되었다고 말한다. 이어 이광수는 "다아윈의 진화론이 성경을 대신할 것이라고 생각"했으며, "예수의 가르침에서는 오직 그 도덕적 가치관만을 취할 수밖에 없었다"고 솔직하게 토로하기도 한다.[21]

이런 이광수가 "참된 종교"를 설명하며 기독교의 수사를 사용하고 있다는 점은 세밀한 검토가 필요하다. 이광수는 『매일신보』에 발표한 미완의 장편논설 「신생활론」에서 조선에 유입된 지 삼십 년에 불과한 기독교가 30만 이상을 가진 전국적 조직으로 규합된 것에 놀라움을 금치 못하며 "耶蘇敎會는 현대식 정치조직을 취하여 엄연히 一國家의 觀이 있으며, 또 학교, 병원, 출판사업, 청년회, 구세군 등 취할 수 있는 기회와 방법을 다 취하여 그 전도에 노력하니, 금일 조선 사상계에 가장 조직적이요, 위대한 세력 가진 자"라고 감탄한다.[22] 이광수가 감탄하고 있는 것은 와세다대 재학시절에 신앙을 잃은 기독교의 섭리(攝理)가 아니라 어엿한 국가의 형태를 취하고 있는 기독교 교회의 구성 방식과 신도들의 단결된 모습이다. 이광수가 보기에 기독교는 출판이나 교육,

20 이광수, 「팔자설을 기초로 한 조선인의 인생관(1921)」, 『이광수전집』 17, 삼중당, 1962, 161 · 167면.
21 이광수, 「그의 자서전」, 『이광수전집』 9, 삼중당, 1963, 432 · 443면.
22 이광수, 「신생활론(1918)」, 『이광수전집』 17, 삼중당, 1962, 545면.

집회나 결사의 자유 등이 극도로 제한된 식민지라는 현실 속에서 국가와 유사한 "현대식 정치조직"을 가질 수 있는 유일한 집단이었던 것이다. 그는 기독교가 조선에서 이토록 빠른 시간에 전파되고 조직화될 수 있었던 이유를 다음과 같이 설명한다.

> 야소교가 그처럼 속히 弘布된 이유로 전절에 유교가 민족 전래의 신앙과 이상을 芟除하고 거기 대할 자를 세우지 못하여 민중이 정신적 생활의 갈망의 극도에 在 하였던 것, 그 경전이 평이한 조선문으로 번역된 것, 전도의 방법과 교회의 治理가 조직적인 것 등을 들었습니다. 이것이 물론 그 주요한 원인일지나 이밖에 두 가지 간과치 못할 원인이 있으니, 그것은 '도덕적 요구'와 '하나님의 사상과 내세의 사상'이외다.[23]

이광수는 기독교가 가지고 있는 청교도적인 윤리 의식이 조선 민중이 갈망한 정신적, 도덕적 요구와 부합했다는 점과 빠른 시간에 한글로 번역된 성경의 보급, 전도와 조직의 구성 방식이 효율적이었다는 사실을 지적한다. 여기에 덧붙여 이광수는 기독교의 "하나님의 사상과 내세의 사상"이 조선의 역사와 전통에서 확인할 수 있는 "拜天사상과 내세의 사상"과 절묘하게 결합하며 조선인들의 마음을 사로잡을 수 있었다고 설명한다. 사실 신앙의 유무와는 상관없이 인생을 개혁하고자 근면하게 노력하는 자는 모두 천국에 들어갈 수 있다고 주장하는 이광수의 사상은 기독교의 교리와는 거리가 멀다.[24] 일본에서 신학을 공부

---

23 위의 책, 547면.
24 이광수, 「숙명론적 인생관에서 자력론적 인생관에(1918)」, 위의 책, 64면. 사실 이광수는

한 전영택은, 이광수의 주장에 대한 반론이라고 명기하고 있진 않지만, 제멋대로 기독교의 수사를 사용하는 방식에 불만을 표하며 다음과 같이 말한다. "만일에 예수를 믿음으로 구원을 얻는 것이 아니라, 행함으로 의인이 되고 구원을 얻는다 하면 예수의 십자가 고난은 전혀 무의미로 돌아가고 헛된 것이 될 것이외다. 그뿐 아니라 기독교가 전연히 무의미한 것이 될 것이외다."[25] 중요한 것은 신의 섭리와 은총을 무의미하게 여기는 이광수가 기독교의 수사를 전략적으로 활용하며 과학적 정신에 기초한 문명의 도입과 발전을 설파하고 있다는 사실이고, 기독교의 "전도의 방법과 교회의 治理"를 모방하는 방식으로 그가 조선의 민중을 조직적으로 규합하려 했다는 사실이다.

이런 점에서 「농촌계발」에 등장하는 주민 모임인 동회(洞會)의 결성과 운영은 주목할 필요가 있다. 김일은 청년들에게 영국 농촌의 그림을 보여주며 "평시에 부지런하고 기계와 학리를 응용"하면 보다 큰 수입을 얻을 수 있다고 설득해 동회를 결성한다. 이 동회에는 매월 한 번씩의 예회(例會)가 있다. 김일은 이 예회에서 "권위 있고도 다정"한 목소리로 설교를 하며 자신의 말에 동감하면 "박수"를 치라고 말한다. 예회는 김일의 문명개화의 중요성에 대한 설교, 농촌개량 사업의 어려움과 놀라운 변화에 대한 마을주민의 고백과 박수로 진행되며 서양 국가의 발전상을 찍은 "환등을 구경"하는 것으로 끝이 난다.[26] 향양리에서

1932년 자신의 사상을 소개하며, "조선의 基督敎는 내 마음에 맞지 않아서 믿지를 않습니다마는 基督의 사상에다가 釋迦의 사상을 거친 第三思想이 말하자면 나의 사상이 되었겠다고 할 것입니다. 기독에게서 영향을 많이 받은 것은 사실입니다"라고 언급한 적이 있다. 이광수, 「대담 : 이광수씨와 기독을 語함(1932)」, 『이광수전집』 20, 삼중당, 1963, 244면.
25 전영택, 「종교개혁의 근본정신」, 『학지광』 14호, 1917, 14면.
26 이광수, 「농촌계발(1916~1917)」, 위의 책, 95~102면. 앞으로 이 책에서의 인용은 인용 면수

김일이 조직한 동회와 주기적으로 열리는 예회가 기독교의 교회와 예배를 그대로 모방하고 있음은 어렵지 않게 짐작할 수 있다. 단지 차이가 있다면 신이 있는 자리를 대신하는 것이 "希望과 喜悅의 빛"(110면)으로 영사되는 물질적 문명의 모습이며, 곧 서양의 그것과 동일한 모습으로 발전할 조선의 미래라는 점이다. 김일의 "언어와 태도"를 설명하는 "예언자적 열정"과 "종교가의 열정"이란 말에서 알 수 있듯이 그에 대한 마을사람들의 존경은 걷잡을 수 없을 정도로 깊어진다. "회장의 음성은 참 人의 肺肝을 꿰뚫을 듯 하였소. 더구나 중간쯤하여 회장의 음성이 눈물로 흐리게 될 때에 일동중에서 흐득흐득 느끼는 소리가 들렸소."(131면) 회장의 지배력과 영도력에 따라 마을이 발전함에 따라 향양리는 김일의 성을 딴 '김촌'이 되고 마을의 공간은 "자치제도로 독립"할 수 있을 만큼의 기반 시설을 갖춘다. "이리하여 김촌은 과연 부하고 귀하게 될 것이외다. 이에 비로소 신문명의 태평이 임하여 至千萬世할 것이외다. 어찌 김촌 뿐이리요, 이것이 조선 십삼도의 장래외다."(137면) 이광수가 기독교의 수사와 "전도의 방법과 교회의 治理"를 적극적으로 활용하며 「농촌계발」에서 제시하고 있는 조선의 미래는 단순한 지역의 물질적 발전만이 아니다. 그것은 주변으로 전도되고, 조직화되면서 점점 확장할 것이다. 약간 과장되게 말하자면 이것은 새로운 국가의 탄생을 은유하고 있는 이상적 조감도이다.[27]

미래는 신 또는 그와 유사한 절대자들만이 소유할 수 있다고 여겨진

만을 표기함.

[27] 이광수의 종교적 사상과 정치적 지향이 문학을 통해 결합되는 방식에 주목한 연구로는 서희원, 「이광수의 문학·종교·정치의 연관에 대한 연구」(동국대 박사논문, 2011)가 있다.

특권적인 시간이며, 이를 신뢰하는 인민의 규합과 믿음 속에서 현재를 규율할 수 있는 권능(권력)이 창출된다. 기독교의 성경은 창세기에서 시작해 묵시록으로 끝이 나는 과거의 책인 동시에 미래의 책이다. 그렇기에 성경은 현재를 규율하는 로마법의 기반이 될 수 있었던 것이다. 잘 알려진 것처럼 로마교회는 제5차 라테란 공의회(1512~1517)를 통해 세계의 미래와 종말에 대한 비전을 교회사로 편입시켰고, 종말이 언제든 발생할 수 있다는 위협과 예수의 재림에 대한 희망을 통해 안정적 통치 기반을 획득하였다. 이에 맞서 국가를 통한 공동체의 통치를 지지하고 있던 계몽주의자와 인문주의자 들은 종교적 예언에 대한 대응개념으로 과학과 역사철학에 근거한 합리적 예견, 즉 예측을 통해 정치적 상황을 조절하고 국민을 국가에 통합시키고자 하였다. 라인하르트 코젤렉이 말하듯이, "역사철학이야말로 근대 초기를 과거로부터 단절시키면서 새로운 미래와 더불어 우리의 근대를 열었던 장본인"이었으며, "합리적 미래예측과 구원을 확신하는 기대의 혼합은 18세기의 특성이었고, 이것은 진보의 철학으로 이어졌다."[28] 이광수의 사유 체계를 세분하지 않고 보았을 때 특징적으로 지적할 수 있는 것은 그가 진보에 대한 강렬한 믿음을 가진 역사주의자였다는 사실이다. 그는 "인류의 역사"를 행복을 추구하는 기록으로 보고 이 행복에 대한 욕망이 "무한한 진보"를 가져올 것으로 전망했으며,[29] "문명진보의 열망이 없"다는 이유로 조선의 기독교를 비판하기도 하였다.[30] 이광수에게 다

---

28 라인하르트 코젤렉, 한철 역, 『지나간 미래』, 문학동네, 1998, 37면. 근대 초기에 미래(시간)를 점유하고자 했던 종교와 국가의 경쟁에 대해서는 「1. 근대사에 있어서의 과거와 미래의 관계」를 참조할 것.
29 이광수, 「교육가 제씨에게 (1916)」, 『이광수전집』 17, 삼중당, 1962, 75면.

음과 같은 고백은 자연스러운 것이었다. "우리는 역사의 진화를 믿는다. 인류는 예로부터 점점 좋은 방향으로 진화하여 오는 것을 믿고 인류의 역사를 이 방향으로 끌고 오는 힘이 오직 예로부터 싸워 내려온 여러 의로운 사람-의기 있는 사람의 피인 것을 믿는다."[31] 인간의 투쟁과 피가 뒤섞인 역사를 진화에 내재한 자연스러운 도정으로 파악하는 방식은 이광수가 지닌 '진보'의 어두운 내면이었다. 미셸 푸코는 1976년에 행한 한 강의에서 근대의 모든 사유가 경계하고 피해야 할 대상으로 역사주의를 지목하며, 이를 "전쟁과 역사가 뒤얽힌 매듭, 전쟁이 역사에 또는 역사가 전쟁에 속해 있는 그 피할 수 없는 상호귀속성"이라고 정의하였다. 여기에 덧붙여 푸코는 18세기에 기존의 철학을 대체하는 새로운 기술적 앎, 즉 사유를 규율하는 새로운 테크놀로지가 탄생했다는 사실을 지적한다. 그것은 푸코가 "앎들의 규율적 경찰"이라고 불렀던 '과학'이다. "18세기는 앎을 규율화한 세기이다. 다시 말하면 모든 앎을 내면적으로 조직하여, 스스로 자기 영역 안에 틀린 앎이나 또는 앎이 아닌 것을 도태시키는 기준을 마련하고, 내용을 동질화·규격화·등급화하며, 마지막으로 일종의 사실의 축 위에 그것을 집중시키는 규율로 만든 것이다. 그러니까 모든 앎을 규율로 정비하고, 이렇게 내적으로 규율화된 앎들을 분산시켜 그것을 상호간의 소통·분배·등급화를 통해 일종의 통합 분야를 만드는 것, 이것이 소위 사람들이 '과학'이라고 부르는 것이다."[32] 푸코의 지적처럼 기독교를 비롯

---

30 이광수, 「今日朝鮮耶蘇教會의 欠點 (1917)」, 위의 책, 26면.

31 이광수, 「의기론」, 『이광수전집』 20, 삼중당, 1963, 165면.

32 미셸 푸코, 박정자 역, 『사회를 보호해야 한다 : 1976, 콜레주 드 프랑스에서의 강의』, 동문선, 1998, 205·214~215면.

한 다양한 사유의 특정한 부분을 배제하고 자신의 목적에 부합하는 것
을 선별하여 등급화하고 이를 집약하는 이광수의 사유를 총칭하는 가
장 적절한 명칭은 '과학'이다.

3. 사회에 대한 과학적 탐구

이광수가 1918년 9월 6일부터 10월 19일까지 『매일신보』에 연재한
「신생활론」은 허영숙과의 돌연한 북경 도피로 인해 집필이 중단된 미
완성 논설이다. 이광수가 「신생활론」을 100회 정도 연재하려고 계획
했었다는 사실에서 짐작할 수 있듯이 이 글을 통해 이광수는 자신의
사유를 집대성하려고 시도하였던 것 같다.[33] 비록 유교를 비판하고,
기독교에 대한 장을 기술하던 중 멈추었지만, 온전한 형태의 서론은
1910년대 이광수가 역설하고 있었던 문명론의 의의와 그 전개 방식의
얼개를 이해하는 데 중요한 참조가 된다.

이광수가 "생활의 혁명"이라고 표현한 『신생활론』의 핵심은 동양적
야만에서 탈피하여 서구적 문명으로 빠르게 진입하는 것이다. 이는
"현재의 貧, 賤, 愚의 경우를 脫하여 富, 貴, 智의 영역에 入하"는 것으로

---

33 이러한 사실은 이광수가 허영숙에게 보낸 편지에 "「신생활론」의 원고는 二十五回分 밖에
쓰지를 않았읍니다. 百回 정도 계속하지 않으면 완성되지 않는 것이지만, 애석한 일입니다"
라고 기록되어 있는 사실을 통해 알 수 있다. 이광수, 「사랑하는 영숙에게」, 『이광수전집』
18, 삼중당, 1963, 462면.

말해진다.[34] 이광수가 「教育家 諸氏에게」에서 "문명의 대부분의 목적은 실로 此 '幸福되게' 卽 '잘' 살게 함에 在"[35]한다고 언급했던 사실을 상기하자면, 그가 「신생활론」에서 "인류의 문명-정치, 과학, 공예, 예술은 인류의 불행의 요소를 제거하고야 말려고 결심한 것"[36]이라고 진술한 문명이 물질을 축으로 하고 있는 자본주의라는 사실은 어렵지 않게 이해될 수 있다. 이광수에게 있어 인간 사회의 바람직한 변화는 물질적 문명을 찬미하고 이를 창출하는 "의식적 변화" 즉 "인위적 진화"의 과정이다. 이광수는 문명을 도입하는 "의식적 변화"를 가로막는 가장 큰 장애로 유교를 지적하며, 그것이 "청빈"을 숭상하며 "경제" 즉 "富를 輕히 여기"고 "商工業 같은 致富之德은 극히 賤하게" 여겼다는 점과 물질적 문명의 원동력인 "科學을 賤히 여긴" 점을 신랄하게 비판한다. 이광수에게 있어 '과학'이 서구의 근대적 사유와 발전을 집약적으로 지칭하는 특권적 개념어라는 사실은 "현대의 문명은 과학의 문명, 현대 교육의 진수는 과학, 따라서 현대생활의 기초는 과학, 그 중에도 자연과학"[37]이라는 설명에서도 찾아 볼 수 있다. 그렇다면 문명의 발전은 어떠한 방식으로 이해되는가. 「용동」에서 이광수는 농촌개량 운동의 성과를 십년간 변화한 부력의 증가를 적은 도표로 제시한다. 도표는 "양잠", "가축", "농산", "會金", 가정과 개인의 경제력 등의 항목으로 분리되고, 십년 전과 현재의 금액으로 비교 · 제시된다.[38] 이광수에게 문

34 이광수, 「신생활론 (1918)」, 『이광수전집』 17, 삼중당, 1962, 515면.
35 이광수, 「교육가 제씨에게 (1916)」, 위의 책, 75면.
36 이광수, 「신생활론 (1918)」, 위의 책, 539면.
37 위의 책, 524 · 540 · 541면.
38 이광수, 「부록2-1 이광수 발굴자료 : 「용동」(1916)」, 위의 책, 421면.

명의 발전 정도는 '경제'와 관련된 각종 지수와 지표로 표현되며, 변화의 근원적 동력은 과학적 정신을 완비한 주체이다. 보다 정확하게 말하자면 이광수로 대표되는 일본유학생의 문명론은 "곧 정신적으로는 '근대적 인간'으로 '개조'되는 것이며, 생활상으로는 '자본주의적인 경제생활'을 영위하는 것으로, 전체적으로는 결국 근대문명사회 곧 자본주의사회의 실현을 의미하는 것"[39]이다.

이광수는 『그의 자서전』에서 제2차 동경유학 시절 기독교에 대한 신앙을 잃고 "자연계의 과학적 탐구"에 몰두했다고 말하며, 진화론으로 대표되는 생물학, 천문학, 실험 심리학, 사회학, 정치, 경제에 대한 공부를 시작했다고 고백한 바 있다. 이광수가 일본유학생의 신분으로 발표한 「동경잡신」은 신의 섭리와 철학적 사유가 더 이상 유효하지 않은 냉혹한 "현상 세계"에 대한 과학적 탐구와 이를 조선에 이식하고자 하는 모색의 기록이라고 할 수 있다. 「동경잡신」은 서구적 교육에 대한 강조, 유학생의 생활과 사상, 문명인의 생활적 특징, 근면과 검약 같은 성공하는 습관, 목욕탕이나 전람회 같은 문명의 장소 등에 대한 언급이 기술된 잡다한 장으로 구성되어 있다. 이광수는 「동경잡신」의 마지막 절에서 "조선인사는 지금 신문명을 이해하여야 할 급한 시기에 在"하였다고 하며, 일곱 권의 서적을 소개하고 그중 금전이 부족하면 "一. 서양사(箕作元八著『西洋史講話』가 최적할 듯), 二. 세계지리(志賀童昻, 或은 野口保興氏의 著), 三. 진화론(丘淺次郎著『進化論講話』), 四. 경제원론(誰某의 著나 무방하니 대개 此는 다수히 有함이라)"만이라도 반드시 읽으라고 권한다. "현대문명

39 박찬승, 『한국 근대정치사상사 연구』, 역사비평사, 1992, 136면.

의 내용과 발전한 경로와 진행하는 방향'을 연구하는 '서양사', 경도와
위도처럼 역사와 짝을 이루며 "세계의 현상"을 알려주는 '세계지리', "신
문명의 총원천인 과학은 물론 현대 인류의 만반사상"에 영향을 주고 있
는 '진화론' 등에 대한 강조가 알려주는 것은 더 이상 신의 섭리가 존재
하지 않는 세계에 대한 사회과학적이고 자연과학적인 이해가 "조선인
사"에게 무엇보다 시급하고, 선행되어야 한다는 사실이다.[40]

　이러한 제반 학문의 개론서 목록에는 빠져 있지만 이광수가 중요하
게 참고하고 있는 책으로 반드시 언급되어야 할 것이 존 러스킨의 『예
술경제론』이다.[41] 엄격한 청교도 집안에서 성장한 존 러스킨은 『예술
경제론』에서 예술과 사회의 관계를 별로 중요하게 여기지 않던 당대의
상식과는 달리 예술작품의 경제적 · 사회적 의의를 주장하며, 경제학의
원리를 예술에 적용할 것을 말하고 있다. 존 러스킨은 후에 이 책의 제
목을 보다 명확하고 분명하게 "영원한 환희와 그 시장가격(A Joy for Ever,
and its Price in the Market)"이라고 변경한다.[42] 이광수는 「동경잡신」의 절
중 "七. 經濟의 意義"를 러스킨의 『예술경제론』에서 "抄譯"하고 있으며,
"八. 勤而已矣"를 같은 책에서 "一節 意譯補述"했다고 본문에서 직접 밝
히고 있다.[43] 먼저 '경제의 의의'를 기술하는 부분을 보자.

---

40 이광수, 「동경잡신(1916)」, 앞의 책, 513면.
41 이광수는 이 책에 대해 "英人 러스킨氏의 『예술경제론』"이라고 적고 있지만, 이 책의 원제는
　　『예술의 정치경제학The Political Economy of Art』이다. 존 러스킨, 이가형 역, 『예술경제
　　론 · 깨와 백합(외)』, 을유문화사, 1964.
42 위의 책, 4면.
43 좀 더 넓게 보자면, 근면하고 성실한 삶의 자세를 경제의 측면에서 설명하고 있다는 점에서
　　「동경잡신」의 "五. 恩忙", "九. 名士의 儉素", 그리고 한 가정의 경제적 관념이 국가적 번영의
　　초석이 된다는 주장을 담고 있는 "一〇. 家庭의 豫算會議"도 존 러스킨의 『예술경제론』에서
　　영향을 받은 사유를 기술하고 있다고 할 수 있다.

경제라 함은 금전을 貯蓄함을 의미하는 동시에 費用함도 의미하나니, 즉 一家나 一國을 管理하는 자가 금전이나, 시간이나, 勞力이나, 기타 何物이든 지 最히 유리하도록 저축하고 사용함을 위함이라. 此定義는 극히 분명하니 경제라 함은 공과 사를 勿論하고 勞力의 善用을 의미함이라, 즉, 第一은 勞 力을 合理하게 응용할 것이요, 第二는 勞力의 産出物을 신중히 보존할 것이 요, 第三은 勞力의 산출물을 適時하게 분배할 것이라.[44]

이광수가 러스킨의 책을 번역하며 전개하고 있는 논리에 따르자면, 한 개인이 금전과 시간, 노동력을 합리적으로 응용하는 방법의 핵심은 근면과 저축이다. 경제라고 불리는 법칙에 따라 노동력을 선용하고, "산출물"을 적절하게 보존하고 분배할 때 부는 개인과 가정, 공동체의 것으로 확산된다. 중요한 것은 이 경제의 법칙이 한 개인에게도 의미 있는 것처럼 더 큰 공동체에서도 동일하게 적용된다는 점이다. "一家 의 경제는 一村에 응용할지요. 一村의 경제는 一郡 · 一道에 응용할지 니라. (…중략…) 良田萬頃이 有하더라도 상술한 단순한 법칙을 脫하지 못하나니, 一家에 대하여 眞한 원리는 一國一民에 대하여서도 眞하느 니라. 토지가 廣하다고 懶惰한 자가 멸망하는 법칙은 변하지 아니하고, 人民이 多하다고 勞力하면 생산하는 법칙은 변하지 아니하느니라."[45] 이광수는 이역만리의 영국인 러스킨이 마치 오늘의 조선인에게 들려 주고자 이 책을 저술한 것 같다고 감탄하였으며, 차마 책 전체를 번역 하진 못하고 몇 차례 읽은 끝에 책의 부분을 발췌 번역했다는 사실을

---

44 이광수, 「동경잡신(1916)」, 앞의 책, 491면.
45 위의 책, 494면.

부기한다.[46] 이광수는 『예술경제론』에 의거해 경제적 관념에 대한 이해와 근면한 생활 태도를 상찬하는 가운데 러스킨 주장의 핵심에 해당하는 경제와 예술의 정치적 관계, 즉 예술도 경제적 법칙에 의거해서 규율되어야 하며, 이것이 국민교육의 중요한 부분을 담당해야 한다는 사실은 거론하지 않고 있다.[47] 아마도 이광수는 예술이 가지고 있는 정치경제적 연관성을 명기하는 것, 특히 문학을 조선에서 천하게 여기고 있던 경제의 입장에서 설명하는 것이, 자신이 앞으로 전개하고자 하는 문학을 기반으로 한 조선의 문명개화 운동에 그다지 도움이 되지 않을 수 있다고 판단했던 것 같다. 이러한 누락에도 불구하고 러스킨의 예술론에서 이광수가 상당한 영향을 받았다는 사실만은 분명하다.

이와 함께 이광수가 「동경잡신」의 한 부분에서 동경에서 관찰할 수 있는 문명인의 모습을 스케치하며 "문명생활의 最히 현저한 특징"이라고 지적하고 있는 "恩忙"이란 단어도 주목을 요한다.[48] 이광수는 이렇게 쓴다. "恩忙은 실로 문명인의 휘장이니, 何國이 총망하면 其國은 문명국이요, 何人이 총망하면 其人은 문명인이라. 一分時刻을 可惜할 바를 不知하는 자는 문명한 자라 칭하지 못하리니, 대개 생존경쟁의 激烈함이 극도에 달한 此世代에 처하여 일분일초를 競하며 활동치 아니하

---

46 존 러스킨은 "하나의 농원이나 소유지의 개척에 적용되는 것과 같은 경제원칙이 하나의 州나 島嶼의 개척에도 적용되는 것"이며, "토지가 광대하다고 해서 태만이 파멸의 원인이 되지 않을 수 없으며, 노동이 보편적이라고 해서 생산적이 아닐 수는 없는 것"이라고 쓰고 있다. 존 러스킨, 앞의 책, 27~28면. 이 구절을 읽은 이광수는 이렇게 쓴다. "余가 一日 러스킨 文集을 讀하다 이상 譯述한 數節에 到하매 흡사히 西方 三萬外에 生하였던 러스킨氏가 금일 조선인을 위하여 此論을 著한 듯한 感이 有한지라 차마 卷을 역하지 못하고 欺코 讀함이 三, 四에 及함을 不覺하다가 마침내 此를 譯出하여 현명하신 제씨의 淸覽에 供하기로 하니라." 이광수, 「동경잡신(1916)」, 위의 책, 494면.

47 존 러스킨, 위의 책, 28~32면 참조.

48 이광수, 「동경잡신(1916)」, 『이광수전집』 17, 삼중당, 1962, 487면.

고는 개인이 개인의 생존을 保치 못할지요, 민족이 민족의 생존을 保치 못할지라."[49] 이광수는 문명생활과 문명인의 특징을 "총망"이라고 표현하며, 자동차와 전차, 기차와 기선 등이 분주히 왕래하는 도시의 풍경, 그리고 "긴장한 용모"와 "주의하는 眼眸", "급히 하는 태도" 등을 보이며 시간을 아끼고 세심히 활용하는 도시인의 모습을 문명의 표상으로 제시하고 있다. 심지어, 이광수는 "전신, 전화와 기차, 기선의 利器를 사용할 권리"는 총망한 문명인에게만 있다고 쓴다. 이광수가 전근대적 인간에게 발견하지 못한 "총망"이라는 근대인의 특징은 문명의 성취를 알려주는 지표인 '경제(economy)'의 개념과 결합하며 '근면'이라는 자본주의적 정신의 핵심으로 제시된다.

한 개인이 지닌 문명에 대한 이해와 근면한 생활태도, 이를 어렵지 않게 알 수 있는 '총망'한 생활의 모습, 금전과 시간의 경제적 선용, 그리고 이러한 개인의 실천을 통해 변화하는 공동체가 점점 더 큰 공동체의 변화를 견인하는 정치경제적 상황에 대한 낙관적 전망. 아마도 이것보다 요약적으로 이광수 「농촌계발」과 『무정』이 가지고 있는 서사와 구조의 공통적 특징을 말하기는 어려울 것이다.

---

[49] 위의 책, 488면.

4. 물질과 시간의 '경제' : 『무정』의 플롯

폴 리쾨르는 미래란 생각도 하지 못했던 미지의 것이 아니라 이미 존재하고 있는 이미지들로 구성되는 일종의 기대라고 말하며, 인간의 예상, 지각, 예고, 예측, 공표를 자연스럽게 불러오는 '기호'와 '원인'으로 이루어진다고 설명한다. 『무정』은 1916년의 경성을 무대로 당대의 문화적·사회적 사실을 소설에 핍진하게 담아내고 있는 작품이다. 동시에 『무정』은 작품의 리얼리티를 손상시키는 미래에 대한 동화적 전망을 담고 있는 악명 높은 결말을 함께 가지고 있는 소설이다. 독자들이 소설의 서두를 읽으면서 이러한 결말을 아주 당연한 것으로 예견했는지의 여부는 알 수 없지만, 이광수는 이형식의 삶을 보여주는 다양한 기호가 미래의 낙관적 발전을 만드는 원인이 된다고 여겼음이 분명하다.

『무정』은 근대적 시간을 효율적으로 활용하며 자아의 계발에 매진하는 형식이라는 주인공이 과거의 언약을 공유한 영채를 만나 삶의 궤도에서 잠시 벗어나게 되고 이를 통해 생긴 오해와 퇴직의 시련을 선형과의 결혼을 통해 다시금 회복하는 과정을 담고 있다. 자신의 일에 근면하고 성실한 태도로 임하는 이형식의 생활 습관과 그의 도덕적 자의식, 그리고 인생의 굴곡에 따라 경험하게 되는 혼돈을 미적 깨달음으로 재조정하는 모습은 그를 『무정』에 등장하는 향락적이며 게으른 지식인들과 구별짓게 하는 주인공의 덕성이다.

"경성학교 영어 교사 이형식은 오후 두 시 사년급 영어 시간을 마치고 내리쪼이는 유월 볕에 땀을 흘리면서 안동 김장로의 집으로 간다.

김장로의 딸 선형이와 명년 미국 유학을 가기 위하여 영어를 준비할 차로 이형식을 매일 한 시간씩 가정교사로 고빙하여 오늘 오후 세 시부터 수업을 시작하게 되었음이라."(10면) 『무정』의 첫 문장에서부터 알 수 있듯이 이광수가 다른 어떤 것보다 강조하고 있는 것은 이형식의 하루 일과와 이를 수행하는 신체 상황 등이다. 『무정』 전체에는 이형식의 하루 일과를 알려주는 표현들이 적지 않게 산재해 있다. 이를 통해 독자는 이형식의 하루 일과와 여기에 소요되는 시간을 정확하게 읽어낼 수 있으며, 근면을 중요한 삶의 태도로 여기며 실천하는 이형식의 자세를 어렵지 않게 읽어낸다. "형식은 병이 있기 전에는 아직도 학교 시간을 쉬어본 적이 없었다. 감기가 들어 여간 두통이 나고 열이 있더라도 억지로 학교를 출석하였다. 그리고 돌아와서 병이 더치더라도 형식은 '내 의무를 위함'이라 하여 스스로를 만족하였다."(257면) 아홉시 출근 시간을 어떤 일이 있어도 지키는 이형식의 근면한 생활 태도는 "열 점이나 되어야 일어난다"는 동경 유학생인 교주 김현수와 세상의 변화를 전혀 감지하지 못하고 "화석"처럼 앉아 있는 칠성문 밖의 노인과 그를 구분 짓는 중요한 표식과도 같다. 과학의 이기, 도시의 문명에 대해 인지하지 못하는 칠성문 밖의 노인은 역사를 살아가는 동시에 역사의 외부에 위치한 인물과 같다. 이러한 비판은 근대적 교육을 받았으면서도 나태한 삶을 살며, 타락한 행동을 하는 김현수에게도 동일하게 해당된다.

「동경잡신」에서 이광수가 "문명인의 휘장"과 같다고 지적한 "총망"은 이형식이 실천하는 근면한 삶의 자세를 요약적으로 지칭하는 단어이다. 이형식은 경성학교 교사로 근무한 사 년 동안 성실한 태도로 교육자의 소임을 다하고, 월급을 아껴 학생을 도우며 남는 돈으로 책을 사고, 휴일에 독서를 하며 지식을 쌓는다. 그는 거리를 걷는 시간이나 기차를 탑승하고 있는 시간도 아끼며, 깊은 사색과 독서를 한다. 그리고 이를 통해 자각하게 된 사유를 통해 자아의 수양을 도모하는 근대적 인간이다.[50] 심지어, 이형식은 영채의 장례를 치루지 못하고 수업을 위해 경성으로 내려온 자신을 책망하는 하숙집 노파의 질책에 반성하며 다시 평양으로 떠나려 할 때도 차에서 읽을 책을 챙기는 사람이다. "형식은 돈을 받아 넣고 방에 들어가 두루마기를 입고 책 한 권을 뽑아 들고 신을 신으려고 나섰다."(289면) 이러한 이형식의 태도는 스스로를 "신문명을 이해하는 선각자요 따라서 온 조선 사람을 가르치고 이끌어 낼 자"(269면)라고 평가하는 자부심의 근간이며, 김장로가 외동딸 선형과 미국유학을 함께 할 사위로 그를 선택하게 하는 판단의 기준이 된다.

잘 알려진 것처럼 이광수의 『무정』은 1917년 1월 1일부터 6월 14일까지 총 126회에 걸쳐 『매일신보』에 연재된 작품이다. 6개월이 넘게 연재된 것과는 달리 실제 작품에 내적 시간은 1916년 6월 27일부터 5일 간 벌어지는 사건, 영채가 황주에서 보내는 한 달, 그들이 기차에서 만나 삼랑진의 수해를 목도하는 2일간, 마지막 절에 적힌 4년 지난 1920년 여름의 후일담으로 구성되어 있다. 작품 내에서 진행되는 인물들의 하루가 실제 연재 기간에서는 한 달에 맞먹는 『무정』의 서술 방

---

50 독서와 지식욕은 「동경잡신」에서 이광수가 찬미한 근대인의 중요한 생활 습관 중 하나이다. "食後에 讀하고, 就寢 前에 讀하고, 事務餘暇에 讀하고, 기차, 전차, 인력차 上에 讀하고, 獨하여 신지식을 구하되 오히려 부족하여 하나니 朝鮮人士가 그의 안중에 小兒 같지 아니할 리가 豈有하리오." 이광수, 「동경잡신(1916)」, 위의 책, 513면.

식은, 과장되게 말해 "문명인의 一分間 一時間은 비문명인의 십년 이십년에 빨"[51] 한다는 이광수의 진술을 떠올리게 한다.

실제 1916년의 경성과 비교한다고 해도 거의 부합하는 리얼리즘적 서술을 특징으로 하고 있는 『무정』의 마지막 절은 흥미롭게도 소설의 핍진성을 손상시키는 근미래의 장면으로 되어 있다. 이광수가 작성한 마지막 장과는 상관없이 몇몇 연구자들은 이 소설의 진정한 결말을 삼랑진의 장면으로 보며, 이후에 덧붙여진 126절을 "사족"이라고 평가한다. 김동인은 이렇게 말한다. "다섯 사람이 흥분과 감동으로 제각기 장래의 희망을 토론하는 막으로 이 소설은 대단원을 맺는다. 제126절은 사족이다. 126절에 있어서는 작자는 아직껏 이 소설에 등장하였던 인물 전부를 재등장을 시켜서 그들의 십 년 후를 독자에게 알게 하였다. 그러나 이것은 신파 비극(혹은 정극)의 대단원과 같은 느낌을 줄 뿐 소설적 효과를 조금도 더 돕지 못하고 도리어 우습게 만든 데 지나지 못한다."[52] 김동인은 『무정』의 126절이 "그들의 십 년 후"라고 말하고 있지만, 이는 이광수가 4년 후로 제시한 낙관적 근미래에 대한 예상을 그리 신뢰하지 않는 김동인의 이해에서 비롯된 착각으로 여겨진다. 하타노 세츠코도 "마지막 절인 제126절에서 이야기되는 4년 후의 미래는 비현실감이 더욱 농후해진다. 그것은 형식이 선형의 맞은 편 좌석에 앉아 꾸고 있던 꿈의 연속이 아닐까 싶을 정도이다"[53]라고 비판적으로 논평한다. 『무정』을 인물들의 '삼각관계의 갈등'으로 파악한 서영채는

---

51 이광수, 「동경잡신(1916)」, 위의 책, 487면.
52 김동인, 「춘원연구」, 『김동인전집』 17, 조선일보사, 1988, 61~62면.
53 하타노 세츠코, 최주한 역, 『『무정』을 읽는다』, 소명출판, 2008, 393면.

이형식이 평양에서 돌아오는 장면에서 "『무정』의 서사구조는 사실상 완결된다"고 말하며, 이광수가 쓴 『무정』의 후반부는 "소설을 소설 아 닌 어떤 것, 한낱 백일몽의 수준으로 떨어뜨리는 것"으로 판단한다.[54] 김동인과 하타노 세츠코, 서영채의 이와 같은 지적은 소설에 담긴 이 야기의 기승전결 혹은 서사의 구성이 가진 의미를 이해하고, 미적으로 평가하려는 태도이다. 하지만 중요한 것은 이광수가 동시대인인 김동 인도 충분히 지적할 수 있는 미적 결말에서 소설을 끝맺지 않고 1920 년 여름의 근미래를 설명하는 것을 결말로 선택했다는 사실이다.

126절에서는 유학을 마치고 유럽을 경유해 조선으로 들어오려는 형 식과 선형, 독일과 일본에서 성공적으로 학업을 마치고 있는 병욱과 영채, 조선의 지식인과 산업가가 된 신우선과 김병국, 매독에 걸린 계 향 등 『무정』에 등장하는 인물들의 근미래가 펼쳐진다. 인물들이 습득 한 지식과 소설에서 기술된 삶의 태도를 통해 미래를 예상하고 있는 이광수의 기대와 범위는 소설에 등장한 인물에서 멈추지 않는다. "나 중에 말할 것은 형식 일행이 부산서 배를 탄 뒤로 조선 전체가 많이 변 한 것이다."(472면) 이광수는 이들의 인생의 패턴을 경험하고 반복하는 조선의 인민들이 "훌륭한 인물"과 "튼튼한 일꾼"이 되어 조선 전역으로 유입·산출 되고 있다고 확신한다. 소설의 구조화된 서사와 시간은 이 지점에서 실제의 시간, 즉 "조선 전체"의 미래로 확장된다. 이광수는 작품 내의 시간에서는 계몽의 학습을 완료한 인물들을 통해, 작품 외 부의 시간에서는 독자들의 독서를 통해, 공동체가 경험하게 되는 문명

---

54 서영채, 「『무정』과 한국소설의 근대성」, 『아침의 영웅주의 : 최남선과 이광수』, 소명출판, 2011, 317 · 321면.

의 축적과 확장에 대한 강한 신뢰를 거듭 강조한다. 이광수는 "아아, 우리 땅은 날로 아름다워간다. 우리의 연약하던 팔뚝에는 날로 힘이 오르고 우리의 어둡던 정신에는 날로 빛이 난다. 우리는 마침내 남과 같이 번적하게 될 것이로다"(472면)라는 미래에 대한 선지자적 선언을 하고 소설을 완료한다. 비현실적이며, "꿈의 연속"에 가까운 이러한 결말은『무정』이 담고 있는 시간의 구조에 대한 흥미로운 이해를 가능하게 한다. 즉, 125절까지의 플롯은 시간을 과학적으로 활용하는 태도와 도덕을 함께 갖춘 이형식이 경험하게 되는 인생의 혼란과 위기를 사유의 확장을 통해 의미화하고 이를 완미한 자아로 완성하는 과정이다. 이러한 시간의 패턴은 보다 긴 시간 속에서 반복되고, 축적되며 찬란한 미래를 완성한다.

이광수가 이상적으로 생각한 이와 같은 시간의 패턴은 매일의 노동과 노력이 성실함이라는 삶의 궤도를 따라 일체의 손실 없이 축적되는 구조를 가지고 있다. 근대를 "경제학의 원리 원칙대로 되어가는 세상"[55]이라고 언급한 이광수의 이해에 따라 이를 표현하자면, 적합한 용어는 단연 "경제"와 "저축"이다. "좌우간 행복의 제일요건은 물질과 시간의 풍부니, 此를 得하는 방법은 학리를 응용하여 생산을 풍족히 하여 여유를 저축하고 更히 근면으로 시간을 경제하여 此를 또한 저축함에 在하니, 要컨대 행복을 得하는 요건은 저축에 在하도다."[56] 벤자민 프랭클린이 역설한 '자본주의 정신'과 그리 다르지 않은 판본으로 읽히는 이러한 언급을 통해 이광수는 '경제'적 법칙에 근거한 시간과 금전,

---

55 이광수,『흙』, 문학과지성사, 2005, 280면.
56 이광수,「교육가 제씨에게」, 위의 책, 1962, 77면.

노력의 합리적 운용과 노력(勞力)의 산출물에 대한 보존과 분배를 통해 공동체적 번영과 민족의 개조가 가능하게 할 것이라고 호언한다. 「농촌계발」이나 「민족개조론」에 등장하는 저축에 대한 동화적 삽화는, 그리고 그 실행이 마치 들불처럼 전 국토로 확산될 것이라는 기대는, 물질과 시간의 축적에 대한 이광수의 인식을 엿보게 해준다.[57] 이런 점에서 「농촌계발」과 『무정』의 플롯을 이광수가 신에 대한 믿음을 상실한 이후 학습한 자연과 사회에 대한 과학적 탐구, 즉 경제적 법칙에 의거한 것이라고 지칭하는 것은 무리는 아닐 것이다.

5. 이해와 억압, 과학의 두 얼굴: 결론을 대신하여

독자들의 열화와 같은 성원을 받으면서 『무정』의 연재를 화려하게 마친 이광수는 총독부의 식민통치에 대한 경과를 보고해 달라는 『매일신보』의 청탁을 받고 지방답사의 여행을 떠나기 위해 동경에서 귀

---

57 「농촌계발」에서 김일은 매끼니 때마다 식구 한 사람당 쌀 한 술씩을 덜어서 이를 저금할 것을 제안하며, '저금'이야말로 사회적 부를 축적할 수 있는 유일한 방법이라고 주장한다. 이를 통해 "농장, 공장등 유리한 殖産事業을 起할 수 있으며, 또 여유가 있으면 학교, 병원, 도서관, 회관, 양로원, 고아원, 盲啞院 같은 것을 설립하여 공익에 공헌할 수 있"다고 역설한다. 김일은 이러한 저금이 결코 '공상'이 아니라고 하며, "여러분! 우리는 每日每名이 쌀 세 술씩을 내므로 우리 一洞中을 文明케 할 수 있고, 富케 할 수 있고 결국에는 양반이 되게 할 수 있는 것이"라고 주장한다. 이광수, 「농촌계발」, 위의 책, 109면. 「민족개조론」에서도 이와 같은 이광수의 특유의 셈법이 민족개조 사업의 인원과 시간, 자금을 예상하는 장면에서 반복된다. 이광수, 「민족개조론」, 위의 책, 193~200면.

국하는 과정을 편지 형식의 여행기로 쓴다. 「東京에서 京城까지」라는 여행기는 동경에서 현해탄을 건너오는 지점까지의 견문과 소회를 담고 있는 10통의 편지와 부산에서 경성까지의 여정을 담은 1통의 편지로 구성되어 있다. 마치 그 여정은 문명의 찬란한 현재에서 가난과 야만의 아득한 과거로 역주행하는 것처럼 기술된다. 이광수는 시종일관 기차의 밖으로 보이는 일본의 문명이 만들어낸 경관에 감탄한다. 웅장한 공장, 정돈된 도시의 풍경과 함께 있을 때 만물이 생장하는 자연과 신록의 농촌은 의미를 갖는 것처럼 이광수는 문명을 찬탄한다. 하지만 이광수의 눈에 비친 조선의 자연은 문명이 존재하지 않는 말 그대로 '벌거벗은 산천'에 불과하다.

해가 뜨니 초라한 조선의 꼬락서니가 분명히 눈에 띄운다. 저 빨가벗은 산을 보아라. 저 바짝 마른 개천을 보아라. 풀이며 나무까지도 오랜 가뭄에 투습이 들어서 계모의 손에 자라나는 계집애 모양으로 차마 볼 수가 없게 가엾게 되었다. 그러나, 이제 비가 올 테지. 시원하고 기름 같은 비가 올 테지. 저 빨가벗었던 산이 기름이 흐르는 삼림으로 컴컴하게 되고, 저 바짝 마른 개천도 맑은 물이 나물나물 넘칠 때가 오겠지. 그래서, 고운 꽃이 피고, 청아한 새 소리가 들릴 때도 오겠지. 응, 확실히 오지. 네가 지금 이러한 새 누리의 圖案을 그리는 중이 아니냐. 그렇다. 그러나 바빠할 것 없다. 천천히 천천히 웅장하고 영원한 것을 그려다오.[58]

---

58 이광수, 「東京에서 京城까지 (1917)」, 『이광수전집』 18, 삼중당, 1963, 220~221면.

이광수에게 자본주의적 문명이 존재하지 않는 조선의 자연은 아무 것도 존재하지 않는 것과 마찬가지인 농민의 비참과 가난으로 얼룩진 문명의 영도(零度)이다. 이곳에서 '너'로 호칭되는 청년의 임무는 새로운 문명의 청사진을 설계하고 실천하는 성스러운 작업이다. 청년을 대표하는 것이 이광수와 같은 일본유학생들이다. '새 누리의 도안'이라고 호칭된 이광수의 상상을 제도하는 핵심적인 사유는 세계와 사회에 대한 과학적 탐구와 이해이며, 이것이 역사적으로 알려준 미래의 비전이다. 이광수는 제2차 일본유학의 과정에서 신에 대한 믿음을 상실하고 "진화론의 문귀를 염불 모양으로 외우"게 되었다고 고백한 바 있다. 이광수가 가지고 있던 믿음의 공백을 채운 것은 인간이 사는 곳이면 어디서나 우승열패의 쟁투를 벌이고 있는 무정한 세계에 대한 과학적 탐구였으며, 문명의 발전을 가능하게 하는 과학의 법칙이었다. 1910년대 후반 이광수의 논설과 소설에서 발견할 수 있는 특징 중 하나는 조선 사회와 문화의 변혁을 추구하는 그의 논지가 과학의 법칙과 규율에 의거하고 있다는 사실이다. 그는 조선의 미래를 상상하는 것이 문명의 지식을 먼저 접한 지식인의 중요한 책무임을 강조하였고, 이에 대한 전망과 기대를 텍스트의 결말에 삽입하는 방식으로 제시하였다. 진보라고 지칭할 수 있는 이러한 시간 인식은 근대와 근대 이전을 구분하게 만드는 일종의 지표이며, 과학이라고 통칭되는 근대적 인식론의 증거이기도 하다. 진보를 사유할 수 있으려면 시간은 직선적인 동시에 양적인 존재로 인지되어야만 한다. 이마무라 히토시는 '진보'로 대표되는 근대의 시간관념을 이렇게 설명한다. "등질적이고 공허하며 단순한 양적 존재라고 하는 시간론이 탄생했기 때문에, 오히려 증가라든가

축적이라는 발상법도 생겨날 수 있었다 예컨대 경제학의 자본축적론이라든지 확대재생산도 또한 역시 이 시기에 형성되었다. 근대 자본주의 체제는 '축적'과 '확대' 없이는 있을 수 없는데, 바로 거기에 근대의 시간 개념이 표출되어 있는 것이다. 18세기 이후의 근대경제는 '진보'하고 발전하고 상승해 간다."[59] 확실히 이광수는 「용동」, 「농촌계발」, 『무정』의 결말에서 경제적인 수치와 산업화된 도시의 경관을 제시하며 이를 진보의 증거로 제시하였다. 특히 흥미로운 것은 『무정』에서 묘사된 근대적 인간의 독서열, 시간을 대하는 경제적 사유, 근면, 성실 등과 같은 생활 습관이다. "여러 사람의 말도 듣고 친히 보기도 하여 형식의 인격을 아주 신용"(16면)하게 되었다는 김장로의 말에서도 짐작할 수 있듯이 이러한 근대적 생활 습관은 이형식에게 평소 꿈꿔오던 "사랑하던 미인과 일생에 원하던 서양 유학"(293면)이라는 소망을 성취하게 하는 근거로 작용한다. 이광수에게 노동과 시간의 경제로 표현되는 문명인의 생활 태도는 미래의 꿈같은 성공을 기대하고, 견인할 수 있는 강력한 '기호'이며, '원인'이었다.

이광수가 문학을 통해 자신이 상상한 "새 누리의 도안"을 그리려고 했다는 사실과 관련해서 중요하게 언급되어야 할 사상가는 존 러스킨이다. 이광수가 「동경잡신」의 일정 부분을 존 러스킨의 『예술경제론』에 의존하여 기술하거나 번역하고 있다는 것은 그가 직접적으로 밝힌 주지의 사실이다. 이광수는 문학이 문명의 정신적인 측면을 알려준다고 말했지만, 그에게 문학은 단순한 사상적 발전의 지표 이상이었

---

59 이마무라 히토시, 이수정 역, 『근대성의 구조』, 민음사, 1999, 135~136면.

다. 문학은 경제에 대한 관념과 문명의 진보를 긍정하는 사유를 국민들에게 전파하는 특권적 상품이며, 이러한 방식으로 국민을 규율하는 효율적 도구이다. 이광수가 몇 번이고 재독했다고 밝힌 『예술경제론』의 서문에서 존 러스킨은 국민국가의 건설을 위한 "새 정치는 칼을 찬 병정뿐만 아니라 쟁기를 든 병정도 가져야" 한다고 말하며, "국민은 자신을 통제하는 권력을 확립하고" 이것이 "자기들에게 진절머리 날 때나 어떤 계급에 해롭게 생각될 때에도 그것을 준수할 각오가 있어야" 한다고 주장한다. 존 러스킨은 국민국가의 정치적 본질과 진보가 훈련과 규율에 있다는 사실을 분명히 하며 개인의 책임과 자율을 중시하는 "방임주의"야말로 파멸로 가는 과정이라고 쓴다. "따라서 국민의 행동을 억제하고 간섭하는 대원칙의 영역에서만이 국민의 타락을 막는 비결을 찾을 희망이 있는 것입니다."[60]

이광수는 「동경잡신」에서 국가란 국민의 자발적인 복종을 통해 운영되며, 국민의 나태와 타락을 방임하고 방치해서는 안 된다고 쓴다. 하지만 그는 국민의 훈련과 규율을 주창하는 러스킨의 언급에 대해서는 기술하지 않는다. 1910년대 후반 이광수의 텍스트를 읽으면, 그가 러스킨이 주장한 국민의 훈련과 규율에 적극적으로 동의했다는 판단을 내리기란 어렵다. 하지만 「농촌계발」의 확장된 서사라고 평가되는 『흙』(1932)을 읽으면 이광수가 더 이상 개인의 판단과 자율을 중시하며 이를 설득하려는 자세에서 벗어나 국민의 훈련과 규율을 강조하고 있다는 혐의를 어렵지 않게 읽어낼 수 있다.[61] 『흙』의 주인공 허숭이 "살

---

60 존 러스킨, 앞의 책, 28~30면.
61 이경훈은 『흙』을 분석하며, 허숭의 농촌계몽 운동이 살여울을 무대로 벌어지는 정치 운동

여울"의 주민들에게 강조하는 문명의 규율은 보다 강력해지고, 마을을 순시한다는 명목의 감시는 지나치게 빈번해 진다. 결국 허숭의 농촌운동은 주재소장에게 "총독 정치에 반항"하는 행위로 읽힌다.[62] 허숭의 행동이 보다 정치적이 된 것처럼 소설 내에 인물을 배치하고 이들의 생활과 운명을 기술하는 작가의 방식도 보다 억압적으로 변한다. 허숭의 아내 정선은 한쪽 다리를 잃은 후에야 남편의 뜻을 숭고하다 생각하게 되고, 아내의 정절을 의심한 남편 맹한갑의 폭력에 유순이 죽음을 맞은 후에야 마을 사람들은 싸움을 멈춘다. 허숭이 다른 인물들의 사고와 죽음에 직접적으로 연관되었다고 말하긴 어렵지만, 이광수의 이러한 설정이 허숭이 맞이하는 가정과 농촌개량 사업의 위기를 벗어나는 동력이 되었다는 사실만은 부정하기 어렵다. 이광수는 『흙』에서 민족의 이상을 "개인과 전체, 나와 우리의 완전한 조화"라고 말하지만, 그는 이와 함께 식민지 정부의 근대적 규율 체계가 가진 합리적이고 효율적인 방식도 긍정한다. 문명과 종교, 민족의 수사를 조직하고, 특정한 사유를 배제하며, 이를 소통 · 분배에 적합한 문학의 언어와 서사로 집약하는 것, 이러한 이광수의 사유를 지칭하는 데 가장 적합한 명칭은 분명 '과학'이다. 아이러니하지만, 과학은 자연에 대한 객관적 이해를 통해 문명의 발전을 견인하는 원동력이었던 동시에 인간에 대한 통제와 규율을 강조하는 비인간적 사유를 가능하게 하는 근거이기도 하였다.[*]

이며, 그것이 식민지 정부와 경쟁하는 과정으로 보고 있다. 「『흙』, 민족과 국가의 경합」, 『대합실의 추억 : 식민지 시대의 근대문학』, 문학동네, 2007.

62 이광수, 『흙』, 문학과지성사, 2005, 690면.

* 이 논문은 2013년 『한국학연구』 29집에 게재된 논문을 재수록한 것임.

한국 근대소설과 '의식의 흐름'

베르그송, 제임스, 아인슈타인을 중심으로

이철호

1. 벨그송(Bergson)과 조소앙(趙素昻)

1936년 3월 18일자 『동아일보』에는 「벨그송과 조소앙」이라는 기사
가 한 편 실려 있다. 이 기사는 조소앙이 파리 체류 중 베르그송을 직접
찾아가 벌어진 해프닝을 다루고 있다. 삼균주의를 제창한 대표적인 민
족운동가 조소앙이 그 심란했던 시국에 한바탕 희극을 연출했다는 것
이 좀처럼 믿어지지 않고,[1] 그 이야기가 왜 십여 년 만에 새삼스럽게 주
목되었는지 의문스럽다. 하지만 그가 베르그송에게 했던 질문만큼은
우리의 논의와 관련해 귀기울일 만하다. 조소앙은 불어 통역을 구하지

---

[1] 「연보」(삼균학회, 『소앙선생문집』, 햇불사, 1979)에 따르면, 조소앙이 노동사회개진당을
대표해 파리에 체류하던 중 베르그송과 만나 문답한 것은 1920년 2월경이다.

도 않고 우편국에 물어물어 마침내 당대 최고의 철학자인 베르그송의 자택을 방문하게 되었다. 영어를 못하는 베르그송과 불어를 못하는 조소앙 간의 희극적인 대화는 두 개의 질문만으로 답변 없이 싱겁게 끝나버렸다. 첫 번째 질문은 '시간의 머리(the head of time)'에 관한 것이었고, 두 번째 질문은 정반대로 '시간의 꼬리(the tail of time)'에 대해서였다.

1910년대 중반 이후 일본에 유학한 조선의 청년 지식인에게 베르그송의 생철학이 지닌 영향력은 상당했던 것으로 짐작된다. 조소앙은 1904년 처음 도일해 도쿄부립 제일중학교를 다녔고 1912년 메이지대학 법학부를 졸업했다. 유학 전에 이미 성균관에서 3년을 수학했던 조소앙이 기독교에 입교해 도쿄 기독청년회의 핵심인물로 활약하기 시작한 것은 1911년 10월경부터이다. 그 당시 도쿄 YMCA를 드나들던 조선 청년들이 대개 그러했듯이 조소앙 역시 『基督教 要義』, 『天人論』, 『에머슨 논설집』, 『쇼펜하우어의 철학』 등 종교나 사상 방면의 서적을 탐독하면서 다이쇼 문화주의에 깊게 침윤되었다.[2] 그러니까 베르그송과의 해프닝은 단순히 그의 기벽 때문이라기보다 일본유학 시절 내내 그를 사로잡았던 철학적 번민들의 지워지지 않는 흔적이었을 가능성이 크다. 그런 의미에서, 조소앙이 특히 '시간'에 관해 질문했다는 사실은 흥미롭다. 일례로, 베르그송은 아인슈타인의 상대적 시간관을 충분히 의식하면서 자신의 철학을 체계화했고, 다른 한편 그에게 사숙했던 마르셀 프루스트는 『잃어버린 시간을 찾아서』라는 대작을 완성하는 데 평생을 바쳐야 했다.

---

2 김기승, 「일본유학 시기의 독서와 사색」, 『조소앙이 꿈꾼 세계』, 지영사, 2003 참조.

이 글에서는 1920년을 전후로 한 시기에 '의식의 흐름' 기법을 차용한 소설들을 대상으로 그 수용 과정을 살펴보고, 이상의 「날개」가 지닌 의미를 전대의 텍스트적 유산과 관련하여 상론해 보고자 한다.

2. 시간, 의식, 기억 : 「마음이 여튼 자여」의 재독

'시계'로 상징되는 근대적 시간체제는 개인의 일상생활과 심리구조의 패턴을 근본적으로 변화시켰다. 1898년경부터 정부의 각 부처를 중심으로 출 · 퇴근시간이 엄수되기 시작한 이후 주요 신문에 '시간관념'이나 '시간경제'의 중요성을 강조하는 논설들이 적잖게 실렸고,[3] 1912년 도쿄를 지나가는 선을 중앙표준시로 채택한 이후 일률적이고 균질적인 시간 의식이 널리 확산되었다. 예컨대 실험실에서 "반드시 의자를 핑 돌려 이 팔각종의 시계 분침과 똑딱똑딱하는 소리를 듣고는 빙긋이 웃는" 과학자 김성재에게는 팔각종(八角種) 시계가 '평생의 동무'와 다를 바 없이 각별하다.[4] 하지만 동시에 그러한 변화는 교육시간표,[5] 근무시간표,[6] 기차시간표[7] 그리고 각종 기념일[8] 같은 근대적인 시

---

3 그 대표적인 예로『獨立新聞』, 1897.1.30;『皇城新聞』, 1901.10.3; 郭漢七, 「時間經濟의 說明」, 『大韓留學生會學報』 2, 1907.4; 春夢子, 「時間과 金錢과의 節用」, 『西北學會月報』 19, 1910.1.1.

4 李光洙, 「開拓者」, 『李光洙全集』 1, 三中堂, 1962, 321면.

5 김진균 · 정근식 · 강이수, 「보통학교체제와 학교 규율」, 김진균 외편, 『근대주체와 식민지 규율권력』, 문화과학사, 1997, 94면.

간 규율에 압도당할 수밖에 없는 무력한 개인들의 내면을 서사화하도록 만들었다. 그저 "똑딱똑딱 가는 것이 이상해서 깨뜨려 보려고"⁹ 시계를 훔친 「천치냐 천재냐」의 칠성이는 적어도 화자의 시선에서 보면 단순히 근대세계에 부적합한 미숙아일 수만은 없다. 그런 의미에서 보편적인 시간에 수렴되지 않는 내적 시간을 형상화하는 일이란 근대 작가에게 피할 수 없는 숙명이 되어 버렸다.¹⁰

기계론적 시간관에 의존하지 않는 방식으로 시간을 재현한다는 것은 어떤 것인가. 그 내적 시간을 다시 심리적 시간으로 이해한다면 소설의 경우 불가피하게 등장인물의 '의식'이 중요해진다. 개인이 지닌 '의식'의 차원에서 볼 때 표준시간이란 그야말로 무용하거나 허구적인 기준에 불과하다. 같은 1시간이라도 모두에게 동일한 분량으로 의식되는 것은 아니기 때문이다. 다시 말해, 매순간 경험하는 어떤 감각이나 인상, 기억, 직관 등에 극도로 예민하게 반응할 수 있다면 그만큼 우리의 내적 시간은 확장될 것이며, 그 시간 속에서 우리 자신은 무의미하게 잊혀지기보다는 누구도 감히 넘볼 수 없을 만치 내밀하고 비범한 자아와 조우할지도 모를 일이다. 『미메시스』의 맨마지막 장에서 에리히 아우얼바하(Erich Auerbach)가 『등대로』의 한 대목과 관련해 지적한 대로, 순식간에 스쳐지나간 램지 부인의 몇 가지 연상들에 관한 서술

---

6 강이수, 「공장체제와 노동규율」, 위의 책, 144~148면.
7 박천홍, 「기계시간의 독재」, 『매혹의 질주, 근대의 횡단』, 산처럼, 2002, 328~329면.
8 정근식, 「시간체제의 근대화와 식민화」, 『식민지의 일상, 지배와 균열』, 문화과학사, 2006, 117~123면.
9 전영택, 「천치냐 천재냐」, 『배따라기 / 화수분 외』, 동아출판사, 1995, 265면.
10 가령 '시간의 주제론에 관해서는 이재선, 「한국문학의 시간관」, 『한국문학의 주제론』, 서강대 출판부, 2009 참조.

이 "양말 재는 행위보다 몇 초, 또는 몇 분가량 더 긴 시간을 소모하는 이유는 의식이 여행하는 길은 말로써 따라갈 수 없도록 빠르기 때문이다. (…중략…) 램지부인의 마음속에 일어나는 현상은 불가사의할 것이 조금도 없다. 왜냐하면, 그녀의 마음에 일어나는 생각들은 일상생활에서 연유하는, 이를테면 정상적인 현상들이기 때문이다. 이 여자의 비밀은 훨씬 더 깊은 데 숨어 있다."[11] 이렇듯 근대적 시간의 강박으로부터 벗어나려는 (혹은 벗어나 있는) 인물들의 형상화를 통해 작가는 상대적이고 내적인 시간뿐만 아니라 새로운 자아를 발견하고자 한다. 베르그송식으로 말하자면, 외부의 물질세계에 직접적으로 반응하는 표층의 자아가 아닌 유동하는 본래의 자아인 셈이다.

잘 알다시피, 인간 의식의 심층에 대한 문학적 탐구는 프로이트 못지않게 베르그송에게 빚지고 있는 바 크다.[12] 1910년대 후반 조선의 청년지식인들이 다이쇼大正 문화주의에 접촉하는 가운데 적극 수용한 대표적인 근대사상이 바로 베르그송의 생철학이었다.[13] 특히 이광수의 제2차 일본 유학의 계기 중 하나가 베르그송과 무관하지 않다는 사실에 착안해, 하타노 세츠코波田野節子는 장편 『무정』(1917)의 시간

---

11 에리히 아우얼바하, 김우창 · 유종호 역, 『미메시스』(근대 편), 민음사, 1991, 254면.
12 A. A. 맨딜로우, 최상규 역, 「시간, 언어 그리고 베르그송의 지속」, 『시간과 소설』, 예림기획, 1998, 194면.
13 현상윤의 다음과 같은 회고는 이 당시 조선의 유학세대가 심취했던 다이쇼 사상가를 직접 언급하고 있어 주목된다. 이를테면, "워쓰워드의 시집이며 에머쏜의 논문이며 투르게네쯔의 소설이며 오이켄, 베륵손의 철학 등을 빼어들고 인생의 내적 생활이 엇저니 외적 생활이 엇저니 하는 논란과 生의 요구가 업스면 자아의 창조가 업고 철저한 生의 각오가 업스면 철저한 예술이 업다든가 새 生命은 새 주의에 잇다든가 하는 문제에 고개를 쓰덕쓰덕 하면서"라고 회고한 구절이 있다. 玄相允, 「東京留學生活」, 『靑春』 2, 1914.11. 이와 관련해 이철호, 「1920년대 초기 동인지 문학에 나타난 生命 의식」, 『한국문학연구』 31, 동국대 한국문학연구소, 2006 참조.

구성이 겨우 7일에 불과한 것을 그 당시 일본 문학계에서는 어느 정도 일반화된 이른바 '의식의 흐름' 기법의 영향으로 추정하고 있다.[14] 그러고 보면 물리적 시간에 구애받지 않는 비현실적인 기억에 대한 묘사는 『무정』의 중요한 성과 중 하나임에 틀림없다. 이형식의 신비로운 환상 체험은 기차 여행 중에 이루어진다는 점에서 근대적인 시간 안에 존재하지만 어느 순간 그 시간대를 초과해버린다.[15]

형식의 귀에는 차의 가는 소리도 들리거니와 지구의 돌아가는 소리도 들리고 무한히 먼 공중에서 별과 별이 마주치는 소리와 무한히 작은 '에테르'의 분자의 흐르는 소리도 듣는다. 메와 들에 풀과 나무가 밤 동안에 자라느라고 바삭바삭하는 소리와 자기의 몸에 피 돌아가는 것과 그 피를 받아 즐거워하는 세포(細胞)들의 소곤거리는 소리도 들린다. (…중략…) 자기는 목숨 없는 흙덩이였었다. 자기는 숨도 쉬지 못하고 움직이지도 못하고 노래도 못하던 흙덩어리였었다. 자기는 자기의 주위에 있는 만물을 보지도 못하였었고 거기서 나는 소리를 듣지도 못하였었다. 설혹 만물의 빛이 자기의 눈에 들어오고 소리가 자기의 귀에 들어온다 하더라도 그는 오직 '에테르'의 물결에 지나지 못하였었다.[16]

기차 소리부터 미세한 분자들의 흐르는 소리에 이르기까지 천지만

---

14 하타노 세츠코, 최주한 역, 「『무정』을 읽는다(상) : 형식의 의식과 행동에 나타난 이광수의 인간의식에 대하여」, 『『무정』을 읽는다』, 소명출판, 2008, 209~210면.

15 차창에서 바라보는 외부공간은 "길이, 폭, 깊이라는 연장(延長)에 의해서만 규정되는데카르트적 공간"이면서 동시에 기차여행은 "일상 속에서 '상대성 원리'를 확인하는 일"이다. 이효덕, 박성관 역, 『표상 공간의 근대』, 소명출판, 2002, 243면.

16 이광수, 『무정』, 문학과지성사, 2005, 250~251면.

물의 숨소리와 자기 내부의 생명력에 온전히 귀를 기울일 수 있게 되고, 시간을 거슬러 조물주의 천지창조 전체를 관조해내는 이형식의 거대한 의식의 흐름은 그 자체로 자기 존재의 숭고함을 천명하는 대목이다. 그가 자기 자신을 태초의 '에테르(ether)' 또는 '흙덩어리'로 지각하는 이 장면은, 헤켈(E. H. Haeckel)이 우주를 구성하는 에센스로 언급한 것들과 각각 일치한다는 점에서,[17] 말 그대로 '진화(進化)'의 시작을 상징한다. 그것은 자기가 무한자의 영역 안에서 새로운 자아로 거듭나게 되었다는 내밀한 자각을 표현한다. 즉 이형식은 우주론적 차원에서 자신의 신생(新生)을 정당화하고 있다.

이형식이 의식의 흐름 속에 신비로운 에피파니의 이미지를 끌어들임으로써 박영채가 대표하는 전근대적 세계와 결정적으로 분리되는데 반해, 「마음이 여튼 자여」(1919~1920)의 주인공은 불현듯 의식에 떠오른 과거의 기억을 통해 근대적 세계에 대한 맹목적인 동경 또는 신여성과의 허망한 자유연애를 거부하고 아내의 진가를 재발견하게 된다. 비록 그녀가 비극적인 죽음을 맞이했다 하더라도, 어쩌면 바로 그렇기 때문에 K의 각성은 삶의 진실에 더 근접해 있는지도 모른다.

일본 후스마[襖障子] 하나를 새로 둔 곁방에서는, 어떤 노인 둘이 앉아서 잠도 안 자고 이야기를 하고 있다. 무슨 이야기인지는 모르되 밤 공기를 진동시켜서 때때로 둥둥 울리는 소리가 들린다.

K는 갑자기 슬퍼졌다. 그는 추억의 달고 슬픈 그 세계에 들어섰다. K가

---

17 와다 토모미, 「이광수 소설의 '생명' 의식 연구」, 서울대 박사논문, 2007, 57~58면.

일여덟에 났을 때, 때때로 새벽 대여섯시에 깨면, 새벽 빛은 흐리게 문의 한지(漢紙)를 꿰고, 어두움 가운데, 줄기줄기 빛의 선(線)이 되어서 K의 낯과 이불을 던질 때, 아버지는 농사하러 밤에 나가서 빈 자리만 남아 있고 어머니는 부엌에서 동자할 때, 참새 처마 끝에서 짹짹거릴 때, 회색빛 가운데 때때로 둥둥 울리어 오는 부엌에서 나는 그의 어머니와 친척 노파의 말소리를 들을 때에, 그의 어린 마음에도 이 소리가 회색빛 가운데 둥둥 때때로 울리어 오는 이 소리가 슬프게 로-만틱하게 잊지 못할 인상을 주었다. 여기 이렇게 깊이 인상된 K는, 다-성년되었을 때도 저녁 어실어실한 때에 마루에 우그리고 앉아 있으면, 보-얀 안개로 말미암아 어디서 나는지는 모르지만, 나는 곳 모를 말소리가 둥둥 안개 틈으로 울리어 올 때는, 이것이 마음속에 푹푹 들어박히며, 로-만틱한 슬픔은 그의 마음에 가득 차고 하였다.

곁방의 말소리는 그냥 둥둥 울린다.

"아 아."

K는 참다 못하여 종내 엎디었다. 눈에서는 뜨거운 눈물이 푹푹 쏟아진다.

'아 아, 다문 한 시간이라도 그 시대에 돌아가 보고 싶다! 눈물 많던 유년 시대에- 다문 한 시간이라도 그 시대에 돌아가 보고 싶다!'

둥둥 하는 소리는 단-속-단-속-으로 울리어 온다……. [18]

옆방에서 새어나온 소리가 예기치 않게 K의 의식 속에 불러일으킨 유년시절의 기억은 이루 말할 수 없는 '로-만틱한 슬픔'을 자아내고 그는 결국 "다문 한 시간이라도 그 시대에 돌아가 보고 싶다!"는 간절한

---

18 김동인, 「마음이 여튼 자여」, 『金東仁全集』 1, 朝鮮日報社, 1987, 138면. 앞으로 이 책에서의 인용은 해당 권수와 인용 면수만을 표시함.

바람을 울음과 함께 토해내고 만다. 이 소설을 좀 더 유심히 읽어 보면, C가 동행한 금강산 여행의 막바지에 다다라 K가 마침내 떠올리게 된 저 유년의 기억은 실은 돌연한 것이 아니다. 서울행 열차 일등실에서 난생 처음 예술이 가져다주는 성스러운 정열로 한껏 고양된 직후에 그가 언급한 "십 년의 목숨을 바쳐도 아깝지 않"을 "한 시간"(『金東仁全集』 I, 120면), 애인 Y로부터 그녀 가문의 "로-만틱한 전설"(『金東仁全集』 I, 90면)을 듣고 난 후로 하염없이 슬픔에 잠길 때마다 그의 내면에 울리던 "거문고 소리"(『金東仁全集』 I, 91·95~96·109면), 그리고 그의 유서를 받아보고 평양에 내려온 C와 만난 날 한밤중에 갑자기 겪게 되는 극도의 무서움을 가리켜 K 스스로 형언한 "넓으나 넓은 집을, 부모가 어디 나간 틈에 혼자서 집을 보는 어린아이에게서야 처음으로 볼 그 무서움"(『金東仁全集』 I, 113면) 등은 그러니까 우연한 것이 아니다. 그처럼 적막한 공간에서 느끼는 무서움, 비극을 예감케 하는 거문고 소리, 한 시간의 상대적인 가치는 「마음이 여튼 자여」의 서사 전개상 별다른 의미 없이 이미 지나 분위기의 파편으로 존재하다가 위에서 인용한 장면, 즉 여관에서 우연히 듣게 된 '둥둥 울리는 소리'와 그 '잃어버린 기억'으로 한순간에 수렴되는 것이라 해도 무방하다. K의 마음에서 느닷없이 일어난 의식의 미묘한 흐름은 곧이어 자유연상(free association)을 거쳐 마침내 그의 진실한 자아가 도달해야 할 삶의 거처를 명료하게 환기시켜 준다. "그의 눈에는, 붉은 열정의 불꽃이 맹렬히 불붙는 것이 보였다 (…중략…) 붉은 열정의 불꽃은, 끝없이 넓은 붉은 막으로 변한다. 그 붉은 막은 바람에 풍기는지 너울너울 움직인다. 한참 너울너울 하던 붉은 막은, 차차 모여들며 작아져서, 마지막에는 검은 막 위에 흐르는 조-그만 피의 줄기로까지 변하였다. 그리고 그 피의 근원에는, 무슨 꺼-먼 물건이 누워 있다. 그것은 사람의 형용이다."(『金東仁全集』I , 138~139면) K의 의식은 '머리를 풀어헤친' 여성과 그녀의 핏기어린 '가슴'을 바라보는 순간 자신의 아내가 어쩌면 폐렴으로 죽었을지도 모른다는 예감에 휩싸이게 되며, 그 불길한 예감은 결말에 이르러 공연한 환상이 아니었음이 드러난다.

3. 제임스(W. James), 베르그송, 아인슈타인

우리가 앞으로 수없이 보게 될 바와 같이
사물은 실용적 또는 미감적 관심을 우리에게 주고,
따라서 우리가 실체로서의 명칭을 부여하고
독립성과 권위 있다는 고급한 지위로 추켜세운
감각 속성들의 특수 집단에 지나지 않다.

(『심리학의 원리』 중에서)

널리 알려진 대로, 20세기에 들어서면서 뉴튼의 '절대시간'은 더 이상 유효하지 않게 되었다. 조셉 콘래드의 『비밀요원』(1907)에 등장하는 러시아 무정부주의자의 공격 대상이 하필 그리니치 천문대라는 점에서 이 소설은 균질적인 시간 관념에 내재하는 모순과 균열을 문학적으로 형상화한 선례 중 하나로 기억될 만하다.[19] 내면적인 시간에 대한 서사적 탐색으로 가장 저명한 마르셀 프루스트의 『잃어버린 시간을 찾아서』(1913)와 제임스 조이스의 『젊은 예술가의 초상』(1914)이 발표된 것도 1910년대 초반의 일이다. 인간 의식에 잠재해 있는 어떤 기억의 심층을 가능한 정확하게 포착해내려는 시도는 물론 20세기 초반 물리학과 심리학 분야에서 두드러졌던 일련의 혁신적인 사고들과 무관할 수 없다. 아인슈타인이 기존의 뉴튼 역학을 겨냥해 특수상대성이론을 발표한 것은 1905년이었고, 널리 알려진 대로 윌리엄 제임스가 마음의 복잡한 작용을 가리키기 위해 '의식의 흐름(stream of thought)'이라는 표현을 선구적으로 고안해낸 것은 1890년에 출간된 심리학 입문서에서였다.

'의식의 흐름'이라는 용어는 당시로서는 매우 새로운 심리학적 가설에 근거해 있었다.[20] 『심리학의 원리』의 서두에서 심리학을 '정신생활을 다루는 과학(science of mental life)'이라 규정한 제임스는 인간 영혼의 심오한 작동원리를 탐구하기 위해 먼저 개구리의 신경중추, 대뇌반구, 대뇌피질 등을 면밀하게 관찰했다. 그가 내린 잠정적인 결론은, 기존 학설과 달리 대뇌반구가 하위중추들의 지각에 기계적으로 반응하지 않을 뿐만 아니라, 심지어 기저신경절(基底 神經節)들조차 어느 정도 자율성을 지니고 있다는 것이다. 뇌 기능에 관한 실험결과로부터 제임스

---

19 스티븐 컨, 박성관 역, 「시간의 성질」, 『시간과 공간의 문화사 1880~1918』, 휴머니스트, 2004, 53면.

20 윌리엄 제임스는 아리스토텔레스 이래의 유심론적 자아, 다양한 경험을 통합하는 칸트의 초월적 자아, 그리고 단편적으로 분리된 지각들의 총합으로 정신으로 이해한 흄(D. Hume)의 자아 관념을 모두 비판하고, 인간의 영혼은 '감각적이고 신비적인 경험의 순간에 무한히 개방된 채로 '연속하는 정신 흐름'과 같은 것이라고 주장했다. 안세권, 「윌리엄 제임스와 자아동일성의 문제」, 『철학과 현상학 연구』 30, 한국현상학회, 2006; 이형대, 「미국의 지적 전통과 윌리엄 제임스의 개인주의 사상」, 『미국사연구』 22, 한국미국사학회, 2005 참조.

는 사고(thought)의 여러 가지 특성들을 해명해내는데, 그중 기억의 지속성을 논증하면서 저 유명한 '의식의 흐름'을 언급하게 된다. "(잠에서 깨어난 사람이 수면 시간 동안 중단되었던 사고를 순식간에 기억하여 마치 짝이 되는 전극을 찾아가듯이—인용자) 의식은 끊어진 마디를 접합한 것이 아니고 흐르는 것이다. '강물'이나 '흐름'이라는 말이 가장 자연스럽게 의식을 기술하는 비유적인 말이다. 차후에는 의식을 언급하는 경우 사고의 흐름(stream of thought) 또는 의식의 흐름 또는 주관적인 생활 흐름(stream of subjective life)이라 부르기로 한다."[21] 물론 이 경우에도 어떤 중단, 분리, 접합이 매순간 발생할 수 있겠지만 그것은 결국 의식의 저 거대하고 장중한 스케일을 새삼스럽게 환기시켜줄 뿐이다.[22] 즉 인간의 신경이나 의식은 일련의 사고 흐름 속에서 무수한 선택과 배제를 반복하기 마련이나, 그럼에도 사고의 관습에서 벗어나 실재계와 대면하는 예외적인 순간이 종종 일어나는데 이를 가리켜 제임스는 '순수경험(pure experience)'[23]이라 불렀다.

그에 대한 적절한 예시는 제임스의 다른 역작 『종교적 경험의 다양성』(1902)에 허다하다. 그가 '종교적 경험' 또는 '회심'이라고 부르는 이 채로운 현상들은 다음과 같은 공통점을 지닌다. 첫째, 궁극적이고 성스러운 실재와의 마주침을 전제로 한다. 둘째, 그 경험 이후 완전한 삶

---

21 윌리엄 제임스, 정양은 역, 「사고(思考)의 흐름」, 『심리학의 원리』 1, 아카넷, 2005, 435면.
22 예컨대 천둥소리를 듣는다는 것은 천둥소리와 그에 선행하는 정적을 동시에 지각하는 것이며, 또한 하나의 대상에 붙여진 이름을 안다는 것은 그것과 이래저래 변별되는 수천 개의 다른 이름들을 알고 있는 것이다. 위의 책, 437~438면 참조.
23 일본 생명주의의 성서라고도 할 법한 『선의 연구』(1911)에서 니시다 기타로(西田幾多郞)는 인간의 삶과 예술에서 '순수경험'이 지닌 중요성에 관해 상술한 바 있다. 그에 따르면, '순수경험'이란 '주객 미분의 상태로 자기의 세공이 조금도 섞이지 않는 경험', 즉 '彼我合一'이나 '主客相沒'의 예외적 순간을 지칭하는 말이다. 이철호, 앞의 글, 202~203면 참조.

의 변화를 이루게 된다. 셋째, 고차원의 심미적 삶을 선사해준다. 그리고 마지막으로 내밀한 갈등이 자아내는 죄의식이나 헌신 같은 윤리적인 덕성도 동반한다. 다시 말해, 이 종교적 회심 속에서 인간은 "강력하고 치유하고 사랑하는 신적인 아버지 같은 생명(Fatherly life)"을 만나고, 그 덕분에 "불안에서 편안으로, 부조화에서 조화로, 심신의 고난과 고통에서 건강과 힘의 넘침으로 변화"되며, 또한 일상적인 자연에서 "거대하고 광대한 불멸의 우주적 환상 (…중략…) 무한을 소유하는 순간"을 맛보기도 한다.[24] 이러한 종류의 경험들은 인과론적인 관념과 논리로 형언하거나 실증할 수 없다는 점에서 신비주의적임에 틀림없지만, 평소 같았으면 깨닫지 못하고 지나쳤을 하나의 단어, 사물, 현상으로부터 그것이 가져다줄 감각 경험의 최대치를 흡수해 버린다는 점에서는 지극히 리얼리스틱한 데가 있다.

루터는 다음과 같이 말했다. "어느 날 한 동료 수사가 사도신경 중 '나는 죄사함을 받았음을 믿는다'라는 구절을 반복해서 외우고 있을 때, 그때 나는 완전히 새로운 빛 속에서 성서를 보았으며 곧바로 새로 태어난 느낌을 받았다. 그것은 마치 활짝 열린 천국문을 발견한 것과 같았다." 이러한 보다 깊은 의미의 느낌은 합리적 명제에만 국한되는 것은 아니다. 마음만 올바르게 조정되어 있다면 모든 것, 즉 개별적 단어들, 단어와 단어를 잇는 접속구들, 땅과 바다 위의 불빛의 효과들, 냄새와 음악적 선율이 신비적 경험을 불러내기도 한다. 우리는 대부분 젊은 시절 어떤 시를 읽다가 어느 한 구

---

24 윌리엄 제임스, 김재영 역, 『종교적 경험의 다양성』, 한길사, 1999, 183·166·478면.

절에서 감동적인 힘을 느꼈던 순간을 기억할 수 있다. 그것은 삶의 고통, 험악함, 사실의 신비를 관통해버리는 비합리적 관문으로서 우리 마음 속으로 슬며시 밀려들어와서는 우리를 경탄케 했던 것이다.[25]

　제임스는 같은 지면에서, 아마도 '의식의 흐름'이나 이 기법을 차용한 소설 텍스트들과 관련해 상기해도 좋을 만한 구절을 매우 인상적으로 서술해놓고 있다. "그러나 언제나 우리의 추적을 피해가지만 손짓하여 초대하는, 우리 자신의 삶과 이어져 있는 삶의 모호한 추억을 불러낼 때만, 서정시와 음악은 살아 있게 되고 의미 있게 된다. 우리는 이러한 신비적 예민성을 유지해왔느냐 그렇지 못했느냐에 따라 예술의 영원한 내적 메시지에 민감하거나 무감각할 수 있다."[26] 그러고 보면, 『무정』에서 이형식이 보여준 신비로운 감각 체험은 흥미롭게도 제임스가 보여준 종교적 경험의 선례(善例)가 아닐 수 없으며, 게다가 하타노 세츠코의 지적대로 이미 일본의 경우 메이지(明治) 시대에 『심리학의 원리』가 대학 교재로 사용되고 '의식의 흐름'을 충분히 의식했던 나츠메 소세키의 『문학론』이 이광수 자신의 애독서 중 하나였음을 상기한다면 더욱 그러하다.[27]

　제임스라면 '종교적 회심'이라고 불렀을 에피파니 체험은 앞서 이형식이나 루터의 경우가 그렇듯이, 잠재적인 의식의 흐름을 단순히 늘어놓는 데 그치는 것이 아니라 어떤 섬광 같은 유토피아적 계시의 순간

---

25 위의 책, 464~465면.
26 위의 책.
27 하타노 세츠코, 앞의 책, 210 · 154면 참조.

을 향해 점차로 상승해 나가는 극적인 여정의 클라이맥스와 같다. 바로 그 찰나의 순간 우리의 주인공은 자기 삶의 숨겨진 모순을 직시하기도 하고, 때로는 그로 인해 새로운 삶의 가능성을 예감하게 되기도 한다. 이를테면, 근대 초기 대표적인 고백체 소설 중 하나인 「표본실의 청게고리」(1921)의 결말부에서 갑자기 주인공의 의식에 도래하는 직관적 경험은 그것이 X의 음울하고 비관적인 삶을 극적으로 구원해내는 계기라는 점에서 의미심장하다.

> '그것이 이 村에서 天堂에 올라가는 停車場이라우……' 하고 웃으며, 洞里에서 組織한 喪契의 所有라고 說明하얏다. 이 村에서 난 사람은, 누구나 早晚間 그곳을 거처가야만 한다는 默契가 잇다는 그의 말에는 무슨 嚴肅한 意味가 잇는 것 가티 들리엇다. 나는 밥을 씹으며, 箸를 손에 든 채로 그 來歷을 說明하는 젊은 主人의 生氣 잇는 얼굴을 물그럼히 치어다보고 안젓섯다. 그 瞬間에 나는 人生의 全局面을 平面的으로 俯瞰한 것 갓튼 생각이, 머리에 써오르는 同時에, 무거운 恐怖가 머리를 누르는 것 가타얏다.[28]

잘 알려진 대로, 이 소설은 "五臟을 쎄앗"기고 "잰저리를 치며 四肢에 못박힌채 벌쩍벌쩍"하는 생명체를 통해 식민지 지식인의 절망적인 상황을 해부해낸 작품이다. 그런데 바로 이 에피파니 체험을 거치면서 주인공 X는 음울한 삶과 결별하고 현실로 복귀하려 한다. 8년 전 박물실의 저 해부된 개구리와 남포에서 만난 광인 김창억 사이에서 줄곧

---

28 廉想涉, 「標本室의 靑게고리」, 『廉想涉全集』 9, 民音社, 1987, 47면.

깊은 고뇌와 자살충동에 시달리던 X가 매번 지나치던 '상여집'을 각별하게 여기게 된 직후에 일어난 사건, 곧 한순간에 자신이 살아온 인생 전체를 파노라마처럼 조감하는 이례적인 경험은 흥미롭게도 염상섭 자신이 1920년대 초반에 깊은 영향을 받았던 베르그송의 『물질과 기억』에 이미 등장한 바 있다.[29]

베르그송은 인간의 기억을 외적 대상에 의존하는 구심적 흐름과 잠재적인 상태로 존재하는 원심적 흐름으로 양분한다. 후자가 바로 '순수기억(souvenir pur)'이다. 베르그송이 순수기억을 설명하기 위해 두뇌작용을 언급하며 "뇌는 그 나머지의 물질적 우주 전체와 더불어 끊임없이 갱신되는 우주적 생성의 한 절단면을 구성한다"(255면)고 말할 때, 우리는 이를테면 하나의 언어가 암암리에 내장하고 있는 무수한 언어들의 현존을 상기시킨 윌리엄 제임스를 떠올리지 않을 수 없다. 그들은 사상적 친연성을 지녔을 뿐만 아니라 실제로 상당 기간 학문적 유대를 형성하기도 했다. '순수기억'과 '순수경험'은 동일한 현상을 지칭하는 두 가지 표현이라 해도 무방하다. 이들이 심리학과 철학 방면에서 보여준 성과는 동시대에 물리학 분야에서 아인슈타인이 이룬 업적과 밀접한 연관이 있는 것이다.

베르그송의 생철학이 일본 다이쇼기 사상계를 석권했던 1920년대

---

29 이 점을 지적한 선행연구로는 이보영, 「초기작의 문제들」, 『난세의 문학』, 예림기획, 2001, 87~88면 참조. 『물질의 기억』의 다음 구절 참조. "우리는 완전히 망각한 유년기의 장면들을 그 모든 세부사항 속에서 다시 살아낸다. 우리는 언제 배웠는지 더 이상 기억조차 못하는 언어를 통해 말하기도 한다. 그러나 이 점에 관하여 익사자들과 교수형을 받는 사람들에게 나타나는 갑작스러운 질식의 특정한 사례에서 일어나는 것보다 더 교훈적인 것은 없다. 다시 살아나게 된 주체는 짧은 시간에 그의 앞에 자신의 삶의 역사에서 망각된 모든 사건들이 그 가장 미세한 상황들과 함께 일어났던 순서대로 펼쳐지는 것을 보았다고 한다." 베르그송, 박종원 역, 「이미지들의 존속에 대하여」, 『물질과 기억』, 아카넷, 2005, 264면.

초반에 아인슈타인의 상대성이론 역시 유학생들에 의해 적극적으로 소개되고 있었다.[30] 1922년 『동아일보』는 상대성이론을 소개하는 기사를 수차례 연재했고, 베를린 유학생 황진남(黃鎭南)은 자신이 직접 만난 아인슈타인의 인격을 예찬하는 글을 같은 지면에 기고하기도 했다. 이듬해에는 동경제국대학 이학부 수학과에 재학 중이었던 최윤식(崔允植)이 동경학우회 주최 하기강연회(1923.7.17)에서 「아인스타인의 상대성원리에 대하야」라는 제목으로 특별강연을 할 만큼 국내의 관심 또한 적지 않았던 듯하다. 이들 기사에서 "現代에 生存하야 아인스타인의 相對性原理를 아지 못하면 現代人이 아니라"[31]거나 그의 학설이 바로 "우리 시대의 특색"[32]이라고 표현하는 데서도 짐작할 수 있듯이, 뉴튼의 만유인력이나 다윈의 진화론에서 이제 아인슈타인의 상대성이론으로 현대과학의 패러다임이 바뀌고 있다는 사정에 대해서는 어느 정도 일반의 호응이 있었다고 여겨진다. 그중 『學之光』에 실린 「絶對眞理性의 沒落을 論함」(1930)은 상대성이론이 조선 사상계에 미친 영향력을 실감케 해준다. 이 글의 저자는 절대주의적 진리관의 몰락을 도덕, 종교, 철학, 자연과학, 수학 등 사회 전반의 광범위한 현상으로 전제하고 더 이상 "에-텔"[33] 같은 '絶對眞理'를 가정하여 시공간의 무한절

---

30 1920년대 '아인슈타인' 관련 주요 기사로는 「'아인스타인'의 相對性原理 (1~7)」, 『東亞日報』, 1922.2.23~3.3; 「아인스타인은 누구인가 (1~3)」, 『동아일보』, 1922.11.18~20; アインスタイン アインスタイン, 「物理學に於ける時間及空間について」, 『朝鮮及滿洲』182, 1923.1; 京西學人, 「아인스타인의 相對性 原理, 時間 空間 及 萬有引力 等 觀念의 根本的 改造」, 『東光』14, 1927.6 등이 있다. 베르그송 철학과 아인슈타인 물리학 사이의 근친성에 대해서도 부연하고 싶다. 베르그송과 아인슈타인 간의 논쟁, 특히 상대성이론에 대한 베르그송의 오해에 관해서는 조현수, 「베르그손의 아인슈타인 비판: 무엇이 잘못되었나? (1~2)」, 『철학사상』 30~31, 서울대 철학사상연구소, 2008~2009 참조.
31 「'아인스타인'의 相對性原理 (2)」, 『東亞日報』, 1922.2.24.
32 黃鎭南, 「아인스타인은 누구인가 (1)」, 『東亞日報』, 1922.11.18.

대성을 주장할 수 없게 되었다고 했다. 그에 따르면, 모든 진리추구의 과정에는 본래 주관과 객관의 구분 없는 '純粹經驗'의 단계가 있으나 상대적 진리관이 개입하면서 그러한 통일은 곧 와해되어 버린다. 여기서 상대적 진리관은 "眞理는 先天的 絶對的인 것이 안히고 生活方便에 應하야 製作되고 修正되고 改造되는 것"이라는 입장을 뜻하며, 그러한 변화는 물론 '아인슈타인의 相對性原理' 덕분이다.

이 당시 상대성이론을 소개한 글에서 기본적으로 언급하고 있듯이 '에테르'라는 매질을 통해 우주적 시공간을 이해하는 방식은 더 이상 과학적이지 못하다. 즉 "二百五十年間을 아모 疑心업시 이 假說에 依支하야 光學現象을 說明"했지만 "아인 氏가 에텔을 否認하야 이 世上에 잇지 못할 물건"[34]이 되어 버렸다고 했다. 말하자면, 상대성이론은 여전히 '진화론'을 중심으로 세계와 자아를 이해했던 1920년대 사상계에 중대한 변화를 초래했으며, 적어도 문학 텍스트 안에서는 그 변화의 흔적을 찾아볼 수 있었다. 『무정』과 더불어 '의식의 흐름'이라는 장치를 공유했음에도, 「마음이 여튼 자여」나 「표본실의 청게고리」가 보여준 차이는 바로 그 진화론적 세계관에 대한 불만과 무관할 수 없어 보인다. 이를테면, K가 아내도 Y도 아닌 자기 자신이 바로 "마음이 여튼 자", 즉 "지금 이기적 남자들이 발명한, 그, 여자의 인권을 멸시한 악사조(惡思潮)에 취하였던, 이 나 그대의 남편"(1 : 151)이라고 말하는 대목 또는 내면이 함부로 벌어진 채 "벌썩벌썩 苦悶하는" 개구리의 이미지를 그 자신은 물론 김창억의 광기어린 내면의 등가물인 '삼층집'에 미

33 任喆宰, 「絶對眞理性의 沒落을 論함」, 『學之光』 29, 1930.
34 「아인스타인'의 相對性原理 (3)」, 『東亞日報』, 1922. 2. 25.

묘하게 중첩시키면서 결국 근대성의 모순을 폭로하는 대목은 만일 개인의 내면적인 움직임을 주의 깊게 따라가지 않았다면 결코 얻지 못했을 장면들이다. 따라서, 소비자본주의가 심화되는 1930년대 이후 당대를 온전히 재현하고자 하는 문학에서도 여전히 내향적 소설들이 문제적이다. 그런 이유로 1937년 무렵 김기림은 이상의 소설을 고평하면서 우리에게 한 권의 미학이나 시학보다 오히려 "한 권의 아인슈타인"[35]을 읽는 편이 더 유용하다고 이야기했는지도 모른다.

4. 마들렌(madeleine)과 아달린(adalin)

이상이 요절한 지 십여 년 뒤에 김기림은 스탕달로부터 시작해 프루스트나 조이스에 이르는 서구 '心理主義 文學'의 계보 속에서 이상 소설의 성과를 재론한 바 있다. "그런데 대체 우리 文學이야 언제 이러한 의미의 (…중략…) 내부 세계의 분석을 더 어쩔 나위없는 막다른 골목까지 몰고가 본 적이 있었던가. 언제 아찔아찔한 정신의 斷崖에 올라서 본 적이 있었던가. 이른바 영혼의 深淵에 마주 서 본 적인들 있었던가."[36] 1949년의 시점에서 이른바 심리주의 소설을 대표하는 한국작가로 이상이 거론되고 있지만, 그러한 평가는 김기림의 문학에세이들 사

---

35 金起林, 「詩論」, 『金起林 全集』 2, 심설당, 1988, 33면.
36 김기림, 「李箱의 文學의 한모」, 『김기림 전집』 3, 심설당, 1988, 181면.

이에서 나름대로 흥미로운 궤적을 보여준다. 심리주의 소설, 특히 '의식의 흐름' 기법에 대한 비교적 이른 시기 김기림의 반응은 「최근의 미국 평론단」(1933)이라는 글에 잘 드러나 있다. 그에 따르면, 프루스트의 소설은 비록 역사적 전망을 구현하는 데 실패했다 하더라도 "'프로'적 입장에서 쓴 어느 소설에서보다도 더 훌륭하고 힘있게 자본주의 문명의 몰락해가는 모양"[37]을 재현한 수작이다. 김기림에게 프루스트는 아마도 카프 문학 이후의 조선 문학 또는 모더니즘 소설의 향방을 가늠하는 데 중요한 참조가 되었을 것이다. 한때 최서해의 소설에서 '의식의 흐름'이라는 표현을 사용하고 게다가 이 용어를 '부르주아 의식의 변화' 정도로 다룰 수밖에 없었던 김기림의 비평가적 곤경[38]은 「文學批評의 態度」(1934)에서 어느 정도 해소된다. 즉, 조이스나 프루스트 소설에 비견되는 한국적 선례로 박태원이 거론되기에 이른다.[39] 그럼에도 기억과 의식의 탐구가 김기림이 말하는 구라파 정신의 요체라면, 이러한 종류의 소설 기법을 가장 철저하게 구현한 작가는 박태원이라기보다는 이상이라고 하는 편이 나을지도 모른다. 훗날의 회고대로, 김기림에게는 이상이야말로 "무의식의 세계의 남김없는 소탕" 곧 "구라파적인 의미의 철저성을 터득한" 예외적인 작가로 기억될 만하다.[40]

앞서 언급한 「문학비평의 태도」에서 김기림은 '의식의 흐름' 기법을 가리켜 "의식의 면에 남는 모든 事象을 남김없이 감추어 두었다가는

---

37 김기림, 「최근의 미국 評論壇」, 위의 책, 108면.
38 김기림, 「「紅焰」에 나타난 意識의 흐름」, 위의 책, 160면.
39 "이 방법의 開祖는 물론 '프루스트'고 '조이스'에 의하여 대성하고 우리 문단에서는 박태원씨가 시험하였다." 김기림, 「문학비평의 태도」, 위의 책, 126면.
40 김기림, 「李箱의 文學의 한모」, 위의 책.

146 문학과 과학 I

얼마 동안의 시간이 지난 뒤에 슬며시 기억을 통하여 그 의식의 보자기를 펴 보고 그 속에 숨겨두었던 사상을 하나씩 하나씩 들추어가는 방법"[41]이라 정의하고 있다. '의식의 흐름'에 대한 김기림의 이해가 당대 비평계의 일반적인 수준이었다면, 그 범례가 되는 소설은 물론 「날개」(1936.9)이다. 다시 말해, 개인의 내면을 적나라하게 드러내면서도 그 서사의 결말에 이르러서야 비로소 의식의 표면 위로 최종적인 진실을 떠오르게 하는 전개 방식은 당시 김기림이 이해한 '의식의 흐름' 기법의 핵심이었고 또한 이상이 김기림에게 보낸 서신(1936.5)에서 약속한 바로 그 '(해괴망측한) 소설'의 구성 원리이기도 했다. "아마 李箱은 그 '白白しい(속이 빤히 들여다보이는)' 文學은 그만 두겠지요."[42] 「날개」에서 '나'를 둘러싼 삶의 진실은 모종의 서사적 책략 아래 어느 정도 은폐되어 있다가 종반부에 이르러서야 비교적 확연하게 실체를 드러내는 듯하다. 적어도 외견상은 그렇다. '유곽'과 '매음'을 짐짓 모른 체하고 '돈'과 '자본주의'로부터 저만치 물러선 「날개」의 화자는, 프롤로그에 부기된 이상의 말마따나, '위조'의 포즈를 극적으로 체현하고 있는 인물이기 때문이다. 예컨대, 밥 짓는 모습을 한 번도 본 적이 없으면서 "이 밥은 분명히 안해가 손수 지었음에 틀림없다"[43]고 확신할 정도로 어리숙하면서도 그와 동시에 "될 수만 있으면 이 무의미한 인간의 탈을 벗어 버리고도 싶"(2 : 259)다고 토로할 만큼 조숙하다는 점에서 '나'는 적어도 겉으로 드러나는 것이 전부는 아닌 인물이다. 그런데 "절대적인 내

41 김기림, 「문학비평의 태도」, 위의 책, 126면.

42 이상, 김주현 주해, 「私信(二)」, 『이상 문학 전집』 3, 소명출판, 2005, 239면.

43 이상, 김주현 주해, 「날개」, 『이상 문학 전집』 2, 소명출판, 2005, 260면. 앞으로 이 책에서의 인용은 전집 권수와 인용 면수만 표기함.

방"(2 : 256)에서 자족하던 '나'는 돋보기, 거울, 화장품, 빈대 따위가 자아내는 "그윽한 쾌감"(2 : 258)을 넘어 점차 "세상의 무엇과도 바꾸고 싶지는 않'은 '기쁨'(2 : 269) ── 구체적으로는 아내와 내객들이 주고받는 '은화'와 '지폐'가 가져다줄 모종의 '쾌감'(2 : 263) ── 을 욕망하기 시작한다. 잦은 외출을 통해 「날개」의 화자는 마침내 아내의 매음과 비정상적인 부부 관계를 얼마간 깨닫게 되지만, 그러한 삶의 진실이 폭로되는 결정적인 계기는 무엇보다 아내의 화장대 밑에서 문제의 "아달린 갑"(2 : 274)이 발견되는 순간일 것이다.

> 별안간 아뜩하드니 하마트라면 나는 까므라칠번하였다. 나는 그 아달린을 주머니에 넣고 집을 나섰다. 그리고 山을 찾어 올라갔다. 인간세상의 아모것도 보기가 싫였든 것이다. 걸으면서 나는 아모쪼록 안해에 관계되는 일은 일체 생각하지 않도록 努力하였다. 길에서 까므라치기 쉬우니까다. (…중략…) 내가 잠을 깨였을 때는 날이 환-히 밝은 뒤다. 나는 거기서 일주야를 잔 것이다. 풍경이 그냥 노-랗게 보인가. 그 속에서도 나는 번개처럼 아스피린과 아달린이 생각났다.
>
> 아스피린, 아달린, 아스피린, 아달린, 맑스, 말사스, 마도로스, 아스피린, 아달린.
>
> (2 : 274~275)

'아달린'은 '나'가 이제까지 막연하게 지각하고 인식했던 과거의 경험들에 비교적 선명한 의미를 부여한다. 33번지 열여덟 가구의 밤이 낮보다 분주하고 화려한 이유,(2 : 254) '나'에게 변변한 외출복이 마련되지 않는 이유,(2 : 257) 아내가 하루 두 차례 세수를 하고 낮보다 밤에 더 좋은 옷을 입는 이유,(2 : 259) 더 중요하게는 몇 번의 서툰 외출 뒤에도 아내가 '나'를 위해 저녁밥상을 차려주고(2 : 269) 부드러운 말소리로 정답게 대하며 은화 아닌 지폐를 쥐어준 이유를 깨닫게 되는 순간 "이렇게도 편안하고 즐거운 세월"(2 : 274)은 이내 "현기증이 나는"(2 : 276) 현실로 돌변하고 만다. 그러한 현실 인식은 '나'가 미쓰꼬시 백화점 옥상에 올라 마주선 '어항'과 '회탁(灰濁)의 거리'(2 : 278)를 동일시하는 장면에서 강렬한 상징성을 획득하게 된다. 「날개」의 주인공이 자신을 둘러싼 세계의 진실을 직시하고 진정한 자아를 열망하게 되는 것은 무엇보다 '아달린'을 통해서이다. 그런데 바로 이 '아달린'이 여러 면에서 흥미롭다. 사실 「날개」의 삽화에 등장하는 약품은 아달린도 아스피린도 아닌 '아로날(Allonal)'이다. 이상 스스로 적어 놓은 원료약품 성분에 의하면 아로날은 "진통제이자 염증치료제란 차원에서는 아스피린으로 착각할 수도 있고, 수면효과가 있다는 측면에서 아달린으로 혼동할 수 있는 약"[44]이다. 그렇다면 문제의 아달린은 관점에 따라 진통제로도 수면제로도 여겨질 가능성이 농후하며,[45] 이상의 삽화는 결국 아달린이 지닌 양가성을 노골적으로 부각시켜 놓은 상태에서 독자에게 특정한 독해를 요청하고 있는 셈이다. "그렇나 또 생각하야보면 내가 한달을 두고 먹어온 것은 아스피린이었는지도 모른다. 안해는 무슨 근심되는 일이 있어서 밤 되면 잠 잘 오지 않아서 정작 안해가 아달린을 사용한 것이

---

44 김미영, 「揷畵를 통해 본 李箱의 「날개」」, 한국현대문학회 학술대회 자료집, 2010. 10, 132면.
45 조금 다른 맥락에서 이경훈은 과다복용이 초래할 사회적, 육체적 탕진이라는 공통점을 들어 아스피린과 아달린의 등가성을 강조한 바 있다. 「아스피린과 아달린」, 『한국 근대문학 연구』 2, 한국근대문학회, 2000, 98면.

나 아닌지, 그렇다면 나는 참 미안하다"(2 : 276) 그녀가 '나'에게 준 약이 진통제(아스피린)인지 수면제(아달린)인지 의문스럽다면, 마찬가지로 아내가 은화를 주는 이유가 남편의 사회적 갱생을 염두에 둔 것인지 아니면 그 사회적 무능력을 조롱하는 것인지도 모호하고, 귀가 시간을 어긴 남편에게 자신의 매음이 탄로 난 이후 아내가 보여주는 표정과 행동이 위선이라고 단언할 수도 없는 노릇이다. 말하자면 이러한 질문들을 통해 「날개」는 그 결말로부터 거슬러 재독되지 않을 수 없다. 물론 아내가 금기시한 자정의 시간과 극명한 대비를 이룬다는 점에서 정오의 사이렌은 그 자체로 억압되고 폐쇄된 자아의 해방과 비상을 의미할 수 있다. 하지만 「날개」의 결말은 그런 낙관적 전망과 정반대로 해석될 수도 있으며,[46] 특히 전형적인 성장의 플롯에 기대어 「날개」를 독해하는 것은 이 텍스트가 '의식의 흐름' 기법을 단순히 차용하기만 한 것은 아니라는 사실에 둔감해질 우려가 있다. 「날개」는 동시대의 다른 소설들보다도 인상, 기억, 직관의 변화무쌍한 흐름들에 대해 더욱 관대하다.

이재선에 의하면 「날개」의 마지막 장면은 "잃어버린 시간" 즉, "무능력한 현재로부터 그 대립인 희망과 야심으로 조형된 과거를 향한 회귀"를 보여준다.[47] 습관처럼 반복되는 삶이 늘 그렇듯이 자고, 먹고, 들여다보고, 냄새 맡고, 다시 먹고, 자는 무의미한 일상의 패턴 속에서 '나'는 그야말로 진정한 자기 자신을 잃어버린 지 오래이다. '잃어버린 시간'이란 「날개」의 화자가 '아달린'을 발견하지 않았더라면 '잃어버렸

---

46 최재서의 논평이 대표적인 경우다. "灰濁한 세계를 내려다 보며 眩氣를 일으키는 그에게 다시금 날개를 도처서 날아볼 날이 잇을까?" 崔載瑞, 「『川邊風景』과 「날개」에 關하야」, 『文學과 知性』, 人文社, 111면.

47 이재선, 「이상 문학의 시간의식」, 『한국문학의 원근법』, 민음사, 1996, 327면.

다는' 사실조차도 좀처럼 의식하지 못했을 삶의 진실들을 가리킨다. "나는 번개처럼 아스피린과 아달린이 생각났다. 아스피린, 아달린, 아스피린, 아달린, 맑스, 말사스, 마도로스, 아스피린, 아달린." 이 구절은 「날개」와 『율리시즈』의 상호 텍스트성을 환기시킨다는 점에서 시사하는 바가 적지 않지만,[48] 1930년대 당시 조이스와 나란히 수용되었던 프루스트의 소설과 관련해서도 유용하다. 『잃어버린 시간을 찾아서』의 '마들렌'처럼 '아달린'은 '나'가 이제까지 경험한 시간과 기억을 재구성하도록 유도한다. 그런데 바로 이 지점에서 이상의 '아달린'은 프루스트의 '마들렌'과 미묘한 대비를 이룬다. '마들렌'이 잃어버린 유년의 기억과 함께 자아와 우주 사이의 충만한 일체감을 조성하는 데비해,[49] 다시 말해 단절되고 파편화된 기억들에 조화로운 자아의 감각

48 이경훈, 「「지도의 암실」, 전등의 봉투」, 『이상, 철천의 수사학』, 소명출판, 2000, 71면. 도쿄와 파리를 동경 / 환멸의 시선을 바라본 피식민지 모더니스트라는 유사성 속에서 이상과 조이스를 검토한 김석, 「보편, 혹은 아직 일어나지 않은 사건 : 이상, 조이스 그리고 지금 여기」, 『한국학연구』 27, 인하대 한국학연구소, 2012 참조.

49 한스 마이어호프(Hans Meyerhoff)는 『잃어버린 시간을 찾아서』에서 주인공이 '마들렌'을 통해 어린 시절의 기억을 복원해내게 되는 극적인 순간에 대해 논평하면서, "그 방금 끝낸 이야기는 그가 여태까지 살아왔던 인생이며 그 인생을 이야기함으로써 그는 연속성과 통일성과 동일성을 나타내는 예술작품을 생산했을 뿐만 아니라 이와 같은 특질을 드러내는 자기 자신의 자아도 재생"할 수 있게 되었다고 지적했다. 괴테의 표현을 빌려 말하면 "그는 그의 인생의 종말과 시초 사이의 연속을 볼 수 있는 가장 행복한 인간"이 된다. 김준오 역, 『文學과 時間現象學』, 心象社, 1979, 87면. 이 책에서 프루스트의 서사와 대조되는 사례는 오이디푸스이다. 그는 '잃어버린' 과거의 기억을 선명하게 되찾는 순간 예기치 못한 파국을 맞는다. 그는 자신의 과거를 지속적인 흐름 속에서 결코 이해하지 못했던 것이다. "한편으로는 스핑크스가 패배하고 테에베가 해방되고 왕관과 왕비를 획득한 이래 그가 살아오고 기억하고 있던 그의 과거가 있다. 또 한편으로는 그의 유년시절로부터 청년시대에 이르는 과거가 있다. 이 과거는 망각되고 억압되거나 전혀 왜곡되어 전해지는데 뒤에 가서 폭로되는 과거다. 그러므로 외디푸스에게는 자기동일성이 전연 없다고 말할 수 있다. 그는 '사실상' 즉 그자신의 경험의 면에서 보면 상이한 두 인물이다. 그러나 자연과 역사의 객관적 '사실'에 의해서 보면 그는 하나의 동일인물이다. 외디푸스는 자기자신이 누구인지를 몰랐다고 할 수 있는데 이것은 그가 시간적 연속으로서 자기 인생을 경험하지 못했다는 점에서 정당한 말이 된다." 위의 책, 88면.

을 선사해 주는 데 비해,[50] '아달린'은 「날개」의 화자로 하여금 상승과 하강, 진실과 의혹, 천재와 박제 사이에서 끊임없이 유동하도록 만들어 버린다. 소설의 시간에 대한 원론적인 분석에 따르면 「날개」에는 적어도 두 개의 시간의식이 존재한다. 하나는 베르그송적 지속 개념에 기초한 수직적 시간이고, 다른 하나는 탄생과 죽음을 무한히 반복하는 순환적 시간이다. 전자가 역사적 진보주의에 맞서 개인의 내면을 중시하는 실존적 시간이라면, 후자는 그러한 인간적 경험의 한계를 초월한 우주적 시간이다. 그런데 「날개」에서는 "실존적 시간의 과거지향성이 소멸되고, 우주적 시간의 순간만 제시되지만, 이 순간은 우주적 비젼의 세계를 제시하지 않는다. 말하자면 실존적 시간의 개체성과 우주적 시간의 집단성 사이에 유동하는 시간"[51]을 형성한다. 두 개의 시간 구조가 교차한다는 것은 주인공의 자의식이 의도적이든 그렇지 않든 간에 결국 조화로운 통일성에 도달하지 못한다는 사실을 환기시켜 준다. 이를테면 상승과 하강, 비상과 추락, 매혹과 공포, 오해와 진실은 복잡한 방식으로 서로 얽혀 있다.[52] 미스코시 백화점 위에서 '나'가 "날개야 다시 돋아라. 날자. 날자. 날자. 한 번만 더 날자ㅅ구나"(2 : 279)라고 외

---

50 물론 『잃어버린 시간을 찾아서』를 유기적 통일성을 구현한 텍스트로만 독해하는 것이 최선은 아니다. 오히려 이 텍스트에서 기억의 이미지와 언표가 끊임없이 산포되는 '파편화'의 양상에 주목했던 들뢰즈는 그중 가장 강력한 해석적 권위를 지닌다. 그는 각각의 단편들에 통일성을 부여하는 1인칭 화자의 존재를 부정하는 대신에 무수한 기호들의 연쇄에 다양하게 반응하는 '익명의 중얼거림'을 긍정한다. 질 들뢰즈, 서동욱 역, 『프루스트와 기호들』, 민음사, 2004.

51 이승훈, 「이상소설의 시간 분석(2)」, 『文學과 時間』, 二友出版社, 1983, 365면.

52 이승훈은 「날개」의 플롯을 황홀과 공포가 반복적으로 교차하는 서사구조로 압축한다. 그에 따르면, 결말에서 '정오 사이렌은 황홀하다'는 곧 '걸음을 멈추는 것은 두렵다'로 연결되고 이러한 공포감은 다시 소설 도입부의 '박제가 되어버린 천재는 두렵다'로 이어지면서 하나의 순환구조를 형성한다. 위의 글, 354~360면 참조.

치지만 그것이 사회적 갱생을 의미하는 것인지 그 자체로 죽음을 상징하는지는 분명하지 않다. 바로 그 순간 "머릿속에서는 희망과 야심의 말소된 페-지가 띡슈내리 넘어가듯 번뜩"(2 : 279)이는 장면은, 앞서 언급한 베르그송의 『물질과 기억』이나 염상섭의 「표본실의 청게고리」의 선례에 충실하다면, 죽음의 상황에 직면할 때 불현듯 의식에 도래하는 직관적인 경험을 뜻한다. 그럼에도 인생 전체를 파노라마처럼 조감하는 순간의 묘사가 고층 빌딩 위에 선 '나'의 자살을 의미하는 것인지 아니면 그 자살충동에서 새롭게 도약하려는 '나'를 형상화하는지는 여전히 불투명하다. 차라리 '아달린'을 통해 삶의 진실을 깨닫게 되었다는 「날개」의 '성장의 서사' 자체가 말 뜻 그대로 허구에 불과하다고 보는 편이 더 진실에 가깝다.[53] 이렇듯 이상 소설의 주인공은 조화로운 미의식보다는 '위조' 또는 '분열'의 시학 속에서 그 진가를 드러낸다.[54] 그것은 아마도 「날개」라는 텍스트가 '의식의 흐름'을 차용한 선행 텍스트의 유산 — 에피파니를 통한 주체성의 형상화 내지는 정당화 — 을 비틀어버림으로써 가능해진 변화였을 것이며, 그런 점에서 이 소설은 원본에 유의미한 교정을 가하고 있는 셈이다.[55]

---

53 최근에 이경훈은 「날개」의 결말에 관해 매우 흥미로운 해석을 개진한 바 있다. 그에 따르면, 「날개」의 화자가 "날개야 다시 돋아라" 라고 외치는 장소는 백화점 '옥상'이 아니라 '거리'이다. 「날개」의 마지막 장면에서 "화자의 서술을 통해 텍스트 상에 위력적으로 현현(顯現)하는" 초월과 비약 또는 자살과 추락의 이미지는 그러니까 독자의 '맹목'이거나 아니면 '오독'의 재생산을 염두에 둔 작가의 치밀한 포석일 공산이 크다. 이경훈, 「박제의 조감도 : 이상의 「날개」에 대한 일 고찰」, 권영민 외편, 『실험과 도전, 식민지의 심연』, 민음사, 2010, 25~31면.

54 "이상은 주체의 통합이 아니라 오히려 분열을 향해 나아가며 그러한 분열의 상태를 유유하게 향유하고 있는 모습"을 보여준다. 서영채, 「매저키즘과 연애, 탕아로서의 예술가 : 이상」, 『사랑의 문법』, 민음사, 2004, 254면.

55 따라서 「날개」의 프롤로그는 재해석될 여지가 있다. "굿 빠이. 그대는 있다금 그대가 제일 싫어하는 飮食을 貪食하는 아일로니를 實踐해 보는 것도 좋을 것 같소. 윗트와 파라독

5. 「심문」에 이르는 길 : 결론을 대신하여

'의식의 흐름' 기법이 상용화된 시기를 1930년대로 보는 문학사적 관행이나 일반의 통념은 교정될 여지가 있다. 유럽의 심리주의 리얼리즘에서 연유하는 이 독특한 무의식의 탐구는 물론 프로이트의 정신분석학에서 연유한 것이겠지만, 다른 한편 근대 초기부터 지속된 베르그송의 영향력 또는 적어도 '아인슈타인'의 수용사를 참조해 당대 소설 텍스트를 재독해 본다면 '의식의 흐름' 기법의 한국적 전용은 이미 1920년대부터 시작되었던 셈이다. 좀 더 과감하게 발언하자면, 『무정』은 널리 알려진 것처럼 '진화론(절대적인 시간관)'의 맥락에서 획기적인 의미를 지닐 뿐만 아니라, 다시 진화론적 과학주의를 반박하고 사상계를 풍미한 '상대성이론(상대적인 시간관)'의 영향권 내에서도 선구적인 의의를 갖는다.[56] 하지만 기차 안에서의 환상 체험을 위해 그처럼 주인공으로 하여금 물리적인 시간대를 벗어나도록 허락했던 이광수는 삼랑진 이후 다시 문명, 미래, 진화 중심의 균질적인 시간대로 그를 복귀시

스……그대 自身을 僞造하는 것도 할 만한 일이오. 그대의 作品은 한 번도 본 일이 없는 旣成品에 依하여 차라리 輕便하고 高邁하리다"(2 : 253)라는 부분은 「날개」라는 식민지 모조품과 유럽적 원본 사이의 미묘한 관계를 상기시킨다. 소설에서 싫어하는 음식을 탐식하는 행위는 알다시피 '아달린'의 과다복용으로 연출되며, 기성품보다 한결 '경편하고 고매'한 작품이란 「날개」가 된다. 그러니 '한 번도 본 일이 없는 기성품'이란 이상이 특화시킨 문제의 '아달린'이면서―주 45)의 김미영의 연구에 의하면 당시 조선에서 '아달린'은 실제로 통용되지는 않은 약품이었다고 한다―동시에 김기림이 매료된 프루스트나 조이스의 소설인지도 모른다.

56 주 31)에 언급된 아인슈타인 관련 기사 중 「아인스타인의 相對性 原理, 時間 空間 及 萬有引力 等 觀念의 根本的 改造」(『東光』14, 1927.6)의 저자는 '京西學人'으로 이광수의 필명 중 하나와 일치한다.

켜 놓았다. 다른 한편, 이광수 이후 진화(evolution) 또는 진보(progress) 개념에 뿌리를 둔 근대적 변화들이 식민지적 예속과 착종된 형태로 그 저변을 확장해가자 이번에는 식민지적 근대성의 어두운 이면을 재탐색하려는 문학적 시도들이 나타났고, 그 같은 자기반성적 서사에도 '의식의 흐름' 기법이 부분적이나마 의미심장하게 활용되었다는 점은 염상섭이나 김동인의 소설에서 새삼 주목된다. 즉, 근대적인 시간 규율로 표준화되지 않는 심리적 시간들, 의식 심층에 현존하는 다채로운 기억의 잔상들, 달리 말해 계몽주의적 노선에서 배제되거나 이탈한 존재들에 대한 문학적 탐색은 「마음이 여튼 자여」와 「표본실의 청게고리」에서 진지하게 다루어졌다. 근대적 삶을 맹목적으로 추종하던 K는 자유연애가 실패로 돌아간 후 예기치 않게 유년 시절의 '잃어버린 기억'을 되찾게 됨으로써, 그리고 X는 고통스런 불면의 밤을 거듭하다 8년 전에 본 '해부된 개구리' 이미지를 기억해냄으로써 비로소 진실한 자아를 찾아 떠나는 여정에 한 걸음 들어서게 된다. 1930년대 당시 '의식의 흐름' 기법을 차용한 소설을 이른바 '신심리주의' 문학으로 통칭했다는 사실을 염두에 두면, 1920년대 김동인이나 염상섭의 소설에 대한 문학사적 이해는 아무래도 '자연주의'와 '낭만주의' 중 양자택일의 문제는 분명 아닐 것이다.

그런데 '의식의 흐름'의 문학적 재현을 가능케 한 담론들의 한국적 수용은 무시할 수 없는 시차(時差)를 보여준다. 베르그송은 비교적 이른 시기인 1910년대부터 청년 지식인들의 사상적, 문화적 감수성에 심중한 영향력을 행사했고,[57] 윌리엄 제임스와 아인슈타인은 『개벽』과 일본 유학생들에 의해 1920년대 전반부터 널리 소개되었지만,[58] 정작

'의식의 흐름' 기법의 유럽적 대가들인 제임스 조이스나 프루스트가 본격적으로 논의된 것은 1930년대 이후였다. 다시 말해, '의식의 흐름'을 지지하는 철학, 과학, 문학 담론은 시기를 달리해 조선 문화계에 수용된 측면이 있고, 그중 가장 연착된 것은 문학이었다. 일본의 경우 1929년 토이 고지[土居光知]에 의해 처음으로 제임스 조이스가 소개되었고, 그 이듬해부터 이토 세이[伊藤整]가 조이스와 프루스트 관련 평론들을 정력적으로 발표하는 가운데 1931년 『율리시즈』 상권을 번역했다. 박태원은 1934년에 발표된 글에서 영화기법에 관해 설명하던 중 "특히 '오후 뻬렙(오버 랩)'의 수법에 흥미를 느낀다. 그리고 나는 실제로 나의 작품에 있어, 그것을 시험하여 보았다. 그러나 물론 그것은 나만이 생각할 수 있었던 것은 아니었을 게다. 최근에, 『율리시즈』를 읽고 제임스 조이스도 그 같은 시험을 한 것을 알았다"[59]고 했다. 1930년대 들어 프루스트나 조이스가 이른바 '신심리주의' 문학으로 소개되었으나 번역의 문제는 차치하더라도 그 특유의 난해성으로 인해 충분한 독자를 확보하기 어려웠다.[60] 그럼에도 박태원이나 이상에 의해 이들의 모더

---

57 주 13)의 인용 참조.

58 『개벽』 초기 김기전을 중심으로 이루어진 '윌리엄 제임스' 사상의 소개 과정에 대해서는 허수, 「모방과 차이로서의 '번역' : 『개벽』 주도층의 근대사상 소개」, 『식민지 조선, 오래된 미래』, 푸른역사, 2011. 그리고 아인슈타인 전기의 수용 양상에 관한 상세한 고증은 김성연, 「1920년대 초 식민지 조선의 아인슈타인 전기와 상대성이론 수용 양상」, 『역사문제연구』 27, 한국역사연구회, 2012 참조.

59 박태원, 「표현, 묘사, 기교 : 창작여록」, 류보선 편, 『구보가 아즉 박태원일 때』, 깊은샘, 2004, 274면. 그는 같은 글에서 '오버 랩'의 문학적 선례를 "『율리시즈』에서 인용하였으면 좋겠으나, 그것은 그다지 적당한 예라고 생각되지 않고, 또 그 효과에 있어, 나로서는 그다지 자신을 가질 수 없"다면서 자신의 소설 「구보씨의 일일」에서 그 예를 찾았다.

60 비교적 남다른 관심을 기울였던 윤고종(尹鼓鍾)만 하더라도 "現在를 中心으로 한 過去와 未來의 不斷한 流轉"을 핵심으로 삼는 프루스트의 실험적인 소설이 "健全한 時間槪念을 갖인 많은 頭腦"에 자극이 될 수는 있어도 그 요령부득의 '不可理解性'으로 인해 자멸하게 되리라고 논평했다. 윤고종, 「부르-스트'의 時空槪念」, 『尹鼓鍾文集』, 아이스토리, 2008.

니즘 소설, 특히 '의식의 흐름' 기법이 실험되었고, 임화와 같은 비평가들을 통해 조선 문학의 현안으로 논의되었다.

「날개」의 프롤로그에서도 이상은 '十九世紀'와의 갈등을 피력했지만, 임화의 문맥에서 특히 소설사와 관련해 말하자면, 이른바 경향소설과 구분되는 이광수, 염상섭, 김동인, 이태준의 소설들이 '19세기적인 것'에 해당한다.[61] 임화가 보기에는 서구에서 발자크, 졸라, 톨스토이, 디킨스의 문학과 프루스트, 조이스, 울프, 로렌스의 문학이 서로 대조되듯이 조선 문학에서도 '19세기적인 것'과 '20세기적인 것'의 착종이 문제적이다. 잘 알다시피 본격소설의 전통이 쇠미(衰微)해짐에 따라 1938년 현재 조선 문예는 세태와 심리 또는 '19세기 사실소설(寫實小說)'과 '20세기 서구정신' 사이의 '현대적 협잡물'로 변질되었다는 것이 임화의 문학사적 진단이다. 불충분한 대로 조선의 본격소설, 또는 고전적인 교양소설의 계보 속에서 이광수, 염상섭, 김동인, 이태준을 배치할 수 있다면 쟁점이 되는 것은 특히 심리소설, 다시 말해 '20세기적인 것'에 속하는 작가들일 것이다. "조선문학은 서구가 19세기에 통과한 정신적 지대(地帶)를 겨우 1920년대에 들어섰으니까……. 그런데 여기 간과하지 못할 문제의 하나는 조선적 본격소설과 경향소설의 과도점(過渡點)이 과연 서구의 20세기 소설에서 보는 그러한 위기로서 표현되었는가 하는 것이다. 논리의 순서로 보면 당연히 한 사람의 프루스트, 한

---

61 19세기적인 작가들에는 심지어 이기영이나 한설야도 포함 가능하다. "태준과 민촌은(혹은 설야와 춘원이라도 좋다) 일목에 요연한 차이를 가진 작가다. 그럼에 불구하고 『고향』이나 『제2의 운명』, 또는 『황혼』과 『흙』과 같은 작품이 가지고 있는 공통성을 어찌 볼 것인가?" 임화, 「본격문학론」, 임화문학예술전집 편찬위원회 편, 『임화문학예술전집 3 : 문학의 논리』, 소명출판, 2009, 293면.

사람의 조이스가 있어야 할 것이나 어쩐 일인지 이렇다 할 사람은 없었다. 우리는 겨우 최근에 와서 이상이라든가 태원이라든가를 가졌다."[62] 최재서와의 논쟁 직후만 하더라도 임화에게 이상이라는 작가는 "터무니없는 주관, 엉뚱한 관념주의"[63]의 부류에 속했다. 하지만 1936년 문단을 회고하는 글에서는 이상을 가리켜 "극도의 주관주의자였음에 불구하고 물구나무선 형태의 리얼리스트"[64]라고 평가하고 있어 이채롭다. 그 평언은 한때 김기림이 프루스트의 소설을 놓고 "'프로'적 입장에서 쓴 어느 소설에서보다도 더 훌륭하고 힘있게 자본주의 문명의 몰락해가는 모양"[65]을 재현한 걸작이라고 고평한 대목과 유사하다. 그런 의미에서 이상이 보여준 득의의 성과는 그와 프루스트가 공유하고 있는 기법으로서의 근대성, '의식의 흐름'에서 비롯한다고 해도 무방하다. 하지만 이상은 '의식의 흐름'을 통해 근대적 주체의 형성을 신성화하지는 않았다는 점에서 이 기법의 조선 선구자들과는 변별된다. 이를테면, 「날개」의 마지막 장면에서 '나'가 경험하는 일종의 에피파니 체험은 오로지 과다 복용한 수면제 때문이므로 『마음이 여튼 자여』나 『무정』에 삽입된 기차 안에서의 심미적 감응과는 거리가 멀고, 오히려 『표본실의 청게고리』의 화자가 고통스럽게 떠올리는 기억 속에서 해부용 개구리에게 주입되었을 '마취제'의 작용에 좀 더 근접하다.[66]

---

62 위의 책, 292면.
63 임화, 「사실주의의 재인식」, 위의 책, 67면.
64 임화, 「방황하는 문학정신」, 위의 책, 199면.
65 주 38)과 동일함.
66 "'알코-ㄹ'과 '니코진'의 毒臭를 내뿜지 안는 곳이 업슬만치 疲勞하얏섯다 (…중략…) 그러면서도 무섭게 昂奮한 神經만은 잠자리에서도 눈을 쓰고 잇섯다." 염상섭, 「표본실의 청게고리」, 앞의 책, 11면. '해부'와 '박제.' 이 인용부분과 정확하게 대구를 이루는 「날개」의 첫 문장을 비교해도 좋을 법하다. "'剝製가 되어버린 天才'를 아시오? (…중략…) 肉身이 흐느

그런 맥락에서, 평양 모더니즘을 대표하는 최명익의 『심문(心紋)』(1939)의 경우, 그 세련된 표제어와 미학적 성취의 높은 수준에도 불구하고 '의식의 흐름' 계열 소설의 퇴행이라는 인상이 짙다. '시속 오십 몇 킬로라는 특급 차창'의 돌진하는 스릴 속에서 지나간 '인연의 기억'을 더듬는 화자나, '시계 속을 들여다보거나 귀에 붙이고 소리를 듣거나 하는 버릇'을 지닌 여옥, 그리고 더 중요하게는 '다년간 혹사한 신경과 불규칙한 생활로 언제나 아픈 안면 신경통과 자주 발작하는 위경련'을 다스리기 위한 '가장 수월하고 즉효적인 약으로 시작한 마약'에 중독된 나머지 그 아편 연기를 통해서나 '지난 꿈'의 황홀에 젖는 현혁 모두 과거에 집착하지만 그 경험들로부터 어떤 청신한 감각, 기억, 직관을 끄집어내 새로운 삶의 원천으로 재조직할 도리는 없는 무기력한 의식의 소유자들이다.[67] 말하자면 1930년대 이상 소설에서 위티즘(wittism)이 휘발되었을 때, 또는 1910년대부터 거듭된 '의식의 흐름' 서사의 형해(形骸)만이 남았을 때 비로소 개인의 마음에 새겨진 흔적을 그려낸 소설이 바로 「심문」이다. "저의 지금 병(중독)을 고친댔자 다시 맑아진 새 정신으로 보게 될 세상은 생소하고 광막하기만 하여 저는 더욱 외로울 것만 같습니다. 갱생을 꿈꾸던 것도 한때의 흥분인 듯하올시다. 지금 무엇을 숨기오리까."[68]*

적흐느적 하도록 疲勞했을 때만 精神이 銀貨처럼 맑소 니코틴이 내 蛔ㅅ배 알는 배ㅅ속으로 숨으면 머릿속에 의례히 白紙가 準備되는 법이오." 『이상 문학 전집』 2, 252면.

67 최명익, 「심문」, 『최명익 단편선 : 비오는 길』, 문학과지성사, 2004, 164 · 173 · 202면.
68 위의 책, 220면.
* 이 논문은 2012년 『상허학보』 36집에 게재된 논문을 재수록한 것임.

제2부

과학이라는 이상,
보편이라는 우상

송민호 : 카프 초기 문예론의 전개와 과학적 이상주의의 영향 I
차승기 : 사실, 방법, 질서 I 정종현 : 단군, 조선학 그리고 과학

카프 초기 문예론의 전개와
과학적 이상주의의 영향

회월 박영희의 사상적 전회 과정과 그 의미

송민호

1. 서론

1920년대 무렵 한국에 도입된 마르크스의 사회주의는 일반 사회 구성원 개개인의 구체적인 사고와 행위의 저변에 큰 충격을 주었다. 이는 당시 마르크스의 사회주의가 사회의 역사적인 발전 방향에 대해 과학적으로 입증하는 사회과학적인 이론으로 소개되었던 배경과 무관하지 않다. 물론 제국주의적인 정치 구도 내에서 사상적인 흐름을 주도했던 전대의 사회진화론 역시 과학으로서의 진화론이 표방하는 '생존경쟁', '우승열패'라는 철저하게 과학적 현상에 근거한 이론을 사회의 현상을 설명하는 데 접목하여 마찬가지로 당대 지식인들과 정치가

들에게 큰 호응을 받았던 바 있다. 하지만 이러한 사회진화론의 경우, 진화라는 과학적인 현상을 그 과학적인 근거로 삼아 이를 사회의 발전 전망을 설명하는 데 비약적으로 옮겨온 것이라는 점에서, 내재적인 관점에서 사회 진화의 필연성에 대해 구명한 것이라기보다는 결국은 과학의 권위를 앞세워 앞으로 도래할 역사에 대해 비관적인 전망을 강조하거나 '사회유기체설'과 같이 근거 없는 낙관론을 제시하는 결과로 흐르고 말았다고 생각된다. 곧 사회진화론이 사회 현상을 설명하는 본격적인 사회과학적인 이론이었다기보다는 과학이라는 이름 아래, 제국주의의 정치학에 하위에서 기능할 수밖에 없었던 것은 그것이 진화를 설명하는 자연과학적인 원리를 적절한 논리적 매개 없이 사회에 곧바로 적용했던 사회진화론의 학문적 성립 과정과 관계되어 있는 것이다. 사회의 진화 과정이 동식물의 생물학적 진화 과정과 유사하여 예측이 가능하다는 사회진화론의 이론적 설명은 다윈 이래로 발전해온 진화론적인 과학에 기반하고 있었으며, 논리상 간결하고 매력적이었기 때문에 적극적으로 받아들여져 왔으나 그것이 결국 과학으로 기능하였다기보다는 과학의 권위를 빌린 과학적 이상주의의 면모를 넘어서기 어려웠던 것이다.

이러한 사회진화론의 영향력이 어느 정도 소멸한 이후,[1] 마르크스

---

1 박찬승, 「한말·일제시기 사회진화론의 성격과 영향」, 『역사비평』 34, 한국역사연구회, 1996, 349~353면. 박찬승은 이 논문에서 사회진화론자들이 궁극적으로는 자본가 계급의 지배적인 사회질서와 공명하여, 사회주의를 비판하는 입장에 놓일 수 있었다고 본다. 이는 주로 국가 차원의 정치적인 구도를 설명하던 사회진화론이 마르크시즘 도입 이후에는 '실력양성론' 등의 형태로 지배이데올로기와 연합하는 양상을 드러냈다고 보아, 사회진화론과 마르크스의 사회주의 이론 사이의 계급적 분화 경향과 대립구도를 강조하는 것이다. 이러한 견해는 사회진화론이 한 시기만을 풍미했던 사상이 아니라 한국에서 전 시대에 걸쳐 그 이론적 구도의 잔여로서 영향력을 발휘하고 있음을 밝히고자 하는 시도(박노자, 『우승열패

의 사회주의는 다시금 사회 현상을 설명하고자 하는 과학적인 학문으로 당시 식민지였던 한국에 소개되었다.[2] 나아가 주로 국민국가의 정치학적 구도 내에서 민족과 국가 차원의 생존 경쟁의 문제를 다루었던 사회진화론과는 달리, 마르크시즘은 사회 내에서 계급의 분화와 이를 의식화한 계급들 간의 투쟁으로[3] 역사의 발전 과정을 과학적인 입장[4]에서 설명하고자 하였다는 점에서 한편으로는 전대의 사회진화론의 연장선에 놓인 과학적인 학문으로서, 다른 한편으로서는 계급의식의 자각을 통한 실천성을 강조한 조직 행동의 원리로서 의미를 갖게 되었던 것이다. 즉 마르크스의 사회주의가 1920년대의 한국에서 널리 수용되는 데 있어 단지 정치적인 조직상의 실천적 원리로만 이해되곤 했던 지금까지의 견해와는 달리, 그것이 '과학'적인 학문으로 소개되는 데

의 신화』, 한겨레출판, 2005, 405~414면)와 맥락을 같이하는 의미가 있다고 할 수 있다. 다만, 시대에 따라 결코 같은 형태로 남아 있을 수 없는 사회진화론적인 구도를 예를 들어 자본가계급의 지배이데올로기로 환원하는 등, 새로운 사상의 대타항으로 무리하게 적용하고 있는 것은 아닌가 하는 비판에 직면할 수 있다고 생각된다.

2   박종린, 「1920년대 사회주의사상의 수용과 사회과학연구사」, 『역사문제연구』 26, 역사문제연구소, 2011, 209~233면; 박종린, 「1920년대 전반 사회주의사상의 수용과 맑스주의 원전 번역」, 『한국 근현대사 연구』, 한국근현대사학회, 2009, 301~320면. 이와 같은 논문들에서 박종린은 1920년대 초 민중사(民衆社)를 통해 주로 팜플렛의 형태로 마르크시즘 원전들과 이론서들이 번역되고 한국에 소개되었다는 사실을 밝히고 있다.

3   박헌호, 「계급 개념의 근대지식적 역학」, 『상허학보』 22, 상허학회, 2008, 13~35면.

4   마르크스의 사회주의가 한국에서 일종의 실천성을 담보한 운동 원리로서 현상되었는가 아니면 과학성을 담보한 학문으로서 연구되었는가 하는 문제는 본고에서는 논외로, 좀 더 시간을 두고 논의해 보아야 할 문제라고 1920년대 식민지 조선의 각지에서 독서회 등의 모임을 통해 마르크시즘의 이론을 공부하고 조직 활동의 근거로 삼았던 사례들이 확인되고 있는 한편(천정환, 「1920년대 독서회와 '사회주의 문화'」, 『대동문화연구』 64, 성균관대 대동문화연구원, 2008, 59~61면), 당시 '과학'을 연구한다는 명칭을 걸어두고서 실제로는 사회과학, 즉 마르크스의 사회주의를 연구했던 조선과학연구회 등의 학문적인 경향들이나 경성제국대학 내에서도 학술적인 담론으로서 마르크시즘을 연구하는 경향이 존재하고 있기 때문이다. 즉 이 두 가지 경향성은 한국에서 마르크시즘에 대한 관심이 존재했던 시기 내내, 공존·접합하고 있었으며, 이는 당시 일제의 검열과 사상통제와 밀접하게 관련되는 문제로 차후의 논의를 통해서 해명해보고자 한다.

있어서, 전대의 사회진화론이 표방했던 사회진화의 필연성을 참조하여, 계급의 투쟁을 통해 노동계급(프롤레타리아)의 사회가 도래한다는 사실을 사회 진화의 관점에서 설명하고자 하는 경향[5]이 우세했다는 사실을 간과할 수 없다.[6] 이는 주로 일본에서 초기 마르크시스트인 사카이 도시히코(堺利彦, 1871~1933)나 야마카와 히토시(山川均, 1880~1958) 등이 유물사관, 즉 사적 유물론을 설명하는 과정에서 대두되었다. 사회가 '생존경쟁'의 시대로부터, '상호부조'의 시대를 거쳐,[7] 계급투쟁을 통해 노동자 사회가 도래하는 시대로 진화의 방향성이 바뀌게 된다는 그들의 설명[8]은 전대의 사회진화론으로부터, 상호부조론을 거쳐, 마르크시즘에 이르는 일련의 과정에 대해, 진화 방향성의 변동 과정이라는 일목요연한 관점을 통해, 시대적인 연속성을 가지고 설명할 수 있

---

5 박종린, 「1920년대 초 공산주의 그룹의 맑스주의 수용과 「유물사관요령기」」, 『역사와 현실』 67, 역사문제연구소, 2008, 96~98면. 박종린은 이 논문에서 1920년대 초 마르크스의 「유물사관요령기」가 여러 차례 번역되었던 상황에 주목하여 다윈의 '유기적 자연의 발전 법칙'에 비견되는 '인간 역사의 발전 법칙'을 발견한 마르크스의 유물사관에 근거하여 사회주의 사회의 필연성을 강조하기 위한 것임을 보이고 있다.

6 송민호, 「1920년대 맑스주의 문예학에서 '과학적 태도' 형성의 배경」, 『한국현대문학연구』 29, 한국현대문학회, 2009, 82~90면.

7 손유경, 「사회주의 문예 운동과 인간 본성의 문제」, 『한국현대문학연구』 27, 한국현대문학회, 2009.4, 31~62면. 손유경은 기본적으로 연대해야할 대상이던 카프와 아나키즘 진영이 연대하지 않음으로써, 크로포트킨의 상호부조라는 자산이 이광수와 같은 실력 양성을 주장하던 사회진화론자에게 이전될 수 있었다고 본다. 하지만 크로포트킨의 상호부조론을 이른바 아나키즘(무정부주의)이라는 명칭 아래 예를 들어 바쿠닌 등과 함께 아나키즘적인 지향으로 묶어 마르크시즘의 연대 본능을 부각하는 대목은 어느 정도 재검토가 필요할 것이라고 생각된다. 특히 진화의 방향성에 있어서 상호부조를 통해 인류가 발전한다는 크로포트킨의 낙관론에 비한다면, 마르크스의 사회주의는 계급투쟁을 통한 프롤레타리아 계급 사회의 도래를 사회진화의 필연성으로 제시하고 있으므로 이 두 가지 입장은 실제로는 서로 경쟁적인 것일 수밖에 없었을 것이기 때문이다. 따라서 차라리 상호부조론은 사회진화론을 표방하면서 절박한 생존 경쟁을 주장하던 민족주의 우파의 사상적 탈출로가 될 수 있었다고 보는 것이 보다 타당하다고 생각된다.

8 사카이 도시히코(堺利彦), 『社會主義學說大要』, 建設者同盟出版部, 1922(3판).

다는 장점이 있었기 때문에, 1920년대 초 한국에서 마르크스의 사회주의가 과학성을 띤 사상체계로 소개되는 데 중요한 인식적 틀을 제공하였던 것이다.

1920년대 한국에서 마르크스의 사회주의에 관심을 갖고 이를 문예론 실천의 이론적인 근거로 삼았던 카프(KAPF) 내에서 마르크시즘이 내포한 과학성을 기반으로 이를 예술 영역으로 끌어들여 과학적인 문예비평을 전개하고자 했던 이는 바로 초기 카프의 중심이었던 회월 박영희였다. 『백조』를 중심으로 유미주의 혹은 낭만주의적인 문예운동으로 1920년대 문학적인 장에 등장했던 박영희는 1924년을 중심으로 마르크스의 사회주의에 근거한 사회과학적 예술론으로 옮겨가 카프의 결성에 중심적인 역할을 담당하였던 것이다. 김윤식은 박영희가 견지했던 '과학주의'를 지적하면서, 그것이 직접적으로는 일본의 비평가인 아오노 스에키치[靑野季吉]가 「自然生長と目的意識再論」(『文藝戰線』, 1926. 9)이라는 평론에서 제시했던 '외재적 비평'의 개념을 받아들여, 문예비평이 문학장 내부로부터 벗어나 문학 작품이 속해있는 객관적인 토대에 대해 개입해야 한다는 견해로부터 영향을 받은 것이라고 해석한다.[9] 다만 김윤식의 논의에 있어서 박영희가 견지했던 과학주의는 그것이 문학 작품과 비평가의 객관적 현실을 강조하고 있다는 점에서 유물론에 근거한 문예비평 정도로 해석할 수 있는데 그것이 어떻게 다름 아니라 '과학주의'가 될 수 있는가 하는 문제에 대한 해명이 되기에는 어려워 보인다. 게다가 박영희의 사상적인 궤적을 살피는 데 있어서,

---

9   김윤식, 『한국 근대문예비평사 연구』, 일지사, 1976, 46~48면.

『백조』를 중심으로 한 유미주의 혹은 낭만주의적인 문예운동으로부터, 계급주의에 기반한 신경향파 문학으로 이전이 어떠한 동력에 의해 가능했는가 하는 문제에 대한 해명[10]이 중요한 의미를 갖고 있음은 주지의 사실이다. 다만, 이는 단지 박영희가 이전까지 활동했던 문예동인지들 내의 활동 양상[11]을 구명하는 차원을 넘어 1920년대 한국에서 마르크스의 사회주의가 표방했던 과학성에 대한 이해의 수준을 검토하면서 박영희가 이러한 문예비평의 과학주의로 나아가는 과정을 해명해야할 필요가 있는 것은 당연하다.

이와 같은 문제의식을 바탕으로 본고는 1920년대 과학적 이론으로 표상되었던 마르크스의 사회주의를 수용하는 과정에서 사상적 고투를 벌여나갔던 당대 식민지 지식인들의 노력을 재평가하기 위한 하나의 시도로, 카프의 결성에 깊숙이 관여하여 과학적인 문예비평을 전개했던 박영희가 문예이론의 과학성을 사유하게 되는 과정에서 보였던 사상적인 궤적을 당대 마르크시즘의 과학성에 대한 이해 수준을 재검

10 김윤식, 『근대 한국문학 연구』, 일지사, 1994(6쇄), 244~331면. '懷月 朴英熙 硏究'라는 부제가 붙은 이 책의 7장에서 김윤식은 박영희의 초기 유미주의 운동과 이후 신경향파 문학으로의 전환 과정을, 『백조』의 붕괴와 신경향파 문학에 대한 관심으로 설명하고 있다. 하지만 여기에서 그 동력이 무엇이었는가 하는 문제는 결국 해명되지 않고 지식인의 감상적 병폐에 대한 자각 정도로 환치되고 있다.
11 박현수, 「박영희의 초기 행적과 문학 활동」, 『상허학보』 24, 상허학회, 2008.10, 161~195면. 박현수는 박영희의 초기 행적과 문학 활동을 구명하는 목적으로 이를 1921년 무렵 그가 주로 기고했던 잡지인 『新靑年』, 『薔薇村』, 『靑年』 등의 활동과 1921년부터 1923년까지 이어진 잡지 『白潮』 활동을 중심으로 상세하게 밝혀내고 있다. 특히 1921년 무렵의 일본 유학과 투병 생활 등 1923년까지 박영희의 생애와 문학 활동을 연관 짓고 있어 박영희에 대한 김윤식의 앞선 문제의식을 보다 구체화하여 당시 그의 문학적 내면을 실감할 수 있도록 하는 데 중요한 기여를 하고 있는 것으로 생각된다. 그럼에도 불구하고 이 논문은 박영희가 초기의 문학적 활동으로부터 KAPF의 중심적인 활동으로 옮겨가게 된 동력을 적극적으로 드러내기 보다는 이를 박영희가 옮겨갔던 문예지들의 성격의 변화로 환원하고 있다는 비판을 면하기 어려울 것으로 보인다.

토하면서 확인해보고자 한다.

2. 자연주의와 이상주의,
회월 박영희의 사상적 전회(轉回)의 입구

1920~1930년대의 카프의 성립이 갖는 여러 의미들 중 하나는 그들이 뚜렷한 목적의식과 이론 지향적 태도를 견지하고 끊임없이 주변부와의 논쟁을 이어갔던 것에서 찾을 수 있다. 그들은 논쟁을 통해, 단지 문학장을 넘어선 전체 사상적 판도를 이끌면서, 자 / 타의 이론적이고 정치적 위치를 명료하게 규정하였던 것이다. 이와 같은 관점에서 초기 카프를 주도했던 박영희, 김기진 등이 전개했던 이론에 근거한 크고 작은 논쟁들은 전체 1920~1930년대 전체 문학장의 해명에 넘어 당시 사상적 기반을 해명하는 데도 중요한 역할을 하고 있다. 1924~1925년 무렵을 기점으로 감상주의적이고 낭만주의적인 문학 활동을 견지하고 있던 박영희가 급작스럽게 카프의 철저한 이론 분자로 거듭나게 된, 이른바 사상적 전회의 동력이 어디에 있겠는가 하는 문제의 해명이 중요한 것도 이 때문이다. 그럼에도 불구하고, 이 문제는 주로 당시 마르크시즘의 사상 자체의 전위성으로 설명되거나 문단 헤게모니 쟁탈전에서 『백조』의 붕괴와 신경향파의 득세라는 정치적인 국면에 기대어 해명되고자 했던 경향이 지배적이었다. 하지만 박영희의 사상적 전회

과정을 이러한 근대성의 추구 혹은 사상적 전위성의 획득이라는 문제로 고착하거나 환원하기는 어려워 보인다. 이는 전위적인 예술사조의 수용과 그 정치적인 운동성이 온전하게 그러한 사상에 대한 추구를 담보할 수 있는 것은 아니라고 판단되는 까닭이다. 오히려 이러한 모더니티 중심성의 구조를 횡단하여 새로운 결절을 구성하는 새로운 사상적 혼류나 기준들, 혹은 체계들을 살펴 당시 전체적인 사상적 지향들의 지형도를 그리는 것이 필요하며, 박영희의 사상적 전회 과정은 이를 위한 입구가 될 수 있다.

新理想主義는 어대까지든지 積極的으로 人生을 肯定하고, 生命을 사랑하고 努力을 힘쓰는 것이다. 自然主義는 傍觀的이며, 意志를 버리고 感情보다도, 다만 現實을 客觀的으로 描寫하려는 데 比해서 新理想主義는 가장 堅實하고 참된 人生의 積極的 開放일 것이다. (…중략…) 實際로 우리 압헤는 큰 幻滅의 深淵이 가로 거처 잇는 것이다. 이것은 朝鮮 全民族의 生活이 그러한 까닭이다. 그럼으로 이 幻滅을 넘어서 비로소 健全한 人生 참된 生活을 잡게 되는 것을 나는 新理想主義라고 意味하엿다. 幸福에 싫증난 사람은 불행을 일부러 기다리고 暗面에 오래 잇스면 光明을 끗업시 기다리는것은 人類 歷史上으로도 明確한 事實이다.[12]

문학 활동 초기 「꿈의 나라로」, 「밤 하늘은 내 마음」, 「가을의 愛人」, 「月光으로 짠 病室」 등 감상주의적이고 퇴폐주의적인 시를 주로 창작

---

12 박영희, 「自然主義에서 新理想主義로 기우러지려는 朝鮮文壇의 最近 傾向」, 『開闢』, 개벽사, 1924.6, 96면.

했던 박영희가 문예 평론을 통해 이론적인 횡단을 꾀하는 도정에 있어서 중요하게 손꼽을 수 있는 전환의 지점은 '자연주의'를 넘어 '신이상주의(新理想主義)'로의 지향을 논했던 1924년 6월의 평론으로 생각된다. 물론 이 글 이전과 이후, 박영희가 『개벽』의 문예주임이 되어 문학평론 활동을 시작한 시점이나 그가 계급주의 문학 이론을 본격적으로 전개한 시점 등 그의 사상적 전회 과정을 설명할 수 있는 다양한 지점들이 존재하는 것은 사실이나, 그가 본격적인 계급주의 문학 이론을 구축하기 직전이라고 생각되는 1924년이라는 시점에서 박영희가 사상적 지향점으로 제시했던 '신이상주의'에 담겨진 함의[13]를 밝히는 작업은 중요한 시작점이 될 수 있다. 게다가 1924년에 박영희가 『개벽』 지면에 '아메리카 문학', '체호푸 희곡', '쏘드레르' 등 다양하고 파편적인 외국의 문학에 대한 소개 정도의 글을 써왔다는 사실을 감안하면 그 와중에 놓여있는 「自然主義에서 新理想主義에 기우러지려는 朝鮮文壇의 最近 傾向」이라는 평론은 그의 문예 사조에 대한 나름의 인식을 충분하게 보여주고 있다는 점에서 주목할 만한 것이다. 다만 과연 그가 쓰고 있는 '신이상주의(新理想主義)'라는 용어가 어떤 의미를 갖는 것인가 하는 문제는 불과 몇 페이지 되지 않는 이 글에서는 명확하게 파악해내기 어려우며, 그 개념 자체가 복잡하게 의미적으로 얽혀 있어 간

---

13 박영희가 '신이상주의'를 내세운 평론을 쓰기 전 『개벽』 44호(1924. 2)에서는 "現文壇의 世界的 傾向이라는 주제의 특집 아래, 러시아, 영국, 불란서, 독일, 미국, 중국 등의 문예에 대한 소개가 이루어졌는데, 여기에 필자로 참여했던 이관용(李灌鎔)은 德國(독일)의 현재 문예를 이상주의로의 귀환한 신이상주의의 도래로 파악하고 있다. 특히 유물론의 분위기에 질식하던 철학이 칸트 식의 신이상주의로 돌아가 정신적인 개조 및 발전으로 설명하고 있는 대목이 인상적이다. 이 특집에는 박영희도 참여하여 미국의 문예에 대한 글을 쓴 바 있었다는 사실을 감안하면 이후의 박영희의 평론에서 등장한 신이상주의란 이에 대한 일종의 반응일 수도 있을 것으로 보인다.

명한 이해를 얻기 어렵다. 이는 아직 확고하게 자신이 지향해야할 예술상의 사상이라든가 사조에 대해 명확하게 확보하지 못한 박영희 자신의 사상적 미숙 때문이라고 볼 수 있을 것이다. 그의 서술을 통해 보면 '신이상주의'는 맹목적인 모방의 시대를 넘어 생활과 환경을 가장 건전한 관찰과 지적 태도로 추구하려는 움직임[14]이며 생에 대한 소극적 비관주의, 즉 환멸을 넘어선 인생과 생활에 대한 이상주의적 추구를 의미하는 것으로 요약될 수 있다. 이러한 설명을 보면 박영희가 제시하고자 했던 신이상주의의 극복 대상은 바로 현실에 대한 객관적 묘사를 통해 환멸의 현실을 드러내고자 했던 자연주의라는 철학적 혹은 문예적 경향임이었음이 분명하다.

하지만 박영희가 제시했던 이 '신이상주의'라는 용어는 지금까지 학계에서 계급주의문학의 다른 표현으로 간주했던 것과는 달리,[15] 독일의 철학자인 루돌프 크리스토프 오이켄(Rudolf Christoph Eucken, 1846~1926)의 영향하에서 간출된 것이 아닌가 생각된다. 이 오이켄은 신칸트파에 속하는 철학자로[16] 특히 현대 사회의 사상적 현재를 자연주의와 이상

---

14 위의 글, 21면, "나의 新理想主義로 기우러 진다는 것은 由來에 나려오는 文學史에 잇는 新理想主義와는 意味가 좀 다른 것이다. 그럼으로 그들은 그의 生活과 그의 環境을 가장 健全한 觀察과 知的 態度로 마음 깊히 색이려는 때가 卽 現代이다."

15 백철은 『新文學思潮史』에서 박영희가 이 글에서 내세운 '신이상주의'를 그것에 담겨진 함의와 상관없이 계급주의 문예론의 다른 표현이었던 것으로 본다. 백철, 『新文學思潮史』, 신구문화사, 1983, 284면. 김윤식 역시 마찬가지로 '신이상주의'를 계급 사상으로 파악하고 있다. 김윤식, 앞의 책, 1994(6쇄, 초판 발행연도는 1973년), 285면. 물론 결론적으로 본다면 계급주의문학이 표방하는 리얼리즘이 한편으로는 자연에 대한 과학적 묘사와 더불어 도래할 세계에 대한 일종의 이상주의라는 성격을 함께 가지므로 원론적인 차원에서는 맞는 지적일 수도 있겠으나 이는 한참 뒤에 조선에 있어서 리얼리즘에 대한 이해의 수준이 임화에 의해서 확립된 이후의 결론(林和, 「寫實主義의 再認識」, 『文學의 論理』, 學藝社, 1940, 68~95면)으로 구축기의 논의에 적용하기엔 결과론적인 해석이 되고 말았다고 생각된다.

16 오이켄은 칸트의 이론을 통해 유물론자를 공격하고자 했던 유물론자이자 문화과학자로 주로 신칸트파로 분류되는 철학자였다는 사실을 당대에 출간된 다음과 같은 책에서 확인할

주의 사이의 대립구도로 이해하고 자연주의와 과학만능주의, 실증주의와 진화론 등 근대 과학이 낳은 일종의 근대적인 정신의 파산으로 이해하였다.[17] 이러한 자연주의와 이상주의의 사이에서[18] 오이켄은 정신주의적 철학이 나아갈 방향성을 확보하는 데 있어 과학적 진화론과 실용주의(pragmatism) 등 현대 과학주의적 경향의 영향을 긍정적으로 수용하고 극복하여 신유심론 혹은 신이상주의 등의 방향성을 향해 나아가고자 했던 것이다.[19]

수 있다. 渡部政盛, 『新カントの哲學とその教育學說』, 啓文社書店, 1922, 104~121면, 제4장 1절 '新理想主義(オイケン)の哲學とは何ぞ'의 내용을 참고할 것.

[17] ルドルプ オイケン, 鹿子木員信 譯, 『自然主義か 理想主義か』, 東京 : 慶應義塾出版局, 1914, 5~7면, 번역자 서문. "메이지 일본의 사상가, 식자는 실로 그 실증론적 유물론적 분위기를 일본에 이식했던 것이다. 그러나 메이지 문명의 근본적 경향이 서양 문명의 이식에 있었기 때문에, 그리하여 이식된 그 유물론적 분위기는 곧 메이지 문명의 사상적 공기가 되었다. 따라서 19세기 후반, 메이지 시대는 꽁트, 다윈, 스펜서의 천하였다. 진화론, 실증론, 과학만능주의, 자연주의적 경향이 색색으로 다양한 조류가 범람하는 바가 있었다. 그리하여 인생은 오직 외계 자연과의 교섭 관계에 그쳐 그 중심적 가치와 존엄을 잃었다. (…중략…) 자연과학자의 진영 그것의 가운데로부터 철학적 정신을 호소하는 소리는 이쪽, 저쪽에서 들려오기 시작했다." (번역─인용자)

[18] 위의 책, 55~66면. "과학적 연구는 자연적 과정을 분석하고 해부하여 그 선위(線緯)에 이르고 그 가장 작은 원자에 이르기까지 더욱 나아가 간단한 원자 운동의 법칙을 발견하거나 이에 확고한 기초를 의거하여 최후에 분해된 것을 진화론적 사상을 의거해 재차 서로 결합하고, 그래서 우리들의 눈앞에 하나의 전체로서 나타나 버렸던 것이다. (…중략…) 자연주의적 인생관에 대한 근본적 의혹은 주관적 고찰로부터가 아니라 실로 근세 문명 그것의 해부로부터 시작되어 온다. 이 웅대한 진보발달이 증명하고 있는 정신적 능력의 명백한 발현으로부터 시작되어 오는 것이다. 그것을 내적으로 보는 때에 과학적 기술적 자연의 정복 실제적 사회사업 등 어떤 것도 인간을 단지 자연물로 이해하는 정도로 해석하는 것은 가능하지 않다." (번역 · 밑줄─인용자)

[19] 李範一 譯, 姜邁閣, 『어이켄哲學』, 京城 : 朝鮮圖書株式會社, 1921, 16면. "生活의 變化와 科學思想 及 科學的 文明의 發達과 共히 浪漫的 思潮는 根底가 無한 空想으로 排斥을 受하게 됨으로브터 理想的 思潮도 其 價値와 權威를 失하야 一般의 傾向은 實證的 現實의 乃至 唯物的으로 變하야 科學萬能時代 及 自然主義時代를 生함에 至하얏나니라 (…중략…) 그러나 上述한 新唯物論 及 新理想主義는 一次 現實的 實証의 唯物的 思潮의 間隙을 通來한 것인고로 從來 意味와는 相違가 不無하니 卽 現實的 實証的 唯物的 文明의 眞髓를 攝取包容하얏스며 又는 此에서 超越한 意味에 對한 唯心的 及 理想的 思潮임으로 相違가 有하다 云한 것이라 換言하면 人生의 全體的 及 이 要求가 事實化됨에 其 根據를 有한 것이 未久에 現代의 新唯心論 及 新理想主義의 特色인즉." (밑줄─인용자)

즉, 당시 1913~1914년 무렵의 일본에서 이 오이켄의 저서들과 해설서들이 수도 없이 번역 저술되고 있었던[20] 배경은 이전 시기 일본의 문예 혹은 사상계를 휩쓸었던 자연주의 혹은 사회진화론 등의 근대과학과 관련된 지향들로부터 탈피하여 새로운 정신적인 지향을 찾아내고자 하는 과정으로 이해된다. 게다가 오이켄에 대한 관련 서적이 이미 1921년에 식민지 조선에서도 번역된 바 있었다는 사실을 감안한다면,[21] 이미 일본을 통해 서구의 예술과 철학계의 동향에 대해 이해하고 있던 박영희가 이러한 개념적인 용어 혹은 그러한 배치를 활용하고 있는 정황에 대해 납득하지 못할 바는 아니다. 하지만 그가 KAPF가 결성되기 1년 전인 1924년에 다름 아니라 '신이상주의'라는 결국 정신주의 철학의 한 방향성을 내세우고 있는 배경에 대해서는 아무래도 흔쾌하게 이해하기 어려운 것이 사실이다. 실제로 오이켄이 내세우고 있는 신이상주의는 결국에는 종교적 이상주의로 귀결되는 것이기 때문이다. 오히려 당시 이광수의 문학이 신이상주의로 불리던 사례가 있었다는 것을 감안한다면[22] 이 시기 박영희가 신이상주의를 사상 혹은 문예의 나아갈 바로 제시하고 있는 것은 아직 자신의 확고한 사상적 기반을 획득하지 못한 그가 일종의 사상적 착종 혹은 미숙에 빠진 결과이거나, 혹은 무언가 다른 배경이 있었던 것으로 볼 수밖에 없는 것이다.

---

20 당시 일본에서 출판된 오이켄에 관한 저술, 번역 등을 확인하면 지금 현재 확인 가능한 것만 살핀다고 하더라도 7~8종이 되며, 이 대부분이 1913~1914년에 집중적으로 출판되었다. 이를 보면 당시 일본에서 오이켄에 대한 관심은 베르크손(Bergson)에 못지않았거나 그 보다 높았다는 사실을 짐작할 수 있다.

21 李範一 역, 앞의 책, 이 번역본의 저본은 稻毛詛風이 쓴 『オイケン哲學』(東京 : 大同館書店, 1913)이다. 번역자인 이범일은 저자의 서문을 제외하고는 거의 충실하게 번역하고 있다.

22 赤駒, 「現實에 對한 反逆 : 春園의 所謂 新理想主義 文學 解剖」, 『時代日報』, 1925.12.7, 4면.

바로 말한다면, 결국 이때의 박영희에게는 아직 계급주의 문학에 대한 명확한 지향은 아직 존재하지 않았으며, 자연주의의 청산이라는 과제를 통해 과거 자신이 견지하고 있던 감상적인 낭만주의로부터 벗어나 일본에서 격렬한 논쟁을 거쳤던 자연주의의 문제를 벗어나는 문제가 다른 어떤 것보다 중요한 과제였기 때문이 아니었겠는가 하는 짐작이 가능하다. 이러한 짐작은 다름 아니라 오이켄의 철학이 당대 자연주의의 대안을 제시하는 데 가장 유효한 방법론으로 수용되었다는 사실을 보거나[23] 박영희가 이 무렵 쓴 글들이 대부분 러시아 문학에 대한 이해[24]를 통해 인생의 실제적 정신을 추구하는 경향을 드러내고 있다는

---

23 李範一 역, 앞의 책, 1~2면, "自然主義의 全盛時代는 임의 過去에 屬한지라『現實暴露의 悲哀』만으로써 人生의 全景을 삼을진대 現代人은 그 心理가 極히 熱烈한 要求의 火焰中에 燃燒될지라 彼等의 破壞는 建設을 爲하는 破壞요 彼等의 反抗은 征服을 目的하는 反抗임으로 彼等이 感하는 바 動搖과 不安은 다만 反抗 破壞에 對한 恐怖를 基礎로 삼음이 안이오 그 破壞와 反抗이 建設하는 征服의 目的을 達할 原動力이 되지 못할가 하는 憂慮로 브터 生起하는 不安과 動搖니라 一言으로 말하자면 眞摯한 現代人의 共通 苦悶은『要求의 苦悶』『創造의 苦悶』이 是라 如此한 意味에서 비로쇼 現代라는 것은 單純한 過渡時代만이 안이오 分明히 新時代 建設에 向하야 第一步를 進한『黎明期』라고 看做할 수 잇는 故로 우리는 우리 內心에 盛熾하는 要求와 理想의 火에 冷水를 注하야『잇는대로의 現實』만 보고 잇슬 수 업다 因循姑息, 懷疑 躊躇할 時期는 벌셔 生이 無한 過去에 屬하고 新希望과 新計劃과 新活動으로써 新生活의 途上으로 突進함이 可한지라 우리는 充分한 意味로『自己自身의 生活』을 할 때를 當하얏나니 우리는 自己를 革新함에 依하야 아울너 時代도 반듯이 革新할 것이다 現代 思潮의 中心 生命이 곳 此點에 在하니라" 위의 강조된 '현실 폭로의 비애'란 일본에서 출판된 저본에도 '現實暴露의 悲哀'로 공통된 것으로 시마무라 호게츠(島村抱月, 1871~1918) 등이 참여했던 자연주의 논쟁에서 한 부분을 담당했던 하세가와 덴케이(長谷川天溪, 1876~1940)의 동명의 평론「現實暴露의 悲哀」(『太陽』, 1908.1, 川副國基 解説,『近代評論集』I(日本近代文學大系 57권), 東京 : 角川書店, 1988, 231~243면) 제목에서 간출된 구절로 당시 일본에서 오이켄의 철학 자체가 자연주의에 대한 이해 혹은 부정·극복의 맥락에서 수용된 것임을 알 수 있도록 하고 있다.

24 朴英熙 編,「(開闢 創刊 四周年 記念號 附錄) 重要術語辭典」,『開闢』49, 개벽사, 1924.7, 8~9면. 박영희는 이 술어사전에 실린 '신이상주의'의 부분에서 이를 향락주의의 예술과 한 가지로 새로운 주관주의의 예술이라고 정의하면서 이 용어에 대한 이해를 어느 정도 선취하고 있음을 보이고 있다. 다만, 그는 이 신이상주의가 향락주의가 차별되는 지점을 인생에서 찾고 있고, 자연주의와 차별되는 지점을 '이상(理想)'의 존재에서 찾으면서 톨스토이를 신이상주의(내지 인도주의)의 대표적인 예술가로 거론하고 있다.

사실을 보면 확인되는 바 있는 것이다. 이러한 정황은 계급주의 문학의 성립 무렵에 대한 우리 문학사의 일반적인 전제와 달리, 박영희가 유물사관, 즉 역사적인 유물론을 수용하면서 계급주의 문예에 대한 확고한 이론가로 거듭나는 과정이 퍽 늦은 것이었을 뿐만 아니라, 결코 간단하지 않은 여러 내적인 단계들을 경험하지 않으면 안 되었다는 사실을 분명하게 보여주고 있다.

3. 인생이냐? 예술이냐?
마르크시즘 예술론의 수용에 이르는 사상적 도정

자연주의와 이상주의, 근대 과학이 남긴 실증적이고 객관적 태도와 정신주의적 관념론 사이에서 1924년 무렵 박영희가 선택했던 방향성이 일단 부르주아의 유산으로서 파산한 자연주의를 거부하고 인생에 대한 긍정을 통해 새로운 이상주의로 나아가고자 했던 것이라는 사실이 앞장에서 살핀 바이거니와 식민지 조선 사회가 가장 결핍하고 있었던 것이 바로 과거로부터 현재에 이르는 발전 과정을 통해 획득되는 역사성이었다는 그의 인식[25]을 고려한다면, 1920년대 초, 한때 낭만주

---

25 懷月, 「自然主義에서 新理想主義로 기우러지려는 朝鮮文壇의 最近 傾向」, 『개벽』, 1924. 2, 94~95면. "朝鮮은 무엇이든지 남에게 뒤젓든 것은 事實이엿다 科學에, 工學에, 商學에, 哲學에, 文學에ー이 모든 것이 가장 이 二十世紀에 잇서서 말할 수 업시 뒤떨어진 것이다. (…중략…) 文學上 思想 變動도 우리가 우리 個性에서 深刻한 眞理를 엇기 前에 말도 못하는 이해

의자였던 그가 자연주의를 거부하고 다음의 역사적 단계의 사상적 성취로 나아가고자 했던 내면적 정황은 충분히 이해될 수 있다. 다만 그러한 사상의 도정에 있어서 어떤 경로를 밟아 프롤레타리아 계급의 예술적 지향으로 나아가게 되었는가 하는 것만큼은 해명되지 않으면 안 되는 과제가 된다. 우선 박영희가 신이상주의적 가치 아래 발견한 것이 다름 아니라 '인생의 실제 생활'이라는 지향이다.

> 넷날 사람들의 徹底한 主張이 만일 "文藝가 그 얼마나 生活에 影響을 주는지 보아라!" 하엿스면 그것은 現代사람에게는 한 參考書에 잇는 말에서 더 지내가지 안는다. 넷날 사람들의 藝術家는 美的 生活의 圖案家나 그러치 안으면 生活이 넉넉한 사람의 空想的 娛樂 創設者인 것이다 보아라! 惡魔派의 藝術이 人間 生活에 큰 影響을 준다면 무엇이며 人道主義 作品이 쏘한 生活에 큰 影響을 준다는 것은 무엇이냐? (…중략…) **惡魔派의 藝術도 人間 生活에서 나온 것이고, 人道主義의 藝術 쏘한 人間 生活에서 나온 것이다. 그러나 變하여 가는 生活意識으로 말미암아 그것들은 實際를 일허 버리고 娛樂이 되어 버리고 만 것이다.**[26]

에게 外國語를 들려 주는 것과 가치 여러 가지 日本의 思想 變動이 마음 알는 朝鮮에 影響되는 것이 다투지 못할 事實이다. 우리에게는 그들보다 다른 民族이며 우리는 그들보다 다른 情趣를 가젓스며, 깁흔 苦痛도 남달리 가젓스니 哀傷도 다르고 環境도 다른데 不顧하고 文學의 自記 環境과 生活과의 密接한 關係를 不顧하고, 남의 먼저 간 사람의 思想을 싸르기에도 밧벗든 것이다. 다시 말하면 아즉것 憧憬의 眞美를 맛보기 前, 남의 自然主義를 輸入하엿고 남의 深刻한 自然主義를 맛보기 前에, 쏘 남의 理想主義에 싸라나려는 模倣的 生活도 하엿든 것이다." (밑줄—인용자)

26 朴英熙, 「朝鮮을 지내 가는 예너스: 눈에보이는대로-생각나는대로」, 『開闢』 54, 1924.12, 120면.

위의 인용에서 박영희는 모든 종류의 예술 인간 생활에서 나온 실제에 기반하고 있다는 요지의 발언을 하고 있지만, 그가 사용하고 있는 이 '실제'라는 개념은 그 의미가 지칭하는 범위가 너무나 넓어서 이미 확립되어 있는 어떤 단일한 개념으로도 치환되지 않는다. 이는 소박한 인도주의의 표현으로 생각될 수도 있고, 공상적인 이상주의에 대응되는 유물주의로 생각될 수도 있으며, 하물며 반대로 '참된 인생'이라는 일종의 초월적 이상성을 담보하는 가치를 향한 이상주의적인 움직임으로 생각되기도 하나 어느 것 하나 정확한 어감으로 와 닿지 않는 것이 사실이다. 파산한 자연주의의 부정으로부터 인생, 혹은 실제적인 생활을 지향한다는 태도의 모호성은 유심 / 유물, 예술 / 인생 등 새롭게 착종될 여지를 갖는 수많은 접점들을 파생시키고 있는 것이다.

오히려 이러한 박영희의 지향은 팔봉 김기진이 클라르테 운동에서 벌어진 바르뷔스와 로망 롤랑의 논쟁으로부터 끌어와 쓰고 있는 '정신주의'와 '실제주의'로 구분되는 개념들을 통해서 보다 분명한 이해의 실마리를 얻을 수 있다. 즉 김기진은 '실제주의'를 바르뷔스의 그것, 즉 현대 사회 조직과 데카당스 등의 부르주아 문화를 근본적으로 파괴하는 실제적 현실 혁명을 지향하는 개념으로 쓰고 있고, 이에 비해 정신주의는 로망 롤랑의 그것처럼 예술의 독자적인 영역을 정치나 사회, 경제 등의 계급 개념에 환원하지 않으려는 '현실 회피의 고독한 자유정신주의'를 가리키는 것으로 쓰고 있다.[27] 따라서 김기진의 설명에서

---

27 金基鎭, 「클라르테 運動의 世界化」, 『開闢』 39, 1923.9, 16면, "精神主義와 實際主義가 세계적으로 논의된 사실은 최근의 클라르테運動의 分裂에 대해서 안리 · 빠르뿌-스와 로맨 · 로-란과의 論爭이엿섯다. (…중략…) 빠르뿌-쓰의 主義 즉 藝術이 制限당하는 사회적 조건을 가지고 잇는 현대의 모든 사회를 부정하고서 藝術을 生의 本然한 자유의 길로 解放식이기 위해

등장하는 '실제주의'란 당연히 유물사관의 확고한 정립을 통한 계급투쟁을 의미하는 것이었다면, '정신주의'는 실제로는 예술지상주의로 지칭되었어야 할 것이었다. 아마도 이는 박영희에 앞서 유물사관에 대해 어느 정도 이해를 구하고 있던 김기진이 계급투쟁과 관련된 유물론적인 견해를 드러내기 위해 정신 / 실제라는 이항대립을 강조하고자 하는 의도를 실현한 결과였을 것이다.[28]

따라서 김기진의 정신과 실제 사이의 다소 분명한 개념적 이항대립에 비한다면, 박영희의 '인생의 실제 생활'이라는 예술이 추구해야만 하는 아직은 모호한 것에 지나지 않았다고 생각된다. 박영희의 예술론은 아

서 제일 첫재 먼저 현대사회組織과 떼카단익크·뿌르즈와 문화의 根本的 破壞를 하고자 하는 實際的 現實革命과 로맨·로-란의 『藝術』은 절대적 자유 우에 스천 것임으로 社會的 環境에 支配되지는 안는 것이다. 그럼으로 우리는 뿌르즈와 階級에 부축이 된다든지 新興 프로레타리아 계급에 아첨한다든지 할 필요가 절대로 업다. 우리는 絶對的 자유를 尊奉하고 奴隸의 境地를 마음으로 실혀하는대 안리·빠르뷰-스는 프로레타리아 階級 압헤 무릅을 꿀는 것과 갓흔 社會革命의 宣傳者 이상을 지나지 못한다. 우리는 藝術家다. 그럼으로 枝葉의 문제인 政治運動 혹은 社會運動 더한층 떠러저서 經濟運動 갓흔 운동 속에 참예하는 것을 진심으로 절대로 질겨워하지 안이한다』하는 現實廻避의 孤獨한 自由精神主義와의 衝突이「클라르테運動」의 分裂을 이르키게 된 원인이다."

28 김기진이 프랑스의 클라르테 운동을 소개하기 전에 쓴 「Promeneade Sentinental」의 다음과 같은 대목은 그가 마르크스의 유물사관을 예술에 도입하는 문제에 대해서 어느 정도 분명한 인식을 얻고 있었을 뿐만 아니라 오히려 그러한 계급적 구분과 제도를 거부하고 예술 본연의 가치를 생명력의 추구에서 찾고자 하였다는 사실을 알 수 있도록 한다. 아래에 해당 부분을 인용한다.
金基鎭, 「Promeneade Sentinental」, 『開闢』 37, 1923.7, 87~88면. "現代의 文學은 唯物史觀 우에 섯다. 唯物史觀에 多少의 誤診가 잇다 하더래도 우리는 唯物史觀의 眞理를 否認하지는 못한다. 맑쓰나 엥겔쓰의 일이나 투루게네-푸나 또스토이예푸스키-의 일이 그 距離가 果然 얼마나 멀 것이냐. (…중략…) 現今의 朝鮮과 가티 支配階級과 被支配階級이 分明하게 區分된 곳에서 正當한 意味의「生의 本然한 要求의 藝術」을 바란다는 일은 可望도 업는 일이다. 엇재 그러냐 하면 現今의 朝鮮人의 生活組織은 이와 가티 우리의 生活意識을 決定하고 잇는 까닭이다. / 이와 가튼 階級制度 아래에서는 文學이 업다. 藝術이 업다. 萬若에 잇다하면 그것은 文字뿐이겟고 껍데기뿐일 것이다. 靈性을 敎化할만한 文字를 어대서 차저보며 '生命'이라는 '힘'을 어듸서 어더 볼 수가 잇스랴. 다만 보이는 것이 허허 벌판에 날거빠진 塔과 無氣力한 哄笑와 骸骨뿐이다. (밑줄-인용자)

직은 당시에는 이미 구세대에 속했던 이광수의 소박한 의미의 예술과 인생의 관계에 대한 논의[29]와도 구별되는 바를 찾기 어려운 것이다. 박영희가 1925년 1월경, 『개벽』에서 열린 '이광수론' 특집에서 강하게 그를 비판했던 맥락은 바로 이와 연관된 것이었다고 생각된다. 박영희로서는 자신이 내세운 예술적인 지향이 갖는 독자적인 정체성을 확보하기 위해서는 이광수의 그것과 확실하게 구별할 필요가 있었기 때문이다.

勿論 그의 藝術은 藝術을 위한 藝術은 안이다. 黎明期를 爲한 藝術며, 自由戀愛를 爲한 藝術이며, 朝鮮 敎育을 爲한 예술이며 坐한 德을 爲한 藝術이엿다. 그러나 그러케 나가다가 이런 말들을 볼 수 잇다. "人生의 最高의 理想이 무엇이냐? 人生의 生活 自身을 全部 藝術化함이외다. 그의 생각도, 行動도, 衣食住도, 社會도, 村落도, 都會도, 全部 藝術化함이외다. (…중략…) 그래서 朝鮮 全體를 藝術化하고 世界 全體를 藝術化하자!" 하는 말을 그의 「藝術과 人生」나라는 論文에서 볼 수 잇다. 黎明期의 空想的 藝術性이 아니면 무엇이랴? 나는 얼른 와일드의 唯美主義를 聯想하엿다. 그의 藝術化라는 것은 道義化한 藝術이나 或일은 愛化한 藝術일 터이지? 그러나 衣食住의 藝術化라는 것을 보면 아모리 해도 唯美主義化한 藝術일 것이 分明하다. (…중략…) 이러한 意味에서 氏의 朝鮮的 藝術은 虛無한 말이 되고 말엇다. 이것만 보아도 氏의 黎明期의 藝術이 그 얼마나 現今에 잇서서 空想的 頑古인 것을 發見할 수 잇는

---

29 京西學人, 「藝術과 人生(未定稿), 新世界와 朝鮮 民族의 使命」, 『개벽』 19, 1922.1, 4면, "각 개인이 행복되랴니 인생의 예술화가 필요하고 각 개인이 사회적 생활을 하랴니 인생의 도덕화가 필요한 것이외다. (…중략…) 인생의 생활을 예술화하되 도덕적으로 한다면 인생의 생활은 예술이 되고 말고, 또 인생의 생활을 도덕화하되 예술적으로 한다면 인생의 생활은 도덕이 되고 마는 것이외다."

것이다. 쪼다시 그의 '藝術化'가 或 '理想化'란 뜻인지도 몰으겟다. 쪼한 '굵은 線의 藝術'이라는 것은 무엇인가? 로맨 · 로란의 「쟌 · 그리스토퍼」와 가튼 藝術을 말함인가? 그러치 안으면 빠르비유스의 「地獄」과 가튼 것을 말함인가? 그의 藝術은 그러치도 안타. 어듸싸지든지 唯心的, 理想的의 美를 憧憬하엿다. 勿論 그 美란 것은 德化한 것을 말할 터이지.[30]

 여기에서 박영희는 이광수의 예술을 두고 예술을 위한 예술은 아니라고 판단하고 있지만, 그렇다고 해서 그의 예술을 인생을 위한 예술로 규정하고 있지도 않다. 이광수의 예술을 '인생을 위한 예술'이 아니라, 굳이 '여명기를 위한 예술, 자유연애를 위한 예술, 조선 교육을 위한 예술, 덕을 위한 예술' 등으로 설명하고 있는 박영희의 태도는 이광수의 예술관과 자신의 예술관 사이에 분명한 구분을 의식한 것임에 틀림없다. 나아가 박영희는 이광수의 문학을 여명기의 공상적 예술성, 나아가 유미주의화한 예술로 평가하는, 약간의 무리를 범하고 있다. 물론 그러한 평가 자체가 아예 터무니없는 것은 아니다. 그가 이광수의 예술론을 통해 오스카 와일드의 맥락을 떠올리는 배경은 일전의 글에서 '실제 생활' 혹은 '실제적 정신'의 개념 내용을 충족하기 위해서 오스카 와일드를 인용하여 그의 생활을 둘로 나누어서 하나를 공상적 유미주의로 다른 하나를 일종의 실제적 정신으로 파악했던 판단의 연장선에서 이루어진 것이기 때문이다.[31] 결국 여기에서 박영희가 이광수의 문학을 유미주

---

30 朴英熙, 「(李光洙論) 文學上으로 본 李光洙」, 『開闢』, 1925.1, 88~89면. (강조―인용자)
31 朴英熙, 「朝鮮을 지내 가는 베너스: 눈에보이는대로-생각나는대로」, 『개벽』, 1924.12, 123면. "唯美主義이엿든 오쓰카 와일드의 生活을 二部分으로 난호아서 前者를 夢想的이라 하고 後者를 實際的이라고 하고 십다. 만일 와일드가 獄中 生活을 하지 안엇다면 그의 實際的 生活

의라고 비판하는 근거는 한편으로는 그의 예술이 노동자에게는 아무런 기쁨을 줄 수 없고 오직 유산계급(부르주아지)에 관련된 내용을 다루고 있다는 판단[32]에서 비롯되는 것이다. 결국 박영희가 이광수를 비판하는 바로 이 대목이 중요한 까닭은 이것이 일전에 그 자신이 내세웠던 인생 혹은 생활의 실제의 추구라는 예술적 방법론이 '예술을 위한 예술'과는 확연하게 구분되는 '인생을 위한 예술'이라는 전체적인 지향 내부에서 이광수와 구분되는 변별적인 특징을 획득하기 위한 시도가 된다는 사실 때문이며, 결국 그 변별적인 특징으로 등장한 것이 바로 '계급'이라는 구분이었기 때문이다. 박영희는 이광수에 대한 비판에 이르러 자신의 예술적인 지향을 특정하는 과정에 이르러서야 계급이라는 범주를 끌어들이고 있는 것이다. 지금까지의 다소 유보적인 태도에 비한다면, 이 대목은 박영희의 예술론에 있어서 마르크시즘을 내면화하면서 유물사관의 본격적인 수용으로 나아가는 단초가 된다.

을 몰랐슬 것이다. 다만 아름다운 것으로만 世上의 모든 것을 맛보려든 그는 獄中에서 비로소 人間生活의 悲愴한 狀態를 發見하엿다. 唯美主義란 勿論 有産者의 娛樂이다. 美가 哲學이고 美가 永遠이 남는 唯一한 快樂이라고 써들든 그가 監獄에 들어 가자 그는 「繁榮과 快樂과 成功은 粗雜하고 平凡한 要素라 하면 悲哀는 모든 創造物의 가장 쎄닷기 쉬운 것이다.”

32 朴英熙, 「(李光洙論)文學上으로 본 李光洙」, 『開闢』, 1925.1, “만일 氏가 우에 말한 그 理想을 가젓다 하면 氏의 엇더한 作品이 勞働者에게 그와 가튼 快樂을 줄 수 잇슬싸? 그의 作品인 正反對의 有産階級의 戀愛 發生의 道程 뿐이엿다.”

4. 유물사관의 과학성과 과학적 이상주의 사이의 딜레마

: 계급주의 문학의 '방향전환'에 이르는 길

이상과 같은 과정을 살펴보게 되면 박영희의 초기의 사상적 전회 과정이란 우리의 지금까지의 문학사적인 인식과는 달리, 단편적이거나 단순하지 않은 비연속적 국면을 이루고 있다는 사실을 파악할 수 있게 된다. 즉 파산한 근대적 자연주의로부터의 탈피를 위해 신이상주의를 지향했던 시작으로부터, 인생의 실제 생활의 추구라는 이념적 기치를 통해, '인생을 위한 예술'을 지향하고 있다고 말할 수 있었던 이광수의 예술관과의 변별을 획득하기 위한, 사상적 막다른 길에서, 그가 추인하는 형태로 '계급'이라는 판단의 범주를 끌어들이고 있는 그의 고민의 흔적들은 단지 그가 환영하듯 모더니티의 시간적인 구조가 만들어낸 낙차를 통해 계급주의 사상을 흡수한 것이라기보다는 그 속에 나름대로의 심리적 고투의 과정이 존재했었다는 사실을 보여주고 있다는 점에서 무엇보다 인상적이다. 식민지 조선의 근대 초기 예술을 지향했던 지극히 감상적이었던 낭만주의자였던 그가 계급투쟁과 프롤레타리아의 혁명을 중심으로 하는 마르크스의 역사적 유물론을 받아들이면서[33] 이를 자신의 예술에 대한 신념으로 바꾸는 과정에는 그리 간단하

---

33 朴英熙, 「(階級文學是非論)文學上 公利的 價値 如何」, 『개벽』, 1925. 2, 52면. "階級과 階級이 分類되는 째에 文學 뿐이 團結을 가질 수 업겟고 階級과 階級이 鬪爭하는데 文學 뿐만이 平和를 維持할 수 업는 사실로써 이에 階級文學이 分類되는 것이니 하나는 쑤르즈와文學 하나는 푸로레타리아文學이라. 이에 階級鬪爭으로써 생기는 無産意識의 革命的 思想이 時代精神이라면 이 時代精神의 文學의 公利的 部分은 無産階級文學의 革命的 使命일 것이다. (밑줄—인용자)

지 않은 시대정신에 대한 이해와 이전 세대 예술과의 변별성 획득이라는 절박한 태도가 개입해 있었다는 사실을 간과해서는 안 될 것이기 때문이다.

이후 1925, 1926년에 쓴 글들에서, 박영희는 좀 더 적극적으로 마르크스의 유물사관을 받아들여 도래할 역사에 대한 필연성을 낙관적으로 드러내는 방향으로 변모하고 있다. 이는 비로소 박영희가 완전하게 사상적 전회 및 구체화를 이루었다는 사실을 알려주는 것이거니와, 이러한 역사적인 전망은 이 무렵 그의 문장 중에서 상투적으로 등장하는 '진화'나 '과학', 혹은 '필연성' 등의 단어를 통해 보면 충분하게 확인할 수 있다.[34] 결국 박영희로 하여금 계급투쟁을 동력으로 한 마르크스의 유물사관, 즉 역사적 발전의 필연성에 대한 신념을 통해 계급문학의 성립으로 이끈 것은 바로 '진화'에 대한 과학적인 신념과 도래할 역사의 필연적인 조건이었던 것으로 생각된다. 이는 『開闢』의 지면에서 박영희가 「중요술어사전」이라는 제목으로 예술, 사상 관련 단어들에 대한 단어들의 의미를 정리할 때, '유물사관'에 대해 정리했던 내용과 그리 다르지 않다.[35] 다만 여기에서 박영희는 '유물사관'이란 인류의 역사를

---

34 朴英熙, 「苦悶文學의 必然性: 問題에 對한 發端만을 論함」, 『개벽』, 1925.7, 62면. "文學은 그 時代에 處한 民族의 生活이 進化的 意識을 無意識 中에 包含하여 가지고 그 理想을 欲求하려는 한 手段이며, 그 生活에 對한 感情과 情緖를 純化케하려는 機能을 所有하엿다. 그런故로 그 時代 사람들의 生活 狀態가 自由스럽고 豊饒할 때에는 文學은 그들의 情緖 享樂의 한 機能을 發揮할 것이며, 民衆의 生活이 蹂躪을 當하고 不自由하고, 不完全한 制度에서 壓迫을 밧고 呻吟할 때 文學은 暴雨와 가티 雨雷 가티 强烈하고 潑刺한 活動을 그 價値에서 보게 되는 것이다."

35 朴英熙 編, 「(開闢 創刊 四周年 記念號 附錄) 重要術語辭典」, 『開闢』 49호, 개벽사, 1924.7, 6~7면. "唯物史觀(Die Materialische Geschtsauffassung) 人類의 歷史를 物質的 方面, 卽 經濟關係의 生産的 現象으로섄 解決하려는 것, 自然科學 特히 進化論을 두고, 그 根據를 삼으려는 것은 勿論이고, 物質的, 機械的 人生觀이 一步를 나아가서 人類生活一般의 發展, 卽 社會的 變化, 政治的 變遷을 모도 다 物質的 原因으로부터 說明하려고 한다. (…중략…) 짜윈의 進化論은

경제 관계들의 생산적 현상이며 그것이 과학적인 까닭은 바로 진화론에 근거를 두고 있기 때문이라고 쓰고 있다. 나아가 다윈의 진화론에서 제기한 생존을 위한 경쟁, 종족번식을 위한 경쟁이 역시 인류의 역사의 근본 동력이므로 역사의 과정에서 진화는 필연적인 과정이 된다는 것이 그가 유물사관에 대해 이해하고 있는 바이다. 이렇게 진화론의 프레임을 통해 유물사관의 과학적 필연성을 이해하고자 했던 박영희의 인식 수준은 식민지 조선에서 마르크스의 사회주의가 도입된 이후,[36] 이를 소개했던 여러 논자들의 평균적인 인식에 해당했던 것으로 그리 놀라운 일은 아니다. 당시 박영희가 유물사관에 대해서 얻고 있었던 이와 같은 이해는 일본에서 초기 마르크시즘을 논했던 대표적인 학자들이었던 가와카미 하지메(河上肇, 1879~1946)와 사카이 토시히코(堺利彦, 1871~1933) 중 후자의 인식과 통하는 것이었다. 사카이 토시히코는 일본에서 진작부터 '사회주의'의 경제적인 관계를 설명하면서 이를 다윈의

食物에 對한 競爭과 生殖에 對한 競爭이 모든 生物進化의 根源이라고 하엿스나, 이 唯物史觀도 이 2個의 條件을 一般人類가 活動하는 歷史의 根本이라고 한다. 얼는 말하면 唯物史觀은 有機的 自然界에 잇는 進化의 法則을 곳 人類發達의 歷史에 適用한 것에 不過하다. 따라서 歷史의 過程에는 進化에 잇는 同一한 必然性이 잇고 移動할 수 업는 決定條件이 잇다." (밑줄―인용자)

36 孫斗煥, 「社會主義研究(二) : 科學的社會主義」, 『獨立新聞』, 1920.6.1, 4면. "社會主義는 맑쓰에 依하야―大變化-進化―를 遂하엿다. 맑쓰에 依하야 空想的이던 社會主義가 科學的으로 進化하엿다. 맑쓰以前의 社會主義―特히 近代的 社會主義―는 現代 經濟組織을 改造하야 新社會를 建設하랴는 點에 이르러 맑쓰主義와 別로 달은 것이 업지만은 前者는 오직 社會改造를 希望하엿슬 뿐이오 後者는 社會改造를 必然한 歷史的 運命이라고 判定하엿다. (…중략…) 社會主義社會의 實現될 條件은 발셔 資本主義社會의 母胎內에 長成하엿다. 이 社會가 退職을 不望하는 以上 資本主義社會는 必然코 倒壞한다. 이것을 科學的으로 證明한 것이 彼의 平生의 大著 「따스. 카피탈」(資本論)이다. (…중략…) 맑쓰以前에는 社會主義의 思想은 잇섯다 할 수 잇스나 社會主義의 科學은 업섯다 社會主義의 經濟學은 업섯다. 資本主義의 倒壞性을 科學的으로 解說하고 社會主義의 實現性을 經濟學上으로 證明한 것은 맑쓰의 偉大한 곳이다. 그럼으로 맑쓰以前에도 만흔 社會主義者가 잇섯건만은 맑쓰를 가르쳐 社會主義의 元祖라고 하는 바다." (밑줄―인용자)

생존 경쟁, 자연 도태 등의 진화론적인 구도와 관련지으려 하면서 일본에 있어서 마르크시즘 유물사관의 사상적 성격을 설명하는 데 큰 역할을 하였던 것이다.[37] 또한 『開闢』 40~45호(1923.10~ 1924.3)에 걸쳐 번역된 그의 글 『社會主義學說の大要』는 이후 식민지 조선의 마르크시스트에게도 유물사관에 대한 인식의 구도에 있어서도 중요한 영향을 끼쳤다. 그는 특히 다윈의 진화론이 최초에는 자본가들의 이데올로기로 이용되어 특히 스펜서류의 사회진화론, 즉 사회의 진보향상을 위한 적자생존, 자연도태의 당위성을 강조하는 부르주아지의 정신주의적인 근간을 이루었다고 비판한 뒤, 마르크스의 유물사관은 근본적으로는 진화에 대한 입장이 같았지만 진화의 방향성을 새롭게 부여하고 그 발전의 동력을 계급투쟁으로 새롭게 설정한 마르크스에 의해 역사의 새로운 의미가 부여된 것으로 이해했다.[38] 이는 앞서 박영희가 정리한 유물사관의 정의에 정확하게 부합하고 있는 것으로 그의 유물사관의 이해가 다름 아니라 사카이 토시히코를 경유한 이해에 해당하는 것임을 알 수 있도록 하는 대목이 된다.

당시 박영희가 수용하고 있었던 유물사관에 대한 이해가 어떠한 위상을 갖고 있었으며 어떠한 영향 관계를 형성하였는가 하는 바를 확인하기 위해서는 당대 일본에서 마르크시즘에 대한 이해와 수용 과정을 다소나마 확인하지 않으면 안 될 것 같다. 위에서 요약한 마르크스의 유물사관에 대한 사카이 토시히코의 견해는 유물사관을 진화의 단계 상

---

37 堺利彦·森近運平·高島米峰, 『社會主義綱要』, 鷄聲堂, 1907, 135~168면.
38 사까이·도시히꼬 강연, 「社會主義와 資本主義의 立地 : 社會主義學說大要(其二)」, 『開闢』 41, 1923.11, 36~43면. '階級鬪爭과 進化論(續)', '社會主義와 資本主義의 立地'를 참고할 것.

혁명을 통한 프롤레타리아 독재 상태의 필연적인 도래로 파악하면서, 메이지 초기 가토 히로유키(加藤弘之, 1836~1916)가 내세웠던 우승열패의 사회진화론의 대안으로, 생존경쟁 대신 상호부조를 내세운 크로포트킨의 이론을 이어[39] 계급투쟁을 기본 동력으로 하는 마르크스와 엥겔스의 과학적 사회주의를 다음 단계로 상정하는 간명하고도 명확한 역사적인 진화에 대한 일관된 해명을 가능하게 한다는 장점이 있었으며 진화의 동력으로서 생존 경쟁의 대상을 어떻게 설정하느냐 하는 문제에 따라 기존의 세계관에 균열을 내는 과학적 세계관으로 효과를 발휘할 수 있었다. 하지만 그의 이러한 해석은 당대 일본에 있어서도 마르크시즘의 역사적 유물론(유물사관)의 과학성을 지나치게 단순화하여 과학적인 이상주의로 떨어뜨렸다는 비판에 직면하지 않을 수 없었다.

특히 사카이 토시히코의 유물사관에 대한 당대의 비판은 주로 칸트주의자들에 의해 시작되었는데 특히 그들의 비판의 요점은 유전이라는 과학적인 현상을 해명하고자 했던 다윈의 생물학, 즉 자연과학의 원리가 곧바로 전혀 다른 영역에 속하는 정치학적 현상을 설명하는 데 있어 일종의 논리적인 비약이 발생하지 않을 수 없다는 사실을 향해 있었다. 예를 들어 우치다 쿄우손(土田杏村, 1891~1934)은 1921년에 쓴 『文化主義原論』에서 사카이 도시히코가 설명하는 유물사관이 갖고 있는 이상주의적인 성격을 비판하면서 그가 에른스트 헤켈(Ernst Haeckel,

---

39 사카이 도시히코가 편집하고 야마카와 히토시(山川均, 1880~1958)가 비교적 초기에 쓴 『動物界の道德』(平民科學 4編, 有樂社, 1908)에서 야마카와는 다윈의 진화론에 대한 관심과 더불어 이러한 진화론이 러시아의 동물학자인 케슬러의 영향을 받아 크로포트킨이 내세운 상호부조론으로 이론적으로 진화해나갔다는 사실을 설명하고 있어 사카이 도시히코와 야마카와 히토시의 사상적 기반이 어떻게 형성되어 간 것인지 확인할 수 있도록 하고 있다.

1834~1919)의 일원론과 마찬가지로, 칸트가 이미 이성과 오성으로 나누 었던 존재(在る)와 가능(可き)[40]의 영역적 구분을 넘어서면서 생물학으 로부터 윤리학으로 비약하고 있다는 사실을 비판적으로 지적한다. 이 는 말하자면 유물사관이 내세우고 있는 과학성이란 실제로는 엄밀한 과학으로서의 성격을 의미하는 것이 아니라 사회진화론의 그것과 마 찬가지로 과학적 이상주의에 다름 아니었다는 비판에 해당하는 것이 다.[41] 결국 이는 마르크스의 유물사관이 한편으로는 진화론의 지지를 받으면서 엄밀한 자연과학적 세계관으로서 표상되었으면서 다른 한 편으로는 결국 가와카미 하지메가 예민하게 반성하고 있는 것처럼[42]

---

40 우치다 쿄우손[土田杏村], 『文化主義原論』, 內外出版, 1921, 372~373면. 여기에서 우치다는 칸트의 『판단력 비판』으로부터 인용하여 자연개념과 자유개념을 구분하고 다시 이들 각각 이 전자는 오성 개념과 존재 개념, '다(在る)'의 개념과 관련되고, 후자는 이성의 개념과 당위 의 개념, '가능하다(可き)'의 개념과 관련된다는 사실을 보이고 있다. 이후 이러한 개념을 사 용하는 데 있어 문맥에 따라 번역하고 원문을 덧붙인다.

41 앞의 책, 391면. "유물사관이 철두철미 존재(在る)의 교설이었고 가능(可き)의 교설은 아 니었다고 한다면, 당시의 학계의 추세로부터 그 존재(在る)의 법칙은 또한 자연과학적으 로 존재한다는 법칙이었던 것도 극히 명료한 것이다. 금일에 있어서는 '존재(在る)'와 '가 능(可き)'의 중간에 있음과 가능(可き)이 마주치는 의미의 세계를 만들고 이곳에서부터 광 의에 의해서 '존재(在る)'의 교설이라고도 볼 수 있는 문화과학의 한 (분과)과학을 설정했다 고 하더라도 당시에 있어서는 '존재(在る)'라고 말한다면 자연과학적으로 존재하는 외의 '존 재(在る)'는 없는 것이었으므로 필연적이라고 말한다면, 자연 필연적, 과학적이라고 말한다 면, 자연과학적으로 정해져 있었다고 말해도 된다. 그렇다면, 결국 맑스의 유물사관은 '가 능(可き)'의 교설이 아니라 '자연과학적으로 존재한다'의 교설인 것이 분명하다고 정해진 다."(번역·밑줄―인용자) 우치다는 이 부분에서 유물사관이 최초에 이론적으로 정립될 때 바로 자연과학적 필연성을 강조하였다는 사실을 환기하고 있다. 그는 결국 자연과학으로 서 정립된 유물사관이 종교적 이상주의로 흐르게 되었다는 비판을 의도하고 있는 것이다. 이를 위해 그는 같은 장의 앞부분에서 당시 유물사관을 주장하는 사람들의 태도를 우치무 라 칸조(內村鑑三, 1861~1930)의 종교적인 맹목과 비교하고 있기도 하다. 위의 책, 365~419 면.

42 가와카미 하지메[河上肇], 「唯物史觀と理想主義」, 『社會問題硏究』 11, 同人社, 1919.12, 365~372면. "나는 대체로 맑스의 유물사관을 시인하는 사람이다. 그러나 한편으로 유물 사관을 따르면서, 다른 편으로 이상(理想)을 말하는 것은, 명확하게는 하나의 자가당착 이라는 비난이 있다. (…중략…) 지금 유물사관은 우리들에게 향해 사회조직 진화의 법칙 을 가르치는 바의 것이다. 그렇다고 하면, 사회조직의 개조를 희망하는 사람들이라면서 헛

그것이 엄밀한 과학이 아니라 과학적인 이상주의라는 근거 없는 정신주의적 믿음의 영역에 속해있는 것이라는 비판을 받을 여지가 있었다는 사실을 보여준다.

박영희가 계급주의 문학론을 통해 계급투쟁과 유물론적 사고를 근본동력으로 하여 프롤레타리아 사회로의 진화의 필연성을 설명하고자 하는 맥락 속에도 앞서 살핀 일본의 사카이 도시히코와 그의 영향 아래 더 나아간 야마카와 히토시, 그리고 다른 한편에 존재했던 가와카미 하지메가 주로 고민하고 있었던 마르크시즘 유물사관의 과학과 과학적 이상주의 사이의 딜레마가 마찬가지로 존재하고 있었다고 볼 수 있다. 예를 들어, 1926년 초 박영희가 염상섭과 논쟁을 벌일 때, 그가 염상섭이 제기한 건전한 정신과 사상을 통해 전개되는 문학론을 낭만파의 공상적 열정이라 일소에 붙일 수 있었던 것은[43] 자신이 내세운 계급주의 문학이론이 계급에 근거한 철저한 현실 인식과 이론적인 과학에 근거한 것이라는 확신 때문이었다. 당연하게도 계급에 근거한 철저한 현실 인식이 유물론에 대한 이해에서 비롯한 것이라면, 이론적인 과학으로서의 성격은 진화론이 제시하는 사회 조직 진화의 귀결에 대

되이 팔짱을 끼고 아무것도 하지 않으면서 끝날 것 같다는 기분으로는 바르니, 그러니 하는 그러한 등의 사람들로서는 결국 사회개조를 위하여 유일하게 효과 있는 수단을 의식적으로 채용해야만 하는 것이다. 무분별하게 맹목적인 폭동으로 향하기보다, 또는 헛되이 무효한 공상에 취하기보다 사람들을 구하고 그들을 향해 사회를 개조하지 않을 수 없는 진정한 자유를 주는 것은 단지, 사회 조직 진화의 법칙에 관한 과학적 지식을 공급하는 바의, 이 유물사관뿐인 것이다." (번역 · 밑줄—인용자) 이 대목에서 가와카미는 조심스럽게 유물사관이 이상주의적인 세계관에 다름 아닐 수 있다는 사실을 자인하면서 그나마 목적을 달성하기 위한 수단으로서 의의를 평가하고 있다.
43 박영희, 「新興藝術의 理論的 根據를 論하야 廉想涉君의 無知를 駁함」, 『조선일보』, 1926. 2.3~2.19, 이동희 · 노상래 『박영희전집』 3, 영남대 출판부, 1997, 149~174면. 앞으로 이 책에서의 인용은 『전집』과 권수만을 표기함.

한 과학적 해명으로부터 비롯하는 것이다.[44] 박영희가 이광수를 비판하든, 염상섭을 비판하든 불철저한 계급에 대한 의식과 과학적인 사실에 근거하지 않은 정신주의적 이상론이라는 비판은 충분히 통용될 수 있었던 것이다. 하지만 다른 한편에 있어서 그는 유물사관이 내포한 과학과 과학적 이상주의 사이의 괴리를 의식하지 않을 수 없었던 터인데, 그가 내세우는 계급주의 문학이론이나 유물사관은 결국 과학 그 자체는 아니었으며 과학에 대한 이상주의에 불과한 것에 지나지 않을 우려가 존재하고 있었기 때문이다. 1925~1926년 무렵 박영희가 여러 평론들에서 상투적으로 쓰고 있는 '사회적 진화'라는 용어가 결국 유물사관이 담보하고 있는 진화론적 세계관에 대한 낙관적인 긍정으로부터 비롯된 것이라는 점에서 그러할 뿐만 아니라, 카프가 조직된 이후 한참 뒤인 1931년에 권환이 박영희의 그간 비평적 태도를 비판하면서 쓴 「유물변증법의 왜곡화」에서 그 유물사관을 사회발전의 필연성에 의존해 의식적인 노력을 부인하고 시간이 지나가기만을 바라는 태도[45]라고 폄하했던 것에서도 충분하게 짐작할 수 있다.[46]

---

44 박영희, 「新興藝術運動의 初期 : 『文藝運動』의 創刊에 際하야」, 『조선일보』, 1926.1.26, 『전집』 3, 142~143면. "더욱 文化의 薄弱한 우리 民衆에게는 科學과 藝術이 必要하다. 有閑階級의 사람 또한 高貴한 子女는 花朝月夕에 頹廢美의 享樂을 일삼으며, 푸로레타리아의 모든 文化를 禁止하고 壓迫하는 것으로 唯一의 事業을 삼지 아니 하는가? 이제 無産階級 無權階級의 사람들은 쓰르즈와가 남겨 논 享樂으로써 滿足하려고 하지 말고 自覺과 한가지 自己 階級의 積極的 進化를 爲해서 鬪爭하지 안흐면 아니 된다. 卽 前者는 無産階級에 對한 政治的 手段이며 後者는 無産階級의 解放運動이다. 前者에 對한 例證으로는 米國 시카고 某教授가 學生들에게 짜윈의 進化論을 講義하엿다고 起訴된 事件이 일어난 것을 確히 볼 수 잇는 것이다."

45 권환, 「유물변증법의 왜곡화(하)」, 『동아일보』, 1931.1.21, 임규찬·한기형 편, 『문예운동의 볼세비키화』 카프비평자료총서 4, 태학사, 1989, 232면.

46 박영희는 1925~1926년까지의 글에서 프롤레타리아 계급의 계급 의식화와 투쟁의 단계로 나아가는 대목에서 상투적으로 사용하던 사회의 적극적 진화라든가 필연적인 진화 등의 단어를 1927년 초기 부터는 의식적으로 쓰지 않고 '진화'라는 단어를 '진출', '진보' 등의 단어로 바꾸어 쓰고 있다. 이는 유물사관의 진화론적인 성격이 갖는 수동성에 대한 내외의 비판을

박영희는 바로 이러한 유물사관이 갖는 과학성과 과학적 이상주의 사이의 딜레마를 해결하기 위해서 다시금 앞선 자연주의 문학과의 차별점을 부각하고자 시도한다. 그는 「旣成文學의 自然性과 階級文學의 必然性」이라는 글에서 자연주의문학이 내세우는 과학과 계급주의 문학이 내세우는 과학 사이의 적극적인 변별을 시도하고 있다. 그에 따른다면 자연주의문학은 물질세계의 객관적인 사실을 과학적으로 추구하되 그 과학이란 바로 자연스럽게 보이도록 위하여 구비한 묘사적 사실을 말하는 것이고 단지 '세공'에 그쳤을 뿐 '유동'하지 않아 형식의 과학에 머물렀다는 것이다. 게다가 그의 견해에 따르면, 궁극적으로는 자연주의 문학이 추구하는 진실은 결국 과학적 이상주의의 발로에 불과한 셈이다. 이에 비해 계급주의 문학은 사회의 진화를 이끄는 데 있어서 세공을 통해 현실을 미화하는 것이 아니라 사회의식의 시대적인 투쟁을 통해 인생 생활의 정신적 방면을 향상시키는 것을 목적으로 한다. 그 사이에서 가장 중요한 것은 계급의식의 '필연성'인데, 이는 자연주의 문학의 '자연성'과 비교되어 불합리한 현실에 대한 투쟁으로부터 필연적으로 도출되는 생산 분배의 사회적 의의, 즉 유물론적 견지를 가리킨다.[47] 그가 말하고자 하는 것은 계급주의 문학이 내포하는 과학성이 자연주의 문학의 과학적 이상론과는 달리 필연성에 기반하고 있는 철두철미한 과학이라는 강조이다. 하지만 그의 이러한 의도와는 달

의식한 의도적인 행위로, 마찬가지로 일본에서 야마카와 히토시나 가와카미 하지메에 대한 비판을 행하였던 후쿠모토 가즈오(福本和夫, 1894~1983) 등과의 관련성을 짐작해볼 수 있는 대목이다. 다만 이 문제는 본고의 주제와 체계로는 다루기 어려운 바, 별도의 논의를 통해서 살펴보고자 한다.

47 박영희, 「旣成文學의 自然性과 階級文學의 必然性」, 『조선일보』, 1927.1.2, 『전집』 3, 197~199면.

리, 그의 글에 있어서 그가 내세우는 과학의 필연성이란 결코 이상주의의 범주를 벗어나지 않는다. 이는 어느 정도 당연한 것이다. 그가 내세운 과학이란 계급 의식화에 의한 계급 투쟁을 동력으로 하는 객관적 사실을 의미하는 것으로 자연과학 그 자체가 아니었기 때문이다. 비슷한 시기에 쓰였던 글(「文學批評의 形式化와 맑스主義」)에서 그는 이러한 점을 자인하고 결국 프롤레타리아 문학은 사회의 현상의 내면적 논리의 당연한 것(객관적 사실)이 아니라 사회적 당연을 발견해야 한다고 역설하고 있는 것이다.[48] 결국 객관적 현실에 대한 주관(이데올로기)의 조응의 문제로 바뀌어 가는 것이다. 즉 과학과 과학적 이상주의를 매개하는 수단으로서 '주관'에 대한 발견에 해당하는 것이라고 생각할 수 있다. 이와 같은 논리적인 연결을 통하여 박영희는 결국 목적의식의 발견을 통한 방향전환론에 이르게 된다. 유물사관의 과학성을 중심으로 이루어진 그의 사상적인 전회는 결국 그 과학 내부의 개념에 대한 정교화를 통해서 방향전환까지 이르게 된 것이다.[49]

5. 결론

본고는 카프 초기의 비평가인 박영희의 초기 저작들을 중심으로, 그

---

[48] 박영희, 「文學批評의 形式化와 맑스主義」, 『조선문단』, 1927.3, 『전집』 3, 226면.
[49] 박영희, 「文藝運動의 方向轉換」, 『朝鮮之光』, 1927.4, 『전집』 3, 230~233면.

가 1927년 신경향파로서의 방향전환을 논의하면서 중심적인 비평가로 거듭나게 되기 직전까지의 과정이 지금까지의 연구 결과와는 달리, 마르크시즘이라는 사상의 수입과 적용으로 간단하게 해명할 수 있는 것이 아니라 여러 착종된 개념들 사이를 고투하면서 헤쳐 온 결과임을 보이고자 하는 목적을 갖는다. 특히 박영희에게 있어 초기에 표방했던 신이상주의라는 문예, 철학적인 사조가 마르크시즘 수용과 관련된 것이 아니라 신칸트학파의 학자였던 크리스토퍼 오이켄이 정신주의적인 이상주의를 자연주의적인 과학으로 보완하고자 했던 철학적 경향으로부터 비롯된 것이라는 사실을 참조함으로써 문예활동 초기에 낭만주의를 지향했던 그가 자연주의 문학을 비판하고 이를 넘어서기 위해 신이상주의의 이론적인 배경을 수용했을 가능성을 확인하고자 하였다. 이후 박영희는 이러한 이상주의(혹은 정신주의)의 기치 아래 인생의 실제 생활이라는 추구되어야만 하는 이상을 발견하고, 이를 이광수에 대한 논전을 통해서 차별적인 지점을 구체화한다. 결국 인생의 실제라는 이상을 구분하는 기제는 유물론이 제시하는 계급적인 차이에서 비롯되는 것이다. 이후 카프가 조직된 뒤, 박영희는 유물사관을 본격적으로 수용하게 되는데, 그는 특히 사카이 토시히코의 진화론적인 과학에 기반한 유물사관을 받아들이고 그 속에서 유물사관이 내포한 과학으로서의 성격과 다른 한편의 과학적 이상주의로서의 성격이라는 딜레마 속에서 객관적인 현실과 주관이라는 관계성을 밝혀내는 방식으로 방향전환론을 전개하기에 이르게 된 것이다. 이와 같은 검토를 통해 본다면, 카프 초기의 핵심적인 이론분자였던 박영희는 한편으로는 자연과학이라는 외재적인 분과학문이 갖는 과학성에 대해 끊임없이 의식하고 있었으면서, 그것이 사회 구성의 원리로 적용되는 데 있어서 띠게 되지 않을 수 없는 이상주의적인 성격에 대해서 지속적으로 고민하고 있으면서 나름의 이론화를 꾀하고자 했던 것을 확인할 수 있다.

다만, 본고에서는 박영희의 초기 평론을 중심으로 그 사상적 변모 양상을 하나의 관점 아래 확인해보고자 하는 목적이 있었기 때문에 방향 전환 논의 이후, 카프 내외부의 사상적 논쟁이 어떤 국면에서 실현되었는가 하는 바에 대해서는 미처 충분히 다루지 못하였다. 특히 일본에 있어서 초기 유물사관에 대한 이해가 박영희의 그것과 마찬가지로 그것이 표방하는 진화론적인 과학으로서의 과학성과 그것이 표방하는 이상론적인 성격 사이의 갈등이었다는 것은 본문에서도 밝힌 바 있으며 이후 공산당의 성립과 함께 기계적인 과학성이 이른바 당파성의 요구라든가 계급의식화의 요구 등을 통해 논파되고 변모되는 과정이 중요한 국면임에도 불구하고 이를 다루지 못하고 만 것은 아쉬운 점이 아닐 수 없다. 이어 후속적인 논의를 통하여 1920년대 말에서 1930년대 초반에 이르는 기간 동안 박영희와 김기진이 안막, 권환, 임화 등 소장파들과의 논쟁을 펼치는 과정에서 이러한 과학성과 당파성(정치성) 사이의 관계는 어떠한 상호작용이 있는가 하는 바를 다룰 것을 기약하고자 한다.*

---

* 이 논문은 2012년 『한국문학연구』 42집에 게재된 논문을 재수록한 것임.

사실, 방법, 질서

근대문학에서 과학적 인식의 전회

차승기

1. 문학의 인식적 계기

'과학'은 근대전환기부터 오늘날까지 한 번도 그 권위를 완전히 상실한 적 없는 근대의 특권적 개념 중 하나일 뿐만 아니라 가장 남유(濫喩)되어 온 개념이기도 할 것이다. 19세기 말, '전문적인 분과학문'을 지칭하는 용어로, '사물을 지배하는 법칙에 관한 지식'을 뜻하는 개념으로, 나아가 그 법칙의 실용화와 기술적 응용까지 포함하는 범주로 이해되고 정착되어 온 사이언스(science)의 번역어 '과학'[1]은 근대 담론장에서 근대 문명 그 자체와 의미론적으로 동일화될 만큼 특권적인 자리를 차

---

1 근대 이전 한문맥에서의 '과학'의 용례(科擧之學)로부터 근대전환기 중국과 일본을 통해 들어온 다양한 번역의 사례에 대한 설명으로는 金成根, 「科學 という 日本語語彙の朝鮮への伝來」, 『思想』 1046, 2011.6 참조.

지하고 있다. 새로운 분리와 결합을 창안해내는 물질적 실천의 차원은 차치하더라도, '과학적'이라는 술어는 곧 근대적, 합리적, 보편적, 문명적, 계몽적 등과 같은 계열에 놓여, 특정한 이념, 실천, 태도 등의 정당성과 유효성을 표현하는 효과를 발휘할 뿐만 아니라, 거시적인 예측부터 신체의 규율에 이르기까지 근대인의 삶에 인식적·윤리적·제도적 질서를 부여하는 현실적인 힘으로 작용하기도 한다.

과학이 근대 문명 그 자체와 동일시될 만큼 넓은 함의와 강한 위력을 가질 수 있는 근거는, 전근대의 신념체계가 붕괴해 갈 때 과학이 가장 단순하고 명징한 방법으로 "보편적인 대체가능성"[2] 위에 새로운 확실성의 토대를 만들어갔다는 데 있을 것이다. 과학은 개개의 고유한 존재와 현상에서 대체가능한 공통적인 것을 추출해내고 그것에 입각해 그 존재와 현상을 분해하고 분류함으로써 세계의 설명가능성을 확장해왔으며, 또한 그 분해되고 분류된 것을 다른 방식으로 결합시킴으로써 새로운 존재와 현상을 산출해왔다. 그렇기 때문에 과학은 부분과 전체의 유의미하고도 분리 불가능한 원환에 의존하는 모든 신화체계를 해체할 수 있는 보편적인 탈신비화의 힘을 지닌다. 또한 과학은 무의식의 영역에서 우주 전체까지 모든 것을 대상으로 삼을 수 있으며, 모든 충만한 상징과 의미를 해부해 차가운 기호의 세계로 환원시킬 수 있다.

물론 과학은 어떤 단일한 방법론의 체계가 아니다. 예컨대 수학과 심리학, 더 넓은 범위에서라면 자연과학과 인문과학은 학적 체계화의 지향을 공유하면서도 결코 간과할 수 없는 통약불가능성에 의해 구별

---

2   Max Horkheimer · Theodor W. Adorno, 김유동 외역, 『계몽의 변증법』, 문예출판사, 1995, 33면.

되기도 하기 때문이다. 사실 이러한 통약불가능성이 뜻깊게 가시화된 것도 근대 이후의 일이라고 할 수 있다.[3] 이를테면 미학의 경우엔 애당초 '감각의 논리' — 바움가르텐의 『미학(*Aesthetica*)』(1750)의 부제 — 로서, 즉 과학을 통해 규범화된 근대를 심미적으로 보충하고 개선하고자 하는 프로그램으로서 출현했지만, 근대에 대한 미적 수정과 혁명 프로그램으로 전화되기도 했다.[4] 그러나 근대는 이러한 '반근대적' 모티프를 오히려 합리성의 향상과 확장을 추진하는 동력으로 뒤바꿔버리기도 하면서 진행되어왔고, 과학 역시 그 내부의 다양한 차이와 이율배반을 승인하면서 과학의 외부를 남겨두지 않을 만큼 확장해 왔다. 이러한 일련의 과정을 거치면서 과학적 인식은 일반화되어 왔고, 여전히 세계와 인간에 대한 '앎'의 가장 권위 있는 방법으로서 군림하고 있다고 해도 과언이 아닐 것이다.

　이런 의미에서 과학은 근대문학의 근본 성격을 결정하는 중요한 계기로서도 작용했다. 근대문학의 존재를 가능하게 하는 다양한 역사적·제도적 조건에 과학과 그 산물이 작용했음은 말할 것도 없지만, 문학 '내부'에 깊숙이 작용한 계기는 근대문학이 '현실'과 맺는 관계 또는 그것을 다루는 방식에서 찾아야 할 것이다. 하나의 역사적 형식으로서의 근대문학은 다른 무엇보다도 '현실성(reality)'을 그 핵심범주로

3　예컨대 에피스테메의 배치를 통해 서구 지식장의 변동을 고찰한 푸코는 인문과학이 '단순한 삶(bare life)' 이상의 존재로서의 '인간'이 등장한 이후 출현한 것으로 설명한다. 따라서 인문과학은 근대적 에피스테메의 세 차원, 즉 ① 확증된 명제들을 연역적으로 연결시키는 수학·물리학과 ② 요소들 간의 인과관계를 확립시키기 위해 불연속적이거나 유사한 요소들을 연결시키는 언어학·생물학·경제학, 그리고 ③ 철학적 반성이라는 세 차원의 어느 곳에도 귀속되지 않고 오히려 이 각각의 차원들의 간극에 모호하게 위치하고 있다고 말한다. Michel Foucault, 이광래 역, 『말과 사물』, 민음사, 1986, 393~398면 참조.
4　Wolfgang Welsch, 박민수 역, 『우리의 포스트모던적 모던』 1, 책세상, 2001, 193~194면 참조.

삼고 있다. 여기서 '현실성'이란 단순히 작품이 담고 있는 내용이나 그것이 지시하는 외적 대상과의 관계를 뜻하는 것이 아니라, 문학을 구성하는 모든 요소들의 배치를 결정하는 범주를 뜻한다. 예컨대 언어(민족어), 시간, 공간, 사건으로부터 작가, 매체, 교육, 해석지평에 이르기까지 근대문학을 그 안과 밖에서 성립시키는 모든 요소들은 '현실성'을 매개로 하고 있다. 따라서 단지 문학이 만들어내는 세계가 공상에서 현실로 전환되었다든가, 문학의 주인공들이 신에서 영웅으로, 다시 평범하거나 그보다 못한 계층으로 하락해왔다든가 하는 내용적 차원의 현실성보다 더 중요한 것은, 그런 '현실'이 문학이 다루거나 개입하거나 변형시켜야 할 절대적인 지평인 동시에 근대문학 자체를 성립시킨 조건으로 등장하게 되었다는 사실이다. 이것이 근대문학의 근본적인 리얼리즘적 성격을 규정한다.

여기서 특히 결정적으로 작용한 과학 범주는 물론 '사회과학'이다. 자연과학 역시 인간의 생물학적 존재를 전면화하면서 인간과 세계의 물질적 연관을 주목하게 했지만, 자연과학이 드러내고자 한 것은 엄밀히 말해서 현실이 아니라 그로부터 분리된 필연성이라는 법칙의 세계였다. 이에 반해 사회과학은 경험적 현실 세계 내부에서 살아가는 인간이 세계 및 인간 자신과 관계하는 지점에서 발생하는 모든 현상을 대상으로 삼아 '사회적 관계'의 질서를 이해하고자 한다. 즉 사회과학은 "자유의 개념이 현존계(現存界)로 되면서 동시에 그것이 자기의식의 본성에 다다른"[5] 인간적 세계의 법칙을 파악하고자 한다. 더욱이 1920

---

5   G. W. F. Hegel, 임석진 역, 『법철학』, 지식산업사, 1996, 263면.

년대 이후, "총체로서의 역사"[6]에 비추어 인간의 세계를 비판하고 변혁하려는 사회주의와 역사적 유물론의 영향을 받으면서, 식민지 조선의 사회과학은 실증주의적 관점보다 이념적 과학관의 성격을 강하게 띠게 되었다.[7] 사회과학적 세계 이해가 인간을 근대적인 의미에서의 '사회적 존재'로 정립시켰다면, 근대문학은 바로 그 사회적 존재의 행위와 의식을 형상적인 언어로 제시하는 작업을 수행한다. 바로 이곳에서 과학적 인식이 문학과 관계한다.

이 글은 이러한 과학적 인식, 과학적인 대상화 형식이 한국 근대문학에서 전환되어온 계기들을 고찰하고자 한다. 이 고찰은 문학적 서술 안에서 과학적 인식과 문학적 인식을 구분하는 작업도 아니고 — 문학을 구제하고자 하는 은밀한 욕망에서 — 과학과 문학을 단순히 대립시키는 작업과도 구별된다. 구체적으로 어떤 작품에서 과학적 현실 인식의 소산이라고 간주할 수 있는 서술을 구별해내는 일은 불가능할 뿐만 아니라 무의미하다. 과학 개념 자체가 단일하지 않기 때문에 특정한 서술단위에서 일관된 증거를 발견할 수 없을 뿐만 아니라 발견한다 하더라도 그것은 언어적 질서 일반과 구별될 수 없는 지점까지 확대될 것이기 때문이다. 또한 그렇기 때문에 문학과 과학을 대립관계로 설정하고 각각에 어떤 고유한 본질을 부여하거나 어느 한쪽을 특권화하는

---

6 박헌호, 「'계급' 개념의 근대 지식적 역학」, 『상허학보』 22, 상허학회, 2008, 27면.
7 식민지 조선에서 사회과학 및 사회과학적 인식의 형성과 '사회'의 발견에 대해서는 별도의 고찰이 필요하다. 조선에서 사회주의의 수용에 대해서는 박종린의 일련의 연구들 참조. 한편 사회주의를 '사회'에 대한 인식 · 가치관 · 실천의 변화와 관련해 문화적 맥락에서 다룬 것으로 박헌호, 위의 글; 김현주, 「1920년대 전반기 사회주의 문화담론의 수사학」, 『대동문화연구』 64, 성균관대 유교문화연구소, 2008; 천정환, 「1920년대 독서회와 '사회주의 문화'」, 『대동문화연구』 64, 성균관대 유교문화연구소, 2008; 최병구, 「1920년대 초반 '사회주의'의 등장과 '행복 담론의 변화」, 『정신문화연구』 122, 한국학중앙연구원, 2011 등 참조.

방식은 무용하다. 이는 '문학(성)은 무엇인가'라는 그릇된 물음을 반복하게 만들면서 결코 반성되지 않는 맹목적인 지점으로 부단히 되돌아가게 할 것이기 때문이다.

그러므로 이 글에서는 문학에 과학적 인식을 요청하는 담론들을 주요 검토 대상으로 삼고자 한다. 그 담론들이 어떤 논리적 배경에서 과학적 인식을 끌어들이고자 했고, 또 그로써 어떤 '현실'을 어떻게 대상화하고자 했는지를 고찰함으로써 문학장에서 과학적 인식이 놓였던 지위와 효과를 살펴보고자 한다. 이를 위해 다른 누구보다도 문학에서 '과학성'의 실현을 중요시했던 마르크시스트와 모더니스트의 텍스트를 주로 다룰 것이다. 이 고찰을 통해 근대문학이 '사실들'을 취급해 온 방식의 변화와 그 진폭을 가늠해보고, 근대문학 내에서 과학적 인식의 한계지점을 사유해보고자 한다.

2. 문학 내부로 진입하는 '현실'

마르크시즘적 경향의 문학들에 있어 '현실'은 절대적인 준거이다. 여기서 '현실'이란, 문학을 성립하는 모든 제도와 실천이 이루어지는 '사회-역사적 조건'을 뜻하기도 하고, 문학이 개입하고 변혁해야 할 대상을 뜻하기도 한다. 마르크시스트들은 문학뿐 아니라 어떤 정신적 산물도 그 사회-역사적 조건을 떠나서 성립할 수 없다는 명제에 따라 그 정신적 산물을 언제나 일관되게 계급투쟁의 현실 속으로 환원시켰고, 이 과정에서 이루어지는 인식과 판단을 '과학적인 것'으로 간주했다. 유물론자로서 마르크시스트들은 "역사 속에서 인류의 발전과정을 찾으며 이 과정의 **운동법칙**을 발견하는 것을 자체의 임무로 삼"[8]기 때문이다. 그러나 문학적 대상으로서의 현실에 대한 과학적 인식의 문제를 검토하기 위해서는 단지 현실에 대한 사회과학적 인식이 아니라, 과학적 현실 인식이 문학 '내부'로 들어오게 되는 과정을 주목해야 할 것이다.

사실 신경향파에서 KAPF에 이르기까지 마르크시즘적 경향의 문학이 현실을 절대적 준거로 여기기는 했지만 처음부터 그것이 문학적 고려의 대상이었던 것은 아니다. 예술에 적대적인 자본주의적 환경에서 문학은 혁명운동에 복무하는 제2의적 가치만을 가질 뿐인 것으로 인식되었고, 따라서 혁명운동의 의식적 부분에 작용하는, 프롤레타리아 이데올로기의 표현과 선전이라는 기능을 수행하는 것으로 이해되었다.

> ✕✕ 후에 잇슬 본연한 문학과 ✕✕ 전에 잇슬 본연한 요구의 문학은, 다만 가치론에 잇서서만 틀니는 것이다. 즉, ✕✕ 후에 잇슬 문학은 그 문학 자체로서 제1의적 가치로 존재할 것이요, ✕✕ 전에 잇슬 문학은 ✕✕을 위한 제2의적 가치로서 존재할 이유를 갓는다.[9]

자본주의 사회에서 부르주아와 프롤레타리아는 서로 다른 의식을

---

8 Friedrich Engels, 나상민 역, 『공상에서 과학으로』, 새날, 2006, 65면. (강조—인용자) 참고로 엥겔스의 이 소책자는 속칭 『반뒤링론』으로 말해지는 『오이겐 뒤링 씨의 과학의 변혁』(1878)에서 세 개의 장을 발췌·재구성하여 출판(1880)한 것이다.
9 팔봉산인, 「지배계급 교화 피지배계급 교화」, 『개벽』, 1924. 1, 26면.

가지게 되는데, 이는 단순한 관념의 대립이 아니라 '생활상태의 분열'에 근거한 것이다. 물질적·경제적 관계에서의 계급대립을 지시하는 '생활상태의 분열'은 상부구조에 반영되어 '생활의식의 분열'로 나타난 것이고, 생활의식의 분열은 '미의식의 분열'을 초래한다. 따라서 자본주의 사회에서 예술은 계급성을 띨 수밖에 없고, 그 계급성은 "작자가 뿌르 의식을 가지고 이 작품에 대하얏느냐 쏘는 작자가 푸로 의식을 가지고 이 작품을 제작하얏느냐'에 달려 있다.[10] KAPF 결성 후 1920년대 후반 내내 당파적 계급의식의 선명성이 '설득적 권위'를 가질 수 있었던 것은 이런 사정에 기인한다.

분명히 여기에는 물질적인 토대에 대한 분석적 시각이 내포되어 있고 문학의 존재를 사회적 기초로부터 설명하려는 시도도 있지만, 객관적 현실에 대한 비판적·계급적 분석은 철저하게 문학에 선행한다. 생활의 분열이 의식의 분열로 나타난다고 간주함으로써 특정한 의식적 현상을 분열된 생활과 인과적으로 연결시키는 논리는, 프롤레타리아 문학이라는 존재의 '필연성'을 설명해줄 수 있다. 그러나 문학이 (계급)생활의 표현인 (계급)의식의 표현으로 자리매김됨으로써, 프롤레타리아 문학은 작품이 생산되기 이전에 이미 형성되어 있는 프롤레타리아 계급의식[11]을 보다 효과적으로 표현하고 전달하는 기술적 의의를 가질 뿐이다. 이것이 '혁명을 위한 문학'으로서의 제2의적 가치를 주장하는 논리적 근거가 되는데, 문제는 이렇게 문학을 기술적 차원에 둠으

---

10 팔봉, 「피투성이된 푸로혼의 표백」, 『개벽』, 1925. 2, 44면.
11 "생활의 표상인 「푸로레타리아」의 문학은 「푸로레타리아」의 생활에서 창조되는 것이다. 그럼으로 「푸로레타리아」의 생활환경을 우리는 **먼저** 알어야 된다." 박영희, 「신흥예술의 이론적 근거를 논하야 염상섭 군의 무지를 박함」, 『조선일보』, 1926. 2. 8. (강조—인용자)

로써 문학의 성격이 전적으로 **주관성**에 의해 결정될 수 있는 것으로 여겨지고 만다는 데 있다.

신경향파 초기에 상상된 문학이란 이렇듯 '계급적 생활에 의해 결정되는 계급의식'이라는 거대한 주관의 표현이었기 때문에, '객관성'이란 오히려 부정되어야 할 부르주아적 가치에 해당되는 것이었고 객관성의 신화를 만들어낸 '과학'은 이미 종언을 고한 것으로 여겨졌다.

> 자연주의는 방관적이며, 의지를 버리고 감정보다도, 다만 현실을 객관적으로 묘사하려는 데 비해서 신이상주의는 가장 견실하고 참된 인생의 적극적 개방일 것이다.[12]

> 주관은 독단적이나 귀납적 객관은 진실이다! 하든, 자연주의가 패배한 원인은 「과학의 파산」에 잇다. ……
> …… 과학문명의 극도의 압박은 도회의 발달이 되고, 사람의 신경은 말초의 관능적 변질이 되고야 말앗다. 과학의 과신으로 말미암아, (마치 낭만주의가 정열의 인도하는 대로 따라가다가 나종에 현실의 비애를 늣긴 거나 맛찬가지로) 모든 것을 부정하든 마음은 과학의 파산으로 인하야 급기야 환멸의 비애와 고민을 출산하고야 말앗다.[13]

현실에 대한 자연주의적, 몰주관적 '객관적 묘사'는 부정적인 현실

---

12 회월, 「자연주의에서 신이상주의에 기우러지려는 조선문단의 최근 경향」, 『개벽』, 1924. 2, 96면.
13 팔봉산인, 「금일의 문학·명일의 문학」, 『개벽』, 1924. 2, 45~46면.

을 부정적으로 파악하는 데에서 그칠 뿐이기 때문에 결국 환멸에 봉착할 수밖에 없으며, 계급문학은 역사의 진보와 혁명에 참여하는 의식으로부터 비롯되기 때문에 새로운 이상을 제시할 수 있다는 것이다. 물론 이곳에서 비판되고 있는 과학은 자연과학과 근대 과학문명, 즉 인간에게서 생물학적 존재 이상의 것을 발견할 수 없는 자연과학의 한계, 그리고 인간의 소외와 사물화를 초래하는 근대 자본주의 문명의 폐해를 지시하는 기호에 다름 아니다. 그러나 이러한 반자연주의적 태도가 상대적으로 주관성에로의 경도를 초래했음은 분명해 보인다.[14]

그러나 동일하게 계급적 주관성을 강조하던 박영희와 김기진 사이에는 무시할 수 없는 차이가 존재한다. 박영희에게 이 주관성은 철저하게 계급의식과 동일한 것으로서, "사회주의 견지에서 무산계급을 해방케 하기 위하야 ××적 의식을 전달케 하는 것"[15]이라면 어떤 것이든 프롤레타리아 예술이라고 할 만큼 문학의 존재와 성격이 그 계급의 의식의 표현에 완전히 종속되는 것이었던 데 반해, 김기진에게 있어서 주관성은 '감각'의 차원에서 보다 중요시되었다. 그 역시 '생활의 변혁'을 선행되어야 할 것으로 놓고 있었음에는 틀림없지만, 변혁에 복무할 수 있는 프롤레타리아 문학을 성립시키기 위해서도 '감각의 혁명'이 필요

---

14 1920년대 초에 마르크시즘의 고전 중 특히 『공산당 선언』과 『정치경제학비판을 위하여』의 「서문」이 번역되어 마르크시스트에 대한 기초 지식을 형성하는 데 중요한 역할을 했는데 (류시현, 「식민지 조선에 들어온 『공산당 선언』」, 『내일을 여는 역사』 29, 내일을여는역사, 2007, 139면; 박종린, 「1920년대 초 공산주의 그룹의 맑스주의 수용과 「유물사관요령기」」, 『역사와 현실』 67, 한국역사연구회, 2008 참조), 두 저작의 특징을 도식화한다면, '인류의 역사는 계급투쟁의 역사'라는 명제와 '의식이 존재를 결정하는 것이 아니라 사회적 존재가 의식을 결정한다'라는 명제로 압축될 수 있을 것이다. 신경향파 시기와 KAPF 초기에 특히 계급투쟁적 관점과 토대-상부구조론이 강조되었던 것과 무관하지 않은 것으로 보인다.

15 박영희, 「신흥예술의 이론적 근거를 논하야 염상섭 군의 무지를 박함」, 『조선일보』, 1926.2.12.

하다고 여겼던 것이다.[16] 근대 자본주의의 환경 속에서 왜곡·퇴행된 감각을 변혁해 유적 존재로서의 인간 감각을 회복해야 한다는 그의 주장은, 바꿔 말하자면 마르크시즘적인 의미에서의 '과학적 현실인식', 즉 자본주의 세계가 단지 주어진 것으로 고정되어 있는 것이 아니라 프롤레타리아의 노동에 의해, 생산력과 생산관계의 모순에 의해 진보해 가고 있음을 전체적인 연관 속에서 통찰해야 한다는 주장이기도 하다. 하지만 여기서 주목해야 할 점은 '전체적 연관'에 대한 인식을 '감각의 혁명'과 연결시킴으로써 과학적 인식과 예술을 동일한 장에서 사고할 수 있는 단초를 마련했다는 사실이다. 그리하여 그는 박영희와 이른바 '내용-형식 논쟁'을 벌일 때도 문학에서 '실증성'을 주장할 수 있었다.[17]

그러나 마르크시즘적 의미에서의 과학적 인식이 어떻게 문학 안에서 가능할 것인가의 문제를 고려하기에는 KAPF의 '상부구조에서의 계급투쟁'이라는 과제가 시급할 때였다.[18] KAPF가 신경향파적, 경제투쟁적 한계를 비판하며 목적의식적, 정치투쟁적인 방향전환을 시도할 때, 김기진은 그 목적성과 정치성을 역사발전의 필연성과 연결시키고자 하면서 비로소 '리얼리즘'을 요구하게 된다.

---

16 김기진, 「금일의 문학, 명일의 문학」. 김기진의 '감각의 혁명'론을 실마리로 삼아, 이념 중심으로 분류와 평가를 반복해 온 기존 프로문학 연구경향을 비판하면서 부르주아적 문명에 의해 소외되고 억압된 감각의 전면적 회복이라는 문화혁명적 계기를 주목한 연구로는 손유경, 「프로문학과 '감각의 문제 : 김기진의 '감각의 변혁론'을 중심으로」, 『민족문학사연구』 32, 민족문학사연구소, 2006 참조.
17 "투쟁기에 처한 푸로레타리아의 문예작품은 무엇보다도 ××적 실증적이 아니어서는 안된다. 무슨 까닭이냐 하면 실증적인 것만큼 힘이 잇는 까닭이다. 실증적이 아닌 것의 공허함이여! 그런데 불행히 군의 작품은 개념의 추상적 설명으로 시종되엇지 실증적이 못되며, 조직적이 못 되엇다." 김기진, 「무산문예작품과 무산문예비평」, 『조선문단』 1927.2, 16면.
18 이 시기에는 임화도 프롤레타리아 문학예술을 '푸로레타리아 생활의지에 봉사하는 작품', '계급해방의 최량의 무기'로 정의하고 있었다. 임화, 「착각적 문예이론」, 『조선일보』, 1927.9.7.

프로레타리아는 무엇보다도 사물을 잇는 그대로 객관적으로 보아야 한 다. 자기의 주관을 가지고 甲을 乙과 가튼 것으로 보고 白을 赤으로 본다는 것은 현실을 자기 형편에 조토록만 억지로 휘어다부치는 비과학적 태도이 다. (…중략…)

이 의미에 잇서서 프로레타리아 작가는 리알리슴의 작가이어야 한다. (… 중략…)

그런데 우리들의 진영에 잇서서 현재까지 존재해 잇는 프로레타리아 작 가 중에는 엄밀히 말하야서 리알리슴의 작가가 업다. 기영도 서해도 대체 에 잇서서 현실적 태도인 것만을 가지고 리알리슴에 갓가웁다고 할 수 잇 지 종래의 리알리슴의 견지에서 본다 할지라도 로맨틱한 요소가 적지 안 타. 그들보다는 소쁘르조아적 작가 염상섭, 김동인 양씨의 작품이 조선에 잇서서 대표적 리알리슴의 작품이엇다.[19]

이곳에서 비로소 마르크시즘적 경향을 갖는 문학에 '객관적 현실인 식'이 요청된다. 지금까지 마르크시즘적 의미에서의 과학적 인식이 문 학 이전에 선결되어야 할 전제였다면, 이곳에서는 문학이, 작품이 현 실을 과학적이고 객관적인 태도로 다뤄야 할 것이 요청되고 있는 것이 다. 김기진의 이 글은 "극도로 재미업는 정세에 잇서서 우리들의 「연장 으로서의 문학」은 그 정도를 수그리어야 한다"[20]는 악명 높은 서술로 인 해 KAPF 비평가들의 집중적인 공격 대상이 되지만, 변증법적 사실주의, 프롤레타리아 리얼리즘, 사회적 사실주의 등 다양한 명칭으로 불리면서

---

19 김기진, 「변증적 사실주의」, 『동아일보』, 1929.3.3.
20 김기진, 「변증적 사실주의」, 『동아일보』, 1929.2.25.

전개된 이후의 마르크시즘적 리얼리즘론이 처음 출발하는 지점이기도 하다. 뒤에서 언급하겠지만, 이렇듯 마르크시즘 문학에서 리얼리즘론이 '타협적' 태도와 같은 기원을 갖는다는 사실을 마르크시즘 문학에서 '객관적 인식'이 갖는 첫 번째 역설이라고 할 수 있다.

마르크시즘적 리얼리즘론이란, 작품 내의 "사건의 계급적 성질을 구명하고 그리고 그것의 해결을 역사적 필연에 결착"[21]시키는 것, "각 역사적 순간에 재한 계급의 제관계와 그 구체적 특수성의 가장 정확하고 객관적인 분석을 프롤레타리아 전위의 눈으로 보는 것"[22]이다. 이후, 계급적 관점과 과학적·객관적 현실 인식이 문학 안에서 결합되어야 한다는 규범이 마르크시즘적 문학과 비평의 가장 강력한 준거로 기능한다. 특히 마르크시즘적 문학에서 과학적 현실 인식이란 역사적 발전의 필연성, 사회-경제적 관계들의 객관성, 프롤레타리아의 진보적 계급성을 핵심 요소로 하여 문학에서 인물과 사건이 엮는 현실적 관계를 진보의 관점에서 총체적으로 포착해야 한다는 문제를 제기한다.[23]

---

21 김기진, 「변증적 사실주의」, 『동아일보』, 1929. 3. 6.

22 임화, 「탁류에 항하여」, 『조선지광』, 1929. 8, 95면.

23 그러나 때로 이러한 과학성에 대한 요구가 문학을 '필연의 왕국'에 구속시키려는 방향으로 나가기도 한다. 예를 들어 권환은 문학적 리얼리즘이 과학적 인식을 통해 포착해야 할 객관적 필연성을 ─ 러시아 형식주의자들의 용어로 ─ '한정 모티프'만으로 이루어지는 서사와 혼동하기도 한다. "우리에게 아무 이용 안 되는 아무 의의 없는 모든 예술을 배척하며 (설령 그것이 우리 운동에 어떤 방해를 주지 않더라도) 그러한 것은 ─字─句라도 지면과 시간을 낭비해 두지 않을 것이다. 그래서 우리는 어떤 소녀가 어떤 청년에게 실연을 당해 자살을 하였던지 말았던지, 어떤 검은 개 한 마리가 하얀 눈 속으로 달아나든지 말든지, 이현식(이형식 ─인용자)이가 口臭를 걱정하며 손바닥에 입김을 불어보던지 말던지 병옥이가 붉은 줄 수건을 가졌던지 말던지(이광수의 『무정』에서) 어떤 촌사람이 서투른 1, 2, 3, 4 숫자로 수첩에다가 여비를 기록하던지 말던지 또 어떤 곁에 있는 사람이 단 수박 하나를 四分으로 짤라 먹는 것을 보고 침을 꿀떡꿀떡 삼키던지 말던지(채만식 씨의 「세 길」에서) 우리에게는 아무 관계 없는 아무 필요 없는 사실은 ─言─句라도 공연하게 쓰지 않는다." 권윤환, 「무산예술운동 과거 1년의 瞥顧와 장래의 전개책」, 『중외일보』, 1930. 1. 31.

계급의식의 표현을 본질로 하는 문학에서 과학적 현실 인식을 본질로 하는 문학으로의 전환은 일차적으로는 '과학적 사회주의'가 가지는 '객관적 당파성'에 대한 이해가 마르크시즘 문학론 내부로 진입해 들어오게 되는 세계 프롤레타리아 문학운동의 이론적 흐름과 관련되어 있다. 요컨대 1920년대 소비에트 러시아를 중심으로 문학예술 작품을 특정 사회계급이나 집단들의 '심리 이데올로기'의 표현으로 간주하고 경제적 토대와 계급 이데올로기를 인과관계로 설명하는 이른바 '사회학주의'적 견해[24]가 지배하고 있었던 데 반해, 1920년대 말로 접어들어가면서 새롭게 발견되어 편찬된 마르크스, 엥겔스 등의 문학예술론[25]이 인식론적 문제와 미학적 문제를 통합하는 흐름을 형성해 갔다. 또한 보다 가깝게는 일본 프롤레타리아 문학론의 영향[26]도 확인할 수 있다.

그러나 비교적 직접적이고 협소한 이론적 영향관계와는 별개로 문학에서 '과학적 인식'이 문제가 된 데에는 더 넓은 범위에서 또 다른 두 가지의 문화적 전환이 연관된 것으로 보인다. 하나가 앞의 김기진의 리얼리즘론과 이어지는 타협적 전환이라면, 다른 하나는 1930년대 중반으

---

24 특히 김기진, 박영희 등이 1920년대 중반에 빈번히 인용했던 마짜(I. Máca)는 그 시기 사회학주의적 입장을 대표하는 이론가였다.

25 참고로 1920년대 후반까지 소비에트 러시아의 마르크시즘 문학예술론 형성에 영향을 미친 것은 주로 플레하노프, 프리체, 메링 등의 논의였다. 단적인 예로 러시아에서 1920년대 중반까지 마르크스의 예술론을 다룬 연구물은 단 세 편이 발표되는 데 그쳤다. Holger Siegel, 정재경 역, 『소비에트 문학이론』, 연구사, 1988, 175면 참조. 문학예술에 대한 견해를 포함하고 있는 마르크스, 엥겔스 등의 문헌의 정리, 발견 및 편찬은 비판적 저작집 간행 작업과 병행해 특히 1930년대에 꾸준히 이루어진다. 1930년대 중반 소비에트에서의 사회주의 리얼리즘 논의를 비롯, 일본과 조선에서도 심화되었던 리얼리즘 논의는 1932년 마르크스와 엥겔스의 일련의 서한들이 간행된 사실(T. J. Blakeley, ed., *The Philosophical Foundations of Soviet Aesthetics*, Dordrecht : D. Reidel Publishing Company, 1979, 51면 참조)과 긴밀한 관련을 갖는 것으로 보인다.

26 藏原惟人, 「프롤레타리아 리얼리즘으로의 길(プロレタリア・レアリズムへの道)」, 『戰旗』 1928.5; 임규찬 편, 『일본 프로문학과 한국문학』, 연구사, 1987 참조.

로 가면서 확장되어가던 조선적 특수성 인식과의 관계이다. 이 후자가 마르크시즘 문학에서 '객관적 인식'이 갖는 두 번째 역설과 관련된다.

김기진이 프롤레타리아 전위의 눈으로 세계의 총체적 연관을 그려야 한다는 리얼리즘적 방법을 제시하는 글에서 "연장을 수그려야 한다"는 정세판단을 밑바탕에 깔고 있었음은 이미 말한 바와 같다. 이 역설이 의미심장한 것은 계급의식의 표현에서 과학적 현실 인식으로의 전환에 불리한 정세와 대중적 호소의 필요성이 관계하고 있다는 데 있다. 이는 이후 리얼리즘에 대한 사고를 심화시키는 이른바 '사회주의 리얼리즘 논쟁'에서 더욱 극명하게 나타난다. 사회주의 리얼리즘 논쟁의 주요 쟁점은, 한편으로는 사회주의 혁명 이후의 사회인 소비에트의 새로운 창작방법이 식민지 조선에 도입될 수 있는가 없는가 하는 것이었고, 다른 한편으로는 마르크시즘적 또는 유물변증법적 세계관과 별개로 리얼리즘적인 방법이 분리될 수 있는가 없는가 하는 것이었다. 그런데 이 논쟁은 한편으로 문학적 리얼리즘을 이론적으로 정교하게 하는 계기로 작용하기도 했지만, 아이러니하게도 '객관적 진실을 그리라'는 사회주의 리얼리즘의 명제에 힘입어 마르크시즘적 세계관을 포기하는 경우를 낳기도 했다.[27] 예컨대 임화가 사회주의 리얼리즘 논의

---

27 이에 대해 김남천은 "'킬포-친'이 '진실을 그려라' 하고 윗쳤다고 하야서 그 뒤에 숨은 명확한 정치적 당파성은 빼아먹고 '푸로렛타리아의 과제'라는 종래의 슬로강과 대치하여 '진실을', 객관적 진실을 하고 윗쳐오는 유행은 일종의 정치주의로부터의 일탈"이라고 지적한 바 있다. 김남천, 「창작방법에 있어서 전환의 문제」, 『형상』, 1934.3, 51면. 또한 임화 역시 사회주의 리얼리즘 논의 이후 "혹자에 잇서서는 형식주의의 부활에 혹은 예술지상주의에의 복귀를 위하야 혹은 뿌르문학으로의 일직선적인 전회를 은폐키 위하야 혹은 불성실한 자기의 과거를 위한 辨解 등등 실로 혀일 수 업슬 만치 다양한 곡예적 행위의 기술로 이 이론은 귀중하게 사용되고 잇다"며 비판하고 있다(임화, 「낭만적 정신의 현실적 구조」, 『조선일보』, 1934.4.19). 실로 박영희와 신유인은 사회주의 리얼리즘의 방법을 자신들의 전향의 근거로 삼고 있었다.

안에서도 낭만적 계기를 강조한 것은 리얼리즘론이 내포하고 있는 이러한 역설에 대한 반발이었다고 볼 수 있거니와,[28] 그는 "엥겔스가 규수작가 허-크네쓰에게 보낸 짧은 서간이 우리에게는 생각도 안 햇든 해독을 끼첫다는 것"[29]에 망연해하기도 했다.

또한 사회주의 리얼리즘에 대한 논의가 진행되어가면서 부각된 것 중의 하나가 소비에트의 현실과 조선 현실의 차이에 대한 인식이었다. 표면적으로는 리얼리즘 논의와 동떨어져 있는 듯이 보이지만, 1930년대 중반으로 향해가면서 '조선적인 것'에 대한 학문적 탐구가 등장하고 확대되어 간 바 있다. '조선적인 것'에 대한 학문적 언설들은, 만주사변과 동아시아에서 일본의 패권 확장, KAPF 해산과 진보적 세계관의 위기, 유럽의 파시즘 대두와 근대적 보편주의의 파탄 등의 계기와 맞물려 있는 문화적 특수주의의 경향과 무관하다고 할 수 없을 것이다. 이 시점에서 세계관과 방법의 분리가능성을 주요 논점으로 삼았던 사회주의 리얼리즘 논의는, 마르크시즘에 의해 '과학적으로 입증된' 인류 역사의 보편적 법칙과 조선적 특수성은 어떻게 관계지을 수 있는가에 대해 물음을 던지게 만들었다.[30] 작가의 세계관과 무관하게 현실의 본

---

28 임화, 「낭만적 정신의 현실적 구조」, 『조선일보』, 1934.4.19~25; 「위대한 낭만적 정신」, 『동아일보』, 1936.1.1~4.

29 임화, 「사실주의의 재인식」, 『동아일보』, 1937.10.10.

30 마르크시즘 경제사학자들이 '아시아적 특수성' 문제를 다양한 방식으로 — 대부분은 보편적인 진보적 시간에 편입시키는 방식으로 — 해결하고자 한 시도도 같은 이론적 맥락에 놓여 있지만, 문학의 경우 무엇보다도 다음과 같은 김남천의 입장이 전형적이다. "필자가 이곳에서 지금 찾고 있는 고발의 문학은 (…중략…) 소셜리스틱 리얼리즘이 가지는 원리 위에 입각하여 지금의 이 땅의 특수성, 사유에 있어서는 아시아적 뾰退性 위에 서서 창작적 태도를 시대적 운무의 충실한 왜곡 없는 모사 반영으로 관철시키려는 문학정신에 不外한다." 김남천, 「창작방법의 신국면」, 『조선일보』 1937.7.13; 정호웅·손정수 편, 『김남천전집』 I, 박이정, 2000, 239면.

질적 연관을 파악할 수 있는 방법으로 간주됨으로써, 리얼리즘은 세계관의 '압제'로부터 자유로워지고자 하는 경향 — 또한 사상운동에 대한 탄압을 회피하고자 하는 경향 — 에 힘을 실어줬을 뿐만 아니라, '보편적으로 적용 가능한 역사적 관점'이라는 것이 지닌 관념적 한계에 대한 반성을 촉발한 것으로 보인다. 그런가 하면 세계관에서 방법으로 이행하면서 '과학적인 것'은 상대적으로 중립적이고 도구적인 맥락에 놓이게 되었음도 사실이다.

작가의 편견과 세계관의 제약에도 불구하고 사회적 현상 배후에서 필연적으로 전개되어가는 역사적 과정을 포착할 수 있게 해준다는 '리얼리즘의 승리'의 명제는 "문학의 깊은 인식적 기능"[31]을 사고할 수 있게 해주었다. 그렇지만 간과하지 말아야 할 것은 그 근본적인 반영론적 모델이 심각한 맹목 지점을 포함하고 있었다는 사실이다. 문학이 현실을 깊이 반영하는 거울이라는 '탁월한 과학'으로서의 성격을 강조한 나머지 그 반영이 '언어'로 번역된다는 사실은 거의 의식되지 못했던 것이다. 어떤 현실을 담아내든 문학은 그것을 언어로 재조직하지 않으면 안 된다. 시간도 공간도 사건도 — 문학적 구성의 측면은 차치하더라도 — 오직 언어로 매개될 때에만 문학 내부에 들어올 수 있다. 이 사실에 대한 자각이 뒤따르지 않음으로써 이 시기 리얼리즘론은 그것이 도구처럼 여겼던 '과학적 방법'과 마찬가지의 오류, 즉 사실의 세계를 직접 다루고 있다고 간주하는 오류를 회피하기 어려웠다.

---

31 임화, 「사실주의의 재인식」, 『동아일보』 1937.10.9.

3. 과학적 태도와 '투명한 비약'

거칠게 말해 문학적 · 예술적 모더니티의 정신이 '과학의 진보'라는 아이디어와 불가분의 관계를 맺고 있음은 틀림없다.[32] 그러나 모더니즘은 과학의 혁명적 발전과 근대적 문명을 (긍정적 · 부정적) 발생조건으로 하고 있으면서도 내적으로 너무도 다양하고 상충되는 경향과 충동을 포함하는 모호한 개념이기 때문에 '과학적 진보'와의 관계양상과 그 특징을 나열하는 것은 큰 의미가 없을 것이다. 모더니즘은 과학적 진보가 개시한 새로운 현실을 발 빠르게 포착하거나 과학적 발견의 성과에 입각해 문학예술 개념의 변혁을 시도하는 경향부터, 제1차 세계대전을 계기로 과학문명의 파산을 선고하고 과학적 진보의 파괴적 결과들을 폭로하거나 '반과학적'인 경향, 단적으로 '$2 \times 2 = 5$'라는 비합리성의 영역에서 새로운 가치를 발견하려는 경향까지 다양하기 때문이다.

과학의 영향과 관련해 식민지시기 모더니즘 문학은 특히 자연과학의 발달이 가져온 새로운 개념들을 매개로 세계를 재구성하는 한편, 생물학, 심리학, 병리학 등 인간의 신체와 의식의 상태 및 운동을 다양한 분석적 개념들로 분절하여 새롭게 대상화하는 시도들을 전개해왔다고 할 수 있다. 근대적 도시문화가 조성한 새로운 환경과 그에 대한 감각적 경험을 언어화하고자 할 때에도, 근대문명의 파괴적인 결과들을 폭로하고자 할 때에도 냉정한 과학적 태도를 견지하고자 한 데에

---

32 Ernst Behler, 이강훈 · 신주철 역, 『아이러니와 모더니티 담론』, 동문선, 2011, 51~53면 참조.

모더니즘 문학의 특징이 있을 것이다. 특히 모더니즘 문학의 '과학적 태도'가 문학적 '리얼리티'의 추구와 긴밀히 결부되어 있었다는 점이 중요하다. 예컨대 김기림에게 '리얼리티'는 근대문학의 '예술성'을 결정짓는 근본 요소로까지 여겨졌다.[33] KAPF 못지않게, 주지적 경향이 강했던 식민지시기 모더니즘 문학에서도 '리얼리티'의 추구는 근대문학의 본질과 관련된 것이었다. 물론 양자에서 포착하고자 하는 '현실성'의 내용과 지위는 크게 다른 것이었다.

최재서는 박태원의 『천변풍경』과 이상의 「날개」를 리얼리즘의 확대와 심화로 고평하는 유명한 비평문에서 이렇게 말하고 있다.

> 예술의 리아리티는 외부세계 혹은 내부세계에만 한해서 잇는 것은 아니다. 그 어느 것이나 객관적 태도로서 관찰하는 데 리아리티는 생겨난다.
> 문제는 재료에 잇는 것이 아니라 보는 눈에 잇다. 주관의 막을 가린 눈을 가지고 보느냐 아모 막도 업는 맑은 눈을 가지고 보느냐 하는 데서 예술의 성격은 규정된다.[34]

> 예술 재료로서의 생활감정과 그 감정을 취급하는 예술가의 센티멘트는 판이한 물건이다. 과학자와 같이 냉엄한 태도를 가지고 자기 자신의 생활감정을 다룰 줄 모른다면 그는 차라리 그 재료를 버림이 가할 것이다.[35]

---

33 "예술에 잇서서 근원적인 것은 형상적으로 파악된 '리얼리티' 그것이다. 예술가가 추구하여야 할 것도 짜라서 그것이 아니면 아니된다고 생각한다." 김기림, 「예술에 잇서서의 '리알리티' '모랄' 문제」, 『조선일보』, 1933.10.22.
34 최재서, 「리아리즘의 확대와 심화: 『천변풍경』과 「날개」에 관하야」, 『조선일보』, 1936.10.31.
35 최재서, 「리아리즘의 확대와 심화: 『천변풍경』과 「날개」에 관하야」, 『조선일보』, 1936.11.3.

모더니즘적 경향을 가진 문학인들이 가장 경계했던 것은 '감상적 태도'였다. 감상적 태도는 이미 지나간 19세기적인 것, 요컨대 20세기의 기계체조장에서 추는 토인의 춤[36]이었을 뿐만 아니라, 과잉된 주관적 감정을 대상에 투사함으로써 결국 작품 내에서 대상과 주관 사이의 인식적·정서적 거리가 소멸해버리는—정확히 말하자면 주관이 대상을 잠식해버리는—결과를 낳기 때문이었다. 그리하여 이 글에서 최재서는 엄밀한 과학적·실증적 태도로 주관의 방해 없이 대상을 접하는 것을 리얼리즘으로 간주하고 있다. 여기서 객관을 대하는 '맑은 눈'을 흐리게 만드는 주관이란 경험적인 자아, 변덕스럽고 신뢰할 수 없는 감정적·심리적 복합체, 또는 특정한 이데올로기를 뜻하는 것으로 보인다. 그에 반해 근대문학은 과학적 방법이라는 '맑은 눈'으로 대상의 '객체성'을 드러내야 한다고 말하고 있다. 그러나 그의 리얼리즘 개념은 '객관적 태도'라는 너무도 단순한 규정에 의존하고 있을 뿐만 아니라, 객관적인 사실을 '객관적 사실'로서 바라보도록 만들어주는 언어와 과학이라는 안경의 선행성을 망각하고 있다.[37]

더욱이 최재서가 과학적이라고 생각하는 가치중립성은 동시에 숙명론과 구별되지 않는 필연성을 내포하고 있다. 그가 「날개」와 『천변풍경』을 리얼리즘의 심화와 확대로 대비시켜 이해하게 된 데에는, 인간 심리를 '외향형'과 '내향형'으로 구별한 정신분석학자 어니스트 존

---

36 김기림, 「과학과 비평과 시」, 『조선일보』, 1937. 2. 25 참조.
37 김수림, 「식민지 시학의 알레고리」, 고려대 박사논문, 2011, 92~93면 참조. 이곳에서 김수림은, 최재서가 리얼리즘을 철저한 주관의 배제로 이해했음에도 불구하고 작품의 전체적 구성을 결정하는 초월적 심급으로서 '개성'을 재도입함으로써 모순적인 이원구조를 회피할 수 없었음을 비판적으로 지적하고 있다.

즈(Ernest Jones)의 심리유형학이 결정적인 도식으로 작용했던 듯하다. 그는 "정신분석학자가 말하는 「심리적 타입」을 문예비평에 응용할 필요"[38]를 역설하며 이상을 내향형에, 박태원을 외향형에 각각 대입하고 있기 때문이다. 그는 다른 글에서 이 유형학을 "정신분석학이 오늘날까지에 우리에게 보여준 중 가장 권위잇고 유익한 공적"[39]으로 평가하면서 탁월한 과학적 근거로 끌어들인다. 이 탁월한 과학적 발견이 등장하자, 주관 대 객관, 개인 대 사회, 낭만주의 대 고전주의 등의 대립관계를 통해 예술사를 이해해 온 200여 년간의 관행이 하루아침에 "웃을 만한 우매"[40]로 전락해버리고 만다. 그는 이 심리유형을 문학비평의 유형 분류에 적용하며 이렇게 서술하고 있다.

이것이 문학비평에 있어서 문학적 타입을 결정하는 데 과학적 근거가 된다. 일례를 들면 소위 낭만적 예술가는 늘 내향적 태도의 기능을 표현하고 고전적 예술가는 늘 외향적 태도의 기능을 표현한다. (⋯중략⋯)

문학에 나타나는 낭만적 요소와 고전적 요소는 **인간성의 생물학적 대립에서 나오는 필연적 표현**이니 어느 것이 진실하고 어느 것이 허위라고 단정할 수 없다. 진실은 그들 중에 다 있고 허위도 역(亦) 그들 중에 다 있다. 진실의 허위는 결코 심리형 그 자체엔 있지 않다. 따라서 비평가는 자기의 비평 근거로서 개인의 선천적 심리형 이상의 과학적이고 보편적인 표준을 가져

---

38 최재서, 앞의 글.
39 최재서, 「비평과 과학」, 『조선일보』, 1934.9.5.
40 최재서, 「비평과 과학」, 『문학과 지성』, 인문사, 1938, 30면. 신문 연재시에는 "웃을 만한 당쟁"(『조선일보』, 1934.9.5)으로 표현한 데 반해 평론집을 묶으며 좀 더 강한 표현으로 수정했음을 알 수 있다.

야 한다는 것이 새로운 비평원론이다.[41]

심리유형학에 근거해 볼 때, 예술의 낭만적 / 고전적 요소는 예술가(작가)의 생물학적·심리적 유형에 의해 이미 결정되어 있다. 따라서 특정한 예술적 경향의 진위판단은 그 경향성 내부에서 이루어질 수 없을 뿐만 아니라 애당초 진위판단 자체가 성립되지 않는다. 물론 최재서는—외향 / 내향의 심리유형이 위계관계에 있지 않듯이—서로 동등한 차원에 있는 예술적 경향이나 유형 사이에서 소모적인 논쟁을 벌이기보다 상위의 보편적 비평기준을 찾기 위해 노력해야 한다는 취지에서 진술한 것으로 보인다. 그리고 특정한 예술적 경향이나 유형에 대한 평가기준을 반드시 그 내부에서 찾아야 하는 것은 아니다. 최재서처럼 예술가의 심리에서 찾을 수도 있고, 마르크시스트들처럼 사회-역사적 조건에서 찾을 수도 있다. 문제는 어떤 과학의 성과, 즉 실험으로 입증된 결과 또는 논리적 추론을 거친 결론을 판단의 근거로 삼자마자 관련된 문제 상황을 일거에 자명한 것으로 만들어버리는 데 있다. 이렇게 과학적 근거에 입각해 문제 상황을 자명한 것으로 해결함으로써, 판단의 주체는 가치중립성을 획득함과 동시에 반성적 판단을 중지한다. 따라서 객관적 사실을 '객관적 사실'로 대할 수 있게 하는 (과학적) 장치의 '장치성'은 망각되고 만다. 모든 모더니스트들이 동일하다고 할 수는 없겠지만, 최재서의 경우는 모더니스트에게 있어 '과학성'이 받아들여졌던 방식과 그 효과의 한 단면을 드러내준다고 하겠다.

---

41 위의 글, 31~32면. (강조—인용자)

주관을 지우고 객관적인 태도로 사실에 접근한다는 최재서 식의 리얼리즘 이해는 다른 모더니스트들도 어느 정도 공유하고 있었던 것으로 보인다.[42] 이런 이해가 과학적 장치에 대한 망각과 주관의 활동에 대한 무시라는 문제에 기초해 있지만, 자연과학적 세계인식에 친숙하며 시간성과 운동성을 중요하게 의식하고 있던 김기림[43]이 보기에는, KAPF 중심의 리얼리즘론이야말로 사실에 접근하기 전에 이미 그에 대한 인간적인 관심과 태도(모랄)를 전제한다는 점에서 비판되어야 할 것이었다. 모랄은 개개의 작품이 "진지하게 냉정하게 '리얼리티'를 추구할 때 거기서 자연스러운 상태에서 나타나야 할 것"[44]이었다. 아니 보다 정확하게 말하자면 "과학적 태도는 오늘의 시인의 새 '모랄'"[45]이다. 이런 관점에서 볼 때 모더니스트는 '유물론적 세계관'을 전제하는 마르크시스트들보다 더 근본적인 유물론의 입장에 서 있는 것으로 보인다.

> 개념의 정당한 내포에 잇서서 현실이라 함은 주관까지를 포함한 객관의 엇더한 공간적 시간적 일점(一點)을 의미한다.
> 현실은 시간적으로 부단히 엇더한 일점에서 다른 일점에로 동요하고 잇다.
> 예술에 잇서서 엇더한 현실의 단편이 구상화되엿을 때 그것은 벌서 현실

---

42 예컨대 김기림은 李箱의 문학에 대해 언급하는 해방 후의 글에서 리얼리즘에 대한 최재서 식의 설명을 그대로 반복하고 있다. "철저한 관찰—타협이 없고 미지근하지 않고 적당히 꾸민 것이 아니고 극도로 주관을 누르고 객관에 충실하려는 태도와 방법을 철저하게 밀어나가려는 것이 저 구라파의 「리얼리즘」의 안목이 아니었던가." 김기림, 「이상의 문학의 한모」, 『태양신문』, 1949.4.26; 『김기림전집』 3, 심설당, 1988, 180면.
43 김기림과 그의 시론에 있어서 '과학'의 위치를 그의 이력(도호쿠제국대학 유학 등)과 연결시켜 설명한 것으로는 윤대석, 「김기림 시론에서의 '과학'」, 『한국 근대문학 연구』 7(1), 한국근대문학회, 2006 참조.
44 김기림, 「예술에 잇서서의 '리얼리티' '모랄' 문제」, 『조선일보』, 1933.10.24.
45 김기림, 「과학과 비평과 시」, 『조선일보』, 1937.2.24.

이전이다.

거기는 고수화(固守化)한 역사와 인생의 단편이 잇슬 싸름이다.

다만 상대적 의미에서 이러케 부단히 추이(推移)하고 잇는 현실을 여실히 포착할 수 잇는 주관은 역시 움지기고 잇는 주관이 아니면 아니된다.

그럼으로 객관적 '리앨리즘'은 날근 '리앨리즘'의 넷 형태에 잇서서도 그러고 엇더한 새로운 해석에 잇서서도 억설이고 가설 이상일 수 업다.[46]

마르크시스트에게 현실이 사회-역사적 '현실', 즉 사적 유물론적 관점에서 역사의 진보를 헤아리는 시선에 의해 포착되는 본질적 연관이라면, 김기림에게 현실이란 주관과 객관이 함께 참여하고 있는 부단한 운동 그 자체이다. 따라서 고정된 '객관적 사실'도 고정된 '주관적 태도'도 성립불가능하다. 감상주의적인 주관의 독백을 상정하는 입장(낭만주의)도, 주관에 침투된 객관을 고려하지 않은 채 객관의 묘사가 가능하다고 상상하는 입장(자연주의에서 프롤레타리아 리얼리즘까지)도 비판되어야 한다. 감상주의뿐만 아니라 자연주의적 · 몰주관적 객관주의를 비판한다는 점에서는 마르크시스트들과 유사한 입장에 있는 듯 보이지만, 그가 '새로운 리얼리즘(마르크시즘의 리얼리즘)'도 객관주의적인 것으로 간주할 수 있는 것은 마르크시스트들과 상이한 '현실' 개념을 가지고 있기 때문이다. 마르크시스트들이 미래를 선취한 프롤레타리아 전위의 초월적 시점 반대편에 역사 발전의 본질적 흐름으로서의 현실을 상정했다면, 그의 '현실'은 보들레르적으로 순간 / 영원을 모순적으로 포착할

---

46 편석촌, 「시의 기술, 인식, 현실 등 제문제」, 『조선일보』, 1931.2.14.

때, 또는 '고현학'적 시선으로 현재의 우연성 속에서 필연성을 구성할 때 주관과 객관이 교차하는 지점을 뜻하는 것으로 보인다.

이렇듯 김기림에게 현실은 주관을 포함하고 있는 객관의 현재적 장소이다. 그 현재적 장소는 끊임없이 미래를 향해 움직여가고 주관은 그보다 상위의 범주인 객관 안에서 객관과 상호작용하며 함께 움직여간다. 주관과 객관의 상호작용은 '인식'을 통해 이루어지지만, 그에게 인식은 주관이 이성의 범주와 개념을 객관대상에 적용하는 행위가 아니라 반대로 "주관 내에서 활동하는 객관의 활동의 과정"[47]이다. 따라서 엄밀히 말하면, 주관과 객관이 교차한다기보다는 압도하는 객관 속에서 객관의 운동을 냉정하게 파악하고 그 운동에 보조를 맞춤으로써 오히려 객관에까지 확장되어가는 주관이 있는 것이다. 그에게 인식이란 객관 대상을 이해 가능한 것으로 장악하는 것이 아니라 정반대로 "지적인 투명한 비약"[48]이다.

시에 나타나는 현실은 단순한 현실의 단편은 아니다. 그것은 의미적인 현실이다. 그리고 그것(현실)이 전 문명의 시간적·공간적 관계에서 굳세게 파악되어서 언어를 통하여 조직된 것이 시가 아니면 아니된다. 여기서 의미적 현실이라고 한 것은 현실의 본질적 부분을 가리켜 한 말이다. 그것은 현실의 한 단편이면서도 그것이 상관하는 현실 전부를 대표하는 부분이다.[49]

---

47 위의 글.
48 김기림, 「시의 '모더니티'」, 『신동아』, 1933.7, 『김기림전집』 2, 심설당, 1988, 81면.
49 위의 글, 84~85면.

그에게 시란 바로 이 현실의 '전체성'을 환기시키는 것이다. 논리적인 골격만 본다면 마치 역사 발전의 객관성을 그 전체성에서 파악해야 한다고 주장하는 마르크시스트들의 과학적 인식론과 동일해 보인다. 그러나 그 방향은 정반대이다. 마르크시스트들이 역사발전의 주체인 프롤레타리아트의 미래의 관점에서 객관세계의 본질을 파악하고 문학을 통해 그 전체성을 드러내고자 한 데 반해, 따라서 주체에 의한 세계의 장악에서 문학의 본질을 본 데 반해, 모더니스트 김기림은 객관세계 내에서 그 세계의 운동과정을 파악함으로써 주관적인 것 자체가 객관적인 것으로 전화되는 방향, 즉 시 자체가 객관이 되는 경지를 지향했다.

주관과 객관이 대칭적으로 존재하는 실체인 듯이 상상하는 사고관습을 파괴할 만큼 김기림의 '유물론'은 발본적이고 '객체중심적'인 것처럼 보인다. 이러한 객체우위의 과정에 참여하면서 자기 내부에서 객관이 활동하고 있음을 망각한 채, 또한 이 전체의 활동이 매순간 시간을 따라 이행하고 있음을 망각한 채, 자율적이고 특권적인 주관의 눈으로 객관세계를 '리얼'하게 볼 수 있기라도 한 듯이 가정하는 모든 리얼리즘론은 '주관적 가상'의 한계를 벗어날 수 없게 된다. 더욱이 "아모 기적도 신들의 일홈도 그 속에서 구경할 수 업는"[50] 20세기에 형이상학적인 세계 이해가 통용되지 못할 것은 자명한 것이었다. 그러므로 그가 요청하는 시는 "과학적 태도와 근저에 잇서서 일치하는"[51] 것이다.

김기림은 마르크시즘적 리얼리즘도 관념적이라고 비판하고 있지만, 그리고 주관과 객관의 관계를 설정하는 방향은 정반대로 향해 있

---

50 김기림, 「과학과 비평과 시」, 『조선일보』, 1937. 2. 25.
51 위의 글.

지만, 마르크시스트도 모더니스트도 '과학적 인식'을 통해 보고자 했던 '현실'은 사실들이 맺고 있는 관계의 **전체성**에 다름 아니었다. 물론 그 전체성을 바라보는 지점에 있어서의 차이는 분명하다. 마르크시스트들은 역사적 발전의 법칙성으로부터 도출된 미래에서, 모더니스트들은 부단히 변화해가는 현재 속에서 전체성의 인식에 도달하는 길을 찾고 있었다. 하지만 양자는 공히 그 길을 알려줄 수 있는 가장 확실한 방법을 과학적 인식으로부터 얻고 있었다.

거칠게 말해서 처음에 과학은 이들 근대 문학인에게 하나의 새로운 '세계관'이었다고 할 수 있다. 전근대적 세계에서 군림하던 모든 가치들을 일거에 추락시킨 것도, 그 세계의 위계질서에 스며들어 있던 모든 의미들을 탈신화화한 것도 과학적 세계관의 힘이었다. 그러나 세계관 그 자체로는, 또는 작품의 서술층위에서 직접 과학적 관점의 가치론적 진술이 등장하는 것으로는 여전히 문학과 과학은 외적인 관계에 머물러 있다고 할 수 있다. 그러나 '방법'으로서, 즉 현실 연관의 전체성을 파악하기 위한 탁월한 길로서 문학 안에 진입할 때 비로소 과학은 문학적인 것으로 존재하기 시작했다고 말할 수 있을 것이다.

4. 재인식되어야 할 '사실'

KAPF의 해산을 전후해 특히 사회주의 리얼리즘에 대한 논의가 활성화되었음은 앞서 살펴본 바와 같다. 소비에트 러시아에서 사회주의 현실을 포착하기 위해 제창된 방법론이었음에도 불구하고, 그것의 도입이 한편으로는 마르크시즘적 세계관의 포기, 다른 한편으로는 특수하고 구체적인 조선의 현실에 대한 인식이라는 역설적인 효과를 낳았음에 대해서도 언급한 바와 같다. 여기에 KAPF 해산 후, 중일전쟁 발발과 총동원체제의 형성, 사상탄압과 검열 강화, 사회주의자들의 대량전향 및 문학인들에 대한 시국협력 강요 등으로 이어지는 정세변화는, 리얼리즘을 통해 현실 연관의 전체성을 문학적으로 파악하고자 하는 시도들을 저지시키고 '과학적 인식'의 방향을 전환하게 만드는 결과를 가져왔다.

게다가 중일전쟁 초기 일본이 승승장구하며 점령지를 넓혀가고 이 전쟁에 '세계사적 의의'를 부여하는 헤게모니 담론들이 유포되는 와중에, 발레리가 발화했다는 '사실의 세기' 선언이 특정한 번역 / 해석 통로를 통해 알려지면서,[52] 문학적 · 문화적 언설장에서 과학과 과학적 현실 인식이 획득해 온 권위가 심각하게 의심받는 사태가 등장하기도 했다.

'사실의 세기'의 도래를 알리면서 발레리가 붕괴했다고 선언한 '질서의 세기'란, 유럽적 정신의 세기에 다름 아니며 사실(자연)과의 투쟁을 통해 이룩해낸 인간적 자유의 조건이었다. 그러나 오랜 세월 자명한 소여처럼 여겨졌던 그 질서, 즉 '제2의 자연'이 되어버린 그 규칙의 세계는 "마법으로 지켜지고 있는 데 지나지 않은"[53] '허구적 구성물'이었

---

52 발레리의 '사실의 세기' 발언이 번역 · 해석되어 온 정치적 문맥과 그 효과에 대해서는 차승기, 「사실의 세기', 우연성, 협력의 윤리」, 『민족문학사연구』 38집, 2008 참조.

53 Paul Valéry, 新村猛 역, 『『ペルシャ人の手紙』 序』, 『ヴァレリー全集』 8卷, 筑摩書房, 1967, 175면. 원문은 "Préface aux Lettres Persanes", *Commerce* VIII, été, 1926.

음이 드러났다. 이 정신의 질서가 몰락함으로써 봉인에서 풀린 사실들의 시대가 도래했다는 것인데, 발레리가 볼 때 유럽적 '정신'을 붕괴시킨 결정적인 힘은 실증과학으로 대표되는 과학기술이었다. 요컨대 발레리는, 유럽적 기원을 갖는 과학이 유럽의 정신에 붙들려 있을 때 질서 ─ 다른 의미로는 유럽이 곧 보편이었던 질서 ─ 가 유지되었으나, 그 과학이 '기술-수단'이 되어 세계 어디에나 전파 가능한 것이 됨으로써 거꾸로 유럽을 위협하게 된 사태 ─ 다른 의미로는 보편이 유럽을 상대화시키는 사태 ─ 에 대한 위기의식[54]을 표출한 것이었다.

발레리의 언술이 탈문맥화되고 일본을 통해 특정한 정치적 맥락으로 번역·해석되어 단순한 슬로건처럼 도입된 식민지 조선에서 '사실의 세기'는, '시대적 우연'[55]을 받아들일 수밖에 없는 문명적 전환의 징후로 해석되어 일본 중심의 동아질서 형성이 갖는 '세계사적 의의'를 인정하는 언술에 반복적으로 출현하는 상투어가 되곤 했다. 그러나 발레리가 실증과학을 유럽적 정신에 위기를 가져온 힘으로 간주했다는 사실은 과학적 인식의 전회와 관련해 중요한 시사점을 제공해준다. 요컨대 발레리가 '정신'으로부터 분리된 '기술-수단', 즉 사실(자연)과의 투쟁의 기억이 각인되어 정신으로부터 분리시킬 수 없는 과학(과학정신)이 아닌 도구화된 기술이라고 이해한 실증과학의 지배는, 중일전쟁 발발을 전후한 시기 문학에서의 '과학적 인식'의 방향전환과 일정한 상응관계를 갖기 때문이다.

---

54 김항, 「알레고리로서의 4·19와 5·19」, 『상허학보』 30, 상허학회, 2010, 185면 참조. 이 글에서 김항은, 발레리의 '정신의 옹호'를 비판하는 일본 '근대초극론'자들로부터 '무질서 앞에서 이성이 작동하는 순간의 시간성'을 되찾고자 하는 시도를 발견하고 있다.
55 백철, 「시대적 우연의 수리 : 사실에 대한 정신의 태도」, 『조선일보』, 1938.12.1~7.

KAPF 해산 이후 문학적 '방법'으로서의 리얼리즘을 실천하고자 한 작가들 중에서도 김남천은 특히 이 방법을 '고발'과 '가면박탈'의 정신으로 전환하고자 했고, 그것을 프롤레타리아 문학의 역사적 과제로서 이해했다.

일체를 잔인하게 무자비하게 고발하는 정신, 모든 것을 끝까지 추급하고 그곳에서 영위되는 가지각색의 생활을 뿌리째 파서 펼쳐 보이려는 정열 — 이것에 의하여 정체되고 퇴영한 프로문학은 한 개의 유파로서가 아니라 시민문학의 뒤를 낳는 역사적인 존재로서 자신을 추진시킬 수 있을 것이다. 이 길을 예술적으로 실천하는 곳에서 문학의 사회적 기능도 다할 수 있을 것이다.[56]

그는 사회주의 리얼리즘의 소개 이후 나타난 '탈정치적' 경향들을 비판하면서, 그렇지만 그에 대해 과거와 같이 '올바른 세계관'을 강변하는 것이 —KAPF의 공식주의적 오류를 반복한다는 측면에서도 현실 정세의 측면에서도— 더 이상 유효하지 않은 상황에서 '리얼리즘의 승리' 명제를 실천할 수 있는 길을 이곳에서 찾았던 것이다. 그리하여 "추상적 주관을 가지고 객관적 현실을 재단하는 것이 아니라 끝까지 객관적 현실에 작가의 주관을 종속시키라"[57]는 명령을 과학적 인식과 리얼리즘 실천의 핵심으로 삼았다.

그러나 세계관적 통일성과 주체의 위치를 중요시한 임화에게 이러

---

56 김남천, 「고발의 정신과 작가」, 『조선일보』, 1937.6.1~5, 『김남천전집』 I, 231면.
57 김남천, 「창작방법의 신국면」, 『조선일보』, 1937.7.10~15, 『김남천전집』 I, 242면.

한 '고발'과 '자기고발'은 "창작과정 중에서 일체의 주관적 활동을 배제할라는 경화(硬化)한 객관주의"[58]의 오류를 범하고 있을 뿐만 아니라, 자기분열이 자기 내부의 심리적 사태가 아니라 "분열된 세계, 과도적 이중 세계의 심리적 반영"[59]임을 망각하고 있다는 점에서 '리얼리티'를 획득하지 못한 것이었다. 그에게 문학적 리얼리즘은 현실 속에서 주체를 단련해가는 과정 속에서만 성취될 수 있는 것이었기 때문이다. "현실은 주체의 성질을 분석하는 시금석이고 성격의 운명을 결정하는 자체"[60]인 것이다.

김남천의 '객관주의'를 비판하는 임화는 과학적 세계관의 중요성을 다시금 상기시킨다. 즉 그는 리얼리즘을 "과학적 추상과 결합하고 작가의 주관이 치연(熾然)히 활동하는 문학"이라 정의하며 "작가가 과학을 학습한다는 것은 자기 재건의 길인 동시에 예술적 완성에의 유력한 보장"이라고 강조하고 있다.[61] 그러나 '고발의 정신'의 작가가 이후 '풍속'에서 '관찰'로 나아가며 '몰아성'을 견지한 채 객관세계의 구조를 탐사하는 작업을 지속했음은 주지의 사실과 같다. 임화가 과거 프롤레타리아 문학에서 도달한 과학적 현실인식의 방법, 즉 역사발전의 객관적 과정을 선취된 미래의 시점에서 조망함으로써 현재를 비판적으로 분석하고 그 안에서 다시 미래의 맹아를 발견하는 방법으로서 리얼리즘을 이해하고 있었던 데 반해, 김남천은 기존의 과학적 세계관에 괄호를 치고 '리얼리즘의 승리' 명제를 스스로 실천을 통해 검증하고자 하

---

58 임화, 「주체의 재건과 문학의 세계」, 『동아일보』, 1937.11.16.
59 임화, 「현대문학의 정신적 기축」, 『조선일보』, 1938.3.27.
60 위의 글.
61 임화, 「주체의 재건과 문학의 세계」, 『동아일보』, 1937.11.16.

는 입장에서 발자크 연구를 수행하며 "발자크의 웅대하고 치밀한 티끌 하나도 용서하지 않는 가혹한 묘사 정신"[62]을 견지하고자 했다.

비록 김남천은 통일성 없이 파편화되어 있는 사실의 세계에 들어가 주관적 편견 없이 묘사함으로써 — 발자크처럼 — 자신의 의도와 상관 없이 역사발전의 필연성이 드러날 수 있기를 기대했지만, 그가 견지하고자 한 엄밀한 객관적 태도는 실증주의적 과학개념, 즉 기술-수단으로서의 과학개념에 기댐으로써 결정적인 맹목적 지점을 내포하게 된다. 그것은 '몰아성'이라는 입장에 의해 은폐되고 있는 '기술-수단'의 이데올로기성이라고 할 수 있다. 세계관이나 이데올로기라는 주관적 편견을 지우고 "사실의 풍랑의 세상에서 사실 가운데 들어간다"[63]는 행위는 '주관'을 지움으로써 동시에 '객관을 구성하는 기원'을 지우게 된다. 남는 것은 사실을 사실 그대로 보고 묘사할 수 있는 투명한 눈과 투명한 언어라는 의심스러운 '기술-수단'뿐이다. 따라서 김남천의 리얼리즘은, 적어도 그 과학적 인식의 개념에 있어서는 모더니스트들의 리얼리즘과 구별되지 않는다.

이와 같은 리얼리즘과 과학적 인식 개념의 변모는, 중일전쟁기 기술 동원의 맥락에서 과학 개념이 '문화과학에서 자연과학으로' 전환되며 실용적이고 기술적인 이성의 사용이 문화 및 문화과학을 포섭해가는 사정[64]과 무관하지 않은 것으로 보인다. 현실연관을 전체성 속에서 파악하고 그 안에서 발전의 필연성과 법칙성을 발견하는 것이 불가능해

---

62 김남천, 「시대와 문학의 정신」, 『동아일보』, 1939.5.7, 『김남천전집』 I, 494면.
63 김남천, 「토픽 중심으로 본 기묘년의 산문문학」, 『동아일보』, 1939.12.22, 『김남천전집』 I, 564면.
64 차승기, 「전시체제기 기술적 이성 비판」, 『상허학보』 23집, 2008 참조.

지면서, 그리고 합리적 이성에 의해 그 법칙의 객관성과 타당성을 추궁하는 것이 불가능해지면서 '현실'이라는 말도 그 위력을 상실하게 된다. 그리하여 임화조차 지금까지 "역사적 장래에 대한 일종의 낙천적 태도"와 "현실의 발전이 결과하는 지점이 자기의 사상의 논리적 결과와 일치되리라는 예상" 속에서 해석되었던 "현실의 의미는 대단히 비현실적"일 수도 있음을, 나아가 "현실이라는 것은 차라리 정신적인 것"일 수도 있음을 토로하면서 구체적인 것으로서의 '생활'에 주목할 필요성을 언급한다.

사실, 이른바 '사실의 세기'로 상징되는 주객분리와 인식적 주권상실의 사태는 모든 합리적 사유와 개념과 질서의 허구성 — 또는 작위성 — 을 일깨우면서, 불안과 위기 속에서 일시적이나마 실재(the real)의 징후를 예감하게 할 수도 있다. 그러나 중일전쟁기 이후의 '사실'은 언제나 — 이미 번역·해석된 것으로서만 주어졌기 때문에, 어떤 절대적인 지평을 제공할 수는 없었다. 이러한 조건에 상응하여, 반성적 노고의 산물이 아닌 공식화된 역사해석틀로서의 과학의 이데올로기성을 반성하는 것은 가능했을지 모르지만, 그 반성은 기술-수단적인 과학이 투명하게 사실과 대면하게 해주리라는 또 다른 가상에 기댈 때 가능했던 것으로 보인다.

5. 과학과 문학, 또는 유토피아 충동

거칠게 도식화하자면, 식민지시기 근대문학에 있어서 과학의 지위와 성격은, '과학적 세계관'에서 '과학적 방법'으로, 그다음엔 '기술적 이해'로 전환되어 왔다고 할 수 있다.

식민지시기 근대문학에서 과학과 과학적 인식은 무엇보다 '전체성에 대한 파악'의 방법으로 이해되었다. 과학에서 '전체성'은 과학 내에 존재할 수 있는 다양한 차이와 모순과 이율배반을 넘어서 통일된 법칙을 찾아야 한다는 과제를 내포한 개념일 것이다. 사실, 자신의 분야와 영역의 울타리를 준수하는 제도화된 분과학문의 입장에서 볼 때 이러한 과제는 오히려 '반과학적'인 것으로 비쳐지거나, 특정 분과학문이 자기 경계를 넘어서 타 분과학문에 행하는 도발이나 월권행사를 보장해주는 것으로 간주될 수도 있다. 그러나 통일된 법칙을 찾는다는 과제는 성과로서 실현되어야 하는 것이라기보다는 오직 '과정'으로서만 존재하는 것이리라. 전체성을 파악하기 위해 자기 영역을 넘어서까지 개념을 적용해보고 그것을 수정하거나 폐기하는 부단한 과정을 통해 과학은 반성적으로 될 수 있을 것이다. 이 과정의 '비과학성'을 두려워하며 제도화된 분과학문 영역에 안전하게 머무르는 과학은 언제나 '기술적' 상태를 벗어나지 못할 것이다.

문학에서 과학적 인식을 통해 현실의 전체적인 연관에 도달하고자 하는 시도 역시 언어와 언어 이전의 사태, 문학과 (자연)과학, 문학과 역사 등, 통칭해서 문학과 비문학적인 것 사이의 자명해보이는 듯한 경계를 넘어서는 실천과 결합되어 있다. 달리 표현하자면, 근대문학에서 과학은 보편성과 전체성을 담지하거나 그것에 도달하기 위한 방법으로 여겨졌다고 할 수 있을 것이다. 이렇게 볼 때 문학에서 '과학'은 문학이 가지고 있는 일종의 유토피아 충동에 의해 요청되는 것이라고 할 수 있을 것이다. 여기서 유토피아적인 것이란, 과학이 가져다주리라 기대되는 '미래'의 내용과 관련된 것이 아니라, 보편성·전체성의 지평을 향한 근대문학의 충동 자체가 계기로서 내포하고 있는 어떤 힘과 관련된 것이라 하겠다.

유토피아적인 것과 관련된 이 힘은 모든 환원불가능하고 통약불가능한 것들의 경계를 넘어서려는, 또는 파편화되고 소외된 것을 극복하려는, 요컨대 '식민지' 상태에서 탈피하려는 의지에 다름 아닐 것이다. 과학은 어떤 환원불가능한 통일체로서의 개별적인 것에서 원리 또는 법칙을 추출하기 때문에 힘을 가질 수 있다. 원리 또는 법칙은 때로는 대상에 가해지는 폭력으로 작용하지만, 근본적으로는 낱낱의 고유성들의 틀을 가로질러 그것들 사이를 소통시키고(communicate) 그것들 사이에서 공통적인 것(the common)을 찾아내고자 하는 평등주의적 시각이 깔려 있기도 하다.

'깨달음'이 존재의 전회를 불러일으킬 정도의 강력한 앎의 형태면서도 그 고유한 경험의 시간·공간과 분리불가능하기 때문에 온전히 전달되거나 공유될 수 없는 앎이라면, 과학적 '지식'은 고유성의 경계를 파괴하면서까지 그 개별적인 것들을 연결시키는 앎이라고 할 수 있다. 이 과정에서 결과적으로 발생하는 지식의 추상성의 한계는 두말할 필요도 없다. 그러나 이 연결 행위 자체는 낱낱의 존재에서 '공통적인 것'

을 발견하려는 힘에 의해 촉발되었음도 틀림없다. 이 힘을, 과학을 가능하게 하면서도 정작 과학 내부에서는 가시화되지 않는 '과학적인 것'의 잠재력이라고 할 수 있을 것이다. 근대문학이 과학 또는 과학적 인식과 깊은 관계를 가지고 있다면, 양자가 — 과학이 기술적 의미로 국한될 때조차 — 접촉지대에서 서로 공유하는 것은 바로 이 '과학적인 것'의 잠재력일 것이다. 그것은 공동성(commune)이 절실히 요청되는 시대의 문학적 상상력이라면 언제든 품게 되는 유토피아적 지향과 관련되어 있다.*

---

* 이 논문은 2012년 『한국문학연구』 42집에 게재된 논문을 재수록한 것임.

단군, 조선학 그리고 과학

식민지 지식인의 보편을 향한 열망의 기호들

정종현

1. '단군'의 초상

대한민국 건국 직후인 1948년 9월 25일 법률 제4호 '연호에 관한 법률'을 통해 단기(檀紀)는 서기(西紀)와 함께 국가의 공식 연호로 법제화되었다. 또한 1949년 10월 1일 '국경일에 관한 법률'을 제정·공포하여 단군의 조선 건국일을 10월 3일로 비정하고 이 날을 개천절로 정하여 국경일로 선포하였다.[1] 이처럼 해방 직후 국가와 민족문화 건설이 시

---

[1] 단기 연호는 1961년 12월 2일 법률 775호 '연호에 관한 법률'에 의해 폐지되고 서력 기원만 사용되고 있다. '개천절'이라고 하는 이름은 대종교에서 비롯되었다. 대종교는 개천절을 경축일로 제정하고 매년 경축 행사를 거행하였다. 1919년 대한민국 임시 정부가 수립되자 임시 정부에서는 음력 10월 3일을 국경일로 제정하였다. 해방 이후 다시 이 음력을 양력으로 전환하여 기념일로 제정하였다.

대의 의제로 제시되었을 때, 단군을 매개로 하는 여러 시도들에 대하여 역사철학자 신남철은 "'八紘一宇'가 '弘益人間'으로 변하였다는 것이 과연 얼마나 무엇을 인민의 생활과 민족해방에 기여공헌한단 말이냐"[2]고 신랄하게 비판한 바 있다. 신남철은 국조 단군과 연관된 '홍익인간'이라는 구호가 제국의 '팔굉일우'가 변형된 것임을 암시한다. 단군을 민족의 기원이 아닌 사적유물론에 입각한 역사의 특정 단계의 지표로 파악한 마르크시스트에게는 단기 연호는 식민지시기 매일같이 확인하며 살았던 다이쇼[大正], 쇼와[昭和] 등의 천황을 중심에 둔 제국 일본의 력(曆)을 연상시키는 식민지의 잔재로 간주되었다. 신국 일본을 일상의 차원에서 지각하는 형식이 천황 중심의 歷체계였다. 아마테라스를 국조로 하는 만세일계의 천황가와 그를 중심으로 구성된 천황력은 일본 제국의 성원임을 각인시키는 장치였다. 탈식민지 한국사회에서 단기 연호는 대한민국의 국민(민족)이 다른 누구와도 공유되지 않는 독자적 영역을 확보했다는 상징이었지만, 식민지시기 日本曆에서 천황의 자리에 단군을 대신 올려놓은 것처럼 보였던 것도 사실이다. 다이쇼, 쇼와, 단기는 서력이라는 '보편성'을 거부하며 고유의 시간성이 존재하는 것처럼 내세우는 문화적 특수주의의 상징이다. '고유한 존재'를 강박적으로 과시하는 이러한 행위는 자신의 독자성을 강조한다는 점에서 특수성의 표현임에 틀림없지만, 한편으로는 전도된 형태로 보편성에 대한 의식이 투영되어 있다고도 말할 수 있을 것이다. 흥미로운 것은 천황의 자리 혹은 그의 선대인 아마테라스의 자리에 단군을 놓으려는 시

---

2   신남철, 「제4장 민족문화론」, 『전환기의 이론』, 1948, 167면.

도가 해방 이후에 처음으로 나타난 것은 아니라는 점이다.

근대초창기부터 단군 신화는 한국인을 여타의 다른 민족 집단과 구분되는 특수한 공동체로 인식하는 근대적 민족관념의 거점으로 소환되었다.[3] 그렇지만 단군에 대한 논의가 민족주의적 맥락에서만 이루어진 것은 아니었다. 단군을 둘러싼 논의는 '아시아적 생산양식'과 더불어서 일본인과 조선인 지식 집단 사이에서 벌어진 가장 열띤 논쟁 중의 하나였다. 또한, 단군을 둘러싼 논쟁은 식민지시기 이념과 방법을 달리하는 조선인 연구자들의 세계 인식과 학문관의 차이를 뚜렷이 보여준다. 식민지시기 그려진 '단군'의 초상은 조선인의 집합적 자기 인식의 기원인 '국조'의 형상에서부터 한·중·일을 포함한 광활한 문화권의 원점으로 묘사되는가 하면, 원시공산사회로부터 부족사회, 고대국가 형성으로 이어지는 사적 유물론에 입각한 보편적 역사발전론이 조선사에서도 확인되는 증거물이기도 했으며, 일본인 연구자에게는 조작된 위조품으로 간주되기도 하였다. 이들 논의를 세세히 분별하여 그 진위를 평가하는 것은 이 글의 관심이 아니다. 여기서는 식민지시기 단군 초상을 민족주의의 문화적 실천이라는 차원이 아니라 보편성에 대한 열망과 관련지어 검토해 보고자 한다.

1900년을 전후한 시기부터 일본의 동양사학자들은 이후 한국학계에

---

3 기존의 연구에 따르면, 근대 이전부터도 단군을 국조로 하는 단일민족의식이 형성되어 있었다. 단군은 구한말 서구의 내셔널리즘의 영향 아래 한국 민족주의의 핵심을 이루는 이데올로기적 상징으로 재부각되었다. 단군에 대한 경모는 신앙으로 발전하여 1909년 나철의 '원단군교'로 체계화되어 등장하였으며 식민지 지배체제 성립 이후 본류인 대종교와 총독부의 인가를 받은 유사단체인 단군교로 분화되어 전개된다. 이에 대해서는 삿사 마츠아키[佐佐充昭], 「한말·일제시대 단군신앙운동의 전개 : 대종교·단군교의 활동을 중심으로」, 서울대 박사논문, 2003을 참조.

서 '단군말살론'이라고 명명되는 단군신화 조작설을 일관되게 제기하
였다. 단군에 대한 기록이 중국에는 존재하지 않고『삼국사기』에도 없
으므로, 단군 사적이 처음 나타나는『삼국유사』발간시기(1275~1308)까
지의 사이에 새롭게 등장한 전설적 인물이라는 것이 큰 틀에서의 기
본 주장이다. 고구려 계승을 표방한 고려의 승려가 단군을 고구려의 선
조라고 날조한 것이라는 那珂通世, 白鳥庫吉 등의 '僧徒妄談說', 일연의
창작이라기보다 고려 중엽 평양신에게 단군이란 존칭을 바쳐서 조선
창시의 신인으로 삼았다는 今西龍의 '王險城神說', 小田省吾의 '묘향산
산신설', 三浦周行과 稻葉岩吉 등이 주장한, 기자에 대항하여 씨족적 신
앙의 대상으로 단군을 강조했다는 '민족적감정설' 등이 존재한다.[4] 이
러한 말살론에 대한 대종교 등의 반박이 있었지만, 그것이 본격적인 사
론의 형태를 띠고 제기된 것은 1925년『동아일보』에 신채호의 「전후삼
한고」, 「평양패수고」 등이 발표되면서부터로 알려져 있다.[5] 이후 최남
선, 정인보, 안재홍 등 이른바 '국학' 계열 학자들의 조선고대사 관련 글
들이 발표되면서 단군은 민족주의의 중심적 표상으로 부각된다. 주목
할 것은 식민지시기 국학자들이 그린 단군의 초상에서 민족의 국조라
는 특수성의 기원으로서 뿐만 아니라 바로 그 민족이라는 특수성을 넘

---

4 최남선은 1926년『동아일보』에 연재한 단군론에서 일본인들의 단군론을 위의 명명을 사용
하며 정리하고 비판하였다. 또한 백남운도 최남선류의 단군론을 '환상적인 독자성'으로 비
판하면서 동시에 일본인 학자들의 단군말살설에 대해서도 '합리주의적인 假象'(백남운, 29
면)이라 비판한 바 있다. 일본인 연구자들의 '단군말살설'은 해방 이후 중국 산동성 가양현
에서 발견된 「武氏祠石室畵像石에 보이는 단군신화」에 의해 무너졌다. 단군신화와 대체로
동일한 이야기가 여기에 그려져 있었는데 이 석실은 기원후 2세기에 만들어졌고, 그 원본은
기원전 2세기까지 소급되는 것으로 밝혀졌다. 그 내용은 김재원, 『단군신화의 신연구』, 정
음사, 1947에서 최초로 소개되었다.

5 이들 논의는『동아일보』에 연재된 「조선사연구초」(1924. 10. 13~1925. 3. 16)의 시리즈의 소
논문으로 수록되어 있다. 1929년 조선도서주식회사에서『조선사연구초』로 간행되었다.

어서는 보편에 대한 열망을 확인할 수 있다는 점이다. 단재의 조선 고대사의 서술에서 잘 드러나듯이, 고대 조선은 광대한 영토를 영유하고 중국과 대등하게 존재했거나 혹은 오히려 그것을 압도하는 제국의 형상을 띤 국가로 현현한다. 단재는 부여족의 고대 국가들 즉 고조선, 부여 등을 중국 영토 대부분을 영유하는 대국가로 제시하고, 마한, 진한, 변한의 전삼한의 위치를 요동 지역으로 설정하는 등 조선고대사의 강역을 확대시켰다. 또한 중국문화를 타자로 삼아 단군을 기원으로 하는 한민족 고유의 문화적 원류를 구성하여 그것이 이후 국선도, 화랑도, 풍류, 낭가 등으로 계승된 것으로 설명한다. 이미 많은 연구들이 지적했듯이, 단재의 고대사 인식에는 사회진화론과 제국주의의 논리가 도사리고 있는 것이거니와, 그것은 힘이라는 왜곡된 형태의 보편성에 대한 욕망이 내재해 있는 것이라고 할 수 있다. 이러한 고대의 낭만화는 민족주의적 원류를 구성하는 방식을 보여준다는 점에서도 흥미롭지만, 그것이 민족의 경계를 넘어 세계사적 보편과 접속하는, 혹은 보편을 자처하는 상상력으로 발전했다는 점에서 더욱 주목될 필요가 있다.

1925년도에 발표된 최남선의 「불함문화론: 조선을 통하여 본 동방문화의 연원과 단군을 계기로 한 인류문화의 일부면」[6]은 이런 측면에서 특기할 만하다. 최남선은 "동양학의 진정한 건립은 조선을 중심으로 하여 조선의 비밀의 옛 문이 열림을 기다려 비로소 시작"[7]된다고 주장하며, 단군(문화)을 조선의 건국신화로서만이 아니라 일본을 포함하

---

6 최남선, 윤재영 역, 「불함문화론: 조선을 통하여 본 동방문화의 연원과 단군을 계기로 한 인류문화의 일부면」, 고려대 아세아문제연구소 편, 『육당최남선전집』 2, 동방문화사, 2008 참조.
7 최남선, 위의 글, 43면.

는 동방문화권의 공통의 표상으로 제시한다. Park(밝)이라는 神을 뜻하는 고대어가 산악에 남아 있는 양상을 통해 남으로는 오키나와琉球로부터 일본, 조선, 동부중국, 만주, 몽고, 중앙아시아, 발칸반도에 이르는 광활한 권역을 동일한 문화권으로 해석하며 조선역사의 출발점인 단군신화를 이 동방문화의 연원을 드러낸 것으로 설명한다. 천강신화와 태백산('밝')이 조선과 일본에 공통된다는 주장에는 일선동원론이 자리하고 있고, 이것은 1930년대 이후 범아세아주의로 확장되며 내선일체의 논리로 활용된다.[8] 최남선의 불함문화론은 그 '비과학성'과 이러한 일선동원론의 요소들 때문에 당대에도 큰 비판을 받았다.

여기서는 그 시비를 떠나 최남선이 단군을 조선민족의 특수성의 기원이면서 동시에 보편성의 매개로 구성하는 방식에 대해 주목해 보고자 한다. 지금-현재의 조선사의 굴종과 결핍과 대비되는 영광의 고대에서 세계사적인 문화권으로 '불함문화(동방문화권)'를 구성하려는 시도는 단군을 조선민족이라는 특수한 공동체의 기원으로 설정하면서 복수의 세계문화권의 중심으로 구성하려는 보편화에 대한 욕망이 동시에 투사되어 있는 것이기도 하다. 흥미로운 것은 이러한 논의 구조가 중국문화를 타자화하면서 새롭게 '동양'이라는 지정학적 권역을 창안했던 동양사학의 담론틀을 연상시킨다는 점이다.[9] 단군신화의 해석을

8   가령 최남선의 「神ながらの昔を憶ふ」(『新時代』 7輯, 1941.7)은 민족적 주체성의 보증이었던 단군이 일선동원론으로 노골화되는 과정을 보여준다. 이 글에서 최남선은 불함문화론의 동방문화권에 대한 논의를 재연하면서 '비아세아적 위협'에 직면한 시국의 중대함에 올바르게 대응하는 것은 고대문화의 본원성을 회복하는 것, 즉 일선동원론에 입각한 내선일체의 완성에 있다고 암시하고 있다.

9   동양사학의 제도적 정착 과정과 권력과의 공모에 대해서는 Stefan Tanaka, *Japan's Orient:Rendering Pasts into History*(California : University of California Press, 1993; 스테판 다나카, 박영재 · 함동주 역, 『일본동양학의 구조』, 문학과지성사, 2004 참조.

두고서는 최남선과 시라토리[白鳥庫吉]는 대립적인 견해를 가지고 있었지만, 중국을 타자화하고 복수의 보편사 속에서 특권화된 자신을 중심에 두는 보편의 일환으로서 동양(동방문화권)을 구성해가는 방식에서는 공통점을 발견할 수 있다. 이 글이 일본어로 쓰였다는 사실은 각별히 강조될 필요가 있다.[10] 일본인 독자를 향해 야심차게 발화된 불함문화론은 새로운 보편으로 동양을 창안하는 제국의 동양사에 동방문화권이라는 유사 담론을 제시하며 자기 증명을 도모한 것이라고 해석할 수 있다. 그가 제시한 불함문화론은 1930년대 이후 일본제국주의의 범아세아주의의 아류로 전락해버린다. 그렇지만 민족이라는 특수성의 영역을 보편성과 조우시키려는 식민지 지식인의 보편 지향의 한 양상을 보여준다는 점에서 그의 불함문화론은 여전히 논의의 여지가 있다.

　　최남선의 사례에서 보듯이, 단군신화에 대한 해석은 조선사라는 특수성을 어떻게 세계사와 만나게 할 것인가라는 문제와도 긴밀하게 결부되어 있다. 최남선의 단군론을 비판했던 마르크시스트들은 단군을 매개로 조선사를 세계사와 접속시키는 또 다른 담론을 선보였다. 가령, 사적유물론의 틀 속에서 조선사를 설명한 백남운의 그 유명한『朝鮮社會經濟史』[11]의 실질적인 서장에 해당하는 「제2장 단군신화에 대한 비판적 견해」는 대표적인 사례이다. 백남운은 "단군신화는 문헌상

10　최남선의 '불함문화론'은『朝鮮及朝鮮民族』1, 조선사상통신사, 1927에 발표된 논문이다.『朝鮮及朝鮮民族』은 1920년대 한국 지식계를 대표하는 인사들이 필자로 나서서 조선(민족)에 대한 과거와 현재, 각지의 풍속 그리고 장래에 대한 전망에 이르는 지식을 망라하며 '조선(민족)'을 구성하고 있는 단행본으로 1920년대의 '조선학 혹은 '조선연구'를 가늠할 수 있는 저술이다. 이에 대한 분석과 논평은 다른 지면을 기약하겠다.
11　白南雲,『朝鮮社會經濟史』, 改造社, 1933. 여기서는 백남운, 박광순 역,『조선사회경제사』, 범우사, 1989를 인용함.

에 나타나는 가장 오래된 건국신화인 만큼 귀중한 사료이다. 그러나 그것을 실재화하거나 신비화해서는 안 된다[12]"고 언급하며 『삼국유사』와 『세종실록』의 단군신화에 대해 여러 분과학문의 방법론을 활용하여 분석하면서 단군이 특정한 인격자나 민족시조가 아닌 농업공산사회 붕괴기 원시 귀족인 남계 추장이라고 주장하였다. 그는 조선민족의 발전사가 결코 단군신화에서 시작되는 것이 아니며 그것은 기껏해야 우리 원시사회의 발전사에서 역사적인 지표에 불과하고, 농업공산체의 발전과정을 암시하는 점에서 역사적 중요성이 인정된다고 언급한다. 백남운은 단군신화를 "인간의 현실적인 관계의 세계사적 유사성의 표명"[13]이라 이해한다. 보편적인 발전사관인 사적유물론의 관점에서 단군신화는 원시사회의 발전사에서 비교적 후기에 생긴 변화를 나타내는 계급적 이데올로기이다. 『삼국유사』의 단군신화는 농업공산체의 붕괴과정을, 『세종실록』의 단군신화는 생산력의 비약적인 발전 및 고구려의 건국과정을 간파하는 기록이라고 간주된다. 이러한 사유는 김태준의 「단군신화연구」에서도 거의 유사하게 반복된다. 김태준은 "신화도 스스로 어느 정도까지의 세계사적 공통성을 가지"[14]므로 신화를 근본에서 부인, 말살하려고 해서는 안 되고, 그 신화를 편찬한 당시 사회관계의 반영이라는 사실을 염두에 두고 그 역사적 보편 법칙에 비추어 해석해야 한다는 견해를 피력한다. 백남운, 김태준 등의 논의는 단군신화는 고조선의 발상신화이고 단군시대는 조선역사의 초

---

12 백남운, 앞의 책, 27면.
13 위의 책, 29면.
14 김태준, 「단군신화연구」, 『조선중앙일보』 1935. 12. 6~12. 24. 여기서는 이기백 편, 『단군신화논집』, 새문사, 1988, 199면 참조.

기 단계를 알려주는 지표임에는 틀림없지만, 원시공산사회의 붕괴와 모계사회에서 부계사회로의 전환기 남계 추장의 확립에 대한 전설이 봉건 및 자본주의 사회에 와서 그 시대의 외피를 입고 나타나게 되었다는 견해로 요약할 수 있을 것이다. 이들의 단군에 대한 논의는 신채호나 최남선과는 다른 차원에서 보편을 향한 욕망과 밀접하게 관련되어 있다. 일원론적 발전사를 전제로 하는 사적유물론의 맥락에서 원시공산사회에서 고대노예제 사회, 봉건제로의 보편적 이행단계가 조선사에서도 존재했다는 것을 논증하려는 목적으로 구성된 『조선사회경제사』의 체계 안에 배치된 '단군(신화)'는 그 자체로 조선사가 지니고 있는 보편성의 증표이다.[15] 백남운은 마르크시즘이라는 보편과 (역사)과학의 이름으로 사적유물론의 맥락에서 조선사의 특수성이 세계사적 보편성의 맥락과 동일한 계통구조를 밟고 있음을 논증하고 있으며, 김태준의 장문의 단군론 역시 이러한 계보 안에서 단군의 해석을 통해서 '조선사'의 특수성을 보편성과 조우시키고 있다.[16]

단군을 가로지르는 이러한 일본 / 조선의 지식집단의 논의는 그대로 당대 '조선학'을 둘러싼 학술 진영과 중첩된다. 단군의 논의를 통해

---

15 김태준이 지적하고 있듯이, 현존하는 최초의 기록인 삼국유사에서의 단군신화에 대한 묘사에서 고조선의 건국시기를 고고학적 발견들이 추정하는 고조선의 건국시기와 다르게 요(중국) 임금 시대로 소급하여 설정하는 데에는 중국만큼 오랜 역사를 지닌 공동체로서의 자긍이 투사되어 있다고 할 것이다. 후대에 단재와 최남선, 안재홍 등이 단군을 기원으로 하는 특수한 공동체의 경계를 구성하는 것도 몽고라는 외세하의 일연의 그것처럼 식민지하에서 민족의 역사성을 강화하려는 시도와 관련될 것이다.

16 '보편주의'를 하나의 세계사적 폭력이라고 본다면, 스스로 보편성을 참칭하는 '보편주의'는 '법 정립적 폭력', 그러한 '보편주의'에 기대어 내부에 자리할 수밖에 없는 '특수주의'는 '법 집행적 폭력'이라고도 언급할 수 있을 것이다. 최남선의 '불함문화론'은 일본 동양사의 동형의 구조에서 근원적인 보편성을 단군에 투사하고자 한다는 점에서 '법 정립적 폭력'으로, 마르크시즘의 보편 법칙에 부합하는 조선사의 특수성을 구성하는 마르크시스트들의 논점은 '법 집행적 폭력'이라고도 분류할 수 있을 것이다.

서 알 수 있듯이, 식민지 학술장의 '조선학'은 조선이라는 특수성을 탐구하는 민족주의적 학술의 범주만으로는 충분히 해명될 수 없다. '조선'이라는 특수성에 대한 관심의 저변에는 당연하게도 보편과의 조우와 그에 대한 열망이 함께 존재하고 있었다. 특히 '과학'이라는 보편의 표상언어를 통해 이러한 보편성의 획득이 가능한 것으로 인식되었다는 것은 흥미롭다. 이를테면 마르크시스트에게 비과학적이라고 비판받는 최남선도 자신의 불함문화론이 최신의 인문과학적, 민속학적 연구방법론을 이용하여 쓰여졌다고 강조했다. 이어지는 장에서는 조선학과 이러한 '과학'이라는 보편표상이 교차하고 있는 당대 학술계의 문제를 검토하고자 한다.

2. '조선학(운동)' 논의에 대한 재고

위에서 살펴본 단군을 둘러싼 논의의 지형은 한국의 학계에서 근대학술의 기점으로 간주하는 1930년대 '조선학 운동'을 중심으로 설명해온 학술장의 지형을 압축하고 있는 것이기도 하다. '조선학(운동)' 논의에 관한 연구사 정리에서 신주백은 "사실이란 측면에서 말하자면, 조선학 운동이란 1934년 다산 정약용의 다산서세 99주년 기념사업을 계기로 본격화한 문화운동"[17]이라고 기존 연구들의 '조선학 운동'에 대한 개념규정을 요약한 바 있다. 한국의 학계에서는 안재홍, 정인보 등의 비타협적 민족주의자들이 주창한 이 운동을 중심에 두고 1930년대 식민지 조선의 학술장을 대략 네 개의 학술 그룹으로 정리하는 관행이 반복되고 있다.[18] 식민지 학술계에 대한 이러한 역사상은 과연 타당한 것일까? 민족주의 운동사의 일환으로 '조선학 운동'을 의미화하면서, 한편으로는 지식사 연구를 위한 지도그리기(mapping)를 위해 시작되었을 이러한 학술장 묘사는 이른바 '국학적' 전통을 근대 학술의 중심에 두고 해방 이후의 학술을 그 연속성 위에서 계보화하고자 하는 연구자들의 가치의식이 투사된 측면이 강해 보인다.[19] 이 방면의 연구에서

---

17 신주백, 「'조선학운동'에 관한 연구동향과 새로운 시론적 탐색」, 『한국민족운동사연구』 67, 한국민족운동사학회, 2011, 168면.

18 '조선학' 진흥운동을 연구한 전윤선은 이 시기 '조선학'의 흐름과 그에 대한 대응을 크게 네 계열로 나누고 있다. 그에 따르면, 1934년 9월 '다산서세99주년기념사업'을 계기로 조선학에 대한 다양한 관심이 촉발되었는데, 이로부터 ①안재홍 중심의 '조선학운동' 계열, ②조선학 자체를 무시하는 극단적인 마르크시즘 계열, ③정치색을 배제한 채 순수 학문적 차원에서 조선 문화를 연구하고자 한 이병도 중심의 진단학회, ④조선학운동의 관념성에 반대하면서도 과학적인 입장에서 비판적 조선학의 진흥을 주창한 백남운, 신남철 등의 마르크시즘 계열의 서로 다른 대응이 파생된다. 그는 이 가운데 '조선학'의 진흥을 운동의 차원에서 접근해 간 것은 안재홍 중심의 '조선학운동'과 백남운 중심의 '과학적 조선연구론'이었다고 평가한다. 전윤선, 「1930년대 '조선학' 진흥운동 연구 : 방법론의 모색과 민족문제 인식을 중심으로」, 연세대 석사논문, 1999, 9~13면 참조. '조선학 운동' 중심의 식민지 학술사에 대한 설명은 이지원의 일련의 논문들에서도 확인할 수 있다. 조선학 운동과 관련된 자신의 논문을 종합한 내용이라 할 「1930년대 '조선학' 논쟁」, 『논쟁으로 본 한국사회 100년』, 역사비평, 2000에서 정인보 안재홍의 '조선학 운동'을 중심에 두고 4개의 학술진영을 구분한 후 이들과 백남운 계열의 조선학 연구를 중도노선의 민족통합의 학술로 파악하고 있다. 안재홍, 정인보의 조선학 운동을 1920년대 이래의 『조선일보』 중심의 비타협적 민족주의 운동으로 파악하는 논의는 『한국 근대문화사상사 연구』, 혜안, 2007 등에 자세히 드러나 있다. 이에 대한 비판적 검토는 본문에서 진행하도록 한다.

19 '실학(양명학) ― 민족주의적 조선학 운동(국학) ― 한국 인문학'으로 이어지는 이러한 계보화는 냉전체제하에서 식민지시기 마르크시즘적인 학문 전통을 소거하고 구축된 것이다. 일례로 박희병은 「통합인문학으로서의 한국학」(『21세기 한국학, 어떻게 할 것인가』, 푸른역사, 2007)에서 식민지시기의 학문을 '국학1'(실학 및 양명학 등의 '전통지식'과 연결된 정인보 등의 조선학)과 '국학2'(경성제국대학 및 유학생들의 근대 학문)로 구분하고 '국학1'의 전통적 학문의 통합적 사유방식에서 한국 인문학의 기원을 찾는 계보화를 수행하고 있다. 근대 학문 혹은 근대성의 신화 속에 사장된 전통적인 지식의 통합적 사유를 되살리려는 의미를 평가할 수 있지만, 한편으로는 이러한 계보화는 냉전적 사유와도 연관되어 있다는 점

가장 중요한 참조가 되는 이지원은 조선학 운동을 설명하며 '비타협적 민족주의자'와 『조선일보』의 연계를 통한 '조선학 운동'과, '타협적 민족주의' 진영이 『동아일보』와 연계하여 문화혁신을 통해 민족문화 선양을 위해 벌인 위인선양·고적보존운동을 대립시킨다.[20] 이를테면 현상윤의 발언에 대한 해석은 그 한 사례이다. 현상윤은 「조선연구의 기운에 제하야(三) : 조선학이란 '명사'에 반대—현상윤 씨와의 일문일답」에서 '조선학'이라는 명사가 "한 나라 이름 밑에다가 學字를 붙여가지고 부르는 것은 마치 英佛 등의 학자들이 埃及을 연구할 때에 에집토로지라는 말을 쓰는 것과 같아서 퍽 불유쾌합니다. 말하자면 남을 경멸히 여기는 데서 나온 말이지요"[21]라고 적고 있다. 그는 조선을 "한 개의 연구대상으로 하야 '한데 모아서' 연구하는 것이 아니라 문화의 각 부문을 전문적으로 연구하는 것이 온당하다"고 설명하면서 그것을 '조선 문화연구'라고 부르자 주장한다. '조선학'과 '조선 문화연구'는 다르지 않냐는 기자의 지적에 그렇다면 그것을 "조선정신의 학"이라든가 "조선혼의 학"이라고 부르자고 응수하고 있다. 이러한 현상윤의 언술에서 '문화의 각 부문을 전문적으로 연구'하는 진단학회 설립 취지와 부합하는 '조선 문화 연구'와 정인보의 '조선얼'을 떠오르게 하는 '조선 정신의 학' '조선혼의 학'이라는 용어는 당대적 맥락에서는 각기 다른

을 지적하지 않을 수 없다. '실학-좌파적 맥락의 과학적 조선연구-북한의 사회과학'으로 이어지는 또 다른 계보화 역시도 식민지시기의 '조선학'의 지형을 이데올로기적으로 맥락화하면서 구성된 것이다. 본론에서 언급하겠지만 근대성을 매개로 창조된 실학-조선학의 계보는 이른바 좌, 우파가 '조선'이라는 특수성을 보편성 속에서 설명하고자 하는 열망 속에서 공동으로 구성해낸 것이라고 할 것이다.

20 이지원, 『한국 근대문화사상사 연구』, 혜안, 2007, 제4장.
21 「조선연구의 기운에 제하야(三) : 조선학이란 '명사'에—현상윤 씨와의 일문일답」, 『동아일보』, 1934.9.12.

연구의 태도를 표시한다.[22] 이지원은 현상윤의 이 발언을 "진단학회의 찬조회원이었던 현상윤은 조선학이라는 포괄적 개념을 설정하기보다는 문화의 각 부분을 전문적으로 연구하는 것이 우선되어야 하므로, 조선학이 아니라 '조선 문화연구'가 타당하다고 주장했다"[23]고 언급하며 그의 발언을 '조선학운동'에 대한 『동아일보』 및 진단학회의 정치적 성향의 발화로 해석하고 있다. 진단학회의 핵심 상무위원인 이병도, 신석호, 손진태 등이 경성제대 법문학부 소속 교수를 비롯한 재조일본인 지식인들이 주도한 청구학회 위원 16명에 속했다는 점에서 '조선학운동'의 맥락에서 '진단학회'를 비판하는 것은 이해되지만 그것을 그대로 진단학회 전체의 이념적 통일성에 기반을 둔 발화로 규정하는 것은 무리가 있다. 특히 찬조회원들은 학문에 대한 특정한 이념적 경향성을 보인 사람들이 아니라 '조선 문화'에 대한 연구의 취지에 공감하는 조선인 유지들을 망라하고 있다. 예컨대, 찬조회원의 명부에서 현상윤의 옆자리를 차지하고 있는 것은 홍명희였다.

'『동아일보』 = 타협적 민족주의자' / '『조선일보』 = 비타협적 민족주의자'라는 도식 속에서는 현상윤이 '조선학'이라는 명사 사용에 반대한 것은 『조선일보』 계열의 비타협적 민족주의자들의 조선학 운동에 대

---

22 여기서 현상윤이 식민지학으로 강하게 부정하는 '에집톨로지'가 여하튼 근대 서구가 하나의 지역을 총체적인 단위로 설정하여 근대적인 학문방법론에 입각한 다양한 학문분과들을 종합하여 분석하는 체계 학문의 틀을 지니고 있다는 점을 인식하는 것이 중요하다. 현상윤이 '-톨로지'에 보이는 거부감은 1930년대 이후 새롭게 육박하는 마르크시즘 혹은 실증주의 등의 아카데미즘에서 훈련된 새로운 세대가 제시하는 '체계'에 대한 반감이 섞여 있는 것일지도 모른다. 1922년 제2차 조선교육령의 개정 이후 이전의 지식 세대와는 다른 감각을 지닌 새로운 지식계급이 양산되었다. 그들이 조선사회의 각 영역에 진출한 것이 20년대 후반 1930년대 초반이라는 점을 염두에 둘 필요가 있다. 1930년대의 학술문화장의 담론에는 이러한 세대 간의 감각의 차이와 헤게모니 각축의 흔적이 각인되어 있다.
23 이지원, 「1930년대 '조선학 논쟁」, 『논쟁으로 본 한국사회 100년』, 역사비평, 2000, 135면.

한 반대로만 해석된다. 그렇지만 적어도 '조선학 운동'에 있어서만큼은
『동아일보』/『조선일보』를 타협적/비타협적 민족주의로 구분하여
각각의 미디어에 일대일로 직접 대응시키는 것은 자의적인 구분일 수
밖에 없다. '조선학 운동'의 중요한 상징이었던 정약용 관련의 글들, 가
령 다산서세백주년기념 학술 논문 등은『동아일보』에 실렸으며, '조선
학 운동'의 중요한 이념적 기반이 되는 정인보의 「오천 년간의 조선의
얼」, 「양명학 연론」이 발표 연재된 지면 역시도『동아일보』였다. 조선
학에 대한 안재홍, 현상윤, 백남운과의 대담이 실린다거나, 기자인 신
남철이 기획한 여러 조선학 관련 학술들이 게재되고, 객원인 백남운을
위시하여 김태준, 홍기문 등의 마르크시즘에 기반을 둔 조선학 연구에
관한 글들도 지속적으로 실리는 등,『동아일보』역시 '조선학'이라는 범
주에 대해서 지속적인 관심을 보이고 그 학술담론을 확산하고 있다는
점에서 이러한 매체를 매개로 한 구분은 재고될 필요가 있다. 이것은
신간회 성립과 해소로 이어지는 1920년대 말 1930년대 초엽의 운동사
의 맥락에서 '조선학 운동'을 중심으로 당대 역사상을 재구하면서 생긴
현상으로 보인다.

'조선학'이 근대적 전통 (재)구성이라는 민족적 자기 정립의 학문적
표현이었다는 점은 분명하지만, 이때 '조선학'은 근원적으로 '조선'이
라는 특정한 역사적 장소와 '(과)학'이라는 보편적 언술체계 사이의 이
율배반적인 균열을 전제하게 된다. 가령, 앞서 살핀 백남운 등의 단군
론은 이러한 특수성을 어떻게 보편적인 담론 질서 안에서 설명할 것인
가라는 특수/보편의 긴장 관계 위에 설정된 논의이다. 기존의 '조선
학'에 관한 연구들은 '조선학 운동'의 내부 혹은 '조선학 운동'을 중심으

로 한 배치 속에서 당대의 학술계를 파악해 왔다. 그렇지만 필자의 판단으로는 이 시기 학술계를 경계지은 것은 '과학(성)'이라는 새로운 표상언어였다. 알다시피 과학은 근대의 특권적 개념 중 하나로 그 권위를 상실한 적이 없었지만 정작 그 명확한 규정이 어려운 것이기도 하다. 과학은 근대적 분과학문 전체를 통칭하기도 하며 여타의 분과학문 중 하나를 지칭하기 위해 사용되기도 한다. 1930년대 초반 식민지 조선의 인문학술장에서 특히 두드러지게 사용되기 시작한 '과학(성)'은 보편을 표상했으며, 특히 아카데미즘과 마르크시즘을 지반으로 작동한 용어이기도 했다. 이러한 과학(성)이 제국 학술제도와 연계된 전문적인 지식을 기반으로 하거나 그것과의 경쟁 의식 속에서 발화되고 있다는 점은 강조될 필요가 있다. 이를테면, 앞서 언급한『朝鮮經濟史研究』의 서문에서 백남운은 자신의 저술이, '조선경제사에 최초로 착안'했으나 "조선에 있어서의 봉건제도의 존재를 완전히 부정한 점"에서 승복할 수 없었던 자신의 스승 福田德三 박사와, '계'를 중심에 둔『朝鮮經濟史』를 간행하고 '자신의 연구를 무용지물로 만들어 줄' 조선인의 연구를 기다리고 있던 선배 猪谷善一의 자극에서 비롯했으며, 나아가 그에 대한 대항으로 이루어졌음을 밝히고 있다.[24] 일본(인)의 학술을

---

24 백남운,『조선사회경제사』, 서문. 개조사의 경제학 총서의 한 권으로 발간된 이 책이 아카데미즘의 일본인 독자를 대상으로 하고 있다는 점에 대해 인식하는 것이 중요하다. 백남운 저서의 서문이 일러주듯이 이러한 일본인 연구자들의 조선에 대한 연구는 당대에 광범위한 영향을 끼쳤거니와, 김태준도「진정한 정다산 연구의 길」(『조선중앙일보』1935. 7. 25~8. 6, 여기서는 정해렴 편역,『김태준 문학사론선집』, 현대실학사, 1997을 참조함)에서 猪谷善一의『조선경제사』에서 '계'의 중요성을 언급하는 장면을 인용하면서, "이것을 간파한 정다산"이 계에 대한 여러 연구를 수행했다고 설명하고 있다. 김태준의 무의식적 발화에는 猪谷善一의 '계'에 대한 분석이 아카데미즘의 학술로 근대적, 과학적 정당성을 가지고 있고 그것을 전제로 하여, 정다산이 근대과학적 학문론이 발견한 이러한 '계'가 조선경제에서 지니는 중요성을 간파했다는 사유방식이 드러나 있는 셈이다. 이어지는 서술에서도 黑正岩의『경제

대타자로 한 이러한 인식은 "근래 조선(문화)을 연구하는 傾向과 盛熱이 날로 높아가는 상태에 있는 것은 참으로 敬賀해 견디지 못하는 바이나, 그런 경향과 성열이 조선인 자체에서보다 조선인 이외의 人士 간에 더 많고 큼을 발견"[25]하게 되는 상황을 반성하며 1934년 5월에 설립된 진단학회의 창립 취지에도 드러나 있다. 여기서 진단학회의 설립자들이 의식하는 조선 연구의 경향과 성열의 고조가 '조선인 이외의 인사 간'에서 발견된다는 언급은 기본적으로 '조선학 운동'을 중심에 두고 그에 대한 태도를 바탕으로 당시 학술장을 구성하려는 것이 당대 지식인들의 인식과는 차이가 있다는 것을 일러준다. 이들의 발화에는 제국 '내지' 및 경성제대, 청구학회, 조선사편수회 등 제국-식민지의 학술제도와 아카데미즘을 배경으로 한 일본인들의 조선연구에 대한 수용과 대타의식이 병존한다. 특히 제국과 식민지의 대학에서 훈련된 조선 지식인들이 아카데미즘을 장악한 일본인 학자들에 뒤지지 않는, 혹은 그것을 넘어서는 조선 연구와 조선어 학술을 어떻게 구성할 것인가라는 문제의식이 당대 식민지 학술장의 중심에 놓여 있었다.[26] 백남운으로 대

사논고』로부터 출발하여 다산의 계에 대한 논의의 위대성에 도달하는 방식이 재현된다. 단군론에서도 佐久達雄의 『日本古代社會史』를 인용하며 신화의 과학적 해석의 논거로 삼고 있다.

25 「진단학회 창립」, 『진단학보』 1, 1934.11.28.

26 잘 알려져 있듯이, 조선인은 유일한 대학이었던 경성제국대학(법문학부)의 교수직 진입이 막혀 있었다. 대학제도 안에서 조선어 학술은 허용되지 않았으며, 경성제대 일본인 학자들의 관학에 대항하는 조선인의 학술 진영은 대학제도 밖에서 마련될 수밖에 없었다. 연희전문의 상과연구회와 『경제연구』, 보성전문의 『보성학회논집』의 간행, 진단학회의 설립과 『진단학보』의 간행, 경성제대 출신자들의 학술지였던 『신흥』이나 당대 철학 연구자들을 망라했던 '철학연구회'(1932)와 그 동인지 『철학』, 조선경제학회의 창립(1933), 전문학교에 재직 중인 조선인 최고의 지식인들을 동원하여 각 신문사가 주최한 순회강연 등은 대학제도 밖에서 구성된 '식민지적 아카데미즘'이라고 명명할 수 있는 것이었다. 필자는 신남철과 경성제국대학의 관계를 고찰하면서, 제국의 아카데미즘에서 소외된 식민지 지식인들의 학술적 모색을 '식민지적 아카데미즘'이라고 언급한 바 있다. 정종현, 「신남철과 대학제도의 안

표되는 사회경제사연구의 경향과 진단학회가 학문적 방법론과 세계관이라는 차원에서 적대하면서도 공유하고 있었던 어떤 지점이 여기에 있었다.[27] 이때 학술의 전문성의 기반은 각각 내포를 달리하는 '과학' 혹은 '과학적 연구'라는 이름으로 공유된 것이었다.[28]

1930년대 학술장을 이해하는 핵심은 '조선적인 것'이라는 특수성에 대한 관심의 고조라는 현상뿐만 아니라, 그 연구 대상을 둘러싼 '과학'이라는 보편의 표상언어를 둘러싼 경합에 있었다. 자기를 보편으로 구성하는 한 방법이 보편적 방법론으로서의 '과학'을 통해 자기 안의 보편을 발견하는 것이었다. 과학이라는 보편적 방법론을 통해 역사발전의 보편성 안에서 '조선(사)'이라는 특수를 어떻게 위치짓고 처리할 수 있는가?[29] 나는 이 문제가 1930년대 조선지식인들의 학술 행위의 기반

과 밖」, 『한국어문학연구』 54집, 2010.2. 이러한 개념을 보다 발전시켜 식민지 학술장을 도해하고 있는 최근의 연구로 홍종욱의 「식민지 아카데미즘'의 그늘, 지식인의 전향」(『사이間SAI』 11, 국제한국문학문화학회, 2011.11)을 참조할 수 있다.

27 마르크시즘을 자신의 방법론으로 삼은 김태준과 신남철은 자신의 세계관 및 학문방법론과 다른 진단학회와 관계를 맺는데 이는 그들이 경성제대라는 아카데미즘 출신이라는 사실과 관련된다고 할 수 있다. 김태준은 진단학회의 발기인으로 상임위원을 맡았지만 글을 남기지는 않았고, 신남철은 『진단학보』 3권(1935)에 덴마크의 역사학자 Kristian Erslev의 Historische Technik를 「역사연구의 방법(1)」이라는 제목으로 번역 소개하고 있다. 이 번역은 단 1회로 중단되었는데, 그 이유는 찾을 수 없었다. 해방 뒷날 설립된 조선학술원이 백남운의 사회경제사연구계열의 연구자들과 이병도 중심의 진단학회의 결합 위에서 구성될 수 있었던 한 이유도 이러한 아카데미즘에 기반한 전문성에 대한 공유 감각이 작용하고 있었다고 할 수 있다.

28 근대적인 학문체계 안에서 조선에 대한 지식을 생산하는 것은 문화적 시민권을 획득할 수 있는 가능성을 지닌 것이면서, 동시에 보편의 입장에서 지역이 대상화되기 때문에 오리엔탈리즘의 인식으로 귀결될 위험에 노출된다. 특히, 일본의 아카데미즘이 동양학의 일환으로 구성한 '조선학'은 일본을 중심으로 아시아 안에서의 위계를 재구축한 동양사학의 체계 안에서 재맥락화되었다. 마르크시즘이라는 과학을 매개로 이러한 식민주의자들의 조선학을 극복하고자 하는 시도도 사적유물론이라는 보편의 체계에 자신의 몸을 맞추면서 또 다른 형태의 내부 오리엔탈리즘의 시선을 발생시키게 되는 측면이 있다는 점도 부기해야만 할 것이다.

29 진화론을 포함한 일원론적 세계관은 이 문제를 단일 진보사관 위에 다양한 시간의 차이에

에 놓여 있었던 핵심이라고 판단한다.

3. 두 개의 '국학'과 '진보'라는 보편의 감각

'조선학 운동'의 주창자로 알려진 안재홍은 아래와 같이 '조선학'을 學的 체계로 구성하고자 했다.

'조선학'의 외침이 가끔 노픈 것이 이지음 우리 사회의 한 경향이다. 애급학 지나학 하는 따위로 조선학이란 것은 좀 당치 안흔 말이라고 주장하는 분이 잇스니 그 말이 올타 그러나 또 무슨 學하면서 일개의 동일문화체계의 단일한 집단에서 그 집단 자신의 특수한 역사와 사회와의 문화적 경향을 탐색하고 구명하려는 學의 부문을 무슨 學이라고 한다면 그런 의미에서 조선학이란 숙어를 우리가 마음 노코 쓸 수 있다.[30]

의해서 인식하고 있다고 말할 수 있을 것이다. 이 글의 중심주제가 될 마르크시즘의 '역사과학'의 이 문제에 대한 답변은 백남운의 다음과 같은 인식에 압축되어 있다. "즉 역사과학의 유일한 특수성은 사회의 역사발전단계의 특수성이며, 이것은 환상적 특수성이 아니라 현실적인 특수성이므로 실제로 발전 그 자체에 의하여 하나의 계기적(Nacheinander) 연관을 이룬다. 우리나라 역사발전의 전과정은 지리조건, 인종학적인 머리모양, 문화형태의 외형 특징 등 약간의 차이를 인정하더라도 이른바 외관의 특수성은 다른 문화민족의 역사발전법칙과 구별시켜야만 하는 독자적인 것은 아니고, 세계사의 일원론적 역사법칙을 통하여 다른 모든 민족과 거의 비슷한 발전과정을 거쳐온 것이다. 그 발전과정의 완만한 템포, 문화상들의 특수한 濃艶은 결코 본질의 특수성은 아니다." 백남운, 앞의책, 23면.

30 樗山(안재홍), 「조선학의 문제」, 『신조선』 7, 1934.12, 2면.

여기서 '애급학 지나학 따위로 조선학이란 것은 좀 당치 안흔 말이라고 주장하는 분'은 '조선학'이 무엇인가라는 주제로『동아일보』의 T 기자와 대담하는 기획특집인「朝鮮硏究의 機運에 際하야」에서 '조선학'이라는 용어에 비판적이었던 백남운과 현상윤을 지칭하는 듯하다.[31] 동일한 대담에서 안재홍은 "조선의 고유한 것 조선 문화의 특색, 조선의 독자한 전통을 천명하야 학문적으로 체계화"[32]한다는 의미에서 '조선학'이라는 용어를 정의한다. 이후 '동일문화체계의 단일한 집단에서 그 집단 자신의 특수한 역사와 사회와의 문화적 경향을 탐색하고 구명하려는 學'으로 규정되는 '조선학'의 정의에서 근대 학문 체계 안에서 조선이라는 동일자를 구성하려는 욕망을 읽을 수 있다. 안재홍에 따르면, 이러한 '조선학'은 '조선역사를 기초로 하야 연구'되어야 하며 문집 등의 문헌을 통해 그 독자성이 구명되어야 하는 대상이다. 안재홍의 조선과 관련된 학문관·역사관에서 근대 일본의 학문이 '국학'을 구성한 담론을 떠올리는 것은 어려운 일이 아니다. 잘 알려져 있듯이 일본의 근세 국학은 '歌'를 둘러싼 논의에서 시작해, 그로부터 상상의 공동체로서의 언어적(민족적) 공동성의 문제들을 새롭게 구성하는 국민 내셔널리즘의 성립과 깊게 관련된 운동이었다.[33] 이 글이 관심을 갖고

---

31 백남운 역시 서구에서의 '지나학' '애급학' 등의 관습적 용어들을 연상시키는 '조선학'에 대해서 비판적으로 성찰하고 있다. 현상윤도 '조선학'이라는 용어가 연상시키는 경멸적 의미, 이를테면 애급의 뒤에 학문의 톨로지를 붙이는 에집톨로지와 비유하면서 '조선학'에 붙는 오리엔탈리즘의 의미를 근거로 이 용어 자체에 반대했다.

32 안재홍,「朝鮮硏究의 機運에 際하야(2) : 세계문화에 조선색을 짜너차—안재홍 씨와의 일문일답」,『동아일보』, 1934.9.12.

33 국학 운동은 근세 후기부터 메이지 초년기에 있어서는 '新神道運動'이라고도 불러야 할 운동으로 바뀌어, 문명개화·근대화 정책이나 '정교분리 = 神道非宗敎論'의 표면상의 방침을 내세운 국가신도체제 앞에서 좌절하게 된다.

있는 것은 일본 국학의 역사적 전개라기보다는 근대학술이 문헌학으로서 국학을 '발견'해, 스스로의 前史에 모토오리 노리나가[本居宣長]에게 집약된 국학상을 다시금 위치지우는 방식이다.[34] 일본의 근대 국학상 정립과 관련하여 하가 야이치[芳賀矢一]는 결정적인 역할을 수행한 것으로 알려져 있다.

뵈크의 말에 따르면, 문헌학이 목적으로 하는 것은 옛 사람이 안 것을 다시 알려고 하는 것입니다. 다시 말해, 옛날 사람이 의식했던 것을 우리가 눈앞에 다시 꺼내어 아는 것이 문헌학의 목적이라는 정의를 내린 것입니다. (…중략…) 정치·문학·법제·미술은 원래 그 외 모든 사회상의 사안을 옛 사람이 알고 있던 대로, 지금의 사람의 눈앞에 보이게 하는 것이 이 학문의 목적입니다. (…중략…) 그를 위해선 먼저 옛말을 연구해 나가지 않으면 안됩니다. (…중략…) 고어를 아는 것을 첫 번째 단계로 하여 이미 배워 얻은 고문학의 지식으로, 그 사회 전체의 정치·문학·어학·법제·역사·미술 등의 모든 사안을, 한마디로 하자면 고대 문화 일체의 사안을 안다는 것이 문헌학자의 일입니다. 바꾸어 말하면, 하나의 국민 전체의 사회상의 생활 상태, 활동 상태를 과학적으로, 학술적으로 연구해 안다고 하는 것, 이것이 문헌학의 목적이라 할 수 있습니다. (…중략…) 나라라는 것을 근본으로 하여 모든 것을 연구한다, 국가가 전체의 총괄이 된다, 이것에 의해, 문헌학은 훌륭하게 성립하는 것입니다. (…중략…) 그리고 이도 역시 독일의 대가입니다만, 빌헬름 훔볼트라는 학자가 있습니다. 이 사람은 문

---

34 이상의 국학과 일본내셔널리즘의 관련 양상에 대해서는 가쓰라지마 노부히로, 김정근·김태훈·심희찬 역, 『동아시아 자타인식의 사상사』, 논형, 2009, 72~72면 참조.

헌학을 (…중략…) 국학이라고 명명한 것입니다. (…중략…)그 국민을 외부의 국민과 구별하는 것이 국학의 목적이라고 훔볼트는 보다 명료하게 말하고 있습니다. 모든 나라에는 그 나라 특유의 특성이 있다, 그 특성을 지적하는 것이 국학자의 역할입니다. (…중략…) 지금의 학문은 세계적이고 국민적은 아니다, 세계적이기 때문에 만국공통이다, 라는 것에는 문헌학의 연구가 필요하지 않습니다. 그러므로 국학은 그 연구의 범위를 고대에 두지 않으면 안 됩니다. 고대일수록 국민적 성질을 알기 쉽습니다.[35]

야이치는 문헌학으로서의 국학을 '발견'하고, 그것을 계승하는 일본 문헌학을 구축하면서 노리나가를 매개로 국학과 일본의 근대문헌학을 계보화했다. 독일유학에서 귀국한 후 1904년에 행해진 위의 강연에서 야이치는 뵈크(Bockh)를 인용하여 '하나의 국민 전체의 사회상의 생활상태, 활동 상태를 과학적으로, 학술적으로 연구해 안다고 하는 것, 이것이 문헌학의 목적'으로 '국가가 전체의 총괄'로 그 배경에 있다고 설명한다. 나아가 훔볼트를 인용하여 '문헌학 = 국학'으로 규정하고 '국민을 외부의 국민과 구별하는 것'이 국학의 목적이고 '그 나라 특유의 특성을 지적하는 것'을 국학자의 역할로 제시한다. 문헌을 통해서 조선의 역사를 이해하고, 그것을 통해서 독자적인 전체로서의 조선의 특색을 추출하는 것, 특히 '화랑도' 등 고대의 본래적인 조선색을 구명하자고 주장하는 안재홍의 '조선학'에 대한 인식과 담론은 하가 야이치의 담론에 곧바로 대응된다. 이러한 '국학'적 전통을 다산 정약용에게

---

35 『국학이란 무엇인가』, 芳賀矢一 選集 1卷, 國學院大學, 1982, 가쓰라지마 노부히로, 위의 책, 77~78면에서 재인용.

서 발견하고 그를 매개로 '조선학'의 역사상을 정립하여 다시 조선학을 근대적 학술로 자리매김하려는 '조선학 운동'에서 국학과 노리나가를 연결짓는 모델이 재연되고 있음을 확인할 수 있다. 백남운은 이러한 독일문헌학과 일본 국학 그리고 조선의 역사학이 맺고 있는 관련성에 대해서 다음처럼 명료하게 지적한 바 있다.

> 최근의 우리 선배들은 조선사학을 위해 얼마나 공헌했을까. 그들은 문헌 고증을 위해, 혹은 고적답사 및 유물수집을 위해 심혈을 기울이고 있다. 물론 어느 것이나 필요한 일이지만, 다른 면에서 보면 우리사학의 영역에서 하나의 새로운, 게다가 불행한 각인으로서의 '특수사관'인 외래품을 일본에서 수입한 것도 우리의 선배들일 것이다. 그 특수사관인 역사학파의 이데올로기는 신흥 독일 자본주의가 영국에 대항하기 위한 국민적 운동의 소산이었는데, 이것이 신흥 일본의 자본주의적인 국정과 부합되어 대량으로 수입된 결과 일본의 사학계는 아무튼 비약적인 발전을 하게 된 것이다. (…중략…) 그러나 적어도 관념적으로는 조선 문화사의 독자적인 소우주로서 특수화하려는 기도가 비교적 뿌리깊게 습관화되어 있다. 이러한 종류의 특수성 외에 이것과는 외관상 다른 관제의 특수성이라는 것이 별도로 규정되어 유포되고 있다. 관인들의 '조선의 특수사정'이라는 이데올로기가 바로 그것이다.[36]

---

36 백남운은 이러한 독일문헌학에 대한 비판 뿐만아니라 羽仁五郎을 참조하여 "이론적으로는 인문지리학적 자연환경론, 인종학적 특수문화론, 리케르트류의 개별적 문화가치론 등도 모두 특수사관의 특수이론으로 조선의 특수문화사를 신봉하는 사람에게 있어서는 최상의 외래품으로 애용되겠지만, 그것들은 역사과학에 있어서는 본질적으로는 무가치한 것"(백남운, 앞의책, 21면)이라고 규정한다.

백남운은 자기 학문을 '과학'으로 규정하면서 조선 문화사를 '독자적인 소우주로서 특수화하려는 기도'와 '관인들의 조선의 특수사정이라는 이데올로기'를 그와 대척점에 있는 '특수사상'에 기반한 두 가지 경향의 사이비 학문이라고 비판한다. '관인들의 조선의 특수사정 이데올로기'란 경성제대 일본인 학자를 중심으로 한 수량화와 실증주의적 학문방법론을 비판하는 것이거니와 이에 대해서는 다음 장에서 상세히 언급하겠다. 여기서 주목하려는 것은 전자의 '특수사관'인 외래품인 독일 역사학파의 이데올로기 즉, 독일 문헌학의 일본적 변형판에 대한 언급이다. 백남운이 '우리 선배'로 지칭하는 일본을 경유한 독일문헌학적 특수사관에 근거하여 조선역사를 구성한 대표적인 인물로는 최남선, 신채호 등을 거명할 수 있겠거니와 그 외에도 '조선얼'을 강조한 정인보나 안재홍 등의 조선학 운동의 주창자들도 동일한 맥락에서 비판하고 있다고 할 수 있을 것이다. '그 국민을 외부의 국민과 구별하는 것'이 국학의 목적이고 '그 나라 특유의 특성을 지적하는 것'이 국학자의 역할이라고 주장하며 그 눈을 고대에 두어야 한다는 훔볼트의 명제는 최남선의 단군론이나 단재의 고대사에 대한 열광을 이해하는 한 단초를 제시한다. 독일의 국민주의와 결합된 문헌학과 일본 국학, 식민지 조선의 '조선학(운동)'의 관련성을 지적하는 것은 민족주의 계열의 고전부흥열에 내재한 파시즘적 성격에 대한 비판이 암시되어 있다고 할 것이다. 이를테면 신남철은 "현대의 낭만적 복고사상은 개인적이고 주관적이며 나아가서는 파씨스트적이기도 한 것이다. 현대의 낭만적 복고사상에는 사실로 파씨스트적 쇼비니슴을 만히 가지고 잇다. 나치 독일의 광신적 행동성을 보라! 그 광신적 행동성에 지배되고 잇는 독일에서 고대에의 복고가 문제되고 잇다. (…중략…) 독일의 복고주의 자에 관하여서 뿐만 아니라 일본의 그들에 관하여서도 이와 같은 말은 할 수가 잇고 또 조선의 그들도 비판할 수가 잇다고 생각한다"[37]고 적고 있는데 여기서도 '독일 문헌학 = 일본 국학 = 조선학 운동'이 이어지고 있다는 인식이 내재해 있다고 하겠다.

이처럼 '조선학 운동'이 일본의 '국학'과 맺고 있는 관계에 대한 지적은 백남운뿐만 아니라 마르크시즘의 학문방법론을 과학으로 설정하고 그에 대한 대척점에 비과학적 조선 연구열을 두고 있는 신남철, 김태준 등의 발언 속에서도 찾아 볼 수 있다. 이를테면, 김태준은 1933년 5월에 "조선학 연구열이 인플레이션"[38]된 현상을 언급하면서 조선학을 국학적 연구와 사회학적 연구로 구분하며 기미년 이후 조선사회의 변화의 맥락 위에서 국학적 연구를 낡은 것으로 표상하고 조선학 연구가 "從으로는 현계단에 이르기까지의 발전과정을 분명히 해석하여 미래의 예측에 제공할 만한 資助가 되어야 할 것이요, 橫으로는 세계적 학문으로서 연락이 있어야 하고 또 거기서만 학문의 생명도 있"다고 주장한다. 이러한 주장은 조선사의 특수성을 보편성 안에서 사유하는 양상을 보여준다. 흥미로운 것은 김태준이 자기 역사를 이해하면서도 그것이 세계적 보편성과 연결되는 이러한 학문의 사례로 곽말약의 『중국 고대사회 연구』를 거명한 후, 일본 메이지 유신의 원동력이 되었다는 모토오리 노리나가 등의 일본적 국학을 비판하면서 중국의 국학을 바람직한 국학상으로 주조하고 있다는 점이다.

---

37 신남철, 「복고주의에 대한 數言 : E. 스프랑거의 연설을 중심으로」, 『동아일보』, 1935.5.10~11.
38 김태준, 「국학적 연구와 사회사적 연구」, 『조선일보』, 1933.5.2.

신남철이 1934년 1월 1일 벽두에 쓴 「조선학은 어떠케 수립할 것인가」도 '조선학' 범주를 구성하는 데 마르크시스트들이 사용하는 과학에 대한 감각과 '국학'에 대한 묘한 태도를 보여주는 글이다. 신남철은 조선학이라는 용어가 "일부 '국학자'들 사이에서는 이 말이 유행된 지 벌서 오랫겠지만 그것이 공연히 인구에 회자되게 된 것은 극히 최근의 일"이라 언급하며, "새로운 세대의 조선에 대한 과학적 지식을 획득하려는 노력은 당연히 종래 거의 고루하고 관념적인 방법에 의하여 연구되어 오는 조선의 역사적 문화에 대한 재음미를 요구"[39]한다고 주장한다. "조선학은 조선의 역사적 연구로부터 시작"되며 이 '역사적'이라는 말이 재래의 조선의 학자에게는 '비역사적'인 "잡박하고 표면적인 고증과 연대기로써 이해"되었다고 설명한다. 신남철이 말하는 '역사적 연구의 진정한 의미'는 "과학적 필연성의 법칙을 객관적 발전의 속에 발견하야서 써 제형태의 교호관계를 조직하고 이해하는 데 있는 것"이다. 그는 편견없는 사실로서의 조선 역사를 천명하기 위한 '역사과학'의 3대 과제로 '① 역사의 내면적 원동력으로서의 사회적 생산관계를 과학법칙에 입각하여 파악 ② 현대적 정황을 고려한 역사서술의 기초적 조건인 사료문헌의 선택 ③ 일정한 '전체' 속에서, 전체적 관심 속에서의 서술'을 꼽고 있다. "조선학은 역사의 사회적 연구를 기다"리고 있다거나 '민족적 특수성' '조선적 특수성'을 확립하고 민족적 유대를 강화하는 것이 조선학이 아니라는 그의 언급을 통해서 그가 비과학으로 비판하고 있는 조선학의 실체가 앞서 살펴본 일본 국학과 관련된

---

39 신남철, 「조선연구의 업적과 그 재출발: 조선학은 어떠케 수립할 것인가」, 『동아일보』 1934.1.1~7.

조선학의 흐름과 연관되어 있다는 것을 알 수 있다. 여기서 보다 주목할 것은 신남철이 이른바 '국학'을 구분하는 기준이다. 신남철은 일본에서의 국학과 중국에서의 국학에 대하여 전자를 '국수적' 후자를 '진보적 개혁적'이라고 구분한다. 김태준과 마찬가지로 일본의 국학을 釋契沖, 荷田春滿, 賀茂眞淵, 本居宣長 등의 국가의식을 기점으로 한 '皇國之學' 또는 '국학'으로 구성하여 일본고유의 문화를 선양하면서 그것이 명치유신에까지 이르는 과정을 도해하고, '국학에 대하여 이단자로 박해를 받은 양학이 신일본의 건설자로 등장'한 이후 "前과학적"인 국학이 현대에는 국수적 반동적 역할만을 수행하게 되었다고 설명하고 있다. 이에 비해 중국의 錢玄同, 蔡元培, 胡適 등의 국학은 보수적인 국수주의를 '國賊'으로 규정하고 '데모크라시와 과학과 모랄리티'로써 새중화민국을 건설하려했으며, 서양적 내지 자본주의적 개인사상으로서 신중국의 지도원리를 삼은 이른바 '민주주의적 국학운동'이었다고 설명한다.[40] 중국의 국학운동은 처음부터 그들의 "반식민지적 사회환경 때문에 진보적"이었다고 정리하며 이 국학운동이 '반드시 오고야 말

---

40 신남철이 언급하고 있는 전현동, 채원배, 호적 등은 서구 사상의 영향을 받은 대표적인 자유주의 지식인들이다. 이들은 중국 사회의 변화를 위해 서구의 자유주의 사상을 받아들여 점진적인 개혁을 추구하였고 사회주의적인 궁극적인 해결을 반대했다. 이에 대해서는 김정화, 「1920년대 초 자유주의 지식인들의 정치활동-호적의 노력정치와 채원배의 불합작 정치」, 『역사와 담론』 54집, 호서사학회, 2009 참조. 중국의 국학도 초기에는 중국을 보편문명으로 인식하는 '中學'으로부터 출발하여 이후 중국적 천하관이 붕괴되며 여러 가지 네이션 중의 하나로서의 '국학'이라는 인식이 대두하였다. 이후 신남철이 중요하게 거론하는 호적에 이르러서는 '국고정리'라는 개념으로 중국의 문화를 서구적 과학적 체계와 방법을 통해 재검토하여 중국문명을 재건한다는 현대화, 보편화의 담론이 대두하게 된다. 홍석표, 「근대중국의 '西學' 수용의 이념적 논리와 '國學'」, 『중국현대문학』 32호, 한국중국현대문학학회, 2005. 신남철은 이처럼 과거의 '국수'에 얽매이지 않고 근대적인 과학과 체계적인 학문방법에 의해 검증되어 미래와 보편을 향해 열려있는 호적의 '국고정리'의 맥락을 '조선학'의 방향으로 제시하고 있는 셈이다.

다음의 계단으로 변환'했다고 말한다. 이것은 아마도 30년대의 중국공산당의 대두와 사회주의적 학술을 의미할 것이다.

신남철은 일본의 국학을 복고적 국수주의적인 반동적 사상과의 결합으로, 중국의 국학을 개혁적 진보적 방향으로 출발하여 '보편적 과학방법론으로서의 사회과학적 방법'에 의한 연구로 전환되었다고 정리하며 '조선학'이 중국의 국학과 같은 것이 되어야 한다고 주장하고 있다. 신남철의 논리 전개에는 마르크시즘의 사적유물론에 근거한 진보의 서사가 배경으로 자리하고 있다. 당대의 마르크시스트의 담론에서 빠지지 않는 사적유물론에 근거한 '역사과학'이란, 원시공산제 사회로부터 공산주의라는 일종의 초월적 세계를 향해 진행해가는 역사의 합법칙적 발전과 진보에 대한 비전을 공유한다는 점에서 유토피아적 충동을 간직하고 있는 용어이다. 중국의 '국학'을 민주주의적 국학운동으로 정리하는 것은 자본주의 단계에서 사회주의로 전환해가는 이러한 유토피아적 비전의 계선 위에서 발화되고 있다.[41]

양명학에 대한 논의를 통해 실학을 성리학으로부터 구획지어 근대성의 학문으로 구성하고, 정다산을 현창하며 조선학 운동의 이념적 기반으로 제시한 것은 정인보이다. 조선학을 근대 내셔널리즘과 관련된 학술운동으로 발전시키는 데 안재홍의 공로가 큰 것도 분명한 사실이다. 그렇지만 여기서 간과하지 말아야하는 것은 정다산 등을 그 시원

---

41 여러 자료를 읽으면서 일본의 학술제도 속에서 자신의 학문적 정체성을 구성한 마르크시즘 계열의 지식인들이 당대 중국의 학술계의 동향에 깊은 관심을 갖고 '조선학' 혹은 '조선연구'의 내용과 방향성을 고민하고 있다는 점을 확인할 수 있었다. 신남철, 김태준 등의 호적, 곽말약에 대한 관심은 그 한 사례이다. 식민지 조선의 학술과 당대 중국 학술계의 동향과의 관련에 대해서는 향후 연구에서 다루어보고자 한다.

으로 삼아 구성되는 '조선학'의 맥락에서 이른바 '국학'적 전통이 형성되는 과정에 마르크시스트들의 학문방법론과 자기 인식이 결정적인 영향을 끼쳤다는 사실이다. 백남운은 "종래의 '지나학'이란 의미에 본뜬 '조선학'과 우리가 과학적 방법을 통하야 보려는 연구대상으로서의 '조선학'과는 구별"되어야 하며, "조선의 민족의식을 고조하는 학문"이 조선학이 아니라 '과학적 정제'하에 수립된 '조선학'[42]이어야 한다고 주장했다. 그런 의미에서의 조선학이 싹트기 시작한 때를 숙종 이후로 설명하며 "근세 조선사상 유형원, 이익, 이수광, 정약용, 서유구, 박지원 등 이른바 '현실학파'라고도 할 수 있는 우수한 학자가 배출되어 우리의 경제학적 분야에 선물로서 남겨준 업적"[43]을 언급하며 "(현)실학파"의 실학을 과학적 연구의 기원으로 호명하고 있다.[44] 백남운의 담론 속에서 '과학적 정제'하의 조선학으로서의 실학은 근대성의 형상을 부여받는다. 이와 동일한 맥락 위에서 동시기의 국학을 일본적인 퇴영적 국학과 중국의 진보적 국학으로 구분하고 이것을 다시 정약용과 연결시키는 김태준과, 결정론적인 사적유물론의 맥락에서 자본주의 단계의 데모크라시와 과학, 모랄리티에 근거한 중국의 국학을 긍정하는 신남철 등의 논의 역시도 실학을 조선이라는 민족적 동일자이자 공동체에 대한 학문으로 구성하며 그것에 진보라는 발전의 동력을 부여하여 실학을 '진보적 국학'으로 범주화하는 데 사회경제사 및 마르크시즘

---

42 「조선연구의 기운에 제하야(一) : 조선학은 어떻게 규정할가—백남운씨와의 일문일답」, 『동아일보』, 1934.9.11.
43 백남운, 「서문」, 『조선사회경제사』.
44 실학이라는 용어는 최남선이 가장 먼저 쓴 것으로 알려져 있다. 그렇지만, 여기서는 그 용어가 어떠한 맥락에서 사용되었는가가 보다 더 중요하다고 판단된다.

이 어떠한 역할을 했는가를 보여준다고 할 수 있다. 그런 의미에서 실학을 한국적 국학으로 재구성해낸 공적은 정인보, 안재홍은 물론이거니와, 근대성과 진보를 기반으로 하는 과학이라는 학술적 의미를 부여한 마르크시스트에게도 함께 돌려져야 한다. 이것이 해방과 분단 이후 남북한의 학계가 실학을 공유하며 나뉘는 맥락을 이해할 수 있는 기반이기도 하다. 1960년대 이후 자기 내부의 보편의 표지로서 (자본주의적) 근대성을 발견하고 그것을 진보의 감각 위에서 설명하는 내재적 발전론의 전사를 1930년대의 조선학을 둘러싼 학계의 논의에서 찾을 수 있을 것이다.

4. 경합하는 '과학' : 실증주의와 마르크시즘

진단학회는 "한국은 물론 그 인근 지역의 문화에 대해서도 관심의 영역에 두고 연구하는 것을 목적"으로 출발한 학술단체로, 그 구성원 대부분이 현재 한국학의 기원으로 간주되고 있다. 이 학회와 연결된 학문방법론이 바로 실증주의이다. 진단학회가 실증주의적 방법론을 중심으로 삼았다는 것은 사실일 터이지만, 식민지시기의 『진단학보』를 일별하다 보면 이러한 통념과 어긋나는 흥미로운 존재들을 마주하게 된다. 유물사관을 통해 조선의 문학사와 역사를 이해한 김태준이 진단학회의 상임위원이었으며, 유물론적 역사과학방법론에 관한 외국이론을 소개하는 신남철의 번역이 실리는가 하면, 유럽 유학 출신으로 유물사관에 입각한 고고학을 전개하다가 해방 이후 북한 학계의 중심 인물로 자리 잡은 도유호, 한흥수의 고고학 관련 전문연구가 게재되고, 역시 해방 이후 마르크시즘 비평을 수행하다 월북한 김영건, 북한 역사학계의 주축으로 자리 잡는 경성제대 출신의 역사학자 박시형, 김석형 등의 사회경제사적 맥락의 연구물들도 목격하게 된다.[45] 식민지 시기에 간행된 마지막 『진단학보』인 제14권(1941)의 경우는 4편의 논문 필자가 김석형, 고유섭, 박시형, 도유호로 실증주의로 맥락화되는 진단학보의 학술성격과는 전혀 다른 구성을 보여주고 있다.

진단학회가 순수학문을 표방하며 체제 내적 지향을 보여준 학자들을 중심으로 한 학술단체라는 사실은 분명하지만, 그것을 극단화하여 이해하면 그 내부에 공존하고 있는 유물사관에 기반이 된 학문방법론을 추구했던 여러 연구자들의 공존에 대해서 해명할 길이 막연해 진다. 반복되는 감이 있지만, 이 공존의 기반은 아카데미즘 출신의 전문 학도이자 새로운 학문 세대라는 공유 감각이다. 가령, 앞서 살펴본 단군론에서 김태준은 이병도가 진단학보에 게재한 「삼한고」의 논증을 통해 기자조선설의 문제를 비판하고, 손진태의 소도 및 솟대에 관한 민속학적 논의를 최남선의 불함문화론을 비판하는 데 활용한다. 즉 이들의 과학적 논증에 입각해서 비과학적인 선배 세대의 단군론을 비판

---

45 한흥수, 「조선의 거석문화 연구」(3권), 한흥수, 「조선 석기문화 개설」(4권), 신남철, 「역사 연구의 방법론」(3권), 도유호, 「지나사회사상으로 본 공자와 노자(獨文)」(8권), 김영건, 「안 남보타산명고」(10권), 도유호, 「중국 도시문화의 기원」(12권), 「요세프 헥켈씨의 '토템'주의 론」(12권), 「중국 도시문화의 기원(2)」(13권), 김석형, 「이조 초기 국역편성」(14권), 박시 형, 「이조 전세제도의 성립과정」(14권), 도유호, 「중국 도시문화의 기원」(14권).

하고 있는 셈이다.

　마르크시즘에 근거한 학술을 지향한 연구자들이 진단학회의 실증주의를 비판하는 경우에도 그것이 그 앞 세대와의 변별 이후에 이루어지고 있다는 점을 섬세하게 분별할 필요가 있다. 이를테면, 이청원의 「진단학보 제삼 권을 읽고」[46]는 진단학회에 대한 마르크시스트의 이러한 이중적인 태도가 드러나 있는 글이다. 그는 진단학회의 창립과 진단학보의 간행이 "빈약한 우리 학계에 잇어서는 의미잇는 일"이라고 고평하면서도, 동시에 '조치 못한 결과도 산출'하였다고 지적한다. 그것은 "'사회적 운행을 초월한 순수사유'이니 '순수한 개인의 자기사상'이니 하는 따위의 '늘 점차적으로'라는 기분조흔 선율(메로틱)"에 따라가는 '관념론적 사관'으로 "젊은 학구자들에게 소화불량의 결과"를 주었다고 비판한다. 지금까지도 실증주의에 가해지는 비판이라는 점에서 크게 새로울 것은 없지만 여기서 주목해야 하는 것은 이러한 비판에도 불구하고 정작 개별 논문들에 대한 이청원의 평가가 호평 일색이라는 점이다. 이청원은 『진단학보』 제3권의 내용이 "그들 선행자들의 제기한 명제를 일반화하고 수정하고 보충하고 달은 일면을 분리하엿다는 의미"에서 즉 본질적인 변화는 아니라고 단정하면서도 "퀴퀴묵은 통속사가들보담 엄청나는 발전의 자최"가 드러나 있다고 고평한다. '퀴퀴묵은 통속사가'와 대립되는 위치에 있는 이들 『진단학보』의 신진기예들의 글은 "시가에 대한 근래에 드문 論素"인 「歷代歌集編纂意識에 대하야」(조윤제), "닭토테미즘의 유풍이 많은 우리에게 잇어서는 유익

46　이청원, 「진단학보 제삼 권을 읽고」, 『동아일보』, 1935. 11. 9~14.

정종현 _ 단구, 조선학 그리고 과학　261

한 논문"인 「支那民族의 雄鷄信仰과 그 전설」(손진태), "지금까지의 통속 사가에 의하야 전개된 설을 근본적으로 전복하는" 신연구인 「三韓問題 의 新考察」(이병도), "대관절 근래에 드문 신연구의 성과"로 찬탄되는 「조 선의 巨石文化硏究」(한흥수) 등으로 각각의 글을 논평하고 있다.[47] 이청 원은 이들 글들이 지닌 전문성을 고평하는 것일 터인데 여기서 '퀴퀴묵 은 통속사가'란, 이병도의 글을 참작해 본다면 '전삼한설'과 '삼한이동 설' 등에서 맥락을 함께하는 신채호, 정인보, 안재홍 등 민족주의 역사 학의 논의를 비과학으로 규정하고 있다고 할 수 있을 것이다.

그렇다면, 이들 진단학보의 방법론과 마르크시스트의 학술이 분기 하는 지점은 무엇인가. 고유섭의 「高麗畵跡에 관하야」에 대한 이청원 의 논평에서 그 단서를 찾아볼 수 있다. 이청원은 고유섭의 글을 고려 에는 그리 큰 '畵跡'이 없다는 기존 이론에 대한 반론으로 화려한 고려 의 '화적'을 논하는 전문적인 성과를 올리고 있는 논문으로 평가한다. 그렇지만, 고려에 많은 명화가 있다는 자기 주장을 위하여 많은 문헌 을 인용하나 이것은 "통속사가들의 考證慾을 만족시킬 따름"이라고 비 판한다. 오직 문제는 "그를(문헌 고증—필자 주) 통하야 그 배후에서 너울 거리고 숨쉬고 잇던 묻치우고 왜곡된 사회의 발굴"에 있다고 주장한 다. 이러한 문헌의 고증에 기반하는 실증주의를 과학으로 오인하는 데

---

47 유물론과 결합된 세대론은 3권에 수록된 한흥수의 글에서 직접적으로 확인되기도 한다. "그런데 최남선 씨가 그의 저 「兒時朝鮮」에 '古조선인의 활동은 죄다 종교 중심이었다'고 하 여, 거석문화 유적을 거진 다 그 범주에 틀어넣어 가지고, 그것들을 '聖物'이라고 하는 것은 모두 武斷적이라고 아니할 수 없다. 이 같은 관념론자들의 과학적 근거가 없는 그릇된 주관 적 관찰은, 학술로서 우리에게 아무런 이익을 줄 수 없는 것이다. 나는 조선 고대인이 태양 숭배사상을 가졌던 사실을 시인하는 자이나, 무조건하고 거석유물을 전부 무슨 종교적 儀 典에 사용하던 유물과 같이 보는 것은 적당하지 못한 견해라고 생각한다."

대한 비판은 백남운에게서도 확인된다.

세간에는 과학적 이론과 '실증주의'를 혼동하는 신사제군이 많다. 그들
의 과학은 증거품의 수집을 생명으로 여기지만 조선의 사학계에 대해 자칫
하면 반역시(反逆視)될 듯한 이러한 중대한 역사론을 제창하는 필자로서
는 더욱더 그들이 좋아하는 증거품을 제시해야 할 의무감을 느끼게 된다.
그러나 이 증거품은 이미 구명된 전체의 구체성을 추상화시키기 위한 예증
이지 결코 이 증거품에 의해서만 비로소 그 생산조직의 구체성이 실증되는
것이 아니라는 점을 분명히 말해두고자 한다.[48]

앞서 살폈듯이, 백남운은 당대의 두 가지 '특수사관'에 대해 비판적이
었다. 그 두 가지 특수사관은 전자는 독일의 역사학파에서 영향을 받은
조선인 선배들의 신비주의적 태도이고 후자는 '관인의 특수사정 이데
올로기'라고 명명되는 실증주의를 지칭한다. 민족주의 역사학에 대한
비판은 앞서 '국학'과 관련된 논의에서 다루었거니와 여기서는 이른바
'관인의 특수사정 이데올로기'에 대해서 간략히 검토해 보고자 한다. 백
남운이 비판하고 있는 것은 '순수학문 = 아카데미즘'이라는 명제 아래
확대되고 있는 일제 관학과 이를 답습하고 있는 조선인 학자들의 실증
주의 방법론이었다. 그는 실증주의와 과학적 이론이 동일한 것이 아니
라고 설명하고, 또한 실증과 실증주의도 구분하고 있다. 백남운에 따르
면 실증은 '역사적 구체성을 일반화하기 위한 예증'에 불과하다. 백남운

---

48 백남운, 『조선사회경제사』, 379면.

이 보기에 실증주의의 문제는 단지 역사연구 분야에 한정된 것이 아니었다. 그것은 당대의 사회경제분석에 일반화되어 있었는데 그것은 '수량적(통계적) 방법'이라고 요약할 수 있다. 조선현실에 대한 통계적 수량적 실증을 통해 식민지하 조선의 '약진'을 검증하고자 하는 것이 실증주의의 본질이자 관제 '조선특수사정 이데올로기'의 방법으로 그 주도자들로 경성제대 조선경제연구소의 일본인 교수들을 지목하고 있다.[49]

흥미로운 것은 실증주의를 배격하고 있는 백남운이 어느 누구 못지않게 조선사와 관련된 유물과 문헌에 대한 꼼꼼한 '실증'을 통해서 자신의 이론을 전개하고 있다는 점이다. 달리 말하면, 백남운은 실증을 배격한 것이 아니라 '전체의 구체성을 추상화시키기 위한 예증'으로서의 실증을 위해 자료의 천착에 심혈을 기울였다고 말할 수 있을 것이다. 문헌과 유물의 너머에 있는 전체로서의 사회상, 그것은 사적유물론이라는 역사과학의 체계, 즉 유토피아적 미래를 향해 끊임없이 진행하고 있는 인간 역사의 진보와 그 질서를 전제하고서야 발견될 수 있는 것이라고 설명된다. 이 목적론적 체계와 질서를 '역사과학'이라는 유일 보편의 과학으로 제시하면서 그것을 학적으로 지탱해주는 분과과학을 일종의 종속과학이라는 개념으로 사유한다. 이를테면 백남운은 역사과학과 그것을 보조하는 각종 분과과학의 관계를 다음과 같이 제시했다.

우리 원시족의 생활발전사를 전반에 걸쳐서 구명하려면 **유일한 과학적인 방법론**에 입각하여 **여러 과학 부문**의 엄정한 비판적인 성과를 정리하여 통

---

49 이상에 대해서는 방기중, 『한국근현대사상사연구』, 역사비평사, 1992, 108~110면 참조.

일적으로 고찰해야 할 것이다. 즉 출토품의 연구에 의해 원시 조선의 생산 제관계를 판정해야 하는 조선의 **고고학**, 반도 대륙의 각 지층의 구성, 매장물의 종류, 비옥도 등에 관한 **지질학**, 또는 **토양학**, 원시족의 골격 및 노동과 음식물과의 관계에 대한 **인류학**적 지식, 각 생산단계의 생활습속에 관한 **토속학**, 조상족의 이데올로기에 관한 **신화학**, 생활의식의 표현형태로서의 고어에 관한 **비교언어학**, 민족의 역사적 형성 및 그 기본조건에 대한 **민족학 등등의 과학**을 총동원하여야 비로소 노동도구의 발전, 생활자료의 획득방법의 변화, 생활양식의 내용 등의 생산 제관계를 판정할 수 있고 원시사회의 전모가 재현될 것이다.[50]

이 인용문에서는 두 차원의 과학이 예시되는바 '유일한 과학적인 방법론'과 그것에 입각해 있는 '여러 과학 부문'이다. '유일한 과학적인 방법론'은 역사 전개의 전체적 방향성을 파악가능하게 하는 마르크시즘의 방법론을 의미하는 용어일 터이고, 뒷부분의 여러 과학 부문은 근대 학문이 분업을 통해 전문적으로 발전시켜온 세부학문을 지칭하고 있다. 이러한 '이념으로서의 궁극의 과학'과 그 궁극의 과학을 뒷받침해주는 '학술로서의 종속과학'의 구분은 당대의 마르크시즘 학술의 일반적인 명제였던 듯하다.[51] 백남운이 『조선사회경제사』에서 수행하고 있는 것을 구체적으로 들여다보더라도 어원을 통한 씨족공동체로

---

50 백남운, 앞의 책, 90면.
51 홍기문은 「역사학의 연구」(『조선일보』1935.3.19~4.5 총 10회, 여기서는 김영복·정해렴 편역, 『홍기문 조선 문화론선집』, 현대실학사, 1996, 149~150면 참조)에서 보조과학과 종속과학을 언급하며 역사학이 이들 보조과학의 힘을 빌리지 않으면 불충분, 불가능한 영역이라고 설명한다. 역사가가 이 종속과학 전부에 통달하는 것은 불가능하지만 그에 대한 상당한 기초지식이 필요하다고 주장했다.

부터의 푸날리아 가족 단계를 거쳐 고대 노예제 사회로의 발전을 설명한다든가, 중국 등의 한문 고적을 꼼꼼히 고증 인용하면서 자신의 주장을 뒷받침하는 방식 등은 문헌고증학자의 면모를 엿보이게 할 정도이다. 이런 점에서 백남운은 실증을 반대했다기 보다 그 실증에 방향을 제시하는 과학으로서의 체계가 부재한 실증주의를 비판했다고 할 수 있다. 백남운 혹은 마르크시스트의 과학의 견지에서 실증주의가 '이론없는 이론'으로 비판되는 이유는 바로 이 질서와 전체로 표상되는 마르크시즘의 역사적 유물론에 입각한 전체성과 진보라는 전망이 부재하기 때문이었다.

5. 결론을 대신하여

단군, 조선학 등은 한국의 학계에서 주로 민족주의의 아이콘 혹은 민족주의 학술운동사의 맥락으로 설명되어 온 측면이 있다. 특수성은 늘 '보편'을 전제하며 발화되기 마련이다. 따라서 특수에 대한 논의는 그것이 가정하고 있는 보편에 대한 열망을 함께 아울러 검토할 때 그 논의가 지향하는 바가 더욱 명확해진다. 식민지시기의 단군과 조선학 논의는 세계사적 보편과의 관계성을 설정하려는 시도였으며, 자기 안의 보편성을 추출하고 나아가 스스로 보편을 자임하려는 욕망이 투사된 것이기도 했다.

해방 이후 한국 지식인들은 식민지의 유산 위에서 새로운 탈식민지 지식제도를 수립해야만 했다. 해방 직후의 지식사회도 식민지 조선의 학술계를 기반으로 삼아 탈식민지 사회의 시대적 의제에 부응하며 재구성된 것이다. 해방 직후의 학술장은 우선 아카데미즘을 공유하는 지식인 집단이 주도한 것으로 보인다. 이를테면 '조선학술계의 총력을 집결하야 해방 건설의 위업에 협력'하는 것을 임무로 삼아 1946년 8월 16일에 구성된 '조선학술원'의 상임위원 42명이 도쿄제대 10명, 교토제대 9명, 게이조[京城]제대 8명, 도호쿠제대 3명, 규슈제대 4명, 도쿄상대 1명, 와세다대 4명, 미국대학 출신 3명으로 구성된 것은 한 사례이다.[52] 방기중은 해방 직후 설립된 '조선학술원'이 백남운 계열과 이병도 계열이 결합한 "학술진영의 통일전선 형태를 취"[53]한 것이라고 간단히 언급한 바 있다. 『국사대관』이라는 저술은 아카데미즘을 매개로 한 이들의 연합을 상징한다. 최호진의 회고에 따르면, 이병도의 저술로 유명한 이 책은 조선학술원의 첫 사업으로 백남운이 이병도에게 맡겨 씌어진 일반인과 대학생을 위한 교재로, '불티나게' 팔렸다고 한다.[54] 이러한 일련의 사례들은 마르크시즘과 실증주의가 그 세계관의 차이에도 불구하고 아카데미즘의 훈련과 '과학'에의 추구라는 점에서 근본적으로 공유하고 있었던 감각을 환기시킨다. 여기서 조선학술원

---

52 조선학술원 상임위원의 출신대학별 통계는 「학술원위원록」, 『학술 : 해방기념논문집』 1, 서울신문사, 1946, 8, 230면의 명단을 참조하여 필자가 재구성한 것이다.
53 방기중, 『한국근현대사상사연구』, 역사비평사, 1993, 230면. '조선학술원'의 구성과 성격에 대해서는 방기중과 함께 김용섭, 『남북 학술원과 과학원의 발달』, 지식산업사, 2005를 참조할 것.
54 최호진, 「일제 말 전시하에서의 학문편력과 해방 후 경제학과 창설」, 『역사비평』 15호, 역사비평사, 1991. 5, 263면. 해방 직후의 제목은 『조선사대관』이었으며, 현재 확인되는 판본은 『국사대관』(4판), 동지사, 1948. 11. 20이다.

에 정인보로 대표되는 국학적 계열의 지식인들이 참여하지 않았다는 것도 시사적이다. '과학'이라는 언술체계가 저 광활한 전통 지식을 비체계적인 쓸모없는 지식으로 유폐시켰다고도 말할 수 있다. '조선학'을 둘러싼 식민지의 학술지형에서 '민간'의 연구자들[55]과 대립하며 과학과 아카데미즘을 매개로 공유되었던 이 두 그룹의 연계는 그렇지만 그리 오래 가지 못했다. 이후 '국립서울대안' 사태를 거쳐 대한민국 정부가 수립되면서 조선학술원의 중요한 두 축이었던 진단학회 계열과 마르크시즘에 기반을 둔 사회경제사 연구 계열의 학자들이 각각 국립서울대학교와 김일성종합대학의 중심 교수진으로 분화한 것은 잘 알려진 사실이다. 조선에 관한 지식을 생산하던 경성제대 법문학부는 미국식 교양학부를 변용한 문리과대학으로 재편되었으며, 이 과정에서 '조선학'은 국민국가의 동질적 자아를 형성하는 '한국학'이라는 규범적 지식으로 변모되었다. 문교부와 서울대학교 문리과대학 교수직에 있었던 조선어학회 및 진단학회 회원들은 한국이라는 자기 정체성 구성과 관련한 지식의 생산에서 주도적인 역할을 수행하였다. 식민지에서 습득한 지식을 대한민국이라는 자기동일적 주체를 구성하는 민족주의적 지식으로 재구성하면서, 새로운 보편으로 등장한 미국(서구)적 지식을 지향하는 것이 대한민국 건국기 학문담론을 주도했던 주류 지식인 집단이 수행한 핵심적인 내용이었다.[56] 흥미로운 것은 이 과정에서

---

55 백남운은 두 가지 특수사정이데올로기에 입각한 연구자들로 신채호, 최남선, 정인보 등의 조선인 민간연구자들을 지칭하고 일본의 연구자들을 官人이라고 명명하고 있다. 김태준도 이들을 각각 '민간' 연구자와 '관료' 연구자로 지칭한다. 이러한 명명에는 사이비 과학자들과 대립되는 아카데미 출신의 과학 연구자로서 자신의 정체성을 구성하는 논리가 담겨 있다.

56 이에 대해서는 JEONG Jong Hyun, "Shifts in Korea's Intellectual Community and Academia in

실증주의적 방법론과 과거 '조선학 운동'의 이념인 민족주의가 새로운 형태로 결합되었다는 점이다. 이를테면 손진태, 이인영 등의 신민족주의 사학은 그 한 사례로 이해될 수도 있을 것이다. 이 주류 지식인 집단의 재구성 과정에서 식민지시기 보편성을 추구하며 조선학을 사유했던 사회경제사 계열이 걸어간 길도 중요한 검토 과제이다. 이에 대한 자세한 연구는 후일을 기약한다.*

the Early Years of Nation-Building", *Korea Journal* 51(3), 2011 참조.
* 이 논문은 2012년 『한국학연구』 28집에 게재된 논문을 재수록한 것임.

제3부

과학적 상상력과
문명의 스캔들

신지영 : 외부에서 온 과학, 내부에서 솟아난 '소문과 반응'들
ㅣ송명진 : 1920년대 과학소설 수용 양상 연구 ㅣ한민주 : 과
학전의 시대, 총후여성과 인조의 상상력 ㅣ권보드래 : 과학의
영도, 원자탄과 전쟁

외부에서 온 과학, 내부에서 솟아난 '소문과 반응'들

'적극적 수동성'과 '욕망을 동반한 거부'로 형성된 '과학적인 것'

신지영

1. 3월 11일, 그리고 '과학'이라는 경험

2011년 3월 11일 일본 동북 지방을 지진과 쓰나미가 덮쳤다. 연이어 12일에 발생한 후쿠시마 원전사고는 한국에도 큰 충격을 주었다. 일본 대중들의 분노는 지진 / 쓰나미 / 원전 사고를 '상정외의 천재(天災)'로 규정하고 '인재(人災)'로서의 책임을 회피하려는 도쿄전력, 정부, 그리고 방사능의 위험을 은폐하려는 과학 전문가 집단과 매스컴을 향했다. 불분명한 정보 속에서 무성해졌던 것은 '원자력 발전'이라는 '과학'을 둘러싼 '비과학적 소문'이었다. 소문 덕분에 사람들은 방사능의 위험성을 알았고, 피난길에 올랐고, 거리로 몰려 나와 외쳤다. 소문은 그 어떤 과학적 진실보다도 강하게 사회를 움직이는 에너지였고, 전문가에게 맡겨졌던 과학을 대중들의 것으로 전유하려는 시도였고 인간과 과학이 맺어온 관계를 근본적으로 뒤집어 보는 것이기도 했다. 이 상황 속에서 '과학'이라는 믿음은 '소문'과 같은 대중적 에너지의 뒷받침이 있을 때에만 '진리'로 성립할 수 있다는 것을 알았다. '과학'이 아니라 '과학적인 것' 혹은 '과학이라고 믿어지는 것'이 있다. 따라서 과학과 소문은 근본에서는 동일한 에너지의 흐름이다. 다른 세계에 대한 호기심이면서 세계를 설명하려고 하는 에너지 말이다.

소문을 통해 과학을 전유하려는 대중의 시도는 과학이 어떻게 파악되어 왔는가 하는 역사적 문제들을 상기시켰다. 일본에서 원전은, 원전 추진파이건 반대파이건 상관없이 외부에서 일본으로 '들여왔다(輸入された)'는 수동태로 이야기되었다. 일본과 한국은 현재 동남아시아 등지에 원전을 경쟁적으로 수출하고 있는 국가임에도 '나쁜' 원전은 자신의 것이 아니라 '외부에서 들여져온 것'이었다. 이 '들여져온 것'이라는 수동태에 민감하게 반응했던 것은, 독일인 유학생이었다. 반면 나는 이 수동태를 전혀 이상하다고 느끼지 못했다. 나에게도 과학, 문명, 근대는 '서양 / 일본에서 들여져온(이식 / 유입된) 것'이었기 때문이다.

원전사고에 대한 한국의 반응은 방사능 물질에 대한 과민반응(방사능 오염 괴생물체에 대한 소문들) 혹은 무관심으로 나타났다. 근데 어느 쪽이든 원전사고는 한국이 아닌 '일본'에서 일어난 '외부'의 문제였다. 후쿠시마와 오키나와 사이의 거리보다 후쿠시마와 서울 사이가 더 가깝고 한국의 원전 의존율은 일본과 비슷하다는 점에서 원전의 위험성은 한국에서도 현실적으로 있음에도 말이다. 이처럼 한국에서 과학기술이란 '외부에서 들여져 온 것'인 동시에 여전히 '외부에 있는 것'이었다. 여기서 한국의 근대가 내재적으로 발전된 것인가 외재적으로 발전된 것인가 하는 문제를 다시 반복하려는 것은 아니다. '이식된 근대'라고 말할 때, 문제가 되는 것은 '이식'만이 아니기 때문이다. 더욱 문제적인 것은 과학에 대한 '-된'이라는 수동태적 경험형태 및 기억방식이다. 또한 과학적인 것을 늘 '외부의 것'이라고 느끼는 '거부'를 동반한 수용방식이다.

이 수동태와 거부에는 근대 이후 조선이 '과학'을 경험해 왔던 태도가 농축된 형태로 드러나고 있는 듯하다. 문명 / 외부에서 온 것으로서의 '과학'과 접촉할 때면 무성히도 퍼져나갔던 소문들, 그 적극적인 수동태 말이다. 이 경험방식에는 끊임없이 외부로 눈을 '돌려야만' 했고, 그 외부를 문명 / 진보 / 과학으로 '받아들일 수밖에' 없었으며, 따라서 외부를 주체적으로 내부화하는 것이 아니라 오직 '외부'로 남겨둔 채로만 내부화 할 수밖에 없었던 상황이 드러나 있기도 하다. 스스로 욕망했던 것으로부터 스스로를 타자화시키는 이 수동태는, 다시금 자기 내부에 '과학과 문명'에서 배제된 타자들을 만들어낸다. 3월 11일 이후, 일본 내부에서 비가시적인 형태로 존재해 왔던 수많은 내부 / 외부의 피식민지인, 빈곤층, 불안정 노동자, 외국인들이 등장하는 것을, 재해 상황이 악화되는 것과 함께 보게 되었던 것처럼 말이다. 이러한 내부화된 타자화는 재일 조선인과 외국인이 재해를 틈타 약탈을 일삼는다는 비방으로 번지기도 했다. 즉 과학도 소문도 그것을 받아들이는 수용주체의 반응 속에서 상이한 의미를 발생시켰다. 그러나 이 '수동태'이자 거부를 동반한 '과학적인 것'의 수용방식은, 모순적이고 역설적인 대중의 에너지를 표현하고 있기도 했다.

여태까지 과학을 조선의 근대가 어떻게 받아들였는가에 대한 연구
는 주로 근대성이 지닌 야만성을 비판하거나, 근대성과 식민지성의 관
계를 해명하는 형태로 이루어져 왔다. 그러나 이 글에서는 일본의 재
해 이후 드러난 과학과 소문의 연관성 속에서, 다음과 같은 질문을 덧
붙여 보고 싶다. '우리'는 '과학적인 것'을 어떠한 감각과 반응 속에서
들여오고 구성해 왔는가? 만약 그러한 반응들이 소문, 거부와 같은 수
동적인 욕망의 형태였다고 한다면, 그것은 단지 부정적이기만 한 것일
까? 아니면 대중들이 구체적인 삶 속에서 과학을 만나고 대안적인 과
학을 만들 계기들을 담고 있었을까?

『대한매일신보』 1908년 10월 11일 논설 「한국 걸음과 일본사름 : 이것
도 쏘흔 한성 근쳐 농민의 혼 가지 큰 문뎨」를 보자. 이 논설은 "한국은
즈고로 농사를 쥬쟝ᄒᆞᄂᆞᆫ 나라이라. 그런고로 걸음을 중히 녁임이 특별히
심ᄒᆞ야 쇽담에 닐ᄋᆞ기를 걸음 혼말이 곡식 혼말과 ᄀᆞᆺ다"한다는 말로 시
작한다. 그런데 거름으로 사용되어야 할 똥이 한성 근처에 무수히 버려
져 악취를 풍기고 있다. 1904년 청결법이 시행되고 비위생 = 야만이 되
면서 혹독한 규제 때문에 거리에서 대소변을 해결할 수 없게 되었다. 공
짜로 똥을 가져가서 팔던 거름장수는 악취를 풍기며 비위생적이라는 비
난을 받았다. 경찰관리는 거름장수를 금하고 집집마다 화장실을 설치하
거나 위생회사에 돈을 내고 똥을 치우도록 한다. 그러나 당시 대중들은
형편상 화장실을 설치하는 것도 청결회사에 2전씩 위생비를 내는 것도
불가능했다. 따라서 몰래 대소변을 버리는 사람들로 거리는 더욱 더러워
져 갔다.[1] 이때를 틈타 일본인이 설립한 위생 / 청결회사는 성 안의 똥을 수
레로 모아다가 성 밖 사람들에게 팔아 큰 이익을 챙겼다. 그러자 대중들

사이에는 정부가 돈을 받고 일본인에게 똥을 팔고 있다는 소문이 돈다.

> 멋빅만 명 한국인의 쏭이 일인의 손으로 모다 넘어가셔 멋천만 셕 걸음의 리익이 일인의 입으로 다 드러가미 일반 한인들은 그 비롤 문지르며 굴으디 이 속에서 썩는 쌀꼬지도 일인의 소유가 되엿는가ᄒ고 허다ᄒᆫ 걸음쟝ᄉ들은 그 손을 부븨며 굴으디 쏭 ᄒᆫ바리꼬지 일인에게 쎄앗겻다ᄒ며 셩밧긔 농민들은 더욱 탄식ᄒ여 굴으디 한국 쏭이 일인의 입으로 이믜 드러가미 그 갑시 황금과 ᄀᆞᄒ니 금년 이후에는 농ᄉ도 폐ᄒ겟다ᄒ고 또 일죵 풍셜이 려항간에 분분ᄒ며 굴으디 졍부 관리는 인민의 쏭꼬지 타인에게 풀앗는디 그갑시 만여환이라 ᄒ더라.
>
> 대뎌 졍부에셔 쏭을 풀고 아니 폰거슨 우리가 그 확실ᄒᆫ 증거를 아직 아지 못ᄒ엿슨즉 이는 려항 인민들이 졍부에 더ᄒ여 감졍이 난 꼬닭으로 지어낸 풍셜노 알거니와 가셕ᄒᆫ바는 셩늬 인민은 무슴 연고로 걸음회샤에 쏭을 주며 셩밧긔 걸음 쟝ᄉ는 무슴 연고로 걸음회샤에 쏭을 쎄앗기며 허다ᄒᆫ 농민들은 무슴 연고 걸음 회샤에 쏭을 사셔 쓰는고 이는 필연 그 걸음회샤가 일인의 영업인즉 일인의 리롤 누가 감히 쎄앗스리오ᄒ야 이 디경이 되엿도다. (밑줄─인용자. 이하 밑줄은 전부 인용자)

이 글에서 부각되는 것은 문명이 야기한 야만, 야만에서 생겨난 문명이라는 역설적 효과다. 위생법과 경찰권력이 오히려 거리의 위생을 악화시키는 야만이 되었고 청결회사는 조선인의 똥까지 착취하는 괴

---

1 권보드래, 『한국 근대소설의 기원』, 소명출판, 2000, 274~275면.

물이 되었다. 몸속에서 만들어진 똥마저 '위생 혹은 근대적 영업 = 과학문명'이란 미명 아래 관리당하고 외부에서 온 일본인에게 '빼앗겼다'라는 분함이 무능한 정부가 자기 백성들의 똥까지 팔아먹는다는 풍설로 나타난다. 그러나 화자는 그러한 불행의 원인을 단순히 정부 탓으로 돌리지 않는다. 똥까지 일인에게 빼앗긴 원인이 똥을 판 성 안 인민, 똥을 사서 쓴 성 밖 인민, 파는 법을 개량 못한 거름 장수에게 있음을 지적한다. 그리고 거름 장수가 스스로 과학적으로 청결해지기를 기대하고 있다. 이 풍설은 위생적이고 체계적인 과학 / 문명에 대한 수동적인 반응이지만 동시에 문명 속 야만에 대한 적극적 비판이자, 또 다른 과학 / 문명을 요구하는 적극적 기대를 담고 있었다.

이처럼 근대 초기, 대중들이 서구에서 온 문명, 즉 '과학적'이라고 여겨지는 것과 접촉했을 때, 이 청결한 문명 주위에는 '소문과 거부'가 발생했다. 한편으로는 '받아들여야 할 것'인 '과학적인 것'에 매혹되어 적극적으로 다가가면서도, 그 낯설음과 강제성 앞에서 수동적으로 머물러야 했다. 즉 '적극적인 수동성'이었다. 다른 한편 과학적인 것에 대한 강력한 욕망을 지니면서도 그 과학적인 것이란 곧 조선을 식민지화하는 진보된 문명이기도 했기 때문에, 강력한 거부감을 동시에 발생시켰다. 즉 '욕망하는 거부'였다. 여기서는 이 역설적인 반응들을 『대한매일신보』, 『독립신문』, 『서유견문』 등에 나타난 '과학적인 것'과 '소문 / 풍설 / 거부'와의 관련성 속에서 살펴보려고 한다.

이때 과학의 수용방식으로서 '적극적 수동성'에 대한 분석은 '소문과 풍설' 등에 중점을 두는 경향이 있고, '욕망하는 거부'에 대한 분석은 '산발적인 불만표출과 봉기' 등에 중점을 두는 경향이 있지만, 실상 두 가지는 겹쳐진다. 굳이 두 가지 형태의 반응양상의 차이를 나눈다면, 그것은 '과학적인 것'을 받아들이는 내적 / 질적 차이들과 관련된다. '적극적 수동성'이라는 방식은 새로운 과학문물에 대해서 느끼는 공포와 매혹에서 비롯된다. 첨단의 과학 / 문명을 내재적으로 굴절시켜서 수용하려는 태도이다. 이러한 태도는 모더니티에 대한 반응과 깊이 관련된다. 한편 '욕망하는 거부'란 과학 / 문명이 약육강식 적자생존이란 인종주의 / 식민주의 원리로서 유입되기 때문에 나타난다. 즉 새로운 과학 / 문명을 욕망하지만 그 욕망하는 대상에 의해 식민지화되어 버리는 아포리아 속에서 과학 / 문명을 민족 공동체로부터 '외부화'시키며 받아들이는 것이다. 이 태도는 콜로니얼리즘과 더 깊이 관련된다.

이 글은 근대 계몽기 조선에서 '과학적인 것 = 외부에서 주어진 서구문명 혹은 이질적인 것'을 둘러싸고 나타났던 반응 / 굴절들 — 적극적인 수동성과 욕망을 동반한 거부 — 을, 다양한 방향으로 반사시켜 보기 위한 밑그림이다.

2. '들여져 온' 과학적인 것, '굴절된' 사회진화론

1) 비어있는 '과학', 범람하는 '과학적인 것 = 서구문명'

이 글은 '과학'의 조선적 근원을 규명하는 데 초점을 맞추기보다 '과학적인 것'이 '어떠한 반응양식을 통해서' 구성되어 왔는가에 초점을 맞추려고 한다. 객관적 진리인 '과학'이 있다는 신화에 비판적인 입장을 취하면서 '과학'이라고 여겨지는 믿음의 체계들과 그 믿음을 추동한 감정적 동력을 질문해 보기 위해서이다. '적극적 수동성'과 '욕망하는 거부'란 바로 그 동력의 역설적인 작동방식을 의미한다. 이 양상을 분석하기 위해서는 현재 우리가 '과학'이라고 여기는 범주와 이미지로부터 벗어날 필요가 있다.

'과학적인 것', 더 정확히 서양문명의 수용은 정부파견 시찰단에 의해 본격화된다. 1881년 일본에 파견된 신사유람단은 각종 기계와 약품류, 과학기술서, 특히 "전기와 가스등과 같은 과학기술의 이기들"을 들여온다.[2] 이러한 서양문명의 수용법은 '동도서기 ―'도'는 동양에서 '기술'은 서양에서 ―'를 핵심으로 했다.[3] 이 이중적 수용법에는 외부의 서양문명이 진리로서 강제적으로 '들여져 올 때' 발생한 거부감과 욕망이 동시에 나타나 있다. 그러나 현재 '과학'이라고 할 때 떠올리는 '과학'이라는 용법이 언제부터 정착했는지는 불명확하다. 『한성순보(1883.10 창간)』, 『독립신문』, 『대한매일신보』 등의 근대 초기의 신문에는 과학적인 것에 대한 기사들이 많은 부분을 차지한다. 『한성순보』는 '계몽 / 개화 가사'의 형태로 "전신, 전기, 철도, 기선, 서양 천문학"에 대해 소개했고, 외국의 과학기술을 많이 보도했다.[4] 근대 계몽기의 교과분류에는 "理科, 理化學, 物理, 化學, 博物, 生理, 衛生, 動物, 植物,

---

2 박성래, 「개화기의 과학수용」, 『근현대 한국사회와 과학』, 창작과비평사, 2001, 24 · 26면.
3 위의 글, 18면.
4 박성래, 「한성순보와 한성주보의 근대과학 인식」, 위의 책, 30~31 · 42면.

地文, 天文, 鑛物, 地質" 등 과학적인 것들이 포함되어 있었다.[5] 그러나
이 '과학적인 것'들은 당시에는 '과학'이라는 이름으로 불리지 않았다.

그렇다면 어떤 것들이 언제부터 '과학'이라고 불렸던 것일까?『독립
신문』에는 '과학'이란 용어가 거의 등장하지 않는다. 『대한매일신
보』에는 가끔 '과학'이라는 용례가 등장한다. 이때 '과학'이란 첫째로
'서구문명의 학문 전체'를 의미했다. 다음과 같은 용례들이 그것이다.
인민을 새롭게 하기 위해서는 보통지식이 필요한데 이 보통지식이란
법률, 세입세출의 흐름, 그리고 "산슐 력ᄉ 디리 등 각 과학과 지식 언
어동작과 힝셰ᄒ고 제가ᄒᄂ 일"[6]이라고 한다. 이런 용례는『대한매일
신보』국한문본에서 두드러진다. 예를 들어 "各處學校에 日人教師ᄂ 諸
般科學은 初不擧論ᄒ고",[7] "一進會의 學校云者ᄂ 諸般科學은 初不擧論
ᄒ고",[8] 서구 인민은 영웅이 나면 그의 일생을 취급한 책을 내고 그것
을 "畿手 歷史 地誌 情致 法律 等 科學書籍과 相等"[9]하게 생각한다거나,
"一般科學이 何者가 國利民福에 無益ᄒ며 何者가 國利民福에 不急ᄒ리
오만은"[10] "況又 某種科學을 敎授ᄒ던지"[11] 등이 있다. 이 용례들을 보면
'과학' 앞에 '제반, 일반'과 같은 수식어가 붙거나 현재는 과학으로 분류
하지 않는 '법률, 역사' 등도 '과학'이란 분류 하에 놓고 있다. 즉 과학은

---

5 박종석 · 정병훈 · 박승재, 「대한제국 후기부터 일제 식민지 초기(1906~1915)까지 사용되었
   던 과학교과용 도서의 조사 분석」, 『한국과학교육학회지』 18, 한국과학교육학회, 1998.
6 「론셜 : 오늘날 우리 한국인민은 시로되ᄂ거시 뎨일 급흔 일」, 『대한매일신보』, 1910.7.5.
7 「論說 : 票不許의 事件」, 『대한매일신보』, 1906.11.25. (국한문판)
8 「別報 : 答二十一留學生」, 『대한매일신보』, 1907.2.5. (국한문판)
9 「論說 : 拿破倫의 日課」, 『대한매일신보』, 1909.2.16. (국한문판)
10 「論說 : 春期入學節을 當ᄒ야 青年諸君에게 告ᄒ노라」, 『대한매일신보』, 1910.3.16. (국한문
    판)
11 「論說 : 國文學校의 日增」, 『대한매일신보』, 1908.1.26. (국한문판)

서구로부터 '들여져 온' 분과학문 전체였다.

둘째로 '과학'은 서구로부터 온 문명이었다. 예를 들어 "文明의 狀態가 複雜ᄒ며 科學의 名目이 繁多호 中世界의 變幻ᄒᄂᆫ 情況은 走馬燈又치 環ᄒ며 他人의 進步ᄒᄂᆫ 能力은 火輪車又치 速ᄒ니"[12]와 같이 문명과 동등한 위치에서 논의되거나 문명의 변화상을 상징하는 비유로 사용된다. 각 문명국의 특성을 열거하면서 독일(德國)은 "科學과 政治로써 世界에 獨步"했다[13]고 이야기된다.

셋째로, '과학'은 적자생존 약육강식의 사회 속에서 조선이 부강해질 수 있는 방책으로 언급된다.[14] 이때 기존의 '文' 중심의 학문을 버리고 실용적인 서구의 학문을 배워야 한다는 점이 강조되기도 한다. 서구의 문명으로서 과학을 수용해야 한다는 절실함은 「科學應用의 目的地」에 명시적으로 나타난다.

彼科學이란 者ᄂᆫ 世界人類의 心腦를 開□하며 宇宙 萬物의 理□를 發現ᄒ야 壹初 有無界 暗黑의 方面을 打破ᄒ고 光明호 新天地롤 造成ᄒᄂᆫ 者니 偉哉라 科學이여 科學이 不興ᄒ면 其國이 必滅하며 科學이 不盛ᄒ면 其民이 必絶ᄒ리니 科學 乎々々々여.[15]

이 세 가지 용법을 보면, '과학'이란 '서구'에서 '들여져 온' 문명적 학

---

12 「論說 : 世界近世史를 不可不覽」, 『대한매일신보』, 1908.7.16. (국한문판)
13 「論說 : 韓國의 將來文明을 論홈」, 『대한매일신보』, 1907.11.9. (국한문판)
14 「論說 : 城上舌戰」, 『대한매일신보』, 1908.7.29. "愛國精神으로 基礎를 作ᄒ며 各種 科學으로 土?를 作ᄒ고 權利 思想으로 石材를 作ᄒ며 殖産興業으로 工匠을 作ᄒ야."
15 「論說 : 科學應用의 目的地」, 『대한매일신보』, 1908.8.20.

술이나 이기 전체이며, 국가부강의 동력으로 여겨진다. '들여져 온 /
들여와야 할 / 번역되어야 할'이라는 강제적이지만 거부할 수 없는 수
동태 — 적극적 수동성 / 욕망하는 거부 — 속에서 '과학'은 서구 학문
체계 전체, 문명전체, 조선을 부강하게 해 줄 동력, 등 범람하는 '과학
적인 것'이 되어 가는 것이다.

2) '인위도태론'이 강조된 '사회진화론'

'과학'이란 용어 주변에는 '서구 / 문명 / 발달' 그리고 욕망과 거부를
동시에 담은 감탄사들이 떠돈다. 이 '과학적인 것'을 둘러싸고 퍼져나
갔던 '욕망하는 거부'와 같은 감탄사를 추동했던 사상은 사회진화론이
었다. 사회진화론은 실상, 적자생존 약육강식이라는 자연과학의 논리
를 제국주의와 식민주의를 정당화하는 사회과학으로 변형시켜 적용
시킨 폭력적인 접촉의 사상이었다. 동시에 사회진화론은 서구 열강의
틈바구니에 있던 조선에서, 침략의 사상이기 이전에 '외부'로부터 온
'과학 / 문명'으로 여겨졌다. 국권 상실의 위기감이 느껴지면 느껴질수
록, 외부로부터 온 침략의 과학 / 문명은 강한 욕망의 대상이 되었던
것이다. 따라서 조선이 사회진화론을 받아들이는 과정에는 이 외부로
부터 온 과학 / 문명을 어떻게 받아들여야 하는가 라는 접촉에 대한 고
민과 '과학 / 문명'에 대한 매혹과 공포가 함께 있다. 진리로 여겨지는
외부법칙에 따르면서도, 그 믿음체계를 그대로 따라서는 약자로 머물
수밖에 없는 상황에서 벗어나기 위해서, 사회진화론은 조선 내부에

'들여와지고' 동시에 '번역 / 변형되어' 간다.

물론 근대문명 / 과학을 둘러싼 믿음체계의 형성과 변형은, 비단 조선에만 일어난 것은 아니다. 서양에서 진화론과 사회진화론의 발생과 전개과정을 보면 매우 흥미로운 사실이 드러난다. 일반적으로 알고 있듯이, 사회진화론은 자연과학인 진화론을 사회에 그대로 적용시킨 것이다. 그런데 진화론이 원래 사회과학에서 자극을 받아 생겼다는 점은 쉽게 간과된다. 진화론은 다윈이 멜서스의 인구론, 즉 생존경쟁의 법칙으로부터 자극을 받아 자연에 적용한 것이다. "멜서스가 자연에서 발견하고 사회이론의 법칙으로 정립하였던 생존 경쟁의 법칙은 다윈에 의해서 다시 자연의 법칙으로 환원"[16]되었고 사회진화론은 그것을 다시 사회의 법칙으로 바꾼 셈이다. 이 반복 속에서 중요한 것은 무엇이 최초였는가가 아니라 자연과학과 사회과학이 서로를 참조하면서 과학 및 사회에 대한 믿음체계들을 변형시켜 왔다는 점이다.[17]

이 과학적 믿음체계들을 다른 말로 바꾸면, 외부 / 타인과 접촉하는 방식이며, 세계를 설명하는 방식이다. 절대적인 진리가 아니라, 그것을 진리로 여기게 하는 역학 관계 속에서만 '과학적인 것'은 '과학'이 된다. 서구에서 진화론은 보수주의자들이 활성화되는 노동운동을 억압하는 이론으로 활용되었다. 예를 들어 스펜서는 자유 경쟁적 시장 메커니즘을 생물학적 도태와 동일시했다. 이 논리에 따르면 사회적 불평

---

16 Hans-Ulrich Wehler, "Sozialdarwinismus im expandierenden Industrie-staat", Immanuel Geiss & Bernd Jürgen Wendt(eds.), *Deutschland in der Weltpolitik des 19. und 20. Jahrhnderts, Düsseldorf*, 1974, S.137, 전복희, 『사회진화론과 국가사상 : 구한말을 중심으로』 한울, 2010, 20면에서 재인용.

17 다나 J. 해러웨이, 민경숙 역, 「태초에 말씀이 있었다 : 생물이론의 발생」, 『유인원, 사이보그, 그리고 여자』, 동문선, 2002 참고.

등을 바꾸기 위한 혁명적 활동들은 '생존경쟁'과 '우승열패'라는 진보에 반하는 야만의 논리가 되어 버린다.[18] 또한 사회진화론은 인종주의와 결합되면서 제국주의적인 침략 이론으로 전개된다. 인종주의는 계급간의 차이를 초월한 인종적 운명 공동체를 강조함으로써 사회진화론에 결여되어 있었던 통합논리를 보충해준다. 우승열패 사상이야말로, "세계의 진보를 촉진하는 자연법칙"[19]이 되는 것이다.

　이러한 사회진화론을 그대로 적용할 경우, 동양은 서구 문명을 넘어설 수 없다. 그러나 서구 문명을 받아들이지 않으면 식민지화된다. 이 아포리아 속에서 조선, 일본, 중국 등지에서는 적자생존 약육강식의 논리를 받아들이면서도 그것을 여러 가지 벡터로 굴절시킨다. 여기에서 그 전체 과정을 설명할 수는 없지만 그 굴절양상은 각 지역별로 또 사상가에 따라 상이했다. 그러나 그들은 나라를 잃을지 모른다는 위기감 속에서 과학 / 문명을 받아들였던 경험은 공유하고 있다. 일본에 사회 진화론을 들여온 대표적인 인물로 가토 히로유키[加藤弘之]를 들 수 있다. 그는 자유민권운동의 중심이었던 『메이로쿠 잡지[明六雜誌]』에 참여했지만, 사회진화론을 만나면서 원래 갖고 있었던 천부인권설을 부인하고 자유민권운동을 비판하는 보수논객이 된다. 그는 1882년 발간된 『인권신설』에서 자신의 생각이 돌변한 계기를 이렇게 설명한다. "나는 영국의 개화사의 대가 버클(Henry Thomas Buckle, 1821~1862)의 저서를 읽고, 이른바 형이상학이라는 것의 황당무계함을 비로소 알고는, 오로지 자연과학에 의거하지 아니하면 아무 일도 논구할 수 없다는 것

---

18 전복희, 앞의 책, 21~27면.
19 위의 책, 32~33면.

을 느꼈고 (…중략…) 그 결과인즉 언제나 반드시 우승열패의 규준에 다 맞추지 않는 것이라고는 없다."[20] 그는 사회를 경쟁으로 가득 찬 아수라장으로 보고, 그 안에서 살아남아야 한다는 위기감 속에서 사회진화론에 경도된다.

이러한 위기감은 조선과 중국에서도 공통된 것이었다. 그런데 이 상황 속에서 조선과 중국에서 강조되었던 것은 '자연도태'가 아닌 '인위도태'였다. 인위 도태론은 프란시스 갈톤(Francis Galton, 1822~1911)이 주장한 것으로 사회진화론을 우생학과 연결시켜 "도덕적 종교적 감정이나 정서들까지도 엄격한 선택에 의해서 개선될 수 있다"[21]고 말한다. 일본, 중국 조선의 지식인들은 당시 잡지에서 갈톤의 예를 들거나 비슷한 논리를 전개하고 있다. 예를 들어 일본의 우키다 카즈다미[浮田和民]는 『사회학강의』(1910)에서 "종래의 사회는 생존 경쟁, 적자생존, 자연 도태로 불리는 다윈 법칙으로 진보되었지만, 진화에는 자연의 진화와 혁명 두 가지가 있다"고 함으로써 개혁과 교육을 통한 사회개량을 주장한다. 이것은 조선의 이광수에게 큰 영향을 준다.[22]

'반개' 혹은 '야만' 상태에서 벗어나기 위한 논리로 인위도태론을 차용하는 것은 중국의 량치차오[梁啓超]도 마찬가지다. 그는 「신민설(新民說)」에서 '자연 도태'와 '인위 도태'를 나누고 인위 도태란 "스스로 부적절한 것을 찾아내고 변화시켜서 자신을 생존에 적절하게 만드는 것"이며, 약한 민족이 살아남을 수 있는 방책[23]이라고 설명함으로써 사회진

---

20 와타나베 마사오, 손영수 역, 『현대과학신서56 : 일본인과 근대과학』, 전파과학사, 1992년, 112면.
21 박성진, 『한말~일제하, 사회진화론과 식민지 사회사상』, 선인, 2003, 62~63면.
22 波田野節子, 「李光洙の民族主義思想と進化論」, 『三千里』43, 1986, 116면.

화론의 원리를 변형시킨다. 량치챠오가 "혁명은 진화의 세계에서 피할 수 없는 법칙"[24]이라고 말하듯이, 그에게 인위적 도태란 일종의 '혁명'으로 이해되었다. 량치챠오의 사회진화론은 당시 조선으로 유입되어 큰 영향을 주었다.

외부에서 온 과학 / 문명인 사회진화론은 일본, 중국, 조선의 상황 속에서 인위도태를 강조하는 형태로 변형되고 일종의 혁명논리가 된다. 이 변형 속에는 외부에서 '과학 / 문명'을 의심이나 반박의 여지없이 받아들여야만 하는 수동적인 상황과, 그 외부와의 수동적인 접촉을 각자가 처한 상황 속에서 굴절시켜 재해석하는 적극적인 반응, 이 두 가지가 뒤엉켜 있다. 이 역설적이고 모순된 반응들은 과학 / 문명을 둘러싼 소문에 표현되어 있다.

3. 소문 : '과학적인 것'의 유입을 둘러싼 '적극적 수동성'

1) 『서유'見聞'』 : '들려온' 과학.

서구문명이 곧 과학적인 것으로 여겨짐에 따라, 당시 사용되었던 '과학'이라는 용어에서는 '(현재적 의미에서의) 과학'을 찾아볼 수 없고, 반

---

23 전복희, 앞의 책, 32~33면.
24 위의 책, 32~33면.

면에 서구 문명을 소개하는 논설들이나 그것을 둘러싼 소문들 속에서 오히려 '(현재적 의미에서의) 과학'이 느껴지는 아이러니가 발생한다. 사회진화론이 구현된 전쟁과 식민화의 소식들, 철도 전신 기차 등 실용적인 발명품, 새로운 의학이나 청결과 위생담론들, 서구를 보고 온 사람들의 경험담들이 그것이다. 조선을 식민지화하려는 논리를 담은 외부로부터 들려온 낯선 문명 즉 '과학적인 것'은, 아직 그것의 가치를 판단할 수 없는 상황 속에서, '파다한 소문과 함께 / 통해' 왔다. '들려져 온' 것이 과학적인 것을 만들면서 동시에 '과학적인 것'을 굴절시켰던 이 소문의 메커니즘은, "최초의 서양문물 계몽서"[25]라고 일컬어지는 『서유견문(西遊見聞)』(1895)에도 나타나 있다.

『서유견문』은 '서양문물 계몽서'라고 이야기되지만, 사실 이 책의 체계 전체를 관통하고 있는 것은 '과학적 서구학문 체계'이다. 이 책은 유길준이 서구학문의 핵심이라고 했던 '화학'의 분류 분석 종합적인 방법에 의해서 씌어졌다.[26] 또한 『서유견문』은 '견문'이라는 제목을 달고 있지만, 사실은 견문록이 아니다. "서양에서 보고 들은 것 뿐 아니라 귀국 후 다른 사람들의 서적을 번역하거나 참조하여 저술한"[27] 책인 것이다. 그럼에도 유길준은 왜 이 책에 '견문', 즉 '들은 것'이라는 뜻의 제목을 붙인 것일까?

서양 여러 나라들과 조약을 맺기로 하여 그 소식이 동경(에도)까지 들려

---

25 유길준, 허경진 역, 「글을 시작하기 전에」, 『서유견문』, 서해문집, 2008.
26 위의 책, 589면.
27 위의 책, 588면.

왔으므로 나는 이 기행문을 쓰는 데 온 힘을 기울였다. 나 자신이 서양 여러 나라에 가보지도 않고 남들이 이야기한 찌꺼기만 주워 모아 이 기행문에 옮겨 쓴 것이 마치 꿈속에서 남의 꿈 이야기를 하는 것과 다를 바가 없다고 생각한다. 그러나 그 나라들과 수교하면서 그들을 알지 못해서는 안 된다. (…중략…) 다만 내가 직접 목격한 참모습을 기록하지 못한 것을 스스로 아쉬워하고 있었다.[28]

이 언급은 매우 중요한 사실을 알려 준다. 유길준의 서구문명(당시에는 과학적인 것으로 여겨진 것)에 대한 첫 경험은 '가보지도 않'은 서구에 대해서 '남들이 이야기한 것'을 주워 모은 것, 즉 소문이나 풍설이었다. 『서유견문』의 구상은 1881년 신사유람단으로 일본에 갔을 때, 가보지도 않은 서구에 대해서 남들이 말한 것을 들음으로써 이루어졌다. 1883년, 유길준은 보빙사의 일원으로 미국에 파견되어 드디어 서구를 직접 경험하고 매사추세츠의 석학 모스(Edward S. Morse)로부터 서구문명을 배운다. 이후 조선에 돌아온 유길준은, 그때의 경험과 지식을 되살려 이후 여러 책을 번역하고 참고하면서 『서유견문』을 쓴다.

(모스에게서 배우면서부터) 듣는 것을 기록하고 보는 것을 베껴두는 한편, 고금의 서적 가운데 참고되는 것을 옮겨 써서 한 권의 책을 만들었다.

(『서유견문』, 23면)

---

28 위의 책, 18면. 앞으로 이 책에서의 인용은 인용 면수만을 표기함.

미국에서 직접 과학자(생물학자)에게서 배워 쓴 저서임에도, 유길준은 그것을 '들은 것(소문, 풍설)', '베껴둔 것(오리지널이 아닌 것), '번역한 것(들여져 온 것)'이라고 말한다. 이처럼 과학적인 것은 곧 소문의 형태로 들여져 왔다. 혹은 아무리 직접 부딪치고 경험했을 지라도 '소문'처럼 느껴지는 것이었다. 이 장면에는 다음과 같은 상황들이 드러나 있다. '과학적인 것'이 내부로부터 만들어진 것이 아니라 완성품으로서의 서구문명이라는 형태로 외부로부터 갑자기 주어졌다는 상황이다. 또한 그것이 내부적인 소화과정을 통해서 새롭게 재구성되지 못한 채 진위를 판단할 수 없는 소문에 머물러 있는 상황이다. 따라서 이 과학적인 것을 외부로부터 베껴온 풍설로 인식하는 이 장면에는 어떤 당혹감과 함께 그것을 내부로 통과시키고 굴절시켜 주체적으로 변형시키고 싶다는 욕망이 아로새겨져 있다.

그러나 유길준도 이 서구 과학문명 소개서가 진리로서 인정될지 혹은 진리일지 자신하지 못했던 듯하다. 그는 이 글을 "일시적인 신문지의 대용품"(『서유견문』, 33면)으로 썼다고 말한다.

비유하자면 산을 그리는 것과 같다. 그림이 잘되고 잘못되는 것은 손놀림과 의장(意匠, 디자인)의 꾸밈에 달려 있다. (…중략…) 이 책이 비록 서투르지만 역시 이와 같은 경우다. 산의 그림자를 가리키면서 이것이 산이다라고 말하는 것이 헛된 영상을 가리킨 것이기는 하지만, 그것이 가리키는 근본은 그대로 있는 것이다. 그러니 이 책을 대하는 사람이 또한 이와 같이 관찰하면 되리라고 생각한다.

(『서유견문』, 25면)

친구가 말하였다. '그래 그대의 말이 옳은 듯하지만, 남들이 어떻다고 말할지 (모르겠다.) 나중에 정평 있는 논의를 기다리는 것이 옳을 듯하다.

(『서유견문』, 27면)

소문의 형식으로 외부에서 갑자기 들어온 절대가치인 '과학적인 것'이, 조선의 내부를 통과해서 과학이 되기 위해서는 그 소문을 진리나 과학이라고 인정해주는 믿음의 체계가 형성되어 있어야 했다. '과학적인 것'을 둘러싼 소문에는 이 새로운 믿음체계 혹은 권력관계를 둘러싼 다양한 반응, 저항, 감각이 싸우고 있는 것이다.

그런 점에서 첫 인용문에는 눈길을 끄는 두 가지 표현이 있다. "남들이 이야기한 찌꺼기"라는 표현과 "꿈속에서 남의 꿈 이야기를 하는 것"과 같다고 하는 표현이다. 이때 '남들'이란 신사 유람단으로 일본에 갔을 때 경험한 일본의 과학문명이었다. 신사 유람단으로 일본에 가서 '견문이 많고 학식이 넓은 사람'과 더불어 이야기를 주고받았는데 그러자 "그들의 제도나 법규 가운데 서양(泰西)의 풍을 모방한 것이 십중팔구나 되는 것을 알게 되었다"(『서유견문』, 17면)라고도 쓴다. 조선의 '과학적인 것'은 서구로부터 '들여져 온 것'인 동시에 일본으로부터 '들여져 온 것'이었다. 이 이중의 수동태 속에서, 조선의 지식인들이 품었던 서구 문명에 대한 강한 욕망은, 조선을 식민지화하려는 일본에 대한 거부 속에서 더 강해졌다. 그것이 일본의 근대를 넘어설 수 있는 방책으로도 느껴졌기 때문이다. 즉 일본 근대문명에 대한 거부 속에서 서구 문명에 대한 욕망은 더욱 증폭되었다.

유길준이 자신의 책을 『서유'見聞'』이라고 한 것과, 후쿠자와 유키치가『서양事情』이라고 했던 것, 즉 '견문'과 '사정' 사이에는, 식민지화의 정도와 권력관계의 차이가 있었다. '견문'행위에서는 보고 듣는 자가 보고 듣는 대상의 철저한 외부에 있게 되는 것과 달리, '사정'이란 '보고 듣는 것'을 넘어선 판단과 사유의 과정이 있다.『서유견문』의 '견문'이라는 표현 속에는 서구, 문명으로 여겨지는 '과학적인 것'에 대한 강렬한 욕망과 함께, 그것을 내재적으로 만들어 갈 수 없는 이중으로 식민화된 조선의 상황에서, 그 '과학적인 것'에서 느낄 수밖에 없는 강렬한 욕망과 거부감이 동시에 포함되어 있는 것이다. '과학적인 것'을 받아들이는 '소문' 속에 과학적인 것에 대한 강렬한 욕망과 강렬한 거부가 공존했던 것은 이러한 중층적인 식민화의 굴절 속에서였다.

2) '과학적인 것'을 둘러싸고 확산되는 소문들

『독립신문』,『대한매일신보』등에서 '과학'이라는 용법이 그다지 많이 눈에 띄지 않거나 현재 우리가 생각하는 것과 다른 의미를 띠었던 반면, '소문'이라는 용법은 '풍셜, 려항 낭설, -들었다' 등과 함께 빈번하게 등장한다. 이때 '소문'이라는 말은 '과학적인 것'으로 여겨진 것을 전달할 때 특히 많이 등장한다는 것을 알 수 있다. 그렇다면 '과학적인 것'이 유입될 때, 소문은 어떤 역할을 한 것일까?

'소문'이란 용어는 항간의 떠도는 이야기, 그중에서도 외국 소식을 전할 때 등장한다. 특히 '所聞'에서 중요한 것은 '문(聞, 듣다)'이다. '新聞 : 새로운 것을 듣다'란 용어가 음성차원에서 떠도는 소문을 '문자'로 포

섭한 것이 신문(新聞)임을 시사하듯이, '所聞'은 들은 이야기 — 외국소
식, 전쟁소식, 신기한 근대문물, 항간의 떠도는 이야기 — 등을 의미한
다. 다음은 신문기사 모집과 신문의 의의를 밝힌 논설이다.

> 독닙신문이 본국과 외국 스졍을 자셰이 긔록홀 터이요 정부속과 민간 소
> 문을 다 보고홀 터이라.
>
> (「광고」, 『독립신문』 1, 1896.4.7)

> 신문에 긔지ᄒᆞᄂᆞᆫ 일인즉 셰계에 문명ᄒᆞᆫ 나라이 엇더케 흥왕ᄒᆞ야 가는 일
> 과 완고ᄒᆞᄂᆞᆫ 사ᄅᆞᆷ들이 뒤거름 ᄒᆞ야 망히 가는 일과 정부에 졍치와 관원들
> 의 진퇴와 그 나라 졍부에셔 그 빅셩을 엇더케 대졉ᄒᆞᄂᆞᆫ 것과 그 빅셩이 그
> 졍부를 엇더케 대졉ᄒᆞᄂᆞᆫ 것과 길에셔 젼하는 풍셜과 쟝ᄉᆞ의 셩쇠와 농사의
> 흉풍과 물가의 고하와 각 학교의 공부ᄒᆞᄂᆞᆫ 일과 외국 소문이며 화륜거션이
> 왕리ᄒᆞᄂᆞᆫ 일과 쟝ᄉᆞᄒᆞᄂᆞᆫ 사ᄅᆞᆷ이 신문에 광고ᄒᆞ야 손을 쳥ᄒᆞᄂᆞᆫ 것과 사ᄅᆞᆷ의
> 조흔 일 당ᄒᆞᆫ 것과 억울ᄒᆞᆫ 일 당ᄒᆞᆫ 것과 학문 잇는 사ᄅᆞᆷ이 사ᄅᆞᆷ의 권ᄒᆞᄂᆞᆫ 말
> 들을 모도 긔지ᄒᆞᄂᆞᆫ 것시니 기화ᄒᆞᄂᆞᆫ 긔쵸에는 신문이 뎨일이라.
>
> (「론셜」, 『독립신문』 65, 1897.6.3)

위의 인용에서 볼 수 있듯이 '외국소문'이라는 것은 일반적인 외국의
이야기가 아니라 발달된 문명국의 모습을 의미했다. 『독립신문』의 한
달 여 간의 기사를 살펴보면 '소문'이라는 용어는 「잡보」, 「전보」, 「외
국통신」에 등장한다. "북경소문"(「외국통신」, 1898.7.19), "셔반아에서 미
국이 군ᄉᆞ를 보니여 본국을 친다ᄒᆞᄂᆞᆫ 소문"(「외국통신」, 1898.8.4), "헛소

문 셜명—쟉일 뎨국 신문 뎐보 줄에 말 흐기를 미국 안에 졸지에 큰 란리가 나서"(「잡보」, 1898.8.23), "만일라 소문"(「뎐보」, 1898.8.27), "영덕 동밍 —론돈잇는 덕국 공수와 영국 외교관 발포씨와 면회를 혼 쓸닭에 여러 가지 소문이 잇눈디"(「뎐보」, 1898.9.12), "크리트 소문"(「뎐보」, 1898.9.17) 등이 그것이다. 한편 러일전쟁을 전후한 시기에는 전쟁기사가 '소문' 이라는 말로 빈번하게 실린다. 먼 외국소식, 전쟁소식, 문명화된 문물 에 대한 소식, 그리고 그에 대한 항간의 반응에 '소문'이란 용어가 쓰인 다. 즉 '소문'이라는 어휘에는 서구 문명의 상징인 '새롭고 과학적인 것' 에 대한 강렬한 호기심 및 지식욕과 함께, 그것을 주체적이거나 객관 적 사실로서 받아들이기보다는 마치 남의 일처럼 이야기하는 '-했더 라' 체가 지닌 수동성이 동시에 존재했다. 한편으로는 새로운 문물을 내부로 받아들이려는 욕망이면서 다른 한편으로는 "아주 오랫동안 지 속되어온 어떤 심층구조, 혹은 집단적인 의식"[29]과 결부되어, 내부로 들어오려는 문명 / 과학 / 외부를 거부하고 구별해내는 방식이 '소문- 듣다'를 통한 '과학적인 것'의 수용방식이었다.

'과학적인 것'을 적극적 수동성을 통해서 받아들이는 방식은 근대 초 기 '소문'이 지닌 위치의 변화를 통해서도 나타난다. 신문기사를 보면 '소문'은 '풍설' '려항 낭설'등과 번갈아 쓰이기도 하지만, 다른 것에 비 해 '소문'이 좀 더 신빙성이 있는 소식이라는 뉘앙스를 풍긴다. 근대 이 전 소문은 전근대적 공동체의 관습을 유지하는 조절기능을 했다.[30] 그 런데 신문이 시공간을 초월해 소식을 전달하기 시작하면서 '소문'의 위

---

29 심진경, 「문학 속의 소문난 여자들」, 『파라21』 창간호, 2003, 212면.
30 필립 아리에스 조르쥬 뒤비 편, 주명철 · 전수연 역, 『사생활의 역사』 1, 새물결, 2002, 94면.

치는 변화하기 시작한다. 즉 '소문'이란 말이 신문에서 '기사'와 완전히 구별되지 않은 채 쓰인다는 것은, 소문이 '음해나 오해' 혹은 제한된 공동체의 규율을 유지하기 위한 관습을 넘어서 '사실적 비평의 기능을 하는 여론'적 성격을 띠어가고 있음을 보여준다.[31] 전근대적인 의미의 근거 없는 이야기로서의 '소문'도 아니며, 그렇다고 '기사'처럼 완전히 사실로 여겨진 것도 아닌 중간지점에 이 시기의 '소문'이라는 용어가 있다. '민족국가'라는 지리적, 민족적 상상력에 근거한 제국주의 확장 속에서 한국도 '외부'라는 새로운 문명에 눈뜨기 시작하고 그 새로운 감각에 대한 반응들이 '소문'이라는 말로 나타나는 것이다.

새롭게 유입된 문물, 제도, 외국소식, 변화하는 세계상 등은 서구 문명을 상징하는 '과학적인 것'으로 사람들을 매혹했지만, 이 새로운 과학에 적응하지 못해서 노동력과 재산을 착취당하거나 심지어 목숨을 잃는 경우들이 있었다. 따라서 '과학적인 것' 옆에는 '공포와 불안'을 담은 소문도 번성했다. 소문을 통한 '과학적인 것'의 수용방식은 공포스럽고 낯선 외부에 대한 거부감의 표현이기도 했지만, 그 낯선 외부에

---

31 신지영, 「『대한민보』 연재소설의 담론적 특성과 수사학적 배치」, 연세대 석사논문, 2003. 3장 1절 「근대적 '제도'의 유입과 소문의 재배치」 참고. 이 글에서는 『대한민보』에 연재된 신소설을 통해 근대적 '제도'인 우편, 편지, 신문 그리고 법의 유입이 전근대적인 형태의 소문을 근대적인 형태의 소문으로 어떻게 재배치하고 있는지를 밝혔다. 소문은 전근대적인 소통방식으로 여겨지지만, 그것을 소통시키는 매체가 우편, 편지, 신문이 됨에 따라서, '소문'이 지닌 신빙성이나 영향력은 '기사'만큼 확대될 수 있는 조건을 갖추게 된다. 이때 소문의 전근대적인 의사소통 매체로서 지니고 있었던 위치가, 오히려 소문을 근대적인 의사소통 매체로 바꾸는 데 중요한 기반이 된다는 점은 흥미롭다. 즉 소문은 사람들 사이에 안정적으로 정보가 퍼져 나갈 수 있는 기반을 형성하고 있었고 그것이 소문의 위치가 전근대적인 것에서 근대적인 것으로 바뀔 때에도 소문이 지닌 영향력을 유지하도록 했던 것이다. 즉 근대 초기의 '소문'은 완전히 근대적인 미디어인 것도 완전히 전근대적인 미디어인 것도 아니었다. 소문이 바로 전근대적인 것에서 근대적인 것으로의 이행을 보여주고 촉진시키는 미디어였기 때문에야말로 '과학적인 것'을 전달할 수 있었다.

대한 거부감과 공포, 충격 등을 완화시켜주는 방식이기도 했기 때문이다.[32] 예를 들어 전쟁으로 동요된 민심을 진정시키기 위해서 어떤 이야기가 '소문'임을 강조하는 기사들도 있다. 『독립신문』 1897년 3월 18일자 「논설」은 "근일에 인심이 공연히 쇼동이 되야 물가가 올나 가고 여슈가 막켜다니 이거슨 무숨 쓰닭인지 모로거니와 풍셜에 일본과 아라샤가 군수를 보내여 무숨 란니가 날쓰 두려워셔 이럿타니 이거슨 어리셕은 싱각이라"라고 어느 정도 신빙성이 있는 '소문'과 '허언'을 구별해 충격을 완화시키고 있다. 1897년 11월 13일 『독립신문』 「잡보」에는 예수교도를 붙잡기 위해 병정이 파견되어 마을 전체를 몰수한다는 것은 소문일 뿐임에도 "소문을 듯고 남녀들이 곡셩이 랑쟈 호야 수산 분쥬 호고 리셩집이라 호는 사롬은 도망 호여 셔울노 오다가 즁로에셔 긱스"했다는 폐해를 보도해 비판하기도 한다.

또한 소문은 '과학적인 것'이라는 허명에 사기당하는 피해를 줄이는 역할을 한다. 1897년 3월 20일 『독립신문』의 「각부신문」란에는 서울과 인천에서 "협잡비가 철도 역군을 모집혼다 칭호고 스샤로 십쟝과 빅쟝과 천쟝의 등퓌라 니르고 어리셕은 빅셩의게 뢰물을 밧는다"는 풍셜을 보도하고 경고하고 있다. 이외에도 외국의 권세를 이용한 간세배를 조심하라는 소문(「론셜 : 소보험회사」, 『독립신문』, 1898.2.24), 사원들이 각처에 다니면서 "쇼 보험 혼다 칭 호고 쇼 혼 필에 엽젼 호량식 토식 호야 민폐"가 되고 있으니 조심하라는 소문(「쇼 보험 회샤」, 『독립신문』, 1898.6.30) 등이 보도되고 있다.

---

32 한스 J. 노이바우어, 박동자·황승환 역, 『소문의 역사』, 세종서적, 2001, 67면.

이처럼 '소문'이라는 말은 사용하기에 따라서 다양한 효과를 낼 수 있었다. 전근대적인 것과 근대적인 것 사이에 위치하고, 사실과 거짓 사이에 위치하고, '과학적인 것'을 들여오는 계몽지식인과 그것을 받아들이는 대중 사이에 위치하고, 씌어진 것과 들려온 것 사이에 위치한 '소문'은, '과학적인 것'을 받아들이는 다양한 벡터와 에너지를 품고 있었다. 따라서 어떤 소문을 누가 어떻게 퍼뜨리는가, 또한 어느 소문이 더 믿을 만한 기사인가는 매우 중요했다. 러일 전쟁과 조선의 식민지화가 구체화되면서 이 '소문'을 둘러싼 경쟁은 강화되는데, 특히 조선 언론과 일본 언론 사이의 경쟁은 흥미롭다. 예를 들어 『대한매일신보』의 1904년 9월 2일자 논설 「한국에 일본 위력이라」는 일본 『신호허랄드 신문』에 대한 비판을 싣는다. 즉 『대한매일신보』가 일본 정권을 반대하는 기사를 실은 것에 대해서 일본의 『신호허랄드 신문』이 비판하는 기사를 싣자, 일본 통신원들은 조선에서 "소문을 만히 탐보ㅎ여"가기 때문에 일본이 조선에서 잘못된 짓을 하고 있다는 것을 알면서도 그 기사를 도리어 비판하는 것은 부끄러운 일이라고 반박하고 있다. 또한 최근 실상과 다른 소문이 많기 때문에 "료량을 잘ㅎ여야 홀" 것이라고 경고[33]하면서 일본이 러일전쟁에 대해서 스스로에게 유리한 소문만 보도한다고 비판하기도 한다.[34] "일본이 젼ㅎ는 소문이 졍밀ㅎ나 우리가 춤말이 아니라고 시비ㅎ는 것이 아니라 그 중에 혹 실답지 못ㅎ 소문이 잇스며 일본에게 죠흔 소문은 동경으로브터 한국에 속히 나오고 그와 반

---

33 「론셜 : 한견집 하는일」, 『대한매일신보』, 1904.12.14.
34 대표적으로 「론셜 : 론돈신문과 젼쟁수유」, 『대한매일신보』, 1904.9.23; 「론셜 : 검찰관의 일」, 『대한매일신보』, 1904.9.27; 「론셜 : 로국을 비방ㅎ는 ᄭᄃᆰ이라」, 『대한매일신보』, 1905.1.22 등을 들 수 있다.

더혼 소문은 달니 듯는 외에 드를 수 업는" 까닭이라는 것이다.[35]

소문을 둘러싼 긴장관계를 보면 절대적 진실, 절대적인 과학이 있는 것이 아니라, 어떤 소문을 진실로 만들어 주는 해석과정이 개입하고 있다는 것을 알 수 있다. 상징적인 예로 「론셜 : 벽돌신문 닑는법」(『대한매일신보』, 1908.4.26)에는 다음과 같은 대화가 오고간다. 신문을 읽는 것은 "시국 형편과 외국 소문을 듯고져 홈"인데, 검열로 지워진 글자가 많아 도무지 읽을 수 없다고 한탄하자, "일인의 검열에 구속이 되야 먹투성이가 만흔고로 이 신문은 혼가지 법이 아니면 보기 어려우니라"하며, 이렇게 설명한다.

> 한국 하늘을 니고 한국짜을 뵓으며 자나찌나 대한이라는 두들ㅅ즈를 니져ㅂ리지 아니ㅎ는 스샹을 품고 이것을 닉글지며 이 이 셰계가 엇더혼 셰계이며 지금 한국인의 경황이 엇더혼 모양인가 ㅎ는 싱각으로써 이것을 닐글지며 삼 한국닉에 한인이 발간ㅎ는 신문 중에 오히려 조국 졍신을 일치 아니혼 쟈 몃치나 됨을 싱각ㅎ면셔 이것을 닐글지며 사 이러케 판을 업혼 곳에 당ㅎ야는 그 속에 잇는 말이 이 나라에 유익혼 말인가 해로운 말인가 시시로 연구ㅎ면셔 이것을 닐글지며 오 이 신문이 셜립혼지가 임의 허다한 셰월을 지낫스니 무삼 귀졀은 먹투셩이를 맛날줄노 대강 짐작홀지어놀 무슴 의스로 긔여코 업허노혼 말을 게지ㅎ랴혼 것은 웬일인가 ㅎ면셔 이것을 닐글지니 이 법으로 이 신문을 볼진딘 미양 업혼 곳에 이국ㅎ는 열셩이 일층 더ㅎ리니 (…중략…) 혼 글ㅅ즈의 업힌 것을 보면 쓰거운 눈물이 비오드

---

[35] 「론셜 : 자유면보」, 『대한매일신보』, 1905.2.13.

시 하나 귀절의 업힌 것을 보면 쓰거운 피가물쏠툿시 전판의 업힌 것을 보면 스지 빅톄가 모다 쎠가 져리게 압허 주유ㅅㅅ 후는 소리가 뇌슈속에 밋츠며 가슴속에 소스며 목구녕에 쓴치지 아니 후면 필경 실디샹에 발표될지니

서구 열강의 침략과 적자생존의 위기에 처한 조선에서는 외부에서 들어온 서구 / 문명 / 외국소식을 써진 그대로 읽는 것이 아니라, 조선의 미래를 위해서 '씌어져야 할 것'을 뜨거운 눈물과 솟구치는 피의 열정으로 읽어야 했다. '과학적인 것'을 받아들이는 소극적이면서도 주체적이지 못한 반응으로 보이는 '소문'이 일본신문과의 긴장 관계 속에서 조선에서 사실 혹은 진리성을 획득해가는 과정은, 바로 이 씌어져야 할 것에 대한 강렬하고 적극적인 욕망이었다. '들려져 온' 과학적인 것을 적자생존 약육강식이라는 조건 속에서 수동적으로 받아들이면서도 그것을 재해석하여 식민지적 상황을 벗어나려고 했던 적극적 욕망이 담긴 '적극적 수동성 = 소문', 그것은 '과학적인 것' = '-들여져 온 것'을 '과학'으로 만들어 갔던 다양한 벡터들을 보여준다.

3) 소문과 풍설 : 식민지에 대한 공포, 과학문명에 대한 욕망

'소문'은 조선으로 이주해 온 일본인들과의 다툼, 서구 열강과 일본의 침략, 부패한 조정의 소식을 전할 때도 등장한다. 조선을 침략해 들어오는 외부문명, 과학으로 무장한 서구 열강에 대한 공포와 위기감이 '소문'의 형태를 빌어 표현되고 있는 것이다. 그중에서도 약소 민족의

멸망이야기를 전하면서 조선의 각성을 촉구하는 이야기는 『독립신문』과 『대한매일신보』에 빈번하게 등장한다. '사회진화론'의 과학적 논리를 바탕으로 확산되는 이런 소문들은 제국주의에 대한 직접적인 비판이었던 만큼, 또한 조선 내부에 충격을 줄 수 있었던 만큼, '들은 이야기'임이 더욱 강조된다. 『월남망국사』(현채 역, 1906.11 초판, 국한문 혼용)에 실린 안종화의 서문을 보자.

세계는 날로 열리고 인문은 날로 진보하는데 전쟁의 소문과 큰 나라가 작은 나라를 삼켰다는 소식은 날로 사방에서 들린다. 이때에 나라를 가진 자 어찌 삼가 두려워하며 자존할 바를 도모하지 않겠는가? 『월남망국 사』는 최근 한 망명객의 손에서 나왔으니 해내에 세상을 아우를 뜻을 가진 여러 군자들은 미상불 책을 열고 흐느껴 울지 않을 수 없도다. (…중략…) 첫째 월남 사람이 스스로 궤멸함을 애도하고 다시 프랑스인이 은혜 적음을 애도하고, 또 백당(현채의 호)이 월남사를 번역한 뜻을 애도하노라.[36]

『월남망국사』는 월남에서 일본으로 망명한 소남자(巢南子)와 양계초(梁啓超, 1873~1929)의 대화를 기록한 것이다. 조선에서는 적자생존 약육강식의 사회에서 월남이 망한 과정을 반면교사로 삼아야 한다는 취지에서 번역된다. 이 책은 조선이 처한 상황 속에서 공감을 얻어 한문과 순국문으로 번역되고, 1909년 5월에 금서처분 당하기까지 여러 번 재판을 거듭해 발간된다.[37] 이때 압수된 『월남망국사』가 8백 32책에

36 최원식, 「아시아의 연대 : 『월남망국사』 소고」, 『한국문학의 현단계』 2, 창작과비평사, 1983.
37 1906년 11월 현채가 번역한 국한문 초판에 이어 1907년 5월에 재판이 나오고, 주시경이 "한

이르렀고, 『유년필독서의』는 312권에 이르렀다고 한다.

식민지화된 약소민족 이야기 속에서 '자연도태'를 '인위도태'로 변형시킴으로써 노력여하에 따라 약소 국가가 강대국을 이길 수도 있음을 강조하고 있다. 예를 들어 독일, 러시아, 영국은 '증긔와 던긔'와 같은 강한 민족을 이긴 토국을 들어, "토국과 싸호면셔 영국이 퓌 흔다는 쇼문이 즈죠 잇"다고 전한다. 토국이 영국처럼 강한 나라를 상대해 승리할 수 있었던 것은 "ᄆᆞ음을 용밍 잇게 결뎡"했기 때문이라고 하면서 "토국 사롬의 츙셩잇고 실디 잇는" 것을 본받아야 한다고 말한다.[38] 한편 청국에 대해서는 반면교사로서 제시하는 것이 많다.[39] 문답형식을 통해서 최근 서양 각국이 청국 토지를 분할해 통치하려 한다는 '소문'을 전하면서 중국이 그 지경에 이른 이유와 조선이 그 지경에 이르지 않기 위한 방책을 논하는 것 등이다.[40] 약소민족의 멸망이라는 '소문'을 통해 조선이 식민지화되는 위기에서 벗어날 수 있는 논리로 변형시켜 전달하면서 대중들을 계몽하는 것이다.

한편, 조선 안에 기이한 소문들이 급격히 확산되었던 것은 조선 안에 이주자들이 늘어나기 시작하면서부터이다. 1900년에 접어들기 이전부터 조선 안에는 다양한 이주자들이 있었고, 그들 중에서도 조선으로 일

문을 모르는 이들도 이 일을 다 보게 하'기 위해서 순국문 번역본을 '노익형책사'에서 출간하여 더욱 더 인기를 끈다. 이 순국문본은 1907년 11월에 초판, 1908년 3월에 2판. 1908년 6월에는 3판을 찍기에 이른다. 이상익 역시 순국문본을 1907년 11월에 출판하고 당시 학교 교재로 널리 사용된 『유년필독』(1907.5)의 교사용 지침서였던 『유년필독서의』(1907.7)에 재수록 될 정도로 확산되어 간다. 그러나 1908년 4월 출판법에 의한 검열을 받고, 1909년 5월에 금서 처분된다.

38 「잡보 : 락엽 편편」, 『독립신문』, 1899.11.6.
39 「잡보 : 청국을 논호는 쇼문」, 『독립신문』, 1899.11.21.
40 「론셜」, 『독립신문』 271, 1899.11.25.

거리를 찾기 위해 이주한 일본 노동자나 식민지 경영인들과의 부딪침, 국권을 상실하게 될지도 모른다는 위기위식은 수많은 소문을 몰고 온 듯하다. 와전된 것이지만 일본 상민과 한국 병정 사이에 싸움이 있었다는 풍설(「잡보 : 송도삼경」, 『독립신문』, 1899.9.16), 개성에서 일본 상민들이 삼을 캐어 가서 병정들이 이에 발포하려다가 일본 상민에게 총까지 빼앗기고 재판을 당할 지경에 이르렀다는 풍설(「잡보 : 송도 풍설」, 『독립신문』, 1899.10.18), 고기잡는 것으로 생계를 이어가는 웅천군 영등포에서 외국 어민이 땅을 점유하고 본국 사람의 어업을 금했다는 소문(「잡보 : 웅천 쇼문」, 『독립신문』, 1899.11.15), 서울 제물포 철도를 미국사람 모스씨가 일본 사람에게 팔아 일본사람이 그 철도를 상관한다는 말이 유행한다는 풍설(「잡보」, 『독립신문』, 1897.7.10), 일본에 망명해 있는 대한 사람들을 일본이 모조리 환국시키기로 했다는 풍설(「잡보 : 평리원 쇼문」, 『독립신문』, 1899.8.15) 등이다. 특히 조선이 식민지화될지 모른다는 위기의식은 단지 일본에 대한 것만은 아니었다. "풍셜을 밋기는 어려오나" 각국의 사신이 회동해서 한국에서 각국의 "리익션(利益線)을 확뎡ᄒ야 협동 일치(一致)로 한국에 요구"하자고 주장했는데 그 "정도(程度)는 각각 광산 一구(區)라"는 풍설(「잡보 : 리익션 문제」, 『독립신문』, 1899.10.10) 등이 떠돈다.

외국의 문물, 전쟁 상황들이 '소문'이라고 지칭되는 게 많았던 것과 달리, 이 예들의 경우는 '풍설'이라고 지칭되는 경우가 많다. 감정을 자극하거나 서구열강에 대한 비판으로 갈등이 불거질 소지가 있기 때문에 보도의 진위에 대한 책임을 회피할 수 있도록 진위를 확신할 수 없는 '풍설'로 보도하며 우회적으로 비판하는 것이다. '풍설'이 자주 등장하는 시기는 1905년 외교권이 박탈당하기 전후, 1908년 출판법에 의해서 검열이 강화되고 언론자유가 박탈된 이후, 1910년 한일 강제 병합이 일어난 시기 등, 큰 사건들이 발생할 무렵이다. 또한 '이 보도나 소식이 풍설이거나 소문이어서 이것을 그대로 믿어도 좋을지 어떨지 모르겠지만'이란 전제를 달아 두는 경우가 많다. 예를 들어 「론셜 : 반동되는 풍셜」(『대한매일신보』, 1904.12.13)에는 전달하는 소식이 풍설이어서 믿기 어렵다고 하면서도, 러시아와 일본 사이의 알력 관계 속에서 불안정한 상황에 놓인 조선의 위기감을 보여준다.

> 이째를 당ㅎ야 무근지셜도 만코 난신지언도 심히 전파가 된즉 실로 어느 말을 밋어야 올흘는지 알 수는 업스나 그러ㅎ나 요소이 이 풍셜을 드른즉 일본셔 한국 정부를 특별히 싱각ㅎ야 법외의 일을 만드러 권고홀 의사를 둔다는디 이 말도 역시 준신키는 어려우나 그러ㅎ나 불째지 아니혼 굴독에셔 공연이 연긔날 리치가 엇지 잇스리요 명년 일월 일일브터는 쟝곡천 대쟝이 한국에다 군법을 베풀고 자긔가 관리ㅎ야 감독ㅎ리라는 말도 잇스며 쏘혼 일본공사 임권조씨는 공관을 쟝ᄎ 봉폐ㅎ고 한국 너부를 관활혼다는 소문도 잇스며 (…중략…) 이 소문이 가히 드를만ㅎ기에 신문에 계지ㅎ야 셜명ㅎ기는 ㅎ나 요사이 말들은 실로 허황혼 바이 만혼즉 분명히 밋을 수가 업는 거시 일본셔 렴명공직ㅎ게 쳐ᄉㅎ는 자리에 엇지 그러케 홀리치가 잇스리요.

이외에도 "소문과 풍설일 뿐 그럴 리가 없겠지만"이라는 우회적 수사를 사용해 전달하는 것들로는 일병과 의병 사이에 고통당하는 조선 민중에 대한 소문,[41] 일인이 '동양척식주식회사'니 '극동 식민회사'를 설립하기로 일본 국회에서 새 의안을 제출하고, 일천만원의 자본으로 한국 내에 영업을 확장하기로 했다는데 이것은 결국 조선의 토지를 마음대로 부리겠다는 것과 다름없다고 보도하는 경우⁴² 등이 있다. 그중에서도 조선 바닷가를 점령하고 고기잡이 하는 것이 허용되어 버린 상황을 기자가 주워듣고 재구성해 쓰고 말미에 '긔이한 소문'이라고 표현한 논설은 인상적이다.

긔쟈ㅣ 향일에 남도 히변에셔 온 사룸을 맛나니 (…중략…) 일본 어민들이 죠슈 밀 듯 련쇽부졀 드러와셔 스면 히변에 쎅쎅ᄒ게 드러섯스니 동포들이 비록 힘을 다ᄒ여 경징을 홀지라도 오히려 패ᄒ여 말너죽기를 면ᄒ기가 어렵거눌 이ᄀᆺ치 점점 쇠ᄒ여 가는 거슨 실노 ᄒ번 탄식홈을 금치 못홀 바ㅣ로다. 일젼 농샹공부 슈산국에셔 한국이 일본으로 더브러 어업협명셔(일인이 한국바다에 와셔 고기잡는 거슬 허락ᄒᄂ 됴약)를 톄결ᄒ던 날이라고 크게 잔치를 빗셜ᄒ고 흥이 도도ᄒ여 놀엇다 ᄒ니 슬프다 이것도 ᄒ 가지 긔이ᄒ 소문이라 ᄒ겟도다.

(「론셜 : 셔됴 히변에 어쟝」, 『대한매일신보』, 1909.11.14)

러일전쟁 이후부터 외교권을 박탈당할 때까지의 일어났던 조선 대중들의 분노와 불안과 불만은 다음과 같은 소문에 잘 표현되어 있다. "일본인이 상륙해 소·말·돼지 등의 가축을 도살해 버릴 것이며, 사

---

41 「별보 : 종현 셩당에서 발간ᄒᄂ 경향신문 론셜을 등지홈, 자ᄂ 범의 코를 찔너」, 『대한매일신보』, 1907.9.1; 「론셜 : 소란을 침심홀 방칙」, 『대한매일신보』, 1907.10.12.
42 「론셜 : 한국에 이민」, 『대한매일신보』, 1908.3.31.

람에 대해서는 피부를 벗겨내면서 고문하는 기계를 도입할 것이란 소문"[43]이 있었다. 이것은 실제로 일어난 일을 '소문'이란 말을 빌어 전달하는 기사와 달리, 외부에서 들어오는 새로운 삶의 질서에 대한 공포 속에서 유포되고 확산되었던 풍설이었다.

이런 유언비어 / 풍설 / 소문은 『대한매일신보』와 같은 민족 언론이 사라진 1910년대, 즉 '공식 언론기관을 신뢰할 수 없었던 시기'에 확산된다. 어용적인 언론매체를 대신하여 "정보의 일종으로서 유통되는 동시에 저항으로 조직되지 못한 불만과 불안을 표현"해냈다.[44] 『매일신보』에 기재된 한일합방에 대한 불만과 불안·저항감이 표현된 소문들을 보면, 조선의 일상적인 규칙들을 일본의 일상적인 규칙들이 대체할 것이라는 풍설이 대다수를 차지한다. 합방을 실시할 때 모자라는 조선의 재정을 보충하기 위해 "천 석 이상의 수확하는 부민은 기 재산 전부를 은행에 貯置하고 매인에게 매일 평균 50전씩 지급하고 其餘는 금융을 유통케 한다"(「言出無根」, 1910.9.1)는 설, "부인의 服은 일본복을 강제" 하며 "土葬을 금하고 화장을 행케한다"할 뿐 아니라 "결혼출산에도 과세한다"는 유언비어(「各道의 정황」, 1910.9.27), 민적조사를 행할 때 인두세를 과한다는 풍설(「學齡 아동 조사」, 1910.11.6)로 호구조사가 제대로 되지 않는 경우도 생긴다. 이외에도 "농가에서 기르는 소나 말에 대하여 세금을 받는다"는 풍설 때문에 백성들은 "한필에 몇 푼 되는 헐가를 받고 헌신을 벗어버리듯 다퉈가면서 방매"하는 경우도 생긴다.

이 풍설들이 식민지배가 조선의 일상적인 규칙들을 변화시킬 것이라

---

43 권보드래, 『1910년대, 풍문의 시대를 읽다』, 동국대 출판부, 2008, 16면에서 재인용.
44 위의 책, 15면에서 재인용.

는 데 집중되어 있음은 흥미롭다. 한일 강제 병합이 기존의 삶을 지속하게 했던 일상적이고 생체정치적 관습들 ― 결혼법, 민적조사, 복장검사, 농축일 등 ― 을 무너뜨릴 것이라는 불안은, 식민지화가 지닌 본성을 날카롭게 포착한 대중적 감성이라고 할 수 있다. 이러한 소문들에 동요된 대중들의 행동은 식민권력을 관철시키기 위한 일상에 대한 조사·관리·제도의 정착을 방해하는 역할도 했으리라 쉽게 예상할 수 있다.

소문과 풍설은 식민지화가 일상을 파괴할 뿐 아니라 "약한 종족을 멸종시킬 것이라는 거세공포"[45]로 전이되었을 때 절정을 이룬다. 그런 예로는 "21세 이상 남자와 17세이상 여자의 결혼을 금지"하거나 "결혼하면 세금을 징출한다 하며 묘령 여자는 일본인에게 처로 強嫁한다"는 유언비어(「유언비어 勿信」, 1910.10.12), "종두 중에 독약을 混和하였다 혹은 종두자는 회임치 못한다"는 유언(「종두방해자 엄사」, 1910.10.14) 등을 들 수 있다. 이 소문들은 사회진화론적인 문명-위생관념을, 즉 적자생존 자연도태라는 것을 민족 혹은 인종의 멸종과 연결시킴으로써 오히려, 그 문명 / 위생 / 과학을 거부하는 효과를 내고 있다.

외부로부터 주어진 '과학적인 것'을 받아들이는 것이 곧 식민지화를 의미했던 조선에서, 과학문명의 얼굴을 하고 조선 내부로 침략해 들어오는 '식민자 = 외부'에 대한 거부감은 '소문' '풍설'이라는 형태를 통해 표출된다. 이러한 방식들은 서구로부터 '들여져 온' '과학적인 것', 즉 적자생존 약육강식의 사회진화론에 대한 수동적이고 부정적인 정서적 대응이었으며, 이 정서적 대응들은 곧 제국주의와 사회진화론의 논

---

45 위의 책, 17면에서 재인용.

리에 대한 저항의 동력이 되기도 했다.

4. 욕망하는 거부 : 외부인 채로 내부화된 '과학적인 것'

1)『'西遊'견문』: '외부인 채'로 들여져 온 과학적인 것

'과학적인 것'은 소문, 풍설을 통해서 형성되기도 했지만, 동시에 '과학적인 것들'이 조선 안에 직접 실체로 등장하고 소문을 통해 확산됨에 따라서 그 이미지를 형성해 가기도 했다. 조선 안에 직접 들어와 '과학적인 것'이 되었던 구체적 대상들을 전체적으로 조명하는 것은 본 소논문의 범위를 뛰어넘는 것이다. 그러나 『서유견문』의 분류방식을 보면, 당시에 '과학적인 것'이 어떤 대상들로 나타났는지 추측해 볼 수 있다.

『서유견문』을 보면 유길준이 과학이라는 서양학문에 대해서 어떻게 인식하고 있었는지 드러난다. 13장의 첫 항목은 '서양 학문의 내력'으로 서구 학문의 주된 목적은 "만물의 원리를 연구하고 그 효용을 발명하여, 우리 생활을 편리하게 돕는" 데에 있으며, "학문의 공덕이 성취되어 인간생활에 유익한 물건들"을 기록한다. 그 물건들은 "증기기계, 기차, 기선(화륜선), 전신, 전등, 가스등, 방직기계, 염색법, 우두법, 의료기계, 피뢰침, 도금(鍍金法), 모본법(模本法), 재봉기계, 농작기계, 화학기계, 물리학기계, 천문학기계, 음식 제독법"이다. 13편의 분류에서는 현재 과학이라고 생각하는 것과 비교해서 큰 차이를 찾을 수 없지만 이상한 것은 18편의 분류다. 이 부분에는 당대의 대표적인 '과학적인 것의 표상'이라고 할 만한 것들이 정리되어 있다. 증기기관, 와트의 약전, 기차, 기선, 전신기, 전화기가 그것이다. 그런데 이 분류 속에는 '회사, 도시의 배치'도 포함되어 있다. 왜 회사와 도시의 배치는 다른 기계문명과 동일한 분류 속에 들어가 있는 것일까?

회사는 "상선을 만들어 외국과 물자를 교역하고, 우편선을 마련하여 각국의 우편물을 왕래케 하며, 돈 바꿔주는 도가(都家, 환전상)와 나그네 재우는 여관을 설립하여 각처의 화물들을 거래"하는 것이며 무엇보다 '기차가 다니는 철로', '전기를 보내는 철선', '가스등과 전등을 밝히는 조명 기구', '각종 기계' 및 '각색 물품'을 만들어 "인생의 편리한 방도를 보완하고 나라의 충실한 발전을 더하는 것"(506면)이다. 즉 회사는 과학적인 것들을 만들어내는 공장인 것이다. 한편 '도시'는 이 과학적인 것이 종합적으로 표상된 대상이다. 집을 짓는 법규를 엄격히 하여 문패를 붙이고, 길을 닦을 때에도 "인도와 마도"를 구별하여 인도에는 "아스팔트나 벽돌을 깔았"으며, "가스등과 전등을 설치하여 수많은 집들이 불야성을 이루고", 공원에는 "늘 푸른 나무와 향기로운 꽃들"이 있고, "아침 저녁으로 청소하여 길 위에 쓰레기가 하나도 없"는 공간이다.(508~509면) 이처럼 전차, 기차, 전화 등의 기계문명의 발명품들과 서구 도시의 풍경 및 회사를 나란히 배치할 때, 그 기준은 '서구 문명'이라는 외부로부터 온 낯설고 새롭고 신기한 발명품, 제도, 풍경이다. 조선 안에 직접 들어온 적극적으로 다가가 보고 싶은 호기심의 대상이자 낯설음에 뒷걸음질 치게 되는 역설적 대상들이었다.

과학적인 것이 지닌 이 이물감은 조선 안에 그 표상들이 실제로 등장했을 때에도 느껴졌던 듯하다. 조선에 처음 등장한 철도인 '경인철도'로 노량진과 제물포를 연결했다. 1899년(광무 3) 9월 18일 오전 9시에 개통되었는데, 엄청난 크기의 고철 덩어리가 빠른 속도로 움직이며 강렬한 소리를 내는 철도는 무지몽매한 야만을 문명세계로 데려가는 근대과학의 상징이었다. '긔챠 고동 흔 소리'에 새 세계가 열리고 승평세계가 오고 나라권세를 회복하고 개명하고 진보하고, 약한 인민 보호하고 국민자격을 잃지 않고 단체력이 커지고 신학문을 배우고 사업이 번창하여 부강의 기초가 될 것이라 여겨졌다.[46] 1899년 9월 13일, 경인철도가 개통하기 직전에 『독립신문』에 실린 「다섯 가지 큰 리익」이란 논설은 구미 각국에 뒤쳐지지 않기 위한 '이익되는 다섯가지 조건'을 든다. 그것 바로 과학적인 것의 표상들로 "一은 철로요 二는 륜션이요 三은 뎐션이요 四는 우톄요 五는 신문"이다. 그러나 이 과학적인 것의 표상들은 과연 얼마나 조선 내부에 안착할 수 있었던 것일까?

경인철도가 생기기 이전에 조선 지식인들은 시찰단이나 유학생으로 서구에 가서 처음 기차를 본다. 유길준은 『서유견문』에서 기차를 '증기차'라고 부르면서 서구의 과학기술에 놀라움을 표시한다.[47] 김기수는 『일동기유(日東記遊)』에서 우레와 번개처럼 달리고 바람과 비처럼 날뛰었다. (…중략…) 담배 한 대 피울 동안에 벌써 신바시에 도착"했다고 쓰며, 민영환은 『민충정공유고』에서 "산에는 사다리를, 물에는 다리를 놓고 쇠로 궤도를 놓아 바람이 달리고 번개가 치듯이 빠르니

46 「시스평론」, 『대한매일신보』, 1908.8.16.
47 유길준, 앞의 책, 491~496면.

보는 것이 잠깐 지나가 자못 꿈속과 같고 아득해 능히 기억할 수가 없다. 그대로 차 속에서 잤다"고 쓰고 있다.[48] 그들이 고백하는 것은 꿈속 같고 기억이 아득해지고는 경험, 즉 기존의 감각으로는 그 스트레스를 견딜 수 없는 순간이다.

이 '외부'에서 경험한 철도가 조선 안에 실제로 등장했을 때, 그것은 여전히 서구를 여행하던[西遊] 지식인들이 느꼈던 것처럼 '외국으로부터 온 낯선 과학문명', '내부에 있는 외부', 즉 '조선 안의 외부'였다. 경인철도가 개통한 1899년 9월 18일 다음날 (19일)에는 『독립신문』, 잡보란에 「철도기업례식」이라는 글이 실린다. 이 글은 화륜거가 영등포에서 오전 9시에 출발하여 순식간에 인천에 당도하고, 례식을 거행한 뒤 1시에 인천에서 화륜거에 올라 타 2시 반에 영등포에 당도하기까지의 일정과 감상을 적고 있다. 이때도 강조되는 것은 "화륜거 구는 쇼리는 우레 갓ㅎ야 텬디가 진동ㅎ고 긔관거에 굴독 연긔는 빈공에 쇼스 오르더라"라는 시각과 청각의 충격이며, "대한 리수로 八十리 되는 인천을 순식간에 당도ㅎ얏는디"라는 속도에 대한 충격이었다. "사롬의 진보ㅎ는 능력은 화륜거ㅈ치"라고 표현되듯이,[49] 철도는 '과학적인 것의 표상', 그중에서도 '외부'에서 온 것이자 외부로 나 있는 길이었다. 산골에만 있던 사람이 바다를 만나 세계로 나아가는 것이자 완고한 자에서 신진 근대 문명으로 나아가는 길[50]이었고, 외국과의 교통을 원활하게 할 통로[51]이자, 20세기의 새 국민이 적자생존 약육강식의 국제 사회

---

48 박천홍, 『매혹의 질주, 근대의 횡단』, 산처럼, 2003, 32~33 · 38면에서 재인용.
49 「론셜 : 세계의 근럭 스긔를 불가불 넘을 일」, 『대한매일신보』, 1908.7.16.
50 「론셜 : 완고와 신진의 문답」, 『대한매일신보』, 1908.7.29.
51 「론셜」, 『독립신문』, 1899.10.27.

속에서 미래의 동등한 국민으로 다시 태어나기 위한 길이었다.[52] 철도가 표상하는 '과학적인 것'이란 '도달해야할 미래'를 앞당겨주는 것, 동등하게 강대국과 교류하는 것을 가능하게 해 줄 것 같은 것이었다.

이러한 '과학적인 것'에 대한 욕망과 회구는, 조선 내부에 그 '과학적인 것'이 부재한다는 것을 동시에 상기시켰다. 그 부재하는 것을 어떻게 하루 빨리 따라갈 수 있을까가 문제가 된다. 이때 조선을 하나의 인종적 범위로 상정하고, 다른 인종 혹은 민족국가와 조선의 내·외부를 구별 지으면서 조선민족의 진보를 촉구하는 말들이 등장한다. 화륜선, 화륜거, 뎐긔선이 생겨, 교류가 없던 세계 각국이 교류하게 되었다고 하면서 '서장(티벳)' 방문기를 소개하는 논설을 보자. 이 글은 티벳이 조선과 비교해 볼 때 '열리지 못한 국가'임에도 여인들이 학문에 힘쓰고 있음을 칭찬하며 조선도 티벳 여인들처럼 학문(서구의 과학문명)에 힘써야 한다고 촉구한다. 뉴욕과 워싱톤의 전기와 기차를 소개하면서 "뎐션ㅅ줄은 거믜줄과 굿치 얽히엿고 텰도는 지네ㅅ발과 굿치 뻣치엿스며 고루거각은 구름밧긔 소소와 잇고 등ㅅ불빗츤 밤이 업셔지니"라고 찬미하면서도, 이런 발전은 하늘이 내려준 것이 아니라 "빅여 년젼브터 부즈런ᄒ고 검소ᄒ 농민들이 피와 쌈을 흘녀서 일운바"임을 강조한다.[53] 외부로부터 온 진보의 최대 방책인 '과학적인 것'이 조선 내부에 부재한다는 깨달음은 '과학적인 것'에 대한 욕망을 자극하고, 그것을 받아들이려는 에너지가 된다.

그러나 '과학문명'을 받아들인다는 것은 단지 그 사용법을 익히는 것

---

52 「론셜 : 이십셰긔 신국민(쇽)」, 『대한매일신보』 797호, 1910.2.23.
53 「론셜 : 부녕군에 신복음」, 『대한매일신보』, 1910.2.4.

뿐 아니라 그에 동반된 생활의 습속들을 지키는 것을 의미했고 습속을 지키는 데에는 고통이 따랐다. 예를 들어 '들여져 온' 외부의 과학문명의 표상 중 하나인 철도는, 그것을 둘러싼 시간규칙, 공간규칙, 상업규칙, 인종간의 위계, 근대적 지식 정도에 따른 위계 등을 동시에 '들여오도록' 했다. 경인 철도가 개설된 이후에는 각종 '텰도 규칙'을 소개하는 기사가 실린다. 「잡보 : 화륜왕리시간」(『독립신문』, 1899.9.16) 등과 같은 기차 시간이 대중에게 근대적 시간관을 학습시켰던 것은 물론이고, 「잡보 : 화륜거 세」(『독립신문』, 1899.9.18)는 통일된 화폐단위로 흥정할 것을 요구하고 있었다. 무엇보다 1899년 9월 16일에 『독립신문』에 실린 「경인간 텰도 규칙」을 보면, 철도에 탄다는 것이 곧 "과학 문명"이라는 모델 하우스에 들어가는 것과 같았음을 알 수 있다. 철도에 타기 위해서는 철도의 근대적 규칙을 지키는 주체가 되어야 했다. 표 값 지불법, 보험관련 항목, 짐 관리법 등의 탑승수속도 있었지만, 무엇보다 돌림병을 앓거나 미치거나 취하거나 난잡한 자는 탈 수 없었고, 지불한 돈에 따라 일등칸과 삼등칸으로 분리되었다. 과학적인 것이 조선 안에 등장했을 때, 그것은 '조선 속의 외부세계' 혹은 '외부'인 채로 들여져 온 규칙들인 동시에 조선 안에서 과학적인 것과 그렇지 않은 것을 구별하는 기준을 만들어 냈다.

2) '과학적인 것'을 따라 형성된 '민족 경계'와 '욕망하는 거부'

조선에 등장한 과학적인 것들 — 철도, 전차, 가스등, 도시, 회사 등

— 은 근대화를 빌미로 조선을 식민지화하는 수단이기도 했다. 늘 "답답ᄒ게 산ㅅ골"에서 10년 동안 성장한 자가 우연히 "경부텰도의 챠를 투고 부산에 가셔 바다를 보"았을 때, "나의 오날늘 바다를 보던 날은 곳 나의 두 번 셰샹에 나던 날"이라고 감격하지만, 그 바다가 "일홈은 대한의 바다이라ᄒ나 그 실상은 대한의 바다가 아니"라는 것을 동시에 자각할 수밖에 없는 상황,[54] 즉 "받아들인 외부"가 내부를 거꾸로 삼키고 있는 상황인 것이다. 근대화가 식민화와 함께 이루어졌다는 점, 이것이 '과학적인 것'을 강렬하게 욕망하면서도 동시에 그것을 민족 공동체의 외부로 밀어내는 역설적인 수용방식을 만들어냈다. '과학적인 것'을 욕망하면서도 동시에 거부감을 지니는 것, 서양의 기술은 받아오지만 정신은 본받지 않는다는 것, 이것이 사회진화론과 인종주의가 결합된 형태로 쳐들어온 '과학적인 것'에 대한 반응양식이었다.

조약, 철도, 전차, 전기, 도로건설 등 '과학적인 것'이나 '근대화'의 이름을 빌어 조선의 토지와 백성을 착취하는 서구 열강 및 일본에 대한 비판은 수도 없이 많다. 예를 들어 러시아와 일본의 알력 다툼을 두고서도 "일본은 자긔의 샹업을 확장ᄒ며 식민홀 의샤가 긴즁ᄒ고 아라사에셔는 군략상 일을 필요ᄒ게 넉이여 만쥬로붓터 텰도를 부셜ᄒ야 연속ᄒ랴 홀터"라고 비판한다.[55] 철도는 문명식산의 이로운 그릇이지만, 그것이 외국인의 수중에 있는 한 "외국의 문명은 더욱 긔발될지언뎡 즈긔나라에 무어시 유익ᄒ며 외국의 식산은 더욱 진흥홀지언뎡 즈긔나라이에 무어시 유익ᄒ리오"라고 반문한다.[56] 유일하게 조선인이 경

---

54 관희싱, 「긔셔 : 바다를 보고 감동홈이 잇다」, 『대한매일신보』, 1910.1.30.
55 「론셜」, 『대한매일신보』, 1904.11.17.

영하던 호남철도의 부설권마저 환수되었다고 애통해하면서 '생존경쟁'이라는 말의 의미를 새겨야 한다고 촉구하기도 한다.[57] '과학적인 것들'이 그것의 주체적인 이용권을 박탈당한 형태로 유입되자, 『독립신문』에 나타났던 과학적인 것에 대한 찬미일색은 급변하여 『대한매일신보』에서는 식민화된 과학 / 문명에 대한 강렬한 비판이 나타난다.

> 동셔양에 시 긔계가 점점 긔고흐더니만 비힝긔가 쏘 낫다네 비힝긔나 연구흐야 공즁으로 돈녀 볼까 여보 그 말 고만두오 호남텰도 놋는다고 쩌들기만 잘 흐더니 눔의 손에 드러갓지 그것 흐나 못노면셔 비힝긔가 무엇인가.[58]

더불어 과학 / 문명에 대한 주권을 강조하는 논설이 확산된다. 다음의 논설은 민족 외부에 문명과 과학을 두는 것이 아니라, 민족의 내부로부터 나온 문명사상이 필요함을 역설하면서, 제국주의적인 열강 뿐 아니라 조선 정부에 대한 비판을 가하고 있다.

> 쥬권이 안에 잇지 아니흐고 밧긔잇셔셔 됴약을 톄결흠과 항구를 긔방흠과 텰도를 부셜흠과 광산을 치굴흠과 황무디를 긔척흠과 숨림을 작벌흠과 어업을 인가흐느녁시 모다 국권이 셔지 못흐디셔 나온 바ㅣ라 (…중략…) 지금에 우리 한국은 항구와 텰도와 광산과 황무디와 숨림과 어업등의 각종 산업을 모다 외인에게 내여주어셔 셔양인이 아니면 일인이 덤령흐여 인민

56 「론셜 : 글을 번역흐는 사룸들에게 흔번 경고흠」, 『대한매일신보』, 1909. 1. 9.
57 「론셜 : 호남텰도에 디한 의론」, 『대한매일신보』, 1909. 6. 9.
58 「시스평론」, 『대한매일신보』, 1909. 10. 1.

이 성명을 보전치 못홀 지경이 되엿스니 그 최망이 누구에게 잇는가 정부에셔 인민의 권한을 박탈훈 싸닭이 아닌가.[59]

이는 철도, 전신, 우체 등 모든 과학 / 문명들을 자국의 힘으로 만들고 자국의 물품을 이용해야 한다는 국산 물품 장려 운동으로 확산되어 간다. "대한전국사룸이 개개히 외국물건을 비쳑ᄒ야 쓰지 아니ᄒ고 즈긔황도 우리나라에서 졔죠훈 거시 아니면 쓰지 말며 셕유도 우리나라에셔 푸기 젼에는 쓰지 말고 텰도도 우리나라에셔 부셜ᄒ기 젼에는 투지 말고 뎐신과 우톄도 우리나라에셔 셜립훈 거시 아니면 샹관치 말어"야 한다는 것이다.[60] 근대문물과 조선인들이 접하는 지점마다 '외부'에 있던 문명 / 과학을 내부로 받아들여야 한다는 '자국정신'이 "뎐신과 ᄀᆺ치 셔로 통ᄒ며 텰도와 ᄀᆺ치 길게 뻐ᄉ치"게 되는 것이다.[61] 이처럼 '외부'에서 주어진 '과학적인 것'들을 '주권' 그리고 '자국정신'을 통해서 내부화하려는 노력들은 식민화에 대한 거부감과 저항 속에서 일어난다. '과학적인 것들'은 '민족'과 '국가'이름으로서만 내부화될 수 있었던 것이다. 다음의 논설은 주권을 잃은 과학 / 문명이 야기한 고통을 지적하면서 '애국' 청년들이 과학 / 문명을 배워 이 상황을 벗어나게 해주길 촉구하고 있다.

남문 밧글 ᄇ라보니 경인 경부 경의 텰도 이리뎌리 련하ᄀ여 가고 오는

---

59 「론셜 : 국민의 권한」, 『대한매일신보』, 1910.6.19.
60 「론셜 : 일반 졔죠업을 찬송홈」, 『대한매일신보』, 1909.1.27.
61 「론셜 : 즈국졍신」, 『대한매일신보』, 1909.2.7.

긔챠소리 쥬야부졀 흐는 터에 경원 호남 두 텰도를 련히 부셜되는도다 텰도션이 증가흐여 교통편리 흐듯 흐나 쥬간쟈? 누구런고 뎌 졍황도 ㅁ옵샹코 (…중략…)

각 학교를 ㅂ라보니 인국흐는 쳥년들이 국가스샹 비양흐며 문명학슐 연구흐고 각식 실력 양셩흐며 모든 스업 쥰비코져 쥬야열심 흐는도다 걱졍마라 부모국아 인국쳥년 일홀 째는 즈유힝복 누릴지니 이 혼 가지 희망쳐ㅣ라.[62]

외부로부터 온 '과학적인 것'은 서구 문명의 빛인 동시에 식민화되어 가는 조선의 어둠이기도 했다. 외부로부터 온 '과학적인 것'이 낯설음만 주었던 게 아니라 식민화의 폭력도 가져다주었던 상황은 '과학적인 것'에 대한 거부감으로 나타난다. 동시에 '과학적인 것'을 하루 빨리 쫓아가야 한다는 절박함 속에서 민족과 애국의 이름을 붙인 '과학적인 것'을 강렬히 욕망한다. 거부이건 초조한 뒤쫓음이건 민족 공동체의 안팎을 나누는 경계가 중요했다. 즉 '과학적인 것' 주변에는 늘 민족이나 국가의 경계'가 함께 상기되었고, 과학적인 것을 거부하고 추구하는 민족 공동체의 경계가 바로 주권 / 주체성의 경계와 동일화되어 갔다.

'과학적인 것'과 직접 만나면서 번져갔던 소문, 풍설, 불평과 불만, 괴기스런 수사들은 외부에서 '들여져 온' 과학문명이 식민지적 상황 속에서 반사되어 솟아났던 다양한 무늬들을 보여준다. 첫째로 '과학적인 것'을 실제로 접한 사람들은 외부에서 '들여져 온' 이 낯선 과학에 대한 호기심과 전통적인 삶의 리듬을 유지하기 위한 수동성을 동시에 드러낸다.

---

62 「시스평론」, 『대한매일신보』, 1910.3.20.

더 가까운 곳에서 보기 위해 마술을 부리는 차량으로 접근할 때는 무리를 지어 행동했다. 여차하면 도망칠 자세를 취하면서 서로 밀고 당기고 했다. 그들 중 가장 용감한 사나이가 큰 바퀴에 손가락을 대자 주위 사람들이 감탄사를 연발하며 이 용기 있는 사나이를 부러운 듯 바라보았다. 그러자 기관사가 장난삼아 쇠말뚝으로 갑작스레 연기를 뿜어내자 혼비백산하여 달아나느라 대소동이 벌어졌다.[63]

외부에서 온 '과학적인 것'과 처음 만난 사람들은 무리를 지어 움직이고, 언제든 도망칠 태세를 취한다. 이 수동적인 모습들은, 기존의 삶을 유지하려는 끈질긴 욕망과 새로운 문물에 대한 호기심으로 가득 차 있다는 점에서 적극적이다. 물론 새로운 문물을 향한 이러한 적극성은 쉽게 성공하지는 못했다. 신소설 「고목화(枯木花)」에는 온갖 새로운 문물에 대해 박학다식한 갑동이가 등장한다. 그러나 철도 타는 법을 자세히 잘 아는 그도 실제로 철도에 타자 정신을 차릴 수가 없다.

오뉴월 소나기에 천둥같이 우르르 소리가 점점 가까이 들리며 지동(地動)할 때처럼 두 발이 떨리더니 연기가 펄썩펄썩 나며 귀청이 콱 막히게 삐익 하는 한마디에 사방이 뒤주 모양으로 생긴 것이 크나큰 집채 같은 輪車 대여섯을 꽁무니에 달고 순식간에 들어와 서니까 (…중략…) 갑동이도 같이 탔더라. (…중략…) 콩기름 시루같이 사람이 빽빽한데 삐익 소리가 또다시 나더니 몸이 별안간 훼훼 내둘려 부라질이 난다. 기차 창문 밖으로 보이

63 백성현·이한우, 『파란 눈에 비친 하얀 조선』, 새날, 2006, 171면.

는 산과 나무들이 확확 달음질을 하여 정신이 어뜩어뜩하고 기계간에서 석
탄 냄새는 바람결에 코를 거슬러 비위가 뒤노니 두 손으로 걸상을 검처 붙
들고 아무리 진정하려도 점점 견딜 수가 없으며 입으로 똥물을 울걱울걱
토하고 엎드렸는데.[64]

'과학적인 것'에 대한 경험은 이러했다. '외부'로부터 온 적극적 호기
심의 대상이면서, 그것을 받아들이기 위해서는 자신의 몸이 지닌 감각
을 변화시켜야 했다. 이 변화에 적응하려는 사람들의 모습은 두 손으
로 걸상을 꽉 붙들고 입으로 토를 해대는 갑동이의 모습과 별반 다르
지 않다. '과학적인 것'에 대한 한없이 적극적인 호기심은 한없이 수동
적인 반응들과 동시에 나타났다. 호기심에 가득 찬 사람들은 기차를
구경하려고 정거장이나 기찻길 옆에서 북적거렸다. 기생들은 기차 구
경도 할 겸 "양복입은 미남자를 따라 타기도" 했다. 기차가 "신기하다
고 포인트를 슬쩍 돌려놓"거나 "바위 덩어리를 들어다 놓고 기차의 위
력을 시험"하기도 하는 등, 온갖 에피소드가 속출했다.[65] 이들은 외부
에서 들어온 이 요상한 '과학적인 것'을 자신들이 갖고 있었던 온갖 잣
대와 몸에 익숙한 방식으로 적극적으로 이해하려고 하고, 두려워하면
서도 다가가고 있다.

둘째로, 조선 내부에 등장한 '과학적인 것'에 대한 매혹은, 그것에 익
숙해지지 못한 대중에게 엄청난 희생과 울분을 야기했다. 『독립신문』
1899년 9월 25일 잡보란에는 「관광인 금지」라는 기사가 실린다. 경인

---

64 이해조, 「고목화 (1907)」, 『신소설 번안(역) 소설』 6, 아세아문화사, 1978, 89~90면.
65 박천홍, 앞의 책, 25면.

철로에 "화륜거 리왕 ㅎ는 것을 구경ㅎ랴고 사롬이 만히 모혀 들어 샹
ㅎ기가 쉬흔 고로" 순검이 파견되어 철도 구경을 금하게 했다는 기사
이다. 구경하다 다치는 사람이 늘자 '화륜거'는 오행을 모두 갖추고 주
변의 모든 것을 먹어 치우는 괴물로 묘사된다. "쇳조각은 모두 그놈의
服中으로 몰려 들어가는 고로 그놈이 쇠를 많이 먹어서 그러한지 간간
이 지르는 소리가 一端七聲"이라서 만일 그놈이 "그대로 왕성하면 장
차 전국의 쇳조각이라고는 구경할 수 없을 터"이며, "왕래하는 곳마다
인민이 견뎌낼 수가 없어 전토와 가옥을 부치치 못하며 청산에 묻힐
백골까지도 보전치 못"[66]할 것이라고 말한다. 전차는 개통당시 인기가
매우 높아 하루 평균 승차인원이 "한성부민의 1%를 차지할 정도"였고,
전차를 타기 위해 생업을 쉬거나, 전차에서 내리지 않고 몇 번이나 오
가는 사람들, 지방에서 전차를 타러 서울에 오는 사람들이 있었고 심
지어 전차를 타느라 파산한 사람도 있다는 소문이 돌았다.[67] 이처럼
인기가 있던 전차였지만 대중들이 전차의 규칙에 익숙하지 않았던 탓
에 어린이 역살(轢殺) 사건이 발생하거나 전차 선로를 목침 대용으로
삼아 자다가 참변을 당하는 등 사고가 빈발했다. 이에 화가 난 노동자
들은 전차에 불을 지르고 분노를 폭발[68]시켰고 전차를 둘러싸고 다양
한 소문이 퍼져나갔다. "1899년의 극심했던 가뭄이 용 허리에 해당하
는 부분을 끊고 동대문 발전소를 세웠기 때문이라거나 또는 전선이 비
를 오지 않게 한다는 등"[69]의 소문이 그것이다. 과학 / 문명이 들어오

---

66 「시사문답」,『대한매일신보』, 1906.3.9.
67 김연희, 「대한제국의 전기사업 : 한성전기회사를 중심으로」,『근현대 한국사회와 과학』창
작과비평사, 2001, 140면.
68 셔우드 홀, 김동열 역,『닥터 홀의 조선 회상』, 좋은씨앗, 2011, 307~309면.

면 삶이 살기 좋아질 줄 알았으나 실제로는 더욱 큰 고통에 시달리게 되었다는 울분이, 이러한 유언비어와 소문에 표현되어 있다.

셋째로, '과학적인 것'의 직접적인 대두는 조선 내부의 이주자들을 증가시켰다. 예를 들어 철도가 건설되는 곳에는 일자리를 찾아 조선으로 이주한 일본인 노동자나 식민자들이 몰려들었다. 이들과 접촉한 조선인들의 피해가 증가함에 따라 이주자에 대한 소문은 점차 과격해진다. 〈군용철도 부역하니 땅 바치고 종 되었네〉[70]라는 노래가 보여주듯이, 일본 이주민들은 한일병합 이전에 이미 17만을 넘어서고 있었는데 주로 "경상도나 전라도나 경부텰도와 경의텰도 근쳐"에 돈을 주고 땅을 샀다.[71] 더구나 당시 이주해 온 자들은 "큐슈와 토호쿠 지방의 영세 농어민이나 상인들, 그리고 식민지에서 한 몫 잡기 위해 부나방처럼 몰려든 건달패들"로, "철도 연선의 요충지나 정거장 부근에서 잡화상, 음식점, 미곡상, 여관 등을 경영"하면서 횡포를 부리기 시작했다.[72] 한 논설에서는 "대한에 오는 일인이 대개 제 본국에셔 살수 업는쟈"라고 설명하면서, 대한 인민이 무서워하면 횡포가 더 심해질 것이니 만약 시비가 붙은 일이 있거나 일인이 무엇인가를 빼앗으려고 하면, "빙거ᄒᆞᄂᆞᆫ 표를 보쟈"고 하여 표가 없으면 도적놈으로 알고 법대로 대처해야 한다고 경고한다.[73]

넷째로 '과학적인 것'에 대한 대응으로 조선인들은 철도에 돌을 던지

---

69 김연희, 앞의 책, 140면.
70 『대한매일신보』, 1908.2.7.
71 「론셜 : 일본농부들이 우리 나라에 오는 것(경향신문죠등)」, 『대한매일신보』, 1908.8.19.
72 박천홍, 앞의 책, 95~96면.
73 「별보 : 죵현 셩당에셔 발간ᄒᆞᄂᆞᆫ 경향신문 론셜을 등지흠」, 『대한매일신보』, 1907.8.27.

거나 철도 정거장을 파괴하는 등의 거부행동을 보이기 시작한다. 이러한 강렬한 거부감정은 단지 철도에 대한 게릴라적인 테러로만 드러났던 게 아니라 노동자 모집을 거부하는 조직적 형태로 나타나기도 했다. 당시 철도 건설을 위해 온 일본 역부들은 밤엔 도적떼가 되고 낮에는 상점을 겁탈했으며, "그들이 거치는 지방은 兵禍를 입은 것 같았"으며, 조선인 역부가 일을 태만히 하면 "때려 죽여서 구덩이 집어던지고 흙으로 묻어 평평하게"한다는 소문이 돌고 있었다.[74] 따라서 시골 백성들은 "일본셔 무어슬 말ᄒ엿던지 반디홀 의ᄉ가 잇셔셔 역부청구ᄒ는디 모도다 못ᄒ겟다"고 했고, 심지어 "아라사 사롬들이 만주의다 지뢰포을 뭇어셔 한국 빅셩수쳔명으로 텃드려 죽이라고 혼다"는 소문까지 돈다.[75] 1903년에 일어난 전차 탑승 거부 운동을 비롯, 1906년에는 활빈당(농민조직)이 중심이 되어 철도 부설권을 타국에게 허용하지 말 것을 요구하는 "십삼조목 대한사민론", 조직적인 의병의 철도 연선 파괴 및 소각 사건(江口寬治, 『조선철도야화(朝鮮鐵道夜話)』, 京城 : 三水閣, 1936(쇼와11), 26~28면)[76] 등이 일어난다. 소문 / 풍문에서 비롯된 노동거부, 게릴라성 테러, 의병투쟁과 같은 거부행위들은 식민지적 근대화에 고통당하던 상황에 대한 반응들이었다.

이처럼 대중들은 '-라더라'라는 소문으로만 듣던 '과학적인 것'과 직접 만났을 때, 그것에 대한 강렬한 매혹을 느낀다. 그러나 익숙해지지 않는 그것을 '낯선 외부'인 채로만 받아들이거나, 식민지화된 과학문물

---

74 박천홍, 앞의 책, 95~96면.
75 「론셜 : 역부문졔라」, 『대한매일신보』, 1904.8.24.
76 박천홍, 앞의 책, 110~111면.

에 대응하기 위해 '애국'이나 '민족적 경계'를 붙여서만 내부화하거나, 과학적인 것에 대한 저항적 행동을 보이기도 한다. '과학적인 것 = 서양의 근대문물'에 매력을 느끼면서도 익숙해지지 못하는 '적극적인 수동성'과, 약육강식 적자생존에서 살아남기 위해 '과학적인 것 = 식민자가 들여온 근대문물'을 강렬하게 욕망하면서도 식민화의 첨병이 되어가는 '과학적인 것'을 강렬하게 거부하는 '욕망하는 거부'가 복합적으로 나타나는 것이다. 이러한 반응들이 보여주는 '과학적인 것'에 대한 강렬한 호기심과 적극성은 기존의 삶을 유지하기 위한 수동성과 함께 나타난다. '과학적인 것'에 대한 매혹과 욕망을 담은 적극적 소문들은, 동시에 '과학적인 것'이 지닌 식민지성이나 규율권력적인 측면에 대한 수동적 저항(투쟁, 거부, 폭동, 테러)이 되기도 했다.

5. '과학적인 것'을 변형시키는 소문의 동력

근대 계몽기에 씌어진 '과학'의 용례들을 관찰해보면, '과학적인 것'은 '들려온 것' 즉 소문으로써 형성되었음을 알 수 있다. 따라서 '과학적인 것' 안에는 현재는 과학이라고 여겨지지 않는 것들이 '진보된 서구문명'이라는 이미지를 담고 포함되어 있었다. 동시에 과학적인 것을 형성해 온 '소문'의 여러 가지 형태들과 그 속에 포함된 욕망들은 바로 그 '과학적인 것'의 의미를 변화시킬 수 있는 동력을 담고 있기도 했다. 예를 들어 '사회진화론'은 폭력적인 형태를 띤 접속의 사상이었지만, 그것을 '들은' 조선 사회에서는 '인위도태론'이 강조된 형태로 변형되었다.

'과학적인 것'은 전통적인 공동체를 위협하는 '외부에서 들여져 온' 낯선 것이면서도 호기심을 자극했다. 또한 그 '과학적인 것'은 스스로 원해서 들여온 것이라기보다는 적자생존 약육강식이라는 위기감 속에서 '들여져 와야만 했던' 것이었다. 서구에서 온 문명인 '과학적인 것'을 받아들이는 순간 식민지배가 함께 유입된다는 것을 자각하자, '과학적인 것'에 대한 욕망은 그에 대한 강렬한 거부로 돌변하기도 했다. 따라서 적자생존 약육강식이라는 사회진화론이 인종주의와 결합했던 식민지적 근대 속에서 약소민족이 과학적인 것을 '들여온' 방식은 '적극적 수동성'과 '욕망하는 거부'라는 역설로서만 드러낼 수 있을 것이다.

소문과 거부는 '과학적인 것'을 '들려온 것' '유입된 것' '전해들은 것'으로 받아들임으로써, 그것을 민족 공동체 외부에 남겨두려는 힘으로 작동했다. 식민지화에 대한 강한 거부감 속에서 '과학적인 것 = 서구열강의 문명'은 조선 사회 속으로 내부화되지 못하고, '과학적인 것'과의 접점마다 그것을 외부화하는 '소문 / 풍설'을 점점이 뿌려놓았던 것이다. 따라서 조선에서 '과학적인 것'은 민족이나 국가와 분리시켜 생각하기 어려웠다. 민족이나 애국과 깊이 관련되어 버리면서도 그 근원을 '외부'에만 두는 '과학적인 것'에 대한 감각은, 민족 내부에 있는 과학에 대한 반성적 접근을 어렵게 할 뿐 아니라, 다른 약소민족과 연대나 공감을 방해하는 요소들도 내포하고 있다.

조선이 식민지화된 기간 전체를 통틀어 다른 피식민지나 다른 피점령지의 민족들과 어떠한 관계를 맺어 왔는가가 중요한 문제가 되는 것은 이 지점이다. 예를 들어 1903년 일본 오사카에서 열린 박람회의 〈학술 인류관〉에 전시되었던 조선인들은 자신들을 야만인으로 전시하는 일본의 정부에 항의하지만, 타이완의 생번이나 오키나와인 등을 야만으로 전시한 것에 대해서는 함구한다.[77] 이는 '외부 = 서구문명 = 과학적인 것'이 식민지화와 겹쳐지는 상황 속에서, 민족의 '我 / 他'를 나누는 외부와의 접촉태도가 '과학적인 것'을 둘러싸고 뿌리 깊게 형성되었기 때문은 아니었을까? 따라서 두 가지 질문이 남는다. 어떻게 하면 '과학적인 것'을 받아들이는 '적극적 수동성'이라는 방식이, 모더니티에 대한 매혹에 수동적으로 함몰되지 않는 '적극성'을 띨 수 있을까? 어떻게 하면 '과학적인 것'을 받아들이는 '욕망하는 거부'라는 방식이, 식민지를 거부하고 저항한다는 이유로 다시금 자기 내부에 타자를 반복 생산하는 함정을 벗어난 '욕망'을 만들어낼 수 있을까?

이는 2011년 3월 11일에 일본에서 일어난 쓰나미, 지진, 원전 사고와 그 이후의 상황들 속에서 근대 계몽기 및 식민지 조선의 사회진화론의 전개양상을 생각하면서 생긴 질문들이기도 하다. 어떻게 하면 우리들은 수동태로 주어진 '과학적인 것'을 '적극적인 수동성'으로 거부하고 받아들이면서, 우리들 자신 속에서 또 하나의 다른 과학이 솟아나게 할 수 있을까? 또한 과학의 붕괴라고 일컬어졌던 원전 사고 속에서 빗발쳤던 '방사능'이라는 과학물질을 둘러싼 소문의 힘을 통해서 수많은 타자들과 갈등하는 것이 아니라 그러한 타자들과의 접점과 공감을 찾아갈 수 있을까?

---

77 신지영, 「'대동아 문학자 대회'라는 문법, 그 변형과 잔여들 : 타자는 타자와 만날 수 있는가?」, 『한국문학연구』 40, 동국대 한국문학연구소, 2011 참고.

소문 / 풍설, 거부 / 항의는, 주체적으로 '과학적인 것'을 만나거나 받아들이는 것이 불가능한 상황에서 취할 수 있는 다양한 태도와 반응을 담고 있다. 이러한 역설적 반응들은 과학적 진리란 처음부터 정해진 것이 아니라, 다양한 상황에 처한 대중들의 에너지에 의해 변형되고 해석되고 굴절되면서 진리로 만들어져 가는 것임을 보여준다. 즉 '과학'이 아니라 '과학적인 것'이, 더 정확하게는 아직 가치로서 입증되지 않은 '소문과 풍설'들이 있다. 사회진화론이라는 사회과학이 진화론이라는 자연과학에서 비롯되었고, 자연과학인 진화론이 인구론이라는 사회과학에서 비롯되었듯이, 대중의 에너지를 어떻게 바꾸는가에 따라서 과학적 에너지가 변화할 수 있을지도 모른다. 그런 점에서 '과학적인 것'에 대한 반응이자 그것을 바꾸는 에너지였던 소문 / 풍설 / 거부 / 항의들은 매우 풍부하게 또 다른 과학적인 것들을 생성할 수 있는 벡터를 갖고 있다.

이 풍부한 벡터들을 침묵시키려고 하는 근대성의 힘, 문명의 힘, 과학의 힘, 합리성의 힘들 속에서, 여전히 힘을 발휘하고 있는 에너지 — 적극적 수동성, 욕망하는 거부 — 가 내는 소리를 계속해서 '듣는' 노력을 하고 싶다.*

---

* 이 논문은 2012년 『한국문학연구』 42집에 게재된 논문을 재수록한 것임.

1920년대 과학소설 수용 양상 연구

영주생(影洲生)의『80만 년 후의 사회』를 중심으로

송명진

1. 중단된 웰스(H.G.Wells)의『타임머신』번역

"가까운 미래에 그들은 사이버 공간에서 결혼 행진곡을 울린다. 부부는 한 번도 실제로 대면해본 적이 없다. 하지만 그들은 늘 홀로그램의 모습으로 서로를 탐닉한다. '맞춤형 아이'를 낳고, 그 아이가 성장해서 다시 '맞춤형 아이'를 낳고⋯⋯, 증손자는 우습다. 왜냐하면 그들의 나이는 이제 평균 수명 100살에 가깝기 때문이다. 지상에 수평으로 달리는 고속전철이 있다면 이제 하늘에는 수직으로 달리는 고속엘리베이터가 있다. 우주인이라는 타자를 대면하고, 지구 밖이라는 새로운 환경에 적응해야만 한다."[1]

---

[1] 이것은 이인식의『미래신문』(김영사, 2004)을 토대로 엮은 글이다.

이상은 현재 과학의 발전을 토대로 그려본 미래의 가상현실이다. 과학과 테크놀로지의 빠른 진화는 사람들로 하여금 과학으로 인한 상상력을 가능하게 했다. 과학과 허구적 상상력의 결합 한가운데에 바로 과학소설(Science Fiction)이 존재한다.

과학소설에 대한 정의는 시대별로 다양하게 전개되어 왔으며[2] 또한 논자들마다 그 정의하는 방식이 상이했다. 이는 과학소설이 여전히 완전히 정의되지 않은 혼란의 공간임과 동시에 가능성의 세계라는 사실을 보여준다. 정의의 상이함에도 불구하고, 과학소설에 대해서 공통되는 보편적 속성이 있다. '과학소설'이라는 명칭에서 이미 암시하듯이, 과학과 소설의 결합 즉, 새로운 과학적 사상과 기술의 발견에 의해 열린 상상력의 가능성을 다루는 소설[3]이라는 점이다.

---

[2] 박상준에 따르면 과학소설에 대한 정의는 시대별로 대략 네 가지로 구분된다. 첫 번째 시기는 겐즈벡이 'scientifiction'이라는 명칭을 부여한 이후, 1930년대에 최종적으로 'science fiction'이라는 명칭이 자리 잡은 시기다. 이 시기에 과학소설은 '과학적인 상상력을 소설이라는 형식과 결합시킨 작품들'이라고 정의된다. 두 번째 시기는 1950년대의 과학소설에 대한 정의다. 두 차례의 세계대전과 핵무기의 공포, 파시즘과 냉전 이데올로기의 부상, 미국의 매카시즘 등은 작가들로 하여금 과학소설에 사회적, 정치적, 역사적 시각을 도입하게 만든다. 그 결과 'science fiction'의 'science'는 자연과학적 지식을 일컫는 말이었지만 이제는 학문의 모든 영역을 아우르는 합리적 추론의 의미로 새롭게 자리매김되었다. 따라서 1950년대 과학소설은 단지 과학적인 상상력에만 머무르는 것이 아니라 사회과학의 중요 이론들이 망라되는 총체적인 문학적 상상력의 형식을 띤다. 세 번째 시기는 1960년대 과학소설에 대한 정의다. 서구사회의 경제적 풍요와 전쟁 반대, 히피 등의 청년문화가 성행하면서 SF의 기원을 전혀 짐작할 수 없는 파격적인 작품들이 등장했다. 이 시기에 이미 'science fiction'이라는 원래의 명칭은 더 이상 유효하지 못하다는 사실이 인식되었고, 그 결과 새로운 해석이 여러 가지로 등장한다. '사색적(speculative)' 혹은 '환상적(fantasy)' 등의 개념이 기존의 과학소설에 가미된 것이다. 네 번째는 1960년대가 마무리 될 즈음에 나타난 과학소설에 대한 정의다. 이 시기는 작가도, 독자도, 평론가도 더 이상 SF를 미래예측이나 과학기술의 계몽수단, 통속적인 오락물로 인식하지 않는다. 이것은 SF의 위상이 그 만큼 높아졌다는 것을 의미하며 따라서 본격적인 문학평론의 대상으로 SF를 논의하는 것이 가능해졌다는 것을 보여준다. 하지만 이상의 시대적 변화에 따른 다양한 '과학소설'에 대한 정의 또한 오늘날 여전히 논란의 대상이 되고 있다. 이것은 과학소설이 여전히 변화의 과정에 노출되어 있다는 것을 의미한다. 박상준, 「SF문학의 인식과 이해」, 『외국문학』 49, 열음사, 1996, 16~17면.

하지만 한국에서 과학소설은 그동안 그 가치를 제대로 인정받지 못했다. 이러한 상황은 다른 나라에서도 마찬가지지만, 유독 한국에서는 '공상'이라는 낙인에 의해 소외되었다. 김성곤 등이 지적하듯이, 한국에서 SF는 '과학소설'이 아닌 '공상과학소설'로 번역되어 왔다.[4] '공상'이란 '현실적이지 못하거나 실현될 가망이 없는 것을 막연히 그리는 것'을 의미한다. 과학적 가능성이 '공상'이란 단어에 의해 허무맹랑한 것으로 폄훼된 것이다.

기존 문단의 무관심에 의해, 본격적인 과학소설의 창작은 1965년 문윤성의 『완전사회』에 와서야 비로소 이루어졌다. 뿐만 아니라 외국의 과학소설 번역 또한 1900년부터 해방 이전까지 손에 꼽을 수 있을 정도밖에 되지 않는다.[5] 이 중에서 『별건곤』에 게재된 H.G. 웰스의 『타임머신』은 『개벽』에 연재되었던 카렐 차페크의 『R.U.R』과 더불어 1920년대를 대표하는 과학소설이었다. 창간호 후기에 '취미와 과학을 갖춘 잡지'라고 명명했던 『별건곤』의 창간호와 2호에 웰스의 『타임머신』은 영주생(影洲生)에 의해 『80만 년 후의 사회』라는 이름으로 연재되었다.

『별건곤』 창간호의 목차에는 '과학소설'이라고 표기하고 있으며, 내용 부분에서는 '세계적 명작' 혹은 '대 과학소설'[6]이라는 소개와 함께 '현

---

3 로버트 스콜즈·에릭 라프킨, 김정수·박오복 역, 『SF의 이해』, 평민사, 1993, 17면.

4 김성곤, 「SF문학, 어떻게 볼 것인가」, 『외국문학』 49, 열음사, 1996, 29~30면.

5 1900년부터 해방 전까지 번역된 과학소설에 대해 김창식은 『태극학보』에 「해저여행기담(海底旅行奇談)」이란 제목으로 연재(1907)되었던 쥘 베른의 『해저 2만 리』, 이해조의 『철세계』(1908)로 번역되었던 쥘 베른의 『인도 왕녀의 5억 프랑』, 신일용에 의해 번역·소개(1924년 박문서관에서 출판한 것으로 기록)되었던 쥘 베른의 『월세계로의 여행』을 언급하고 있다. 김창식, 「서양 과학소설의 국내 수용 과정에 대하여」, 대중문화연구회 편, 『과학소설이란 무엇인가』, 국학자료원, 2000, 58~65면. 이외에도 1925.2~5 박영희에 의해 「인조노동자」로 『개벽』에 번역되었던 카렐 차페크의 『R.U.R』을 들 수 있다.

6 『별건곤』, 1926년 11월호에는 '세계적 명작'으로, 『별건곤』, 1926년 12월호에는 '대 과학소

대인의 미래 사회를 여행하는 과학적 대 발견'이라는 부제를 달고 있다. 그리고 원저자가 '웰스'라고 분명하게 밝히고 있다.[7] 1910년대의 과학소설의 번역이 원문 번역에 충실하기보다는 번역자의 주관성에 의해 내용이 크게 왜곡된 데 반해, 『80만 년 후의 사회』는 제목만 바뀌었을 뿐, 저자와 번역자를 분명하게 구분하여 밝히고 있을 뿐만 아니라 내용에 충실한 번역을 보여준다. 『별건곤』에 연재된 부분은 박사가 '80만 년 후의 사회'에서 타임머신을 잃어버린 부분까지다. 『타임머신』 전체에서 앞부분에 해당하는 부분인데, 이 부분을 『80만 년 후의 사회』에서는 11개 소제목으로 구분하여 번역하고 있다. 소제목은 다음과 같다.

1. 장신법(藏身法)의 이치를 응용.

2. 비행기에 대한 항시기(航時機).

3. 한 시간에 십만 년의 속력.

4. 기계와 박사는 홀연히 없어졌다.

5. 회색의 천지(天地)를 돌파하다.

6. 기어코 80만 년 후에 착륙하였다.

7. 어린애가 아닌 어른이었다.

8. 어느 곳으로 데리고 가는가?

9. 이상도 하구나, 이 세계여!

10. 없다, 없다, 아무 것도 없다.

11. 항시기(航時機)의 분실.

설'로 각각 소개하고 있다.
7 『별건곤』, 1926.11, 36면.

소제목의 배열에도 알 수 있듯이, 독자의 이해를 충실하게 돕고 있으며 원문에 가까운 번역을 시도하고 있다. 특히, 자신을 번역가라고 소개하는 것에서부터 영주생(影洲生)은 번역가로서의 의식을 충분히 가지고 있었던 셈이다.

하지만 이 『80만 년 후의 사회』는 충실한 번역에도 불구하고 2회 연재하는 데에 그친다. 특히, 연재 마지막 부분에서 "점점 신기한 발견과 무서운 광경과 재미있는 이야기는 다음으로부터 진경으로 들어간다. 이러한 취미 많은 사건의 발단은 다음 호라야 볼 수 있다"[8]라고 쓰면서 독자의 호기심을 크게 자극해 놓았음에도 불구하고 『80만 년 후의 사회』는 중단되고 만다.

번역은 단순히 타국의 언어를 자국의 언어로 바꾸는 과정이 아니다. 번역은 타자의 문제, 자아의 문제, 정체성의 문제, 사회·문화적 상황의 문제가 복잡하게 얽혀 있는 총체적인 과정이다. 언어를 번역한다는 것은 곧 다른 언어를 타자화시키는 과정이며, 동시에 자아의 정체성을 구성해가는 과정이다.

이러한 번역의 특성을 고려할 때, 『80만 년 후의 사회』가 단 2회 연재에 그치고 말았다는 것은 큰 함의를 지닌다. 번역자가 번역에 대한 인식을 분명하게 가지고, 원전 번역에 충실했음에도 불구하고 번역이 중단된 이유를 당대의 과학에 대한 인식, 과학교육의 상황, 번역의 의미를 통해 살펴보도록 하겠다.

---

8 『별건곤』, 1926.12, 136면.

2. 1920년대 과학의 사명과 과학소설의 불협화음

과학과 기술 발전은 먼저 문학적 수용에서 자연주의로 나타난다. 하나의 작품에 대해 자연주의의 여부를 파악하는 것은 바로 당대 과학의 방법과 내용에 대해 갖는 밀접함의 정도에 의해 판단된다. 떼느의 환경설과 다윈의 진화론 등은 19세기 자연주의 형성에 큰 영향을 미쳤다. 문학자를 과학자에 비유한 에밀 졸라는 과학자가 자연 현상을 세밀하게 관찰하듯, 소설가 또한 인간 사회에 대한 세밀한 관찰로 소설을 형상화해야 한다고 주장했다.[9]

하지만 과학의 급속한 발전에 의해, 사람들은 과학적 방법에 의한 현실의 적확한 관찰이 아니라 과학에 기초한 무한한 상상력으로 나아간다. 사람들은 미래의 모습에 대해 궁금하게 생각했으며, 이 궁금증은 미래에 대한 상상력으로 승화되었다. 리얼리티(reality)와 판타지(fantasy)라는 이질적인 영역은 아이러니하게도 모두 과학의 축복 속에서 탄생한 이란성 쌍둥이다. 이것은 과학에 대한 인식의 차이에서 기인한다. 전자는 과학을 현실에 대한 문제로 환원시키는 데 반해, 후자는 과학을 미래에 대한 문제로 수렴한다. 따라서 1920년대 과학에 대한 인식을 고찰하는 것은 곧 과학소설의 존재 여부를 가름하는 중요한 척도가 된다.

1920년대 과학의 대표적인 사용은 초월적 세계관에 인과성과 합리성을 부여하는 것이었다. 『별건곤』의 1926년 11월호에는 인어에 대한

---

9 스테판 코울, 여균동 역, 『리얼리즘의 역사와 이론』, 한밭출판사, 1982, 127~132면.

다음과 같은 기사가 실려 있다.

　오래된 옛날부터 인어는 한 신기한 것으로 보게 되며 따라서 인어에 대한
사람들의 호기심은 말할 수 없이 커갔었다. 그 호기심으로부터 많은 전설과
아름다운 상상의 꽃이 피기 시작하였다. 그것은 동양뿐만 아니며 또한 서양
뿐만 아니라 바다가 흐르는 땅이면 이 지구 위의 어느 곳을 물론하고 인어의
아름다운 전설을 고요한 달밤에 여자의 입에서 남자로 아동으로 이렇게 인
어의 재미로운 이야기 혹은 눈물겨운 하소연을 이야기한다.
(…중략…)
　현금 지구 위에 생활하는 인어의 종류는 학문상으로 보면 다만 아래의 2종
류밖에 없다. 제1학명은 마나터스(Manatus) 즉 영어로는 마나틔(Manatee)라
고 부른다. 이 종류 중에도 또한 마나터스 라틔로스튜러스(M.Latio-stris)라는
것과 마나터스 이넝까스(M.iumnguis)와 또 마나터스 세네가렌시스(M.sengalensis)
의 세 종류가 있다.[10]

인어 그림과 "아름다운 전설에서 재미있는 과학으로"라는 부제가
붙어 있는 이 기사는 우리가 종종 상상으로 그리는 인어에 대한 이야
기를 다루고 있다. 하지만 이 기사를 읽다보면 놀라움을 금할 수 없다.
왜냐하면 상상의 세계에서만 존재한다고 생각했던 인어는 구체적인
학명(學名)과 함께 실재하는 동물로 그려지고 있기 때문이다. 인어라고
규정되고 있는 '마나틔'는 포유류 바다소목 매너티과에 속하는 동물로

---

10 김창해, 「해양중에 있는 인어는 미녀인가 동물인가?」, 『별건곤』, 1926.11, 122~125면.

주로 연안의 얕은 해역 및 하구에 거주하는 동물이다. 매너티를 간혹 인어로 착각하는 경우도 있지만 매너티는 분명 수중 동물이다. 그런데 위의 기사는 '착각'을 무시하고 상상 속의 인어를 매너티라고 구체적인 학명까지 인용하면서 세세하게 기술하고 있다. "모든 것은 과학적으로 해명되어야만 한다"라는 과학의 강박 증세를 여실히 드러내고 있다.

1920년대 과학은 합리성과 인과성이라는 이름으로 미신(迷信)의 세계를 단죄하고 있다. 「과학과 종교」라는 글에서, 김창세는 서양과 한국을 비교하면서 우리에게 필요한 것은 과학적 정신과 종교적 정신이라고 주장한다. 다음은 김창세가 말하는 과학적 정신이다.

과학적 정신이란 무엇인가

첫째에 진리감 즉 진리를 사랑하고 그리워하고 욕심내되 진리 아닌 것 즉 허위와 미신을 심히 미워하고 더러워하고 배척하는 정신이니 아리스토텔레스나 뉴튼이나 근래의 아인슈타인이나 무릇 위대한 과학자에게 난다.

(…중략…)

과학적 정신의 둘째는 물질 불멸과 정신 불멸의 양 원리 인과의 법칙을 믿는 것입니다.

(…중략…)

과학적 정신의 셋째는 과학적 진리 즉 학리에 대한 신뢰다. (…중략…) 그러나 우리들에게는 과학적 지식은 아직 장식에 불과하여 밥 짓는 것, 불 때는 아궁이 만드는 것, 가옥을 건축하는 것, 심지어 생명에 관하는 질병조차도 과학에 의뢰함보다 미신에 의뢰하게 됩니다.[11]

과학은 진리에 대한 사랑이며, 인과적 사고이며, 과학적 진리에 보내는 신뢰로 규정된다. 여기서 진리란 곧 두 번째 과학적 정신 즉, 인과의 법칙에 의해 증명될 수 있는 것을 말한다. 인과의 법칙에 의해 증명될 수 없는 것은 미신(迷信)이라는 단일한 이름으로 배제시키고 있다.

근대성이란 초월적 세계관에 미신이란 꼬리표를 붙이고, 인과의 법칙에 따라 사고하는 과학의 다른 이름이다. 과학이란 이름으로 전대(前代)의 불합리를 극복하고자 하는 노력은 개화기 소설에서도 쉽게 찾아볼 수 있다. 이해조의 「화의 혈」을 보면, 이시찰은 자신에 의해 스스로 목숨을 끊은 선초의 모습이 자꾸 눈에 어른거릴 때, 스스로에게 다음과 같이 말한다.

유명이 한 번 갈라놓은 이상에 그렇게 역력할 수 없는 것은 정한 이치라. 그러나 도적이 발이 저리다는 일체로, 이시찰이 자기 생각에도 지은 죄가 있으니까 공연히 겁이 나며 중정(中情)이 허해져서 선초로도 보이고 임씨 모자로도 보이는 중, 선악간 사람이라 하는 것은 극히 영통(靈通)하여 아직 오지 아니한 앞일을 미리 깨닫는 일이 이따금 있는 고로, 자기의 참경을 본 일부터 상처하는 일까지 벌써 마음에 켕겨서 그 모양으로 선초 귀신, 임씨 모자 귀신이 눈에 현연히 보이며, 하는 말이 귀에 소상하였던 것이러라.[12]

이상을 통해 볼 때, 1920년대 과학은 미래에 대한 관심으로 수렴되는 것이 아니라 과거로부터 지속되어온 불합리한 세계관을 인과적으

---

11 김창세, 「과학과 종교」, 『동광』, 1927. 4, 57~59면.
12 이해조, 『화의 혈』, 전광용 외편, 『한국신소설전집』 2, 을유문화사, 1968, 403면.

로 설명하려는 노력의 표현이다. 이러한 노력은 개화기 이후부터 1920년대까지 지속적으로 이어져온 노력이다. 과학에 대한 인식이 현실의 문제에 초점이 맞춰져 있었기 때문에, 과학에 의한 미래 꿈꾸기는 아직 그 토양이 제대로 형성되지 않았다고 할 수 있다. 그러므로 웰스와 쥘베른 등의 과학소설은 그 모습만 잠시 보였을 뿐 완역되지 못하고 대부분 연재가 중단되었던 것이다.

3. 전문적인 과학교육의 부재와 과학소설의 위치

1909년 1월 16일자 『대한매일신보』에는 「교사되는 제군들에게 한번 고함」이라는 제목으로 다음과 같은 논설이 실려 있다.

교사된 자는 학교에 들어가서 학도를 대함에 반드시 가로되 너희는 나라를 사랑하라 너희는 나라를 빛나게 하라 너희 나라를 위하여 죽으라 아침에도 가로되 국가 국가 하여 국가 두 글자가 그 뇌수에 박히게 하며 국가 한가지가 그 이목에 익게 하여 국가를 위하는 인물을 양성하면 과연 영웅의 어미가 될지라.[13]

---

13 『대한매일신보』, 1909.1.16

개화기, 교육의 목적은 국가주의와 맞물려 있었다. 이것은 작은 중국이라는 소중화(小中華) 의식에서 벗어나 당시 조선을 하나의 독립된 국가로 인식하고 있다는 것을 보여준다. 독립된 국가의 건설을 위해, 모든 역량이 투자되고 그 첨병에 교육이 자리 잡고 있었다. 제국주의라는 서구의 타자와 대면하면서 동양의 근대화는 곧 서구화와 일치되는 개념이었다. 서구형 근대화는 산업혁명과 부르주아 시민 혁명으로 요약된다. 산업혁명은 곧 자본주의화, 공업화이며 시민 혁명은 시민사회화, 민주화를 뜻한다.[14] 따라서 개화기의 과학교육은 곧 서구가 이룩한 산업혁명, 공업화를 염두에 두고 있었다.

개화기 과학교육은 동도서기론(東道西器論)으로 요약될 수 있다. 이는 중국의 '중체서용론', 일본의 '동양도덕 서양기술'과 그 궤를 같이 하는 것으로 서양 문화를 선별적으로 수용하자는 주장이다. 개화지식인들은 동도서기론을 주장하며 서구의 과학 기술 문명을 활용하여 조국의 근대화를 이룩하고자 했으며 반면에 이보다 급진적인 개화 지식인들은 서양의 기술뿐만 아니라 그들의 사상과 제도까지 받아들이자고 주장했다.[15]

과학에 대한 높은 관심은 곧 사립학교의 일반 교과목에도 반영된다. 최초의 근대학교라 할 수 있는 원산학사에서 공통과목으로 산수와 격치학을 가르쳤다. 격치학이란 사물의 이치를 바르게 잡는다는 의미로서, 오늘날의 물리학에 해당하는 것으로 추정된다고 한다.[16] 따라서

---

14 윤종혁, 「근대공교육 사상의 한국적 이해」, 『교육문제연구』, 1995. 2, 180면.
15 이동기, 「개화 교육의 형성 이론」, 『교육철학』 13집, 1995, 217~218면.
16 김계진, 「한국근세의 과학교육에 관한 연구」, 고려대 석사논문, 1984, 23~24면.

과학교육은 곧 국가주의와 더불어 나라의 부국강병을 위한 하나의 정책으로 추진되었음을 알 수 있다. 하지만 이러한 부국강병을 위한 과학교육은 일제시대에 변질된다.

을사조약 이후, 패망하기 전까지 일본은 2차에 걸친 학교령과 4차에 걸쳐 공포된 조선교육령을 통해 조선의 교육에 간섭했다. 여기서 제1차 학교령의 초·중등학교 과학교육과 관련된 사항을 보면 다음과 같다.

복잡한 학제와 장기의 수업 연한은 한국 교육의 실제에 부적당하므로 학제를 단순히 하고 과정을 간이하게 하여 오직 실용에 적용하는 데 있다.[17]

개화기 때 부국강병의 도구로 인식되던 과학은 일제시대에 들어서면서, 오직 실용적인 목적을 위한 학문으로만 인식되었다. 일제가 조선의 과학기술교육을 철저하게 억압했다는 것은 경성제국대학의 설립 과정에서도 확연하게 드러난다. 1938년 경성제국대학에 이공학부가 생길 때까지 의학 부분을 제외하고는 과학교육을 위한 대학수준의 교육기관이나 연구시설은 전혀 없었다고 한다. 뿐만 아니라 1924년에 경성제국대학을 발족시킬 때, 오직 법문학부와 의학부만을 설치하였다. 경성제국대학의 설립에 관한 칙령을 살펴보면 다음과 같다.

원래부터 한국 민족은 법률, 경제 등 정치 방면에 절대적인 뜻을 두고 이농공(理農工) 등 자연과학 방면에 극히 불열심(不熱心)이다

---

17 위의 글, 39면.

1924년 5월에 발표된 제5조 경성제국대학에 관한 칙령은 경성제국대학에 이공학부를 설치하지 않은 이유를 위와 같이 설명하고 있다. 이것은 한국인의 과학기술분야로의 진출을 근본적으로 저지하고 있는 것으로, 일본이 세운 이른바 제국대학 중에서 이학부나 공학부 없이 출발한 것은 오직 경성제국대학뿐이라고 한다.[18]

서양이라는 타자를 대면하면서부터, 그들의 과학과 기술을 받아들여 근대화와 부국강병을 꿈꾸던 조선의 현실은 일제시대를 겪으면서 좌초된다. 근대화를 구축하는 핵심 분야인 과학 교육이 전무하기 때문이다. 일본은 자국의 이익을 위해, 조선에서 과학자가 아닌 단순 기능공을 양성하는 데에 주력하면서, 이제 과학은 심오한 진리를 대변하는 분야가 아니라 단순한 취미의 일종으로 전락한다. 『별건곤』은 창간호 후기에 '취미와 과학을 아우르는 종합 잡지'라고 표명했으며, 『동광』에는 '과학과 취미'라는 난(欄)을 설치하여 운용하고 있었다. 이것은 당대 과학의 위치를 극명하게 보여준다. 과학은 취미 이상의 것이 아니었던 것이다.

과학진화(科學珍話)

벼룩의 감각

벼룩이란 놈이 사람 눈에 띄여서 잡히게 되면 이로 뛰고 저로 뛰고 가로 뛰고 세로 뛰고 하며 오간장방(五間長房)이라도 다 헤매며 안 잡히겠다고 사람의 손가락을 피하여 노루 뛰듯 야단 내는 것을 보면 그 놈의 시각이 꽤

---

18 위의 글, 86~87면.

발달된 줄로만 알았더니 다시 알고 보면 청각, 촉각이 아주 발달이 되어서 물소리가 콜콜 나는 곳이나 바람이 한참 부는 곳에 가서 있으면 팔팔 뛰던 놈이 별안간에 사람의 의복이나 풀잎에 가 가만히 엎드려서 꼼짝달싹을 못 하고 있다고 한다.[19]

과학과 취미

처녀가 총각이 돼-과학자의 수술로 암컷을 수컷으로 만들어

사람의 성(性)을 변화시키는 것은 가능한 일일까? 어른이 다 된 남자를 여자로 만들 수가 있을까? 이것은 재미있는 문제이다. 이런 기적 같은 일이 가능할 뿐만 아니라 최근에 와서 실제로 실험하여 성공한 일이 있으니 그 실험은 미국 '카네기' 학원 유전연구소에서 오쓰카-튀들 박사의 손으로 실시되었던 것입니다.[20]

위의 기사는 과학이라는 이름을 내걸고 『별건곤』과 『동광』에 실린 기사다. 과학적 지식을 이용해서 벼룩이 사람의 손에 잘 잡히지 않는 이유를 설명하고, 과학적 실험에 의한 성(性)전환 수술에 대해 소개하고 있다. 그런데 이야기를 시작하는 부분은 전문적인 과학 지식을 전달하기보다는 '사람의 성(性)을 변화시키는 것은 가능한 일일까?' 등과 같은 독자의 호기심을 자극하는 방향으로 흐른다. 이 처음 부분에서 벌써 과학은 일종의 가십거리로 전락하게 된다. 뛰어난 과학적 업적이라도 독자의 호기심을 자극할 수 없으면 잡지에 게재될 수 없는 것이

---

19 『별건곤』, 1927.1, 129면.
20 『동광』, 1927.3, 29면.

다. 이제 과학은 독자의 호기심 충족에 기여하는 일종의 취미 거리에 지나지 않다. 이러한 과학의 취미화(趣味化)는 바로 조선 내의 과학에 대한 전문 인력의 부재와 관련된다. 대학수준의 과학교육이 전무하고 단순히 기능공 양성에만 치중하던 과학교육은 과학 자체가 지니는 진리 탐험이나 근대적인 기술 발달에 기여하는 것이 아니라 사람들의 호기심을 위한 일시적인 흥미 이외에 아무 것도 아니게 된다.

과학의 깊이가 심화되지 않고 일종의 취미로 전락하면서, 과학적 상상력은 일종의 불임 상태가 된다. 과학의 발전 속도에 비례하는 과학적 상상력은 일종의 호기심으로 전락했다. 이러한 상황에서 과학적 상상력에 기대고 있는 과학소설은 제 위치를 가질 수가 없다. 이런 과학교육의 풍토에서, 웰스의 『타임머신』은 과학적 발전에 기댄 진지한 상상력이라기보다는 도저히 말도 안 되는 허무맹랑한 공상으로 치부된다.

4. 문화 간의 불가능한 소통과 미완의 과학소설

번역은 단순히 원문 텍스트(source text)를 수용 텍스트(target text)로 옮기는 과정이 아니다. 번역은 타자의 문화와 자아의 문화 사이에 발생하는 대화적 망이며, 타자와 자아의 경계를 가로지르는 문화적 횡단 작업이다.[21] 따라서 번역은 언어의 문제가 해결된다고 해서 무조건 이루어지는 것이 아니라, 문화 간에 소통할 수 있는 여건이 마련되어야만 이루어질 수 있다. 번역 여부를 결정하는 것은 수용 텍스트가 실현되는 문화적 맥락이다.

일제 식민지시기, 조선의 근대성은 곧 번역의 결과물로 구성된다. 서구의 제도와 사상 특히, 과학 기술 문명을 내면화함으로써 근대적 주체로 탈바꿈하고자 했던 문화적 분위기가 이를 가능하게 했다. 하지만 타자와 자아가 등가성으로 매개되는 것은 아니다. 자아를 형성하는 상황과 맥락은 타자를 선택적으로 받아들이게끔 강제하기 때문이다. 따라서 일제 식민지라는 식민성에 의해 서구라는 타자 곧 근대성은 불구적으로 내면화될 수밖에 없었다. 서구라는 타자의 모습을 완전한 자아의 모습으로 전유(appropriation)하는 것은 불가능했던 것이다.

앞에서 살펴본 것처럼, 일제의 우민화 정책에 의해, 조선의 과학은 더 이상 심화될 수 없었다. 과학의 심화가 부정된 상황에서, 과학의 급속한 발전에 기초한 과학소설의 상상력이 문화와 접속하는 것은 요원한 꿈이었다. 물론, 쥘 베른의 『인도 왕녀의 5억 프랑(Les cinq cents millions de la Begum)』이 이해조에 의해 『철세계』로 번역되었지만, 이것은 소설 속에 드러나 있는 과학적 원리보다는 좌선과 인비로 명확히 구분되는 선악의 대립 구조에 의해 수용될 수 있었다. 선과 악의 대립에서 결국 선의 승리로 결말을 맺는 권선징악 모티프는 고전소설에서부터 신소설에 이르기까지 소설의 가장 흔한 모티프였기 때문이다. 하지만 이외의 과학소설 특히, 웰스의 『타임머신』은 그대로 번역될 수 없었다. 왜냐하면 『타임머신』은 1920년대 조선의 문화가 수용하기에 너무 벅찬 내용들이

---

21 김현미, 「문화 번역 : 근대적 성찰의 비판적 작업」, 『문화과학』 27, 문화과학사, 2001, 130~131면.

포함되어 있었기 때문이다. 당시 문화적 상황이 『타임머신』의 완역(完譯)을 거부했던 것이다.

서구에서 H.G. 웰스는 과학소설을 일정한 수준으로 끌어올린 작가로 평가받고 있다. 특히, 당시 서구 사회에 큰 충격을 안겨 주었던 진화론의 필연적인 귀결을 이해하고 그것을 전적으로 수용한 작가로 평가받는다. 그의 초기 작품들은 대체로 우울한 미래의 모습을 제시하고 있다. 『모로우 박사의 섬』에서, 모로우 박사는 동물들을 개조해 반인반수(半人半獸)의 괴물로 만든다. 이 괴물들은 자신들이 인간이며 다시 동물로 되돌아가서는 안 된다고 다짐하고 기도한다. 이 작품은 동물성과 인간성의 극한 대결을 통해, 괴로운 인간으로의 진화에 대해 다루고 있는 것이다. 한편, 체내 색소 제거와 빛의 굴절률 조작 등 과학적 요소를 도입하고 있는 『투명인간』은 과학 그 자체의 힘 때문에 방향을 잘못 잡아 비인간화된 것을 다루고 있다. 투명인간의 이로움보다는 비극성을 강조함으로써 과학이 가져오는 미래에 대한 전망을 우울하게 만든다. 『타임머신』 또한 암울한 미래를 엿볼 수 있는 일련의 작품군에 속한다.[22]

『타임머신』은 당대 서구 과학 기술의 발달과 사상적 측면을 폭넓게 수용하고 있는 작품이다. 먼저 『80만 년 후의 사회』에 항시기(航時機)로 번역되어 있는 '타임머신'은 공간과 시간이라는 이분법적 사고에 기초해서 창조해낸 산물이다. 공간을 횡단하는 운송수단의 존재는 곧 공간과 상호관계에 존재하는 시간을 가로지르는 운송수단을 생각하게 한다. 『타임머신』의 전반부는 바로 이 '타임머신'이라는 기계의 가능

---

22 로버트 스콜즈 · 에릭 라프킨, 앞의 책, 30~34면.

성에 대한 여러 사람의 토론으로 전개된다. 하지만 『타임머신』이 단지 새로운 기계에 대한 상상력에서 그쳤다면, 서구 사회에 큰 충격을 주지는 못했을 것이다. 『타임머신』의 가장 핵심적인 부분은 당대의 진화론적 사고와 사회주의 사상을 폭넓게 수렴해서 펼쳐 보이는 80만 년 이후의 세계에 대한 청사진이다.

80만 년 이후의 세계는 왜곡된 사회주의 사상의 적용과 진화론의 우울함이 접목된 사회다. 계급투쟁을 통해 자본주의 이후, 평등 사회가 도래하며, 그 변혁의 주체가 노동자라고 주장하는 사회주의 사상은 웰스의 『타임머신』에서 심하게 곡해된다. 진화의 결과, 인류는 두 가지 종으로 분류된다. 지상에서 낮 시간 동안 활동하는 엘로이들과 지하에서 생활하는 몰로크들이 바로 인류의 80만 년 이후의 후손들이다. 원래 엘로이는 지상인으로서 특권을 누리던 귀족 계급이었고, 몰로크는 엘로이를 위해 기계를 작동하거나 수리하는 하인들이었다. 하지만 진화의 어느 순간, 이들의 관계는 역전된다. 과일과 채소류만을 섭취하는 지상의 엘로이와 육류만을 주식으로 삼는 몰로크의 상하관계가 먹히는 존재와 먹는 존재로 변질된 것이다. 지상에 어둠이 깔리면, 지하의 몰로크는 지상으로 올라와 엘로이를 사냥한다. 엘로이는 바로 몰로크가 방목해서 키우는 가축이다. 분명 노동자가 지배하는 세계가 도래했지만 그 사회는 평등한 사회가 아니라 먹고 먹히는 먹이사슬의 관계로 구성된 사회다. 인류의 진화는 진보가 아니라 퇴보의 시발점(始發點)이었던 것이다.

웰스의 『타임머신』을 번역한 영주생의 『80만 년 후의 사회』는 정확히 미래의 사회를 소개하기 바로 직전에 연재가 중단된다. 만약 새로운 기계, 진화론과 사회주의 사상의 기이한 융합을 펼치고 있는『타임머신』의 우울한 미래가 번역되었다면, 이 과학소설의 상상력은 우리 사회에 소통될 수 있었을까? 앞에서 언급한 것처럼, 당시 조선의 과학 수준은 미래를 향한 상상력을 꿈꾸기보다는 과거로부터 유래된 불합리한 세계, 미신(?)이라는 초월적 세계를 인과적으로 규명하는 데에 초점이 맞춰져 있었다. 미래를 꿈꾸기보다는 과거의 세계관을 개조해야 할 사명이 바로 과학에 부여되어 있었던 것이다. 그리고 과학교육 또한 일제의 책략에 의해 심화된 과학교육보다는 실생활에 적용 가능한 교육이 우선시되었다. 그리고 전문적인 과학교육을 행할 수 있는 대학교육, 전문연구소의 부재로 인해 과학은 단순히 호기심을 충족시키는 취미와 동일시되었다. 개조의 수단과 취미의 도구에 머문 과학에 대한 인식은 암울한 미래가 던지는 음습함과 문화적 소통을 이루는 데에 한계를 지닐 수밖에 없다. 번역이 단순히 언어를 바꾸는 데에 그치는 것이 아니라 문화를 소통시키는 망이라고 했을 때, 웰스의『타임머신』이 연재 2회 만에 중단된 것은 당연하다. 더구나 번역이 중단된 지점이 정확히 80만 년 이후의 미래 사회를 본격적으로 소개하는 부분 바로 전(前)이라는 사실은 이러한 견해를 더욱 설득력 있게 한다.

또한 웰스의『타임머신』이『별건곤』이라는 잡지에 번역되었다는 사실은 중요하다. 달마다 발행하는 잡지는 작가와 독자와의 호흡이 긴밀하게 연결되는 공간이다. 특히, 연재소설의 경우 작가는 작품에 대한 독자의 반응을 항시 염두에 두면서 작품을 연재해야 한다. 1934년 7월 24일부터 8월 8일까지『조선중앙일보』에 연재되었던 이상(李箱)의「오감도(烏瞰圖)」가 독자들의 난해하다는 반응에 의해 중단된 사실에서도 알 수 있듯이, 신문과 잡지에 연재되는 작품은 독자의 독서 체감(體感)이 직접적으로 발현되는 장소다. 과학에 대한 신뢰가 절대적인 시대에, 진화론의 결과 도달하게 되는 인류의 약육강식의 삶의 모습은 독자들의 항의를 받기에 충분하다. 주류 문화에 적응하지 못하는 번역은 당연히 배제된다. 또한『별건곤』은 사회주의 사상을 가장 많이 전파시켰던 '개벽사'의 잡지다. 그리고 1920년대는 조선에서 사회주의 사상의 가장 큰 보급이 이루어졌던 시기다. 3·1운동 이후 높아진 정치적 의식을 사회주의 사상으로 풀려고 했기 때문이다. 천정환이 조사한 1920년부터 1928년까지『동아일보』의 서적 광고 횟수를 보면, 사회주의에 관련된 서적 광고가 교재수험서(162건), 성(性, 85건), 실용(83건), 글쓰기(82건) 관련 서적을 이어 79건으로 5위를 차지했다.[23] 광고를 많이 했다는 것은 그만큼 매출이 높았다는 간접적인 정황이 될 수 있다. 이러한 문화적 분위기는 사회주의에 대한 왜곡된 이미지를 심어줄 우려가 있는『타임머신』에 대해 폐쇄적인 태도를 견지할 수밖에 없게 만들었다.

5. 1920년대, 과학적 상상력의 불임(不姙)

이상의 연구는 "현실에서 일탈한 환상의 영역은 현실을 반성하게 하

---

23 천정환,「한국 근대 소설 독자와 소설 수용 양상에 대한 연구」, 서울대 박사논문, 2002, 91면.

는 또 하나의 리얼리티를 구축한다"[24]라는 주장에서 출발하였다. 1920
년대를 비롯한 일제 식민지 시대에 과학소설의 영역은 부재하였다. 그
래서 본고에서는 '과학소설의 영역이 부재하는 이유'에 대한 고찰로 논
의를 전개했다. 지금까지 고찰한, '웰스의 『타임머신』이 완역되지 못
한 이유'는 다음의 세 가지 차원으로 요약될 수 있다.

첫째, 당시 과학에 대한 인식과 과학소설의 관계다. 과학소설은 과
학의 급속한 발전에 기초한 상상력을 펼치는 공간이다. 하지만 1920년
대 과학은 미래에 대한 상상력보다는 과거로부터 전해져 오던 초월적
세계관을 인과적으로 해명하는 데 보다 큰 관심을 가지고 있었다. 이
런 상황에서 현실 지향적인 과학과 미래 지향적인 과학소설의 괴리는
쉽게 극복될 수 없었다.

둘째, 당시 실시되던 과학교육과 과학소설의 관계다. 부국강병의 수
단으로써 과학에 가졌던 관심은 일제 식민지 시대에 접어들면서 소멸
될 수밖에 없었다. 이것은 일제의 우민화 정책에 의한 것인데, 일본은
초·중등교육 과정에서는 실생활에 필요한 과학교육만 실시했으며,
1930년대 중반까지 조선에 과학을 교육할 대학기관과 전문연구소를
설치하지 않았다. 일제에 의해 더 이상 심화될 수 없었던 과학교육에
의해, 과학은 일상생활에서 진기한 이야기나 전하는 취미 수준으로 전
락하고 말았다. 심화된 과학교육의 부재는 과학에 대한 기본적인 이해
를 토대로 전개되는 과학소설의 입지를 축소시켰다.

셋째, 번역의 메커니즘과 과학소설의 관계다. 번역은 단순히 언어의

---

24 김성곤, 앞의 글, 29~30면.

변환에 머무는 것이 아니라 문화 간의 소통 체계를 확립하는 것이다. 그런데 웰스의 『타임머신』은 1920년대 조선에서 받아들이기 힘든 문화적 코드를 함의하고 있었다. 웰스의 『타임머신』은 시간을 횡단한다는 과학적 상상력과 당대 서구 사회의 큰 흐름이었던 진화론과 사회주의 사상을 종합해서 탄생한 작품이다. 진화의 결과 설정된 약육강식의 미래 사회는 사회주의의 왜곡된 이미지를 산출할 뿐만 아니라 암울한 그림자를 드리우게 한다. 이것은 당시 현실 지향적인 과학, 취미 수준으로 격하된 과학적 풍토, 사회주의의 급속한 팽창이라는 문화적 흐름을 생각했을 때, 결코 소통될 수 없는 미래에 대한 전망이다.

이상의 세 가지 근본적인 이유 때문에, 영주생의 『80만 년 후의 사회』는 원문 텍스트에 충실한 번역, 원저자와 번역자를 구분하는 뚜렷한 번역가 의식을 가졌음에도 불구하고 완역될 수 없었다. 과학소설의 부재는 곧 현실을 일탈한 상상력 부족을 뜻한다. 현실을 일탈한 상상력은 날마다 새롭게 대면하는 타자들의 범람 속에서 폐쇄된 체계를 구축할 수밖에 없었다. 현실을 일탈하기보다는 현실에 남겨진 근대성의 문제, 근대 국가 건설의 문제, 식민지 해방의 문제가 보다 절실했기 때문이다.*

---

* 이 논문은 2003년 『대중서사연구』 10집에 게재된 논문을 재수록한 것임.

과학전의 시대, 총후여성과 인조의 상상력

한민주

1. 근대 여성과학자 그림의 출현

1940년에 들어서면서 일본은 '전시총동원체제' 아래 '과학동원계획'이란 방침을 정하고 이를 추진해나갔다. 고도국방국가 건설이라는 목표 아래 국가는 합리적, 능률적 통제를 위한 대안으로 '과학동원'이란 대책을 세운 것이다. 과학동원이란 과학기술기능을 국가의 목적과 요구에 따라 능률적으로 집중, 통제, 동원하는 체제를 말하는데, 그것은 국가전반의 합리적인 통제를 위한 지배의 원리로서 뿐 아니라 첨단병기로 이루어진 근대 과학전(科學戰)의 성격에 잘 부합하였다.[1] 전쟁이

---

[1] "과학동원과 군기계화와는 불가분의 관계에 있다. 현재 전쟁은 과학의 싸움인 만큼……전시에 있어서는 모든 과학연구기관과 과학자를 동원하야 그 목적을 달성하도록 노력하지 않으면 안 될 것이다"([科學小話]「군기계화란?」, 『신시대』 1, 1941.1, 213면)라는 글처럼, 전쟁

장기전(長期戰)에 돌입하면서 일본이 내세운 '과학기술신체제'는 전쟁 수행을 위한 자원개발과 물적·인적 자원 확보를 위한 모든 수단과 방법을 강구하였다. 따라서 과학기술신체제는 부족자원의 과학적 보충을 위해 자원문제 해결을 목표로 삼아 과학동원을 실행했을 뿐 아니라 과학 정책에도 적극적인 방법을 취하면서 '기술관료(technocrat)' 채용과 같은 인재등용의 방식을 마련했다.[2] 이처럼 일제 말기 과학 동원의 논리에는 부족과 결핍에 대한 '보충,' '보전(補塡)'의식이 강하게 자리 잡고 있었다. 제국의 이상을 실현하려는 전시 상황에서 전장의 싸우는 병사를 보충하고 대체하는 대상은 그들보다 하위의 위상을 지닐 수밖에 없다. 그렇다면 총력전체제 아래 지배이데올로기로부터 타자화되어 있는 하위주체로서의 식민지 조선 여성에게 형성되었던 과학담론은 어떠한 방식과 의미를 갖는가.

근대사회 이후로 과학담론은 여성의 신체와 관련된 권위적인 사회이론으로서 자리를 공고히 다져왔다. 물질적 기술의 변화는 여성의 신체에 대한 사회의 이해를 반영하고 재구성하는 방식과 긴밀하게 연결되어 있다. 그러므로 과학 담론과 젠더 구성의 관계를 살피는 작업은 과학과 근대성, 이데올로기, 여성의 역학관계를 살피는 것이다. 과학담론의 형성 속에는 여성, 나아가 인종, 계급이라는 타자 문화적 성향이 드러난다. 왜냐하면 근대과학의 발달 이후로 과학은 남성의 영역이자 남성성으로 규정되어 왔었기 때문이다. 고대로부터 과학은 왜 여성

의 승패는 오직 과학의 능력에 달려있다는 총동원체제의 프로파간다는 전쟁의 성격을 근대 과학기술력의 싸움으로 규정하고 있다.

2 廣重 徹, 『科學の社會史(上) 戰爭と科學』, 岩波書店, 2002, 201~220면 참조.

이 남성보다 열등하고, 여성의 본분은 왜 출산과 육아인지, 그리고 왜 지적, 사회적 활동에서 제외되어야 하는지와 같은 불평등을 '과학적으로' 설명해왔다. 근대과학이 갖고 있는 이러한 이미지를 수정하려는 학자들은 "과학이 공개적으로나 은밀하게 자기 발전을 위해 도덕적 · 정치적 자원으로서 젠더 정치학에 호소해 왔다는 사실"[3]을 문제로 지적한다. 하나의 문화 형성에서 '권위'로 작용했던 과학 담론은 여성, 인종, 계급 등 타자문화를 형성하는 메커니즘으로 자리 잡았던 것이다. 마찬가지로, 근대 식민지 조선은 서구로부터 과학문명을 이입하면서 과학주의를 산출하고 타자문화를 과학이라는 이데올로기적 도구로 기획 · 구획하기에 이른다. 따라서 전시총동원체제 아래 동원된 과학, 기술, 사회 프로그램이 어떻게 조선의 여성을 식민화했는가를 탐구하는 일은 근대문화사에 있어서 식민지 근대성 및 민족적, 계층적, 젠더적 정체성 이해에 토대가 되는 의의를 가질 수 있다.

우선, 근대문화사에 있어서 쉽게 찾아볼 수 없는 두 개의 여성과학자 그림을 논의의 출발점으로 삼았다. 〈그림 1〉은 1944년 이유태가 그린 〈탐구〉이며 〈그림 2〉는 잡지 『신여성』(1944.4) 표지화이다. 〈탐구〉는 제목처럼 탐구의 상징이라 할 수 있는 현미경이 책상 위에 놓여 있고, 실험용 토끼와 유리병 플라스크 등 다양한 실험도구가 마련되어 있다. 그림 속 주인공인 여성과학자는 조선복 차림에 흰 가운을 걸치고 앉아 있다. 오른쪽 〈그림 2〉『신여성』의 표지화에는 왼쪽 여인과 같은 머리 스타일을 하였지만 총후의 애국반원들이 착용하는 작업복을 걸치고

---

3 샌드라 하딩, 이재경 · 박혜경 역, 『페미니즘과 과학』, 이화여대 출판부, 2002, 144~153면 참조.

그림 1. 〈탐구〉(이유태, 1944)　　　　　　그림 2. 『신여성』(1944.4) 표지

있다. 두 그림은 모두 과학적인 여성을 재현하고 있으나 상당히 대조적
이다.

　〈탐구〉의 신여성은 과학지식과 교양을 갖춘 여성 지도자의 이미지
를 담고 있다. 일제 말기 이광수가 『그들의 사랑』에서, 유진오가 『화상
보』에서, 그리고 백철이 『전망』에서 탐구했던 '새로운 인간형'인 과학
자와 기술자는 남성이었다. 그러나 채만식의 『냉동어』에서는 새 시대
의 여성 과학자상을 제시한다.[4] 또한 1939년부터 이무영은 퀴리부인의
전기를 소설화한 『세기의 딸』을 『동아일보』에 연재하기 시작한다.
1939년과 1940년에 『퀴리부인전』이 식민지 조선이나 일본에서 애독물

4　『냉동어』에서는 조선인 남자와 일본인 여자의 사랑을 상징하는 이름이 부여된 조선인 남자
　　의 딸아이가 소설의 결말부에 등장한다. 식민지 조선의 지식인들은 그 딸아이가 새 시대의
　　'퀴리부인'이 될지도 모른다는 희망의 메시지를 전하고 있다.

이었던 것은 이미 밝혀진 사실이다. 특히 여학생들은 퀴리부인을 "애국열에 불타는 천재학자"[5]이자 '현모양처'의 모범으로 내세우며 현대 여성의 이상적 모델로 삼고자 했다. 따라서 퀴리부인은 식민지 조선의 학생에게 "역경을 극복하고 자신의 몸을 희생하여 나라와 과학과 가정에 충실했던 헌신자로 공유되고 있었으며, 독자들은 결국 그와 같은 인물이 되기를 / 탄생하기를 기원하는 반응을 보이고 있었다."[6] 이유태의 그림은 이러한 퀴리부인의 이미지를 조선의 신여성을 대상으로 삼아 재현하고자 했던 것 같다. 한편, 오른쪽 그림을 살펴보면, 실린더를 들고 있는 여성의 옆에 "日日のくらしを必勝へ!!"라는 문구가 적혀 있다. 생활에 필승을 다지는 이 문구는 4월호에 실린 특집의 제목이기도 하다. 특집란에 실린 글들은 가정의 결전상태를 촉구하는 내용으로서, 애국반 활동, 여성의 군복 착용, 대용품의 생산, 생활의 근검절약 등에 여성이 총력을 기울이도록 권고하고 있다. 따라서 오른쪽 표지화는 여성 과학자라기 보다 화학공장에서 근로보국하고 있는 총후여성기술자의 이미지에 더 가깝다. 이 그림에서 과학은 대중화되어 있는 것이다.

그림 속에 재현된 두 명의 식민지 조선 여성은 '과학'을 통해 하나의 범주 속에 동일하게 포섭될 수 있다. 그런데 왼쪽 그림의 구도에서 초점이 민족적, 공적 대의에 헌신했던 퀴리부인상에 맞춰져 있다면, 오른쪽 그림은 실린더를 들고 있는 총후여성의 손에 맞춰져 있다.[7] 실린

---

5 「문화감상기」, 『삼천리』, 1940.5~1940.7.
6 김성연, 「'새로운 신' 과학에 올라탄 제국과 식민의 동상이몽: 퀴리부인 전기의 소설화를 중심으로」, 『현대문학의 연구』 44, 한국문학연구학회, 2011, 150면.
7 그림의 구도는 화면에 있어서 그림소재의 배치방식을 말하는데, 본고에서는 화면의 중앙을 중심으로 소재의 주객이 나뉘어 있는 것에 주목하여 그림을 분석하였다.

더를 든 여성의 손은 실험 및 작업의 실행 과정을 포함한 일련의 생산성을 더 중요하게 부각시키고 있는 것이다. 두 그림은 민족적, 보편적 여성과학자의 상(image)이 총동원체제 속에서 일상화, 대중화되는 계몽의 구도를 반영하고 있다. 게다가 두 여성은 부르주아 여성과 노동생산자라는 계급적 차이를 보인다. 이 차이는 식민지 사회에 있어서 과학교육의 질적 차이를 의미하기도 한다.

과학기술신체제는 총후에서 여성이 그들의 과학적 지식으로 전시기 민족과 국가를 위해 다음 세대에 대한 과학적 교육과 가정의 합리적 운용에 기여할 수 있도록 정책을 기획하였다. 정근양은 과학과 여성교육의 중요성을 언급하기 위해 '퀴리부인'을 모델로 제시한다. 그는 퀴리부인의 예화를 통해 어릴 때부터 이뤄졌던 부모의 과학교육이 위대한 여성 과학자의 탄생에 큰 영향을 미친다는 주장을 한다.[8] 이러한 사회풍조 속에서 왼쪽의 엘리트 여성은 과학지식을 선점, 완료한 상태이고, 오른쪽 여성은 아직 미완의 상태라고 볼 수 있다. 지식획득의 경쟁은 사회·문화적 지위의 변화를 의미하기도 한다. 가상적으로 남성이 부재한다는 전제하에 형성된 총후라는 영역에서 신여성은 좌담회 등의 형식을 통해 지식구성의 주체로 나서게 되었다. 과학지식을 누가 먼저 선점하느냐 하는 상호경쟁의 헤게모니는 결코 평등할 수 없는 지식배분의 문제와도 연결되며 계층화된다. 두 그림 사이의 틈은 총동원 체제가 '과학'을 통해 여성을 국민으로 호명하는 과정에서 어떻게 내적 모순과 분열에 봉착하게 되었는가에 대한 하나의 실마리를 제

---

8   정근양, 「과학과 조선 여성」, 『여성』, 1938.3, 79면 참조.

공해준다. 이 글은 신체제시기의 여성관련 과학기술 논의들과 이태준의 장편소설을 통해 식민지 조선 여성들에 관한 과학기술 논의 및 그 실천이 갖는 문화적 의미와 이를 문학적 실천으로 재현했던 문학자들의 내면을 살펴보고자 한다.

2. 조선 여성의 '몸에 붙은 과학', 생활기술의 의미

1) 과학기술의 젠더화와 여성국민의 조건

근대 식민지 조선의 여성들이 과학지식을 습득한다는 것은 어떤 의미를 갖는 것일까. 가부장제의 영향 속에서 조선 여성들이 접하게 된 근대적 산물인 과학은 성별화된 형식으로 받아들여지게 된다. 특히나 여성에게 과학은 가정생활을 위한 '상식', '교양'이란 취미담론의 형태로 보급되며 지식체를 형성하고 있었다. 따라서 1920년대부터 여성관련 과학담론은 일관되게 가정생활의 합리화를 꾀하도록 한다. 이때 여성과학교육은 주로 미신에 대한 반근대적 운동성을 지니고 실시되었으며[9] 생활개조론의 성격을 띠었다. '부인 과학'란에서는 가정의 전기 사용을 위한 벽의 스위치 설치와 전기세탁기 등에 대한 설명을 통해

---

9   이헌구, 「가정과 과학」, 『동아일보』, 1924.11.3.

여성의 가사노동이 덜어질 수 있음을 시사하고 있다.[10] 또한 1927년 『동아일보』에는 「가정생활과 자연과학」에 대한 연재가 실리기도 한다. 이외에도 텔레비전이나 라디오에 대한 사용방법, 시사상식 수준의 정보들이 '취미 과학', '어린이 과학', '부인 과학', '가정 과학' 등의 표제를 달고 소개되었다. 과학은 진보적이면서 동시에 보수적이라 할 수 있다. 그것은 여성에게 근대성을 가르치고 여성의 의식을 향상시키려 하기 때문에 진보적이지만 또한 여성을 가정의 영역에 머물게 하기에 보수적이다.[11] 분명, 문명화된 기술적 생산품의 증가는 가정주부를 위한 과학적 훈련의 필요를 점차 증가시켰다. 그러나 당대의 사회지도자들은 여성에게 기술 습득을 통한 사회진출을 장려하기보다 새로운 상품과 기계를 잘 적용하여 가정 영역을 관리하도록 권장하는 편이었다. 근대성을 상징하는 과학은 여성을 관리의 대상에서 관리의 주체로 변동시킬 수 있는 이론적 틀로 기능하였던 것이다.

그런데 일제 말기로 오면 여성이 과학을 수용하는 방식은 전 시대와 확연히 달라진다. 총력전의 시기 과학기술에 기반을 둔 산업보국의 프로파간다는 여성에게 총후전사(銃後戰士)로서의 의의와 사명감을 부여하고, 그들이 가정 밖으로 나와 직업여성이 되는 것을 정당화한다. 따라서 가정주부와 직업여성의 생활 영역은 더욱 철저히 분리된 채 과학교육이 실시된다. 과학적인 총후여성으로서의 호출은 가정주부 역시 개혁의 주체로 설 수 있다고 설득하고 유혹한다. "의복, 주택과 그 조제(調製)의 점에서 여러 가지로 과학적 합리적으로 생각게 되면 우리

---

10 「부인 과학 : 가정과 면긔 (3) 면긔 세탁기」, 『동아일보』, 1926. 5. 4.
11 주디 와츠맨, 조주현 역, 『페미니즘과 기술』, 당대, 2001, 155면 참조.

일본사람의 생활은 무척 향상 될것입니다. 그것이 부인으로써 가정에 있어서 개혁해 나갈 첫 거름이 아닐까요"[12]라는 사회 지도자의 논조는 가정주부의 과학적, 합리적 생활이 한 가정과 국가의 향상과 발전에 큰 역할을 한다는 의의를 부여하고 있다. 신구의 대립과 갈등을 낳던 한 가정과 사회의 개혁에 대한 신여성의 욕망은 '신질서 건설'로써 변혁을 요구하는 시대적 요청과 부합하였던 것이다.

여성에게 요구되었던 '과학적'인 것의 내용을 살펴보면 이렇다. "주부의 일상생활에 있어서도 과학적인 생각을 요구하고 잇는 사실이 얼마든지 있을 것입니다. 요리법에 있어서나 주택이나 또는 매일같이 빼일 수 없는 화장술에 있어서도 얼마든지 研究할 材料가 풍부할 것입니다. 물론 이 중의 그 하나만이라도 완전한 解明을 기대한다는 것은 至難之事이겠지만은 이런 점에 어떠한 관심을 갖인다는 것으로 붙어 차츰 무슨일을 보고 생각하는 관점이 달러 질 것입니다."[13] 이처럼 여성 생활 영역 전반이 과학의 영역에 해당했던 것이다. 또한 식량이 부족하면 "가족에게 분량을 배정하여 각각 그 체질에 맞도록 하고", 또 "여하하게 해서든지 배급되는 분량을 가지고 무리를 하지않고 지내갈수 있게 연구"[14]하는 것이 총후여성의 과학 영역이었다. 따라서 과학적인 생활기술은 결코 학교교육에서만 얻을 수 있는 것이 아니라 일상생활 그 자체에서 얻어지는 것이다. 이와 같이 개인의 생활 연구 가운데 생활기술이 체득된다는 주장은 여성에게 적용된 '기술'의 범주가 상당히

---

12 奈良武次, 「일본부인의 책무」, 『신시대』 3(6), 1943.6, 119면.
13 정근양, 「과학과 조선 여성」, 『여성』, 1938.3, 80면.
14 홍승원, 「이기기 위한 생활」, 『신시대』 3(4), 1943.4, 37면.

폭넓게 설정되어 있던 것임을 짐작케 한다. 여성의 과학적 삶은 생활을 기술화하는 가정관리학, 가정경영학의 영역을 아우르는 것이었다.

일제 말기에는 상대적으로 직업여성의 역할이 커졌기 때문에 가정의 영역을 여성의 영역으로 규정지으며 그 속에서 남성, 즉 가장의 권위를 우선시하지 않는다. 따라서 가사의 분담과 가정생활의 과학적 경영을 가정생활의 최고의 가치로 내세우며 가족 성원의 역할 분담을 주장하게 된다.[15] 이처럼 가정주부를 국가건설의 주체로 호명하는 데에는 과학지식의 교육과 여성의 실천성이 핵심 사항으로 관여하고 있다. 즉 가정주부가 일하는 것은 "입때까지는 한 집안을 위해서였습니다. 그러나 이제부터는 그러한 좁은 생각을 깨끗이 떨어버리고 나라를 위하여 일하기로 합세다"[16]에서처럼, 과학지식에 대한 올바른 실천이 곧 고도국방건설의 주역으로 나서게 되는 것을 의미한다. 이와 같은 동원 방식은 직업여성에게도 동일하게 적용된다. 생산력확충이라는 정책을 구현해야 할 총후의 기능은 여성의 활동 영역을 가정의 영역에 한정지을 수 없고, 가정 이외의 영역으로까지 넓히며 다양한 생산활동을 요구해야 했다.[17] 여성이 남성과 평등한 국민으로 호명받기 위해서는 가정기술과 생산기술의 체득이 필수조건으로 수반되었던 것이다.

장기적인 전시체제는 '전선 / 장병 : 총후 / 여성'이란 성별 이분법의

---

15 「좌담회 : 전시가정과 생활의 합리화」, 『신시대』 3(7), 1943.7, 42~49면.

16 奈良武次, 「일본부인의 책무」, 『신시대』 3(6), 1943.6, 119면.

17 직업은 노동자가 '소득을 취하게 되는 업무'이다. 따라서 여성이 직업을 갖는다는 의미는 사회경제활동에 생산과 소비의 주체로 참여함을 의미한다. 이것은 "가정이라는 단위를 통하야 사회와 관계를 맺고 지내던 여성들이 그 남편과 그 아버지를 중간다리로 놓지 않고도 직접으로 사회와 관련을 맺아 사회적 기능을 적고 크고 간에 한부분 젊어지게" 되어 평등의 권리를 획득할 수 있는 계기가 된다.(이상호, 「여성과 직업」, 『여성』 3(8), 1938.8, 30면 참조)

체계 속에 여성을 위치짓고 있다. 총후는 "전선에 나갈 기회가 아직 없는 반도민중"이자 "총을 잡고 전선에 나서지도 못"하는 여성이 있는 공간으로 영역화되고, 젠더화된다. 그런데 여성이 지키고 있는 총후는 "괭이와 마치를 잡고 職域에서 혹은 틈을 타, 농촌이나 공장에 나가서, 근로를 하는 것을 마치 帝國軍人이 총을 잡고 전선에 서는 기분과 각오로서 나아갈 것"[18]이란 요청 속에서 여성의 변화무상한 젠더 정체성을 요구하고 있다. 엄격히 성별화된 전쟁과 총후의 영역 규정과 달리, 전시체제의 프로파간다는 여성들에게 젠더 경계의 빗금을 넘나들도록 촉구했다.

전쟁터는 연구실, 직장, 가정 등 총후의 영역 모두를 포함하였다. "평시의 과학과 전시의 과학은 그 趣意를 스스로 달리한다. 평시의 과학태세는 천연자연의 현상을 대상하여 學理의 추구에 전념하는 과학자와, 얻어진바 학리를 이용 응용하여 인류생활의 복지에 資하며 식산증산의 實을 내이려고, 日夜 不休, 기술자와의 밀접한 관련으로써 이루어지는 것이다. 그러나 전시의 과학태도는 과거에 연구축적된 과학기술을 주체로하여 연구와 생산부문을 총동원해서 전투목적수행상, 當面必需의 생산을 第一意로한다. 즉 과학及기술을 국가존속발전을 위해 전능력을 고도국방계획에 동원시킴이 전시의 과학태세의 특징이라고 할 것이다."[19] 이처럼 전시과학의 성격은 총후국민을 다방면에서 활용할 수 있는 기술의 개발과 활용에 중점을 두었다. 그로인하여 전시과학은 전쟁이라는 예외적 상태의 조건을 앞세워 사회공학의 인위적 조작을 정당화하였던 것이다.

---

18 「일 아니하는 자는 국민이 아니다」, 『신시대』 1(10), 1941.10, 18면.
19 平櫛孝, 「明日의 科學戰 : 과학전의 장래」, 『신시대』 2(4), 1942.4, 77~78면.

2) '과학적 교양'의 이데올로기적 모순

남성성으로 규정되던 근대과학이 피식민지인들, 특히 조선 여성과 융화되기는 쉽지 않았다. 일반적으로 과학이 가져온 물질문명의 폐단이나 자연과학에만 편중되어 있는 교육제도의 문제로 정신적인 방면이 쇠퇴해 간다는 비판들 때문에 국가가 조선 민중에게 과학교육을 시키기는 쉽지 않았다. 게다가 조선 여성 가운데는 과학과 여성 고유의 미적 감성이 공존할 수 없다고 주장하며 과학교육을 두려워하는 측이 대다수였다. 조선 여성이 남성에 비하여 과학적 교양이 적었던 이유는 "본래 여성은 정숙하고 우아한 것이 제일의 미점으로 되어왔고, 논리적이요 추리적이기보다는 더 직관적인 점에 그 이유의 대부분이 있다고 생각됩니다. 또 그들은, 가정 안에 있어서 사회적 경제적 투쟁에 관여하지 않아도 좋을 지위에 있었든 것입니다."[20] 이러한 조선 여성의 사정은 다분히 가부장제적인 이분법의 논리에서 비롯된 것이었다. 따라서 조선 여성과 과학의 거리를 좁히려는 운동은 환경으로 기능했던 가부장제 이데올로기를 비판하고, 논리와 추리력이 남성만의 전유물이 아니라는 평등의 논리를 이끌어 왔다. 게다가 현대 여성이 과학적 교양을 쌓는다는 것은 개인으로서의 생활을 풍부하게 할 뿐 아니라 사회적으로는 "여성 중에서도 위대한 과학자도 나올 것"이란 낙관적 전망까지 합세한다. 이러한 사회적 분위기의 조성은 여성에게 '과학적 교양을 통한 사회진출'의 환상을 결합시켜, 하위주체였던 여성을 새

---

20 정근양, 앞의 글, 80면.

시대의 주체로 부상시킨다.

그러나 과학이라는 이데올로기적 도구는 평등의 기제가 되었다가 차별의 기제로도 변신하였다. 조선 여성 대부분 평등의 조건이 되는 과학의 수혜를 제대로 받지 못했기 때문에 지식층 여성들은 과학교육을 담당해야 했다. 식민지 조선에서 과학이 발달하지 못한 가장 큰 이유로 '과학정신'이 부족하다는 지적들이 많았으나 과학정신은 단기간에 성취되는 것이 아니었다. 지식인들은 퀴리부인의 선례처럼 아동기부터의 교육에 대한 필요성을 주창했고 새로운 인간형을 생산하고 교육해야 하는 것은 여성의 소임임을 강조하며 여성을 과학교육의 주체로 부각시킨다. 그들은 여성의 직관과 감성이 오히려 더 과학부분에 큰 역할을 할 수 있다는 주장을 하며 새 시대를 건설할 여성상에 '과학적 교양'을 이입시켰다. 그러나 과학적 교양을 갖춰야 할 여성에 대한 위계 구조는 분명히 존재했다. 당시 사회에서 "직업여성으로서 사회에 나와 일한다는 것은 가정부인보다 한 거름 진보적인 것"[21]으로 보았고, 직업여성 가운데도 계층차가 존재했기 때문이다. 이는 과학적 지식이 여성의 교양있는 삶의 유무에 관여하며 계층적 역학관계를 형성하고 있었음을 의미한다.

총후여성들을 향한 책무와 자부심에 대한 앙양은 체제와 과학적 동맹관계를 맺도록 조성한다. 과학적 교양을 체득한 신여성들과 체제의 동맹 작업은 여성의 공적 지위와 문화적 위치 확보를 위한 타협의 과정이기도 하였다. 총동원체제에 협력하는 신여성은 '군국의 어머니'라는 '공적 양육자'의 의미를 부여받았다. 따라서 이들은 조선 민중을 새

---

21 金川慶子, 「직업여성과 교양」, 『신시대』 3(3), 1943.3, 92면.

롭게 발견하고 남성과 진정으로 대등한 관계에 설 수 있기를 꿈꾸었다. "진보적인 여성들은 여성의 노동을 배척해 온 남성사회에 대응해 투쟁해 왔지만 전쟁과 함께 여성노동력의 필요성을 발견하고, 어떤 의미에서는 이를 상황개선의 기회로 믿었던 것이다."[22] 그런데 가부장제 이데올로기에 기반을 두었던 전통적 남녀역할의 경계를 무너뜨릴 수 있다는 진보적 여성들의 환상은 여성 노동력 동원을 위한 정부의 수단으로 활용된다. "오늘날 조선사람, 더욱이 젊은 여성이 그들에게서 배워야할 것은 이 '생활의 합리화'가 아닐까 합니다. 없으면 없는대로 그러나 넉넉한거나 다름없이 조금도 不自然을 느끼지 아니하고 살아가는 그들이야말로 銃後女性다웠습니다"[23]라는 최승희의 논조는 당시 지식층 여성들의 계몽적 수사를 그대로 반영하고 있다. 지식인들은 민족 계몽의 수사로 과학을 도구화한 듯 보이지만, 사실 조선의 여성들을 이용할 수 있는 커리큘럼으로써 과학에 대해 소개를 한 셈이었다.

　제국이 식민지에 과학교육의 필요성을 선전하는 데에는 전쟁에 있어서 과학적인 무기를 사용할 수 있는 인적 자원의 부족에 대한 문제의식이 자리 잡고 있다. "機材의 增補는 資源의 사정에 따라 그대지 어렵지 않을 수가 있다고 하드라도 우리나라의 현상으로 가장 근심할 일은 사람 문제이다. 비행기는 만들어 놓고도 사람이 없어서야 큰 문제이다"[24] 라는 근심은 비행기를 몰 수 있는 과학적 지식과 기술을 겸비한 사람의 부족에서 오는 것이다. "전쟁은 一國의 운명을 내걸은 最後

22　와카쿠와 미도리, 손지연 역,『전쟁이 만들어낸 여성상』, 소명출판, 2011, 77면.
23　「돌아온 최승희 : 춤의 세계일주담」,『신시대』1, 1941.1, 248면.
24　北尾龜男,「과학의 창조와 극복」,『신시대』2(2), 1942.2, 33면.

의 수단이다. 거기에 사용되는 무기가 그나라의 최고의 과학과 기술에 의하여 제조되는 것은 당연한 노릇이다. 오늘날의 병기가 非常히 精巧하여진 것은 자연한 사실이다."[25] 이러한 이유로 전시체제하에서 식민지 조선인들을 향한 과학과 기술 교육 문제가 중요하게 부각되었던 것이다.[26] 따라서 吉永義尊은 사람들의 실생활에 과학적 지식이 체화되어 있지 못함을 비판한다. 그는 국민의 일상생활을 과학화하자는 취지 아래 '몸에 붙은 과학'을 주장한다. 이는 곧 "배운 과학지식을 힘써 활용시켜야 한다. 그렇게만 하면 국민의 참된 과학지식은 한걸음 진보가 되어 나갈 것이다. 그리하여 그것이 직접으로는 국민이 과학병기를 다루는데 큰 이익이 생기고, 국방능력을 증대시키는 동시에 장차는 우리나라의 과학발전의 온상이 될 것이다." 이것은 '개인'의 몸이 '과학'에 의해 민족과 국가의 신체가 되는, 즉 여성의 몸이 생활기술의 실천으로 국가의 신체가 되는 것을 의미한다. 식민지 조선의 여성에게 행해진 과학지식의 세례는 결국 과학병기의 생산을 위한 교육이었던 것이다. 이처럼 목적을 위한 수단화의 논리가 자연스럽게 받아들여질 수 있었던 것은 보편과 객관으로 포장된 과학이데올로기의 영향이었다. 전쟁 수행을 위해 결핍된 부분들을 채우기 위한 과학 동원의 방식은 피식민지의 여성을 남성과 전쟁의 대체물로 수단화하고 있는 것이다.

---

25 吉永義尊,「몸에 지녀진 과학지식」,『신시대』 1(10), 1941. 10, 82면.
26 일제 말기에는 전쟁과학의 정보가 전문적 수준으로 치밀하게 소개된다. 당시 대중잡지는 폭탄이나 군함, 비행기, 방공호 등 무기에 대한 상세한 정보와 구조도까지 싣고 있다. 『신시대』에 마련된 「과학사통」란의 성격은 일반 과학지식에서 전쟁의 진행 상황에 따라 폭탄제조나 독가스, 전함의 구조, 폭탄에 맞았을 때의 응급처치 등 과학전에 대한 정보 전달, 남방에 있는 독사의 독을 해독할 수 있는 혈청의 제조방식이나 자원의 소개 등 제국주의전의 성격으로 정보가 변화된다.

고도국방건설의 대목표를 향한 총력전의 체제 아래 여성은 과학으로 장착된 인공의 신체를 형성하게 되었던 것이다. 이와 같이 보충하고 대체하는 인조, 인공의 방식인 총후여성 과학담론의 특성을 분명히 드러내주는 것은 '대용품 공학'의 발달일 것이다.

3. 전쟁의 승리를 위한 대용품들, 대용국민(代用國民)의 탄생

1) 인조과학의 수사(修辭)

전시동원정책 아래 진행되었던 과학 동원의 특성을 '인조과학'으로 설명할 수 있다. 과학의 인조, 인공성은 순전히 인간이 만든 것, 또는 비자연적인 것만을 의미하지 않는다. 그것은 다른 물질과 절차를 수단으로 하여 어떤 선 존재로서의 자연대상이나 절차를 재생산하기 위한 목적으로의 어떤 대상, 과정, 또는 기계를 지시한다.[27] 부족한 자원 및 원료를 대체할 수 있는 새로운 물질의 개발을 위해 과학 동원 정책 아래 육성됐던 대용품 공업은 식민지 경제의 소비경로를 변화시켰다. 과학은 자연과 인간 세계에 대한 사람들의 이해를 변형시켰으며 동시에 그들 세계에서 행위 양식을 변형시켰다. 당시에, 제국이 조선을 병점

---

27 Massimo Negrotti, *The theory of the Artificial*, Intellect Books, 1999, 20~23면 참조.

기지화하고 전시경제체제를 활성화하기 위해 마련한 대용품 공학은 시대의 큰 유행처럼 선전되고 있었다. 「(가정) 대용품 시대」(『조선일보』, 1938.7.23), 「우유가 계란낫는 이야기. 독일에 인조계란등장, '나치쓰'식 대용품의 최첨단」(『조선일보』, 1939.4.29), 「대용품 시대의 주인공들」(『매일신보』, 1939.1.5), 「代用品狂時代 事變以來二百八十餘種」(『동아일보』, 1939.11.26), 「전시하 독일은 대용품 만능시대!」(『조선일보』, 1940.3.3)란 기사 제목에서도 확인할 수 있듯이 대용품은 '시대의 총아(寵兒)'로 받아들여졌다. 당대인들은 대용품이 실제와 아주 흡사하게 만들어져서 실제의 부족한 부분을 보충할 수 있기에 신의 창조적 영역을 넘어서는 '과학의 위대함'으로 평가하며 더욱 과학에 열광한다.

일제 말기의 대용품 공학은 전쟁과 밀접한 상관관계를 갖고 있었다. 1937년부터 독일과 일본은 전쟁수행의 부족한 원료 자급을 위한 자원의 개발을 위해 대용품 연구에 전념하였고, 대용품 공업 확립에 자본을 적극적으로 투자하였다. 1939년 1월부터 일본에서 제1차 생산력확충계획이 추진되자 조선에서도 본격적인 계획산업의 확충이 추진되었다. 그렇지만 조선에서 '계획'이 진행된다고 해서 곧바로 일본이 요구하는 중화학공업품을 완제품으로 생산한 것이 아니었다. 오히려 기초원자재는 일본에서 이입하고 대신에 조선은 일본에서 자급하지 못하는 물자 혹은 조선 내 공급력이 떨어지는 물자를 자원이나 기술상황에 따라 '대체품' 형식으로 증산하였다.[28] 따라서 조선의 과학은 대용품의 개발에 주력할 수밖에 없었다. 그것은 대체과학에서부터 영양관

---

28 김인호, 『식민지 조선경제의 종말』, 신서원, 2000, 109~140면.

리학까지 광범위하게 확장되어 있었다. 이광수의 『그들의 사랑』(『신시대』, 1941.1~3)에서 조선인과학자가 가솔린을 대용할 액체연료를 발명했던 그 대목을 떠올려 보자. "가솔린 한 방울이 피 한 방울이라는 오늘날, 맘보가 뒤집힌 미국이 일본에, 비행기용 가솔린 수출금지를 한다는 오늘날, 일본은 마침내 가솔린문제 해결에 대하여서 큰 광명을 얻었다. 마끼하라 가쯔지[牧原勝治] 구명 리원구(李元求)라는 당년 삼십오세되는 젊은 이학박사는 K대학 가쯔하라 교수의 지도 밑에 액체연료의 연구를 하기 십 년만에 마침내 가솔린에 대용될 인조연료의 제조법을 완성하였다"라는 소설의 내용은 당시 장려되었던 "인조석유공업"[29]이란 군수 대용품 정책의 반영이다. 식민지 조선이 제국의 전쟁 대용품으로서 기능하였음을 확인할 수 있다.

대용품 공학의 발달로 인한 '인조물의 등장'은 조선인에게 과학의 무한한 개조 능력을 보여 주었을 뿐 아니라 '경이적 신생활'을 암시하였다. "과거에 잇어서는 자원의 결핍은 민족 국가의 衰滅 又는 노예화를 촉진하엿으나" 인조과학기술은 이 상태를 극복하고 인류를 물자독점의 세계로부터 해방하는 데 성공하였던 것이다. 더군다나 전쟁이라는 비상시에 처하여 천연자원으로는 도저히 충족할 수 없는 국민의 생활에 인조품의 적극적 활용은 전쟁의 승패와 직결된다. 이 의미에서 "소비대중의 의식적 애용을 요망"[30]하는 정부의 정책은 다양한 개조와 개량의 수사를 활용하기에 이른다. 식민지 조선에서는 물자동원체제 아래 물자통제와 증산을 '생활의 과학화'라는 모토 아래 적극적으로 수행

---

29 조병준, 「인조석유이야기」, 『신시대』 3, 1941.3, 288~293면 참조.
30 안동혁, 「인조물의 등장」, 『동아일보』, 1939.5.13.

하였다. 대용품 공학의 목표는 '비행기의 代用油인 피마자를 增産합시다'라는 문구에서도 발견된다. 그것은 전쟁의 승리를 위한 대체연료개발에 있었다. 따라서 대동아를 건설하기 위한 싸움에서 피마자유의 역할을 강조하며 재배운동을 위한 정보가 소개된다.[31] "오늘날 아주까리 존재의 위대함이어! 그 열매는 비행기를 날리고 함정을 달리는데 원동력이 되는 윤활유의 재료로 쓰인다는구나. 그리고 대궁, 잎, 무엇하나도 버릴 것이 없다는 구나. 大戰의 형세 灼熱한 이날, 애국심에 불타는 국민들은 서로 다투어 이를 심고 가꾸니 아주까리는 새날이 오도다"[32]라는 구절에서처럼 대용품은 구시대의 유물을 개조한 새 시대의 산물로서 의의를 부여받는다. 이는 새 시대에 맞는 생산과 소비의 모델을 제시하며 국가경제체제에 부합하는 경제생활을 강조하는 것이다. 전쟁시 비상 경제체제 아래 국민에게 대환영을 받아야할 대용품은 문화적으로 '퇴물', '혼혈종'의 위치를 점하는 것이지만 "환골탈태"(「樣樣色色 換骨相」, 『매일신보』, 1939.1.5)로 "출세한"(「출세한 고령토」, 『매일신보』, 1939.1.5) "비상시 귀동이"(「혼혈아 '스프', 비상시 귀동이」, 『매일신보』, 1939.1.5)로 새롭게 자리 잡는다. 인조적 상상력은 비상시에 옛 것을 새롭게 환기시키는 방식이 되고 있는 것이다. 그리하여 퇴물, 혼혈로 취급 받던 것들이 '변혁을 요청하는 시기'인 비상시를 통해 격상되는 것처럼 수사가 발휘되고 있었다. 또한 그것은 평등의 기제가 되기도 하였다. 사치품을 금지하고 대용품을 권장하는 것은 부자와 가난한 사람을 평등한 생활 조건 속에 배치하는 것이라는 주장이 그 예이다.[33] 이처럼 인조의 상상력은

---

31 문태수, 「전쟁과 蓖麻油」, 『신시대』 4(4), 1944.4, 64면.
32 「아주까리의 出世」, 『신시대』, 1945.2, 40면.

'비상시'에 부합하는 '현실'을 새롭게 생산·재생산하며 신질서 건설이라는 변화와 개혁의 요청을 반영하였던 것이다.

2) 대용식의 연구와 통제된 욕망의 아이러니

그렇다면 여성이 개발해야 할 대용품 공학은 어떤 것이었을까. 당대의 여성관련 과학담론을 살펴 볼 때, 새로운 화장품이나 인조보석 등의 장신구 및 인조견과 같은 의복의 개발보다 더 많은 관심을 차지했던 영역은 대용식의 개발이었다. 대용식의 개발은 장기전을 대비하기 위한 것이었다. 그것은 혼식의 강조와 함께 대체 식량으로 「먹을 수 있는 야생식물」(松浦實, 『신시대』, 1944) 등을 개발하는 방식으로 이뤄졌다. 게다가 과학적인 교양을 갖춘 가정주부는 '영양의 합리화'를 취하도록 교육받는다. 『신시대』는 1944년부터 「조선음식의 영양가」에 대한 연재를 실어 그 영양성분 및 칼로리의 정보까지 소개하고 있다. "節米의 합리화란 미곡의 사용량을 감하고 그리고 음식의 영양가를 떨어트리지않는 것으로서 단순히 米의 사용량을 감하는 것이 목적이 아님으로 국민보건상 일시적 절미가 아니고 장기로 대용식을 할 때는 그 영양의 합리화가 동시에 중대문제가 되는 것이다."[34] 따라서 장상홍은 『신시대』에 계속 「戰時의 영양」에 대한 글을 싣는다. 그는 장기전에 있어서 식량이나 영양은 중대한 문제라는 것을 재삼 각성시키며 "더욱이 조선서도 머

---

33 이건혁, 「사치품제한과 가정생활」, 『여성』, 1940.9, 45면.
34 장상홍, 「대용식과 혼식의 영양가치」, 『신시대』 7, 1941.7, 150~152면.

지않어 式量營團이 설치되고 식량의 생산과 배합, 관리를 한다하니, 위정자가 영양학적으로 합리적인 배합과 증산계획등 식량정책을 합리화하여가는 날에는 오늘날 이상의 괄목할만한 好成績을 기대할 수 있으리라. 총후의 국민도 전쟁에 이기기 위해서는 위정자의 이 지도 아래 어떠한 고난도 극복하고 기우리고 증산과 식량소비의 영양적 합리화에 협력하여갈 것임은 다시 더 말할 것도 없다"[35]라고 주장하며 '영양학적'일 것과 '합리적'일 것을 강조하고 있다. 이때의 과학적인 배합을 통한 영양의 공급과 관리는 대체의 형식을 통해 '인공'성을 가미할 수밖에 없게 된다. "사람이 쌀이나 고기를 먹지 안코도 인공의 식물로 살어갈 수 있도록 연구하는"[36] 대용품 공학은 사실 잘 먹고 입지 못해도 제국의 이데올로기에 충실한 사이보그를 만들어내는 것이기도 하다.

총후여성이 대용식을 개발하는 이유는 "출정 장병들의 뒷념려를 더는데 한 도움"이 되고자 하는 데 있다. 그리하여 지식층 여성들은 "산이나 들에 나는 식물을 점더 많이 이용하여 옛날사람의 본을 받을 뿐만 아니라, 한거름 더 나아가서, 그 이용법을 과학적으로 연구하는 것이 총후에 남아있는 우리들 의무의 하나"[37]라고 선전한다. 대용식과 대용품 개발에 대한 권장은 '대용품 강연회'나 '대용품 전람회'의 개최뿐 아니라 애국부인회와 각 지역의 부인연맹에서 '대용품 진흥 좌담회', '대용식 강습회,' '영양 강습회' 등을 실행하는 방식으로 진행된다.[38] 지도층 여성들의 이러한 선전 활동이 갖는 의미는 아래의 예시

---

35 장상홍,「戰時의 영양」,『신시대』 2(9), 1942.9, 130~131면.
36 「식량문제의 장래 : 고기와 쌀이 없어도 인조식물로 살어」,『동아일보』, 1939.1.28.
37 松浦實,「먹을 수 있는 야생식물」,『신시대』, 1944.11, 48면.
38 「징병제 앞두고 반도의 愛國譜 : 비상시 식량준비와 국민식 보급에 만전」,『야담』 8(10), 14면.

문을 통해서 잘 드러난다.

> 부인의 제일의 활동은 전국부인들에게다 대용식품을 어떻게 요리할 것인
> 가, 그리고 국민의 건강을 손상함이 없이 어찌하면은 대용식만으로도 생활할
> 수 있는가를 가르쳐줌에 있습니다. …… 동시에 「이동부엌」이 지방으로 순회
> 하면서, 대용식품의 요리방법을 실지로 가르쳐 주고 있습니다. 그러므로 사
> 실상으로 크린크부인은 전국의 모든 요리를 감독하고 있는 셈입니다.[39]

제국여성지도자이자 나치여전사라고 명명되는 독일의 '크린크부인'
은 부엌과 밭으로 여성을 동원하기 위해 여성단체를 효율적으로 이용
하였다. '이동부엌'의 지방 순회는 제국의 여성 지도자가 책상 앞에 앉
아 기술적으로 "전국의 모든 요리를 감독하고 있는 셈"이 된다. 국가의
효율적인 관리체계 아래 대용식품을 과학적으로 연구하는 일은 '부엌
과학'을 담당한 총후여성의 중요한 책무가 되는 것이다. 또한 총후여
성과학자의 탄생은 비상시라는 전쟁 상황을 통해 '대일본 제국의 평등
한 국민'이라는 논리 속에서 하위주체의 지위를 벗어날 수 있는 것처럼
선전된다. 따라서 식민지 조선의 여성은 "전쟁에 나간 남자들을 대신
하여 공장이 비었으면 공장으로" 가서 엔지니어가 되고, "회사가 비었
으면 회사로 드러가서" 일하는 직업여성이 되어야 했다. 뿐만 아니라
조선의 여성 지도자들은 국가비상시에 '여자비행사'도 있어야 한다
고[40] 선전하고 교육한다. 여기에서 과학기술은 평등의 기제로 작용하

---

39 平林茂子, 「독일의 부인운동」, 『신시대』 3, 1941.3.199면.
40 모윤숙, 「여성도 전사다」, 『대동아』, 1942.5, 112~115면 참조.

고 있다. 그러나 전시체제는 인적자원의 고갈로 여성의 노동력을 필요로 했기에 본래 남성의 영역에 있던 분야에 여성이 월경하기를 바란다. 기술 자체가 남성성으로 규정되고 있었기에, 그 기술을 소유하는 것은 남성성을 소유하는 것을 의미하기도 하였다. 그런데 전쟁이 아닌 평상시에는 그러한 현상을 기피하는 이중적인 태도를 보인다. 결국 총후여성의 과학화는 여성을 병기생산의 기계 수준으로 가치폄하 하는 것이다. 기술생산자로서의 여성은 남성에 대한 성별적 대용품으로 기능했던 것에 불과하다. 그것은 가정 밖의 여성을 전쟁이 끝나면 가정으로 되돌아갈 대상으로 기획하고 있는 데서도 확인할 수 있다. 사실 생물학적으로 여성은 가정 안에 있는 것이 합당하지만, "그럼에도 불구하고 사회는 앞으로 더욱 더 부인네들께 직업을 요구하고 가정 외에서 근로하는 부인을 待望하게"[41] 되는 '전시체제'였던 것이다.

결국 평등한 주체로 설 수 있는 '여성도 전사다'라는 명명은 여성이 남성의 자리를 대체하는 것에 머물러 있던 것이다. 전쟁에 있어 인적자원으로서 갖는 여성의 의미는 전쟁에 나가 결여되어 있는 남성의 영역에 대한 "보전(補塡)"의 역할이었다. 따라서 여성은 "농촌에서 가정에서 뛰여나와 남자직공과 같이 팡을 구"하기 위해 "여성의 기술적 교육, 사무적 교육 등이 더욱 필요"[42]하게 된다. 이 지점에서 여성의 성은 전시 총동원체제의 목적을 위해 수시로 개조될 수 있다는 저변의 이데올로기를 간파할 수 있다. 대용품 공학에서 발휘되던 인조의 상상력은 총후여성의 젠더 정체성에도 관여하고 있던 것이다.

---

41 김남천, 「여성의 직업문제」, 『여성』, 1940.12, 19면.
42 노좌근, 「가정에서 가두로」, 『여성』, 1940.1, 23면.

제국은 전쟁 수행에 필수적인 인적자원을 확보하기 위해 1938년에는 국민의 체위 향상 및 임신·출산 촉진과 모성보호를 통한 인구증가 정책을 강화해 갔다. 전쟁은 병사의 죽음으로 치러지는 것으로써 인명의 대량 소비가 발생한다. 이것을 충전하기 위해서 여성은 병사의 공급원이 된다. 『신여성』 1944년 7월호에는 【家庭も兵器工場】이란 특집이 실려 있다. 7월호의 초점은 항공전에 맞춰져 있다. 그 특집에서는 소년항공병을 전장에 보내고, 비행기의 연료 대용품을 생산해내는 데 있어서 가정이 광맥의 역할을 담당한다고 주장한다. 파시즘 정책에 있어 '모성'의 보호와 인구 정책은 국가의 '전력증강'을 위한 방책이었다.[43] 여성은 병기의 생산기계이며, 인간병기의 생산자이기도 한 것이다. 즉 총후여성은 대용품을 생산하는 공장이자 후방에서 남성을 보충하는 대용품적 존재로 기능하고 있던 것이다. 따라서 지도층 여성들은 "인간생활은 전쟁이올시다. 가정도 전쟁입니다. 인간 모도가 다 병정입니다"[44]라고 세뇌하기에 이른다. "대용국민(代用國民)"[45]으로 탄생한 총후여성은 국가주의와 가부장제 아래 생산과 재생산의 매개물로써 끊임없이 감시받아 왔던 것이다.

그러나 시대의 유행담론으로 적극 홍보되던 대용품 공학이 아무런 균열 없이 식민지 민중을 봉합해 버렸던 것은 아니다. 쌀의 증산을 위해 메뚜기의 피해사례를 제시하고 식용으로서의 메뚜기가 지닌 영양가를 분석 소개하는 글처럼 당시의 영양과 칼로리 분석은 과학적이기

---

43 이규엽, 「전력증강과 모성보호」, 『신시대』, 5(1), 1945.1.
44 「반도지도층부인의 결전보국의 大獅子吼」, 『대동아』14(3), 1942.3, 107면.
45 岩本正二, 「代用品の活用」, 『국민총력』3(5), 1941, 91면.

보다 전시식량문제 해결을 정당화하기 위한 의사(擬似)-과학적 특성을 지녔다.[46] 뿐만 아니라 전시 식량 문제의 해결을 위해 실시되었던 대용식의 개발에서 큰 문제는 산야채의 독소로 많은 사람들이 죽어갔다는 점이다. 그리하여 "총후의 우리들이 식량에 대한 당국의 지시를 엄수함은 물론 한걸음 더 나아가 몸소 대용식, 絶食을 힘서 勵行해서 이 문제에 관하여 추호의 불안이라도 쌌트지 않게 함이 절박, 필요한 국민문제"[47]였다. 게다가 대용품 중에는 품질이 부실할 뿐 아니라 가격이 비싼 것들도 많았기에 "인조품은 외관이 野 하다던가 가치가 없다던가"[48] 하는 등의 불평들이 끊이지 않았다. 그럼에도 불구하고 "앞으로는 진품이 업서질 것이니 갑시야 헐하든 빗싸든 이것을 쓰지 아니치 못하게"[49] 되는 모순을 안고 있었던 것이다. 그래서 식민지 조선인들은 "대용품 대유행으로 絹布代身에 스프, 가죽구두 代身에 개고리 구두 혹은 상어구두" 등을 실제 착용했을 때 "피에로"[50]같은 형국을 연출하는 아이러니를 낳았다. 비록 '머리부터 발끝까지 대용품'으로 구성된, 즉 진짜를 모방한 거짓과 가짜의 세계로 이루어진 신체임을 자각할지라도, 조선인들에겐 그것이 직면해 있는 현실이고 현실로 받아들여져야 하는 식민지적 모순에 봉착해 있었던 것이다.

---

46 和田拓二, 「蝗を 食べやう」, 『국민총력』 3(7), 1941.
47 「대용식좌담회」, 『조광』 8(7), 1942, 164면 참조.
48 안동혁, 앞의 글.
49 「대용품의 시세」, 『매일신보』, 1938.8.19.
50 「대용품 시대」, 『매일신보』, 1938.12.9.

4. 총후여성 과학담론의 문학적 실천 : 이태준의 경우

1) 개량의 논리와 사이보그 창조

이태준 소설의 전반적 특성은 계몽의 구조를 지니고 있으며 그 계몽의 주체로 남성이 자리한다. 그런데 신체제기의 과학담론을 다룬『별은 창마다』(『신시대』, 1942.1~1943.6)와 『행복에의 흰손들』(『조광』, 1942. 1~1943.6)은 여성이 계몽의 주체로 나서는 서사 구조를 취하고 있다. 물론, 여주인공에게 전도(傳道)된 남성의 계몽의식은 여전히 계몽적 실천의 배경으로 남아 있다. 이는 총후여성이 남성의 영역을 대신하는 일제 말기 과학담론의 자장 안에 계몽주의자 이태준의 소설이 놓여 있는 것처럼 보이게 한다. 이태준은 1940년대가 "여성도 가정만이 그들의 소재지일 수 없는 시대"라고 인정하며 "大現實에 직면해서 민중을 위해 어떤 임무와 어떤 무대의 히로인이 되는데"[51] 현대여성의 행복이 있다고 두 작품의 창작의도를 밝힌 바 있다. 게다가 두 작품은 당시 대용품 기사들과 나란히 연재되고 있었다.

『별은 창마다』에는 '기술관료'인 '어하영'과 건축사업가인 '한정은'이 등장한다. "부족하니까 건설하고, 불편하니까 개량하랴는 정렬과 이상에 사는"(191면) 어하영은 테크노크라트의 형상이자 대용품 공학자, 그리고 계몽주의적 교사이다. 이러한 그를 대할 때는 정은도 "가만히

---

[51] 이태준, 「연재장편과 작가, 두 연재물에 대하여」, 『대동아』 14(5), 1942.7, 119면.

있을 수 없이, 무엇이고 생각하고, 무엇이고 노력해 보고 싶은 충동을 받는다."(192면) 따라서 어하영의 개량 의식은 한정은에 의해서야 비로소 실천된다. 악보와 레이스, 유리컵 등에 취미를 갖은 "부훗집 영양" 이었던 한정은은 어하영과 연애를 하면서 "하이킹복이 가진 경쾌한 특색, 업무복이 가진 튼튼하고 능률적인 특색, 간호부복이 가진 위생적인 특색, 이런 장점들을 종합한 좋은 의미의 가장 첨단적인 양복"(123면)을 맞춰 입게 된다. 정은은 합리와 실용을 연구하는 새로워진 "의상철학"과 "구두철학"의 실천을 통해 과학적 교양을 겸비한 총후국민으로 탄생한 것이다.

마찬가지로 『행복에의 흰손들』에서는 새 시대에 적합한 새로운 여성상이 제시된다. 이 작품은 여학교를 졸업한 처녀들의 인생설계와 바람직한 총후여성상을 재현하고 있다. 대가족이라는 "구식 제도의 가정"에 살고 있는 '민화옥', 소설가 지망생인 '유소춘', 그리고 기자인 '차순남'은 '가정주부', '소설가', '문화사업가'로 성장한다. 이 작품에서 "훌륭한 새성격의 여성"(23면)상은 차순남으로 설정된다. 그녀는 "현대적인 동적미(動的美)"를 겸비했으며 생활에 대한 비판력과 "남녀 평등애의 욕망"(20면)을 지닌 존재이다. 당시에 생활에의 능동성, 적극성은 현대 여성이 갖추어야 할 교양의 덕목으로 제시되고 있었다. 일정한 연구가 끝나면 계속 실행하고, 그 와중에 "불편불리한 점은 주저말고 개량개선하여 나가는 것"[52]이 신질서 건설에 부합하는 정신임을 당대의 과학담론은 조성하고 있었기 때문이다.

---

52 山下泰文, 「실행제일주의 : 獨伊를 보고와서」, 『신시대』 1(10), 1941.10, 252면.

두 작품은 전시경제체제가 반영되어 있기 때문에 총후여성의 욕망을 통제하고 소거하는 방식에 심혈을 기울이고 있다. 『행복에의 흰손들』에서는 이것이 조선 여성의 '화장문화'에 대한 통제로 재현된다. 세 여성은 전시경제체제로 인해 세금이 오른다는 말을 듣고 화장품을 미리 사재기하는 여성들을 통해서 화장과 여성이 불가분의 관계에 있음을 간파하고, 올바른 화장문화를 건설하겠다는 차원에서 화장품 사업을 계획한다. 그리고 순남이 실행에 옮겨 '여성문화사'를 설치한다. 여성문화사는 "개인리익본위를 떠나, 여성일면에 국한하여서나마 국가의, 인류의, 공동복리를 위한 산업본연의 정신에서 일어난 상업이요, 사업이라 당국에서도 기꺼이 보호하였고, 지식층 여성들이 솔선하여 문화사의 모든 기관을 이용하였다."(178면) 소설 속 문화사업의 주체인 신여성들은 사회교화정신으로 고조되어 있다. 그런데 그녀들의 계몽적 교육과 교화는 '응급적'으로라는 표현을 통해 외과시술적인 치료행위로 비유되며 욕망을 통제하고 타자화하는 방식이 되었다. 게다가 '여자들만의 기관'은 조선에 세워지는 문화사업의 성격을 젠더화한다. 따라서 문화사업은 여성 공동체를 형성하고, 그들의 문화사업기관을 가정화하였다.[53] 자연히 각 작품에서 남성중심의 사회가 아닌 여성 친밀감의 공동체는 활기를 띠는 것처럼 재현된다. 그러나 한편으로 그들은 서로를 감시하고 통제하며 효율적인 관리의 대상이 되기도 하였던 것이다.

---

[53] 총후에서 여성들은 새로운 공동체 의식을 창조하였다. 각종 애국부인회의 결성은 단순히 과학적 정책 실현에만 역점을 두지 않고, 야유회나 가정방문 같은 친목을 도모하는 방식으로 멤버십을 구성하여 여성을 국민화하고 있다. 이들은 서로를 '자매'라는 가족 구성원으로 서로를 연결하며 단체의 성격 자체를 가족화하고 있다. 전시체제기 애국반 활동을 했던 여성들은 한 집에 모여 같이 식사를 하며 서로의 계층적 위계를 지우기도 하였다.

여성욕망의 통제는 신체에서 그치지 않고 감성의 영역까지 확장된다. 여성의 감성에 대한 계몽은 사랑을 대상으로 삼았다. 그것은 여성의 인생에 있어서 가장 큰 문제가 연애와 결혼이라는 작가의 보편적 판단 때문이다. 따라서 한정은이 "인생은 사랑으로 전부는 아니다!"(222면)라는 깨달음을 얻어 사랑을 '과거'의 시간에 두고, '현재'에는 '일'을 잘 수행하는 '일군'이 되고자 하는 것은 아주 자연스런 현상으로 재현된다. 이처럼 이태준의 소설에서 여주인공들은 대의를 위해 쉽게, 또 지나치게 합리적으로 사랑을 포기하고 사랑을 일과 대체한다. 또한『행복에의 흰 손들』에서 "교양의 근거"가 있다는 '차순남'은 "차츰, 사랑이든, 사업이든, 생활이든, 신비에 의지하려 하지 않을 뿐 아니라 그것에 반동하는 경향에 나서게 되었다." 그리하여 "사랑도 생활이요, 사랑도 사업이요, 사랑도 현실적으로 계획되는 것이어야 한다!"(172면)는 생각에 이른다.

이태준은 사적인 욕망을 소거하고 민족과 국가를 위해 일하는 건설적인 여성들을 창조하는 데 '과학적 교양'을 구비시켰다. 『별은 창마다』에서 정은이 어하영과 연애를 하는 사이 '도구'와 '건축'에 대한 관심을 갖게 되는 것은 매우 상징적이다. 정은의 눈에 새로 들어 온 "제도하는 기구들, 칙량 기구들, 중요 서류 넣는 철궤들"은 "문명을 건설하는 기구들"인 것이다. 그녀는 이런 "칙량 도구와 제도하는 기구에 애착이 생기였다."(124면) 더 나아가 정은은 하영과의 실연 후에도 "'사람이란 도구를 만들 줄 아는 동물이라' 했는데 여러 가지 생활도구 중에 가장 중대한 것이 집이 아니냐"(215면)며 "아름답고 튼튼하고 능률적인 새 동리운동"을 계획하고 실천한다. 한편『행복에의 흰손들』의 세 동무가 서점에서 구매한 책들은 그녀들 각자의 인생 방향을 설명해준다. "소춘은 히루듸-의 '우리 무엇을 할 것인가?' 순남은 '신문의 연재란 읽는 법' 그리고 화옥은 새달치 '주부지우'를 샀다." 교양을 쌓는 방법으로서의 책 가운데 화옥의 『주부지우』는 "생활도구의 하나"로 표현된다. 또한 화옥이 가정주부를 '직공'으로 표현하고 "가정두 밥짓구, 옷짓구, 공장"(140면)과 같다고 말하는 것은 과학담론을 반영한 시대인식의 표현이다. 이처럼 '도구'의 중요성을 인식하고 생활에 활용할 줄 아는 여성의 재현은 과학기술이 몸에 붙은 총후여성상의 구현이라고 볼 수 있다.

2) 개변(改變) 욕망의 이중성

그런데 특기할 점은 과학적 교양을 갖춘 이태준의 소설 속 여성들이 전쟁을 욕망하고 있다는 점이다. 총력전체제는 사적 영역 안에 갇혀 있던 가정주부와 직업여성들의 존재감을 공적 지위로 격상시켜주었고, 그들의 육아 및 가정경영과 근로보국이 국가를 위한 중대한 사명임을 인정받도록 하였다. 따라서 여러 총후미담(銃後美談) 속의 여성들이 자신의 목숨을 바쳐 전쟁에 협력한 것을 그들 스스로 새롭게 발견한 여성의 사회적 정체성에 대한 인정욕망의 표출로도 해석할 여지가 있다. 전선과 총후의 장소 차이를 뛰어넘으려는 여성들의 의식은 "병사는 전장에 나가 적과 싸우고" 여성은 "가정에서 경제"[54]와 싸우자는 체제 부응의 형식으로도 표현되었다.

『행복에의 흰손들』에서 "생활력을 강대허게 소유해 나가는게 그게

---

54 「반도지도층부인의 결전보국의 大獅子吼」, 『대동아』 14(3), 1942.3, 106면.

승리의 생활이란 말야! 그게 후퇴가 아니라 전취허는, 전진허는 생활일 것 같어"라는 차순남의 발언은 여성과 조선의 현실에 '전투의식'이 필요함을 역설한다. 뿐만 아니라 이 작품에서는 연애의 대상 뿐 아니라 시어머니 같은 구세대의 여성 역시 '적'으로 표현하고 있다. 그리고 이러한 전투의식은 "가정이 여성만을 위한 처소가 아니 듯 사회두 남성만을 위한 처소"(46면)가 아니다 라는 남녀평등의 주장으로 확장된다. 서사가 진행되는 동안 세 여성은 전시기분을 계속 느끼고 있을 뿐 아니라 "긴급각의에서 북지 파병을 결정!"이란 뉴스 보도 전광판을 보고 전쟁을 욕망한다.

"전쟁이 좀 나긴 해야 돼."
소춘이가 주위를 둘러보고 가만히 지껄이었다.
"나 하이킹 가라구?"
하고 화옥이가 생글거리었다.
"개변(改變)과 개량(改良)은 한가지가 아니라구 누가 그랬드라?"
"허긴 개변이든, 개량이든, 큰 변활 가져올 수 있는건 역사상에서두 무력밖에 없었으니까."
"무력두 꼼작 못하게 허는 무슨 힘은 없을가?"

(140면)

세 여성이 주위를 의식하면서 나누는 이 대화에서 확인할 수 있는 것은 그녀들의 전쟁욕망이 체제와 부합하고 있지 않다는 점이다. 총후 여성에게 놓여 있는 현실은 변혁과 개변을 요구하며 대체해야만 할 것으로서의 조건이다. 그러한 '현실'을 제재할 수 있는 '무력'으로서의 전쟁에 대한 욕망, 그리고 더 나아가 그 무력조차 제재할 수 있는 "무슨 힘" 대한 욕망에 세 여성은 공감하고 있다. 그런데 현실과 세계를 개조하고 개량할 계기를 찾는다는 측면에서 전쟁을 욕망하는 것은 여성만이 아니라 피식민지인의 욕망과도 겹쳐질 수 있다.

그리고『별은 창마다』에서, 조선 건축을 개량하려는 하영과 정은이 보이는 건축관의 차이는 일제 말기 개량과 개조의 논리에 담긴 식민지적 분열상을 드러내주고 있다. 하영은 "집을 생활에 맞도록 지을 것이 아니라, 집을 가장 능률적이게 지어 놓고 생활을 거기 맞도록 개혁할 필요"(174면)를 주장한다. 그의 건축철학에는 인간 개조의식이 우선하고 있는 것이다. 그래서 어하영이 조선이라는 "지방에 가장 적합한 건축"이라고 고안해 낸 것은 "가장 국가적이요, 가장 생산적이요, 가장 실제적"인 것이다. 그에 반하여 정은은 음악가나 화가 문인들이 모여 있는 "예술가의 촌"을 꿈꾼다. 건축물의 외형적 실용성을 중시하는 어하영과 달리 정은은 인간의 정신적 측면을 더 중요하게 생각하고 있는 것이다. 이들이 갖고 있는 건축관의 차이는 당시 전시과학의 모순이자 기술의 목적과 실행 사이에서 빚어지는 모순과 분열의 반영이라고 할 수 있다. 또한 그것은 과학이나 효율성보다 더 우선하는 이태준 특유의 미적 감수성에 대한 욕망이 빚어내는 모순과 분열일 수 있다. 인조의 상상력 속에서 작가의 분열된 욕망 역시 드러나고 있는 것이다. 그래서 이태준의 두 작품 속에서 여성은 이중적인 의미의 사이보그로 창조된다. 그 여성 사이보그는 감성과 욕망의 절제를 통해 불가능한 것들을 종합한 인공의 형식으로서 남성의 자리를 대체하지만 다른 한편으로 개변과 변혁의 거대한 욕망을 드러내는 시대의 모순과 균열로 기능한다.

5. 결론 : 인조의 실존론

전쟁은 인간을 죽음의 공포에 직면토록 한다. 이러한 죽음의 공포에
맞서 근대인들이 창조해낸 것이 '국가'다.[55] 중일전쟁으로 인해 제국의
신체제는 전쟁의 목적을 달성하기 위한 물적 자원 이외에 인적 자원의
부족으로 인구부족론을 제시하였다. "식민지의 주민들은 포괄적인 식
민지 / 제국의 생명-정치(bio-polities)의 장 속에 포섭되고 그 속에서 관
리・재생산되면서 새로운 주체로 갱생할 것이 요청됐다."[56] 전체적인
통제 시스템으로 기능하는 국가는 집행의 효율성을 위해 여성을 국민
이란 인조인간으로 생산하였던 것이다. 전쟁을 통해 여성의 몸은 최종
적인 병기 생산의 공장으로 전용되고 있었다. '채식제일주의'를 제창하
며 표준식에 맞춰 절제 있는 식사를 요구[57]받고, 직분과 교양의 윤리로
'생활의 간소화' 및 사치 금지 등의 자기 절제를 통해 "욕망을 소거한 새

---

55 그런 점에서 '국가'에 대한 홉스의 표상으로 식민지말의 국가총동원체제를 분석하고 있는
   황호덕의 논의는 본고의 논의에 시사하는 바가 크다. 그는 죽음의 공포에 의해 만인을 평화
   롭게 강제하는 '리바이던'의 이미지를 '인조인간'의 형상에 비유한 부분을 지적하며 "국가는
   기계, 하나의 인조인간이다"라는 명제를 제시한다. 황호덕, 『벌레와 제국』, 새물결, 2011,
   429~482면 참조.
56 차승기, 「흔들리는 제국, 탈식민의 문화정치학 : 황민화의 테크놀로지와 그 역설」, 『동방학
   지』 146, 연세대 국학연구원, 2009.6, 234면.
57 「육식과 채식」, 『야담』 8(10), 33면 참조.

로운 주체의 등장"은 "제국이 원하는 사이보그의 출현"[58]을 의미한다.

이태준의 민족 계몽 프로젝트 속에서 조선 여성은 '개량'이라는 인공적 형식으로 계몽되고, 민족적 이상과 부합하는 존재로 변신하였다. 그런데 문제적인 것은 계몽의 도구가 '과학'이라는 점에서 민족과 국가의 경계가 모호해지고 있다. 전시동원정책 아래 여성은 과학적 교양으로 장착된 사이보그가 되어야 식민지 조선 남성과 평등해질 수 있었다. 계몽주의자이자 민족주의자인 이태준은 이러한 여성의 문화 건설 서사를 통해 시대의 새로운 여성상들을 제시하고자 하였다. 따라서 그가 두 작품에 걸쳐 애착을 갖고 있던 천문학적 상상력의 산물인 '별'은 계몽주의의 빛으로 여성들의 인생을 밝히고 있다. 『행복에의 흰손들』에서 유순한 여인으로서 한 가정의 주부이었다가 남편과의 불화로 이혼을 한 뒤, 다시 소설가로 거듭나 '여인전기(女人戰記)'라는 소설을 창작해 낸 소춘의 "무한한 힘과 빛을 내여뿜는 눈"은 "총명의 별"(169면)이 되어 빛나고 있다. 그리고 『별은 창마다』에서 정은이 동경에 와 좋아하게 된 '별'은 '우주'의 '무한'과 '영원'을 배울 수 있는 교양의 산물인[59] 동시에 "동경서나, 서울서나"(226면) 그리고 만주에서나 피식민지의 건설주체를 위로하는 평등의 기제로 작용한다. 따라서 밤하늘의 별들을 지붕으로 삼아 식민지적 낭만성을 위로받으며 건설의 주역이 된

---

58 소영현, 「총력전하의 문화사정 : 전시체제기의 욕망정치」, 『동방학지』 147, 연세대 국학연구원, 2009.9, 269면. "사이보그는 인공두뇌의 유기체로, 기계와 유기체의 잡종이며, 허구의 피조물일 뿐 아니라 사회적 실재(social reality)의 피조물이다. 사회적 실재는 우리가 체험하는 사회관계들, 우리의 가장 중요한 정치적 구성물, 세계를 변화시키는 허구 등이다."(다나 J. 해러웨이, 민경숙 역, 『유인원, 사이보그, 그리고 여자 : 자연의 재발명』, 동문선, 2002, 267면)

59 박치우, 「교양의 현대적 의미」, 『인문평론』, 1939.11, 33면.

신여성 정은은 '문화촌'을 건설하기 위해 조선의 미래를 짊어진 채 기술관료인 어하영과 돌아온다. 두 작품은 국가와 민족의 현실에 직면한 총후여성을 국민화하는 서사 방식 속에 과학담론을 활용하고 있는 것이다. 그러나 보충과 대체의 형식을 취하고 있는 인조의 상상력 속에서 여성 주체와 작가의 분열된 욕망을 읽어낼 수 있었다. 이러한 작가의 분열은 이태준 한 개인에게만 국한된 것은 아닐 것이다. 당대 과학동원의 강령을 문학적으로 실천하려던 피식민지 문학자들의 내면에서 빚어진 우여곡절의 한 갈래가 아닐까 싶다.

식민지 조선 여성이 교육받았던 과학적 교양의 자기절제와 그 욕망의 잔여는 계속 사회체제에 균열을 일으키며 존재해왔다. 그것은 과학이 이데올로기와 결합하면서 타자의 신체에 규율 권력으로 작용하는 기술이 되었기 때문이다. 조선인들은 이러한 과학의 불합리성을 인식하고는 있었으나 제국과 민족의 이상에 부합하는 근대성의 한 체계인 과학의 힘을 간과할 수도 없는 형편이었다. 그래서 문학자들의 경우는 과학이라는 이성에 식민지적 감수성을 조화시키려는 노력을 보인다. 그것은 총동원체제 아래 과학 동원의 문학적 실천을 재현하고 있는 이태준의 문학에서 포기할 수 없었던 '별'과 '시'와 '신'의 세계로, 그리고 백철이 새로운 인간형으로 소년 과학자를 제시하면서도 찾아 헤매던 "푸른꽃"(『전망』, 1940)으로 남아 있다. 세계의 개변과 인간의 개조를 지향하는 이들 서사에서 조화를 꾀해보고자 했던 낭만적 우울은 봉합되지 못하는 잉여의 존재였던 것이다.

일제 말기 경제체제는 '대용품 시대'라는 표어를 내걸고 대유행담론을 형성할 만큼 대용품 공학의 조성에 만전을 기했다. 고도국방국가라는 체제는 전쟁이라는 예외상태 속에서 사회공학적인 인위적 조작을 통해 인간, 성 등의 개념도 바꿀 수 있었다. 이때 인조의 상상력이 개입된다. 따라서 후방의 여성은 남성을 대체하는 형식으로 그들의 삶을 설계하고 변화무상한 젠더수행을 자연이자 현실로 받아들여야만 했던 것이다. 이처럼 총후여성을 국민으로 만들어 나가는 과정 자체가 대용품 공학적인 성격을 띠게 된다. 선택과 재생산, 그리고 불가능한 것들의 종합을 통해 부족한 물질을 보충할 대용품들의 개발은 현실을 변화시키려는 태도가 반영되어 있다. 사회 공학적 인공의 창조는 세계와 상호작용하며 그 세계를 재현하고 구성하는 행위이기도 한 것이다. 남성을 대체하는 여성의 젠더수행, 그리고 전쟁을 시뮬레이션 하는 총후의 방공훈련이나 현실을 변혁하고 재구성하려는 주체의 노력 등에는 인조과학의 상상력이 개입되어 있던 것이다. 이러한 인조과학의 상상력 그 자체가 당대인들이 느꼈던 현실감이었고, 전쟁이라는 예외상태 속에서 현실을 재생산하고자 하는 그들의 실존방식이었던 것으로 이해할 수 있다. 이러한 논의는 전쟁과 과학의 무한한 능력을 끊임없이 주입하는 결전과 방공의 사회적 분위기에 처해 있던 총후여성들을 단순히 수동적인 대상으로 취급하고 해석했던 기존의 논의와 달리 그들을 욕망의 주체로서 소급하고 이해할 수 있게 할 것이다.*

---

* 이 논문은 2012년 『한국문학연구』 42집에 게재된 논문을 재수록한 것임.

과학의 영도(零度), 원자탄과 전쟁

『원형의 전설』과 『시대의 탄생』을 중심으로

권보드래

1. 원자탄의 시간과 종말의 상상

『원형의 전설』(1962)은 21세기에 읽기 좋은 소설이다. 생애사적 주기에 한정되기 마련인 근대 소설의 규약을 멀리 벗어나 있다는 점에서 우선 그렇다. 장용학은 '한국어 자체가 서툰' 작가이고 그가 쓴 소설 대부분이 그렇듯 『원형의 전설』도 미학이나 논리의 완결성으로야 곳곳에서 파열음을 내고 있는 텍스트지만, 그럼에도 장용학이라는 작가와 『원형의 전설』이라는 장편이 한국 소설사에서 드문 장면을 빚어내고 있음은 분명한 사실이다. 장용학은 해방에서 한국전쟁에까지 이르는 경험을 개인·지역·민족의 차원에서 반성하는 데 그치지 않고 인류사적인 차원으로까지 고양시키고자 한다.

서술된 시간으로 따지자면 주인공 이장을 중심으로 1950~1962년 사이 12년, 그 출생의 시점까지 거슬러 올라가더라도 30여 년에 불과한 부피를 다루면서도 『원형의 전설』은 "백 년 후의 공산주의 (…중략…) 백 년 후에는 '공산주의'라는 것이 없어진다는 사실"[1]을 점치고 "5백 년 후 (…중략…) 담 너머 보이는 저 빌딩이 고궁이 될 때 사람들은 어떤 옷을 입고 무엇을 걱정하며 무엇에 관심을 두고 살 것인가"(176면) 같은 단위의 상상을 서슴지 않는다. 획시기적인 『광장』이 발표되고 이미 2년 가깝게 지난 다음이었는데도 『사상계』 연재 시절 『원형의 전설』이 적잖은 호응을 얻었다는 사실[2]은 이렇듯 확장된 시-공간을 문제 삼았다는 점과 무관하지 않을 것이다. '사색자의 표정'에도 불구하고 '그 의식 내용은 극히 범용'하다는 혹평[3]이 있었으나 1950년대의 지식·문학장에서는 장용학과 같은 코스모폴리탄적 포즈가 필요하였고, 『원형의 전설』은 그 대미에 해당할 법한 소설이었다.

따져 보자면 이 상상력의 실감은 초라하다. 장용학은 신판 창세기로서 『원형의 전설』을 쓰면서도 "'합리적'이라는 만유인력"(272면)을 벗어나 "인간성에서의 인간의 해방"(287면)을 이룩해야 한다는 투의 설익은 관념만을 제시하고 있으며, 금단의 '복숭아'를 즐기는 새로운 이브 안지야와 그 연인 이장으로 하여금 근친상간이라는 원죄를 반복하는 동시 부정케 하는 역설적 순환만을 보여주는 데서 그치고 있다. 연재 직

---

1 장용학, 『원형의 전설』, 사상계사, 1962, 131면. 앞으로 이 책에서의 인용은 본문 속 괄호에 인용 면수만을 표기함.
2 「좌담 : 뛰어 넘었느냐 못 뛰어 넘었느냐」, 『사상계』, 1962.11, 276면.
3 유종호, 『유종호 전집』1, 300~301면. 1964~1965년 사이 있었던 장용학과 유종호 사이 논전에 대해서는 한형구, 「초기 유종호 비평의 어문민족주의적 정향성에 관하여」, 『한국현대문학연구』27, 한국현대문학회, 2009.4, 358~362면 참조.

후 열린 좌담에서 작가는 "새로운 인간형이란 것은 전혀 상상할 수 없는 것"이며 "이 작품에서 내세의 사람, 내세의 세계 같은 것을 가능한 대로 비"치려 했을 따름이라고 토로하지만, 다른 참석자들의 말마따나 이것은 인간의 초월이라기보다 인간의 전락처럼 보이며, 혹은 사변에 과도하게 의지함으로써 서사적 파탄을 초래한 데 가깝게 느껴진다.[4]

그럼에도 공산주의의 몰락과 인간 중심주의의 위기를 목격한 오늘날의 시각에서 조망하자면 『원형의 전설』은 분단과 전쟁이라는 1950년대 한반도의 현실을 해석할 때 좌표 이동을 감행한 희유한 실험이었다는 사실만으로도 주목해 볼 만하다. 현실과 환상 사이 인과를 의심하면서 흡사 다중우주론 같은 사유를 전개한다거나 시간적 선조성 대신 순환성을 개진해 본다거나, 『원형의 전설』은 사생아 이장의 삶과 생각이 그리는 궤적을 좇으면서 근대 바깥의 가능성을 광범하게 탐색한다.

앞선 연구에서 지적되었다시피 이런 가능성은 액자 바깥 아득한 미래의 서술자라는 설정을 통해 제시되고 있는데[5] 이때 이장 개인의 죽음에 상응하는 인류사적 사건으로 배치된 것이 곧 핵전쟁이다. 『원형의 전설』의 서술자는 "자유와 평등이 핵전쟁을 일으켜 결국 인류 前史에 종언"이 초래되었다고 쓰면서 한국전쟁을 "그 전초전과 같은 전쟁"(5면)이라는 위치에 놓는다. 인간의 파괴본능이나 전투성향이 인간을 인간이게끔 한 조건이라면 "인류 전사에 종지부를 찍게 한 핵전쟁은 그들이 스스로 자기의 조건을 청산하기 위한 예정조화"(14면)와도

---

4 「좌담: 뛰어 넘었느냐 못 뛰어 넘었느냐」, 282~284면.
5 서영채, 「알레고리의 내적 형식과 그 의미」, 『민족문학사연구』 3호, 민족문학사연구소, 1993, 174면.

같다. 인간이 스스로를 지양하기 위해 감수해야 했던 파괴와 변신의 사건, 그것이 곧 핵전쟁인 셈이다. 『원형의 전설』이 알레고리로서 축조되어 있다고 볼 때 동굴 속 이장의 죽음은 곧 핵전쟁을 상징하는데, 과연 이장이 죽은 자리에선 생명수(生命樹)인 듯 복숭아나무가 돋아나 새로운 세계의 씨앗을 퍼뜨린다. "핵전쟁이 분비해 낸 방사능이 빙하시대처럼 세계를 휩쓴 다음, 동굴이 꺼진 자리에서는 복숭아나무가 한 그루 솟아났습니다. (…중략…) 오랜 옛날의 일이어서 확실한 것은 알 수 없지만, 전설에 의하면 우리가 즐기는 복숭아는 그 가지에 맺혔던 열매의 씨가 사방에 흩어져서 번식한 것이라고 합니다."(413면)

핵전쟁은 『원형의 전설』에서 서사의 종결일 뿐 아니라 남북한 관계를 조망하고 인간의 조건을 가늠케 하는 궁극적 시점(perspective)이다. 예컨대 공산주의를 평가할 때 서술자는 "빵을 약속했다는 점에서 맑시즘이 복음"처럼 들렸을지 모르지만 그것은 "'핵분열' 이전의 복음"(177면)일 뿐이라고 못박는다. 공산주의는 "자본주의 죄악에 적대하기 위해서만 존재해 있는 골짜기"(183면)이자 "제2의 르네상스를 예비하는 암흑"(183면)이다. 자본주의가 '자유'를 선전하는 데 비해 공산주의는 '빵'을 약속하지만, "공산주의보다는 낫다 해서 그 부패를 견디어내고 있는"(130면) 자본주의나 "선을 강요하는 것 같은 부정적인 '악적 존재'"(131면)로 연명하고 있는 공산주의나 인류의 미래가 되기에는 모두 부족하다.

『원형의 전설』의 서술자는 주인공 이장과 마찬가지로 자본주의 대 공산주의의 이원 대립에서 전자 편에 기울어 있으면서도 둘 중 하나에서, 혹은 둘의 종합에서 희망을 보는 데는 반대한다. 장용학의 다른 소설에서 거듭 설파되듯 '인간'이라는 자격 자체가, 또한 근대적 인간형의 핵심인 '자유' 자체가 심문되지 않으면 안 된다. "자유는 인간의 마지막 배설물. 인간이 인간이려면, 빵을 위해서일 때와 마찬가지로 자유를 위해서 죽는다는 것도 수치스러운 죽음에 속해야 할 것이다 (…중략…) 빵에서부터 자유까지, 이것이 현대인이라는 원의 중심과 원주 사이의 거리이다 (…중략…) 그래서 현대는 상상력이 유일한 도덕이 되어야 한다. 정의가 아니라 합리가 아니라, 상상력이라는 나침반을 가지고 항해하지 않으면 우리 배는 좌초하고야 만다."(176면)

물론 『원형의 전설』의 서술자는 갈팡질팡한다. "靈을 단념하고 肉을 통하여 '이데아'로 돌아가라는 계시"(211면)에 흔들리는가 하면 "명랑하면서 용기가 있고, 나이브하면서 위엄이 있는"(287면) 르네상스적 인간형을 새삼 그리워하는 식이다. '인간 이후'에 대한 전망이란 그토록 모호하다. 이장과 안지야의 죽음 직전, '인간'이 '인간적'에 대항한다는 알레고리적 환상에 이르러서는 더 그러하다. 여기서 '인간'은 "그 따위 탕아의 잠꼬대 같은 소리로 (…중략…) 수만 년을 두고 다져서 쌓아 올린 인간 역사가 취소될 줄 아느냐!"고 일갈하는 성주(城主) '인간적'에게 "수만 년이 아니라 나는 수억 년의 미래를 피부에 느끼면서 여기에 서 있는 것이다!"(406면)라고 선포한다. 이렇듯 기껏해야 몇 만 년을 헤아리는 인간의 역사 너머, '수억 년'의 미래에 그 자리가 있다고 하면 『원형의 전설』은 이미 소설이라는 양식에의 귀속을 거부하는 글쓰기가 된다. 근대에서 출발했으면서도 근대를 거부하는 이 역설적인 좌표는 '종말' 이후라는 미래 시제 속에서 겨우 부지할 토대를 발견한다. 그것이 곧 자본주의와 공산주의 사이 핵전쟁으로 소설을 시작한 의미요, 핵전쟁 이후 제2의 빙하시대가 지나고 나서의 시점에서 소설을 끝맺은 뜻이다. 『원형의 전설』은 원자탄이라는 미증유의 무기를 시(始)와 종(終)에 둠으로써 백 년, 오백 년, 심지어 수억 년으로까지 늘어난 시간의 길이를 확보한다.

2. 핵, 프로메테우스와 프랑켄슈타인 사이

원자탄에 대한 한국문학의 침묵은 주목할 만하다. 해방기와 한국전쟁기를 거쳐 원자탄이라는 신종 무기에 대한 대중적 관심이 높았음을 생각하면 더욱 그렇다.[6] 손소희의 단편 중 여순사건 경험과 원자탄 공포를 겹쳐 놓은 것이 있고[7] 전병순은 『절망 뒤에 오는 것』(1962)에서 한국전쟁 중 원자탄 투하 가능성에 "뜨거운 감사"를 올리는 '국민'을 증언했으며[8] 이문구 역시 원폭투하 소문에 술렁이는 민심을 스치는 전한

---

6 해방기 특히 『신천지』를 중심으로 원자탄 관련 각종 지식 및 의견이 생산·번역된 양상에 대해서는 공임순, 「원자탄의 매개된 세계상과 재지역화의 균열들 : 종전과 전후, 한반도 해방(자유)의 조건들」, 『서강인문논총』 31, 서강대 인문과학연구, 2011, 7~22면 참조.

7 위의 글, 25~26면 참조. 공임순은 원자탄을 통한 세계대전의 가상적 위력이 미·소 간 '균형' 속 지역전쟁을 통해 관철되는 양상에 주목하면서 손소희의 「흉몽」(1949)에서 그 징후를 읽어내고 있다.

8 이른바 1·4후퇴 후의 전황을 묘사하면서 전병순은 다음과 같이 쓰고 있다. "'여하한 사태에도 한국 불포기! 경우에 따라서는 중공에 원자탄 사용도 고려!' / 이러한 트루먼 대통령의 언명은 자력으로 전쟁 완수의 계책이 막연하여 늘 흔들거리고 불안해하는 한국민 전체에게 절대적 힘을 불어넣어 준 것이다. / 국민은 미국과 연합군에게 뜨거운 감사를 올린 것이다." 그러다 "콜린스 미 육군 참모총장은 한국전선에 원폭을 사용할 전략적 가치가 없다고 언명"하고 "인해전은 인해전으로 대응해야 된다고 수많은 아들들이 용약 국문에 뛰어들"기까지의 과정을 압축적으로 보고하고 있는 대목이다. (『절망 뒤에 오는 것』, 일신서적출판사, 1994, 270~271면)

바 있으나[9] 이를 본격적 화제로 삼은 텍스트는 눈에 띄지 않는다.[10] 소설 속 원근법의 얼개로 원자탄을 동원한 『원형의 전설』은 극히 희유한 사례다. 현실과 역사의 지평 안에서 논의를 구체화하기보다 흡사 공상과도 같은 "몇억 년"의 시간대 속에서 추상화를 감행하고 있기는 하지만, 『원형의 전설』은 적어도 원자탄이라는 신무기가 불러온 새로운 세계 상황에 대응하기 위해 부심한다. 미리 북조선 문학에서의 발언을 불러오자면, "원자탄은 (…중략…) 다만 숫자를 요구"한다.[11] 이 무기의 형식으로는 구체적인 개별 존재를 분간할 수 없다. 국지전과 세계전쟁 사이 구별 또한 불가능해진다. 모든 국지전이 세계전쟁으로 확산될 수 있으므로, 세계전쟁을 피하기 위해서라면 사실상 어떤 전쟁도 일어나서는 안 된다.[12]

20세기 막바지에 지적되었듯 "근대에서 탈근대로 그리고 근대 주권에서 제국으로의 이행은 다른 어떤 관점에서보다 폭탄의 관점에서 더 분명하다."[13] 원자탄이야말로 21세기의 신자유주의 속에 다시 도래하고 있는, 지구적 규모와 국지적 제한 사이 분별의 불가능성이란 문제를

<hr>

9   "누가 라지오를 들으니께 호춧기가 폭격을 한다고 합디다. (…중략…) 원자탄만 아니면 상관없대요. 미국놈들이 원체 악질이라서 수소폭탄을 쓸지도 모른다고들 해요." 이문구, 『장한몽』하, 랜덤하우스중앙, 2004, 142면.

10 원고를 일차 완성한 후에야 임태훈, 『우애의 미디올로지』, 갈무리, 2012에 묶인 「1960년대 남한 사회의 SF적 상상력」을 통해 김윤주 단편 「재앙부조」(1960.11)가 '버섯구름의 재앙' 이후 미래 시점을 다룬 바 있다는 사실을 알게 되었다. 같은 글 222~225쪽에서는 잡지 『학생과학』의 소설·기사·만화 등을 통해 1960년대의 국가-개발주의와 원자력 담론과의 연결 또한 지적하고 있다. 장세진, 『상상된 아메리카』, 푸른역사, 2012, 142~148쪽에서는 한국전쟁 당시 공중폭격이 남한 소설에 있어 우호적인-부드러운 청각 심상으로 재현된 양상을 논하면서 원자폭탄 관련 소문을 삽화적으로 제시한 바 있다.

11 한설야, 『한설야 선집 10 : 대동강』, 조선작가동맹출판사, 1960, 109면.

12 K.Jaspers, 김종호·최동희 역, 『원자탄과 인류의 미래』상, 사상계사, 1963, 42면.

13 A.Negri·M.Hardt, 윤수종 역, 『제국』, 이학사, 2001, 443면.

제기한다. 변증법, 즉 한계 및 한계의 조직에 관한 과학도 소멸할 수밖에 없으며[14] 개별과 보편 사이 익숙한 관계는 새로이 조직되어야만 한다. 『원형의 전설』이 이복남매이자 연인 사이인 이장과 안지야라는 두 개인의 죽음을 통해 인류사의 종말과 재생을 쓴다는 만용을 부릴 수 있었던 까닭 역시 이 상황에 닿아 있다고 주장할 수 있을지 모른다.

한반도에서 원자탄의 존재가 처음 알려진 것은 제2차 세계대전 직후 '해방의 무기'로서였다. 그 사용의 불가피성 여부에 대한 논란은 히로시마와 나가사키에의 원자탄 투하 직후부터 제출된 바 있으나, 투하 며칠 후 항복이 전격적으로 이루어졌다는 사실은 원자탄이 일본의 항복을 끌어내 조선을 해방시켰다는 반응을 고조시켰다. 원자폭탄은 즉사자만도 20만 이상의 인명 피해를 냈을 뿐 아니라 "원자폭탄이 투하된 곳은 70년 가량은 不毛之地가 된다"는 소문이 있을 정도로 사후에도 엄청난 파괴력을 행사한다. 그러나 연합군 1백만 이상의 희생을 각오하는 것보다는 일본의 그 정도 희생이 낫지 않은가? "특공법까지 쓰며 최후 일인까지 싸워나갈 뿐이라고 강조하던 일본이 이 폭탄 몇 방에 손을 들게 된 것을 생각해 보라." 해방 직후 나온 소책자 『조선 동포에게 고함』의 저자는 원자탄의 사용이 그 자체로 여러 면에서 '건설적'이었다고 결론짓는다. 원자탄은 연합군의 인명을 아꼈을 뿐 아니라 전원 옥쇄를 부르짖던 일본이 궤멸을 면할 수 있게 만들었다. "이를 건설적 일면이라 해도 좋을 것이다." 조선에 미친 효과는 말할 것도 없다. 전쟁이 좀 더 끌었더라면 북은 소련의 폭격으로, 남은 영·미의 폭격으

---

14 위의 책, 318면.

로 전 한반도가 그야말로 초토화되고 말았으리라고 관측하면서, 저자
는 "파괴적인 원자폭탄은 조선 동포에게 많은 積德을 하였다고 해도
무방할 것"이라는 최종 판단을 내리고 있다.[15]

그 '적덕'을 입었다는 기억은 프로메테우스로서의 원자탄과 프랑켄
슈타인으로서의 원자탄, 영웅-구원자와 괴물-파괴자 사이 표상의 갈
림길에서 한반도 내 반응을 전자로 편향되게 만든 계기였던 듯하다.[16]
히로시마·나가사키에서의 사망자 20만 중에는 조선인 4만의 희생이
포함되어 있었지만[17] 그 사실은 거의 거론되지 못했다. 미국이 원조
식품으로 가장해 원자탄 원료를 들여오고 있다는 소문이 있었음에
도[18] 유언비어를 넘어서 비판의 시선이 체계화되지도 못했다. 원자탄
공포가 반미와 반전을 향할 가능성은 상존했을 터이나 원자-기술-유
토피아(techno-atomic utopia)에 대한 기대가 우세한 중 공포는 논리화되
지 못한 채 다만 잉여로 존재한다. 한국전쟁을 거치면서 반비판이 강
화되는 것을 보면 거꾸로 원자탄 공포가 반미 및 반전 기류를 촉발할
소지 또한 있었던 것으로 짐작되는데, 공론장에서는 공포-반미-반전
의 계열이 현실화되지 못한 채 "비극의 책임은 미국에 있었던 것이 아
니고 일본 군벌에 있었던 것"이라는 주장에 밀려 버린다. 일본 정부가
전원 옥쇄라는 결의를 내세우고 있었던 만큼 일본인들 자신에게 있어
서도 원자탄은 수백만의 목숨을 살린 셈이라는 주장을 통해, 결국 원

---

15 月秋山人 편,『조선 동포에게 고함 : 자주독립과 우리의 진로』, 조광사, 1945, 39~43면.
16 두 표상에 대해서는 P. Boyer, *By the Bomb's Early Light*, The Univ. of North Carolina Press, 1994, 267~271면 참조.
17 정욱식·강정민,『핵무기 : 한국의 반핵문화를 위하여』, 열린길, 2008, 21면.
18 공임순, 앞의 글, 8~9면 참조.

자탄은 "평화에 대한 공헌이 다대"한 "자비의 손"으로 칭송된다.[19]

원자탄이 제2차 세계대전을 조기 종결시켰다는 것은 오히려 먼 사례다. 한국전쟁 당시 남한의 공산화를 막은 것이 원자탄의 위력이었다는 사실을 생각해도 원자탄이 "자비의 손"이라는 사실은 분명하다. 공산주의 군대의 '인해전술'을 중도에 막고 타이완이며 한국이며 베트남을 보전할 수 있었던 건 오로지 원자탄 덕이다. 미국이 원자탄을 사용할지 모른다는 두려움이 없었다면 소련과 중국은 결전을 불사했을 것이니 원자탄이야말로 "赤軍의 세계 석권을 미연에 방지한 유일의 공로자"인 것이다. 실제로 한국전쟁 당시 스탈린이 핵전쟁의 가능성을 우려했다는 사실은 잘 알려져 있는데,[20] 1949년 소련이 원자탄 개발에 성공했음에도 불구하고 369기 대 5기로 현격한 차이가 있었던 원자탄 보유 개수는 물론이고[21] 제공권(制空權)에 있어서도 미소간 격차는 컸다. 당시 대통령 트루먼이 원자탄 사용 가능성을 시사하고 총지휘관 맥아더가 원자탄 사용 허가를 몇 번이나 요청하는 등[22] 미국은 한국전쟁에서의 우세를 위해 공공연히 핵 우위를 표명하곤 했다. 이런 가운데, 원자탄으로 말미암아 해방되었고 원자탄 덕에 패전의 위기에서 벗어났다는 남한 내 서사는 영웅-구원자이자 괴물-파괴자라는 원자탄의 양

19 「원자력은 세계 파멸을 방지했다」, 『동아일보』, 1955.8.10.
20 S.N.Goncharov · J.W.Lewis · 薛理泰, 성균관대 한국현대사 연구반 역, 『흔들리는 동맹』, 일조각, 2011, 113~114면.
21 유진석, 「핵억지 형성기 최초의 전쟁으로서 6 · 25전쟁과 미국의 핵전략」, 『한국과 국제정치』 27(2), 2011, 101면.
22 위의 글, 103면. 맥아더는 1960년대에 와서야 공개된 어느 인터뷰 자료에서 먼저 중국 동북지방에 원폭 50기를 투하하여 병참(兵站) 가능성을 없앤 후 북한을 총공격해야 한다고 제안한 바 있다고 밝히기도 했다. M.Schaller, 유강은 역, 『더글러스 맥아더』, 이매진, 2004, 417 · 420면.

가성 중 후자를 가시화하는 데 제동을 걸었던 듯 보인다. 원자탄-공포가 원자탄-안전의 쌍에 의해 밀려난 형국이다. 1952년의 여론조사에서도 압도적 다수가 원자탄 사용을 지지했다고 전한다.[23]

원자탄 사용이 곧 공멸(共滅)로 이어질 수 있다는 사실을 외면한 것일까? 1950년대에 이르기까지도 핵과 원자력이 문제될 때 논의의 방향은 대체로 낙관 일변도다. 『사상계』를 통해 드러나는바 20여 건의 관련 기사 중 비관이나 공포의 정조로 기운 사례를 한 건도 찾을 수 없을 정도다. 시드니 후크 대 버트런트 러셀 논전이나 후크 외 H.S. 휴즈, 한스 모겐소, S.P. 스노 등을 내세워 『커멘터리(Commentary)』에서 마련했던 공개토론을 번역한 것 외에는 핵전쟁 자체를 주제화한 글도 없다.[24] 원자력은 원자-유토피아의 전망, 미국에서는 '히로시마 충격' 이후 암울한 현재의 역투영으로 잠깐 번성하고 만 희망찬 미래의 상상 속에서[25] 소비된다. 1959년 원자로 도입 당시 『사상계』에서 마련했던 좌담 「우리도 잘 살아보자」는 그 제목에서부터 원자-유토피아에의 편향을 잘 보여주고 있는 사례다. 미국의 해외 원자력 지원 사업 일환으로 도입된 원자로[26]는 연구용에 불과했고 기계 노후와 연구 기반 미비로 1962년에야 첫 가동에 성공하지만[27] 그것이 인천항에 도착했을 당시의 반응은 자못 흥분된 바 있었다.

---

23 공임순, 앞의 글, 34면.
24 박기준 역, 「좌담 : 서방의 가치와 전면전쟁 : 서방국가의 이상과 원자전쟁의 현실」, 『사상계』, 1960. 12.
25 P. Boyer, 앞의 책, 122~130면.
26 「좌담 : 우리도 잘 살아보자 : 원자로 도입을 계기로 생각나는 현대과학과 한국의 미래」, 『사상계』, 1959. 6, 220면.
27 「한국의 원자로 5년 후에나 운용될 듯」, 『동아일보』, 1960. 12. 30 참조.

언론에서는 '원자로가 가져오는 행복'을 표제화하거나[28] "우리나라 과학 수준에 대한 평가"가 호의적이었던 덕에 미국의 35만 달러 원조를 얻을 수 있었다며 자긍했고, 파키스탄이며 인도네시아가 원조 획득에 실패한 사실과 비교해 득의의 표정을 감추지 않았다.[29] "42개국 중에서 열일곱 번째로 합격되어 있는 셈"이며, 원자력 연구를 전공으로 유학 중인 인력도 상당수니 머잖아 과학의 급속한 발달을 볼 수 있으리라는 기대는 거의 일반적인 정조였던 듯하다.[30] '공산주의적'이란 이유로 경제개발계획 입안을 거부했던 이승만 정부[31]도 원자력 사업에는 열의를 보였다. 1958년에는 원자력법을 제정했고 1959년부터는 원자력개발 5개년 계획을 개시했으며, 같은 해 원자력연구소 개소식도 가졌다. 원자력을 통한 번영을 기약하고 나아가 핵무기 개발 가능성까지 점치면서 양쪽에서 공히 '부강'이라는 기의를 읽어낸 것이 제1공화국 시절 인식의 대종이었던 듯하다.[32] 정부를 비판하는 축의 입장도 크게 다르지 않았다. 『사상계』는 "원자로라는 것"은 핵무기와 달리 "인간이 원하는 대로 제어할 수 있다"고 강조하는 입장을 여러 차례 전달했는데[33] 이 입장은 "자연과학을 독이 되게 하느냐 약이 되게 하느냐는 인류 의지에 달린 문제"[34]라는 원론을 전제하면서도 원자력이라는 파르마콘(pharmakon)을 제어할 수 있다는 자신감을 내비치는 좌표 위에 있다.

28 「원자로가 가져오는 행복」, 『경향신문』, 1959.1.16~17.
29 「좌담 : 원자력사업의 전망(1)」, 『동아일보』, 1959.1.21.
30 「좌담 : 우리도 잘 살아보자」, 『사상계』, 1959.6, 220~230면; 「좌담 : 원자력사업의 전망(7)」, 『동아일보』, 1959.1.29.
31 이완범, 『박정희와 한강의 기적』, 선인, 2006.
32 주성돈, 「1950년대 한국의 원자력정책 변화 분석」, 『정부와정책』 4(2), 2012, 59~63면.
33 이종진, 「원자력시대의 인간상」, 『사상계』, 1960.9, 275면.
34 이종진, 「원자력시대와 휴머니즘」, 『사상계』, 1961.10, 162면.

핵실험에 대한 신문 보도가 이어지고 1957년 주한미군의 핵무장 계획이 전해지는 가운데서도 원자탄이나 수소폭탄에 대한 입장을 체계화하려는 시도는 거의 눈에 띄지 않는다. 주한미군이 전술핵무기를 도입할 당시 반응은 환영 일색이었으며 나아가 스스로 "핵무기의 보유를 열망"한다는 토로도 드물잖게 발견된다.[35] 이렇듯 원자력-원자탄에서 '독'으로서의 요소를 최소화했던 것이 당대 인식의 주류였음을 생각하면, 장용학이 『원형의 전설』에서 핵전쟁을 종말의 장치로 도입했다는 사실은 이례적이다. 이 종말은 SF소설의 묵시록적 상상과 달리 "핵전쟁이 분비해낸 방사능이 빙하시대처럼 세계를 휩쓴 다음"(412), 그 이후의 제2 르네상스에서 태어난 초월적 서술자에 기대는데다, 더욱이 두 주인공의 최후는 "우리는 죽는 것이 아니다! 꽃이 지는 것이다!"(411)라며 응분의 결실을 바라는 희망 속에서 처리되지만, 그럼에도 엄연히 '종말'로서 버티고 있다. 이것이 해방기와 한국전쟁 이후 원자탄에 대한 형상화로서 한국문학이 기록하고 있는 최대치다.

원자탄이 단순한 무기 교체가 아니라 인류 역사에 있어 미증유의 단계를 표시한다는 데 동의한다면, 실상 그것이 제기하는 문제는 시나 소설이라는 양식에서 처리할 수 있는 범위를 넘어선다. 세계적으로 보더라도 피해의 참상을 기록한 문학은 적잖은 수에 이르지만[36] 가해자 혹은 수혜자로서의 입장이 겹친 가운데 적어내는 데 성공한 텍스트는

---

35 「국군 핵무기 장비를 이상 더 浚巡치 말라」, 『경향신문』, 1957. 5. 10.
36 일본에서는 '원폭문학'이라는 명칭이 있을 정도다. 하라 다미키[原民喜]의 『여름의 꽃』(1947), 이부세 마스지[井伏鱒二]의 『검은 비』(1966) 등 그 실제에 대해서는 정향재, 「일본 현대문학에 있어서의 패전(2): 원폭 관련 작품을 중심으로」, 『외국문학연구』 44호, 한국외국어대 외국문학연구, 2011 참조.

드물다.[37] SF소설은 번성했으나, 공상이라는 의장을 취하는 대신 생활세계 속에서 구체적 실감을 아울러 원자탄이라는 문제를 취급해 낸 사례는 거의 없었다고 할 것이다.[38] 제1차 세계대전 후 '늙은 유럽'을 대치할 만한 신세계로 떠올랐던 미국은 제2차 세계대전을 원자탄 투하로 마무리지은 후 '결백성(innocence)'이라는 자기 정체성을 상실한다. 히로시마·나가사키에의 원자탄 투하 이후 상당수 미국인들이 신경증에 시달렸고[39] 〈현기증〉(1958)이나 〈싸이코〉(1960) 같은 히치콕 영화가 예증하듯 1950년대에는 본격적인 '불안의 시대(age of anxiety)'가 개막됐다. 원자탄 이후의 세계에서 삶의 장기-안정성에 대한 신뢰가 추락한 데다 불안에 저항할 만한 자기 정체성 역시 붕괴해 버렸기 때문이다.[40]

제2차 세계대전 종전 직후 미국 과학자협회에서 발간한 『하나의 세계냐 파멸이냐(One World or None)』(1946)에서 상세하게 그려냈듯 미국이 시작한 이 재앙, 원자탄은 머잖아 "'뉴-욕'시 제3街 及 동부 제20街 한편"에 떨어질 수도 있었다. 뉴욕 거리를 배경으로 "불타는 의복에 휩싸인 남자와 (…중략…) 꺼멓게 화상을 입은 여자들과 집으로 점심을 먹으러 가는 도중에 가엾게도 죽어버린 아해들"[41]을 상상할 때의 공포는 먼저 미국인들의 삶을 잠식했지만, 원자탄의 위력을 목격한 다른 나라에도 빠르게 번져나갔다. 소련의 스탈린이 제3차 세계대전이 불가피

---

37 P.Boyer, 앞의 책, 243~256면 참조.
38 히로시마·나가사키에의 원자탄 투하 이후 SF문학이 시민권을 획득해 간 과정 및 핵문제를 다룬 그 실상에 대해서는 위의 책, 257~265면 참조.
39 위의 책, 275~277면.
40 M.A.Henriksen, *Dr.Satrangelove's America*, Univ. of California Press, 1997, 81~86면 참조.
41 덱스터 마스터즈·케더린 웨이 편, 「하나의 세계이냐 세계의 괴멸이냐(2)」, 『신천지』, 1946.11, 196면.

하다고 생각하면서도 미국의 핵무기를 두려워했으며 그 때문에 한국 전쟁 참전을 꺼렸다는 사실은 잘 알려져 있다.[42] 중국 또한 압록강 너머 군대를 파견하기 전 원자탄으로 상징되는 미국의 과학-병기를 겁내는 여론을 먼저 달래야 했다.[43]

그러고 보면 원자탄의 시대를 맞아 미국이 경험한 것 같은 분열증도 별반 내비친 적 없는 한국의 사례가 오히려 독특했다고도 할 수 있다. 북조선의 경우와 대비해 보면 한국의 특수성은 더 선명하게 드러난다. 한국전쟁기 북조선에서 원자탄의 잠재적 공포는 대중 심리에 파고 든 중요한 변수 중 하나였고, 이후 오늘날에 이르기까지 핵무기에 대한 태도를 형성케 한 결정적인 요인이었기 때문이다.

3. 북조선의 전쟁, 원자탄 공포의 극복

"만국의 로동자들은 단결할 수도 있을 것입니다. 그러나 단결하면 뭘합니까. 원자폭탄에는 눈이 없어서 자본가도 로동자도 한꺼번에 죽여버릴 텐데요. 그리하여 이 시대는 인간이 광란하는 시대로 된 것입니다."[44] 북조선의 혁명적 대작 가운데 가장 높은 평가를 받고 있는

---

42 S.N.Goncharov · J.W.Lewis · 薛理泰, 앞의 책, 118면.
43 孫海龍, 「抗美援朝문학에 나타난 중국의 한반도 인식」, 성균관대 박사논문, 2012, 46~49면.
44 석윤기, 『시대의 탄생』 1, 조선문학예술총동맹출판사, 1965, 178면.

398 문학과 과학 I

『시대의 탄생』[45]은 북조선은 물론 남한 주민들의 경험까지 아우르면 서 한국전쟁을 서사화해 낸 독특한 소설이다. 후일 4·15문학창작단의 제2대 단장이 되는 작가 석윤기는 이 소설을 통해 개성적 인물들이 다채롭게 등장하는 거대한 서사시적 화폭을 보여주고 있는데, 특히 시선을 끄는 것이 위와 같이 쓰디쓴 발언을 날리는 대학교수 민환규라는 인물이다. 민환규는 평안도 출신 대지주의 아들로서 식민지시기 제국 대학을 우등으로 졸업했고, 한때 사회주의에 경도되었으나 독서회 사건으로 체포된 후 전향한 바 있다.

월남 후 국회의원으로까지 출세했지만 철두철미 속물인 아버지 민성직과 달리 민환규는 "백면주순(白面朱脣)의 호남아"이면서도 예민한 자의식으로 뭉친 지식인이다. 환규는 문헌학자 윤하응의 딸 설란을 사랑하면서도 '원자폭탄'으로 상징되듯 "인간이 광란하는 시대"에는 결혼도 불가능하다고 고백한다(1:180). 부친 소유의 철공장에서 쟁의에 나선 노동자들을 편드는 등 양식 있는 인물이지만 그는 근본적으로 현대에 대한 절망에 사로잡혀 있다. 전쟁이 터진 후 아비규환의 생지옥 속에서 형과 아비의 정부가 정사를 나누는 장면을 보았을 때 "니이체적인 악심"(1:393)에 사로잡히는, 그런 면모야말로 민환규의 진면목이다. 그는 전쟁 속에서 "일찍이 너희들은 원숭이였다. 그리고 지금껏 인간은 어느 원숭이보다도 더 심한 원숭이다"(1:393)라는 모멸을 곱씹고, 새 역사를 기록하겠다고 흥분하는 친구를 볼 때도 "이제 보복이 올 것

---

45 김은정, 「석윤기연구」, 『세계비교문학연구』 26, 세계문학비교학회, 2009, 17면. 본래 제1부는 1964년에, 제2부는 1966년에 나왔다. 제2부 마지막은 국군과 UN군 합동의 인천상륙작전 후 주인공들이 힘들게 북행하는 대목인데, 이후 후속편이 간행되지 않은 채 미완으로 끝난 것으로 보인다.

이다. (…중략…) 대대적인 공습과 함포 사격과 대구경포에 강력한 기계화 보병이 쓸어올 것이고 (…중략…) 원자탄이 날아들 것이다. (…중략…) 무덤 속에 들어가 책을 쓸 테냐?"(1:382)라며 냉소한다.

그가 절망과 냉소의 심경에 사로잡히게 된 것이 독서회 사건 이후인지 혹은 히로시마·나가사키의 충격 이후인지는 불분명하다. 다만 마치 야스퍼스가 주장하듯 원자탄 이후 세계전쟁과 국지전을, 전체와 개별을 구분하기란 불가능하고, 계급론이나 변증법 또한 낡은 인식일 수밖에 없다는 인식을 갖고 있음은 분명해 보인다.[46] 원자탄은 "자본가도 노동자도 한꺼번에 죽여버릴" 것이다. 그 절대적 파괴의 역능 앞에서는 어떤 투쟁도 소용없는 것이다.

거꾸로, 원자탄을 보유한 측에서 보자면 모든 전쟁은 필승의 전쟁이다. 다만 어줍잖은 휴머니즘에 사로잡히는 것이 문제다. 『시대의 탄생』보다 훨씬 일찍, 한국전쟁 직후 창작된 『대동강』(1955)에서 한설야는 원자탄의 반인간성을 생생하게 증언한 바 있다. 미군 군정부장 스미스라는 인물을 등장시켜 원자탄 투하의 필요를 역설하고 있는 대목인데, 여기서 스미스는 인정에 연연하지 말고 공산화 위험 지역은 모두 초토화해 버려야 한다고 주장한다. 그의 말에 따르면 "원자탄은 빛을 가리지 않"고 여성이나 어린아이라고 주저하지도 않는다. "그런 자비심은 비미국식 사고 방법"이다. 세월이 지나면 불온 지역의 여성이 낳은 아이는 어차피 공산주의의 병력이 될 것이고 지금 어린아이는 장병으로 성장할 것이다. "하나가 둘이 되고 셋이 되는ㅡ 이 뻔한 사실에

---

46 K.Jaspers, 앞의 책, 43~56면 참조.

대해서 당신들은 어째 맹목하려는 것인가."[47]

『대동강』은 국군 및 UN군에 점령돼 있던 1950년 말의 평양, 인쇄공장 직공 점순이를 중심으로 평양 시민들이 벌인 지하운동을 증언하지만, 상당수의 시민들은 국군 후퇴 당시 함께 월남해 버린다. 스미스가 경고한 것 같은 원자탄의 위협 때문이다. 한설야는 평양 시민들이 '인민의 조국'을 버리고 남하한 이유를 총부리의 협박과 원자탄의 공포에서 찾는다. "적들은 철퇴에 있어 평양 시민들을 불의에 총으로 위협하여 몰고 나가기 시작한 것이다. 시민을 몰고 나가면서 적들은 "나가는 사람은 살고 안 나가는 사람은 죽는다", "불수일에 평양에는 원자탄이 떨어진다"라는 유언비어를 날렸다."[48]

실제로 북조선 지역에서 원자탄에 대한 공포는 광범했던 것 같다. 한국전쟁 발발 이후 월남 동기로 가장 중요하게 작용한 것도 북조선 지역에 원자탄 공격이 있으리라는 소문이었다고 한다.[49] 최고 지도자 김일성 자신이 주민들의 월남 동기를 원자탄 소문에서 찾고 있을 정도다. "월남한 사람들 가운데는 (…중략…) 만행을 하고 도망간 놈들도 있지만 절대 다수는 적들이 원자탄을 떨군다고 위협하는 바람에 겁을 먹고 따라갔거나 놈들에게 강제로 끌리어 간 사람들입니다."[50] 『시대의 탄생』의 민환규는 오연한 냉소주의자답지 않게 인민군의 서울 진주

47 한설야, 『한설야 선집 10 : 대동강』, 조선작가동맹출판사, 1960, 109면.
48 위의 책, 319~320면.
49 김귀옥, 『월남민의 생활 경험과 정체성』, 서울대 출판부, 1999, 247~250면. 월남해 속초 · 김제 지역에 정착한 이들의 증언에 따르면 "미군이 원자탄을 투척할 테니 마을 주민을 소개하라"는 지시가 내렸고 혹은 "원자탄이 투하된다는 이야기가 동네에 쫙 돌"았다고 한다. 그러면서도 대부분의 주민은 몇 달 후면 고향에 돌아갈 수 있을 것으로 생각했다.
50 김일성, 「청년들의 특성에 맞게 사로청 사업을 더욱 적극화할 데 대하여」, 『김일성 저작집』 26, 조선로동당출판사, 1984, 61~62면.

후 피난대열에 합류, 수원을 거쳐 대구·부산에까지 이르는데, 내키지 않는 그의 걸음을 몰아가는 것은 원자탄 투하로 서울이 곧 쑥대밭이 되리라는 소문이다. "어느 비행기지에서 원자탄을 실은 B29가 이미 떠 났을 수도 있다."[51] 도중에 징집, 전선 기자로 투입되지만 낙동강 전투 당시 인민군에 합류해 버리는 이 복잡한 인물은, UN군의 인천상륙을 들었을 때도 이제 원자탄 투하는 없으리란 안도를 먼저 실감한다. "무의식적인 상태에서도 줄곧 원자탄의 압력하에 살던 환규는 문득 떠오른 이런 생각과 함께 한결 마음이 가벼워"진다.(2:255) 원자탄의 공포는 남북 사이에서 숱한 '사민(私民)'들의 방향을 규정해 버린 변수이다.

UN군에 의한 대대적인 공중 폭격은 이 가상의 공포를 한결 실감나는 것으로 만든 바 있다. 전후 북조선 소설에서 공습(空襲)은 그야말로 편재하는 모티프로서, 신생 조선민주주의인민공화국이 어떤 고난 속에서 살아남았는지를 웅변한다. 소련-러시아 자료의 공개 이후 한국전쟁이 소련 및 중국의 승인 하에서 북조선의 선공에 의해 개시되었다는 것은 명실상부한 사실로 공인되기 이르렀지만,[52] 북조선에서 한국전쟁이 여전히 '미제의 침략전쟁'이자 '조국해방전쟁'으로 기술될 수 있는 이유의 일단이 여기 있다 할 것이다. 다시 김일성의 언어를 빌어오자면, "조국해방전쟁은 미제를 비롯한 세계 반동의 련합세력을 반대하는 치열한 반제반미투쟁이었으며 인민의 원쑤들을 반대하는 준엄한 계급투쟁"이었으며 북조선은 여기서 "력사적 승리"를 거두었다.[53]

---

51 석윤기, 『시대의 탄생』 2, 조선작가동맹출판사, 1966, 63면.
52 박명림, 『역사와 지식과 사회』, 나남, 2011, 173~174면.
53 김일성, 「조선민주주의인민공화국은 우리 인민의 자유와 독립의 기치이며 사회주의, 공산주의 건설의 강력한 무기이다」, 『김일성 저작집』 22, 423면.

승리랄 수 있는 까닭은, 북조선의 시각에서 한국전쟁이 "미 제국주의자들이 내리막길에 들어서는 시초를 열어놓"은 사건(424면)으로 평가되고 있기 때문이다. 미국은 자국 육군의 1/3과 공군의 1/5, 그리고 한국군과 UN군 총합 2백만의 병력을 쏟아붓고도 "공화국을 요람기에 없애버리려"(421면) 한 뜻을 이루지 못했다.

실제로 한국전쟁 당시 UN군의 공중 폭격 규모는 어마어마했다. "미 제국주의자들은 북조선에 한 평방킬로미터당 평균 18개의 폭탄을 퍼부어" 국토 및 기간시설을 파괴했다.[54] 그럼에도 불구하고 조선민주주의인민공화국이라는 신생국이 궤멸하지 않고 살아남았다는 사실, 그것은 거대 제국에 맞선 인민의 자발적·헌신적 노력이라는 서사에 곁들여 이후 북조선을 이끌고 간 자부심의 원천이 된다. 어쩌면 그것은 '남침' 자체를 망각시킬 정도로 거대한 이념적 효과를 북조선 지도층 내에서도 발휘한 것으로 보인다. "항일투사들이 피 흘리며 싸워 찾은 / 영웅의 나라"라는 항일무장투쟁의 신화화에 이어[55] 한국전쟁의 경험은 '제국주의에 맞서 싸워 이긴 나라'라는 서사를 북조선에 부여한다. 황석영이 『손님』(2001)에서 잘 보여주듯 이 서사는 어떤 대가를 치르더라도 지켜야 할 북조선의 이념적 뿌리다. 북조선은 남한을 상대한 것이 아니라 미국을, 원자탄으로 무장한 절대 강국을 상대한 것이다.

잘 알려져 있는 바지만 한국전쟁을 다룬 북조선 소설에서 남한 측 인물이 자율적 존재로 묘사되는 일은 거의 없다.[56] 적 중에는 분명 더

---

54 김일성, 「조선민주주의인민공화국에서의 사회주의 건설과 남조선 혁명에 대하여」, 『김일성 저작집』 19, 281면. 이 수치는 김성보, 『북한의 역사』 1, 역사비평사, 2011 등에서도 확인되고 있다.
55 차승수, 「내 나라」, 『조선문학』, 1966.9, 13면.

벅머리 '국군'이거나 '경찰서장'이 섞여 있지만, 그들은 모두 '미군 장교', '미국인'의 조종에 의해 움직이는 존재다. "눈이 우묵한 미군 장교가 거만하게 섰고 그 옆에 지주의 아들인 '경찰서장'이 황송스레 상전의 눈치를 살피고 있었다" 같은 서술이 전형적인 장면 설정에 속한다.[57] 인천상륙작전 당시 방어전을 그린 황건의 「불타는 섬」(1953)에서 인민군 대좌의 눈에 비친 마지막 영상 또한 미군 '흑인 병사'가 선두에 선 뒤에 '일본 군사'가 따르는 것이다.

『시대의 탄생』은 나아가 아예 UN군 총지휘관 맥아더를 서사의 중심에 위치시키고 있다. 소설이 시작하는 장면 자체가 러일전쟁 발발 직전인 1904년 봄, 당시 25세인 더글라스 맥아더가 아버지 아서 맥아더와 함께 평안남도 검산 지방을 방문한다는 가상의 상황일 정도다.[58] 일본 군인을 통역으로 대동한 이 부자는 "어찌하여 이 훌륭한 땅을 일본인에게 내맡긴단 말인가?"(1:29)라는 말로써 한반도에 대한 야욕을 토로하며, 민족주의적 적대감을 내비친 일단의 조선인들이 체포되게끔 사주한다. 소설의 적극적 주인공 격인 박세철은 이때 곤경을 치렀던 억쇠의 손자다. 이후에도 맥아더는 생생한 구체성과 더불어 계속 등장한다. 그는 평화주의를 제창하는 미국 국회의원과 논전을 벌이고, 미국에 있는 어린 막내아들과 통화하며, 인천상륙작전 때는 직접 함선을 지휘한다. 민환규의 이복동생으로 일본 기생의 소생인 삼랑(三郎)이

---

56 신형기 · 오성호, 『북한문학사』, 평민사, 2000.

57 최순성, 「후계자」, 『천리마』, 1966.9, 126면.

58 아서 맥아더는 당시 필리핀에 주둔한 제8군 사령관으로서 군정장관이었으며, 러일전쟁 당시 실제로 도쿄를 방문한 바 있다. 조선 방문은 일본 방문을 부연한 허구적 설정으로 생각된다.

나 친미적 일본인인 아오끼 겐지로가 조우하는 존재, 즉 미·일 사이 제국주의적 협력을 매개하는 존재 역시 맥아더 본인이다.[59] 맥아더의 보다 자유로운 분신으로 선교사 골드빈 부자가 등장하기는 하지만, 남한 정부의 괴뢰성을 궁극에서 폭로하는 것은 맥아더요 그의 노선을 지지하는 국무장관 덜레스다. 이들 옆에서 장도영·신성모·채병덕 같은 한국군 장성은 비굴한 꼭두각시에 지나지 않는다.(1:166)[60]

이 맥아더가 시종일관 요구하는 것은 "'만하탄구 계획'(원자탄 제조계획의 암호)의 혜택을 (…중략…) 베풀어" 줄 것, 그 하나다.(1:186) 민환규의 원자탄 공포에는 충분히 현실적인 근거가 있었던 셈이다. 『시대의 탄생』의 핵심 중 한 가닥은 민환규처럼 사회주의에 우호적이나 미국-원자탄의 위세 앞에 무력감에 사로잡혀 있는 인물을 어떻게 북조선의 충성된 인민으로 개조시키는가에 있었던 것 같다. 한국전쟁을 통해 박세철 같은 혁명가의 어린 후예는 성숙한 전사가 되고, 안휘태처럼 동요하던 인물은 굳건한 공민(公民)이 되며, 타락 직전의 부르주아였던 민환규 같은 성격마저 조선인민민주주의공화국의 기적적인 성공을 지지하게 된다는 것이 『시대의 탄생』의 서사 줄기다.[61] 민환규가 미국

---

59 『시대의 탄생』에는 식민지 조선에서 태어난 병원장의 아들로서, 미군 점령 하 일본에서 미군에게 아내를 뺏긴 후 총격 사건을 벌이고 다시 한반도로 귀환, 전쟁 때 인민군을 돕다가 UN군에게 처형당하는 이시까와 신조라는 인물도 등장하고 있다. 이시까와는 처형 직전 일본어로 "일본사람들아, 눈을 떠라!"(2:150)는 부르짖음을 남긴다. 소설이 창작된 1960년대 당시 북조선에서 '아시아인의 연대'를 강조한 영향인 듯 보인다.

60 『시대의 탄생』이 창작될 무렵 북조선에서 양산된바 1960년의 4월혁명을 다룬 문학에서도 비슷한 양상은 보편적으로 목격된다. 이순욱, 「4월혁명과 북한문학 : 조선작가동맹 중앙위원회 기관지 『문학신문』을 중심으로」, 『한국민족문화』 40호, 부산대 한국민족문화연구소, 2011, 141~143면 참조.

61 앞서 썼듯 『시대의 탄생』은 미완인 채 중단된 것으로 알려져 있는데, 제3부가 나오지 않았는지는 의문이다. 1967~1968년 이후 북조선 사회의 전체주의적 선회와 더불어 생각해 보아야 할 사실일지도 모른다.

-원자탄 공포를 어떻게 해결해 가는가 실제 소설 속에서 확인하지 못하는 점은 유감이지만, 제1부 끝머리에 등장하는 인민군 연대장 전학민과의 대화를 보면 대략의 추이는 예측해 볼 수 있다.

전학민은 전쟁 발발 전부터 미군의 원자탄 투하 가능성을 우려한 바 있지만, 전쟁 도중 민환규와의 대화에 있어서는 한 점 흔들림 없는 자신감을 드러낸다. 미군 총병력 3백만의 위력을 염려하나 북조선은 2천만 인민 전체의 힘으로 무장돼 있으며, "한 번 겁만 집어먹으면 그 이상 무시무시한 것이 없어 보이지만" 원자탄이란 실제로는 "아이들이 변소에서 자주 만나는 귀신"이나 마찬가지라는 주장이다.(1:490) 전학민의 시각에 따르면 전 세계 인민 절대다수가 북조선을 지지하고 있는 만큼 미국이 "감히 원자탄을 떨구지는 못할 것"이다. 어쩌면 "그들이 원자탄을 만들어 냈다는 것은 자본주의가 자기의 매장인인 로동계급을 산생시킨 것과 비슷"하다.(1:489) 이후, 박세철 등의 낙오 인민군과 합류해 북을 향하면서 민환규는 조금씩 전학민의 시각을 체화해 간다. 미국의 강대성, 그 과학-기술적 지배력 및 궁극의 무기로서의 원자탄을 어떻게 상대화할 것인지가 북조선에서 일종의 인식론적 과제였다고 할 때, 『시대의 탄생』은 민환규라는 인물을 통해 그 소설적 모색을 감당하고 있다.

4. 사물화된 '인해(人海)', 과학에 맞서는 야만

"사실 이전에 일부 사람들은 미제의 '강대성'과 '인도주의'에 대하여 환상을 가지고 있었습니다."[62] 근대 이후, 거대한 부에서 연원한 강대성과 재부(財富)의 시혜인 인도주의가 미국의 인상을 규정한 것은 북조선 지역에서도 예외가 아니었을 터이다. 그러나 한국전쟁을 통해 북조선에선 강대성 대신 "끝까지 용감하게 싸운다면 그를 능히 격파할 수 있다"는 확신을, 인도주의 대신 "악독한 야만"이라는 실감을 갖고 미국을 대하게 된다. 대중 정서 속에서 북조선의 정치적 기반인 반미에 기여한 것은 후자 쪽이지만, 강대국 미국에 맞서 '승리했다'는 서사는 반미를 현실적 노선으로 전화시키는 데 있어 핵심 동력으로 작용했다. "미 제국주의자들이 소위 '군사 기술적 우세'에 대하여 요란하게 떠들어대고 있지만 그것만으로는 전쟁에서 승리할 수 없습니다. 전쟁 승리의 결정적 요인은 군대와 인민의 정치사상적 우월성에 있습니다. (…중략…) 우리 인민군대는 적들에 비하여 전략 전술적으로 우월합니다. 과학적인 전략 전술을 가지면 적은 힘으로도 능히 큰 적을 타승할 수 있습니다."[63] 미국이 자랑하는 테크놀로지의 과학에 대해 북조선은 사상과 전략에 있어서의 과학성을 내세운다. 『시대의 탄생』에서 전학민의 말을 다시 빌려오자면 다중의 지지 없는 과학-무기는 '귀신', '허재

---

62 김일성, 「조국해방전쟁의 력사적 승리와 인민군대의 과업에 대하여」, 『김일성 저작집』 8, 조선로동당출판사, 1980, 134면.
63 김일성, 「조국해방전쟁의 전망과 종합대학의 과업」, 『김일성 저작집』 7, 조선로동당출판사, 1980, 144면.

비'에 지나지 않는다.

전학민의 비유는 원자탄을 '종이호랑이[紙老虎]'에 빗댔던 마오쩌뚱의 발언을 연상시키는 바 있다.[64] 이 대목에서 남한과 북조선에 보태 중국의 한국전쟁 경험을 일별해 볼 수 있을 듯하다. 한국전쟁이 일종의 세계전쟁으로서의 면모를 지니고 있었음은 널리 합의되고 있으며, 한국전쟁 그 자체가 세계전쟁이었다고 보는 시각도 없지 않은데[65] 전쟁 당시 그 핵심은 중국·미국 사이 정면충돌 가능성에 있었다.[66] 전쟁 초기 몇 달 동안은 중국이 티벳이나 미얀마, 혹은 인도차이나 지역을 공격하리라는 둥 타이완에 침입하리라는 둥 하는 관측이 끊이지 않았으며, 맥아더는 타이완군이 중국 본토를 공격한다는 작전을 내내 고려했으며, 타이완 총통 장제스는 이에 적극적으로 화답했다.[67] 아시아 지역에서 전쟁은 언제라도 확산될 위기에 있었던 것이다. 중국의 한국전쟁 참전 자체가 타이완 전선과 한반도 전선 중 어느 쪽을 택하느냐는 고심의 산물이었다.[68] 한국전쟁 발발 직후 중국 내에서는 반공산당 저항 운동이 광범하게 일어났지만[69] 전쟁을 계기로 중국 공산당은 토

---

64 S.N.Goncharov · J.W.Lewis · 薛理泰, 앞의 책, 50면.
65 국내에서의 한국전쟁 = 세계대전 대리전이라는 논의에 대해서는 정재석, 「해방과 한국전쟁, 3차대전론의 단층들」, 『상허학보』 27호, 상허학회, 2009; 국지적 규모로 봉쇄된 제3차 세계대전으로 전쟁을 이해하는 시각에 대해서는 공임순, 앞의 글, 33~36면 참조.
66 神谷不二, 『朝鮮戰爭 : 米中對決の原型』, 中央公論社, 1995.
67 이용희, 「6·25사변을 둘러싼 외교」, 『이용희 저작집』 1, 민음사, 1987, 134~143면. 1951년 6월에 집필한 글로 되어있다.
68 沈志華, 「중국의 한국전쟁 참전결정에 대한 평가」, 『신아세아』 7(2), 신아시아연구소, 2000, 252~254면. 중화인민공화국 성립 초기 중국과 타이완 사이 불간섭을 표명하고 있었고, 한국전쟁 발발 직전에야 중·미 사이 충돌 가능성이 관측되기 시작했다. 특히 마오쩌뚱이 타이완·인도차이나·한반도라는 세 전선을 의식하고 있었던 데 대해서는 C.Jian, *China's Road to the Korean War*, Columbia Univ. Press, 1994, 92~96면.
69 S.N.Goncharov · J.W.Lewis · 薛理泰, 앞의 책, 335면.

지개혁을 더 강경하게 집행할 수 있었다.[70] 요약하자면 한국전쟁은 제 2차 세계대전 후 동아시아 지역에서의 국가 형성 및 냉전체제 형성에 결정적 계기로 작용했다.[71]

한국전쟁 발발 당시만 해도 중국에서 미국의 물질문명 및 과학기술에 대한 숭배는 뚜렷했다고 알려져 있다. 숭미, 친미, 공미(恐美)라는 태도가 지배하는 가운데 '공미'의 핵심으로는 미국의 군사무기, 특히 원자탄에 대한 공포가 작용했다. 참전한 군인 중에서도 10% 가량이 "미제 군대와의 교전과 원자폭탄에 대한 공포를" 갖고 있다고 조사됐을 정도다.[72] 미국을 구시(仇視), 비시(鄙視), 멸시해야 한다는 이른바 삼시(三視) 운동은 참전 이전 대중의 이러한 심리를 교정하려는 시도에 다름 아니었다. 삼시운동을 비롯한 애국주의적 선동은 꽤 효과가 높았다고 한다. 그런 가운데 '멸시' 교육에서 특별히 강조된 것이 원자탄 무용론이었다. 원자탄은 막대한 제조비용이 필요한데다 중국처럼 인구가 분산돼 있는 대국을 상대로는 효과가 적다. 아군의 피해 또한 각오해야 하는 만큼 원자탄은 언뜻 보기에만 위협적인 '종이호랑이'에 지나지 않는다. 결론적으로 마오쩌둥은 전쟁의 승패는 원자탄에 의해서가 아니라 인민의 투쟁에 의해 결정되는 것이라고 역설한다.[73] 1949년 소련도 원자탄 개발에 성공한 후였는데도 한국전쟁 당시 전선은 과학-원자탄 대 사상-인민 사이에서 가상되었다.

70 박두복, 「중국 국내정치와 참전」, 『한국전쟁과 중국』, 백두, 2001, 166~167면.
71 임우경, 「한국전쟁시기 중국의 반미대중운동과 아시아 냉전」, 『사이』 10호, 국제한국문학 문화학회, 2011, 132면.
72 위의 글, 139~140면.
73 위의 글, 142~145면; 孫海龍, 앞의 글, 49면.

북조선이나 중국에서만 그렇게 여겼던 것이 아니다. 중국군의 '인해 전술'로 북진통일 직전 후퇴를 감내할 수밖에 없었다는 서사가 보여주 듯, 남한에서도 원자탄 대 인민이라는 가상의 전선은 작동했다. 물론 적대국의 사정인 만큼 인민은 '인해(人海)'라는 사물화된 심상 속에서 소비된다. 인민이 사상과 의지의 주체요 개별자의 집합인 반면 '인해' 는 물화된 인간이요 주체성을 상실한 전체에 지나지 않는다. 지금껏 유통되는 한국전쟁 당시 중화인민공화국 군대의 표상, 즉 "나귀와 낙 타를 타고 피리를 불며 빼주에 만취되어 죽을 길을 찾아 들어오는",[74] "마치 마약에 마취된 자와 같이 광적인 공격을 가하는"[75] 무시무시한 군집이란 '인해'라는 명칭에 정확히 조응한다. 이 중 "북을 치고 피리를 불면서"[76] 진격하여 오는 중국 군대라는 묘사는 사실에 부합하는 것이 었던 듯하다. 중국 군대를 묘사할 때마다 빼놓지 않고 등장하는 세부 일뿐더러 국공 내전 당시부터 부대 내 전술 지시를 위해 피리가 쓰였 다고 전하기 때문이다.[77] 중국 = 인구라는 상상력이 오래됐던 위에, 아 마 피리소리와 북소리에 조종되듯 몰려오는 중국군의 모습은 국군과 UN군 사이에 무시무시한 공포심을 불러일으켰던 듯하다. 개별성과 주체성을 상실한 채 소리에 조종되는 군집이라는 상(像)이 '빼주'나 '마 약'의 마취 효과에 대한 의혹과 결합했던 것도 일견 당연해 보인다. 실 상 이러한 중국군 표상이 종합 · 완성된 것은 전후에 범람한 전쟁 실화 및 수기를 통해서였던 것 같은데[78] 이러한 표상 조작을 통해 남한에서

74 「소개 차 二국민병 소집 안전지대서 훈련 대비」, 『동아일보』, 1950.12.20.
75 「서부의 我 반격전 중단」, 『경향신문』, 1953.3.28.
76 「백마고지전 전황 의연 착잡」, 『동아일보』, 1952.10.15.
77 「원시전 그대로 중공 '피리'는 전투암호」, 『동아일보』, 1951.2.22.

는 중국의 '인민'을 '인해'로 탈주체화시킬 수 있었다.

인파(人波)전술이라고도 불렸던 '인해전술(Human wave attack)'은 본래 중국 대륙에서 국민당과 공산당이 격돌하고 있던 1948~1949년에 등장한 용어이다. 당시 한국 신문에도 단연 "과학적이고 필승적"인 국민당 군대가 "중공군의 인해전술"에 밀려 패퇴하고 있다는 기록은 등장하고 있다.[79] 한국전쟁 초기에는 인민군을 가리켜 쓰이기도 했던 '인해전술'이란 말은 중국 참전 후에는 중국 군대에 국한돼 쓰인다. 4억 인구를 배경으로 1백만 이상이 참전하리라는 소문이 돌았던 만큼 그 심리적 압도를 표백한 용어였던 것으로 보인다.[80] "원자탄도 '로케트'탄도 무섭지 않은 듯이 50만 대군을 제물로 바치면서"[81] 물밀듯 몰려오는 인민해방군의 모습이란, 원자탄 같은 대량파괴무기마저 속수무책일지 모른다는 우려 또한 촉발했던 듯하다. 인해(人海)엔 인해(人海)로 맞서야 한다는 전술이 입안된 것도 이즈음이다. "적이 다수를 믿어 인해전술로 나온다면 우리 국민도 총동원하여 적수공권으로라도 적과 싸워야" 하며[82] "비록 중공군 이백만 명이 들어오기로서니 우리 이천만 명이 일어나면 물고 뜯고라도 한 놈도 살아나갈 수 없이 만들 수 있을 것"[83]이라는 총궐기의 수사가 등장하는 가운데, 제도적으로는 국민방

---

78 예컨대 박계주가 『아리랑』에 연재한 「한국전쟁 이면비사」에서 이런 사례를 다수 찾아볼 수 있다. 『아리랑』, 1956.2, 90면 등 참조.

79 「許宇成 東北新聞 사장, 재만동포의 근황을 설명」, 『민국일보』, 1948.12 21(『자료대한민국사』 9권).

80 실제 참전한 중국군 숫자는 243만여 명이었다고 한다. 미군이 38만 명의 병력을 파견했던 데 비해 압도적인 숫자였다. 전사자 11만 4천여 명을 비롯해 한국전쟁 당시 중국군의 병력 손실은 총 42만 6천여 명이었다. 미군에 비하면 사망자는 3.39배, 병력 손실은 2.62배였다. 沈志華, 앞의 글, 105면.

81 「보라! 붉은 오랑캐의 침략 정체를」, 『동아일보』, 1950.12.6.

82 「신성모 국방장관 담화 발표」, 『동아일보』, 1950.12.11(『자료대한민국사』 19권).

위군이 창설된다(1950.12.11).

실제로는 수만의 인명을 헛되이 희생시킨 졸속 정책으로 끝났지만, 국민방위군 창설을 전후해서는 극한투쟁의 언사도 종종 등장했다. "우리 방위군과 청년단 수십 만 명을 앞에 세우고 그 뒤로 우리 장년들이 지원으로 나서서 (…중략…) 죽창이나 수류탄이나 심지어 식도라도 가지고서 우리를 죽이려고 들어오는 놈들을 다 없이해야만 될 것"이라는 살기등등한 결전의 각오 속 '북상(北上) 인해작전'이란 용어가 등장하기까지 한다. 북조선과 중국이 '인해'를 희생시키는 비인간적 전술로 전쟁을 치르는 반면 남한을 후원하는 미국은 공중폭격으로 상징되는 과학-기술 전력에 의존해 전투를 수행하고 있다는 의식이 강했으나, '인해'에는 '인해'로 맞서지 않으면 승리를 기약할 수 없다는 생각 또한 공존했던 것이다. 이렇듯 적을 '인해'로 표상하고 거기 맞설 아측의 '인해'를 요구한 수사는 1951년 중반 이후 이른바 '고지전' 국면에서도 작용하지 않았나 짐작된다. 휴전협상을 앞두고 더 많은 영토를 확보하려는 것이 직접적 동기였지만, 예컨대 '피의 백마고지'의 경우 북조선 병력 1만 명 이상에 남한 전력 3천 명 이상이 희생될 정도 전투의 연속은 '인해'에 '인해'로 맞선다는 발상의 개입 없이 해명하기 어렵다.[84]

'인해전술'이 그 기원에서 정치·사상적 무장의 힘을 동시에 지시한다는 사실은 일관되게 외면되었다. 실제로는 '인해'의 기반은 대중의 이념적 무장이다. 북조선과 중국은 공히 미국에 대한 '강대성'과 '인도주의'라는 환상을 분쇄해야 했고 애국적 동원을 선동하면서 대중의 자

---

83 「중공의 인해전술에 대항」, 『동아일보』, 1951.1.10.
84 김진섭, 「승전기 : 피의 백마고지(하)—24회나 주인이 교체」, 『동아일보』, 1952.10.28 참조.

발성을 길어내야 했다.[85] 마오쩌둥이 말했듯, 또한『시대의 탄생』에서 전학민이 확인했듯 이들은 "제국주의는 겉으로는 강해 보이지만 인민의 지지가 없기 때문에 내적으로는 약하"다고 선전한다.[86] 과학-원자탄 대 사상-인민이란 대립 구도를 공유하면서도 한국전쟁 당시 남한과 북조선은 각각 상대를 평가절하하고 자신의 우위를 확인하는 논리와 표상을 구사하고 있다. 남한의 일부 인사는 이렇듯 팽팽한 대결 구도는 미국이 원자탄 사용을 꺼린다는 사실, 오직 그 하나 때문에 온존되고 있다고 주장하기도 한다. "미국과 같은 기동력과 화력을 가지고 중공의 인해전술에 고전"한 것은 "이 亦 세기의 비극"이다. 원자탄 사용이 곧 세계전쟁으로 이어지리라 믿을 만큼 미국이 곧이곧대로 순진했던 탓이다.[87] "미국은 자기 나라 공업력을 그렇게 자랑하면서도 (…중략…) 신생국가인 중국에 의하여 사실상 밀려나지 않았"는가? 때로 핵무기를 효과적으로 사용해야 과학기술의 우위를 전쟁에서도 지킬 수 있는 법이다.[88]

한국전쟁 당시 원자탄의 사용을 요구하고 세계전쟁으로의 확전 가능성을 무릅쓸 것을 요청하는 목소리가 적잖았던 것은 이런 인식론의 여파였던 듯 보인다. 미국의 제한전 정책은 "제국주의적 침략을 일삼는 소련과 그 위성국가" 탓에 애초부터 불가능하다. "UN도 (…중략…) 차라리 한국전쟁 국지화정책을 포기하는 것이 현명하리라."[89] 원자탄

---

85 임우경, 앞의 글, 155~156면 참조.
86 S.N.Goncharov · J.W.Lewis · 薛理泰, 앞의 책, 479면.
87 「사설 : 핵전쟁의 국지화와 미국전략의 재검토」,『경향신문』, 1957.8.13.
88 M.Higgins, 손기영 역,『젊은 여기자의 수기』, 합동통신사, 1956, 271면, 신형기,「6 · 25와 이야기 경험 : 전쟁수기들을 중심으로」,『상허학보』31집, 상허학회, 2011, 243면에서 재인용.
89 「사설 : 局地化 정책에 적신호」,『동아일보』, 1951.4.25.

은 세계전쟁에의 상상적 기투(企投)였다. 제한전과 전면전이라는 두 가지 전략이 각축하는 중에 핵무기 사용론은 곧 전면전의 위험을 감수할 것을 뜻했기 때문이다. 그런 점에서, 어떠한 핵무기도 사용되지 않았지만 한국전쟁은 핵전쟁이었다.[90]

특히 '20세기 미국의 아시아 경험'을 상징하는 인물인 맥아더는 시종일관 원자탄 사용을 요구하며 확전 가능성을 지지했고 '공산주의의 전세계적인 패배'를 목표로 하는 전쟁을 계획했다.[91] 핵무기의 불사용 전통(tradition of non-use)이란 한국전쟁을 통해 비로소 정초되었던 만큼[92] 원자탄은 한반도나 가까운 이웃의 상공에서 언제라도 투하될 수 있었다. 반공 자유주의의 투사였던 시드니 후크는 후일 한국전쟁 당시 핵무기라는 최후수단(ultima ratio)의 사용을 회피했던 사실을 비난하면서 이렇게 적었던 것이다. "한국전쟁이 대 중공전쟁이 되는 것을 두려워하는 나머지 미국은 스스로 자신에게 행동의 제한을 가하고 중공군이 완전히 퇴각할 단계에 있을 때 승전을 목전에 두고 그 전쟁을 끝맺었다."[93]

90 P.H.Nitze, "Atoms, Strategy and Policy", *Foreign Affairs* 34(2), 187~188면, 유진석, 앞의 글, 113면에서 재인용.

91 M.Schaller, 앞의 책, 6 · 420면.

92 유진석, 앞의 글, 106면.

93 S.Hook, 태용운 역, 「원자폭탄에 관한 대론」, 『사상계』, 1958. 10, 84면.

5. 합리성의 비합리성, 그 문학적 과제

『원형의 전설』과 『시대의 탄생』은 모두 1960년대 초·중반의 산물이다. 1967~1968년의 격심한 체제 전환을 통과하기 이전의 소설이라는 뜻이다. 1962년 쿠바 미사일 위기 때 미·소 간 일촉즉발의 상황이 빚어진 바 있었으나 한반도에서 한국전쟁 이후 처음으로 전면전 가능성이 점쳐졌던 것은 1968년을 전후한 시기였던 것으로 보인다. 세계적 격변기이기도 했던 이 시기에 남북은 모두 1970~1980년대를 결정한 새로운 체제를 시동한다. 예컨대 북조선에서 1967년은 사회문화적 격변을 초래한 핵심적 시기로 설명된다. 주체사상이 마르크스-레닌주의를 대체하는 전일적 사상 체계로 강조되었고, 혁명적 수령론과 후계자론 등 새로운 사회 운용 원리가 계시되었으며, 기계적 집단주의나 사회적 총동원 등이 만연하게 되었다는 것이다. "1967년 북한은 (…중략…) 합리적으로 선택할 수 있는 발전 방향이 있었음에도 그것을 채택하지 않고 비합리적인 선택을 했"다. "유감스럽게도 이 비합리적 선택은 독재와 저발전으로 일관한 북한의 이후 역사를 규정했다."[94]

이때부터 북조선은 정통 사회주의와 합리주의, 법적 지배 등과 무관한 코스를 달리기 시작한다. 이전까지의 경로가, 마르크스-레닌주의라든가 법적 체계 등과의 긴장 관계 속에서 형성되면서 그 나름의 독자적 합리성을 보여주었다면[95] 1960년대 말 이후로는 긴장이 깨지고

---

[94] 김성보, 『북한의 역사』 2, 역사비평사, 2011, 64~66면.
[95] 와다 하루키[和田春樹], 서동진 역, 『북조선』, 돌베개, 2002.

북조선 특유 '우리끼리', '우리 식으로'의 질주가 개시되었다고 할 수 있 겠다. 당 조직·사상·문화 담당자들에 대한 대숙청이 이루어진 것도 1967년이다. 이 시기는 남북한과의 전쟁 가능성이 공공연하게 점쳐지 던 무렵, 휴전 이후 최대의 군사적 위기를 맞았던 무렵이기도 하다. 북 조선의 시인은 각오를 굳건히 한다. "십여 년간 잠든 분계선이 / 또다 시 원쑤들의 불장난으로 하여 꿈틀거린다. (…중략…) 50년의 보복에 서 교훈을 찾지 못했다면 / 60년대의 포화로써 다시 대답하리라."[96]

1966년 10월 중순에는 북조선 군대가 1주일간 하루도 빠짐없이 '휴 전선을 침범', 국군을 살상·납치했을 정도다.[97] 미국 대통령 존슨이 방한했던 11월에는 국군 23인과 미군 6인이 희생되었으며, 동해에서 는 남한 해군이 북의 무장간첩선을 격침시키는가 하면 양측 함선 사이 20여 분간의 교전도 있었다. 이런 상황을 배경으로 1967년에는, 북조 선에서 숙청이 단행되고 남한에서는 박정희가 1백만 표 넘는 표차로 대통령에 재선된다. 각각 체제 전환의 기초를 이룬 후 1968년에 이르 러선, 국지적 충돌 자체가 줄었음에도 남한과 북조선이 각각 적극적으 로 전면전 가능성을 경고하기 시작한다. 연초에 있었던 푸에블로호 사 건이 격발장치로서의 역할을 했다. 북조선에서는 푸에블로호가 '무장 간첩선'으로서 영해를 침공했다고 주장했으며, 한국과 미국에서는 북 조선 해군이 해상경계선을 넘어와 배를 납치해 갔다고 선전했다. 북조 선에 의하면 푸에블로호의 영해 침범은 "조선에서 새 전쟁을 일으키려 는 미 제국주의자들의 계획적인 책동의 일환"이었다. "우리는 전쟁을

---

96 오영재, 「우리는 판가리 시각을 기다린다」, 『조선문학』, 1967.1, 11면.
97 「휴전에 도발한 붉은 발악」, 『동아일보』, 1966.11.4.

바라지 않지만 결코 전쟁을 두려워하지는 않습니다. (…중략…) 최근의 모든 사태 발전은 미제에 의하여 우리나라에서 임의의 시각에 전쟁이 다시 터질 수 있다는 것을 보여주고 있습니다."[98]

이른바 1·21사태는 푸에블로호 사건으로 경색됐던 국면을 전쟁 직전으로까지 몰고 갔다. 3월에는 한국에서 1백만 규모의 향토예비군이 창설된다. 양쪽은 모두 심각했다. 세계적으로도 격변의 한복판이었다. 베트남전쟁이 한창 격렬했고, 남한은 이미 파병을 시작했으며 북조선도 항공 조종사들을 파견한 위에 본격 파병을 검토하고 있는 중이었다. 한국전쟁 당시 원자폭탄 공포의 기억은 이 시기 북조선에서 다시 소환된다. "전쟁이 일어난다고 하여 모든 것이 한꺼번에 다 마사지는 것도 아니며 또 사람이 다 죽는 것도 아닙니다. 미 제국주의자들이 원자탄을 가지고 있지만 함부로 쓰지 못하고 있습니다. 미 제국주의자들은 원자탄을 지난 조선전쟁 때 그처럼 곤경에 빠졌어도 쓰지 못하였으며 오늘 웰남전쟁에서도 계속 녹아나고 있지만 감히 쓰지 못하고 있습니다."(84면) 곧 전쟁이 재발할지 모른다는 위협감, 건설과 노동에의 의욕을 감퇴시킬 법한 이 불안에 대해 북조선 지도부는 한국전쟁에서의 생존-승전의 서사를 다시금 활용한다. "모든 것이 (…중략…) 다 마사지는 것도 아니"며 "사람이 다 죽는 것도 아니"라는 결기 속에서 건설의 자세는 재차 독려된다. "어떤 사람들은 전쟁이 일어나면 다 마사지겠는데 무엇 때문에 자꾸 건설하는가고 의문을 가질 수도 있습니다. 우리는 전쟁이 내일 아침에 일어난다고 하더라도 오늘 밤까지는 건설

---

98 『김일성 저작집』 22, 7면.

을 계속하여야 합니다."(97면)

원자탄의 잠재적 위력은 여전했다. 소련이 미국을 앞질러 인공위성 발사에 성공한 이른바 '스푸트니크 충격' 후(1957.10) 미국의 과학기술 우위라는 신화가 흔들리기 시작했고, 1960년대 말이면 미국·소련에 이어 영국·프랑스·중국도 핵무기 개발에 성공한 후였지만, "미 제국주의자들"의 "원자탄"은 변치 않는 상징적 위세를 발휘하고 있었다. 북조선이 한국전쟁 직후부터 핵무기 개발에 관심을 둔 것은 거의 불가피한 결과처럼 보인다. 남한이 그 위력을 전유하기 위해 핵에 관심을 가졌다면 북조선은 핵 위협을 방어한다는 명분으로 개발에 나섰다. 결과적으로 남한과 북조선은 1950년대 중반 이후 몇 해 사이 다투어 관련 연구소를 창설하고 연구용 원자로를 도입한다.[99] 한국전쟁을 통해 원자탄에 대한 경험이 전혀 달랐는데도 그 절대 무기를 향한 욕망만은 남북이 비슷했다. '성공'한 것은 북조선 쪽이다. 북조선은 2005년 핵무기 보유 사실을 공식 선언한다. 오늘날은 부분과 보편 사이의, 지역과 세계 사이의, 그리고 아(我)와 적 사이의 관계를 근본적으로 바꾸어 온 핵이 한반도의 현실에 훨씬 가깝게 개입하고 있는 형국이다.

과학은 한때 인간 이성의 개가(凱歌)로 예찬되었다. 원자탄이 개발되던 한복판에서도 그것을 과학-기술 발전의 결과로 간주하고 자유민주주의와 과학정신 사이 관련을 논구하는 접근법은 남아 있었다. "독재 제도 자체의 모순은 (…중략…) 과학기술의 발랄한 진전을 지연케" 하는 요소이며[100] "과학의 진흥이란 진정한 의미에서는 과학정신의 진

---

99 한국의 사정은 앞에 적었거니와 북조선에 대해서는 유진석, 앞의 글, 112면 참조.
100 「원자력은 세계 파멸을 방지했다」, 『동아일보』, 1955.8.10.

홍이요. (…중략…) 곧 우리가 속에 지니고 있는 비과학적 요소를 정리
제거하는 것"인 만큼 자유민주주의야말로 과학 발달에 적절한 토양이
라는 것이다. 이런 발언은 원자탄을 포함한 과학-기술을 이성과 합리
성의 마땅한 산물로 평가하는 태도를 함축한다. 제2차 세계대전 이후
인간 이성 자체에 대한 회의와 특히 도구적 합리성에 대한 비판이 널
리 번졌음에도 과학을 이성과, 자유민주주의와 동일시하는 상상력은
쉽게 사라지지 않는다. '과학의 영도(零度)'로서 원자탄 개발 이후의 궤
적은 과학-합리성이라는 모형 자체의 재조형을 요구하고 있지만, 프
랑크푸르트학파를 마지막으로 이 작업의 진전이 충분히 대중화되지
는 못한 듯하다. 남북한 문학에서도 한국전쟁 이후 가장 지적 실험이
활발했던 1960년대 초·중반에 약간의 시도가 있었던 외에 핵이라는
대상을 깊이 성찰한 시도는 별반 보이지 않는다.[101] 한국문학에 있어
과학에의 응답이 좀 더 진지해질 필요가 있다는 방증이라 할 것이다.
테크놀로지의 극한을 넘어선 테크놀로지로서, 그리고 해방기 이후 한
반도의 현실에 가까이 얽혀 있던 물(物) 자체로서, 핵과 핵무기는 우리
곁에 있다.*

---

101 김원일의 『히로시마의 불꽃』(2001) 등 원폭 피해자의 경험을 다룬 소설은 여러 편 있다. 김
　　진명의 『무궁화꽃이 피었습니다』(1993) 등 핵무기 개발을 민족주의와 결부시켜 서사화한
　　소설도 적지 않다.
*　이 논문은 2012년 『한국문학연구』 43집에 게재된 논문을 재수록한 것임.

제4부

근대 과학의 원초적 장면

김성근 : '科學'이라는 일본어 어휘의 조선 전래 | 이면우 : 초기 일본 유학생들의 학회활동을 통한 과학문화의 기여 | 조형래 : 학회지의 사이언스

'科學'이라는 일본어 어휘의 조선 전래

김성근

1. 서론

이 글은 '과학(科學, 가가쿠)'이라는 일본어 어휘가 조선에 이입된 과정을 추적하고자 한 것이다. 오늘날 '科學'이라는 용어는 한·중·일을 중심으로 한 동아시아 한자문화권에서 폭넓게 사용되고 있다. 이 어휘가 동아시아에 처음 나타난 것은 중국 문헌이었다. 이 '科學(커쉐)'라는 어휘는 『사고전서(四庫全書)』 등에 따르면 '科擧之學'의 축약형으로서 이미 당나라 때부터 나타났다고 한다.[1] 이 어휘는 오늘날 우리가 서양어 'science'의 번역어로서 쓰고 있는 '科學'과는 전혀 다른 의미로서, 요

---

[1] 周程, 『福澤諭吉と陳獨秀—東アジア近代科學啓蒙思想の黎明』, 東京大學出版會, 2010, 125~130면. 사사키 지카라(佐々木力)는 『科學論入門』(岩波新書, 1999)의 2010년 15쇄에서 주청[周程]의 조사결과를 받아 들여 개정했다. 위의 책, 2~6면.

컨대 그것은 중국이나 조선에서 시행되었던 관료의 등용제도인 '科擧之學'을 의미하고 있었다.

'科學'을 'science'의 번역어로 채택한 이들이 19세기 후반 메이지[明治] 시기 일본 지식인들이었다는 것은 오늘날 폭넓게 인정받고 있다. 아소 요시테루[麻生義輝]는 막부 말기의 번서조소(蕃書調所)에서 학문의 전문화가 일어나, 일정한 범위로 한정하여 특별히 깊이 연구하는 방법은 '學或', 그 가운데 연구된 학문은 '學科'라고 했는데, 이 새로운 의미를 강하게 표현하고자 하여 '科學(가가쿠)'라는 신조어가 출현했다고 지적했다.[2] 아소는 구체적인 용례를 들고 있지는 않으나, 메이지 초기 '가가쿠'는 분명히 전문 영역별로 '분과한 학문', 즉 '학과'의 의미로서 사용되었던 것으로 보인다. '가가쿠'라는 어휘가 일본의 문헌에 처음 등장한 것은 다카노 초에이[高野長英]의 『의원추요내편(醫原樞要內編)』(1832)이었다고 알려져 있다. 그리고 메이지 시기 이후에는 1871년 1월 이노우에 다케시[井上毅]의 「학제의견(學制意見)」에서 쓰인 것이 최초였는데, 그 모두 오늘날 자연과학(사이언스)를 가리키는 것이 아니라, 오히려 '분과한 학문' 즉 전문학과를 의미했다.[3] 이후 이 어휘는 그와 거의 비슷한 의미를 지니고 후쿠자와 유키치[福澤諭吉],[4] 니시 아마네[西周][5]에 의해서도 사용되었으며, 결국 1881년에 간행된 『철학자휘(哲學字彙)』에서 'science'의 번역어 가운데 하나로 채택되어 일본사회에 서서히 정착했던 것으로 보인다.[6]

---

2 麻生義輝, 『近代日本哲學史』, 近藤書店, 1942, 27면.
3 中山茂, 『帝國大學の誕生』, 中央公論社, 1978, 45면.
4 후쿠자와 유키치는 『학문을 권장함[學問のすゝめ]』(1872) 가운데에서 '文學科學' 또는 '一科一學'이라는 어휘를 사용하고 있다.
5 니시 아마네는 1874년 『메이로쿠잡지[明六雜誌]』에 연재한 「지설(知說)」에서 '所謂科學'이라는 용어를 사용했다. 『西周全集』 一卷, 宗高書房, 1960, 460~461면.

그런데 '가가쿠'라는 일본어 어휘는 이후 중국에도 수입되었다. 스즈키 슈지[鈴木修次]는 1896년 량치차오(梁啓超, 1873~1929)의 논문 「변법통의(變法通議)」에서 '가가쿠'의 번역어로서 '科學(커쉐)'라는 어휘가 중국에서 처음 사용되었다고 지적했다.[7] 19세기 후반 무렵 일본에서 건너가 근대화의 실상과 개화의 방법을 배운 중국인 유학생들은 모국어로 중국의 근대적 개혁의 필요성을 발표하기 시작했는데, 그 무렵 '科學(가가쿠)'라는 일본어 어휘는 량치차오 등에 의해 중국에 역수입되었다고 한다. 또한 이 '가가쿠'라는 어휘는 조선에도 수입되었던 것으로 보인다. 그러한 사정에 대해서는 겨우 이한섭, 김학수 정도만 언급했을 뿐이다. 이한섭은 '科學(과학)'이라는 어휘가 일본에서 조선에 전파된 것인데, 그 첫 용례는 유길준(兪吉濬)의 『서유견문(西遊見聞)』(1895)이고, 잡지의 경우 『창조(創造)』 제2호(1919.3), 사전 자료의 경우 1931년에 간행된 『한영대자전(韓英大字典)』이었다고 지적했다.[8] 또한 김학수는 '과학'이라는 어휘가 조선에 처음 등장한 것은 1909년 장지연(張志淵, 1864~1921)이 쓴 『만국사물기원역사(萬國事物起源歷史)』였다고 지적했다.[9] 그러나 이러

---

6 메이지 시기 일본에서 '科學'이라는 어휘가 'science'의 번역어로서 어떻게 탄생하고 정착했던가에 대해서는 다음의 서지를 참고할 것. 辻哲夫, 『日本の科學思想』, 中央公論社, 1973, 176~193면. 村上陽一郎, 『日本近代科學の歩み』, 三省堂, 1977, 20~22면. 高野繁男, 「かがく(科學)」, 佐藤喜代治 編, 『語誌(一)』, 明治書院, 1983, 174~178면. 周程, 「福澤諭吉の科學概念」, 『科學史研究』 38(211), 1999. 木島泰三, 「科學‧學問‧學」, 『哲學‧思想翻譯語事典』, 論創社, 2003, 36~37면. 졸고, 「日本의 明治思想界와 科學이라는 用語의 成立過程」, 『한국과학사학회지』 25(2), 한국과학사학회, 2003.

7 鈴木修次, 『日本漢語と中國』, 中央公論社, 1981, 85~94면. 또한 다카노 시게오[高野繁男]의 「かがく(科學)」, 178면.

8 이한섭, 「서유견문에서 받아들인 일본한자에 대하여」, 『日本學』 6호, 동국대 일본학연구소, 1987, 96~98면.

9 김학수 외, 『과학문화의 이해』, 일진사, 2000, 22면. 『만국사물기원역사』는 세계 각국의 사물에 관한 기원과 역사를 해설한 것으로서, 일종의 백과사전이라고 하겠다. 이 책은 모두 28장으로 나뉘어 있는데, 그 가운데 제5장을 「科學」이라고 하고, 그것을 화기(火氣), 수분자

한 지적은 불행하게도 번역어로서 '과학'이라는 어휘가 조선에 처음 등
장한 시기와 그 출처에 대해서 일치하고 있지 못하고, 또한 그 어휘가 어
떠한 의미를 지니고 조선에서 수용되었던가에 대해서도 거의 언급하고
있지 않다. 따라서 이 글의 목적은 '科學(가가쿠)'라는 일본어 어휘가 언
제, 어떠한 과정을 거쳐 조선에 수입되었던가를 검토하는 데에 있다. 결
론부터 먼저 말하자면 '科學'이라는 어휘는 종래 연구자들이 생각했던
것보다도 훨씬 이른 시기 조선의 다양한 문헌에 등장하여 일반인에게
확산된 것으로 판단된다.

　19세기 일본어 변동에 대해 연구한 모리오카 겐지[森岡健二]는 1887
년부터 1907년 사이 에도[江戸]어의 약 반 정도가 메이지 시기 근대어로
대체될 만큼 언어의 대변동이 일어났다고 한 바 있다.[10] 1882년에 미
국을 비롯한 유럽 여러 나라와 수교(修交)를 시작하여, 서양 학문을 직
접 수용할 수 있게 된 조선도 일본보다는 늦게 서양어의 번역 사업에
착수했다. 그런데 조선에서 서양어 번역은 메이지 시기 일본과는 제법
다른 특징을 나타낸다. 중국에서 새로운 번역 조어를 받아들이는 한편
으로 서양어 어휘를 직접 일본어로 번역하는 데에 상당히 애쓴 일본과
는 다르게, 조선은 기존의 중국이라는 서양어 수용의 간접적 통로에
더하여, 메이지 시기 일본이라는 또 하나의 통로를 서양어 수용에 활

　　(水分子), 비중(比重), 불[火], 전기, 대수학, 기하학 등의 항목으로 구분하여 설명하고 있다.
　　장지연, 『만국사물기원역사』, 아세아문화사, 1978, 64~70면. 그런데 김학수는 이 『만국사물
　　기원역사』에 대해서는 1995년 정경인이 쓴 「1930년대 과학지식보급운동」(한국정신문화연
　　구원 한국학대학원 석사논문) 중에서 인용하고 있는 듯하다.
10　森岡健二, 「和英辞書における譯語の変遷」, 『近代語の成立 : 明治期語彙編』, 明治書院, 1969,
　　2~37면. 또한 메이지 시기 어휘의 대격변을 초래한 번역어의 등장에 대해서는 야나부 아키
　　라[柳父章]의 『번역의 사상(翻譯の思想)』(平凡社, 1977), 『번역어성립사전(翻譯語成立事情)』
　　(岩波書店, 1982) 등을 참조할 것.

용한 것이다. 그러니까 19세기 말부터 본격적으로 조선에 수용된 서양 과학의 어휘에는 일본 또는 중국에서 이미 번역어로서 탄생한 어휘가 허다하게 포함되어 있었던 것이다. 이 글에서 고찰하고자 하는 '科學(과학)'이라는 어휘도 그러한 번역어 가운데 하나이다. 서양에서 건너온 새로운 어휘를 자신의 언어로 번역하는 데에 오랜 혼란을 경험했던 일본과는 다르게, 근대 조선에 주어진 일본·중국이라는 간접적 통로가 한국어의 근대적 변동에 분명히 기여했다는 것은 두말할 나위도 없다. 그런데 그러한 중국과 일본으로부터 이루어진 어휘의 유입이 오늘날 한국인 연구자로 하여금 주된 근대적 학술어의 기원과 그 의미를 이해하기 어렵게 하고 있는 사정도 간과할 수 없다.

이 글에서는 이러한 문제의식에 근간하여 '科學(가가쿠)'라는 일본어 어휘가 언제, 어떠한 형태로 조선에 수입되었던가, 또한 개화기의 조선인들은 그것을 어떻게 이해하고 있었던가를 검토할 것이다. 이러한 연구는 19세기 후반 이후 일본과 조선의 과학 교류의 실태를 규명하기 위해서도 중요한 의미를 지닌다고 판단된다.

아울러 이 연구의 절차에 대해서도 미리 밝혀 둔다. 우선 19세기 말부터 20세기 초 조선과 일본에서 간행된 각종 사전류를 거론하고, 영어나 프랑스어 'science'가 조선어에 어떻게 번역되었던가를 검토한다. 다음으로 19세기 이전 조선의 문헌에 나타난 '과학'의 용례를 몇 가지 제시하고 그것과 유길준의 『서유견문』에 나타난 '科學(과학)'과 개념적인 차이를 밝힌다. 나아가 20세기 초 조선인 일본유학생들이 사용했던 '科學'을 참고하고 마지막으로 1910년대 이후 조선에서 이 어휘의 보급 사정을 확인한다.

2. 19세기 후반 이후 조선 사전류의 '科學(과학)'이라는 어휘

17세기 이후 조선에는 중국에서 다양한 서양서적이 유입되는데, 그 대부분이 한역(漢譯) 서학서(西學書)였다는 특징이 있다. 중국에 파견된 조선의 외교사절은 그러한 서적을 수입한 담당자였고, 그것은 서양학문에 대한 조선 유학자들의 이해를 촉진시켰다. 그러한 '서학'에 대한 관심은 천주교의 수입을 두려워한 조선 정부의 삼엄한 감시를 받았으나, 그 후에도 조선 사회의 개혁을 지지한 실학자들에 의해 지속되어, 결국 서양 과학의 전면적인 수용을 주장하는 목소리마저 나타나기에 이르렀다. 예컨대 19세기 중엽 조선에서 서양과학에 가장 정통했던 것으로 인정받는 최한기(崔漢綺, 1803~1877)는 중국에서 수입된 한역 서학서를 참고하면서 '기학(氣學)'이라는 독자적인 자연철학을 구축하는 한편, 서양과학의 전면적인 수용을 주장했다. 또한 그는 1857년에 쓴 『지구전요(地球典要)』에서 영어의 알파벳을 소개했으나, 그가 서양의 언어를 본격적으로 배운 흔적은 그 이상 발견되지 않는다.

19세기 조선어의 서양어 번역 사전 출판은 아이러니하게도 조선 정부의 혹독한 탄압을 받았던 서양인 선교사들에 의해 이루어졌다. 그 가운데에서도 주목할 만한 최초의 사전은 『한불자전(韓佛字典)』이다. 『한불자전』은 리델(Félix Clair Ridel, 1830~1848) 신부를 포함한 프랑스인 선교사들이 조선인의 협력을 얻어 1880년 요코하마(橫浜)에서 편찬·출판한 것이었다. 이 사전을 편찬한 리델 신부는 1866년 병인양요(丙寅洋擾)를 계기로 한 천주교 대탄압의 시기 조선에서 중국으로 도망한 세명의 프랑스인 가운데 한 사람으로 알려져 있다. 조선이 프랑스와 수호조약을 맺은 것은 1886년이고, 그래서 이 사전은 조선과 공식 외교 관계를 아직 맺지 못했던 프랑스의 선교사들이 조선인에게 포교를 목적으로 간행한 것이었다. 그런데 이 사전이 요코하마에서 간행되었을 때 조선어는 아직 메이지 시기 일본어의 영향을 거의 받지 않았다. 1876년 강화도조약에 의해 신생 일본과 수교를 한 조선이 일본과 본격적으로 교류를 시작한 것은 1880년 이후였다. 메이지 유신 이후 서양 서적을 대량으로 받아들이고 있었던 일본은 때마침 근대 일본어 형성의 도상에 있었다. 그래서 이 사전은 일본어의 영향이 아직 나타나지 않은 조선어와 프랑스어의 대응 관계를 나타낸다고 해도 무방하다.

그러면 프랑스어 'science'는 이 사전에서 어떻게 변역되었던가? 일본에서는 니시 아마네가 1870년 『백학연환(百學連環)』에서 영어 'science'를 '學'으로 번역했으며,[11] 1876년 『메이로쿠잡지[明六雜誌]』에 연재한 「지설(知說)」에서는 '學'과 '科學'을 구분해서 썼다.[12] 즉 니시 아마네는 'science'를 '學'으로 번역하면서도 '科學'이라는 어휘는 '분과의 학문'을 의미하는 어휘로서 사용하고 있었던 것이다. 그런데 1881년 이노우에 데쓰지로[井上哲次郞] 등이 편찬한 『철학자휘』가 'science'를 '理學, 科學'으로 번역한 이래 '科學'이라는 어휘가 'science'의 번역어로서 빈번하게 등장하게 된다.[13] 이러한 사정을 염두에 두고 1880년 『한불자전』을

---

11 西周, 『西周全集』四卷, 宗高書房, 1981, 42면.
12 西周, 『西周全集』一卷, 宗高書房, 1960, 460~461면.
13 1880년 이후 간행된 많은 사전 가운데에는 'science'의 번역어로서 '科學'이라는 어휘를 볼 수 있다. 대표적인 사례를 들면 다음과 같다. P. Austin Nuttall, 棚橋一郞 譯, 『英和双解字典』(1885), 島田豊纂 譯, 『附音挿図 和譯英字彙』(1888), 博言學士イーストレーキ・棚橋一郞 共譯, 『ウェブスター氏新刊大辭書 和譯字彙』(1888), 尺振八 編, 『明治英和字典』(1884~1889) 등.

검토해 보면, 우선 '科學'이라는 항목은 보이지 않는다. 그런데 '學問'이라는 항목을 보면 'science'가 'talent' 등과 함께 그 번역어로서 대응하고 있다. 더구나 '格物窮理'라는 어휘는 "Science naturelle; philosophie; reserche des lois qui gouvernent les choses naturelles"로 설명하고 있다. 즉 '격물궁리'에는 "science naturelle, philosophie"라는 번역어가 주어져 있고, "자연의 사물을 통치하는 법칙에 관한 연구"라는 해설이 덧붙여져 있다. 또한 '格物致知'는 "Philosophie; connaissance des lois qui gouvernent les choses. Compretendre la nature des choses"로 설명하고 있으며, "philosophie"라는 번역어와 함께 "사물의 본성을 이해하는 것, 사물을 통치하는 법칙에 관한 지식"이라고 해설하고 있다.[14] 주지하는 바와 같이 '격물궁리'와 '격물치지'는 주자학(朱子學)에서 흔히 쓰이는 어휘였다.

『한불자전』다음으로 미국 선교사 언더우드(Horace Grant Underwood, 1859~1916)는 1809년『영한자전(英韓字典)』과『한영자전(韓英字典)』을 간행한다. 그가 이 책의 서문에서 밝힌 바와 같이, 이 두 사전은 리델 신부의 『한불자전』을 참고한 것이었다. 언더우드의 사전은 주로 일상적, 실용적인 조선어를 많이 포함하고 있다. 이 사전에서 'science'는 '學, 學問'으로 번역되어 있으며, 'philosophy'는 '學, 學問, 理'로 번역되어 있다.[15] 이외 'nature philosophy'는 "性理之學, 格物窮理, 天性之學"으로 번역되어 있다.[16] '學'이나 '學問'이 'science'와 'philosophy'의 번역어로서 함께 사용되고 있었던 것으로 보건대, 'science'와 'philosophy'의 학

---

14 Félix Clair Ridel, *Dictionnaire Coréen-Français*(『韓佛字典』), Yokohama : C. Lévy, 1880, 152면.

15 Horace Grant Underwood, *English-Korean dictionary*(『英韓字典』), Yokohama : Kelly & Walsh, 1890, 193 · 226면.

16 위의 책, 193면.

문적 특징을 명료하게 구분해서 쓸 수 있는 어휘는 아직 나타나지 않았던 것으로 보인다. 물론 그러한 상황은 메이지 시기 일본의 사전에도 빈번히 나타난다. 예컨대 '科學'과 '哲學'이 일반에 널리 받아들여지기 이전 '學', '術', '理學' 등과 같은 어휘는 'science'와 'philosophy'의 번역어로서 자주 쓰였으며, 그러한 현상은 사전에 따라서는 19세기 말까지 나타났다고 판단된다.[17]

1891년 영국인 선교사 스코트(James Scott, 1850~1920)는 *English-Corean Dictionary*를 간행했다. 이 사전에서 스코트는 'science'를 '學, 格物究理, 才藻'라고 번역하고 있고, 'philosophy'에는 '格物究理'를 대응시켰다.[18] '格物究理'가 'science'와 'philosophy'의 번역어로서 동등하게 사용되었던 것은 리델의 사전과 마찬가지이다.

언더우드의 사전 편찬을 도왔던 캐나다인 선교사 게일(James Scarth Gale, 1863~1937)은 1897년 『한영자전(韓英字典)』을 간행했다. 이 사전에서 그는 '理學'의 번역어로서 'philosophy'를 채택했으며, '格物하다'는 "To inquire into the nature of things; to understand natural science"라고 번역했다.[19] 즉 게일은 'natural science'의 번역어로서 '格物'을 채택했다는 것을 알 수 있다.

이와 같이 정리해 보면 19세기 말까지 편찬된 조선의 외국어 사전류

---

17 그러한 현상은 '科學'이 'science'의 번역어로서 채택된 사전에도 나타났다. 예컨대 『英和双解字典』(1885), 『附音挿図 和譯英字彙』(1888), 『ウェブスター氏新刊大辭書 和譯字彙』(1888), 『明治英和字典』(1884~1889) 등은 '科學'을 'science'와 'philosophy'의 번역어로서 함께 쓰였다.

18 James Scott, *English-Corean dictionary*, Corea : Church of England Mission Press, 1891, 240 · 282면.

19 James Scarth Gale, *A Korean-English dictionary*(『韓英字典』), Yokohama : Kelly & Walsh, 1897, 219 · 495면.

에서 'science'가 '科學'이라는 어휘로 번역된 사례는 발견되지 않는다. 또한 'philosophy'의 경우도 그 무렵까지 주로 '格物窮理', '格物' 등 주자학의 용어를 바탕으로 하면서 다양한 번역어가 난립한 상황이었다. 그러면 20세기 초 편찬된 사전의 경우는 어떠했던가? 1911년 게일은 1897년의 『한영자전』을 증보 간행했는데, 이 사전에도 '科學'이라는 용어는 아직 등장하지 않았다. 그런데 '格物學'으로 번역어로서 'philosophy; natural science'가 대응하고 있었다.[20] 아울러 그는 '哲學'이라는 어휘의 번역어로서 'philosophy'를 채택했다. 또한 '理學'은 "physics; natural philosophy and science"로 번역하고 있다. 이것으로 보건대 'philosophy'는 게일의 사전에서는 '哲學'과 '格物學'이라는 두 가지 이상의 어휘로 번역되어 있었다는 것을 알 수 있다. 더구나 '격물학'은 'philosophy'와 'natural science'의 번역어로서 함께 사용되어 있었다는 것도 판명되었다.

1916년 미국인 선교사 존스(George Herbert Jones, 1867~1919)가 편찬한 『한영자전(韓英字典)』에 'science'의 번역어로서 겨우 '科學'이라는 어휘가 등장했다.[21] 존스는 이외에도 '學術, 學問, 知識, 學'과 같은 용어를 'science'의 번역어로서 채택했다. 그는 'philosophy'의 번역어로서는 '哲學'을 썼다.[22] 또한 언더우드는 『한영자전』을 간행하고 약 35년 만에 『영선자전(英鮮字典)』(1925)을 간행했으나, 그 사이 조선어의 변화가 현저했다는 것은 두 말할 나위도 없다. 'science'의 경우 『한영자전』에서는

20 James Scarth Gale, *A Korean-English dictionary*(『韓英字典』), Yokohama : Printed by Fukuin Printing Co., 1911, 47·937면.
21 George Herbert Jones, *An English-Korean dictionary*(『英韓字典』), Tokyo : Kyo Bun Kwan, 1916, 155면.
22 위의 책, 127면.

연도	출전	'science'의 번역어	유의어의 용례
1880	Félix Clair Ridel 『韓佛字典』	學問	格物窮理 : Science naturelle; philosophie; reserche des lois qui gouvernent les choses naturelles.
1890	Horace G. Underwood 『英韓字典』	學, 學問	philosophy : 學, 學問, 理
1891	James Scott *English-Corean Dictionary*	學, 格物究理, 才藻	philosophy : 格物究理
1897	James S. Gale 『韓英字典』	항목 없음	格物하다 : To inquire into the nature of things; to understand natural science.
1911	James S. Gale 『韓英字典』 증보	항목 없음	格物學 : philosophy; natural science 學術 : science and art
1916	George H. Jones 『韓英字典』	科學, 學術, 學問, 知識, 學	philosophy : 哲學, physics : 理學, 物理學. natural philosophy : 理學
1925	Horace G. Underwood & Horace H. Underwood 『英鮮字典』	科學, 學術, 學, 學問, 知識	philosophy : 哲學, 哲理, 原理, 理論, 學

‘學, 學問’으로 번역되어 있었지만, 이제는 “科學, 學術, 學, 學問, 知識”으로 번역되어 있다. 존스의 『한영자전』에서는 보이지 않았던 ‘scientific’은 “學術上, 科學上”으로, ‘scientist’는 ‘科學者’로 번역되어 있다.[23]

3. 유길준의 『서유견문』과 일본어 ‘科學(가가쿠)’의 수용

많은 한국인 연구자들은 조선에서 ‘科學(과학)’이라는 어휘의 첫 용례를 유길준의 『서유견문』 또는 19세기 말부터 20세기 초에 걸쳐 조선의

---

23 Horace G. Underwood & Horace H. Underwood, *An English-Korean dictionary*(『英韓字典』), Seoul : Y.M.C.A. Printing Department, 1925, 519면.

문헌 가운데에서 발견하고 있다. 그리고 그것을 메이지 시기 일본에서 수입된 신조어라고 여기고 있는 듯하다.[24] 그것이 일본어 어휘로서 '科學(가가쿠)' 즉 'science'의 번역어로서 '科學(과학)'이라면 한국인 연구자들의 견해는 온당하지 않을 지도 모른다. 그러나 '科學(과학)'이라는 어휘 자체는 이미 19세기 이전 조선의 문헌에서도 볼 수 있었다.

예컨대 조선 중기의 유명한 실학자인 이익(李瀷, 1681~1763)은 만년에 완성한『성호사설(星湖僿說)』의 제26권「경사문(經史問)」가운데「과학해도(科學害道)」라는 항목을 두고 다음과 같이 논했다.

> 此又有數端, 學術之差, 異端之害之類是也. 此於今非所可憂, 最妨者, 習俗之染科學是也.
>
> 이 밖에도 여러 사정이 있는데, 학술의 어긋남과 이단의 방해와 같은 것이다. 이것도 오늘날에는 그다지 걱정할 바는 아니며, 가장 방해가 되는 것은 바로 습속이 과거 공부로 물든 것일 터이다.

이익은 당시 조선에서 학문이 진정으로 지향해야 할 길을 방해하는 것으로서 과거제도를 꼽고, 그것을 엄히 비판하고 있는 듯하다. 이 가운데 그가 언급한 '科學害道'란 두말할 나위도 없이 '과거 공부[學]'를 의미한다고 판단된다. 더구나 보다 이른 용례도 나타난다.

조선 전기 학자인 권근(權近, 1352~1409)의 시문집인『양촌집(陽村集)』에는「양촌선생연보(陽村先生年譜)」가 수록되어 있는데, 그 가운데에는

---

24 각주 8)과 9)를 참조할 것.

다음과 같은 대목이 있다.

洪武三年庚戌. 公年十九. 中科學鄕試第三名.
홍무 3년 공이 열아홉 살이었을 때, 과학 향시에서 삼등으로 합격했다.

　고려 말기부터 조선 초기를 살았던 권근은 1370년(홍무 3) 열아홉 살 나이로 향시에 합격했는데, 스물다섯 살은 되어야 응시할 수 있었던 부시(赴試)는 보지 못했다. 그런데 젊을 때부터 글재주가 뛰어났던 그는 그 후 성리학자로서 착실하게 성장하여, 조선왕조의 창건에 협력하게 된다. 그의 시와 사략(史略) 등을 엮은 『양촌집』은 15세기 초 무렵 판각(板刻)된 이래 연보의 형식을 크게 바꾸어 1674년 복간본이 간행되기에 이른다. 이 복간본에 한정해서 보면 '科學鄕試' 가운데 '科學(과학)'이란 '향시'가 과거의 일종이었으므로 '과거 공부'를 가리킨다고 단정해도 무방할 것이다.
　물론 '科學(과학)'에 관한 이러한 용례는 단지 '과거'의 오사(誤寫)일 가능성이 없는 것도 아니나, 앞서 거론한 바와 같이 중국에서도 그러한 용례가 이미 나타나고 있었던 사정으로 보건대, '科學(과학)'을 '과거 공부'의 축약어로 보아도 무리는 없을 것이다.
　그렇다면 이 '과거 공부'로서 '科學(과학)'은 어떻게 19세기 말 조선에 유입된 일본어 어휘 '가가쿠'로 교체되었던가?
　최범훈에 따르면 근대화 시기 한국어는 두 차례에 걸친 외래어의 급격한 유입에 의해 큰 폭의 변화를 겪었다.[25] 우선 19세기부터 20세기의 전환기에 걸쳐 중국으로부터 서양어의 번역 조어(造語)가 유입되었고, 그 후 1910년 이후 일본식 한어(漢語)가 유입되었다.

그런데 일본식 한어의 유입은 반드시 1910년 일본의 조선 식민지화에 의해 본격화 한 것은 아니다. 이미 1876년 강화도 조약 이후 일본에 파견된 조선의 수신사(修信使)들은 한정된 분량이나마 조선 정부에 각종 보고서와 수신사일기 등을 통해 일본어의 새로운 어휘를 조선에 소개하고 있었다.[26] 그러나 일본어 어휘의 조선 유입 과정에서 보다 중요한 역할을 맡았던 것은 역시 일본에 건너 온 조선인 유학생들이었다. 메이지 시기 일본에서 공부한 최초의 조선인 유학생은 유길준(1856~1914)이었다고 한다. 19세기 말 조선을 대표하는 개화사상가로 성장한 유길준은 1881년 조선 정부가 새로운 근대문물과 제도를 조사하기 위해 일본에 파견한 시찰단의 일원이었다. 당시 조사시찰단(朝士視察團)이라는 이름으로 일본에 파견된 조선 관료와 수행원들은 약 2개월 동안 메이지 시기 일본의 군사시설과 학교, 행정기관, 산업시설 등을 시찰했다. 그리고 유길준, 유정수(柳定秀), 윤치호(尹致昊) 이 세 명은 조사시찰단이 귀국한 후에도 조선 정부의 국비유학생으로서 일본에 머무를 수 있었다. 세 명 가운데 유길준과 유정수는 그 해 6월 후쿠자와 유키치가 경영했던 게이오의숙(慶應義塾)에 입학했고, 윤치호는 나카무라 마사나오[中村正直]의 도진샤[同人社]에 입학했다.[27] 당시 후쿠자와 유키치는『서양

25 최범훈,『한국어발달사』, 통문관, 1985, 190면. 한편 심재기는 한국 한자어 계보를 세 가지로 나누고 있다. (1) 한자 전래의 초기부터 근세에 이르기까지 중국을 거친 수입, (2) 한국한문학이 등장한 이래 한국에서 만든 한자어, (3) 20세기 초 식민지시기 일본을 통한 수입. 심재기『국어어휘론』, 집문당, 1982, 42면.

26 구체적으로 조사된 바는 없으나, 예컨대 1876년 강화도 조약 직후 조선 정부의 수신사로서 일본에 건너간 김기수(金綺秀)는 귀국 후『일동기유(日東記遊)』라는 견문록을 남겼는데, 그 가운데에서 증기선, 전선 등 일본어 어휘를 사용하고 있다.

27 이광린,『한국개화사의 제문제』, 일조각, 1986. 특히「개화 초기 한국인의 일본유학」을 참

사정(西洋事情)』(1866~1870)을 집필한 후 『학문을 권장함(學問のすゝ め)』(1872~1876)과 『문명론지개략(文明論之槪略)』(1875) 등을 출판하여, 일본을 대표하는 계몽사상가로서 명성을 드높이고 있었다. 그러한 후카자와 유키치의 문하에서 직접 근대화의 방법을 배우게 된 유길준은 해외 유학생이 적었던 당시 조선에서 제법 특이한 존재였던 것으로 보인다. 한때나마 게이오의숙에서 공부했던 유길준은 1882년 후쿠자와 유키치가 발행한 『시사신보(時事新報)』에 기고하는 등 조선 정부의 기대에 부응하기라도 하듯이 일본에서 적극적인 활동을 하게 된다.[28]

그런데 유길준의 일본 유학은 그다지 오래 계속되지는 않았다. 1882년 조선에서 구식군대의 반란인 임오군란(壬午軍亂)이 발발하자, 중국과 일본은 곧장 조선에 군대를 파견했고, 조선 정부의 대외적 위기감은 급격히 고조되었다. 이러한 상황에서 유학을 계속할 수 없게 된 유길준은 1883년 1월 어쩔 수 없이 조선으로 귀국하게 된다. 그러나 그는 그해 7월 조선 정부가 미국과의 조약을 기념하기 위해 파견한 견미(遣美)사절단의 일원으로 선발된다. 미국으로 건너간 그는 동부 매사추세츠의 한 사립학교(Dummer Academy)에서 공부할 기회를 얻는다.[29] 그러나 이 학교에 입학한지 얼마 되지 않은 1884년, 이번에는 조선에서 급진개화파가 주도한 갑신정변(甲申政變)이 일어나, 이 정변으로 조선의 정세는 또다시 불안에 빠지게 된다. 결국 국비장학생의 자격을 잃은

조할 것.

28 유길준의 기고는 1882년 4월 2일자 『시사신보』에 게재되었다. 이에 대해서는 이광린 『한국 근현대사 론고』(일조각, 1999) 5면을 참조할 것.

29 유길준의 미국 유학 생활에 대해서는 다음의 서지를 참조할 것. 이광린, 「미국 유학 시절의 유길준」, 『한국개화사연구』, 일조각, 1999.

그는 유학을 단념하고 곧장 귀국의 길에 오른다. 그러나 갑신정변에 의한 급진개화파의 정권 장악이 겨우 사흘 만에 끝나자, 개화파에 대한 조선 정부의 시선은 차갑게 변하고 만다. 정변에 직접 참가하지는 않았으나, 개화파의 사람들과 친밀한 관계였던 유길준은 귀국 후 곧 조선 정부에 의해 체포된다. 이후 그는 약 7년간 연금생활을 해야 하는 몸이 된다. 그는 연금 상태에 놓인 1886년부터 일본과 미국에 체류했던 때 기록한 메모와 노트를 참고하여 『서유견문』이라는 저서를 집필하여 약 4년 후인 1889년 완성했다.[30] 당시로서는 드물게 일본과 미국이라는 외국에서 유학을 경험한 그는 자신이 보고 들은 것을 당연히 헛되이 하고 싶지 않았을 것이다. 『서유견문』은 개항 이후 최초로 조선인의 입장에서 조선의 구체적인 개화 방책을 논한 본격적인 저서였다. 이 책에는 일찍이 조선에서 쓰인 적 없는 새로운 근대 어휘가 많이 등장한다. 물론 그 가운데에는 메이지 시기 일본에서 만들어 낸 근대 학술 용어도 많이 포함되어 있다. 예컨대 『서유견문』에 등장하는 어휘를 조사한 이한섭은 총 1,317개 한자 어휘를 검토한 결과 일본 기원의 어휘는 약 273개, 일본 기원의 가능성이 높지만 더욱 조사할 필요가 있는 어휘는 72개, 중국 기원의 어휘가 589개 그리고 지금 단계에서는 출처를 판단하기 어려운 어휘가 383개라고 보고하고 있다.[31] 『서유견문』 가운데 중국 기원의 어휘가 그 정도로 많이 발견된다는 것은 당시 여전히 조선과 중국의 관계가 공고했다는 것을 입증한다고 하겠다. 그

---

30 그런데 유길준은 원고를 완성하고도 조선의 출판사정이 호의적이지 않아 출판할 수 없었고, 1895년이 되어서야 후쿠자와 유키치의 지원을 얻어 도쿄의 교순샤(交詢社)에서 출판할 수 있었다고 한다.
31 이한섭, 앞의 글, 98면.

러나 종래 좀처럼 영향을 받은 일이 없었던 일본 기원의 어휘가 많이 발견되는 이유는 무엇인가? 그것은 이『서유견문』에 후쿠자와 유키치의『서양사정』으로부터 직접 혹은 부분적으로 번역한 대목들이 포함되어 있기 때문이다.[32] 이 글에서 고찰하는 대상인 '科學(과학)'이라는 어휘도『서유견문』에 등장한다. 예컨대 "매월 초 각 과학의 전문 박사가 본원(本院)에 방분하여 여러 가지 공예, 농업의 강의를 하고, 시민의 청강을 허락한다. 그래서 프랑스인은 개명진선(開明進善)하는 지혜와 기술을 귀로 듣고, 눈으로 보아 저마다 머릿속에 스며들게 하며, 그리하여 공업의 정교함이 날마다 진보하니"라고 한 대목이 그러하다.[33]

이 내용은 당시 프랑스의 파리에 있던 각종 근대적 설비 가운데 농공(農工) 박물원에 대해 설명한 것인데, 이 대목에서 보이는 '각 과학의 전문 박사'란 "각 영역으로 분업화한 학문의 전문박사"를 의미하고 있다. 이 문장이 수록된「제20편 파리」는 후쿠자와 유키치의『서양사정』을 번역한 것이 아니라 유길준이 직접 쓴 대목으로 보인다. 물론 후쿠자와 유키치도 '가가쿠'라는 용어를 쓰고 있었던 것은 분명하다. 그는 '가가쿠'라는 용어를 '文學科學(어학을 배운 뒤의 전문학과를 의미한다)'과 같은 식으로 썼고, 전문 영역에 따라 분업화한 '한 과(科)의 학문'이라는 뜻을 나타냈으며, 다른 한편으로는 'science'라는 서양어를 '실학(實學)'이라는 어휘로 번역했다.[34] 그래서 유길준이 썼던 '과학'이라는 어휘는

---

32 『서유견문』과『서양사정』을 비교한 연구로는 다음의 것이 있다. 김태준,「서유견문과 서양사정」,『독서신문』, 1974.10.27. 전봉덕,「서유견문과 유길준의 법률사상」,『학술원논문집』15, 1976. 이광린,『한국개화사상연구』, 일조각, 1979, 70~73면.

33 유길준,『西遊見聞』,『兪吉濬全書』1, 일조각, 1996, 550면.

34 후쿠자와 유키치는『西洋事情 外編』(1866)에서는 '한 과(科)의 학문(一科の學)', '文化科學'이라는 어휘를 사용했다.『福澤諭吉全集』三卷, 267면 참조.

『학문을 권장함』 등 후쿠자와 유키치의 저작에서 이끌어낸 것인지 아니면 다른 곳에서 습득한 것인지는 분명하지 않다.

더구나 유길준은 '과학'과 함께 당시까지 조선에서 쓰인 바 없던 '哲學'이라는 메이지 시기 신조어도 이 『서유견문』에서 사용했다. 이를테면 "철학, 이 학문은 지혜를 사랑하고 좋아하며, 도리(道理)에 통하기 위한 것이므로, 그 근본의 심원함과 공용(功用)의 넓고 두터움은 영역을 정하고 한정하기 불가능하여, 사람의 언행과 윤리, 온갖 사물의 움직임을 논하여 정하는 것이다"는 대목이 그 예이다.[35]

이와 같이 유길준은 '哲學(철학)'이라는 어휘를 썼다는 것만이 아니라, 그 학문의 특질에 대해서도 간단한 설명을 더하고 있다. 그가 '哲學(철학)'을 새로운 학문의 한 분야로서 명확하게 인지하게 된 것은, 메이지 시기 일본에서 '哲學(데쓰가쿠)'라는 어휘가 'philosophy'의 번역어로서 비교적 이른 시기에 정착했기 때문이라고 판단된다. '哲學(데쓰가쿠)'라는 어휘는 이미 메이지 중기 대표적인 사전인 『철학자휘』(1881)의 제목에서 쓰였을 뿐만 아니라, 그보다 먼저 1877년 도쿄(東京)대학 문학부의 학과 분류에서는 제1과 가운데 '사학, 철학 및 정치학과'와 같은 명칭에서도 쓰였다.[36]

그러면 유길준의 『서유견문』에 나타난 '科學(과학)'과 '哲學(철학)'은

---

35 유길준, 『西遊見聞』, 『俞吉濬全書』 1, 일조각, 1996, 371면.

36 물론 나카에 초민과 같이 1886년 『理學鉤玄』을 집필할 때까지도, 'philosophy'의 번역어로서 '理學'을 선호했던 사람이 있기도 했다. 그는 "필로소피는 희랍어로서 세간에서는 흔히 번역하여 철학이라고 한다. 근본적으로 가당치 않은 것은 아니나, 나는 역경(易經)과 궁리(窮理)의 어휘에 근간하여 새로이 번역하여 '理學'이라고 하고자 한다. 그리해도 뜻은 서로 같다"고 썼다. 『中江兆民全集』, 七卷, 岩波書店, 1984, 13면 참조. 그러나 그도 1910년 『續一年有半』에서는 "理學 즉 세상에서 말하는 철학적 사조"라고 표현한 데에서 알 수 있듯이, '哲學'이라는 용어를 수용하지 않을 수 없었다.

그 후 조선 사회에 널리 보급되었던가? 단언하기는 어려우나 '과학'이라는 어휘는 그 후 문헌에서는 좀처럼 나타나지 않는 반면, '철학'은 다른 문헌에서도 자주 나타났던 것은 사실이다. 예컨대 1896년 11월 창간된 조선 최초의 근대적 잡지 『대조선독립협회회보(大朝鮮獨立協會會報)』제2호는 법학에 대해 설명하면서 다음과 같이 서술하고 있다. "第二는 曰 沿革法學派니 此派는 法律의 現象을 歷史上 事實에 徵照ᄒ야 其原理를 顯闡홈으로 旨趣ᄒ는 學派라".[37] 이것은 유럽에서 나타난 각종 법학파 가운데 철학 법학파를 설명한 대목으로서, 이 논설 가운데 '哲學(철학)'이라는 어휘가 몇 차례나 등장한다.

더구나 이 잡지는 매호 「격치론(格致論)」이라는 제목의 논설을 게재하고, 공기나 눈, 바람 등과 같은 자연 현상의 원리를 설명하고 있다. 이 「격치론」은 온갖 자연현상을 과학적 원리에 따라 해설하여, 대중을 계몽하고자 하는 의도를 지니고 있었던 것으로 보이는데, 그것은 주로 영국인 전란아(傳蘭雅, John Fryer)가 상하이[上海]에서 발간했던 과학 잡지 『격치휘편(格致彙編)』을 참고한 것이었다. 그러한 사정으로 당시로서는 '격치'라는 중국 기원의 어휘가 'science'의 의미로서 조선에서도 널리 사용되었던 것은 아닌가 한다.

요컨대 '과학'이라는 어휘는 19세기 이전 조선의 문헌에 이미 나타나나, 그것은 주로 '과거 공부'의 축약형으로서 사용되었다. 그리고 일본어 어휘로서 '科學(과학)'이 조선에서 처음으로 사용되었던 것은 1895년 유길준의 『서유견문』이었고, 그것은 '분과한 학문'을 의미하고 있었다고 하겠다.

---

37 「法學에 各派」, 『大朝鮮獨立協會會報』2號(1896. 12), 『한국개화기학술지』12, 아세아문화사, 1978, 31면.

4. 조선인의 일본 유학과 '과학'이라는 용어의 수용

1880년대 이후 조선 정부는 적은 수였으나 일본과 중국에 유학생을 보내는 등, 근대적 문물과 제도를 습득하기 위해 움직이기 시작했다. 1886년에는 서양인들을 초빙하여 배재학당(培材學堂), 이화학당(梨花學堂), 육영공원(育英公園) 등의 근대 학교를 설립하는 등, 근대화의 추진과 그 방법은 외연을 확장하여 일본과 중국에 한정하지 않고 서양 열강까지 포함하는 방향으로 나아가게 된다. 그런데 조선 정부가 대담하게 추진한 근대적 학교는 좀처럼 성과를 거두지 못하고, 정부 주도의 위로부터의 근대화는 다양한 한계에 직면한다. 1894년에 일어난 조선의 개화 운동에서 획기적인 전환점이 된 갑오개혁(甲午改革)은 그러한 한계를 뛰어 넘고자 한 것이었다. 갑오개혁이란 1894년부터 1896년에 걸쳐 조선에서 일어난 일련의 근대적 개혁 운동을 가리킨다. 이 전국적인 개혁운동은 정부 주도의 위로부터의 점진적인 개혁과는 달리, 대다수 민중에 의한 아래로부터의 참가와 계몽의 필요를 촉구했다. 각종 구제도가 폐지되고, 그 대신 근대적 제도가 도입되었다. 특히 교육의 분야에서 나타난 변화는 컸다. 가장 주목할 만한 것은 고려 광종(光宗) 9년(958) 중국에서 도입된 이래 약 9백여 년간 실시되었던 과거제도가 결국 폐지되고, 그 대신 각종 근대적 교육 기관이 설립되었던 일이었다. 기존의 배재학당, 이화학당, 육영공원 등 근대적 학교가 주로 특권적인 계층이었던 양반의 자제에게만 입학을 허락했다면, 갑오개혁 이후 설립된 각종 교육기관은 신분과 관계없이 입학을 허락했다는 특징을 지닌다.

그런데 갑오개혁은 사실상 "친일 정권에 의해 추진된 개혁운동"[38]이라고 평가되는 바와 같이, 일본의 힘이 강하게 작용했던 것은 부정하기 어렵다. 갑오농민전쟁(甲午農民戰爭)의 발발(1894)에 의해 조선에 병력을 파견했던 메이지 정부는 민 씨 정권을 타도하고 김홍집(金弘集), 유길준 등의 개화파를 중심으로 한 새 내각을 구성했다. 그래서 새 내각의 개혁 정책이 친일적인 노선으로 기울었던 것은 당연했다. 그러한 일본의 영향은 근대적 교과서 출판에도 미쳤다. 갑오개혁의 일환으로 조선 정부는 학제의 대폭적인 개편을 단행하고, 소학교와 사범학교 등 근대적 교육 기관을 설립했는데, 그때 근대 교육에 필요한 교과서가 다수 간행되었다. 그리고 이 교과서의 편집에 일본인 참여가 두드러졌다. 예컨대 1896년 학부(學部)가 편찬한 교과서인 『신정 심상소학(新訂 尋常小學)』은 그 서문이 분명히 밝히고 있듯이 일본인 보좌원(補佐員) 다카미 가메[高見龜]와 아사가와 마쓰지로[麻川松次郎] 등이 편집에 참가해서 간행되었다.[39] 따라서 교과서에는 일본식 삽화가 들어가 있고, 일본의 대표적인 학자들이 소개되어 있는 등, 전체적으로 일본적 색채를 강하게 띠고 있었다. 이러한 근대적 교육까지 일본의 영향력이 강하게 되자, 메이지 시기 일본에서 만든 새로운 어휘의 유입도 자연히 증가하게 된다.

또한 갑오개혁 이후에는 일본에서 공부하는 조선인 유학생의 수도 서서히 증가했다. 앞서 거론한 바와 같이 일본 유학의 시작은 1881년 유길준이었는데, 이후 조선에서 일본의 영향력이 증가하는 가운데, 일

---

38 유영익, 『갑오경장연구』, 일조각, 1990, 19면.
39 『한국개화기교과서총서』1, 아세아문화사, 1977, 220면.

본의 조선인 유학생 수도 증가해 갔다. 갑오개혁이 있고 한참 뒤이지만 1910년 11월 시점에서 도쿄에서 공부하고 있던 조선인 유학생의 수는 약 5, 6백 명에 달했다고 한다.[40]

이러한 사정에 비추어 보면 1910년 이전에도 이미 상당한 일본식 한어가 조선에 유입되었다고 판단된다. 예컨대 1907년 현채(玄采)가 집필한『유년필독(幼年必讀)』이라는 교과서의 편찬 목적은 조선의 자주, 독립, 애국애족 사상을 고취하는 것이었다.[41] 그런데 정확하게는 대한제국의 외교권을 박탈한 을사조약(乙巳條約)의 체결(1905), 군대의 해산(1907) 등을 강요하는 일본의 압력에 대해 조선의 국권을 회복하기 위한 절박한 대중 계몽이야말로 본래 목적이었다. 그러나 이 교과서에는 '社會'(47면), '國權'(69면), '權利'(70면), '國民'(70면), '自由'(70면), '文明'(70면) 등, 메이지 시기 만들어낸 일본식 한어가 많이 포함되어 있다.[42] 즉 일본의 영향력을 배제하고 조선의 자주, 독립의 의지를 드높일 목적으로 편찬된 교과서의 담론이 다수의 일본식 한어를 통해서 쓰이는, 대단히 역설적인 상황이 발생하고 있었던 것이다.[43]

그러면 이 글의 고찰 대상인 '과학'은 어떠했던가? 이 용어도 1910년 이전 이미 조선인들에 의해 많이 쓰였다. 일본에 유학중이었던 장응진(張膺震)은 1906년 도쿄에서『태극학보(太極學報)』라는 잡지를 창간한

---

40 李寶鏡,「日本에 在한 我韓留學生을 論함」,『大韓興學報』12號, 아세아문화사, 1978, 430~434면.
41 『幼年必讀』의 서문에 그러한 언급이 있다.
42 괄호 안은『한국개화기교과서총서』의 면수이다.
43 물론 이러한 일본식 한자가 모두 일본에서 수입되었다고는 할 수 없다. 일본의 서적이 중국 유학생에 의해 중국에서 번역되어, 그것이 조선에 유입되는 간접적인 통로도 있었기 때문이다. 이 책은 1909년 5월 5일 일본 정부에 의해 금서(禁書) 처분을 받는데, 당시 금서가 된 서적 가운데 그 처분 수가 가장 많았다고 한다.

다. 당시 일본에서 공부하고 있던 조선인 유학생들은 서로 친목을 도모하는 한편 학술 교류를 목적으로 하여 각종 학회를 결성했는데, 태극학회는 그 가운데 대표적인 단체였다. 태극학회의 회원들은 자신의 연구 성과를 공유하기 위해 매월 『태극학보』를 발간했다. 조선어로 발행했던 이 학회지는 주로 도쿄 유학생들이 필자로서 참가했는데, 이를 통해 일본에서 만든 새로운 학술 용어는 자연히 조선어 문헌에 흡수되기에 이르렀던 것으로 판단된다. 잡지를 발간한 장응진은 「我國 國民 敎育의 振興策」(1906.10)이라는 제목의 논설을 발표하는데, 그 가운데 다음과 같이 서술했다.

> 夫科學의 奧義ᄂ 自國語로 直接 敎授ᄒᆯ지라로 其 眞義의 所在를 十分 說明키 難ᄒ고 理解키 難ᄒ거ᄂᆞᆯ 엇지 外語에 稍通ᄒᆫ다고 素養업시 學問上 言語를 解細이 通譯키 能ᄒ며 初學者에게 如此ᄒᆫ 敎授法을 施ᄒᆞ야 엇지 完全ᄒᆫ 效果를 收得키 期ᄒ리오.[44]

과학의 심오한 내용은 모국어로 가르쳐도 이해하기 어렵다는 것이다. 이때 장응진이 사용한 '과학'이 구체적으로 무엇을 의미하는가는 그 후 발표한 「科學論」(1909.12)이라는 논설을 통해 알 수 있다.

> 如此ᄒᆫ 自然的 現象(事實)은 ──히 枚擧키 難ᄒ느 此等 現象에 對ᄒᆞ야ᄂ 吾人의 知識이 經驗上 大槪 一定ᄒᆫ 法則으로 從出ᄒᆷ을 推想ᄒᆯ지니 此等 種種

---

44 張膺震, 「我國國民敎育의 振興策」, 『太極學報』 3號(1906.10), 아세아문화사, 1978, 152면.

의 現象을 吾人이 事實로 硏究ᄒ야 此間에 一定ᄒ 共通의 法則을 發見ᄒᄂ 者를 自然科學 或 事實科學이라 稱ᄒᄂ니 天文學 地理學 博物學 物理學 化學 心理學 其他 種種의 區別이 有ᄒ고 ᄯᅩ 吾人 人類가 社會生活上에 必要ᄒ 種種의 規則(規範)을 製定ᄒ고 準標을 立ᄒ 後에 種種에 事實을 此等 標準에 對照ᄒ야 善惡 正不正 好不好 等에 區別을 精神上으로 判斷ᄒ미 此等學을 規範的 科學이라 稱ᄒᄂ니 倫理學 政治學 美學 論理學 等은 다ㅣ 規範的 科學이라.[45]

장응진은 과학을 크게 '자연과학(사실과학)'과 '규범적 과학'으로 분류했다. 이 가운데 '자연과학'의 대상인 자연적 현상이란 "宇宙間 萬物이 天然的으로 互相間에 起作ᄒᄂ 事實"을 말하며, 예컨대 일월성신(日月星辰)의 운행이나 춘하추동(春夏秋冬)의 변화를 비롯하여, 맹수(猛獸)가 들에 무리를 짓고, 새가 하늘을 날며, 사과가 아래로 떨어지는 일과 같이 우리의 지식이 "經驗上 大槪 一定ᄒ 法則으로 從出홈을 推想"하는 현상을 의미한다. 물론 '과학', 특히 '자연과학'은 자연적 현상으로부터 "一定ᄒ 共通의 法則"을 발견하는 것인데, 그 과정에서 몇 가지 요건을 구비할 필요가 있었다. 즉 그것은 '관찰', '분류', '설명'이라는 세 가지 요건이다. 천문학을 예로 들면 우선 일월성신과 여러 천체가 어떻게 서로의 위치를 바꾸는가를 정밀하게 '관찰'할 필요가 있다. 다음으로 그러한 천체의 운동을 운행하는 정도와 성질에 따라 '분류'하는 과정이 필요한데, 그것을 태양계와 여러 항성의 계통을 구별하고, 위성과 혹성을 분류하는 것과 같은 일이었다. 그 후 각 천체가 운행하는 것을 천

---

45 張膺震, 「科學論」, 『太極學報』 5號(1906.12), 아세아문화사, 1978, 292면.

체 전체와의 관련하에서 상세하게 '설명'할 필요가 있었다. 그러나 이와 같이 어떤 현상의 부분을 설명할 때 그것과 전체의 상호 관련성을 항상 인식할 필요가 있다고 하는 '科學(과학)'은 '哲學(철학)'과는 다른 종류의 학문으로 파악되었다.

此等 現象界에 總 範圍를 다ㅣ 包含ᄒ야 一大 體系 卽 宇宙 全體가 組成된 것시니 此 宇宙 全體를 體系的으로 說明홈은 實로 哲學의 目的이라. 各 科學의 研究ᄒᄂ 體系ᄂ 定限ᄒ 範圍가 有ᄒᄂ 哲學에 研究ᄒᄂ 體系ᄂ 全 宇宙를 包容ᄒ야 各 科學의 究極的 說明을 供給ᄒᄂ 者니 此로써 觀ᄒ연 哲學은 科學 以上의 科學이라 稱ᄒ리로다.[46]

'哲學(철학)'은 우주 전체를 체계적으로 설명하는 것으로, 각 '科學(과학)'의 궁극적 설명을 제공하는 것이기도 하므로, 사실상 과학 이상의 과학이라고 이해했다. 이와 같이 1906년 시점에서 장응진은 「과학론」이라는 전문적인 논설을 발표하면서, 그 가운데 '科學(과학)'과 '哲學(철학)'의 목표와 그 연구 영역을 구분하고 있었던 것이다.

그런데 당시 도쿄에서는 『태극학보』 이외에도 『대한흥학보(大韓興學報)』(1909~1910) 등과 같이, 조선인 유학생들에 의해 각종 학회지가 간행되고 있었다. 그런데 이러한 학회지는 전문적인 성격을 지니고 있었으며, 그 독자층도 한정되어 있었다. 대중을 상대로 한 보다 이해하기 쉬운 계몽적 잡지가 요구되었던 것도 당연했을 터이다. 그리하여 창간된

---

46 위의 글, 294면.

최초의 대중 지향의 근대적 잡지는 『소년(少年)』이었다. 『소년』은 1908년 11월 1일 창간하여, 3년 후인 1911년 5월 15일 통권 4권 2호로 종간했는데, 이 잡지는 역사, 지리, 과학, 문학 등 학문의 여러 영역을 포함한 월간 종합지로서, 청소년뿐만 아니라 일반인을 계몽하는 역할도 담당했다. 1908년 12월에 간행된 『소년』 제2호에서는 다음과 같은 내용을 볼 수 있다.

比較硏究란 것이 웃더한 일임이니 大抵 이 法은 甲과 乙을 가디고던디 此로써 彼를 對照하야 써 그 全體의 槪念도 엇고 써 그 兩隻의 記憶도 도우며 쪼 彼此의 利·害·得失을 알어 내이난 일이라 아무 學問이던디 이 法을 쓰면 매우 됴흘 터이오 더욱 地理學갓흔 科學에는 必要가 較多하오.[47]

이 기사 가운데 언급된 '地理學갓흔 科學'이라는 대목을 보면 '科學(과학)'은 지리학과 같은 전문학적 한 분야를 포함하는 학문을 총칭하는 것으로 사용되고 있다는 것을 알 수 있다. 최남선(崔南善)이 '科學(가가쿠)'라는 일본어 어휘를 어떻게 배웠는지는 분명하지 않다. 그러나 그도 1904년 일본에 유학한 경력이 있으니, 그가 사용한 '과학'이라는 어휘도 일본 유학기간 중에 습득한 것으로 추정할 수 있다.

'科學(과학)'이라는 용어는 그 후 조선의 문헌에 자주 등장하게 된다. 이듬해 간행된 『소년』(1909.1)에서는 '科學 硏究家'라는 어휘가 등장한다.[48] 『태극학보』와 같이 연구자 대상의 전문 잡지가 아니라, 일반인

---

47 「鳳吉伊地理工夫」, 『少年』 1(2)(1908.12), 문양사, 1969, 66면.
48 「現世界最大踏査家 헤된 博士의 略歷」, 『少年』 2(1)(1909.1), 문양사, 1969, 7면.

독자층을 확보하고 있던 잡지에 '과학'이라는 어휘가 많이 사용되었던 것은, 이미 그 어휘가 대중 사이에서 어느 정도 확산되어 있었던 것을 시사한다.

그러면 잡지보다 폭넓은 독자층을 확보하고 있던 신문의 경우는 어떠했던가? 필자가 현재까지 조사한 바에 따르면 신문 등에 나타난 '科學(과학)'이라는 어휘의 가장 이른 용례는 남궁억(南宮檍)이 간행한『황성신문(皇城新聞)』의 기사라고 본다. 1909년 9월 8일자『황성신문』에는 「동서문화교환시기(東西文化交換時期)」라는 기사가 게재되어 있는데, 그 가운데에는 다음과 같은 내용이 담겨 있다.

十九世紀 以來로 西洋諸國의 哲人學士가 先後輩出ㅎ야 古代聖賢의 未發ㅎ 理窟을 闢破ㅎ야 各種 文物이 日新月盛의 程度로 東洋에 波及ㅎ시 宗敎及諸 科學이 汽船과 鐵軌를 隨ㅎ야 日夜渡來에 雲騰電馳ㅎ야 一息의 停滯가 少無 ㅎ니 我東洋의 風氣가 從而一變ㅎ야 彼의 宗敎도 崇拜ㅎ며 科學도 硏究ㅎ야 殆히 西洋文化中 生活을 作ㅎ더니 近日에 至ㅎ야 我東洋文化가 西洋에 流入 ㅎ는 影響이 有ㅎ니……. [49]

이 기사는 19세기 이후 서양 문화가 동양에 일방적으로 전파한 것이나, 최근에는 그와 반대되는 현상이 일어나고 있다는 것을 서술하고 있다. 저자는 서양문화의 가장 큰 장점으로서 '과학'을 거론하고 있는데, 여기에서 '諸科學'이라는 표현에 주목해 보면, 그것은 '분과한 학문'

---

49 「東西文化交換時期」,『皇城新聞』19卷(1909.9.8), 경인문화사, 1981, 438면.

을 의미한다고 볼 수 있다.

　요컨대 '科學(과학)'이라는 어휘는 20세기 초 일본으로 건너간 조선인 유학생들에 의해 빈번하게 사용되기에 이르렀다고 할 수 있다. 그 어휘는 1906년 무렵 일본의 조선인 유학생들이 발간한 각종 학술잡지에 자주 등장하며, 특히 장응진의 경우에는 '科學(과학)'을 '哲學(철학)'과 비교하여 전문적인 논설을 발표했다. 그때 '科學(과학)'은 한편으로는 '분과한 학문'을 의미하면서도, 다른 한편으로는 그것을 '科學(과학)'이게 하는 '관찰', '분류', '설명'과 같은 특수한 방법론을 갖춘 것으로서 인식하게 된다. 그리고 1909년 이후에는 조선의 신문에서도 이 '科學(과학)'이라는 용어가 자주 등장하면서 조선의 대중 사이에서 확산해 갔다고 본다.

5. 1910년 이후 조선에서 '과학'이라는 어휘

　1910년 이전 일본에서 공부한 조선인 유학생들이 주로 사용한 '科學(과학)'이라는 어휘는, 1910년 이후에는 조선의 연구자들 사이에서 넓게 보급되었다. 유학자 이인재(李寅梓)가 발표한 서양 철학서인 『고대희랍철학고변(古代希臘哲學攷辨)』(1912)에는 다음과 같은 내용이 등장한다.

　　철학은 논리학, 형이상학, 윤리학 등으로 구성된다. 필로소피아(飛龍少飛阿)는 그리스어로 예지(叡智)에 대한 사랑을 의미한다. 이것은 철학이라고 번역할 수 있는데, 사물의 존재 법칙을 설명하고, 모든 사물의 원리를 규명하는 것이다. 과학은 사물의 단 하나의 원리를 추구하여, 그것을 실용화하는 것이다. 그러므로 백과지학(百科之學)의 연구는 철학을 기반으로 하지 않는 것이 없다.[50]

이인재는 '科學(과학)'이 "사물의 단 하나의 원리를 추구하여, 그것을 실용화하는 것"이라고 서술하고 있는데, 이러한 '科學(과학)'의 상(像)은 니시 아마네가 생각했던 '科學(가가쿠)'의 내용과 흡사하다. 니시 아마네는 1874년 『메이로쿠잡지』에 연재한 「지설」에서, "사실을 일관된 진리로 귀납하여, 그 진리를 조리 있게 전후 본말을 드러내어, 분명히 하나의 규범으로 삼는 학문을 말한다"고 했으며, 또한 "이미 학문으로써 진리를 명료하게 할 때에는, 그것을 활용하여 인류 일반의 사물에 쓰일 수 있게 하는 기술을 말한다"고 했다. 그런데 니시 아마네는 이 '학문(學, science)'와 '기술(術, art)'는 "이른바 과학에 이르러서는 두 가지가 뒤섞여 분명히 구별하기 어렵"다고 했다.[51] 즉 '科學(가가쿠)'에서 '學'과 '術'은 구별하기 어려울 만큼 결부되어 있으며, 그것은 이인재가 사물의 단 하나의 원리를 추구하는 것과 그것을 실용화하는 것으로 '科學(과학)'을 구분해서 인식하고 있었던 것과 유사하다.[52]

또한 이 『고대희랍철학고변』의 후기를 쓴 이인재의 스승 곽종석(郭

---

50 李寅梓, 「古代希臘哲學攷辨」, 한국학문헌연구소 편, 『省窩集』, 아세아문화사, 1980, 460~461면.

51 『西周全集』一卷, 宗高書房, 1960, 460~461면.

52 이인재의 「고대희랍철학고변」에는 이노우에 엔료(井上円了)의 『哲學要領』이 영향을 미쳤다고 한다. 이인재는 이노우에 엔료의 『철학요령』의 중국어 번역본을 읽었던 것으로 보인다. 이에 대해서는 다음의 서지를 참조할 것. 진교훈, 「서양철학의 수용과 전개」, 『한국철학사』 하, 동명사, 1987, 393면.

鍾錫)은 근대 서양의 여러 과학은 원래 그리스 철학을 기원으로 하나, 그것은 역사 속에서 '哲學(철학)'으로부터 점차 분리되어 결국 전 세계에 확산되었다고 지적했다. 그리고 그 결과 아시아인들은 오늘날 유학과 같은 구학문보다도 신학문을 공부하기에 이르렀다고 서술했다.[53] 즉 과학과 철학의 학문적 특성은 물론 그것을 역사적으로 이해하고자하는 자세도 나타나고 있는 것이다. 그런데 곽종석은 과학과 철학 등 서양의 신학문에 대해 반드시 호의적이지만은 않았다. 그는 오늘날 서양의 각국은 자연과학의 발달에 의해 부강함을 이루었으나, 그 근본인 그리스 철학이 천리(天理) 인륜(人倫)에 근간하지 않고 오로지 물질의 변화만을 연구하여 공리(功利)나 이익만을 추구하므로, 자연과학이 아무리 발달하더라도 인간은 금수(禽獸)가 될 뿐이라고 경고했다.[54] 과학과 그 근본인 철학에 대한 곽종원의 이러한 비판적 태도는 그의 제자이인재도 공유했다. 이인재는 서양의 학문은 이용할 만한 것이나 그 본령이 바르지 않으므로, 일시적으로 세상을 놀라게 하더라도 그 말류(末流)의 폐해는 논할 필요도 없다고 지적했다.[55]

1910년 이전 일본의 조선인 유학생들이 과학이라는 새로운 학문을 다소 무미건조한 형태로 소개하고 있었던 데에 비하면, 곽종석과 이인재는 유학자의 눈으로 과학이 초래할 수 있는 폐해를 비판적으로 고찰했다고 하겠다. 물론 과학이라는 학문에 대한 이러한 비판은 과학에 대한 이해는 있으나, 실상 과학자라고 할 만한 사람은 적었던 당시 조

53 郭鍾錫, 「書哲學攷辨後」, 이인재, 위의 책, 386면.
54 郭鍾錫, 앞의 글, 386면.
55 위의 글, 208~209면.

선 사회에서는 '관념적'인 한계를 지니지 않을 수 없었다. 그 점에서 과학이라는 신학문은 계속해서 보다 자세하게 이해될 필요가 있었는지도 모르겠다.

조선 최초의 대중 잡지였던 『소년』이 종간한 후, 1914년에는 『청춘(靑春)』이라는 대중 잡지가 간행되었다. 이 잡지는 1918년 9월 26일 종간할 때까지, 당시 조선에 유입된 새로운 용어를 대중에게 해설했다. 예컨대 『청춘』 제1호의 「백학명해(百學名解)」에는 '學', '科學', '窮理學' 등의 용어에 관한 구체적인 해설이 등장한다. 이 글에서 영어 'science'와 독일어 'wissenschaft'의 번역어로는 '學'이 대응하고 있고, 그 본질은 다음과 같이 설명되어 있다.

> 學은 '組織된 知識(partially unified knowledge)'이란 뜻이니 자세히 말하자면 [第一]은 널니 觀察하야 만흔 材料를 한대 뭉쳐 그 全般을 貫通되는 말을만 槪括的 知識이오 [第二]는 그 材料를 蒐集 排列하는데 一定한 方法을 쪼차 系統을 明正하게 하야 分類를 한 體系的 知識이오 [第三] 整頓된 材料 事實의 關係를 밝혀 그 사이에 잇는 理法을 正確하게 斷定하야 그 事實을 說明할 수 잇는 合理的 知識이라야 하는 것이라 진실로 是等은 처음부터 온갓 學에 兼備하야 잇다는 것도 안이오 또 以上 三件이 彼此 對等의 地位를 가질 것도 안이라 第一의 要件을 具한 뒤에 第二로 進하고 또 第三으로 進하는 것이니 어러케 하야 學이 漸次로 進步發達하는 것이니라.[56]

---

56 「百學名解」, 『靑春』一號(1914.10), 문양사, 1970, 76~77면.

즉 '學(science)'은 '조직된 지식'을 의미하는데, 그것을 얻기 위해서는 우선 개괄적 지식으로부터 체계적 지식으로 나아가고, 다음으로는 합리적 지식을 지향해야 한다. 이 삼단계의 방법론은 앞서 거론한 1906년 장응진이 「과학론」에서 제시한 '과학'의 세 요소인 '관찰', '분류', '설명'의 방법과 비슷하다는 것을 알 수 있다.

이 가운데 'science'의 번역어로서 '學'이 대응하고 있는데, 그렇다면 '과학'이라는 어휘는 어떻게 사용되었던가? 저자에 따르면 이 어휘는 두 가지 의미로 생각할 수 있다.

1. '學'과 同意 l 니 곧 日常 個個의 智識을 가지고 이를 統一하고 組織하야 一科의 學을 만든 것이니 「組織된 知識」이란 뜻이니라.
2. 窮理學(哲學)의 대상이 全般的임에 對하야 그 對象의 範圍가 部分的인 것이니 生物學, 心理學이 각각 萬有의 一部分인 生物界, 精神現象을 考究하는 類라.[57]

저자는 '과학'을 '學(science)'와 동일한 것으로서, '一科의 學' 또는 '組織된 知識'으로 규정하고 있는데, 이것을 '철학'과 비교할 때, 그 대상이 부분적인 점을 강조했다. 그리고 각각 다루는 현상에 따라 '과학'은 '自然科學(物的科學)', '精神科學(心的科學)' '說明科學(記載科學)', '規範科學(形式科學)'으로 분류할 수 있다고 한다.

이와 같이 '과학'은 어느 부분을 대상으로 하는 학문이고, 또한 그 대상

---

57 위의 책, 77면.

에 따라 다양한 명칭으로 나뉠 수 있다. 더구나 저자는 영어 'Philosophy'와 독일어 'Philosophie'를 '究理學' 혹은 '哲學'이라고 번역하고, 그 특징을 만물 전반을 대상으로 한다고 간주했다. 이와 같은 지적은 원래 수학이나 자연과학 그리고 정신과학 등 여러 과학이 철학에서 독립했다는 이해와 상통한다.[58] 그리고 이때까지는 'Philosophy'의 번역어로서 '哲學(데쓰가쿠)'라는 메이지 시기 신조어를 받아들이면서도 '究理學'이라는 주자학(朱子學)의 용어도 여전히 번역어로 쓰이고 있었던 것을 확인할 수 있다.

이와 같이 메이지 시기 일본에서 만들어낸 학술 용어와 그 개념은 1910년 이후 조선 사회에 널리 정착하고 있었다. 강영안은 1936년 한치진(韓雉振)이 쓴 철학개론서 『最新哲學槪論』을 검토하여, 그 가운데 등장하는 학술용어의 대부분이 19세기 후반부터 20세기 초에 걸쳐 일본에서 만들어진 것이었다는 것을 지적했다.[59] 물론 그 책에서는 '과학'이라는 용어도 'science'의 번역어로 사용되고 있었다. 한치진은 오랜 세월에 걸쳐 미국에서 유학한 경험이 있고, 그가 'science'라는 용어를 접했을 가능성은 매우 높다. 그러나 그는 'science'에 대해 독자적인 번역어를 만들어내지 못하고, 메이지 시기 일본에서 그 대표적인 지위를 차지한 '데쓰가쿠'이라는 용어를 번역어로서 채용했다. 메이지 시기 일본에서 이루어진 번역 사업이 거의 끝난 단계에서,[60] 조선에서 서양 학문의 본격적인 수용이 시작되었으므로, 그러한 일본어 학술 용

---

58 위의 책, 78면.
59 강영안, 『우리에게 철학은 무엇인가』, 궁리출판, 2002, 177~199면.
60 메이지 시기 이후 각종 학술 용어의 통일에 대해서는 다음의 서지를 참조할 것. 日本科學史學會 編, 「學術用語の統一」, 『日本科學技術史大系』一卷, 第一法規出版, 1964, 531~549면.

어의 활용은 피할 수 없게 되었다고 본다.

6. 결론

지금까지 '科學(가가쿠)'라는 일본어 어휘의 조선 유입 과정에 대해 검토해 보았다. 이 글을 통해 규명한 것을 정리해 보면 다음과 같다.

(1) 1880년 이후 서양인 선교사들은 조선어 외국어 번역 사전의 간행에 참여했는데, 그때 간행된 사전류에서 'science'는 주로 '格物', '究理' 등 전통적인 주자학의 용어로 번역했다.

(2) '科學(과학)'이라는 어휘는 19세기 이전 조선 문헌에 이미 나타나 있으나, 그것은 주로 '과거 공부'를 의미했다.

(3) '科學(과학)'과 '哲學(철학)'이라는 일본어 어휘가 조선의 문헌에 처음 등장한 것은 1895년 유길준의 『서유견문』이었다고 본다. 이때 '과학'은 "각 영역으로 분화한 학문"의 의미도 지니고 있었다. 그런데 그후 '철학'이라는 어휘는 종종 조선의 문헌에 나타났는데, '과학'은 좀처럼 나타나지 않았다.

(4) '科學(과학)'이라는 어휘는 1906년 경 일본에서 유학중이었던 조선인들이 간행한 학술 잡지에서 빈번하게 사용되었고, '철학'과의 경계가 구분되기 시작했다. 그때 '과학'은 한편으로는 '분과한 학문'을 의미하면서도 다른 한편으로는 특수한 방법을 갖춘 학문으로서 받아들여졌

다. 그 후 '과학'은 각종 신문과 대중 잡지, 전문서적에도 파급해 갔다고 본다.

　요컨대 조선 사회에서 '과학'이라는 어휘의 정착은 그 사회의 '중국', '일본', '유럽'을 향한 대응의 자세를 다양하게 반영하고 있어서 참으로 흥미롭다고 하겠다.*

(번역 : 구인모)

---

* 　이 논문은 2011년 『思想』 1046집에 게재된 논문을 재수록한 것임.

초기 일본 유학생들의 학회활동을 통한 과학문화의 기여

1895~1910

이면우

1. 서론

우리나라 최초의 근대 잡지는 1895년에 동경유학생들이 창간한 『친목회회보(親睦會會報)』(통권 6호)였다.[1] 『친목회회보』는 단순히 유학생의 친목도모 차원을 떠나서 지식을 교환하고 국민을 계몽시키기 위한 것이었다.

보다 전문적인 잡지는 1905년 을사조약 이후에 나오기 시작했다. 일

---

[1] 우리나라 최초의 잡지는 1896년에 창간된 『大朝鮮獨立協會會報』로 주장하기도 한다. 그러나 1895년 재일본 유학생들이 동경에서 창간한 『親睦會會報』가 1년이나 앞선다. 차배근, 『개화기 일본유학생들의 언론출판활동연구』 1, 서울대 출판부, 2000.

제는 을사조약에 의해 우리나라의 공교육을 완전히 장악했는데, 이에
대응하여 우리나라 지식인 계층은 전국에 민족계열의 사립학교를 세
웠을 뿐만 아니라 학회 또는 교육회를 설립하고 학회지를 발간하여 일
반 대중을 계몽시키려는 운동을 전개했기 때문이다.[2]

당시 우리나라의 주된 지식인 계층은 일본 유학생 출신들이었다. 그
들은 일본에서 공부를 마치고 귀국하여 전국에 학교와 학회를 세웠을
뿐만 아니라, 유학 중에도 일본에서 학회를 만들고 학회지를 발간하여
국민의 계몽과 교육을 위해 힘썼다. 최초의 일본 관비유학생을 중심으
로 결성한 학회는 1895년 5월에 설립한 대조선인일본유학생친목회(大
朝鮮人日本留學生親睦會)였다. 그러나 이 단체는 1898년에 해산되고 제국
청년회(帝國靑年會)로 바뀌었으나, 제국청년회 역시 1903년에 해산되었
다.[3] 그러나 점차 재일 유학생이 늘어나면서 출신지역이나 강습소를
중심으로 단체가 만들어지기 시작했다. 지역 중심으로는 1905년 관서
지방이 중심이 된 태극학회(太極學會)가 처음이다. 이는 국내에서 애국
계몽운동의 일환으로 1906년에 형성된 대한자강회(大韓自強會)보다 1

---

2 잡지란 여러 가지 다양한 글을 모은 정기 간행물이라는 뜻이 앞선다. 반면에 학회지는 오늘
   날과 같은 전문적인 학회가 회원을 위한 좁은 범위의 정기 간행물이라 할 수 있다. 1905년
   전후의 상황에서는 오늘날과 같은 전문적인 학회는 없었으므로 당시 학회나 교육회 등에서
   발간한 기관지를 잡지라고 칭할 수 있다. 그러나 계몽적인 내용이 많았던 당시로서는 전문
   적인 성격으로 보아 학회지라고 칭할 수도 있다. 그러므로 이 글에서는 잡지 또는 학회지라
   는 용어를 혼용했다.
3 1898년에 결성한 제국청년회는 친목회를 이은 단체로 관비유학생의 친목도모를 목적으로
   한 단체였다. 이곳에서도『제국청년회회보(帝國靑年會會報)』를 발간하였다. 그러나 1903
   년 2월 정부에서 관비유학생을 소환하게 되자 자연스럽게 해산되고 만다. KM生,「本會今
   昔之感」,『대한흥학보』13, 1910.5, 2면. 그러나 1904년 한일의정서(韓日議定書) 체결 후 다
   시 유학생을 파견하기 시작하여 1905년경에는 관비생과 사비유학생을 포함하여 500여명에
   이르렀다. 한시준,「국권회복운동기 일본유학생의 민족운동」,『한국독립운동사연구』2, 한
   국독립운동사연구소, 1988, 33~64면.

년이 앞선 학회가 된다.[4] 이어 경상도 중심의 낙동친목회(洛東親睦會)와 경기도 중심의 한금청년회(漢錦靑年會) 등이 나타났다. 또 관비유학생 중심으로 대한유학생구락부(大韓留學生俱樂部)와 대한공수회(大韓共修 會)가 결성되었고, 강습소를 중심으로 광무학회(光武學會), 동인학회(同 寅學會) 등이 생겼다. 한편, 다양한 성격의 단체들이 공존하는 것을 분 파적인 낭비라고 인식한 유학생들은 여러 단체를 통합하려고 노력했 다. 1906년 9월 설립된 대한유학생회(大韓留學生會)는 첫 통합의 시도로 탄생한 단체였다. 1908년 2월에 4개 단체가 연합하여 대한학회(大韓學 會)를 결성했고, 1910년 1월에는 전일본유학생이 참가하여 대한흥학 회(大韓興學會)로의 통합을 이루었다.

당시 일본에서 출판된 학회지의 내용은 서구의 정치나 법제도 및 경 제 관계를 논하는 글이거나 외국의 사정을 소개하는 기사들이 많았다. 뿐만 아니라 국민 계몽 차원에서 우리의 역사나 지리에 관한 내용도 다수를 차지하고 있다. 특이한 점은 계몽적인 맥락에서 자연과학에 관 한 내용도 상당히 많은 분량을 차지했다는 점이다. 또한 일본에서 발 간된 학회지들은 국내에도 상당수의 고정 독자층을 확보하고 있었다.[5]

구체적인 과학 관련 내용은 단순히 외국의 과학 관련 내용을 소개하 는 기사와 기초적이고 교과서적인 과학의 내용을 연재하는 내용들이 었지만, 창의적인 논문에 가까운 글도 포함되어 있었다. 이러한 과학

---

4 곽형기, 「한말 태극학회의 활동과 체육사상 연구」, 『한국체육학회지』 37(4), 한국체육학회, 1998, 9~19면.
5 예를 들어 『대한흥학보』의 경우도 동경에서 1,500여 부를 발행하였는데, 국내에서만 정기 구독자가 508명이나 되었다. 이 중 지역별로 보면 경기도 59명, 전라도 39명, 강원도 8명, 함 경도 120명, 충청도 15명, 경상도 26명, 황해도 60명, 평안도 108명에 이른다. 『대한흥학보』 6, 1909. 10, 29면.

관련 내용은 당시 근대학교가 성립된 초기로 과학 관련 교과서가 제대로 구비되지 못한 시기였음을 고려한다면 우리나라 지식인들이 자연과학을 이해하는 원천일 뿐만 아니라 구체적으로 과학교육 분야에서 교과서를 대체할 수 있는 내용으로 활용되었거나 교사용 참고서의 역할을 했을 것이라고 생각할 수 있다.[6]

이 글은 1890년대 발간된 우리나라 최초의 잡지이자 일본 유학생들의 학회지였던 『친목회회보』를 비롯하여 1910년 일제에 의해 강점당하기까지의 시기에 일본 유학생들이 중심이 되어 결성한 태극학회, 대한유학생회, 대한학회, 대한흥학회에서 간행한 학회지의 내용 중 과학 관련 논술의 분석을 통하여, 당시 일본 유학생들이 우리나라 과학문화에 기여한 바를 밝히는 데 목적이 있다.

그동안 근대 초기 일본유학생들의 학회 활동을 중심으로 연구는 비교적 다양한 분야에서 진행되었다. 반면에 학회 활동과 과학문화를 관련시킨 연구는 부족한 형편이다. 구한말 일본 유학생과 그들의 학회 활동 및 학회지에 대한 내용을 다룬 연구를 소개하면 다음과 같다.

가장 먼저 구한말 학회지의 근대적인 성격을 연구한 최준의 논문을 지적할 수 있다.[7] 송이랑은 학회지의 내용을 한국의 정치사상과 연계하여 분석하였다.[8] 정관은 구한말 재일본 유학생 단체의 통합과정을 중점적으로 분석하였다.[9] 강대민은 일본 유학생들이 출간한 『대한유

---

6 이면우, 「근대교육기(1876~1910) 학회지를 통한 과학교육의 전개」, 『한국지구과학회지』 22(2), 한국지구과학회, 2001, 75~88면.
7 최준, 「한제국 시대의 출판연구 : 출판문화와 한국 근대화와에 관하여」, 『법정논총』 17, 중앙대 법정대학, 1963, 7~24면.
8 송이랑, 「개화기의 학술지에 나타난 한국정치사상에 관한 연구」, 『동아논총』 18, 동아대학교, 1981, 377~411면.

학생회학보』와 대한학회를 중점적으로 연구하였고, 이어 일본유학생들의 애국계몽사상을 분석하였다.[10] 최경숙[11]과 김기주[12]는 대한흥학회를 중점적으로 분석하였다. 한시준은 일본유학생들이 수행한 민족운동과 각 학회지의 내용을 종합적으로 분석하였다.[13] 송병기는 구한말 일본유학생의 파견 실태를 종합적으로 다루었으며,[14] 김기주는 재일 유학생의 항일운동을 분석했고,[15] 김희주는 재일유학생의 시대인식을 연구했다.[16] 남궁용권은 한국 개화기 문학 작품을 통한 사회교육사적 연구를 하였다.[17] 권정화는 최남선의 지리적 관심을 비교적 상세하게 연구하였다.[18] 차배근은 『친목회회보』를 통하여 일본유학생들의 언론 출판활동을 종합적으로 분석한 논문과 연구서를 출판하였다.[19]

구한말에 결성된 학회나 학회지를 중점적으로 분석한 석사 논문은

---

9 정관, 「구한말 재일본 한국유학생 단체운동」, 『대구사학』 25, 대구사학회, 1984, 133~162면.

10 강대민, 「대한유학생회학보에 관한 연구」, 『논문집』 5, 부산산업대학교, 1984, 357~377면; 강대민, 「대한학회에 관한 일고찰」, 『논문집』 6, 부산산업대학교, 1985, 213~236면; 강대민, 「한말일본유학생들의 애국계몽사상」, 『논문집』 7, 부산산업대학교, 1986, 283~300면.

11 최경숙, 「대한흥학회에 대하여」, 『논문집』, 3, 부산외국어대학교, 1985, 47~65면.

12 김기주, 「대한흥학회에 관한 고찰」, 『전남사학』 1, 전남사학회, 1987, 53~91면.

13 한시준, 앞의 글, 33~64면.

14 송병기, 「개화기 일본유학생 파견과 실태(1881~1903)」, 『동양학』 18(1), 단국대 동양학연구소, 1988, 249~272면.

15 김기주, 「구한말 재일한국유학생의 항일운동」, 『전남사학』 3, 전남사학회, 1989, 165~205면.

16 김희주, 「한말 일본유학생의 시대인식에 대한 소고」, 『논문집』 2, 진주여자전문대, 1997, 219~238면.

17 남궁용권, 「한국 개화기 문학의 사회교육사적 연구」, 『관대논문집』 1, 관동대학교, 1988, 331~367면.

18 권정화, 「최남선의 초기 저술에서 나타나는 지리적 관심 : 개화기 육당의 문화운동과 명치지문학의 영향」, 『응용지리』 13, 성신여대 한국지리연구소, 1990, 1~34면.

19 차배근 「재조선인일본유학생 『친목회회보』에 관한 연구」, 『언론정보연구』 35, 서울대 언론정보연구소, 1998, 1~56면; 차배근, 「재조선인일본유학생 『친목회회보』에 관한 연구(속)」, 『언론정보연구』 36, 서울대 언론정보연구소, 1999, 79~157면; 차배근, 『개화기 일본유학생들의 언론출판활동연구』 1, 서울대 출판부, 2000.

비교적 많이 볼 수 있다. 예를 들면 도일 관비 유학생에 관한 박인화의 논문,[20] 일본유학생의 애국계몽사상을 연구한 표영수의 논문,[21] 일본유학생의 현실인식과 민족운동을 다룬 김원옥의 논문,[22] 학회지와 교육관을 연결시킨 김경숙의 논문,[23] 학회지에 실린 교육관계 글의 유형을 분석한 팽영일의 논문,[24] 학회활동에 나타난 교육학 연구 동향을 분석한 홍금초의 논문,[25] 학회지의 지리 관련 내용을 다룬 한미섭의 논문,[26] 학회지의 교육과 보건에 관한 논설을 분석한 유상열의 논문,[27] 잡지의 실태와 특성을 연구한 최봉희의 논문,[28] 자강운동단체에 대한 정관의 논문,[29] 태극학회에 관한 김명옥[30]과 이미영의 논문,[31] 대한흥학회에 대한 이미림[32]과 정태주의 논문,[33] 호남학회의 교육활동을 연구한 유동선의 논문[34] 등이 있다. 이 밖에 박사 논문으로는 구한말 재일한국유학생의 민족운동을 연구한 김기주의 논문,[35] 근대에 한국인의 일본 유학을 다룬 박기환의 논문[36] 등을 볼 수 있다.

---

20 박인화, 「구한말 도일 관비유학생에 관한 고찰」, 이화여대 석사논문, 1981.
21 표영수, 「대한제국 말기 재일본유학생의 애국계몽사상」, 숭실대 석사논문, 1997.
22 김원옥, 「한말 일본유학생의 현실인식과 민족운동」, 연세대 석사논문, 2000.
23 김경숙, 「개화기 학회지를 통해 본 교육관」, 동국대 석사논문, 1981.
24 팽영일, 「한말 학회지에 실린 교육관계논설의 유형분석」, 부산대 석사논문, 1983.
25 홍금초, 「개화기 학회활동에 나타난 교육학 연구동향」, 강원대 석사논문, 1997.
26 한미섭, 「개화기 학술지의 지리 관련 내용에 대한 연구」, 서울대 석사논문, 1992.
27 유상열, 「개화기 학회보의 교육 보건 논설 성격 분석」, 한국교원대 석사논문, 1996.
28 최봉희, 「개화기 잡지의 실태와 특성에 관한 연구」, 동국대 석사논문, 1994.
29 정관, 「구한말 자강운동단체에 관하여」, 경북대 석사논문, 1981.
30 김명옥, 「한말 태극학회에 관한 일고찰」, 이화여대 석사논문, 1982.
31 이미영, 「한말 태극학회의 애국계몽운동 연구」, 동국대 석사논문, 1994.
32 이미림, 「대한흥학회에 관한 연구」, 숙명여대 석사논문, 1987.
33 정태주, 「대한흥학회 성립과 활동」, 단국대 석사논문, 1996.
34 유동선, 「개화기 호남학회의 교육활동에 관한 연구」, 중앙대 석사논문, 1990.
35 김기주, 「구한말 재일한국유학생의 민족운동 연구」, 전남대 박사논문, 1991.
36 박기환, 「近代日韓文化交流史硏究 : 韓國人の日本留學」, 大阪大學 박사논문, 1998.

구한말의 학회지와 교과교육을 연결시킨 연구도 비교적 많다. 먼저 역사 교과와 연결시킨 김흥수는 당시 발간된 학회지의 내용 중 역사교육 관련 내용을 조사 분석하였다.[37] 보다 많은 연구는 체육교과와 관련하여 나왔다. 황태상과 황철문의 민족주의 체육사상에 관한 논문,[38] 태극학회의 체육사상을 연구한 곽형기의 논문,[39] 광복 이전 시기의 재일 유학생의 스포츠 활동에 대한 손환 등의 일련의 연구 논문[40]을 들 수 있다.

특히 이 글에서 중점적으로 살펴보려는 과학문화와의 관련성을 연구한 논문은 아주 적다. 박종석과 정병훈은 개화기 과학교육자의 배경과 역할을 분석하면서 당시 발간된 학회지 내용의 일부를 인용하였지만 심층적인 분석은 없었다.[41] 이면우는 1876년부터 1910년 사이를 근대교육기라고 규정하고 이 시기에 국내에서 발간된 학회지의 내용 분석을 통하여 과학교육 관련성을 밝혔지만, 재일본 유학생에 초점을 맞춘 연구는 아니었다.[42]

---

37 김흥수, 『한국 근대역사교육 연구』, 삼영사, 1990.

38 황태상 · 황철문, 「개화기 학술지에 나타난 민족주의 체육사상에 관한 연구」, 『체육과학연구소 논문집』 10, 부산대 체육과학연구소, 1994, 207~222면.

39 곽형기, 앞의 글, 9~19면.

40 손환, 「구한말 재일 한국인 유학생단체의 스포츠 활동에 관한 연구」, 『체육사학회지』 4, 한국체육사학회, 1999, 47~57면; 손환, 「광복 이전 재일 한국인 유학생의 스포츠 활동에 관한 연구」, 『한국체육학회지』 39(3), 한국체육학회, 2000, 11~21면; 손환, 「대한흥학회의 스포츠 활동에 관한 연구」, 『한국체육학회지』 41(5), 한국체육학회, 2002, 27~35면; 손환 · 김재우, 「대조선인 일본유학생 친목회의 결성과 스포츠 활동에 관한 연구」, 『한국체육학회지』 43(5), 한국체육학회, 2004, 35~42면; 손환, 「재일본 동경조선 유학생 학우회의 스포츠 활동에 관한 연구」, 『체육사학회지』 13, 한국체육사학회, 2004, 45~60면.

41 박종석 · 정병훈, 「개화기 과학교육자의 배경과 역할」, 『한국과학교육학회지』 20(3), 한국과학교육학회, 2000, 443~454면.

42 이면우, 앞의 글, 75~88면.

2. 본론

1) 대조선인일본유학생친목회의 『친목회회보』

대조선인일본유학생친목회는 갑오개혁(1894) 이후 113명의 관비유학생을 일본에 보내자, 이들과 먼저 유학을 왔던 윤치오(尹致旿) 등이 주도하여 1895년에 만든 단체였다.[43] 1895년 후반 이후 유학생의 소환되자 세력이 약화되기도 했지만 큰 동요는 없었다. 그러다가 1898년 2월 회원의 분쟁이 원인이 되어 친목회는 해산되고 말았다. 이 단체는 1895년 10월에 동경에서 『친목회회보』 창간호를 발간하기 시작하여, 1898년 4월까지 모두 총 6호를 발간했다. 이 학회지의 목적은 유학생간의 친목과 지식 교환뿐만 아니라 국민을 계몽시키기 위한 것이었다.[44]

『친목회회보』는 매호마다 100~250여 쪽 분량이었으며, 내용은 사설(社說)·논설(論說)·문원(文苑)·내보(內報)·외보(外報)·만국사보(萬國事報)·친 목회일기(親睦會日記) 등으로 구성되었다. 이 중 논설이나 강연 등에는 드물지만 자연과학 관련 내용이 게재되어 있다. 이 밖에 외보 등

---

43 "先是留學員尹致旿·魚允迪·朴義秉·李秉武及本公使館書記生韓永源諸氏 開本政府派遣學員之來 議立親睦會矣 至是衆議一同 遂創設爲"『친목회회보』1, 1895, 96~97면. 자세한 내용은 송병기, 앞의 글, 1988, 249~271면을 참조할 것.

44 "吾人이 他邦에 留學ᄒ되 遠近에 僑住ᄒ야 容膏이 落久ᄒ지라 此를 以ᄒ야 彼我의 事情을 通ᄒ야 親睦을 惇厚히ᄒ고 兼ᄒ야 知識을 交換홈을 爲홈이라"「會旨」,『親睦會會報』1, 1985, 안표지 참고. "萬一 相尊相輔ᄒᄂ 方便을 謀치 하니ᄒ면 麗澤ᄒᄂ 效도 無ᄒ고 勸勉ᄒᄂ 道도 無ᄒ야 利益實際에 妨害가 或有ᄒ면 國家의 敎育ᄒᄂ 道를 負ᄒ고 人民의 期望ᄒᄂ 意를 沮홈이라 此를 恐ᄒ야 是에 親睦會를 設立ᄒ야 日後 大成ᄒᆯ 根本坏璞을 建ᄒ노니."「大朝鮮人日本留學生親睦會會報 會旨」,『親睦會會報』2, 1896, 안표지 참고.

표 1. 『친목회회보』에 개재된 자연과학 관련 논술

논술자	제목	부제 또는 내용	호수 및 면수	발행일자
邊國璿	物理摠論略述	물질의 성질을 설명함	제5호, 27~30면	1897. 9.
南舜熙	心理學과 物理學의 現效	콜럼버스의 대서양 항해 등을 기록함	제5호, 42면	1897. 9.

에 외국의 과학기술에 대한 아주 간단한 기사를 서술한 경우도 있다.[45]
이 학회지에 게재된 자연과학 관련 내용을 정리하면 〈표 1〉과 같다.

　　제5호의 '논설'에는 2편의 자연과학 관련 논술이 있다. 먼저 변국선은
「물리총론약술」에서 고체 액체 및 기체를 당시로서는 신지식이라 할
수 있는 분자 개념을 도입하여 설명하고 또 물질의 성질 등을 논하였
다.[46] 또 남순희는 「심리학과 물리학의 현효」에서 콜럼버스가 지구의
모양을 인식한 결과 대서양을 항해할 수 있었다는 사실과 스티븐슨의
증기기관을 소개하면서 물리학 공부가 필요하다는 사실을 강조했다.[47]

　　이상에서 살펴본 바와 같이 『친목회회보』에 게재된 내용 중 자연과
학을 다룬 논술은 지극히 적다. 이 밖에 다윈의 진화론의 영향을 받아
사회적 진화론을 강조하는 당시의 관점을 견지하는 글이 실린 것을 찾
을 수 있을 뿐이다.[48]

45　예를 들면 창간호에는 外報에 「世界電信과及電話」라는 항목에서 당시의 전신과 전화에 대
　　한 통계자료를 간단하게 언급했다. 『친목회회보』 1, 51~52면.

46　"固體者 諸種之分子 互相密着 欲持其永久不變之物卽 (木, 石, 金屬) 之類 是也." 邊國璿, 「物理
　　摠論略述」, 『친목회회보』 5, 1897, 27~30면.

47　이 글에서는 서양인에 대한 재미있는 표기를 볼 수 있다. 예를 들어 '콜럼버스'는 '고바스'라
　　고 했고, 스티븐슨은 '고홀든스지벤논'이라고 표기했다. 南舜熙, 「心理學과 物理學의 現效」,
　　『친목회회보』 5, 1897, 42면.

48　"今日 列國의 弱肉强食ᄒᆞ며 優勝劣敗에 慘狀不忍ᄒᆞᄂᆞᆫ 此時節을 當ᄒᆞ야" "優勝劣敗之勢와 弱
　　肉强食之弊는 萬國歷史上의 記載ᄒᆞ야." 鄭寅昭, 「國家의 觀念」, 『친목회회보』 4, 1896, 19면.

2) 태극학회의 『태극학보』

태극학회는 관서지방 출신 유학생들이 동경에 만든 강습소를 기반으로 하여 1905년 9월에 창립된 단체였다. 1905년 초 먼저 일본에 온 유학생들이 후배 유학생에게 일본어나 기초 지식을 가르치기 위한 강습소를 만들었는데, 이때 교사로 동경대학 공과대에 재학 중이던 상호(尙灝)와 동경고등사범학교 생물과에 재학 중이던 장응진(張膺震, 초대 회장) 등이 참여했으며, 당시 유학생 감독이었던 한치유(韓致愈)의 도움을 받았다.[49] 특히 이 학회는 국내의 대한자강회나 서우학회와 연관을 가졌으며, 국내에 지회를 두기도 했다.[50] 그러므로 태극학회는 단순히 재일유학생들의 친목만을 위한 것이 아니라 국민계몽의 일익을 담당한 학회였다고 평가할 수 있다.

태극학회는 1906년 8월 24일에 『태극학보』를 창간하여 1908년 12월 24일에 종간(통권 27호)했다. 『태극학보』는 당시 발간된 학회지 중 가장 오랫동안 발간된 학회지였다. 이 학회의 목적은 회원 친목이었으나, "학원(學園)"이나 "강단(講壇)" 등의 고정란을 두어 국민 계몽과 교육에 기여했다. 『태극학보』에 게재된 과학 관련 논술은 총 76편이다. 이를 정리하면 〈표 2〉와 같다.

이 학회지에 게재된 과학 관련 논술은 자연과학의 기초 내용을 담고

---

49 韓致愈, 「太極學會總說中」, 『태극학보』 2, 1906, 1면.
50 예를 들어 1907년 2월에는 영유지회(永柔支會, 평남 영유군), 9월에는 용의지회(龍義支會, 평북 용천 의주), 1908년 5월에는 성천지회(成川支會, 평남 성천) 6월에는 동래지회(東萊支會, 경남 동래), 9월에는 영흥지회(永興支會, 함남 영흥)를 두었다. 재미있는 사실은 같은 해 8월에 순천지회(順天支會)가 지회 신청을 해 왔지만 기각했다는 점이다. 이로 보아 지회 심사도 엄격했음을 추측할 수 있다.

표 2. 『태극학보』에 개재된 자연과학 관련 논술

논술자	제목	부제 또는 내용	호수 및 면수	발행일자
張膺震	空氣說(1)	物體, 動物呼吸	제1호, 27~29면	1906.8
金志侃	水蒸氣의 變化(1)	雲, 霧, 露	제1호, 29~31면	1906.8
張志台	石炭	無煙炭, 褐炭, 黑炭	제1호, 31~33면	1906.8
申成鎬	石油	─	제1호, 33~34면	1906.8
康秉鈺	衛生(1)	음식물 섭취	제1호, 34~35면	1906.8
張膺震	火山說	지구내부, 화산	제2호, 27~29면	1906.9
張膺震	空氣說(2)	風의 起因	제2호, 29~31면	1906.9
金志侃	水蒸氣의 變化(2)	雨, 霜, 霰, 雹, 雪	제2호, 31~33면	1906.9
金鎭初	黴菌論	細菌, 酵母, 絲狀菌	제2호, 33~35면	1906.9
劉銓	飮料水(1)	食用에 適當한 것	제2호, 41~44면	1906.9
康秉鈺	衛生(2)	우유, 계란, 물 등	제2호, 44~45면	1906.9
朴濟鳳	救急治療法(1)	人工呼吸法	제2호, 45~47면	1906.9
洪正求	鹽	식염, 암염	제2호, 47~48면	1906.9
金台鎭	月及銀河	월, 월식, 은하	제3호, 35~37면	1906.10
洪正求	植物界	자생, 배양식물	제3호, 52~53면	1906.10
張膺震	進化學上 生存競爭의 法則	동식물, 인류 경쟁	제4호, 7~10면	1906.11
劉銓	飮料水(2)	下水의 汚物	제4호, 32~34면	1906.11
朴濟鳳	救急治療法(2)	毒氣中毒, 溺死	제4호, 34~35면	1906.11
張膺震	科學論	과학의 성질 등	제5호, 9~12면	1906.12
韓相琦	動物社會的 生活	蜜蜂의 話	제5호, 26~29면	1906.12
朴相洛 역	衛生問答(1)	─	제5호, 35~37면	1906.12
洪正求 역	松花와 風	松, 杉, 銀杏 등	제5호, 40~42면	1906.12
朴相洛 역	衛生問答(2)	인간의 수명	제6호, 36~38면	1907.1
洪正求 역	食蟲植物	─	제6호, 38~39면	1907.1
梁在昶	論度量衡	길이, 무게 등	제7호, 35~37면	1907.2
朴相洛 역	鑛物	水晶及石英	제7호, 40~42면	1907.2
朴相洛 역	衛生問答(3)	신체오관	제8호, 30~34면	1907.3
朴相洛 역	地震說	지진의 원인	제9호, 30~34면	1907.4
金洛泳	動物의 智情	猿猴類	제9호, 34~36면	1907.4
李奎濚	心臟運動과血液循環의 要論	(1) 서론	제10호, 42~45면	1907.5
朴相洛 역	動物體에 有한 勢力의 根源	생체이너지	제10호, 45~47면	1907.5
椒海生	童蒙物理學講談(1)	우리지구 (金洛泳)	제11호, 22~27면	1907.6
朴相洛	樹木의 니야기	나무	제11호, 27~30면	1907.6

논술자	제목	부제 또는 내용	호수 및 면수	발행일자
李奎灝	心臟運動과血液循環의 要論	(2) 피부의 온도	제11호, 32~34면	1907.6
NYK生	水의 니야기	水의 性質及狀態	제11호, 40~45면	1907.6
金洛泳	童蒙物理學講談(2)	뉴톤의 引力發明	제12호, 24~29면	1907.7
李奎灝	衛生談片	인체호흡, 신진대사	제12호, 36~40면	1907.7
NYK生	世界大動物談	포유류	제13호, 13~17면	1907.9
金洛泳	童蒙物理學講談(3)	쌀릴레오의니야기	제13호, 17~22면	1907.9
浩然子 역	理科講談(1)	蛙	제13호, 22~25면	1907.9
研究生	地文學講談(1)	緖言	제13호, 34~39면	1907.9
金洛泳	童蒙物理學講談(4)	도리셰리의 管	제14호, 35~38면	1907.10
研究生	地文學講談(2)	지구의 모양, 크기	제14호, 38~40면	1907.10
浩然子 역	理科講談(2)	植林	제14호, 41~43면	1907.10
仰天子	天文學講談(1)	天文學의 由來	제14호, 44~47면	1907.10
研究生	地中의 溫度	―	제15호, 26~30면	1907.11
仰天子	輕氣球談	氣球의 種類	제15호, 34~38면	1907.11
浩然子	理科教授法問答	3가지 문답	제15호, 40~44면	1907.11
研究生	音響의 니야기	음파, 음파의 속도	제16호, 25~28면	1907.12
仰天子	天文學講談(2)	太陽의 體大	제16호, 28~30면	1907.12
浩然子	理科講談(3)	람프(洋燈)	제16호, 31~35면	1907.12
研究生	磁石의 니야기	指南鐵	제17호, 41~44면	1908.1
研究生	前世界의 硏究	지구내부물질,	제18호, 33~36면	1908.2
學海主人	人造金	연금술의 허위성	제18호, 36~42면	1908.2
柳種洙	寒中動物談	두더쥐, 다람쥐	제18호, 43~45면	1908.2
朴廷義	化學瞥記	物質不滅의 定律	제18호, 47~50면	1908.2
學海主人	海의 談	海中의 鹽類	제19호, 41~45면	1908.3
老農	駱駝譚	駱駝의 種類	제19호, 45~47면	1908.3
朴廷義	化學初步(1)	酸素窒素化合物	제19호, 47~50면	1908.3
金英哉	科學의 急務	과학의 보급	제20호, 8~10면	1908.5
金英哉	唾痰의 衛生	폐병 등	제20호, 27~29면	1908.5
朴廷義	化學初步(2)	炭素酸素化合物	제20호, 29~31면	1908.5
仰天子	天文學講談(3)	諸遊星	제20호, 35~38면	1908.5
抱宇生	動物의 生殖法	生殖法, 分體法	제22호, 37~39면	1908.6
金英哉	衛生問答	腦	제22호, 43~45면	1908.6
朴廷義	化學初步(3)	鹽素, 砒素	제22호, 45~48면	1908.6
抱宇生	物理學의자미스러온이야기	뉴톤의 說	제23호, 26~29면	1908.7

논술자	제목	부제 또는 내용	호수 및 면수	발행일자
金鴻亮	石炭까스	메돈	제23호, 29~33면	1908.7
金鉉軾	物理學講義	滑車	제23호, 33~36면	1908.7
竹庭	알키메데스氏의 說	螺旋器械	제23호, 36~39면	1908.7
牧丹山人	生理學初步	人體, 四肢	제24호, 33~36면	1908.9
抱宇生	사이폰, 測量器, 폼푸	사이폰	제24호, 38~41면	1908.9
NYK生	童蒙物理學講話(5)	갈바니의 話	제25호, 37~40면	1908.10
研究生	除蟲菊의 研究	來歷, 種類	제25호, 50~55면	1908.10
NYK生	童蒙物理學講話(6)	프렁클닌의 이야기	제26호, 26~29면	1908.11
研究生	腦와 神經의 健全法	腦는 如何호뇨	제26호, 29~32면	1908.11

있다. 사실 과학 관련 논술을 오늘날의 분류처럼 물리학, 화학, 생물학, 지구과학의 영역으로 세분하는 것은 의미가 없을 것이다. 그러나 연구의 편의상 세분하면, 총 76편 중 생물학(생리·위생 분야 17편 포함) 분야가 32편, 지구과학 분야가 20편으로 가장 큰 비율을 차지한다. 이와 같은 경향을 볼 때 당시 학회의 회원이나 독자들은 인간을 다루는 생리·위생 분야나 지구와 환경을 다루는 지구과학 분야에 관심이 집중되었음을 추측할 수 있다. 상대적으로 물리학이나 화학과 같은 기초과학 분야의 논술은 적은데, 그 이유는 이 분야에 대한 심층적인 연구가 불충분했으며 전공자도 적었던 상황을 반영한 것으로 보인다.[51]

『태극학보』의 과학관련 논술에서 나타나는 또 하나의 특징은 같은 제목으로 연재한 논술이 많다는 것이다. 예를 들어 지구과학 분야에서는 연구생(研究生)이라는 저자에 의해 연재된 「지문학강담(地文學講談)」을 들 수 있다.[52] 여기에서 그는 '지문학(地文學)'이란 학문에 대하여 정

---

51 당시에 발간된 국내 학회지에서도 같은 경향을 보인다. 자세한 내용은 이면우의 논문을 참조할 것. 이면우, 앞의 글, 75~88면.
52 研究生, 「地文學講談 (1)」, 『태극학보』 13, 1907.9, 34~39면; 研究生, 「地文學講談 (1)」, 『태극

의를 했고, 고대 그리스부터 당시로서 최신 업적인 난센의 북극탐험까지를 다루었다. 계속해서 지구의 모양과 지구의 실제 모습, 코페르니쿠스의 지동설 등을 언급했고, 지구자전의 증거인 푸코가 프랑스에서 1851년 실시한 진자 실험까지 소개하고 있다. 보다 체계적인 연재로는 앙천자(仰天子)의 「천문학강담(天文學講談)」을 들 수 있다. 이것 역시 3회로 연재가 끝났지만 장과 절의 형식을 갖추는 등 나름대로 교과서의 체계를 따르고 있다.[53] 만일 이 학회지가 폐간되지 않고 계속 간행되었더라면 아마도 앙천자라는 저자에 의해 천문학 교과서가 완성되었을 가능성이 충분히 있다.

이와 같은 교과서적 서술은 김낙영(金洛泳)이 6회에 걸쳐 연재한 「동몽물리학강담(童蒙物理學講談)」에서도 볼 수 있다.[54] 이 논술의 연재 목적은 초등학교나 중학교 수준의 학생들을 위한 물리학 강의였다.[55] 여기서는 지구의 모양, 아르키메데스의 이야기, 뉴튼의 만유인력 발견, 갈릴레오가 발견한 진자의 등시성과 갈릴레오 일대기, 지구 대기에 관

학보』14, 1907. 10, 38~40면.

53 「천문학 강담」에 연재된 내용의 제목을 나열하면 다음과 같다. "第1章. 天文學의 由來, 第2章. 宇宙의 組立, (가) 宇宙의 星宿, (나) 星宿의 系統, 第3章. 太陽系統 其一. 太陽, (甲) 太陽系統의 由來, (乙) 太陽의 體大, (丙) 太陽面의 黑點, (丁) 太陽의 結構, (戊) 太陽面의 溫度, (己) 太陽의 運動, 其二. 諸遊星, (甲) 遊星, (乙) 遊星의 軌道, (丙) 諸遊星의 由來, (丁) 諸遊星의 比較, (戊) 諸遊星에 生物의 有無(이하 연재 중단)" 仰天子, 「天文學講談 (1)」, 『태극학보』14, 1907. 10, 44~47면; 仰天子, 「天文學講談 (2)」, 『태극학보』16, 1907. 12, 28~30면; 仰天子, 「天文學講談 (3)」, 『태극학보』20, 1908. 5, 35~38면.

54 金洛泳, 「童蒙物理學講談 (1~6)」, 『태극학보』11, 1907. 6, 22~27면; 『태극학보』12, 1907. 7, 24~29면; 『태극학보』13, 1907. 9, 17~22면; 『태극학보』14, 1907. 10, 35~38면; 『태극학보』25, 1908. 10, 37~40면; 『태극학보』26, 1908. 11, 26~29면. 한편, 「동몽물리학강담」을 논술한 저자는 椒海生, 金洛泳, NYK生으로 되어 있는데 모두 동일 인물로 보인다.

55 "本書는 內國 地方 理學論會靑年들과 小學校 中學校 生徒諸君의 一次參考에 供키 爲호야 記述호오"라고 하여 연재내용이 교과서적인 의도였음을 밝히고 있다. 金洛泳, 「童蒙物理學講談 (1)」, 22~27면.

한 설명과 토리첼리의 대기압 실험, 갈바니의 화학전지, 프랭클린의 전기에 관한 실험 등 교과서적인 내용을 담고 있다. 특히 과학자의 전기를 소개함으로써 과학에 대한 흥미를 유도했으며 발명의식 고취에 중점을 두었다.

또한 초등학교 교사를 위한 연재 논술도 보인다. 예를 들어 호연자(浩然子)가 연재한 「이과강담(理科講談)」에서는, 초등학교 교원을 위해서 연재하는 것이라고 분명한 연재 목적을 밝히고 있다. 또한 교사가 학습지도안을 작성하는 데 도움이 되도록, '요령(要領), 교수(敎授), 주의(注意), 부기(附記)' 등으로 나누는 독특한 체제를 채택하여 자세한 교수법과 실험법을 설명했다. 여기서 다룬 주요 내용은 개구리를 소재로 한 교수법, 나무 심는 법에 관한 교수법, 램프를 소재로 한 교수법 등을 게재하였다.[56] 이어 호연자는 당시 일본에서 한창 진행되던 과학교수법에 관해서도 종합적으로 언급하였다.[57] 여기에서는 과학교과의 별칭인 '이과(理科)'를 정의했고, 계속해서 이과가 보통교육의 교과로 성립하게 된 역사적 기원 및 외국의 과학교육론 등을 서술했는데, 이것은 우리나라 최초로 과학교수법을 다룬 논술로 평가할 수 있다.

주목할 만한 논술로는 과학과 국가발전에 관한 김영재(金英哉)의 논술을 들 수 있다.[58] 여기서 그는 과학이 실제 학문이라는 논지를 피력하고 있다. 특히 과학은 국가사회의 각종 사업을 발달하게 하며, 일반 국민의 상식을 발달하게 한다고 주장했다. 그러므로 최근에 학교 설립

---

56 浩然子 역, 「理科講談 (1~3)」, 『태극학보』 13, 1907.9, 22~25면; 『태극학보』 14, 1907.10, 41~43면; 『태극학보』 16, 1907.12, 31~35면.
57 浩然子, 「理科敎授法問答」, 『태극학보』 15, 1907.11, 40~44면.
58 金英哉, 「科學의 急務」, 『태극학보』 20, 1908.5, 8~10면.

이 많아졌는데, 학교에서는 보통학문뿐만 아니라 실제 학문인 과학을 위한 학교가 많이 세워지기 바란다는 것이 이 논술의 요지이다.

이상에서 살펴 본 바와 같이 『태극학보』에 실린 과학 관련 논술의 분량이나 비율에 있어서도 다른 학회지에 비해 압도적으로 많다. 또한 자연과학 관련 논술의 저자들은 자신의 논술에 대해 자신감을 보이고 있다. 특히 연재된 과학 관련 논술은 초등학교나 중등학교 학생이나 교사를 위한 내용으로 교과서적인 내용을 담고 있는 것이 특징이다.

3) 대한유학생회의 『대한유학생회학보』

대한유학생회 당시 유학생 단체가 난립하고 있는 상태에서, 단체의 통합을 지향하는 의도로 1906년 9월에 창립되었다. 같은 해 7월 일본 유학생 전체가 한자리에 모였는데, 여기서 공식적으로 대한유학생구락부(大韓留學生俱樂部)와 청년회(靑年會)가 통합을 선언했다. 이 밖에 태극학회, 대한공수회, 낙동친목회 등의 회원들도 개별적으로 참석하는 방식을 채택했다.[59] 회장은 태극학회에도 관여했던 동경대 출신의 상호였다.[60]

1907년 3월 3일 대한유학생회에서는 기관지인 『대한유학생회학보』를 창간했지만, 같은 해 5월 20일 통권 3호로 종간을 하고 말았다. 이 학회지는 『태극학보』의 영향을 많이 받았다.[61] 이 학회의 목적은 친목도모

---

59 강대민, 앞의 글, 1984, 357~377면.
60 대한유학생회, 「會錄」, 『대한유학생회학보』 1, 1907.3, 91~92면.

표 3. 『대한유학생회학보』에 게재된 자연과학 관련 논술

논술자	제목	부제 또는 내용	호수 및 면수	발행일자
崔南善	彗星說	그림 첨부	제1호, 39~46면	1907.3
學不厭生	地球之過去及未來(1)	일본책 번역	제1호, 46~50면	1907.3
崔生	地理學雜記	지구의 성인 등	제2호, 45~51면	1907.4
崔鳴煥	化學問答(1)	無機化學, 7문	제2호, 62~63면	1907.4
學不厭生	地球之過去及未來(2)	太陽	제2호, 64~70면	1907.4
金淇玉	空氣叢論	–	제3호, 20~24면	1907.5
崔鳴煥	化學問答(2)	無機化學, 12문	제3호, 32~35면	1907.5
李奎濚	貴要食物의 槪論	水,動物性食物 등	제3호, 35~40면	1907.5
NS生 역	人類의 起源 及 發達	總說, 原人	제3호, 66~75면	1907.5
韓興敎	動物의 特性	猛獸類, 象 등	제3호, 76~78면	1907.5

와 지식 교환뿐만 아니라, 당시 선진국인 일본을 통해 얻은 새로운 학문과 사상을 국내에 전파하여 국가 발전을 이룩하자는 것이었다.[62] 이 학회지에 게재된 자연과학 관련 논술을 요약하면 〈표 3〉과 같다.

여기에 게재된 과학 관련 논술 총 10편 중 지구과학 분야가 4편, 생물 분야가 3편으로 『태극학보』와 같은 경향을 보인다. 10편의 논술의 내용은 대부분 일본인 학자가 저술한 교과서나 논문을 그대로 번안한 수준이었다. 예를 들어 학불염생(學不厭生)이 2회에 걸쳐 연재한 「지구지과거급미래(地球之過去及未來)」는 일본의 이학박사 요코야마(橫山又次郎)가 저술한 책을 번안한 것이었다.[63] 또 NS생(生)이 번역한 「인류의

61 "吾儕禿筆을 將ᄒᆞ야 本報를 發刊ᄒᆞ는 今日에 太極學報란 先進이 有ᄒᆞᆷ을 欣抃하고……." 『대한유학생회학보』 1, 1907.3. 84면.

62 "我六七百人이 聞一則記一ᄒᆞ고 學一則演一ᄒᆞ야 以筆爲口ᄒᆞ고 以文爲言ᄒᆞ야 輸入世界之文明ᄒᆞ야 供給國家之實力이 本會目的之廣義也오……." 「大韓留學生會學報趣旨書」, 『대한유학생회학보』 1, 1907.3, 1면.

63 學不厭生, 「地球之過去及未來 (1)」, 『대한유학생회학보』 1, 1907.3, 46~50면; 學不厭生, 「地球之過去及未來 (2)」, 『대한유학생회학보』 2, 1907.4, 64~70면.

기원급발달」역시 일본 학자가 저술한 책을 요약한 것으로, 인류의 기원과 역사 및 지질시대의 구분을 다루고 있다.[64]

그러나 이 학보의 편집장이기도 했던 최남선의 「혜성설」은 그 서술 방식이나 내용에서 뚜렷한 차이점을 보였다.[65] 여기서 그는 혜성이 전쟁 등을 알려주는 나쁜 징조가 아니라 하늘에 있는 천체에 불과하다고 주장했다. 이어 혜성의 구조와 모양, 혜성의 궤도, 혜성의 구성 물질 및 주기 등을 그림을 곁들여 설명하는 과학적인 태도를 보였다. 또한 예전에 가지고 있던 미신이 과학 덕분에 보다 명확해진다는 사실을 강조하면서, 혜성에 대한 미신을 타파해야 한다고 강조했다.

이상에서 살펴본 바와 같이 『대한유학생회학보』에 게재된 과학 관련 논술은 다른 학회지와 비슷한 경향을 보인다. 다만 최남선의 혜성설은 나름대로 뚜렷한 과학관을 갖고, 혜성에 관해서 충분한 이해를 통해서 논술하였다는 점에서 높이 평가할 만하다. 특히 이 논술은 당시 무비판적으로 일본에서 출판된 교과서를 그대로 이용하거나 번안하여 사용하는 수준에서, 기존의 과학 이론을 어느 정도 이해한 다음에 나름대로의 논리를 가지고 서술하는 수준으로 발전했다는 점에서 의의를 찾을 수 있다.

---

64 NS生 역, 「類의 起源及發達」, 『대한유학생회학보』 3, 1907.5, 66~75면.
65 往昔, 天文智識이 十分開發되기 前에는 彗星에 對ᄒᆞ야 種種 危懼ᄒᆞᆫ 思念을 抱持ᄒᆞ야, 東洋學 勿論ᄒᆞ고 戰爭, 疫病, 饑饉, 洪水, 地震等 諸般災變의 先徵으로 看做ᄒᆞ고 甚ᄒᆞ엔 國家가 滅亡ᄒᆞᆯ 徵兆라. 地球에 衝突ᄒᆞ면 地球가 粉碎ᄒᆞ리라ᄒᆞ야種種 迷信을 枚擧키 不遑ᄒᆞ니, 「漢天文志」ᄯᅩᄒᆞᆫ 正書中에도 '政失於此則變見於彼니 明君은 飭身政事ᄒᆞ야 思咎謝罪'ᄒᆞᆫ다ᄒᆞ고……. 최남선, 「彗星說」, 『대한유학생회학보』 1, 1907.3, 39~46면.

4) 대한학회의 『대한학회월보』

대한학회는 1908년 2월에 대한유학생회, 낙동친목회, 호남학회, 광무학회 4개 단체가 통합하여 설립한 단체이다. 그동안 재일 유학생의 분열을 지양하고 난립되어 있는 각 단체를 통일하고자 했던 통합운동의 결과로 탄생한 단체였다.[66] 창립 당시 회장은 최린(崔麟)이었고, 같은 해 6월에 부회장이던 이은우(李恩雨)가 회장을 이어받았다. 대한학회의 설립 목적은 우리 동포의 지덕(知德)을 개발하는 것이라고 분명하게 언급한 것이 특징이다.[67]

위의 목적을 실현하기 위해 대학학회는 『대학학회월보』를 발간했다. 1908년 2월 25일에 창간되어 동년 11월 25일로 통권 9호로 종간되었다. 학회지의 구성은 연단(演壇)·학해(學海)·사전(史傳)·문원(文苑)·잡찬(雜纂)·휘보(彙報) 등으로 기존의 학회지와 비슷한 체계를 갖추었다. 이 학회지에 게재된 과학 관련 논술은 총 13편으로 이를 정리하면 〈표 4〉와 같다.

이 학회지에 게재된 과학 관련 논술 총 13편 중 위생 분야가 10편으로 가장 큰 비율을 차지한다. 그 밖에 물리학 분야 1편, 지구과학 분야 1편, 과학 전반을 다룬 1편이 있다.

위생 분야의 논술은 주로 일본 교과서에 실린 위생법, 영양학, 호흡

---

66 재일유학생을 위한 단체 통합은 태극학회가 주도했었다. 그러나 태극학회나 공수회는 대학학회로의 통합에 참여하지 않았다. 대한흥학회, 「本會의 歷史」, 『대한흥학보』 10, 1910. 2, 54~57면. 대한학회에 대한 자세한 사항은 강대민, 「대한학회에 관한 일고찰」, 1985, 213~236면을 참조할 것.
67 柳承欽, 「本會의 原因說」, 『대한학회월보』 1, 1908. 2, 7~9면.

表 4. 『대한학회월보』에 게재된 자연과학 관련 논술

논술자	제목	부제 또는 내용	호수 및 면수	발행일자
李東初 역	衛生要覽(1)	衛生法의 觀念	제1호, 38~42면	1908.2
李東初 역	衛生要覽(2)	換氣의 用意	제2호, 17~20면	1908.3
姜荃	物理學의 摘要	용어 설명	제2호, 20~24면	1908.3
李東初 역	衛生要覽(3)	呼吸의 方法	제3호, 30~33면	1908.4
韓興敎	宇宙의 大흠도合ᄒ면一體를成홈	우주와 신체를 논함	제4호, 52~54면	1908.5
李昌煥	哲學과 科學의 範圍	─	제5호, 16~18면	1908.6
李東初 역	衛生要覽(4)	飮食物,	제5호, 18~20면	1908.6
金潤英 역	呼吸生理(1)	呼吸運動	제5호, 31~33면	1908.6
姜藩	海水의 結氷	지질학용어	제6호, 30~31면	1908.7
金潤英 역	呼吸生理(2)	呼吸의 員數	제6호, 43~48면	1908.7
李豊載	生理學의 普通要用	生理學原論	제7호, 31~34면	1908.9
李東初 역	衛生要覽(5)	食物이 交替	제7호, 35~37면	1908.9
金潤英 역	呼吸生理(3)	─	제9호, 32~36면	1908.11

에 관한 생리학 등의 내용을 번역한 것인데, 이 중 5편은 이동초(李東初)가 작성했다. 그는 지바현의학교(千葉縣醫學校)를 1년 다니다가 중퇴하고 다시 메이지대학(明治大學) 법률학과를 졸업한 사람이었다.[68] 그는 의학에서 법학으로 전과를 했음에도 불구하고 자신이 공부한 내용을 국민 계몽적인 차원에서 적극적으로 학회지에 투고했을 것이라고 생각된다.[69]

한흥교(韓興敎)의 「우주(宇宙)의 대(大)흠도 합(合)ᄒ면 일체(一體)를

---

68 대한학회, 「卒業生寫眞附錄」, 『대한학회월보』 6, 1908.7, 1면.
69 「衛生要覽」에서는 '衛生槪論, 第1章, 衛生法의 觀念(命의 父인 空氣, 換氣의 用意, 室內의 不潔, 寢室, 朝起, 呼吸의 方法, 植木의 淸氣, 胸廓壓迫의 弊, 古井과 洞穴의 注意, 肺病의 豫防), 第2章, 命의 母인 飮食物(含窒素物, 含炭素物, 鑛物質含有物, 三種物質同化作用, 食物의 換替, 牛豚肉鳥魚肉)' 등으로 구성되어 있다. 이어 그는 당시의 전염병으로 사망률이 높았던 폐병에 관한 위생과 영양에 관하여 다루었다. 이동초, 「衛生要覽(1~5)」, 『대한학회월보』 1, 1908.2, 38~42면; 『대한학회월보』 2, 1908.3, 17~20면; 『대한학회월보』 3, 1908.4, 30~33면; 『대한학회월보』 5, 1908.6, 18~20면; 『대한학회월보』 7, 1908.9, 32~36면.

성(成)홈」이라는 논술은 아주 특이하다. 그는 서두에 우주의 현상과 인체의 구조를 비교하는 가설로부터 시작한다고 언급하면서,[70] 당시에 습득할 수 있었던 천문학적 지식에 현미경적 발견에 기초한 세포와 기타 생물학적 지식을 저자 나름대로 소화하여 우주와 인간을 통일적으로 해석해보려는 시도를 했다.

또 하나의 특이한 논술로는 과학철학적인 논의를 담은 이창환(李昌煥)의 「철학과 과학의 범위」를 들 수 있다.[71] 여기서 그는 철학을 무형의 사상을 다루는 형이상학으로, 과학을 유형의 물리학이나 이화학을 다루는 형이하학으로 규정했다. 또한 학문의 발달 초기에는 물리학이나 화학과 같은 분야도 철학에 속했는데, 점차 신비한 현상이 철학적 설명에서 벗어나 과학적 설명으로 됨으로써 과학이 점차 발전해 왔다고 한다. 이러한 면에서 철학은 과학의 어머니라고 주장했다. 또한 과학이 발달하면서 철학의 영역이 좁아진 것은 아니라 오히려 철학의 범위가 확장된다는 주장을 담고 있다. 이러한 종류의 논술을 볼 때 당시 지식인 계층에서 새로운 문화영역이었던 '과학'이라는 학문에 대한 철학적인 접근을 시도한 것으로 평가할 수 있다.

이 밖에 「잡록(雜錄)」에는 공중비행선과 같은 새로운 기술에 의한 발명품을 소개했으며,[72] 「잡찬(雜纂)」에는 「태서사물기원(泰西事物起原)의 적요(摘要)」라는 제목으로 각종 발명품에 대한 서양의 기원을 언급했다.[73] 이러한 짧은 기사는 독자에게 과학에 대한 관심과 발명을 장려

---

70 "宇宙間 現象의 自然흔 構造로 人의 一體에 比較흐야 假設도……." 한흥교, 「宇宙의 大흠도 合흐면 一體를 成흠」, 『대한학회월보』 4, 1908. 5, 52~54면.
71 李昌煥, 「哲學과 科學의 範圍」, 『대한학회월보』 5, 1908. 6, 16~18면.
72 대한학회, 「雜錄(空中飛行船, 水上에 着用靴)」, 『대한학회월보』 6, 1908. 7, 57~58면.

하려는 적극적인 의도에서 게재한 것이라고 판단된다.

이상에서 언급한 바와 같이 대한학회의 『대한학회월보』에 게재된 과학관련 논술은 위생 분야가 압도적으로 많았다. 또한 당시 새로운 문화의 한 영역인 과학에 대한 철학적 논의를 한 논술도 보인다. 뿐만 아니라 「잡록」이나 「잡찬」 등에 서양과학기술에 의한 발명품 등을 소개하여 국민의 과학의식을 고취시키려 노력했다.

5) 대한흥학회의 『대한흥학보』

대한흥학회는 1909년 1월에 대한학회, 태극학회, 대한공수회 및 연학회(硏學會)가 공식적으로 통합하고, 그 밖에 일반 유학생들이 참여하여 설립한 단체이다. 실제로 유학생 단체가 완전히 통합된 최초의 단체로,[74] 학회의 설립 목적은 '흥학(興學)'을 통해 국민을 문명화시키고 나라를 부강하게 만들고자 하는 것이었다.[75] 초대 회장은 채기두(蔡基斗)였다.

---

73 여기에 언급한 항목을 간단히 소개하면 "日月", "日月蝕", "地球", "地動說", "天氣豫報", "地球의 周航", "人類의 祖先", "人類의 初生", "言語", "頭髮", "髥(구렛나루)", "速記法", "新聞紙", "印刷術(木板)", "印刷術(活版)", "機械", "汽船", "船", "鐵道" 등이다. 대한학회, 「雜纂」, 『대한학회월보』 7, 1908.9, 40~44;『대한학회월보』 9, 1908.11, 49~50면.

74 "……合群團體의 力이 不謀혼 中에서 自生호야 今者에 學生의 總團體를 組織호고 大韓興學會라 命名호야스니 此는 日本에 留學生 歷史가 有혼 以來로 初有혼 盛擧라 홀지라……." 「大韓興學會趣旨書」, 『대한흥학보』 1, 1909.3, 11~12면.

75 "蓋古今東西에 何國을 莫論호고 其學問이 興音호면 其國이 文明호고 學問이 不興호면 其國이 鄙野홈은 細瑣혼 理論을 不要호고 智愚一致로 共覩共聞호바이나 我大韓은 閉關主義를 固守호든 餘에 今日所謂二十世紀新風潮의 如何히 發現홈을 覺察혼 者 1 至少홀지라……. 今日時代에 一般同肥의 智德을 啓發치 못호면 維新혼 學問을 興旺케 할 能力이 不及호리니, 本會의 취지趣旨는 卵興學의 基因이라. 我一般會員이 心力을 合同호며 聲氣를 連絡호야 本會의 目的을 期達호면 祖國의 文明富强홈을 指日可待호리니." 「大韓興學會趣旨書」, 『대한흥학보』 1, 1909.3, 1면.

표 5. 『대한흥학보』에 게재된 자연과학 관련 논술

논술자	제목	부제 또는 내용	호수 및 면수	발행일자
洪鑄一 역	地文學(地球의 運動)	地球의 運動	제3호, 36~38면	1909.5
欲愚生 역	原子分子說	原子分子說	제4호, 27~30면	1909.6
洪鑄一 역	地文學(地球運動續)	晝夜의 長短	제4호, 32~34면	1909.6
洪鑄一 역	地文學(地球運動續)	熱帶, 四季, 太陰曆	제5호, 26~27면	1909.7
洪鑄一 역	地文學	地殼의 發達	제6호, 48~52면	1909.10
姜元永	胃攝生의 大要(1)	分泌官能	제10호, 24~27면	1910.2
韓興教	國民의 科學的 活動을 要홈	保守의 主義	제11호, 10~14면	1910.3
麗生	地文學問答	총 7문답	제11호, 27~31면	1910.3
姜元永	胃攝生의 大要(2)	身體運動,	제13호, 23~30면	1910.5

대학흥학회의 기관지인 『대한흥학보』는 1909년 3월 25일에 창간하여 이듬해 6월 일제에 의해 강제 해산되기까지 통권 13호(최종호 1910.5.25)를 출판했다. 기본적인 내용 구성은 『대한학회월보』와 거의 같다. 이 학회지에 실린 「투고상의 유의점」에는 '학예(學藝)'를 "법(法), 정(政), 경(經), 철(哲), 윤(倫), 심(心), 지(地), 역(歷), 박물(博物), 이화(理化), 의(醫), 농(農), 공(工), 상(商)"으로 분류하고 있다.[76] 과학 분야인 박물학과 이화학 및 의학이 '학예'의 한 부분을 차지하는 것으로 보아 『대한흥학보』는 과학 분야에 상당한 관심을 두었음을 알 수 있다. 그러나 실제로 게재된 과학 관련 논술은 총 9편으로 아주 작은 비중을 차지한다. 이 학회지에 게재된 과학 관련 논술을 정리하면 〈표 5〉와 같다.

이 학회지에 게재된 과학 관련 논술은 대부분 번역한 글이었다. 총 9편 중 지구과학 분야가 5편으로 가장 많다. 그 밖에 위생 분야 2편, 화학 분야 1편 및 과학 전반에 관한 논술이 1편이었다.

---

76 대한흥학회, 「投稿上의 注意」, 『대한흥학보』 10, 1910.2, 66면.

지구과학분야의 경우는 홍주일(洪鑄一)에 4회에 걸쳐 번역·연재한 「지문학」이 눈에 띈다. 그러나 이 책의 원저는 역자가 밝히지 않았다. 첫 번째 연재에서는 지문학의 정의와 필요성을 강조했다.[77] 이어 지구의 운동, 지각의 발달과 지구의 역사 등을 다루었다. 그런데 이 연재 기사는 단순히 일본의 지문학 교과서를 그대로 번역한 것이 아니라 우리 실정에 맞도록 번안하는 노력을 보이고 있다. 그 예로 우리나라에서 사용하는 중앙 표준시가 제주도 동단에서 서울을 통과하여 후창군(厚昌郡)과 자성군(慈城郡) 사이를 지나는 동경 127도로 정하며 일본보다 32분이 빠르다고 설명한 구절을 들 수 있다.[78]

특이한 논술로는 과학 전반을 다룬 한흥교의 글을 들 수 있다.[79] 여기에서는 당시 가장 급한 문제가 바로 생활의 어려움이라는 것이다. 그러므로 이것을 극복하기 위해서 의학계에서는 고상한 자격과 진정한 목적으로 일층 개량하여 의업에 종사해야 하고, 농학계에서는 당시 우리나라의 각지에서 외국인들이 땅을 개척하고 농사를 짓는 것에 대해 분발하여 밭을 열심히 갈 일이며, 공업계에서는 공업을 발전시켜 수입을 줄일 것이며, 상업계에서는 이전처럼 천한 직업으로 배척하지 말고 상업에 관한 치밀한 연구와 실천이 요구된다는 주장을 피력하고 있다. 또한 의학, 농학, 공학 등이 모두 수준미달이지만 실리적인 행동

---

77 "地文은 地球와 其他 諸天體間 關係와 及 地球上에 天然的 諸現像을 論ᄒᆞᄂᆞᆫ 學이니라. 大凡 天地間에 在한 物이 一物도 不變不動ᄒᆞᆷ이 無하고, 四季晝夜의 區別과 山川湖海의 狀態로붓터 風雨霜雪의 變化와 動物植物의 分布에 至히 千變萬化가 極多無限ᄒᆞ나 深精研究하면 期間에 自然히 一定ᄒᆞᆫ 法則이 有ᄒᆞᆯ지라. 此法則은 人文의 發達과 最密接ᄒᆞᆫ 關係가 有ᄒᆞᆫ 故로 實노 人文上 研究를 欲望ᄒᆞᄂᆞᆫ 者 必先히 地文學의 研究를 不可不要ᄒᆞᆯ지라." 洪鑄一, 「地文學」, 『대한흥학보』 3, 1909. 5, 36면.
78 洪鑄一, 「地文學」, 『대한흥학보』 3, 1909. 5, 39면.
79 韓興敎, 「國民의 科學的 活動을 要ᄒᆞᆷ」, 『대한흥학보』 11, 1910. 3, 10~14면.

을 적극적으로 실천해야 한다고 역설했다. 결국, 이 논술에서 사용한 '과학적(科學的)'이란 의미는 실용주의적 입장에서 '합리적(合理的)'이라는 뜻으로 사용되었다.

이 밖에 이 학회지의 「산록(散錄)」에서도 과학관련 기사를 찾을 수 있다.[80] 그 내용은 돼지, 멧돼지, 말, 개, 쥐, 토기 고기의 효용을 간단히 소개한 것, 전류를 응용하여 식물의 생장을 촉진하는 법, 세계열강의 열기구와 비행기 통계 등이다.

이와 같이 『대한흥학보』에 게재된 과학관련 논술은 지구과학 분야가 압도적으로 많다. 또한 실용주의적인 입장에서 합리성이야말로 과학적이라는 독특한 논술도 볼 수 있다. 뿐만 아니라 「산록」에서도 과학에 관련된 간단한 소식을 소개하고 있다.

3. 결론

이 연구에서는 초기 일본에 유학생들이 발간한 학회지 5종 총 58권에 게재된 과학관련 논술 총 110편을 분석했다. 이러한 분석을 통하여 다음과 같은 결론을 얻을 수 있다.

첫째, 구한말 당시 일본 유학생들이 발간한 학회지는 당시 지식인

---

[80] 대한흥학회, "食肉과 衛生(衛生新報)", "農作物에 電氣應用(蠶業新報)", "列强의 空中勢力(科學世界)", 「散錄」, 『대한흥학보』 8, 1909.12, 46~56면.

계층이 참여한 최고 수준의 학회지였다. 또한 학회지의 발간 목적은 유학생들의 친목과 지식교환뿐만 아니라 본국의 국민계몽에 있었다. 일본에서 발간되었음에도 불구하고 국내에 많은 고정 독자를 확보했다는 점이나 국내의 유명 인사들이 적극적으로 학회지에 글을 투고하거나 재정지원을 했다는 점도 그러한 사실을 방증한다.

둘째, 학회지에 게재된 과학 관련 논술은 생리 · 위생 영역과 지구과학 영역이 압도적으로 많다. 과학 논술이 특정 분야에 편중된 이유는 당시 유학생들의 관심이 기초과학이라고 할 수 있는 물리학이나 화학보다도 의학이나 지질학 등에 편중되었기 때문으로 생각된다. 또한 당시 일반인이나 지식인 계층의 관심은 우리의 전통문화와 크게 유리되지 않은 인간과 지구에 관한 분야였다는 점도 고려할 수 있다. 즉 전통의학에서 인간에 대한 생리학이나 위생학으로, 전통 지리학이나 전통 천문학에서 새로운 지질학이나 천문학으로 이어질 수 있었다.

셋째, 학회지마다 약간의 차이는 있지만 게재된 과학 논술 중에는 동일한 저자에 의해서 연재된 논술이 많다. 연재된 논술은 과학에 대한 기초 내용을 다루었으며, 교과서의 형식을 보이고 있다. 당시 우리나라에서 초 · 중등 수준의 과학교육이 거의 실행될 수 없었던 상황임을 고려한다면, 학회지가 일종의 과학 교과서 역할을 했을 것이라고 생각한다. 또한, 당시 초 · 중등학교 수준에서 과학을 담당하는 교사들을 위한 자료도 게재되었다.

넷째, 과학 관련 논술들은 일본의 교과서나 논문의 내용을 그대로 번역하거나 번안한 것이 많았다. 그러나 당시 최첨단의 과학을 이해하고 또 나름대로 우리 실정에 맞도록 변화시킨 글도 보였다. 만일 일제

의 강점에 의하여 국권을 빼앗기지 않았더라면, 우리 나름대로의 과학 문화를 발전시킬 수 있었을 것이다. *

* 이 논문은 2003년도 수도권 과학문화연구센터(SCRC)의 지원에 의하여 연구되었으며 동아시아일본학회에서 2005년 10월 발간한 『일본문학연구』(16집, 109~132면)에 게재된 논문을 학회 편집위원회의 승낙을 얻어 재수록한 것임.

학회지의 사이언스

사이언스를 중심으로 한 개화기 근대 학문체계의 정초에 관하여

조형래

1. 1905년의 인식론적 단절 : 분과학문의 도입

제2차 한일협약, 을사조약이 체결되었던 1905년을 전후한 시기는 학지(學知)의 언어횡단적 실천(translingual practice)에 있어서 중요한 전환기였다. 중국과 일본으로 이원화되어 있었던 근대지(近代知) 도입과 번안의 루트가, 보호를 빙자한 외교권 및 군사권의 박탈과 함께 급속히 일원화되고 있었기 때문이다. 알다시피 메이지 후기의 일본은 청과 러시아를 상대로 한 전쟁에서 승리를 거두는 한편, 서구 제국(諸國)과의 불평등조약의 개정이라는 개항 이래의 숙원을 해소하고 있었다. 비서구 국가로서는 예외적으로 근대국가로의 일신을 달성했다는 사실을 만방에 선포하는 단계였던 셈이다. 한편 영국을 비롯한 열강의 묵인 및 후

원하에 타이완을 병합하고 조선을 보호국으로 삼았으며 러시아로부터 만철 및 주변의 이권을 넘겨받아 만주에도 진출하는 등 제국주의적 성격을 노골화하고 있었다. 하지만 이와 함께 동아시아의 여러 나라, 특히 조선과 중국에 있어서 일본은 모든 측면에 걸쳐 모방해야 할 전범을 제시하고 있었던 진보한 국가로서의 우위도 확립했다. 그중에서도 서구를 모델로 한 지식 혁명은 일본의 문명개화와 부국강병을 견인했던 원동력으로 간주되었던 만큼 조선과 중국의 지식인에게 선망과 학습의 대상이 되었다. 일본의 조선 지배가 기정사실화되었던 1905년 이후의 조선에서 이러한 경향이 현저해졌다는 것은 잘 알려져 있다. 외세로부터의 독립을 열망할수록, 일본의 학지를 통해 매개되었던 서구의 선진 문명과 지식에 구애되지 않을 수 없었다는 것은, 제국과 국민국가, 식민지 간 불가결한 상호규정적·상호의존적 관계에 내포되어 있는 근본적 아이러니에서 비롯되었다고 하지 않을 수 없다.

분과학문 체제의 도입은 그 결과 중 하나였다. 1905년 이후 간행되었던 잡지와 교과서의 표제나 목차 등에서 '-학(學)' 또는 '-과(科)'라는 명칭에 입각한 학문이나 과목의 분류체계를 발견하는 것은 어려운 일이 아니었다. 일찍이 『친목회회보(親睦會會報)』 등에 분과학문 체제로부터의 영향이나 흔적이 엿보였던 것도 사실이다. 하지만 1905~1910년 사이만큼 다양한 매체에 걸쳐 광범위하게 전면적으로 채용되었던 것은 아니었다. 학과목(學科目)을 표제로 내세운 『수리학잡지(數理學雜誌)』가 창간되었던 것은 1905년 12월의 일이었고, 이듬해 11월 그 편제에 있어서 최근까지 거의 그대로 계승되는 분과학문 체제를 반영한 『소년한반도(少年韓半島)』가 발간되기 시작했다. 분과학문 체제에 기초한 편제는 이후 등장할 『소년』 같은 혁신적인 잡지에서 근본적으로 제고되기는 하지만, 이후 『기호흥학회월보(畿湖興學會月報)』와 같은 지역 학회지 등에서 계승되고 있었으며 『법정학계(法政學界)』(1907.5)라든가 『공업계(工業界)』(1909.1) 같은 전문성을 표방한 잡지가 간행되기 시작했던 것도 이 시기였다.

또한 근대 교육기관 설립 붐과 맞물려 편찬되기 시작한 각 학과 및 연급(年級)의 교과서들은 그 성격상 분과학문적 특성을 반영하지 않을 수 없었다. 특히 '소학(小學)'이나 '역사(歷史), 사략(史略)' 등 기존의 일부 과목명은 유지된 반면, 1895년경부터 사용되던 『숙혜기략(夙惠記略)』 등이 '수신(修身)'이나 '윤리(倫理)'라는 새로운 과목명을 채택한 교과서로 대체되어 갔던 사정은 이 시기에 나타난 변화의 성격을 개시(開示)한다고 할 수 있다. 물론 그 과목명들은 메이지 초기의 일본에서 우세한 것으로 정초되기 시작했고 1903년을 전후하여 각 국정교과서의 표제로 통일적으로 채택되었던 명칭을 모델로 삼았던 것임에 틀림없었다.[1] 교과서의 필진 역시 일본에서 유학한 경력이 있는 관료나 언론인 출신의 교육자가 다수를 차지하고 있었다. 그 『윤리학교과서(倫理學敎科書)』(1906)를 편술한 신해영(申海永)이나 『최신경제교과서(最新經濟敎科書)』(1910)를 집필한 유승겸(柳承兼) 등은 모두 관비유학생으로 게이오의숙 등에서 수학한 전력이 있었던 관료 출신 인사였다. 그러한 경력이 없었던 이해조조차, 도쿄제국대학의 교수 모토라 유지로[元良勇次郎]가 자신의 저서 『윤리강화(倫理講話)』(1900)를 축약하여 편찬한 『중등교육 모토라씨 윤

---

1   海後宗臣・仲新 編, 『近代日本敎科書總說 : 目錄篇』, 講談社, 1969.

리서[中等敎育 元良氏倫理書]』(1902)의 제1권을 발췌·번역하여 편술한 글 「윤리학(倫理學)」을 『기호흥학회월보』에 연재하고 있었다.[2]

그리고 『소년한반도』의 기사 중 상당수가 교과서 출간을 염두에 두고 저술된 것이었고 『수리학잡지』의 기사 역시 학생들을 대상으로 한 실습교재의 성격을 갖고 있었다. 『법정학계』 또한 보성전문학교 교우회에서 강의내용의 공개를 통한 국가·사회에의 기여라는 목적[3]으로 간행되었다는 사실을 감안할 때 잡지의 기사와 교과서의 내용은 상호 순환적 관계에 있었다. 그러므로 당시 매체와 교육기관은 교과목의 채택과 활용에 있어서 불가분적이었다. 요컨대 갑오개혁을 계기로 진흥되었던 조선의 근대교육 체제는 이 시기에 재차 중요한 전환에 직면했던 것이고, 어떤 동기에 의해서든 일본적 분과학문 체제의 이식이라는 결과로 귀결되었던 것이다.

2. 뉴튼적 사이언스의 도입과 번안

: 『수리학잡지』와 『신찬소물리학』

『수리학잡지』는 이와 관련하여 상징적 의미를 갖는 간행물이다. '수

---

2 송민호, 「이해조의 근대적인 교육관과 초기 소설의 윤리학적 사상화의 배경」, 『한국현대문학연구』 33집, 2011.
3 보성전문학교 교우회 편집, 「취지(趣旨)」, 『법정학계』 1호, 1907.5.

리(數理)'를 매체 자체와 일치시켜 독립적인 영역으로 천명했던 최초의 사례이기 때문이다. 도쿄물리학교 출신의 편집 겸 발행자 유일선(柳一宣)을 비롯한『수리학잡지』의 편집진 또한 이 사실을 의식하고 있었다. 물론 근대적 교육기관의 설립과 함께 수학 또는 산술이라는 과목은 학제를 구성하는 데 불가결한 독립적 분과로 도입되었던 것이 사실이다. 일찍이 이상설(李相卨)이 18세기 청(淸)의 수학서『수리정온(數理精蘊)』을 저본으로 삼아 서구 수학 용어에 대한 해설을 부가한『수리(數理)』를 저술하여 사용한 적이 있었고, 또한 그가 학무국의 의뢰로 우에노 키요시[上野淸]의『근세산술(近世算術)』(1888~1889)을 편역한『산술신서(算術新書)』(1900)가 간행된 이래 산술 관련 교과서가 다수 출판되기도 했다.[4] 그러나 서두에서 수학과 관련된 기초 개념부터 설명하고 있는 『수리』나『산술신서』등과 달리『수리학잡지』의 「취지서」는 수리학의 시대적 의미, 효용, 보급의 필요성, 정의와 분류, 창간의 의의 등을 설득하는 데 주력하고 있었다.

「수리학잡지발간취지서」에 따르면 수리학의 대상은 일용사물부터 천체지축의 운행과 변천에 이르기까지, 천지만물 일체에 관철되어 있는 것으로 간주되는 수(數)와 리(理)라는 추상이었다. 또한 과거처럼 수학 또는 산술만을 대상으로 삼았던 것도 아니었다.『수리학잡지』의 수리학은 수학(산술)과 이학(이과)을 아우르는 범주였다. 「취지서」에 명시되어 있는 대로 수학은 산술, 대수, 기하, 삼각함수, 미적분 등의 학과, 이학은 생물학, 화학, 광물, 천문학, 지구과학 등의 분과의 상위개념이

---

4 「범례(凡例)」,『산술신서(算術新書)』, 3면; 이상구 외, 「미국과 한국의 초기 고등수학 발전 과정 비교연구」,『수리교육 논문집』23(4), 2009, 980면.

었다. 더욱이 『수리학잡지』는 그 체제에서도 '산술'과 '이과'를 확실하게 양립시키고 있었다. 전자의 「산술신강의(算術新講義)」와 「산술문제해설(算術問題解說)」 등에서 가감승제(加減乘除)라는 초급 수준에 머물러 있기는 했지만 산수 문제에 대해 답을 구하게 하거나 해설을 제공하고 연습문제를 출제하는 데 지면을 할애하고 있었다면 후자에서는 자연과학에 관한 단편적 지식을 간명하게 제시하는 식이었다. 가령 1호의 '이과' 지면에서는 공기, 바람[風], 화약, 성냥[柴], 우(牛), 충(蟲), 종자발아, 염(染), 유황, 하류(河流)에 대해, 4호에서는 지구의 형상, 은하(銀河), 유성(流星), 해수(海水), 골격의 성분, 오줌[尿], 대모거북[玳瑁龜], 호박(琥珀)에 관해 항목별로 설명하고 있었다. 나아가 지구 자전과 공전에서부터 잉크 제조법에 이르기까지 취지서에서 소개한 각 분과학문에 관해 특별한 구별과 적용을 하지 않고, 당시에 어느 정도는 소개되어 있었지만 일반에게는 생소했을 상식에 대한 설명을 제공했다. 그리고 「수리학 고문(顧問)과 학생」 연재에서 분명해지는 것처럼 후기로 갈수록 수리학을 실용적 성격과 관련하여 이해하려는 지향이 현저해진다.

『수리학잡지』에서 수학과 대응되는 이학은 이중적 의미를 갖고 있었다. 그것은 과학기술 일반을 가리키는 포괄적 용어인 동시에 이과라는 의미도 아울러 갖고 있는 것으로 상용되었다. 실제로 『수리학잡지』에서 이학에 해당하는 분야는 이과라는 분류하에 포섭되고 있었다. 후에 『소년(少年)』 등에서도 적극 채용된 이과라는 용어는 학습 교과목과 관련된 지식을 가리키는 뉘앙스가 현저했다. 나아가 이를 학습하여 수리학의 제반 분과학문에 정통하는 일이 학생의 급무(急務)라는 점을 다양한 근거를 들어 역설하는 데 주력했던 것이다. 그것은 문명의 혜택을 전유하는 동시에 '농공상무(農工商務)와 기선전신(滊船電信)과 해육군술(海陸軍術)' 등의 진보를 통해 "과장부강(誇張富强)"[5]할 수 있는 첩경으로 간주되었다. 학생이 수학과 이학이 결합된 수리학이라는 영역을 학습하는 일은 자연과 세계의 이치를 해명하고 특히 문명개화와 부국강병이라는 목표와 직결되는 것이라는 의식이 현저했다는 것이다.

그런데 중요한 것은 『수리학잡지』를 통해 구성되고 있었던 수리학이라는 범주 자체다. 수학과 이학이 단일한 범주에 포섭되고 있었지만 확실한 정의와 기준이 제시되었던 것도, 그 경계와 구별이 획정(劃定)되었던 것도 아니었다. 또한 수학과 달리 이학은 다양한 분야의 혼종잡거로 구성되고 있었고 이는 『수리학잡지』에만 국한된 현상이 아니었다. 사이언스의 역어로 여러 용어가 경쟁하고 있었던 상황[6]과도 무관하지 않았지만, 무엇보다 문명개화와 부국강병의 당위성으로 인해 이학을 실용과학과 결부시켜 기술자를 양성하는 방향으로 제도화했던 메이지 일본의 영향으로부터도 자유로울 수 없었다는 것을 부정할 수 없다. 특히 1877년 도쿄대학 설립 당시 이학부는 화학과, 수학과, 물리학·성학(星學)과, 화학과, 공학과, 지질학·채광학과, 생물학과 등의 학과로 구성되어 있었으며 공학을 포괄했을 뿐 아니라 학과별로 기초이론과

5　「수리학잡지발간취지서(水理學雜誌發刊趣旨書)」, 『수리학잡지』 1, 1905.12, 2면.
6　일본과 조선에서 사이언스의 역어로서 '과학'이 수용되고 정착되는 역사적 과정에 대해서는 김성근, 「일본의 메이지 사상계와 '과학'이라는 용어의 성립과정」, 『한국과학사학회지』 25(2), 한국과학사학회, 2003; 이면우, 「초기 일본 유학생들의 학회활동을 통한 과학문화의 기여」, 『일본문화연구』 16, 동아시아일본학회, 2005; 이면우, 「근대교육기(1876~1910) 학회지를 통한 과학교육의 전개」, 『한국지구과학회지』 22(2), 한국지구과학회, 2001; 이면우, 「근대 일본 과학문화의 전개」, 『일본문화연구』 27, 동아시아일본학회, 2007; 조형래, 「『소년』의 과학」, 『사이』 6, 국제한국문학문화학회, 2009; 金成根, 「「科學」という日本語語彙の朝鮮への伝來」, 『思想』 1046, 2011.6 등을 참조.

응용을 함께 교육하는 시스템이었다. 이학·이과가 기초과학 범주와 학제 내지는 그 교과목을 통칭하기 위한 용어로 한정되었던 것은 1886년 제국대학으로의 전환 당시 공학계를 분리하고 기존 코부대학교(工部大學校)를 통합시켜 공과대학을 출범시키면서부터였다.[7]

도쿄대학 이학부 출신 인사들이 설립한 도쿄물리학교에서 수학했던 유일선이 이와 같은 메이지 일본의 지적 풍토 및 흐름에서 자유로울 수는 없었을 터이다. 그가 주관했던 『수리학잡지』에서 수리학은 수학·이학·과학 등의 실체로부터 연역되는 것이 아니라, 오히려 그 학문의 하위 범주를 열거하고 그것이 가져올 효용에 의의를 두며 그 교과목 학습에 대해 마련된 구체적 지침을 실천하는 것을 통해 구성적으로 제시되고 있다. 즉 『수리학잡지』에 따르면 수리학을 한다는 것은 개개인이 수학 문제를 풀고 이학의 상식을 습득하는 데 매진하는 것이다. 그리고 이와 같은 면학(勉學)의 집적이 바로 과학기술 분야의 실력 양성이며 문명개화와 부국강병으로 이어진다. 『수리학잡지』가 제시하고 있었던 수리학의 구체적 상(像)은 이런 것이었다. 나아가 그것은 목전의 현실·이익에 구애되지 않고 미래를 위해 지적 모험을 감행하는 식으로 현재를 투자하는 프로테스탄트적 교육 이념에 기초한 수리학이라는 학문의 가치중립성을 확립했다. 또한 그것은 사회와 분리된 영역으로서 초월적인 힘을 일체 배제한 채 인간 능력에만 의지하여 수와 자연의 이치를 파악하고 또 실생활에 적용 가능한 실천적 형식의 의의를 개시(開示)하고 또 특권화하고 있었다. 수리학의 혼잡한 성격이

---

7 辻哲夫, 『日本の科學思想: その自立への模索』, 中央公論社, 1973, 138면; 廣重徹, 『科學の社會史: 近代日本の科學體制』, 中央公論社, 1973, 24~25면.

이렇게나마 정리되고 있었던 것이다. 이와 같은 『수리학잡지』의 특성은 당시 조선에서 교육 및 학제, 매체 등과 관련하여 진행되던 '과학의 제도화'의 성격 및 사정을 보여주고 있는 사례였다.[8]

수리학의 실용적 성격과 병행하여 수학과 이학이 단일한 범주하에 양립하는 것으로 배치되었던 이 최초의 사례는 중요한 의미를 갖는다. 가령 거리나 사물의 개수, 인원, 금액 등을 계산 연습을 위한 수치로 예시하고 있었던 산술의 여러 예제는 세계의 실제적인 문제를 추상화하는 새로운 모델과 방식을 현시하고 계몽했다. 물론 이미 수학 내지는 산술 관련 교과서가 다수 간행되던 만큼 이것을 완전히 새로운 것이라고는 단언하기 어렵다. 그렇지만 다음과 같은 예제나 항목 간 병치와 연동은 의미심장하다.

① (23) 동서 양지(兩地)가 상거(相距)함이 삼십육 리라. 동시에 각지에서 매시(每時) 갑은 칠(七) 리의 속력으로 을은 오 리의 속력으로 상향이출발(相向而出發)하면 기시(幾時)만에야 양인이 봉착(逢着)하겠느뇨.

(해설) 양인이 일직로(一直路) 양단(兩端)에서 상향(相向)하여 보행하는 고로 반드시 봉착할 시(時)가 유함이라.

양인이 상향하여 보행하는 모양을 관찰컨대 일시간에 갑이 을을 향하여 칠 리를 보행하고 을이 갑을 향하여 오 리를 보행하는 고로 갑을의 거리가

전보담 7 + 5 = 12리

12리가 근(近)할리라. 여차(如此)히 양인이 상향하여 보행함을 부지(不

---

8   廣重徹, 위의 책, 43~44면.

止)하면 매 시간에 12리씩 접근할이라.

연이 자초(自初)로 제일시(第一時) 종(終)에 12리가 상접(相接)하고 제이시(第二時) 종에도 또 12리가 상접하고 제삼시 종에 또 12리가 상접하여……. 최종에 양인의 상거가 전무하면 차시가 양인이 봉착할 시라.

연즉 36리는 12씩 기회(幾回)에 재단(裁斷)할 수 있는가 하면

35리 ÷ 12리 = 3회(回) (규구(規九)에 의하여)

3회니라. 연이 12리씩 일회가 1시간을 대표하는 고로 3회는 3시간을 대표하느니라. 즉 봉착 시간 수는 3시이니라.[9]

② 연즉 지구는 태양의 주위를 일정한 궤도로 종(從)하여 매일 자전하면서 정지함이 없이 회전하는 유성(遊星)이니 차 궤도를 일주 회전하는 운동을 공전 혹 연동(年動)이라 칭하느니라. 지구과 궤도를 일주 즉 공전함에 요하는 시간은 삼백육십오 일 오 시 사십팔 분 십육 초 즉 거의 삼백육십오 일 사분의 일이니 차 사분의 일일을 삭거(削去)하여 삼백육십오 일을 일 년 즉 평년으로 정하니라. (…중략…)

제1 용적 지구에서 태양의 거리는 범 구천이백만 리어라. 여차히 기(其) 거리가 심원한 고로 약(若) 금(今)에 최대 속력을 유한 기차로 지구를 출발하여 태양을 향하여 주야겸행한다 가정하더라도 삼 세기 즉 삼백 년을 경과치 않으면 태양에 달(達)하기 불능(不能)할이니 실로 기 거리의 심원함을 흘경불기(吃驚不己)로다.[10]

---

9 「산술신강의」, 『수리학잡지』 4, 1906.3, 13~14면.
10 『수리학잡지』 5, 1906.4.1, 2면.

독자에게 사칙연산을 연습시키고 실생활에 응용하게 하려는 목적 하에 제시된 산술 관련 예제 그리고 공전 개념과 규모 및 지구 태양 간 거리에 대한 이과 지면의 상식 등이 수리에 대한 기초 수준의 이해를 제공하고 있다. 「취지서」에 명시되어 있는 대로 "소학생도의 초등교과" 수준의 산수 및 지동설의 상식을 교육하고자 하는 것이다. 하지만 산술 예제인 ①에서 거리는 시간으로 환원되며 속력이라는 운동의 개념에 근접하게 된다. 이과 지면의 항목인 ②에서도 1년이라는 시간과 공전의 궤도라는 거리 즉 공간은 별개의 것이 아니다. 태양까지의 거리는 기차로 밤낮없이 질주하여 걸리는, 테크놀로지에 의해 변화된 인간의 실감, 즉 경험의 시간으로 환원되고 있는 것이다. 이를 결정적으로 매개하는 것이 수(數)다. 그것은 전통적 거리 관념인 리(里) 및 지구의 자전 주기를 60진법에 입각하여 분할한 시간의 체계 같은 것이다. 이것은 시공간에 대한 임의적 분절 및 추상적 개념화를 통한 수치화와 계량화를 가능하게 한다. 우주는 형이상학적 원리 그 자체가 아니라 시공간이라는 선험적 체계 속에서 경험 가능한 대상으로 변화한다. 그리고 이과 지면의 '지구의 공전' 항목이 보여주는 것처럼 이러한 일체에 대한 측정 가능한 것으로의 치환이 모든 대상과 자연 현상의 원리를 파악하기 위한 기초가 되고 있다.

즉 수는 연산만을 위한 것이 아니며 이러한 추상을 가능하게 하는 공통의 준거이자 언표가 된다. 나아가 시공간이 정량화(quantification)될 수 있다면 여타의 모든 것 또한 그렇게 될 수 있을 것이다. 그것은 태양과 지구의 거리 및 공전 궤도 등의 관계로 대표되는 만물과 자연 현상을 해명하는 데 필수적인 '이과'의 보편적 언어였다. 수에 입각하여 시공간 사이의 이질성은 해소될 수 있을 뿐 아니라 상호 환원 가능해진다. 그러므로 수학과 이과는 별개의 것이 아니게 된다. 1900년대를 전후하여 도입 · 유통되기 시작한 아라비아 숫자 및 연산 기호의 존재가 이 수리학의 새로움을 시각적으로 상징한다. 이 점에서 『수리학잡지』는 수학과 이과(사이언스) 사이의 불가결한 연결을 상정하고 구체화한 최초의 사례다. 개수나 화폐 등을 통한 이해(利害)라든가 노동의 대가 등이 소요시간과 같은, 수의 매개를 통해 계상될 수 있는 것으로 제시하고 있는 예제들도 찾아볼 수 있었다. 계산 개념의 이해 및 응용이라는 목적하에 제시된 이 예제들이 환기하고 있었던 것은 각양각색의 대상과 현상 일체가 수라는 매개에 의해 초연하며 불편부당하게 측정되고 해석될 수 있다는 확신이었다. 그리고 대상과 현상 일체에 대한 지식을 수학적 서술을 통해 보편타당한 것으로 설명하려는 것은 사이언스의 중요한 특징 중 하나다. 수학에 대한 이와 같은 믿음과 연동된 사이언스의 세계관이 도입되었을 때 출현했던 전회는 간단한 것이 아니었다. 그것은 갈릴레이, 케플러를 거쳐 뉴튼에 의해 완성되고 칸트에 의해 추인되었던, 역사적으로 특별한 진리 확정의 형식이 도입되기 시작했다는 의미였다.[11] 이 과정에서 태양은 더 이상 음양이라는 자연(自然)의 원리를 구성하는 이원론의 한 극이 아니라 지구가 "금(今)에 최대 속력을 유한 기차로" "주야겸행"한다고 해도 삼백 년이 걸리는 "구천이백만 리"의 거리를 두고 "삼백육십오 일 오 시"라는 시간 동안

---

11 알렉상드르 꼬아레, 김명자 역, 「뉴튼 종합의 의미」, 김영식 편, 『근대사회와 과학』, 창작과비평사, 1989; 토머스 핸킨스, 양유성 역, 『과학과 계몽주의』, 글항아리, 2011, 39~45면; 김국태, 「근대 과학철학」, 박영태 외, 『과학철학 : 흐름과 쟁점, 그리고 확장』, 창비, 2011.

공전하는 궤도의 중심이 되고 있다. 태극(太極)을 그 시원 내지 원리로 삼고 반구의 둥근 형상[天圓地方]을 하고 있으며 사람과 분리되지 않은 [天人合一] 성리학적 우주[12]와 단절된 새로운 우주론의 일단을 수학적 서술, 즉 사이언스의 언어로 설명하는 것이 그 역사적인 정당화의 맥락과 연동되고 있는 사례다. 이러한 전회를 가능하게 한 수리학의 또 다른 이름은 뉴튼적 사이언스였다. 이 유럽발(發) 지식 생산과 수용의 표준은 그것의 수행적 실천을 가능하게 하고 또 구성하는 선험적 형식과 불가분적이었다. 그만큼 수학적으로 제시되는 우주란 배후에서 그 규모를 지각하고 인식하며 판단하는 주체 그리고 그것이 진리 생산과 확정의 실천을 위해 준수해야 할 규범적 형식도 제시하고 있었다.

한편 1906년부터 여러 교과목에 걸쳐 학부 검정 국문 교과서가 출간되기 시작하며 이러한 동향은 1907~1908년 사이에 정점을 이루게 된다.[13] 『수리학잡지』의 간행은 초창기 이과 관련 교과서가 하나둘 출간되고 있었던 시기와 겹쳤다. 그런데 분과학문의 세부 내용에 들어가면 각종 교과서가 여러 면에서 『수리학잡지』의 기사들에 비해 충실했던 것도 사실이었다. 가령 미국 남북전쟁기의 교육학자 조엘 D. 스틸(Joel Dorman Steele)의 『14주 자연철학』(1870)을 번역한 것으로 알려져 있는[14]

---

12 한국사상사연구회 편, 『조선 유학의 개념들』, 예문서원, 2002, 27~35 · 117~123면.

13 실제로 1897년을 전후한 시기 학부 주도로 각급 교과목의 교과서가 대량으로 편찬되었지만 일회적인 사건에 그치고 있었다. 오히려 대부분의 신교육 관련 교과서는 1906년 이후에 간행되었다. 이는 분과학문 체제의 이식과 정착에 있어서, 그리고 특히 학회지와 관련된 이해 조의 활동과 관련하여 매우 중요한 지체였다. 김봉희, 『한국개화기서적문화연구』, 이화여대 출판부, 1999; 박종석 · 정병훈 · 박승재, 「대한제국 후기부터 일제 식민지 초기 (1906~1915)까지 사용되었던 과학교과용 도서의 조사 분석」, 『한국과학교육학회지』 18집, 1998.

14 이충환, 「100여 년 전 과학교과서 영문 원전 발견」, 『동아일보』, 2004. 3. 23; J. Dorman Steele, *Fourteen weeks in Natural Philosophy*, New York : A.S. Barmes & Company, 1869; 조엘 스틸

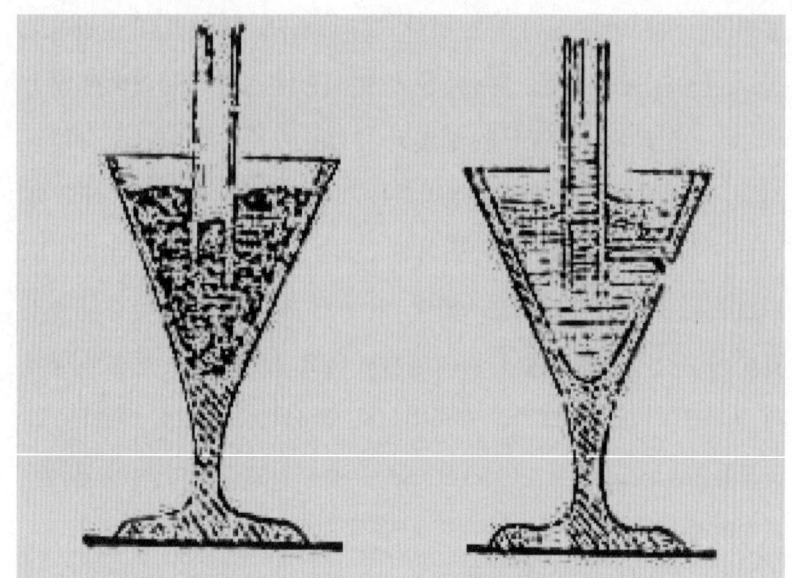

그림 1. 『신찬소물리학』, 제1장 각종 인력, 제4절 부착력 중 제2도

『신찬소물리학(新撰小物理學)』(국민교육회, 김상만서포, 1906.6.30)은 자연과학의 기본 개념과 대상 등을 나열하고 원서의 실험 관련 도판을 간략화하여 덧붙인 초급 수준의 교과서였지만 간행시기를 감안할 때 비교적 선구적인 내용을 담고 있는 도서였다. 총 10과에 걸쳐 각종 인력, 힘, 액체, 기체, 소리, 열, 빛, 전기, 자석 등의 물리적 특성에 대해 비교적 정확하고 상세한 설명을 하고 있었던 것이 사실이다. "물리학은 물체의 실질에는 변화함이 무(無)하고 단 기(其) 성질에만 변경하는 원인급(及) 법칙을 연구하는 학(學)이라"[15]와 같은 정의라든가 "제6장 소

(1836~1886)은 19세기 미국 남북전쟁기의 교사로 미국사 및 다양한 과학 분야의 아동용 교재를 저술한 것으로 알려져 있다. 『14주 자연철학』 외에도 그의 인간 생리학 관련 개론서가 메이지 일본에서 『보통생리학교과서』로 편역되어 사용된 적이 있었다. ジョエル・ドーメン・スチール, 片山正義 譯, 『普通生理學敎科書』, 共益商社, 1888.

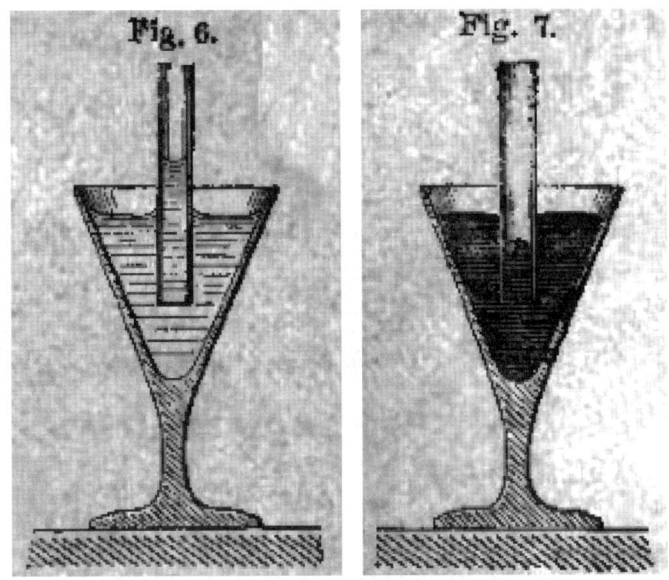

그림 2. Fig.6 & Fig.7 'Molecular force' *Fourteen weeks in Natural Philosophy*

리(音)"에 대해서 "진동과 매개, 파급, 음원, 소리의 속도, 반사, 강약, 고
저, 축음기" 등의 절을 설정하고 차례로 설명하고 있는 각론 부분의 경
우가 특히 그러했다.

제이도(第二圖)와 여(如)히 세(細)한 유리관을 수중에 삽(揷)하면 관내의
수(水)를 인부(引付)하여 상승(上升)케 함이니라. 차등(此等) 고액(固液) 간
에 발(發)하는 부착력(付着力)은 수(水)의 응집력(凝集力)보다 강함이오.
우(又) 세관(細管)을 수은(水銀)에 삽하면 관내의 수은이 관외 수은면보다
강하하느니 차(此)는 수은의 응집력이 부착력보다 강함이니라.[16]

15 국민교육회 편, 『신찬소물리학』, 김상만서포, 1906, 1면.
16 위의 책, 6면. 원서의 문장이 직역되어 있다.

이 제1장 각종 인력의 제4절 부착력에 관한 두 번째 도판은 『14주 자연철학』의 도해 6과 7의 실험[17]을 사실상 거의 그대로 번역한 것이다. 하지만 실험이라는 사이언스의 경험론적 실천이 종합적으로 도입된 사례라는 점에서 의의가 있다. 불가항력적 요소나 의외의 조건이 일체 배제된 진공상태와도 같은 제한적 상황 속에서 물과 수은 그리고 그것에 작용하는 응집력이나 부착력 같은 자연적 대상은 인위적으로 통제 가능한 것이 된다. 실험을 통해 인간의 감각적 경험은 힘이라는 비가시적인 존재가 보편적으로 작용한다는 사실 자체를 매개한다. 이 관리된 자연에 대한 관찰을 통해 궁극적으로 보편 법칙이 도출될 수 있는 것이다.[18] 비록 실험한 기록이 있었던 것도 아니고 그것을 명시적으로 강조하고 있지도 않았지만 『신찬소물리학』은 이와 같은 문헌상의 실험 도판을 다수 게재하고 있었다. 그러나 이와 같은 예시-유사 실험을 통해 보편적 대상을 파악한다는 행위가 고정된 지면을 통해 반복되고 있었으며 나아가 이와 유사한 실천을 은연중 촉구하고 있었다는 사실이 중요하다. 그리고 이는 공룡으로부터 원자에 이르기까지 철학과 문학 등의 다양한 분야를 가로질러 매스미디어, 대중적 글쓰기, 시각 매체 등을 통해 구체적이고 물질적인 속성을 환영적 이미지로 추상화해왔고 또한 사이언스 일반에 대해 지각하고 인식하는 방식을 결정하는 데 기여해왔던 자기표현적 형식으로서의 과학의 이미지(image) 내지는 도상(icon) · 기호(sign) 등과 결부되는 과정을 거쳐 가능해진 것이다.[19]

---

17 J. Dorman Steele, 앞의 책, 41~42면.

18 A. F. 차머스, 신중섭 · 이상원 역, 『과학이란 무엇인가』, 서광사, 2003, 57면. 특히 3장을 참조하라.

19 W.J.T. Mitchell, "Image Science", Edited by Bernd Hüppauf and Peter Weingart, *Science*

서구와 일본에서 이미 속류화한 상식에 관한 이미지들이 들어왔던 만큼 사이언스라는 형식에 관한 '견고한 프레임(freeze frame)'도 도입되었던 것이었지만 20세기 초 조선에 있어서만큼은 혁신적 의미를 가질 수밖에 없었다. 그러므로 번역에 의한 것이라고 해도 『신찬소물리학』의 도판들이 내포한 의의는 퇴색되지 않는다. 하물며 이후 유사한 성격의 학부 검정 국문교과서들이 양산되기 시작했던 것, 그리고 무엇보다 『소년(少年)』과 같은 대중매체가 이러한 도판을 활용했던 사정 등은 이미지의 도입에 관한 혁신이 종전처럼 일회적 사건에 그치는 것이 아님을 보여준다. 더 나아가 "진주나 다이아몬드에서 교환가치를 발견하는 화학자는 없다"는 마르크스의 단언과 정확히 대립되는 의미에서 이미지는 대상의 물리적 실체 주변에 교환가치를 비롯한 후광 같은 것과 결합될 수밖에 없는 만큼[20] 교과서에 복제되고 있었던 도상들 역시 독립자주·문명개화에 있어서 교육의 필요성이라는 역사적 당위라든가 이러한 교과서를 상품으로 유통시키지 않으면 안 되었던 화폐경제 등으로부터 자유로울 수 없었다. 이는 당시 서구 문명·문화의 전지구적 우세와 맞물려 지식 생산과 수용 체계의 정당성과 합법성에 관한 우열을 복합적으로 감관하고 식별하며 판정하는 종합적 판단 및 권위의 역사적 맥락과 연결되어 있었다. 1906년을 전후하여 『수리학잡지』와 『신찬소물리학』 등의 간행을 통해 이러한 맥락이 번역되고 있었던 것이라고 해도 무방하다. 그러므로 사이언스를 가능하게 한 체계와 맥락, 그것을 구성하는 기초적이며 필수적인 세계관, 즉 수학적 서술, 우

Images and Popular Images of the Sciences, New York : Routledge, 2008.
20 위의 책, 62면.

주를 대상으로 인식하는 주체, 실험이라는 경험론적 방법과 합리적 법칙의 도출이라는 종합 등이 사실상 이 시기에 적어도 담론적 수준에서는 국문으로 번안되고 있었다고 해도 무방하다. 그러나 이는 시작에 불과했다.

3. 『소년한반도』의 기계론적 세계관과
문 · 리(文理)의 배리(背離)적 상호 규정

유일선은 『수리학잡지』가 간행되었던 수리학잡지사를 모태로 정리사(精理舍)를 설립하여 교과서를 출판하고 후학을 양성하는 등의 활동을 전개했다. '정리'가 심리, 논리, 윤리를 포함하는 '정신과' 그리고 '이과'를 아울러 이르는 용어였다는 것은 의미심장하다.[21] 이것은 수리학을 상정한 가운데 그 대타가 되는 특정 영역을 그것의 상위 체제에 포함시켜 분류하는 식으로 개념화 · 범주화한 사례다. 이것은 『수리학잡지』의 간행이 또한 수리학의 외부에 대한 인식을 동시적으로 출범시켰다는 사실을 의미한다. 즉 이 같은 수학적 서술로 환원되지 아니하며 동식물, 광물, 물리, 화학, 천문, 지문 등에 속하지 않는 인문(人文)의 범주다. 그것은 현실의 문제라든가 이해관계의 조정 등과 관련된 인정세

---

21 이상구 · 함윤미, 「한국 근대 고등수학 도입과 교과과정 연구」, 『한국수학사학회지』, 22(3), 한국수학사학회, 2009, 213면.

태의 문제, 인간이라는 존재 자체의 본질을 이해하고 탐구하는 별개의 영역이다. 수리학의 자기규정이 그 외부, 즉 인문과 같은 범주를 확고한 것으로 실체화했다는 것이다. 이 상호배타적 규정은 역설적이다. 더욱이 『수리학잡지』를 통해 소개되고 있었던 수리학의 개념은 앞서 언급한 바와 같이 산술 문제를 풀고 이학의 기초적 상식을 학습하는 실천의 영역과 불가분의 관계를 맺고 있었다. 이것은 『신찬소물리학』의 도판을 통해 제시된 실험이라는 형식과 조응하여 뉴튼적 사이언스의 체제 및 세계관의 도입을 결정적인 것으로 만들었다. 또한 그 목적에 있어서도 사이언스라는 신생 학문의 자기 발전으로 재귀하는 것이 아니라 "국가 사회의 만일(萬一) 행복을 증진코져 함"을 지향하는 식으로 외부에의 지향을 전제했다. 수리학 또는 물리학 즉 사이언스에 해당하는 범주의 도입은 그 바깥의 영역을 의식하면서 배리적으로 이루어졌던 것이다. 오늘날까지 존속되는 문·리의 체제는 이러한 형태로 분할되고 있었다. 이것은 서구 지식 교양의 양대 주축을 형성해왔던 인문학(liberal arts)과 과학(science) 간 이분법에 기초한 것이지만, 아직까지 대학의 문리과가 설치된 적이 없었던 1900년대 조선에서 문·리라는 체제의 도입은 이 같은 우여곡절을 경유했던 것이 사실이다. 아직 확실히 정착된 것은 아니었지만 다수 학회지의 체제가 이러한 분할에 입각해 있었거나 그렇지 않다고 해도 염두에 두지 않을 수 없었던 것이 사실이다. 그리고 이와 관련하여 『소년한반도(少年韓半島)』(1906~1907)가 차지하는 의의는 적지 않았다.

가령 『소년한반도』에 연재된 이해조의 처녀작 『잠상태(岑上苔)』는 『영영전(英英傳)』이나 『운영전(雲英傳)』 같은 조선 후기 백화소설의 모방에 불과한 미완의 한문현토소설[22]로 알려져 있지만, 그 도입부에 있어서만큼은 독특한 부분이 있다. "鐵은 是無情的이오 磁는 是無知的이라. 鐵與磁가 有甚相知며 磁與鐵이 有甚同情이리오마는 一着에 不得離는 以其氣味不相異也일시라"[23]라는 문장으로 시작되고 있다는 점이다.[24] 자철(磁鐵)에 대한 언급으로 시작되는 것도 그렇지만 인간사에 대한 유비 이전에 그것이 "무정(無情)적이고 무지(無知)적인"[25] 즉 인간의 정이나 지와 무관한 자연물이라고 전제해두고 있는 점이 의미심장하다. 이는 인정세태와 자연이 무관하지 않고 고금(古今)이 상통(相通)하는 백화소설의 형식조차 이 무정(無情)과 무지(無知)의 세계관으로부터 자유롭지 않게 되었다는 것을 뜻한다. 자석이 전기와 자기장의 존재 및 생성을 입증하기 위한 근대과학의 핵심적인 연구대상으로 간주되어 왔다는 사정을 감안하면 더욱 그렇다. 하지만 자철은 "所以 蒲東之艶詞와 廣寒之奇緣의 氣相逢相別相思相夢이 非磁鐵止也"에서 알 수 있는 것처럼 인사(人事), 즉 『앵앵전(鶯鶯傳)』과 『춘향전』 속 자연스러운 연정(戀情)과 무관하지 않은 비유였다는 점 또한 간과해서는 안 된다.

그렇다고는 해도 이해조가 편집에 간여했고 또 『잠상태』가 연재되었던 『소년 한반도』의 체제와 성격을 감안하면 이 같은 자철의 출현을 우연의 일치로 간주하기에는 무리가 있다. 유학자 집안에서 성장한,

---

22 송민호, 『한국 개화기소설의 사적 연구』, 일지사, 1975; 최원식, 『한국 근대문학 사론』, 창작사, 1986; 김형중, 「개화기 한문소설 연구 : 신문연재소설을 중심으로」, 『한국언어문학』 40, 한국언어문학회, 1998.

23 이해조, 「잠상태」, 『소년한반도』 1, 1906.11, 39면.

24 송민호, 「이해조의 근대적인 교육관과 초기 소설의 윤리학적 사상화의 배경」, 『한국현대문학연구』 33, 한국현대문학회, 2011.

25 이해조, 「잠상태」, 『소년한반도』 1, 1906.11, 39면.

대한제국 관료 출신으로 1903년 이후 여러 교육기관에 몸을 담게 되면서 신학문 및 교육에 대해 뜻을 두게 되었던 이해조가 자신이 간여하고 있는 잡지의 성격과 내용을 파악하지 못했을 리 없기 때문이다.[26] 실제로 그는 『소년한반도』의 발행인 및 필진들과 직간접적으로 연이 닿아 있었으며 신교육운동에 동참하고 있었던 만큼 사이언스의 표상으로서 '자석'이 갖는 위상에 대해 알고 있었을 것으로 보인다. 자철이 이후 개화기 과학 관련 교과서나 학습서 등에 자주 등장했을 만큼 문명 그 자체를 대변하는 기표로 통용되었으며 이 서적들의 편찬에 『소년한반도』의 필진들이 간여했다는 사정[27]을 감안하면 더욱 그렇다. 마법적 힘을 지닌 것으로 간주되어 왔던 자석과 철의 관계를 무정적·무지적 대상으로 규정할 수 있었던 단절에는 이 같은 근대지식의 권위가 작용하고 있었던 것이다. 실제로 『소년한반도』에는 종래의 천인합일(天人合一)에 입각한 우주론·자연관을 지양하려는 태도가 지배적이었다. 하지만 유교경전을 인용하거나 자연현상을 개괄하는 데 있어서 궁리학, 격치라든가 태극, 팔괘만상 등 종래의 용어를 동원하는 사례 역시 드물지 않았다. 자철처럼 자연현상과 인사(人事) 사이의 유비를 설정하는 수사 또한 『소년한반도』 전반을 통틀어 어렵지 않게 발견되는 것도 사실이었다.

『소년한반도』는 양재건을 사장으로, 조진태를 총무로 하여 1906년

---

26 이해조가 『소년한반도』의 찬술원으로 참여하게 된 상세한 사정과 맥락에 대해서는 송민호의 앞의 글 외에도 「열재 이해조의 생애와 사상적 배경」(『국어국문학』156, 국어국문학회, 2010, 259~264면)을 참조. 이 논문들은 1900년대 이해조 개인의 내력과 생애에 대한 여러 새로운 사실을 규명하고 있다.
27 김봉희, 앞의 책, 269~274면.

11월부터 1907년 4월까지 총 6호가 간행되었던 잡지였다.[28] 관료 출신의 조중응이나 언론 관계에 종사한 이인직처럼 일본에 체류했던 적이 있었던 이들, 또는 정교와 같은 관료 출신의 한학자 등도 참여하고 있었지만, 신식학교에서 교원으로 종사하였거나 재임하고 있는 교원 출신들이 찬술원의 다수를 차지하고 있었고 그들 대부분은 일본어에도 능통했던 것으로 알려져 있다. 그러므로 기존 통념대로 최초의 소년잡지 내지는 상업지 정도로 간단히 규정될 수는 없으며, 상세한 확인이 필요한 부분으로 여겨지지만, 오히려 그 성격이나 체제에 있어서 일본으로부터 유입된 신지식에 관련된 교과서의 내용을 번안하고 있었던 것으로 보인다. 아울러 1906년 이후 간행되고 있었던 신식 교과서의 모태가 되는 내용들을 축약하여 게재하고 있었던 잡지였다. 실제로 『소년한반도』는 당대 그 어느 잡지보다 근대적 지식에 관한 분과학문 체제를 의식한 상태에서 구성되었다. "취지, 성질, 자수론(自修論), 교육신론, 교자제신학(敎子弟新學), 국문원류(國文原流), 사회학, 국제공법, 사설(史說), 경제학, 농업의 대의, 아모권면, 위생문답, 지리문답, 심리문답, 물리학, 동물문답, 광물문답, 수학, 지문(地文), 교제신례(交際新禮), 동양담설, 사조(詞藻), 소설, 내보(內報), 외보(外報), 현상미화(懸賞謎話), 축사" 등으로 구성된 제1호의 목차만 일별해도 그것을 확인할 수 있다. 『수리학잡지』와 달리 생도들을 위한 실용학습서로서 각 학문 분야의 입문 수준의 상식을 소개하는 종합지로서의 성격을 표방했던 점에서 비롯된 체제다. 그런데 여기에서 이학에 포함될 수 있는 제반 과

---

28 『소년한반도』에 대해서는 최덕교, 『한국잡지 백 년』 1(한길사, 2004) 외에도 구장률, 「근대 초기 잡지의 영인 현황과 연구의 필요성」, 『근대서지』 1, 소명출판, 2010 참조.

목들은 「수리학잡지취지서」에서 거론되고 있었던 이학의 하위범주의 목록과도 다르지 않다. 어느 정도는 사이언스를 구성하는 항목들에 대한 통일된 상이 구축되고 있었던 것으로 보인다. 나아가 『소년한반도』에는 사이언스 또는 학문의 하위범주를 구성하는 의미심장한 언급들도 존재한다.

> 과학은 하여(何如)오. 지리를 강구하는 학문이 삼과로 구별하니 왈(曰) 수리지리학과 자연지리학과 정치지리학이 시(是)니라.
> 수리지리는 하여오. 지구의 형체운동(形體運動)과 풍우한서(風雨寒暑)의 이동(異同)과 경위도(經緯度) 수의 기하(幾何) 등류(等類)를 지(知)함이니라.
> 자연지리는 하여오. 각국 산천해륙의 위치형세와 토품지질(土品地質)의 조습비료(燥濕肥療) 등류를 지함이니라.
> 정치지리는 하여오. 각국 경계연혁과 인민종족과 풍속물산 등류를 지함이니라.[29]

「지리문답」이 취급하고자 하는 지리의 범주란 지구와 관련된 일체의 사항을 포괄한다. 그러므로 지구의 운행 및 기상, 경위도라는 구획을 파악하는 수리지리, 지표면에서 발생하는 자연현상에 대한 이해를 도모하는 자연지리, 지구에 번성하고 있는 인류의 종류와 문물·풍속을 이해하고자 하는 정치지리 등 전통적 구분에 따르면 천·지·인에 해당하는 일체가 이 범주하에 포섭되고 있다. 그러나 종래의 천원지방(天圓地

---

29 「지리문답」, 『소년한반도』 1, 1906.11, 23면.

方) 등의 개념을 재해석하거나 반박하는 데 초점을 맞추어 '지구'의 개념 자체를 설명하고 또 혁신하려는 기획을 하고 있다는 점에서 「지리문답」은 사이언스적 인식에 기초한 논설이라고 할 수 있다. 자신의 학문을 준거로 삼아 세계와 현상의 일체를 파악하고자 하는 포부는 이 글에만 국한된 것이 아니다. "심리는 하위(何謂)오. 인간의 정신현상을 연구하는 과학이니 심(心)은 즉 정신이오 리(理)는 즉 이론이라. 철학적 문제로 형이상함이 정신이오. 물질 내에 형이하함이 과학이니라"[30]고 쓰고 있는 「심리문답」에도 유사한 기획의 일단이 엿보인다.

「지리문답」과 「심리문답」의 저자는 원영의(元泳義, 1852~1928)다. 그는 박정동(朴晶東)과 함께 당시 『소년한반도』를 비롯한 국내 여러 학회지들의 이과 관련 지면을 담당했던 주요 필진 중 한 사람이었다. 그런데 원영의와 박정동은 유학자 집안에서 태어나 성장했고 한성사범학교에 각각 1기와 3기로 진학하여 소학교와 사범학교 등에서 교편을 잡았다가 1905년을 전후하여 교과서 편찬과 관련된 신교육운동 및 다양한 학회 활동에 간여하는 등 갑오개혁 이후의 행적과 활동에 있어서 겹치는 부분이 많다. 일본유학생 출신이 아니었음에도 다방면에 걸쳐 교육 관련 개설서 및 기사를 집필했던 백과전서적 지식인이었다는 점에서도 유사하다.[31] 비록 이들처럼 사범학교에서 수학한 적은 없었지만 명망 있는 유학자 집안 출신으로 본격적으로 신교육 운동에 투신하고 있었던 이해조의 '자철(磁鐵)'에 관한 남다른 인식이 어디서 연유했

---

30 「심리문답」, 『소년한반도』 1, 1906.11, 43면.
31 이상의 사항은 국사편찬위원회 한국사데이터베이스의 『대한제국관원이력서』에 기록되어 있는 사항을 정리한 것이다.

느지를 짐작할 수 있도록 하는 대목이다. 국내에서 여러 계기와 경로를 통해 신학문에 접하게 된 일군의 유학자 출신 지식인들이 저술 활동을 통해 당대 분과학문 체제에 기초한 문ㆍ리의 분별 그리고 그중에서도 이과, 즉 사이언스 관련 지식을 소개하는 데 있어서 일본유학생 출신들 못지않게 기여한 측면이 있었다는 것이다. 그것은 갑오개혁을 전후하여 각지에 설치되기 시작한 근대 교육기관을 통해 도입되고 있었던 신학문 체제에 대한 직간접적 경험을 통해서 이루어진 것이었다. 『수리학잡지』와 『소년한반도』의 관련 기사들은 이미 십여 년 전에 설정된 분과학문 체제에 입각하여 교과목 그중에서도 사이언스의 하위 범주를 분류하는 보다 명확한 기준과 체계를 도입하고 그 구체적인 내용을 마련하는 작업을 수행하고 있었던 것이라고 해도 틀리지 않다. 실제로 『소년한반도』의 이과 관련 지면의 분류는 기존 법령이 규정하고 있는 학과목 체제로부터 벗어나지 않았다.

그러므로 애초 원영의나 박정동 같은 인사들이 이러한 체제에 입각하여 각 신학문에 대한 개괄적인 기사 및 개설서의 집필을 담당했던 것도 이상한 일은 아니었다. 하지만 이는 어디까지나 신학문교육에 활용할만한 변변한 교과서들이 마련되어 있지 않아, 한학(漢學)에 관한 교양의 정도에 입각하여 선발되었던 사범학교의 생도들이 종래의 유교식 교육에 치중할 수밖에 없었던 현실적 한계[32]를 절감하고 타개하기 위한 시도였다고 해도 무방하다. 분과학문 체제에 입각한 신학문교육이 제도와 법령의 이상에 비추어 제대로 시행되지 못했던 사정이

---

[32] 金廣珪, 「大韓帝國期 初等教員의 養成과 任用」, 『역사교육』 119, 2011, 103~106면; 임후남, 「대한제국기 근대교원의 활동과 사상」, 『교육사학연구』 13, 2003, 97~99면.

1905년의 결정적인 전환을 계기로 원영의나 박정동 등 교원 출신의 지식인들로 하여금 이 작업에 매진하도록 했던 것임에 틀림없다. 이해조역시 그 생애와 경력에 비추어 이들과 문제의식 및 지적 교양의 원천과 기반의 상당 부분을 공유했던 것으로 보인다. 교육과정의 교과목을 매개로 분과학문 체제의 도입 자체는 기정사실화되어 있었지만 특히 사이언스 분야에서 그 구체적 내용과 세목이 기입되기 시작한 것은 대략 이들의 활동이 전개되기 시작한 이후의 일이었다.

그런데 이와 같은 유학자 출신 지식인들의 문제의식은 일본 유학생 출신의 인사들 및 관료 출신의 지사들과 의기투합했을 때 비로소『소년한반도』와 같은 성과로 나타날 수 있었다.『소년한반도』의 일원화되어 있는 것처럼 보이는 분과학문 체제에도 다소간 상호모순과 편차가 존재했던 것은 바로 이 때문이다. 예컨대 "금지이학(今之理學)은 고지격치(古之格致)의 사실(事實)이라"[33]와 같이 이학을 정의하는 문장에서 드러나는 것처럼 종래의 세계관을 지양하면서도 유교적 교양의 잔영에 입각하여 신학문의 내용과 의의를 설명하는 부분이 적지 않았던 것 또는 사이언스, 즉 이과 관련 지면은 비교적 1895년 이래의 학교 교과목 편제에 따른 체제를 준용하면서도 기타 지면에서는 20세기 초 일본에 본격적으로 대중화되기 시작했던 스펜서 류의 사회유기체설·사회진화론에 입각한 국가학, 사회학 및 경제학[34] 등 전문 분야에 대한 소개가 이루어졌던 사례 등, 지식 수용의 시기와 정도에 있어서 미묘한 편

---

33 「물리학설」,『소년한반도』 1, 1906.11, 25면.
34 한영혜, 「일본 사회학의 형성과 전개 : 성립에서부터 제2차 세계대전까지」,『사회와 역사』 32권, 한국사회사학회, 1991.

차가 존재했던 것은 분명해 보인다. 물론 이 과정에서 문명개화를 위해 긴요했던 복수의 지식을 단일 범주로 카테고리화한 신학문이라는 명목을 도입·보급하고자 했던 각 개인들의 지적 배경, 참고서적 및 유학 당시 수강했던 과목 및 교수 등의 조건이 중요하게 작용했던 것은 물론이다. 그러므로『소년한반도』는 그 간행에 참여했던 여러 개인 및 집단 간 상이한 지식의 지정학적 원천과 이해, 관심 등이 복잡하게 반영되어 있는 일종의 혼종잡거 및 타협의 산물이었다고 해도 과언이 아니다.

사이언스 분야 역시 예외는 아니었다.『소년한반도』에는 심리, 물리, 동물·식물, 수학 등의 분과에 관한 기사가 연재되고 있었고 이는 기존 소학교 편제에 편성되어 있었던 교과에 적실하게 부합했다. 하지만 지문학이나 광물학, 생리학 같은 새로운 분야를 소개하고 있었던 것도 사실이었다. 특히 당시 관립한성일어학교의 교관으로 재직하고 있었던 최재익(崔在翊)이 저술한「광물문답(鑛物問答)」또는「광물학문답(鑛物學問答)」은 광물학이 그 실용적 측면과 관련하여 이과 즉 사이언스 관련 학문 가운데 대표적 위상을 차지할 수 있다는 인식을 표방하고 있다는 점에서 중요한 기사다. 광물학은 일본에서 공학과 더불어 대표적 응용과학 분야 중 하나인 지질학·채광학 분야를 지칭하는 영역으로 도입되고 있었다. 특히 그 1회의 서두를【이과총론(理科總論)】에 할애하고 있었던 것이 의미심장하다.

　　문: 이과자(理科者)는 여하(如何)한 학문이뇨.
　　답: 천연물(天然物)의 성질과 천연 현상의 변화를 찰(察)하야 차(此)를 인사(人事)에 응용하는 학(學)이니 갱(更)이 상세설명하면 식물 비과(肥科)의

성질을 지(知)하여 배양(培養)의 법을 구(究)하며 금속 경연(硬軟)에 인(因)하여 기구를 조(造)함에 편부(便否)를 고(考)하며 유수(流水)를 응용하여 수차(水車)를 운전하며 전기를 이용하여 전신 전등을 설(設)함과 여(如)함을 칭(稱)하나니라. 고로 이과학이 진보함을 수(隨)히야 인류의 행복을 증진함이 다대(多大)하니라.

문 : 박물학자는 여하오.

답 : 총(總)히 생활력의 유무를 불구하고 천연의 물체를 범론(汎論)하여 기(其) 이동(異同)을 구별하는 학과이니라.

문 : 자연의 현상이란 것은 하자(何者)오.

답 : 자(自) 일월(日月)의 운행 급(及) 사시(四時)의 변경으로 지(地)에 유수(流水)가 유(有)하며 야(野)에 초목이 번무(繁茂)함과 여(如)히 천연으로 자현(自現)하는 현상을 위(謂)함이니라.[35]

이과의 하위에는 박물학이 존재하며 그것은 동물학과 식물학, 광물학의 세 분과로 구별된다. 실제로 「광물문답」 이전에 동물학과 식물학에 관한 각각의 개요를 소개하는 연재 지면도 마련되어 있었다. 하지만 「광물문답」의 【이과총론】은 이 세 분과를 이과-박물학이라는 범주하에 종합하고 정위하여 소개하는 차원의 글이 되고 있다. 그것은 여타 지면을 통해 소개되고 있는 물리학이나 수학 등의 영역과 구별되는 분과로 상정되어 있었다.

【이과총론】에서 이과란 "① 천연물(天然物)의 성질과 천연 현상의 변

---

35 최재익(崔在翊), 「광물학문답」, 『소년한반도』 1, 1906.11, 29~30면.

화를 찰(察)하야 ② 차(此)를 인사(人事)에 응용하는 학(學)"으로서 ②, 즉 인사에 대한 응용에 중점을 두어 설명되고 있으며 그 궁극적 목적은 인류의 행복에 이바지하는 것으로 되어 있다. 다만 그 하위범주에 해당하는 박물학을 "총(總)히 생활력의 유무를 불구하고 천연의 물체를 범론(汎論)하여 기(其) 이동(異同)을 구별하는 학과"로, 광물학 또한 "지각(地殼)을 구성하는 바 광물 급 암석의 형상, 성질, 변천 등을 논하는 학과이니 즉 박물학의 일과"[36]로 각각 정의하면서 학문의 일 분과로서의 성격을 규정하고 있다. 실제로 「광물문답」의 연재 3회까지는 이러한 정의대로 광물의 속성과 성질에 대한 개략적인 해명에 충실한 편이었다. 하지만 4회 이후부터 금·백금·은·수은·동 각 금속광물의 성질과 특성, 용도 및 활용에 대해 설명하는 데 지면을 할애하고 있었다. 이과–박물학의 하위 범주에 동등하게 위치하는 동물학이나 식물학에 대한 기사와는 구별되는 특징에 해당한다. 그렇다면 【이과총론】에서 강조되고 있었던 이과의 실용적 측면을 감안할 때, 그 정의에 대응하는 하위 분과는 광물학 외에는 없었다고 할 수 있다. 그것은 지각에서 채굴된 금속과 암석의 본질에 대한 해명을 넘어서 자연의 구체적인 변용을 통해 실질적인 재화를 창출하고 문명 그 자체를 이룩하는 데 공헌하는 기술 내지는 공학의 의미까지도 포괄하고 있었다.[37] 그러므로 이해조가 『잠상태』의 서두에서 자철의 비유를 들었던 것도 무리는 아니었던 것으로 판단된다.[38] 뿐만 아니라 쥘 베르느의 원작 『베퀸의 오

---

36 최재익, 앞의 글, 30면.
37 『소년한반도』에 「공학(工學)」이 연재되고 있었지만 여기에서 '공학'은 사상의 개조와 관련되는 공부와 학습에 관한 학문을 가리키는 것으로 오늘날의 용법과는 구별된다.
38 실제로 『신찬소물리학』의 제10장도 '자석(磁石)'에 관한 항목에 할애되어 있기도 하다. 조

억 프랑(*Les Cinq cents millions de la Bégum*)』(1879)을 문명개화와 부국강병의 상징으로서의 '철'을 둘러싼 프랑스와 독일의 암투에 초점을 맞추어 번안한 모리타 시켄[森田思軒]의 일역(1887) 및 바오텐샤오[包天笑]의 중역(中譯)(1903) 『철세계(鐵世界)』를 다시 동명의 제목을 택하여 국문(1908)으로 옮겼던 이해조의 2년 후 작업이 우연에 의한 것이 아니라는 사실을 말해준다.[39] 즉 이해조의 글쓰기는 기존 학제를 준용하면서 교과서를 편찬하는 데 열중했던 유학자 출신의 교육자들의 작업 및 1906년을 전후하여 분과학문 체제의 개편을 동반하며 새롭게 도입되고 있었던 신학문 사이에 위치하고 있었던 것이다. 자철이라는 소재가 내포하고 있었던 이율배반은 바로 이 미묘한 간극이 포착된 결과다.

한편 도쿄제대 공과대학 조선과(造船科) 출신의 상호(尙灝)가 4~5호에 걸쳐 생리학에 관한 연재를 하고 있었던 것도 의미심장하다.

생리학이라 함은 광의로 하면 자연계의 제반 세력과 현상과 법칙을 실개(悉皆)히 논하는 과학이니 유기계 무기계를 물론하고 병(並) 포함하였으나 협의로 언(言)하면 보통 자의(字意)와 같이 유기계(有機界) 즉 생물에만 관하는 과학이라. 동물과 식물의 기관의 연구를 포함하니 즉 동물과 식물의 기관의 조직과 차등 기관을 활동케 자극하는 원인과 또 각 기관의 각각 소부(所賦)한 직분을 공부하는지라. 고로 자(玆)에 동물생리학과 식물생리학이 유(有)하니 동물생리학은 동물의 호흡기관, 영양기관, 혈액유통기관,

엘 스틸의 원저에서 자석에 관한 설명은 전기에 관한 장에 포함되어 있었을 뿐 독립된 장으로 설정되어 있지 않았던 것은 의미심장하다.
39 『철세계(鐵世界)』의 번안 과정 및 '철'의 상징적 의미에 대해서는 특히 김교봉, 「『철세계(鐵世界)』의 과학소설적 성격」, 『대중서사연구』 5호, 대중서사학회, 2000 참조.

재산(再産)기관(폐, 근육, 신경, 심장, 동맥, 정맥 등) 등을 연구하고 식물학은 식물의 생장기관, 영양기관, 재산기관(근(根), 즙맥(汁脈), 엽(葉), 화(花), 실(實) 등) 등을 공부하는 과학이라.[40]

광물의 배리(背離)로서의 유기체 즉 생물 일반을 동질적으로 환원하는 것은 생리기관의 자동적 작동과 관련된 기계론적 특성이다. 즉 생리학이란 생물은 곧 기계라는 명제에 입각한 분야다. 그리고 그 기계의 생장과 활동은 자연계 전체를 순환하는 에너지의 원천이 되는 태양으로까지 소급될 수 있다. 이와 같은 관점에 따르면 「생리학상담론」의 서두에서 언명되고 있는 것처럼 유기체와 무기물의 근본적 차이까지 해소될 수 있다. 광물학과 생물학은 대척되는 분과지만 사실상 공통의 보편성에 근거하고 있는 것이다. 잘 알려진 린네의 생물 분류체계를 가능하게 했던 이러한 기계론적 보편성에 입각하여 대상을 연구하고 파악하는 공통의 방법 내지 체계를 지칭하는 명목이 '과학'이 되고 있다. 그리고 이는 수학적 서술과 함께 메커니즘의 인공적 재현의 문제와 관련하여 테크놀로지와 공학에 기초한 해결을 도모하는 문명의 성립을 가능케 했던 서구 고유의 사유체계였다. 동아시아에 역사적으로 부재했던 이와 같은 기계적 자연에 관한 아이디어[41]가 도입되기 시작했던 것이다. 「광물학문답」 등에 언명되고 있는 사이언스의 실용적 성격에 대한 인식 및 강조는 이러한 메커니즘의 보편성이 전제되지 않았

---

40 상호, 「생리학상담론(生理學上談論)」, 『소년한반도』 4호, 1907. 2, 29~30면.
41 김문용, 「천지 : 신비와 합리의 두 얼굴을 가진 자연」, 한국사상연구회, 앞의 책; 辻哲夫, 앞의 책, 116면.

다면 불가능했다.

「지리문답」이나 「광물학문답」, 「생리학」 등의 글에서 '과학'은 분과 학문 체제 일반에 관철되는, 상·하위분과 및 대등한 영역 사이의 동일성을 보장하는 표준적 형식을 전제하고 있는 것으로 통용되었다. 이 것은 이과 관련 지면에만 국한되는 현상이 아니었다. 「사회학」의 "대 저 인(人)이 과학 상 목적에 상동(相同)한 자를 포괄하고 불연(不然)한 자 를 배척하는 제 부류의 하(下)에 단결을 득하는지라"[42]와 같은 문장이 나 "심리학은 물질계에서 물리학을 상대하여 인간 자개(自個) 내에 관(關)할 일체 학문을 위하여 원칙을 제공함이니 그 과학의 연구법은 내성법과 관찰법과 실험법의 삼종으로 관철(貫徹)함이니라"[43]와 같은 「심리문답」의 일절 등에 나타나는 '과학'의 용법에는 이와 같은 다양한 분야를 관통하는 체계와 형식에 대한 공통의 인식이 가정되어 있었다. 그것은 『수리학잡지』의 경우처럼, 또는 예컨대 "실험의 흥미는 이화 학(理化學)을 궁구하되 형식의 적견(的見)이 무(無)한 의점(疑點)이 생(生) 하다가 기계의 실험을 경(經)하여 황연(怳然) 대각(大覺)하는 류"[44]와 같 은 언명에서 알 수 있는 바와 같이 어떤 당위와 이념도 배제한 불편부 당의 방법론이나 형식이 관철되고 있는 것처럼 여겨졌다. 이를 통해 해명하고자 했던 대상 또한 이른바 기계적 자연 같은 가치중립적인 보 편성이었다. 요컨대 『소년한반도』는 역사적으로 기계론적 세계관에 입각한 사이언스의 가치중립적 형식이 모든 분과학문 일반에 관철되

---

42 이인직, 「사회」, 『소년한반도』 1, 1906.11, 11면.
43 원영의, 「심리문답」, 『소년한반도』 2, 1906.12, 26면.
44 원영의, 「교육신론」, 위의 책, 6면.

어 있는 사태가 매체의 형식을 통해 종합적으로 현시되고 있었던 최초의 사례였다. 그리고 이를 통해 자연의 원리와 비의를 파악한 연후에 인사(人事)에 유용한 '이용'이 가능하다는 것이 「광물학문답」 같은 글의 기본적 인식이었다. 요컨대 '과학'이라는 초연한 형식을 통해 자연의 보편성에 대한 이해를 도모한다면 실용이 가능해진다는 관점이었다.

물론 여기에는 역사적으로 유서 깊은 역설이 동반되어 있다. 기계론적 자연이라는 보편성은 인간에 의해 파악가능하다. 그런데 이를 통한 인간 능력의 확대는 그러한 메커니즘의 인공적 재현을 가능하게 하는 테크놀로지의 발달을 가져온다. 이를 위해서 자연이라는 대상은 인간에 의해 변용 가능한 것이 되어야 한다. 사이언스 그리고 그것이 전제하고 있는 휴머니티가 도리어 기계론적 자연의 보편성을 침해한다. 물론 실용이란 일체를 제한적으로 통제할 수 있는 것으로 상정된 실험실 같은 한정된 조건하에서만 구현될 수 있었다.[45] 문명의 발전은 그 통제 가능한 영역을, 테크놀로지를 통해 확장시켜 왔던 역사적 과정과 일치한다고 해도 과언이 아니다. 사이언스의 가치중립성에 대한 이념은 이러한 아포리아와 불가분적이었다. 『소년한반도』는 『수리학잡지』와 함께 어떤 이념이나 가치가 배제된 진공 상태에 입각해 사실을 판정하고 지식을 분류하며 전달하기만 할 수 있다고 믿어지는 초연한 글쓰기의 내용과 형식을 초보적인 형태로나마 하지만 그렇기 때문에 더욱 선명하게 환시하고 있었다.

그럼에도 불구하고 사이언스로 수렴되지 않는 외부는 존재했다. 특

---

45 브뤼노 라투르, 홍철기 역, 『우리는 결코 근대인이었던 적이 없다』, 갈무리, 2009, 55~62면.

히 『소년한반도』의 이과 관련 영역이 도모했던 실용이란 인사(人事) 즉 문명개화를 통한 국위 선양 및 인류 행복 증진이라는 궁극적 목표를 지향했다. "금(今)에 기(其) 폐(弊)를 교구(矯救)키 위하여 문명국의 학술을 불가불 수입할 고로 신학문에 졸업자 교육자와 외타(外他)에도 동(同) 정도되는 자로 차회(次會)를 조직함이라. / 자차(自此)로 구학문의 부패를 소제(掃除)하고 (…중략…) 아(我) 소년한반도 동포는 명백 장담하여 차지(此誌)의 성질을 함양하여 문명 극도에 달(達)함을 명심할진저"[46]에서처럼 사이언스를 포함하는 신학문은 이러한 취지로 귀결되고 있었다. 그리고 사이언스를 중심으로 재편된 분과학문 체제는 이과 이외의 국문, 심리, 경제, 사회, 법률 등의 영역을 대등한 위상을 지닌 것으로 배치했다. 물론 이들 영역은 '과학'으로 호명됨으로써 이과와 동질적 속성을 공유하는 것으로 간주되었다. 하지만 이과 관련 영역 즉 사이언스는 수단에 지나지 않았으며 목표는 문명개화와 부국강병이라는 인사의 영역에 두어져 있었다.

물론 『소년한반도』에서 상정되어 있던 인사란 관념에 불과했다. 단지 '사회'라든가 '법', '심리' 등 인간 또는 인간 간 관계 질서 나아가 그것이 구성되고 또 이루어지는 민간의 영역(場)이 광물이나 동식물 또는 지구 등의 항목과 배리적으로 그러나 대등하게 존재한다는 사실 정도가 전통적 사유의 잔영 및 관련 신학문의 편린들이 혼종잡거하는 형태로 의식되기 시작했을 뿐이다. 단지 인사라는 영역을 규정할 수 있는 구체적 실천의 사례들이 부분적으로 제시되어 있을 뿐이었다. 서병길의

---

46 「성질」, 『소년한반도』 2, 1906. 12, 3~4면.

「교제상예경(交際上禮敬) : 현금문명각국통례(現今文明各國通禮)」(「교제신론」)는 부제에서 드러나듯이 문명사회에서 통용되는 악수나 경례라든가 방문 및 응접시에 준수해야 할 소소한 예의범절 등에 대해 소개하고 있다. 사실 예의범절의 사례들을 강박적으로 나열하고 있는 단조로운 연재였지만, 이러한 예의범절의 준수라는 원리를 통해 형성되고 또 원만하게 유지될 수 있을 것으로 기대되는 인간 교제의 영역에 대한 믿음을 상정하고 있었다. 또한 이인직이 사회에 대한 글을 썼던 것은 우키타 가즈타미[浮田和民]의 『국가학(國家學)』을 번역[47]하여 당시 유명무실해졌다고 여겨진 '국가'를 사회로 대체하려고 했던 기획임에 틀림없다. 사회는 개인의 사리추구가 빚어내는 경쟁의 장이며 그 이해관계의 투쟁 속에서 이익을 추구하는 합법적인 행위로서의 공부와 노동을 중시하고 개개인 간의 계약을 중시하는 프로테스탄트적 인간상이 상정되어 있다. 그러므로 아동 각자는 자신 및 자신이 속한 집단의 이해득실을 따져볼 수 있는 산술을 익혀야 하기 때문에 경제학이 사회학의 기초가 되는 것이다.

　이러한 인간 교제 또는 사회의 영역이 기계적 자연으로 환원되는 유기체와 무기물 일체와 마찬가지로 사이언스적인 방법론에 입각하여 파악될 수 있다고 믿었던 것이 서병길과 이인직을 비롯한 『소년한반도』 필진들 및 이 시대 지식인들의 지배적인 생각이었다. 각 분과학문이 대등한 위상을 가지고 카테고리화되어 있었던 것 그리고 동시에 광

---

[47] 다지리 히로유키는 이인직이 도쿄정치학교에 재학했던 사실에 주목하여 「사회학」을 도쿄정치학교 강사로 재직했던 우키타 가즈타미의 『국가학』의 영향하에 쓰인 것으로 간주하고 있다. 「李人稙과 浮田和民의 『倫理的 帝國主義』」, 『이인직 연구』, 국학자료원, 2006; 구장률, 앞의 글, 94~95면.

물학과 생리학의 경우처럼 다양한 영역을 관통하는 기계론적 세계관이라는 공통의 기반이 전제되어 있었던 것 등이 이 인간 간 '관계'라는 영역의 객관성을 이데올로기적으로 보장했던 것이다. 그러나 이 일체가 기계론적인 필연, 그 가치중립적 보편성에 근거한다면 문명개화와 부국강병을 지향하는 '정신'은 어디에 존재할 것이며 또한 그 실체는 무엇이란 말인가. 「성질」 등은 그것이 국민국가라는 차원으로 수렴될 수밖에 없다는 명분을 표방하고 있었으며 「교제신론」과 「사회학」 등은 개개인이 구성하고 실천하는 교제나 관계, 집단 즉 사회의 영역에 존재한다는 사실을 시사하고 있었다. 그들 자신은 사회진화론과 같은 '과학'에 의해 이것들의 보편타당한 원리가 파악될 수 있을 것이라고 여겼던 것임에 틀림없다. 하지만 이해관계의 투쟁 같은 항상적인 가역성을 통제하고 조정해야 할 필요성이 인간 교제와 사회라는 명목 하에 상정되어 있었던 것이다. 국가나 사회 혹은 개인의 이해라는 편향성 앞에서 사이언스의 불편부당성은 무의미한 것이 된다. 이 난감한 사태에 의해 사이언스의 보편성은 근본적인 차원에서 부정되고 있었다. 이 점에서 사이언스의 방법론으로 해명되지 않는 외부는 이미 그들의 시야에 부분적으로나마 포착되고 있었던 것이다.

4. 학회지의 사이언스

　이와 같은 사이언스를 준거로 삼는 분과학문 체제의 도입에 있어서 『수리학잡지』와 『소년한반도』가 선구적인 기여를 했던 것은 사실이다. 그러나 이는 국내외의 각종 학회지를 통해서도 병행적으로 이루어진 동시다발적 사건이었다. 예컨대 『대한자강회월보(大韓自强會月報)』에서 류근(柳瑾, 1861~1921)이 「교육학원리(敎育學原理)」의 서두에서 교육학을 '과학'으로 규정하면서 학문 일반 및 사이언스에 관한 총괄적 정의를 시도했던 사례는 주목을 요한다. 교육학에 대한 최초의 개론적 소개로 알려진 「교육학원리」는 저자 자신이 명확히 밝히고 있는 것처럼 실제로 도쿄전문학교 교수이자 교육학자인 나카지마 한지로(中島伴次郎)가 강술했던 『교육학원리(敎育學原理)』(1901)를 역술한 텍스트다.[48] 원 강의록은 그 서두에 명시되어 있는 것처럼 독일의 헤겔학파 교육학자 칼 로젠크란츠의 『교육철학(The philosophy of education)』, 헤르바르트파의 거두였던 빌헬름 라인의 『교육학 요강(Pädagogik im grundriss)』, 영국의 교육학자 사이먼 로리의 『교육제도(Institutes of education)』 세 권의 저서를 복잡다단하게 참조하고 있는 텍스트다.[49] 그만큼 류근의 『교육학원리』 또한 교육학 전반을 구성하고 또 지지하는 사이언스의 제 분야에 관해서도 복합적인 인식을 보여주고 있는 것이 사실이다. 예컨대 교육학의 원리로서

48　구장률, 「근대지식의 수용과 문학의 위치 : 1900년대 후반 일본유학생의 문학관을 중심으로」, 『대동문화연구』67, 성균관대 유교문화연구소, 2009, 338면.
49　中島伴次郎 講述, 『敎育學原理』, 東京專門學校藏, 1901, 3면.

포괄되어야 할 '자연과학'은 윤리학과 심리학을 하위범주로 삼고 있으며 그만큼 '윤리'와 '심리' 등이 과학적 방법에 의해 해명되어야 할 자연이 되는, 오늘날의 용법과는 구별되는 범주를 지칭하고 있다. 뿐만 아니라 '혼합과학'으로서의 교육학은 목적이 되는 윤리학과 사회학, 방법으로서의 심리학과 생리학 같은 '과학'의 보조를 받아야 할 영역으로 명시되어 있다. 더욱이 인간 상태의 건전과 불건전을 판단해야 할 필요 내지는 척도로서 의학과 함께 규범과학으로서의 성격도 지니고 있다. 「교육학원리」에 따르면 교육학, 윤리학, 사회학, 심리학, 생리학, 의학 등은 '과학'의 범주로 포섭될 수 있는 공통성을 내포하고 있는 것이다. 이는 인간, 사회, 자연 등의 영역 일반에 객관적인 또는 기계론적인 원리와 법칙이 관철될 수 있다는 신념에서 비롯된 것으로 보인다.

그렇다고 해서 이 글에서 '과학'이라는 용어가 학과 일반을 가리키는 것으로 사용되고 있는 것 같지는 않다. 예컨대 교과의 종류를 설명하면서 그리스의 교과 중 플라톤이 『공화국』에서 정한 교과는 수학, 기하학, 천문학, 물리학이라고 쓰고 있는 데에서 사실상 형이상학에 대한 언급을 하고 있으며 근세에 자연과학이 발흥하고 있다고도 명시하고 있는 부분 등이 그렇다. 물론 윤리학과 심리학을 자연과학으로 간주하고 있는 사례에서 알 수 있는 바처럼 다소의 혼란이 발견되지 않는 것은 아니지만 적어도 전통적 의미의 형이상학과 자연과학을 식별할 정도의 이해는 있었던 것으로 보인다. 특히 각 교과의 각론을 소개하는 부분에 이르면 진일보한 인식을 발견할 수 있다. 가령 "1. 윤리 2. 어학 3. 작문 4. 역사지리 5. 수학 6. 물리화학 7. 동물학식물학 8. 습자도화 9. 체조수공 10. 음악"과 같은 체제를 제시하고 인문-윤리와 이과

-실용의 분리와 범위 규정을 명확히 하고 있는 것이다. 그런데『수리학잡지』와『소년한반도』에서 가감승제를 소개하는 '산술' 수준에 그쳤던 수학 부문에 대해서 "만물의 용적과 분량을 측정하여 사호(絲毫)의 유오(謬誤)가 무(無)한 학(學)이라"고 설명하고 "물리화학을 증명하여서 기 방정식을 시(示)코자 할 자(者)는 유(惟) 수학을 시뢰(是賴)할지니라"[50]고 쓰고 있었던 부분에 이르면 이과 관련 분야에 대한 이해가 그리 간단하지 않았다는 사실을 알 수 있다. 즉『수리학잡지』에서 간접적으로 제시되는 데 그쳤던 수학적 서술에 대한 인식은 반년 후『대한자강회월보』의「교육학원리」에 와서 물리화학 등의 분야에 있어서 불가결한 것으로 관련되고 있는 것이다. 사이언스의 체계에 관한 혁신이 동시적으로 발생하고 있었다고 해도 좋다. 요컨대 수학 방정식은 물리화학과 별개의 언어가 아닌 것으로 설명된다.

제6 물리 화학-물리와 화학이란 자는 만물 요소의 조직과 변화를 연구하여 수학 방정식을 차(借)하여서 자연현상의 진상(眞想)을 득(得)함이라. 가(可)히 써 사고력과 추리력을 연(練)하여 기(其) 실용의 결과는 금일의 여차여차한 문명세계를 즉성(卽成)인 고로 교과 중에 재(在)하여는 역사지리로 더불어 동등 위치에 입(立)하느니라.

제7 동물학 식물학-동물학과 식물학은 물리화학의 자연현상에 교(較)하여 우(尤)히 현저(顯著)하니 아동의 시지항각(視之恒覺)함이 인(人)으로 더

---

50 류근,「교육학원리」,『대한자강회월보』7, 1907.1, 33면.

불어 무이(無異)한 고로 추리력을 연(練)한 외에 또 심미와 동정의 홍미를 계발할지니 만약 물리화학을 혼합하면 갱(更)히 광물학을 성(成)하려니 성(誠)히 교육상에 유용할 교과니라.[51]

만물 요소의 조직과 변화를 연구하여 자연현상의 진상을 파악하는 데 있어서 수학방정식을 차용하는 것은 필수적이다. 나아가 그 실용의 결과, 문명세계를 이루는 데 긴요한 역할을 했던 만큼 역사지리와 대등한 위치를 차지할 정도로 중요하다. 이것을 박물학과 교차시키면 광물학으로 발전할 수 있다. 즉 수학, 물리화학, 박물학의 제 분과 간 불가결한 연결을 통해 이과라는 영역이 구성되고 있는 것이다. 그리고 이는 교과 일반이 '인간 활동에 관한 자(者)'로서 '교제의 홍미를 양(養)'하며 곧 '윤리자(倫理者)'인 '인문자(人文者)'와 '자연현상에 관한 자(者)'이며 '이과(理科)'로서 '경험의 홍미를 양(養)'하며 '실용자(實用者)'인 '자연자(自然者)'[52]의 형태로 이원화되어 도식화되는 가운데 후자에 배치되게 된다. 문·리의 배리적 분할이 명시되어 있는 최초의 사례다. 이는 다시 〈표1〉과 같은 수형도(樹型圖)를 구성한다.

그런데 이 '교과분류표(敎科分類表)'는 앞서의 항목들과 확연한 차이를 보인다. 10교과의 구분은 분류표와 일치하지 않았고 인문자는 '인간생활'과 '사지학과'로, 자연자는 '자연생활'과 '자연과학'으로 대체되어 있다. 또한 전자의 하위에 '교수 의지', '교수 기술', '교수 어학' 등의 중간 분류가 등장하며 이것이 자연과학 분야의 지리학과 동물학, 수학

---

51 류근, 앞의 글, 33~34면.
52 위의 글, 25면.

표 1. '교육의 교과'(류근, 「교육학원리」, 『대한자강회월보』 7, 1907,1, 35~36면)

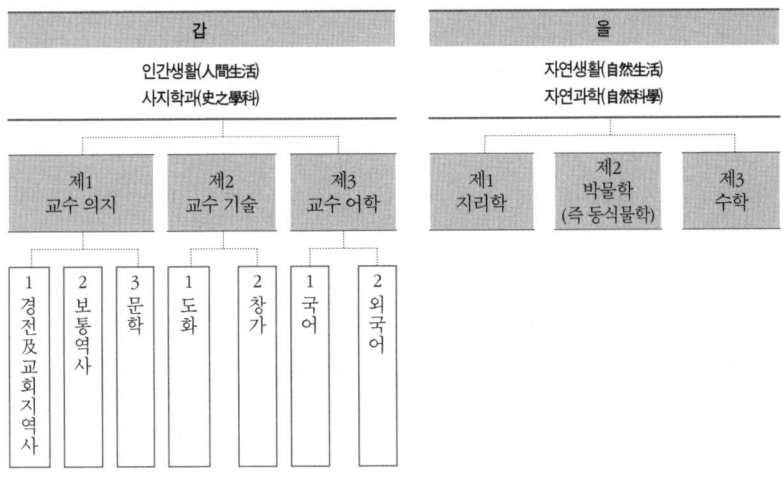

등의 분야에 대응하는 영역으로 설정되어 있다. 또한 물리화학과 체조 수공이 생략되어 있으며 '경전 급 교회지역사'가 윤리와 역사 부문을 대체했고 무엇보다도 '문학'이라는 범주가 등장했다. 앞서 교육학을 지지하는 자연과학 분야로 지칭되었던 심리학과 윤리학은 정작 이 도표에서 제외되었으며 대신 지리학이 들어와 있다. 정작 수학-물리화학-박물학 간 연결로 구성되어 있었던 '자연자' 또는 이과 영역에는 정작 지리학과 함께 박물학-수학의 항목이 배치되어 있다. 다만 동시에 원서와 「교육학원리」가 예컨대 라이프치히와 칸트, 헤겔로 대표되는 독일파와 헤르베르트가 정립한 영국파 사이에 빚어진 교육학에 관한 각종 입장 차이에 대해 비교적 상세하게 논하고 있는 데서 알 수 있는 것처럼, 학지 도입의 루트에 따라 개인 혹은 집단 간 도입하고자 했던 분과학문 체제 및 각 학문 분야에 대한 이해 및 상(像)에 있어서 상충하

는 차이가 존재했으며 심지어 한 개인이 역술했던 텍스트 내부에서도 미묘한 혼란이 발생하고 있었던 당시의 사정 또한 여과 없이 보여준 다. 문학 역시 그러한 카테고리화의 맥락을 통해 소개되었지만 그것은 다양한 텍스트를 참조하면서 비롯된 것으로 보이는 이러한 혼란 속에 서 예기치 않게 이루어진 사건이었다고 해도 틀리지 않다. 실제로 이 글 에서 문학은 윤리와 이과의 대타로서 배제되기 위한 개념으로 제안되었 다고 해도 지나치지 않다. 실제로 「미합중국 설개갈(雪揩葛)대학교 철 학 총교(摠敎) 적활(笛活)」(시카고대학 철학 주임교수 존 듀이)을 인용하여 과 학과 문학의 성격 및 역할에 대해 다음과 같이 규정하고 있다.

> 과학이라 하는 자(者)는 개(皆) 자연의 리(理)라. 기(其) 인신(人身)에 관 계 ─ 심(甚)히 밀접치 아니한 고로 이(以)하여 교과 통일의 중심점(中心點) 됨이 분열의 거리를 초(招)할까 공(恐)하며 문학이 역(亦) 교과 통일의 중심 점됨을 부득(不得)함은 성(誠)히 **문학은 사회의 경험을 발표함에 불과하여 결 코 결과 ─ 무(無)하니.** (강조─인용자)[53]

이 글의 요지는 교육의 중심을 개개인으로 하여금 독립자영(獨立自 營)하여 사회 속에서 생활을 영위하는 것을 가능하게 하는 것에 두어야 한다는 점에 있다. 각 분과학문의 결여에 대해 나열하고 있는 이 글에 서 과학과 대등한 위치를 차지하는 문학은 "사회의 경험을 발표"하는 것에 불과하고 따라서 결과가 없다는 식으로 한정된다. 인간생활과 사

---

53 류근, 「교육학원리」, 『대한자강회월보』 8, 1907. 2, 32~33면.

회의 경험이라는 부문과 관련되어 있으며 과학, 역사라든가 습자·도화, 특히 국어와 외국어와 대등한 위상을 차지하고 있는 교과일 뿐이다. 즉 문학이 그것을 둘러싸고 있는 교과목 체계라는 일종의 분과학문적 '구조'와 연동되어 등장하고 있다. 역술에 의존한 것일지언정 과학 등 근대 학문분과와의 연관 속에서 리터래처(literature)의 역어로서의 '문학'이 불완전하게나마 도입되고 있었던 사례다.[54]

「교육학원리」에서는 또한 교육의 목적이 단체 자치의 품성을 기르기 위함에 있고 이를 위해 윤리로 체(體)를 삼고 이과로 용(用)으로 하면 교과 통일의 중심점을 확보할 수 있다고 역설하고 있다. '적활'의 결론과 달리 「교육학원리」는 이과를 그 실용적 측면으로 교과 통일의 중심이 될 수 있다고 천명하고 있다. 사이언스의 언어로서의 수학적 서술, 교과목으로서의 분과학문 체제 내 과학과 문학의 대등한 위상 등의 발견과 더불어 「교육학원리」에서 이루어지고 있는 사이언스에 대한 인식론적 전회 중 하나는 바로 실용적 측면에 대한 강조였다. 이는 궁극적으로 『대한자강회월보』에 게재된 다른 글 송당 김성희(松堂 金成喜)의 「공업설(工業說)」에서 제기되는, 전국 각지의 식물, 광물 등 자원을 활용하여 기계와 병기 등의 제조를 전제하는 공업 내지는 공예지학(工藝之學)의 필요를 역설하는 쪽으로 이어지고 있었다.[55]

---

54 실제로 김동식의 「한국의 근대적 문학 개념 형성과정 연구」(서울대 박사논문, 1999)나 권보드래의 『한국 근대소설의 기원』(소명출판, 2000) 등에서 검토되고 있는 '문학'이라는 개념과 용어의 도입에 관한 사례들은 대개 이 「교육학원리」가 역술된 이후의 것들이다. 이 「교육학원리」를 비롯한 1900년대 후반의 '문학 개념 도입에 대해서는 이미 구장률이 상세하게 규명한 바 있다. 구장률, 「근대지식의 수용과 문학의 위치 : 1900년대 후반 일본유학생의 문학관을 중심으로」, 『대동문화연구』 67, 성균관대 유교문화연구소, 2009.

55 송당 김성희, 「공업설」, 『대한자강회월보』 10, 1907.4, 27~29면.

이 같은 맥락에서 사이언스를 취급하고 있었던 학회지는『대한자강회월보』에 그치지 않았다. 가령『대한자강회월보』와 유사한 체제를 채택하고 있었던『서우(西友)』나 이후『서북학회월보(西北學會月報)』등에서는 미국의 학교를 소개하면서 격치(格致) 즉 역학, 헐학(瀜學), 전학(電學), 화학 및 수리기관(修理機關)과 영조건축(營造建築)을 교육하는 '공예학교(工藝學校)'를 포함시킨다거나[56] 하는 등의 기사가 게재되었다. 더욱이 매호에 걸쳐 위생 부문에 대한 관심을 표명하고 있었을 뿐 아니라 특히 비행기에 대한 기사[57]가 일찍부터 게재되고 있었던 점이 주목할 만하다. 하지만 대개 건강 상식 및 문명개화의 기물(奇物)에 대한 단편적인 기사가 간헐적으로 게재되는 정도에 그쳤으며 사이언스에 대한 종합적 기획은 1909년 10월에 나타나기 시작하는 등, 서북 지역에 대해 회원 일반이 갖고 있던 자긍심이 무색하게 이과 부문의 도입에 있어서만큼은 뒤늦은 편이었다. 그러나 그만큼 물리학, 화학, 생리학 등의 분야에 대해 상당히 전문적인 내용을 취급하게 되고 있었던 것은 확실하다. 실제로「물리학」의 경우, 운동과 정지, 속도, 물질의 개념을,「화학」은 원소기호를 사용하여 물의 종류와 성분을 해명하는 데까지 나아가는 등 고등한 레벨의 소개가 이루어졌다.

그러나 앞서『수리학잡지』와『소년한반도』그리고「교육학원리」등의 사례를 통해 해명한 바와 같은 문·리의 배리적 분할에 입각한 분과 학문 체제 및 뉴튼적 사이언스의 종합적인 도입에 입각한 세계관의 전회는『소년한반도』에 간여했던 필진을 중심으로 일어났던 사건이었

---

56 박은식 역술,「미국교육진보의 역사」,『서우』1, 1906.12, 16면.
57 박성흠(朴聖欽),「공중비행기의 대경쟁」,「서우」4, 1907.3, 30면.

다. 특히 원영의나 박정동, 이해조 등이 필자로 참여했던 『기호홍학회월보』나 박정동과 상호가 간여했던 『교남교육회잡지(嶠南敎育會雜誌)』 등을 통해 계승되었다고 해도 과언이 아니다. 특히 『기호홍학회월보』의 경우는 같은 지역학회지였던 『서우』 등과 달리 창간호(1908.8)부터 【학해집성(學海集成)】의 절반 이상을 이과 관련 기사(「생리(生理)의 정의(正義) 급(及) 서론(緒論)」, 「응용화학」, 「지문약론(地文略論)」)에 할애했으며 제2호(1908.9)부터는 「광물학」, 「동물학」, 「식물학」 등도 연재되기 시작하여 제목과 형식에 있어서만 약간 변동이 있었을 뿐 종간 시까지 그 체제를 그대로 유지했다. 분과학문 각각의 체계를 수형도를 통해 소개하고 각론으로 들어가는 등 『소년한반도』에 비해 형식에 있어서 체계적이었고 심오한 내용을 다루고 있었다.

　이러한 『서북학회월보』, 『기호홍학회월보』 등의 종합적 기획을 통해 사실상 1910년 이전에 조선에 뉴튼적 사이언스의 세계관을 구성하는 기본적인 개념과 체제 대부분이 이론적·관념적 수준으로나마 도입되고 있었던 것이다. 아울러 이해조는 『소년한반도』에서부터 『기호홍학회월보』까지로 이어지는, 교육을 매개로 하는 이 사이언스의 인식론적 전회에 관한 일련의 과정 한복판에 있었다. 그 자신이 후에 『자유종(自由鐘)』(1910)에서 「춘향전」과 「심청전」, 「홍길동전」을 타파해야 할 '교과서'로 지칭하고 신교육 도입의 지체를 개탄하며 특히 "정치, 법률, 경제, 산술, 물리, 화학, 농학, 공학, 상학, 지지, 역사 각 등분하여 극히 정묘하게 국문으로 법제하여 병세 쾌차하도록 무시복"[58]해야 한

---

[58] 이해조, 『자유종』, 권영민 외편, 『한국신소설선집』 5, 서울대 출판부, 2003, 215~216면.

다고 단언했었던 것은 단순한 수사의 차원에 그쳤던 것은 아니었다.

흥미로운 사실은 『소년한반도』나 「교육학원리」 등을 통해 이러한 교과목들이 기초하고 있는 분과학문 체제의 개략과 중요성에 대한 총괄적인 소개가 이루어지고 각종 교과서를 통해 구체화된 상황이었던 만큼 특정 분과 및 교과를 중심으로 하여 학문 일반을 정의하고 분류하려는 시도를 국내 학회지들의 기사에서 찾아볼 수 없게 되었다는 점이다. 이미 학제(學制) 내에서 교과목으로서 이과 및 그것에 속하는 각 분과의 위상이 확고해진 상황에서 학회지의 기사도, 교과서도 각론 위주로 나아갈 수밖에 없었던 것으로 보인다. 다만 학회지에 있어서 두드러졌던 변화는 사이언스의 실용 내지는 테크놀로지의 발전이 가져올 변화와 미래에 초점을 맞추는 기사가 출현하기 시작했다는 데서 찾을 수 있다. 특히 1910년 5월 『교남교육회잡지』 제2권 제12호 학술면에 게재된 「잠항정(潛航艇)의 담화(談話)」는 잠수정의 "기원, 열강의 건조 현황, 구조, 잠항의 순서와 그 현황, 혹시 일어날지도 모를 사고 발생의 원인, 각국 조난의 사례" 등에 대해 설명한 기사로 주목을 끈다. 말미에 언급되고 있는 것처럼 1910년 4월 히로시마 만에서 일본제국 해군의 제6잠수정이 침몰된 사건을 계기로 게재된 기사였다. 특히 테크놀로지의 발전이 초래하는 재난이나 참화의 가능성을 우려한 기사로서도 의미를 갖지만 특히 잠수함이라는 최신 기계의 개발과 보유가 사실상 열강의 군비 경쟁으로부터 비롯된 것이며 일본제국의 경우도 예외가 될 수 없음을 통찰하고 있는 부분이 중요하다.

그렇지만 이보다 앞서 서우학회 창설에 간여했던 김달하(金達河)가 1907년 9월 경성박람회[59]의 개최에 즈음하여 집필했던 「박람회」라는 기사 또한 주목을 요한다.[60] 이 글은 19~20세기 만국박람회의 잇따른 개최가 내국권업(內國勸業)·식산흥업이라는 과제 및 산업 발전과 무역 진흥을 도모하는 세계 경제 체제와 유기적으로 연결되어 있는 일련의 사건이라는, 보기 드문 통찰을 보여준다. 그리고 사이언스를 비롯한 '학술의 응용' 역시 이 메커니즘으로부터 예외가 될 수 없었다. 예컨대 "학술의 응용이 점점 공업가의 주의하는 바 되어 신기한 제작품이 불불(弗弗)히 시장에 재(在)하는데" 내지는 "파리부(巴黎府)에서 (…중략…) 학술 응용의 기계 공예품이 최(最) 세상에 갈채를 박(博)하여 영국의 공예를 능가한다 하니라"[61]와 같은 대목 등이 그렇다. 이 학술의 응용에 관한 언급은 앞서 논의한 여타 기사들의 공업, 공예지학 등에 관한 인식과 맞물려 사이언스와 테크놀로지 일반이 수렴되어야 할 방향을 지시하고 있었다고 해도 무방하다.

「박람회」에 따르면 학술의 응용이란 단순히 사이언스와 테크놀로지의 도입과 발전을 모색하는 수준에 머무는 것도, 자주자강과 문명개화를 위한 관념적 상징에 그치는 것도 아니었다. 그것은 박람회의 진열 자체가 시각적으로 환시하고 있었던, 각 지역이 '내국(內國)'이라는 전체로 통합되며 그리고 그 각국이 국제적 경제 시스템으로 수렴되는 복잡다단한 순환구조와 불가결하게 결부되는 일부다. 이 글의 논지는 만국박람회보다 내국박람회를 통한 국가적 협력 경제라는 권역을 축조하는 것을 시급한 과제로 간주하며 따라서 1907년의 경성박람회는 조

---

59 한규무, 「1907년 경성박람회의 개최와 성격」, 『역사학연구』 38, 2010.
60 근대 일본 박람회 개최의 역사적 내력과 의미에 대해서는 요시미 순야, 이태문 역, 『박람회』, 논형, 2004.
61 김달하, 「박람회」, 『서우』 11, 1907.10, 10면.

선의 경제·산업 발달 수준을 고려할 때 시기상조라고 단언하고 있다. 하지만 이와 같은 국가적 협력 경제라는 범주가 만국박람회에서의 진열로 표상되는 세계경제라는 보편의 체제를 전제하지 않을 수 없다는 점은 의식되고 있었다. 이 보편의 경제에서 통용되는 것은 '지역할거'로 표상되는 특수가 아니다. 적어도 국가로 통합되는 단일한 경제체제라는 세계시장을 구성하는 표준적·일반적 단위로 참여하지 않으면 안 된다. 이러한 경제에서 통용되는 (의미를 형성하는) 최소한의 단위들이 이를테면 "제품의 개량과 원료의 공급과 무역품의 착별(鑿別)과 기업심의 도발(挑發)과 지식의 교환과 직업의 선택과 학리의 응용과 품질의 개선과 생산자와 소비자의 접근과 제조업자 단결심의 양성과 염가로 원료 구매의 도(途)를 득(得)하는"[62] 등의 요소들이며 그중 하나가 바로 사이언스·테크놀로지 응용의 정도다. 앞서 프랑스와 영국을 비교한 사례에서 알 수 있는 것처럼 이것이 만국박람회라는 세계시장에서 생산품의 국가 간 비교우위를 가능하게 하는 결정적 요인 중 하나라는 생각이 이 글 「박람회」의 도처에서 표명되고 있었다. 열강과 후발국가 간 문명의 격차를 환기시키는 동시에 그것을 인식할 수 있을 뿐 아니라 해소 가능하도록 하는 보편적·표준적 언어 중 하나를 전유해야 할 필요가 요청되고 있었던 것이다. 즉 이 글은 사이언스라는 보편적 체제가 국문이라는 민족어로 번역되지 않으면 안 되었던 것이 다시금 외부를 향해 역전되는 사태가 발생하고 있었다는 것을 보여준다. 인사(人事)를 위한 실용이 내포한 의미 중 하나는 국가 간 경계의 초월을 표방하는

---

62 김달하, 앞의 글, 12면.

보편 체제의 도입이 바로 그 보편성으로 말미암아 국민국가의 우위를 입증하기 위한 기표로서 전도되는 역설적인 체계로 귀결되는 것을 의미했다고 해도 좋다. 이는 오늘날 잘 알려져 있는 사이언스와 테크놀로지에 관한 대중적 이미지가 정초되었던 기원에 해당한다. 약육강식·우승열패의 세계질서 속에서 사이언스를 통한 국위 선양을 도모하고자 했던 당대의 담론에는 이러한 역설이 내포되어 있었던 것이다.

5. 결론

수학적 서술이라는 언어, 기계론적 자연이라는 세계관, 실험을 통한 법칙의 도출이라는 경험과 합리의 종합이라는 형식 등을 핵심으로 삼는 사이언스 그리고 그것을 정의하고 정당화하는 분과학문 및 교육이라는 체제는 그 가치중립성을 지향하는 속성에도 불구하고 결국 그 외부를 지향하고 있었던 것이다. 1906년 이후 국내 학회지의 기사 및 교과서는 사이언스와 테크놀로지를 국문이라는 민족어로 번역하고 이식하는 과정 속에서 일반의 인식을 근본적으로 제고시켰던 동시에 박람회가 시각적으로 현시했던 보편과 특수가 상호 교차하면서 발생하는 길항과 모순, 비동시적인 것의 동시성에 관한 복잡다단한 사태를 그야말로 남김없이 체현하고 있었다고 할 수 있다. 그러나 사이언스는 정파와 이념을 초월하여 보편타당하게 추수할 만한 가치가 있는 문명개화의 첨경이자 선진지식으로 간주되었던 것이 사실이다. 각종 지면을 종 횡무진했던 사이언스 관련 필진들의 존재, 그리고『수리학잡지』와『신 찬소물리학』,『소년한반도』이래 거의 변화가 없었던 이과 관련 교과서 및 지면의 성격 등이 이를 단적으로 입증한다. 학회지의 성격을 매판과 애국계몽으로 일도양단하는 기존의 관점으로는 사이언스의 무차별 성·가치중립성이 내포한 복잡미묘한 성격을 이해할 수 없다. 오히려 국민국가의 자주적 건설이든 제국이나 세계경제라는 보편 체제로의 자발적 편입이든 간에 문명개화의 이상을 표방했던 사이언스의 이상 은 그 어느 편에도 기여할 수 있는 것으로 추종되었다. 이러한 분과학 문 체제의 정착 및 문·리의 분할 나아가 사이언스라는 학문의 특성은 그 도입에 간여했던 인사들의 개별성을 철저히 은닉할 수밖에 없는, 그 들의 개인적 고뇌나 입장, 내면 등을 불투명한 채로 방기할 수밖에 없 는 (서구적) 보편성을 지향했다. 하지만 1905~1910년간에 간행되었던 각종 학회지의 관련 지면은 사이언스라는 형식이 본래 독자적으로 존 립할 수 없었으며 오히려 사회나 국가, 정부 등의 비과학의 대타로서 정립되었고 또 유지되었던 초창기 사정을 현시하고 있었다. 문명개화 의 당위성과 분리되어 존재하는 사이언스의 영역은 구체적으로 상상 되거나 구현되지 않았고 단지 추상적 체계로서만 존재했던 것도 분명 했다. 그렇지만 사이언스는 독립적으로 도입된 것이 아니라 그 원의(原義) 자체가 시사하는 바처럼 그것을 둘러싼 체계와 불가분의 것으로 들어 왔다는 사실을 잊어서는 안 될 것이다. 그리고 문학 개념의 도입 역시 그러한 거대한 맥락으로부터 결코 자유로울 수 없었던 사건이었다.*

* 이 논문은 2012년『한국문학연구』42집에 게재된 논문을 일부 수정하여 재수록한 것임.

▋필자 소개 (게재순)

황종연 동국대학교 국어국문학과 · 미국 컬럼비아대학교 동아시아언어문화과 수학. 현 동국대학교 교수. 저서로『비루한 것의 카니발』,『탕아를 위한 비평』,『신라의 발견』(공저),『고도의 근대』(공저), 번역서로『현대문학 문화비평용어사전』 등이 있다.

이수형 서울대학교 대학원 국어국문학과 박사. 현 서울대학교 연구교수. 논문으로「이청준 소설에 나타난 교환 관계 양상 연구」,「근대문학 성립기의 마음과 신경」 등이 있다.

서희원 동국대학교 대학원 국어국문학과 박사. 현 동국대학교 문화학술원 연구원. 논문으로「제국과 주체의 변증법」,「한국 근대 유행가에 표상된 '신라' 담론」 등이 있다.

이철호 동국대학교 대학원 국어국문학과 박사. 현 동국대학교 교양교육원 교수. 논문으로「근대적 자아의 비의 : 1910년대 후반기 근대문학에 나타난 '영'의 문제」,「악마를 위한 변론」,「신경향파 비평의 낭만주의적 기원」 등이 있다.

송민호 서울대학교 대학원 국어국문학과 박사. 현 서울대학교 강사. 논문으로「1920년대 근대 지식 체계와『개벽』」,「1920년대 맑스주의 문예학에서 '과학적 태도' 형성의 배경」 등이 있다.

차승기 연세대학교 대학원 국어국문학과 박사. 현 성공회대학교 동아시아연구소 HK교수. 논문으로「문학이라는 장치 : 식민지 / 제국 체제와 일제 말기 문학장의 성격」,「내지의 외지, 식민본국의 피식민지인, 또는 구멍의 (비)존재론」,「'비상시'의 문 / 법 : 식민지 전시 레짐과 문학」 등, 저서로『반근대적 상상력의 임계들』 등이 있다.

정종현 동국대학교 대학원 국어국문학과 박사. 교토대학교 인문과학연구소 포스트 닥터. 현 성균관대학교 동아시아학술원 HK연구교수. 저서로『동양론과 식민지 조선문학』,『아프레걸 사상계를 읽다』(공저),『박물관의 정치학』(공역) 등이 있다.

신지영 연세대학교 대학원 국어국문학과 박사. 도쿄 외국어 대학에서 포스트 닥터. 현 쓰다주쿠대학교 · 무사시대학교 강사. 저서로『不在 / 在在의 시대 : 근대 계몽기 및 식민지기 조선의 연설·좌담회』,『일제 식민지시기 새로 읽기』번역서『저 여기 있어요』,『주권의 너머에서』등이 있다.

송명진 서강대학교 대학원 국어국문학과 박사. 현 서강대학교 국어국문학과 대우교수. 논문으로 「개화기 서사형성 연구」,『『월남망국사』의 번역, 문체, 출판」, 「혼혈의 서사화 양상에 대한 사적 고찰」, 「역사·전기소설과 디아스포라」등이 있다.

한민주 서강대학교 대학원 국어국문학과 박사. 현 홍익대학교 강사. 논문으로 「일제 말기 전선 기행문에 나타난 재현의 정치학」, 「인조인간의 출현과 근대 SF문학의 테크노크라시 :『인조노동자』를 중심으로」, 저서로『낭만의 테러 : 파시스트 문학과 유토피아적 충동』등이 있다.

권보드래 서울대학교 대학원 국어국문학과 박사. 현 고려대학교 국어국문학과 교수. 저서로『한국 근대소설의 기원』,『연애의 시대』,『1910년대, 풍문의 시대를 읽다』,『1960년을 묻다』(공저),『아프레걸 사상계를 읽다』(공저) 등이 있다.

김성근 도쿄대학 과학기술사 박사. 현 전남대학교 기초교육원 교수. 논문으로 「동아시아에서 자연(nature)이라는 근대 어휘의 탄생과 정착」, 저서로『교양으로 읽는 서양과학사』, 번역서『눈에 보이지 않는 것의 발견』등이 있다.

구인모 동국대학교 대학원 국어국문학과·도쿄대학 대학원 종합문화연구과 졸업. 현 연세대학교 언어정보연구원 HK교수. 저서로『한국 근대시의 이상과 허상』, 번역서『식민지 조선인을 논하다』등이 있다.

이면우 서울대학교 대학원 과학교육과 박사. 현 춘천교육대학교 과학교육과 교수. 저서로 「근대 일본 과학문화의 전개」,『상대성의 세계』, 번역서『중국의 과학과 문명 : 수학, 하늘과 땅의 과학, 물리학』,『서운관지』등이 있다.

조형래 동국대학교 대학원 국어국문학과 박사과정 수료. 현 명지대학교 강사. 논문으로 「소년의 과학」, 「효풍과 소설의 경찰적 기능」등이 있다.